KB059811

용비어천가

나랏말씀

22

용비어천가

정인지 외 지음

이윤석 옮김

솔

일러두기

1. 이 책은 『용비어천가』 만력본萬曆本(경성제국대학, 1938)을 대본으로 번역한 것이다.

2. 번역은 직역을 원칙으로 하였으나, 때때로 의역을 하기도 했다.

3. 1백25장의 시는, 한글시는 운율을 해치지 않는 범위에서 현대어로 옮겼고, 한문시는 원문을 그대로 두었다.

4. 본문은 완역을 했다.

5. 할주割註는 반절反切과 본문의 내용을 다시 설명한 부분을 제외한 나머지 부분은 모두 번역하여 각주로 처리했다.

6. 인명人名이나 지명地名 가운데 당시 음을 표기한 원문은 그대로 살렸다.

7. 주석에서 '우리 전하'는 '세종世宗', '본조本朝'는 '조선'을 말한다.

8. 부호의 쓰임은 다음과 같다.

　　〔 〕 : 뜻과 음이 같지 않은 한자를 묶는다.

　　" " : 대화체나 인용문을 묶는다.

　　' ' : 대화체나 인용문을 재인용하거나 단어와 문구의 강조 또는 편 단위 이상으로 구성된 책에서 작품명을 표기한다.

　　『 』 : 책이름을 표기한다.

　　「 」 : 편명이나 작품명을 표기한다.

용비어천가2 · 차례

일러두기 ·· 4

용비어천가 제6권

제41장 · 7/제42장 · 55/제43장 · 64/제44장 · 66/제45장 · 69
제46장 · 73/제47장 · 76/제48장 · 78/제49장 · 79

용비어천가 제7권

제50장 · 103/제51장 · 123/제52장 · 126/제53장 · 127/제54장 · 141
제55장 · 145/제56장 · 146/제57장 · 161/제58장 · 165

용비어천가 제8권

제59장 · 187/제60장 · 188/제61장 · 188/제62장 · 189/제63장 · 192
제64장 · 193/제65장 · 195/제66장 · 197/제67장 · 214/제68장 · 215
제69장 · 215/제70장 · 220/제71장 · 225/제72장 · 232/제73장 · 233
제74장 · 243/제75장 · 247/제76장 · 249/제77장 · 254

용비어천가 제9권

제78장 · 255/제79장 · 303/제80장 · 304/제81장 · 306/제82장 · 309
제83장 · 311/제84장 · 312/제85장 · 314/제86장 · 315/제87장 · 317
제88장 · 319/제89장 · 321/제90장 · 322/제91장 · 323/제92장 · 324
제93장 · 326/제94장 · 327/제95장 · 330/제96장 · 332/제97장 · 338

용비어천가 제10권

제98장 · 344/제99장 · 368/제100장 · 374/제101장 · 377

제102장 · 377/제103장 · 378/제104장 · 382/제105장 · 389

제106장 · 395/제107장 · 398/제108장 · 405/제109장 · 410

제110장 · 412/제111장 · 413/제112장 · 414/제113장 · 415

제114장 · 416/제115장 · 416/제116장 · 417/제117장 · 417

제118장 · 418/제119장 · 419/제120장 · 420/제121장 · 420

제122장 · 421/제123장 · 422/제124장 · 423/제125장 · 423

용비어천가 발 ······ 426

부록
색인 ······ 431

용비어천가1 · 차례

용비어천가 서

용비어천가를 올리는 전箋

용비어천가 제1권 제1장~제9장
용비어천가 제2권 제10장~제12장
용비어천가 제3권 제13장~제17장
용비어천가 제4권 제18장~제26장
용비어천가 제5권 제27장~제40장

부록
색인

제6권

제41장

동정東征에 공功을 못 이루나 소략所掠을 다 놓으시어 환호지
성歡呼之聲이 도상道上에 가득하니

서정西征에 공功을 이루매 소획所獲을 다 도로 주시어 인의지
병仁義之兵을 요좌遼左가 기뻐하니[1]

---

1 『순자荀子』「의병議兵」에 다음과 같은 대목이 있다. 손경孫卿이 말하기를, "제나라
의 기격技擊은 위씨魏氏의 무졸武卒에 맞설 수 없고, 위씨의 무졸은 진秦나라의 예
사銳士에 맞설 수 없으며, 진나라의 예사는 제齊나라 환공桓公과 진晉나라 문공文公
의 절제를 당할 수 없지만, 환공과 문공의 절제도 탕湯과 무왕武王의 인의仁義와 겨
룰 수는 없다. 상대와 겨룬다는 것은 마치 뜨거운 것을 손가락으로 만지고 계란을
바위에 던지는 것과 같다"고 했다. 진효陳囂가 손경에게 묻기를, "선생께서 병법을
얘기할 때면 항상 인의를 근본으로 합니다. 인은 사람을 사랑하는 것이고, 의는 도
리를 좇는 것인데, 그렇다면 어떻게 전쟁을 합니까? 전쟁이라고 하는 것은 다투어
빼앗는 것인데 말입니다"라고 하니, 손경이 말하기를, "그대가 모르는 말이오. 인
이란 사람을 사랑하는 것이니 사람을 사랑하므로 사람을 해치는 것을 싫어하는 것
이고, 의란 도리를 좇는 것인데 도리를 좇으므로 사람들이 어지러워지는 것을 싫어
하는 것이며, 병兵이란 포악함을 금하고 해로움을 없애는 것이지 다투어 뺏는 것이

東征無功　盡放所掠　歡呼之聲　道上洋溢

西征建功　盡還所獲　仁義之兵　遼左悅服

　당나라 영주도독營州都督 장검張儉이 아뢰기를, 고구려 동부대인
東部大人 천개소문泉盖蘇文이 그 왕 무武를 죽였다고 했다.[2] 박주 자

아니오. 그러므로 어진 사람의 군사는 남아 있는 사람도 화化하게 하고, 지나가는
사람도 화하게 하니, 마치 때맞춰 비가 내려 즐겁고 기뻐하지 않는 사람이 없는 것
과 마찬가지오. 이래서 요堯가 환두驩兜를 쳤고, 순舜이 유묘有苗를 쳤으며, 우禹가
공공共工을 쳤고, 탕湯이 유하有夏를 쳤으며, 문왕文王의 숭崇을 쳤고, 무왕武王이
주紂를 친 것이니, 이들 두 황제와 네 왕이 모두 인의의 군사를 천하에 행했기 때문
에 가까이 있는 사람은 그 선함을 친하려 했고, 먼 곳에서는 그 덕을 흠모하였소.
군사가 칼에 피를 묻히지 않고도 먼 곳에 와서 복속하니 여기에서 덕이 이루어져
사방의 먼 곳까지 베푼 것이오. 『시경』에, '숙인淑人과 군자君子들이 그 거동을 의
심치 않도다' 라는 대목은 이것을 얘기한 것이오"라고 했다.

2 영주도독부는 본래 요서군遼西郡으로 유성柳城에 치관治官을 두었는데 하북도河北
道에 속했다. 『신당서新唐書』에, "개소문은 혹 개금盖金이라고도 부르는데 성은 천
씨泉氏이다. 스스로 물 가운데서 태어났다고 말하여 무리를 혹하게 했다. 그 아버
지 동부대인 대대로大對盧가 죽으니 개소문이 마땅히 자리를 이어야 했으나 나라
사람들이 그의 잔인하고 포악함을 미워해서 그 자리에 오르지 못했다. 개소문은 머
리를 조아리고 사람들에게 사죄하고 그 자리를 대신할 것을 청했다. 이렇게 해도
안 된다면 비록 그 자리를 없앤다 해도 원망치 않겠다고 했다. 사람들이 불쌍히 여
겨 드디어 자리를 이을 것을 허락하니 잔인무도해졌다. 왕과 대신들이 죽일 것을
의논했다. 개소문이 몰래 그것을 알고는, 부병部兵을 모두 모아 마치 교열校閱하는
것처럼 하고, 성 남쪽에 술과 음식을 크게 차려놓고 여러 대신을 불러 함께 보자고
했다. 그리고는 사열하던 군사가 다 죽이니 죽은 사람이 1백여 명이었다. 인하여
궁궐로 말을 달려 들어가, 드디어 왕을 죽여 몇 토막을 내어 도랑에 버렸다. 그리고
왕의 동생의 아들 장藏을 왕으로 삼고 스스로 막리지莫離支가 되었다. 이에 원근遠

사亳州刺史 배사장裵思莊이 고구려 치기를 청했다.[3] 태종太宗이 말하기를,

"고구려왕 무는 조공을 끊이지 않았는데 적신에게 죽었으니 내가 깊이 슬퍼하고 또 잊지 않을 것이다. 그러나 상喪이 나서 어지러운 틈을 타는 것은 비록 취한다 하더라도 그리 좋은 것은 아니다. 또 산동山東이 피폐해지니 군사를 일으킨다는 말을 나는 차마 할 수 없다."

라고 했다. 태상승太常丞 등소鄧素가 고구려에 사신으로 갔다가 돌아와서는, 회원진懷遠鎭에 수병戌兵을 더 늘여 고구려를 조이자고 했다.[4] 태종이 말하기를,

---

近에 호령하며 나라일을 오로지 했다. 개소문은 그 생김새가 웅위雄偉하고 의기가 뛰어나며, 몸에 오도五刀를 차고 있으니 좌우가 감히 쳐다보지 못했다. 매번 말을 타고 내릴 때는 귀인貴人 무장武將을 땅에 엎드리게 하고 그를 밟았다. 밖으로 나갈 때는 반드시 대오를 갖추고 앞선 자가 길게 소리를 지르면, 사람들이 구덩이, 골짜기를 피하지 않고 모두 달아나니 길에 다니는 사람이 끊어져 나라 사람들이 매우 고통스러워했다"고 했다. 무武는 고구려 영류왕榮留王의 이름이다. 「본기本紀」에는 건무建武라고 했는데, 영양왕榮陽王의 동생이다.

3 박주는, 한漢나라에서는 초현譙縣으로 삼았고, 위魏나라는 초군譙郡으로 했는데, 후주後周는 박주를 두었다.

4 당나라 제도에, 태상시太常寺에는, 정3품의 경卿 1인과 정4품상의 소경少卿 2인이 예악禮樂과 종묘 사직에 제사지내는 일을 맡았고, 종5품하의 승丞 2인은 태상시의 일을 맡았으며, 종7품상의 박사博士 4인은 오례五禮를 분별하고 왕들과 3품 이상의 벼슬하는 사람들의 공과 허물 그리고 선악을 따져 시호를 정하는 일을 맡았는데, 대례大禮가 있을 때는 경을 도와 인도했다. 영주營州에 회원수착성懷遠守捉城이 있다. 수병戌兵은 군사를 주둔시켜 변방을 지키는 것이다.

"먼 곳에 있는 사람들이 복종하지 않는다면 문덕文德을 닦아서 오도록 하는 것이다.[5] 1~2백 명의 지키는 군사로 능히 먼 지방에 위엄을 보일 수 있다는 말은 듣지 못했다."

고 했다. 다른 날에 태종이 말하기를,

"개소문이 임금을 죽이고 나라일을 오로지 하는 것은 정말로 참을 수 없다. 지금의 군사력으로 저들을 취하는 것은 어렵지 않으나, 다만 백성들을 고달프게 하고 싶지 않은 것이다. 나는 거란과 말갈靺鞨로 하여금 저들을 시끄럽게 할까 하는데 어떻겠는가?"

라고 하니, 태자태사太子太師 장손무기長孫無忌가 말하기를,[6]

"개소문은 스스로 그 죄가 크다는 것을 아니까 반드시 엄하게 방비를 해놓았을 것입니다. 폐하께서는 잠깐 참으십시오. 저들이 스스로 안심하고는 다시 교만하고 게을러져 그 악함이 더욱 심해진 다음 토벌해도 늦지 않습니다."

라고 하니 태종이 좋다고 했다.

신라에서 사신을 보내 말하기를,[7]

---

5 『논어』에 있는 공자의 말이다.

6 태자태사와 태부太傅 그리고 태보太保는 각기 한 사람씩인데 종1품으로 황태자를 보필하고 이끄는 일을 맡았다.

7 신라는 동남쪽으로는 큰 바다에 이르고, 서쪽으로는 지리산智異山에 이르며, 북쪽으로는 한강漢江에 이른다. 시조의 성은 박朴이고, 이름은 혁거세赫居世다. 처음에 고허촌장高墟村長 소벌공蘇伐公이 양산楊山 기슭을 보니 이상한 기운이 있는 것이 마치 백마가 꿇어 절하는 것 같은 형상이므로 가서 보았더니 갑자기 보이지 않고 커다란 알만 남아 있었다. 쪼개니 갓난아이가 나와 거두어 길렀는데 어려서부터

"고구려와 백제가 신의 나라를 쳐들어와 여러 번 수십 성을 공격하였습니다. 양국은 연합하여 반드시 취하려고 하며 입조入朝의 길도 끊으려고 하여 장차 이번 9월에는 크게 침입한다 하니, 하국下國의 사직은 필히 보전하기 어렵게 되었습니다.[8] 삼가 배신陪臣을 보내어 대국의 명령을 따르겠습니다. 원컨대 군대를 보내 구원하여 주십시오."

라고 했다. 태종이 사람을 시켜 말하기를,

"내가 기실은 너희 나라가 두 나라의 침입을 받는 것을 안타깝게 생각해서, 자주 사신을 보내 너희 세 나라가 화친하도록 했다. 고구려와 백제는 사신이 발길을 돌리면 바로 뜻을 바꾸니 그들의 생각은 너희 나라를 집어삼켜 멸망시키고 그 땅을 나누려는 것이다. 너희는 나라가 망하는 것을 면할 무슨 기묘한 계책이 있는가?"

라고 했다. 사신이 말하기를,

"우리 임금은 일은 궁하고 계책은 다하니, 오직 급히 대국에 알려 보전하기를 바라고 있습니다."

라고 했다. 태종이 말하기를,

재능이 뛰어나고 숙성했다. 사람들이 그 태어난 것이 신기하고 이상하다 하여 받들어 모셨다. 후에 임금으로 세워 거서간居西干이라 하니 나이는 13세였다. 나라 이름을 서야벌徐耶伐이라고 했다. 진辰 사람들은 박을 박朴이라고 하고, 또 처음에 큰 알이 박같이 생겼으므로 박을 성으로 삼았다. 거서간은 존장尊長이라는 진의 말이다. 박朴, 김金, 석昔 세 성이 바뀌면서 대대로 56왕을 전했다. 여자 임금인 선덕왕善德王 덕만德曼 12년 9월에 사자를 보내 당나라에 들어와 상소를 했다.

8 하국은 신라가 스스로를 그렇게 부른 것이다.

"내가 변방의 군대를 조금 내어 거란, 말갈과 함께 곧바로 요동으로 들어가면, 두 나라가 스스로 포위를 풀 것이니 1년 정도 포위를 늦출 수 있다. 그러나 후에 군사가 계속 오지 않는 것을 알면 다시 또 침략할 것이니 네 나라가 모두 시끄러워지고 너희도 안정되지 못할 텐데, 이것이 첫번째 계책이다. 내가 또 너희에게 수천의 주포朱袍와 단치丹幟를 줄 수 있다. 두 나라 군대가 이르면 이것을 세우고 펼쳐 놓아 저들이 이것을 보면 우리의 군사가 구원하러 온 줄 알고 반드시 모두 도망할 것이니 이것이 두번째 계책이다. 백제는 그 바다의 험난함을 믿어 무기를 간수하지 않고, 남녀가 뒤섞여 서로 모여 잔치만 하니, 내가 80~90척의 배에 병사를 싣고 조용히 바다로 해서 바로 그 땅을 습격하려고 한다. 너희 나라는 여자가 임금이라 하여 이웃 나라에 가볍게 보이고, 임금의 권위가 없어 적의 침입을 불러들여 편안한 날이 없다.[9] 내가 황실의 서자庶子 한 사람을 보내 너희 나라 임금이 되게 하겠다. 그러나 스스로 혼자서 왕 노릇을 못할 테니 마땅히 군사를 보내 호위하도록 하겠다. 그래서 너희 나라가 안정되기를 기다려 너희들 스스로 지키도록 하는 것이 세번째 계책이다. 너는 장차 어느 것을 따를 것인지 잘 생각해보라."

고 했으나, 사신은 다만 "네, 네"라고만 할 뿐 대답을 못했다. 태종

---

9 신라의 진평왕은 아들이 없이 죽었다. 나라 사람들이 그 큰딸 덕만을 세웠는데 이 사람이 선덕왕이다.

은, 그 사신이 용렬하여 급히 군사를 청하러 올 만한 재목이 못 되는 것을 한탄했다. 태종은 사농승司農丞 상리현장相里玄奘에게 명하여 황제의 도장을 찍은 문서를 갖추어 고구려에 보내어 말하기를,[10]

"신라는 그 나라를 들어 충성하여 조공을 빠뜨리지 않는다. 너희와 백제는 마땅히 각기 군사를 거두라. 만약 다시 공격한다면 명년에 군대를 내어 너희 나라를 칠 것이다."

라고 했다.

상리현장이 평양에 도착했는데, 개소문은 이미 군사를 거느리고 신라를 쳐서 그 두 성을 깨뜨렸다. 고구려왕이 그를 부르니 이에 왔다. 현장이 신라를 공격하지 말라고 달랬더니, 개소문이 말하기를,

"지난날 수나라가 쳐들어왔을 때 신라는 이때를 타서 우리 땅 5백 리를 빼앗았으니 스스로 빼앗은 땅을 돌려주지 않으면 전쟁을 그만두기는 어렵겠다."

라고 했다.[11] 상리현장이 말하기를,

"기왕의 일은 더 얘기해서 뭐하겠습니까? 요동의 여러 성으로 말한다면 본래 중국의 군현郡縣이지만 중국에서는 오히려 말하지 않는데 고구려는 어째서 꼭 옛 땅을 찾아야 합니까?"

라고 했으나 개소문은 끝내 따르지 않았다.[12]

---

10 당나라 제도에, 사농시司農寺에는 종3품의 경卿이 한 명, 종4품상의 소경少卿 두
   명이 있어 곡식을 창고에 쌓고 관리하는 일을 맡았다. 승은 여섯 명인데 종6품상
   으로 사농시의 일을 총괄한다. 상리는 복성이고, 현장은 이름이다.
11 수나라가 쳐들어 온 것은, 양제煬帝가 고구려를 친 때를 말한다.

상리현장이 돌아와 그 정황을 갖추어서 말하니, 태종이 말하기를,

"개소문은 그 임금을 죽이고, 대신을 해쳤으며, 그 백성들에게 잔학하게 했다. 이제 또 나의 명령을 어기고 이웃 나라를 침략하니 치지 않을 수 없다."

고 했다. 간의대부諫議大夫 저수량楮遂良이 말하기를,[13]

"폐하께서 지휘하시면 중원中原이 맑고 평안해지고, 여기저기 둘러보면 사방의 오랑캐가 두려워 복종하니 그 위망威望이 큽니다. 이제 바다를 건너 멀리 작은 오랑캐를 정벌하는데, 만약 생각대로 쳐부순다면 괜찮지만, 만일 차질이 생겨 그 위망에 손상이 가고 또 분병忿兵이 일어난다면 안위를 예측하기가 어렵습니다."

라고 하였다.[14] 태자첨사太子詹事 이세적李世勣이 말하기를,

"근래에 설연타薛延陀가 침입한 것을[15] 폐하께서는 군대를 내어 끝까지 치려고 했는데 위징魏徵이 간하여 그만두었더니 지금에 와서 걱정거리가 되었습니다. 앞서 폐하의 계책을 썼더라면 북쪽 변

---

12 고구려의 땅은 한漢나라, 위魏나라 때는 모두 군현이었는데, 진씨晉氏의 난리 때 처음으로 중국에서 떨어졌다.

13 당나라 제도에 간의대부는 네 명인데 정4품이다. 일의 득실을 간하여 깨우치고, 시종侍從하며 재상을 돕는다.

14 적이 우리를 침입했을 때 할 수 없이 군사를 일으키는 것을 응병應兵이라고 한다. 조그만 일로 다투고 분노를 참지 못하는 것을 분병이라고 한다.

15 설연타는 본래 흉노匈奴의 다른 종류이다. 먼저는 설종薛種과 함께 섞여서 적북磧北에 살았는데, 후에 연타부延陀部를 빼어내어 이름을 설연타라고 했다. 성은 일리절一利咥이다.

방은 안정되었을 것입니다."

라고 하니, 태종이 말하기를,

"그렇다. 그것은 정말로 위징의 실수였다. 나는 바로 후회하였으
나 좋은 계책을 말하는 길을 막을까 두려워서 말하지 않은 것이다."

라고 하고는, 또 우둔위병조참군右屯衛兵曹參軍 장엄蔣儼을 보내 유지
諭旨를 내렸다. 개소문은 끝까지 조칙을 받들지 않고 사자를 무기로
협박하였다. 사자가 굴하지 않자 드디어 지하실에 가두었다.

이에 태종이 스스로 고구려를 정벌하려 했다. 저수량이 상소하
기를,

"천하를 몸에 비유한다면, 양경兩京은 심복心腹이고, 주현州縣은
팔과 다리이며, 사방의 오랑캐는 몸 밖의 물건입니다.[16] 고구려의
죄는 크므로 토벌하는 것이 마땅합니다. 다만 두세 명의 용맹스러
운 장수에게 명하여 4~5만 명을 거느리고 폐하의 위엄과 신령스러
움에 기대게 한다면 고구려를 취하는 것은 손바닥 뒤집기나 마찬가
지입니다. 지금 태자를 새로 세웠는데 나이가 아직 어립니다. 나머
지 번병藩屛은 폐하께서 아시는 바입니다. 갑자기 금탕金湯의 온전
함을 버리고 험난한 요동의 바다를 건너며,[17] 천하의 군주로서 가볍
게 원정을 하려는 것은 어리석은 신하로서 매우 걱정스럽습니다."

---

16 당나라는, 장안長安을 서경西京이라 하고 낙양洛陽을 동경東京이라고 했으므로 양
   경이라고 말한 것이다.
17 금金은 그 굳은 것을 말하고, 탕湯은 뜨거운 것을 말하는 것이니, 성지城池의 견고
   함을 비유한 것이다.

라고 했으나 태종은 듣지 않았다. 이때 신하들 가운데 고구려 정벌을 그만두기를 간하는 신하가 많았다. 태종은 말하기를,

"여덟 명의 요임금이 있고, 아홉 명의 순임금이 있어도 겨울에 씨를 뿌릴 수는 없지만, 농부나 어린아이들이 봄에 씨를 뿌리면 자라나는 것은 때를 얻었기 때문이다. 대저 하늘에는 때가 있고 사람에게는 공功이 있는 것이다. 개소문이 임금을 능멸하고 아랫사람을 학대하니 백성들이 목을 늘이고 구원해주기를 기다리고 있다. 지금이 바로 고구려가 망할 때이다. 의논이 분분한 것은 이것을 보지 못한 것뿐이다."

라고 했다.

장작대장將作大匠 염입덕閻立德 등에게 조칙을 내려 홍주洪州, 요주饒州, 강주江州의 세 주州에 가서 배 4백 척을 만들어 군량軍糧을 신도록 했다.[18] 그리고 명을 내려 장검 등을 보내 유주幽州와 영주營州 두 도독都督의 군사와 거란, 해奚, 말갈을 이끌고 먼저 요동을 공격하여 그 기세를 살피도록 했고,[19] 태상경太常卿 위정韋挺을 궤운사饋運使로, 민부시랑民部侍郎 최인사崔仁師를 버금으로 삼아 황하 북쪽

---

18 당나라 제도에, 장작감將作監은 토목土木과 공장工匠의 일을 관장했다. 무덕武德 초에 영令을 대장大匠으로 고쳤고, 천보天寶 11년에 대장을 종3품의 대감大監으로 고쳤다. 홍주는 예장군豫章郡에 치관을 두었고, 요주는 파양군鄱陽郡에 치관을 두었다. 강주는 본래 구강군九江郡이다. 이들 모두 강남도江南道에 속했다.

19 해는 오랑캐의 이름인데 동해東奚, 서해西奚가 있으며 동호東胡의 종족이다. 동북쪽으로 거란과 닿았고, 서쪽으로는 돌궐, 남쪽으로는 백랑하白狼河, 북쪽으로는 습霫과 닿아 있다. 돌궐과 풍속이 같다.

의 여러 주는 모두 위정의 명령을 받도록 하고 편의에 따라 일을 처리하도록 맡겼다. 또 태복소경太僕少卿 소예蕭銳에게 명하여 황하 남쪽 여러 주의 곡식을 운반하여 바다로 들어가게 했다.[20]

홍려시鴻臚寺에서 고구려 막리지莫離支가 백금白金을 바쳤다고 아뢰었다. 저수량이 말하기를,

"막리지는 그 임금을 죽여서 구이九夷에 용납되지 못하고 있는데,[21] 이제 장차 치려고 하니까 금을 바치겠다니 이것은 고정郜鼎과 같은 것입니다.[22] 신은 받아서는 안 된다고 여깁니다."

라고 하니 태종이 이에 따랐다. 태종이 고구려 사자에게 말하기를,

"너희들은 모두 고무高武를 섬겨 벼슬을 가졌는데 막리지가 임금을 죽이고 반역을 해도 너희들은 복수도 못했다. 이제 다시 막리지를 위해 우리를 달래니 이것은 대국을 속이는 일이다. 이보다 더

---

20 당나라 제도에 태복시太僕寺에는 종3품의 경卿 한 명과 종4품상의 소경少卿 두 명이 있었다. 경은 말을 기르는 일과 가마에 관한 일을 맡았다.

21 막리지는 고구려 관직명으로 중국의 이부상서吏部尚書와 병부상서兵部尚書를 겸한 것과 같다. 동방에 구이가 있는데, 견이畎夷, 우이于夷, 방이方夷, 황이黃夷, 백이白夷, 적이赤夷, 현이玄夷, 풍이風夷, 양이陽夷이다.

22 고정은 고국郜國에서 만든 그릇이다. 송宋나라가 고국을 없애고 그것을 얻었다. 『좌전』에, "환공桓公 2년 송나라 독督이 그 임금을 죽였다. 환공이 제후를 모아 송나라를 평정하고 고정을 송나라에서 가져와 태묘太廟에 바쳤다"고 했는데 두예杜預는 주석하기를, "송나라가 솥을 뇌물로 환공에게 주었다. 처음에는 송나라의 난을 평정하려던 것인데 마침내 뇌물을 받은 것으로 갖추어 기록한다"고 했다. 고정의 종류란 말은 이 백금이 고정과 같은 것이어서 모두가 불의로써 얻은 물건이라는 뜻이다.

큰 죄가 어디 있겠는가?"

라고 하고 모두 대리시大理寺에 보냈다.[23] 그리고 장안의 노인들을
불러 위로하며 말하기를,

"요동은 옛 중국의 땅인데 막리지 도적이 그 임금을 죽였기에 내
가 장차 스스로 가서 경략經略하려 한다. 그래서 내가 부로들과 약
속하는데, 아들이나 손자가 나를 따라가면 능히 잘 돌볼 것이니 근
심하지 말라."

고 하고 옷감과 곡식을 후하게 주었다.

태종이 낙양에 이르니 전 의주 자사宜州刺史 정원숙鄭元璹이 이미
치사致仕했다.[24] 그는 일찍이 수나라 양제의 고구려 원정에 따라갔
었으므로 태종이 행재소로 불러 물었더니 대답하기를,

"요동은 길이 멀어 양식을 운반하기가 힘든 데다가 동이東夷는
성을 잘 지키므로 성을 빨리 함락시킬 수 없습니다."

라고 했다. 태종이 말하기를,

"오늘은 수나라와 비교할 수 없으니 공은 다만 듣기만 하라."

고 했다.

장검 등이 마침 요수가 불어나 오랫동안 건너지 못하자 태종은
두려워하는가 하여 장검을 불러 낙양으로 오게 했다. 낙양에 와서
산천의 험하고 험하지 않음과 수초水草의 좋고 나쁨을 모두 갖추어

---

23 당나라 제도에, 대리시에는 종3품의 경卿 한 명, 종5품하의 소경少卿 두 명이 있는
데, 옥사를 처결하고 형벌을 자세히 조사하는 일을 맡았다.

24 의주는 본래 월주粵州로 영남도嶺南道에 속한다.

말하니 태종이 기뻐했다. 태종은 명주 자사洺州刺史 정명진程名振이 용병用兵을 잘한다는 말을 듣고는,[25] 불러 방략方略을 묻고, 그 재주가 뛰어남을 가상히 여겨 위로하고 격려하여 말하기를,

"경은 장수와 재상의 그릇이니 내가 바야흐로 임무를 맡기겠노라."
라고 하고, 그날로 우효위장군右驍衛將軍을 배수했다.[26]

형부상서刑部尚書 장량張亮을 평양도행군대총관平壤道行軍大總管으로 삼아 강江, 회淮, 영嶺, 협峽의 군사 4만과 장안과 낙양에서 모은 병사 3천 그리고 전함 5백 척을 거느리고 내주萊州에서 바다로 해서 평양으로 향하도록 했다.[27] 또 이세적을 요동도행군대총관遼東道行軍大總管으로 삼아 보병과 기병 6만과 난주蘭州와 하주河州에서 항복한 오랑캐를 거느리고 요동으로 나아가게 했다.[28] 양군이 합세하여 함께 나아가 모든 군대가 유주에 크게 모였다. 행군총관行軍總管 강행본姜行本과 소부소감少府少監 구행엄丘行淹이 먼저 여러 공인工人을 독려하여 안라산安蘿山에서 제충梯衝을 만들었다.[29]

---

25 명주는 원래 무안군武安郡인데 하북도河北道에 속한다.

26 당나라 제도에, 좌우효위左右驍衛에 종2품의 상장군上將軍이 각 한 명, 정3품의 대장군大將軍이 각 한 명, 종3품의 장군이 각 두 명이 있어 궁궐의 경비를 맡았다.

27 당나라 제도에, 형부에는 정3품의 상서尚書가 한 명, 정4품하의 시랑侍郎 한 명이 있는데, 율령, 형법, 죄인을 가두는 일, 죄를 의논하고 자세히 살피는 일 등을 맡았다. 강은 강남도江南道이고, 회는 회남도淮南道이며, 영은 영남도嶺南道이다. 협중제주峽中諸州란 기주夔州, 협주峽州, 귀주歸州이다. 내주는 바로 동래군東萊郡이다.

28 난주와 하주는 본래 옛 서강西羌 땅이다.

29 당나라 제도에, 소부少府에는 종3품의 감監이 한 명, 종4품하의 소감少監 두 명이 있었는데 온갖 장인들의 만드는 일을 관장했다. 제충은 운제雲梯와 충차衝車를 말

이때 원근의 용사들이 지원한 것과 성을 공격하는 기계를 바친 것이 셀 수 없이 많았다. 태종은 친히 거기에 더하기도 하고 빼어보기도 하여 그 쉽고 편리한 것을 취했다. 또 직접 조서를 써서 천하에 알리기를,

"고구려 개소문이 임금을 죽이고 백성을 학대하니 어찌 참을 수 있으리오. 이제 유주幽州와 계주薊州에 순행巡幸하여 요갈遼碣의 죄를 묻고자 하니 지나는 곳의 영돈營頓에서는 힘쓰고 재물을 허비하지 말라."

고 했다.[30] 또 말하기를,

"옛날 수나라 양제는 그 아랫사람에게 잔악하고 포악하였으나 고구려왕은 그 백성을 사랑하고 어질게 대했다.[31] 반란을 생각하는 군사로 안정되고 평화로운 무리를 쳤으므로 성공할 수가 없었다. 이제 반드시 이길 길이 다섯이 있는데 간략히 말하면, 첫째는 큰 것으로 작은 것을 치는 것이고, 둘째는 하늘의 명을 따르는 것으로써 하늘의 명을 거역하는 자를 토벌하는 것이고, 셋째는 잘 다스려지는 것으로 어지러운 틈을 타는 것이고, 넷째는 편안함으로 피로한 것을 기다리는 것이고, 다섯째는 즐거운 것으로 원망하는 것과

하는데 모두 성을 공격할 때 쓰는 기구이다.

30 계주는 기주冀州의 지역이다. 진秦·한漢 때는 어양漁陽과 우북평右北平 두 군郡의 땅이었다. 당나라 무덕武德 연간에 폐하여 유주에 넣었다. 요갈은 요수遼水 갈석碣石의 땅이다. 영돈은 군대의 영채와 막사이다.

31 고구려왕은 바로 영양왕이다.

겨루는 것이니 어찌 이기지 못할까 걱정하겠는가. 원원元元에게 알리니 의심하고 걱정하지 말라."

고 했다.[32] 이에 모든 돈사頓舍에서 접대하는 비용을 태반太半이나 줄였다.[33] 그리고 조칙을 내려 모든 군대와 신라, 백제, 해奚, 거란은 길을 나누어 고구려를 치라고 했다.

　앞서 태종이 돌궐의 기리필가한俟利苾可汗을 보내 북으로 하수河水를 건너게 했다.[34] 그 무리가 10만이었고 승병勝兵이 4만 명이었다. 기리필은 그들을 통제할 수 없었다. 무리가 복종하지 않고 모두 기리필을 버리고 남으로 하수를 건너 승주勝州와 하주夏州 사이에서 살기를 청하니 태종이 이를 허락했다.[35]

　여러 신하들이 모두 말하기를,

---

32 원원은 백성을 말하는데, 무엇인가를 기다리는 것으로 불쌍하다는 말이라고도 하겠다. 일설에 원은 선함이라고 한다. 옛날에 사람을 선善이라고 했는데 어진 사람을 말한다. 인하여 선善을 원元이라고 했으므로 여원黎元이라고 했다. 원원이라고 한 것은 한 사람만을 말한 것이 아니다.

33 대체로 3분의 2를 태반이라고 하고 3분의 1을 소반小半이라고 한다.

34 태종이 회화군왕懷化郡王 아사나사마阿史那思摩에게 이씨李氏의 성을 내려주고 그를 세워 이숙기리필가한泥孰俟利苾可汗으로 삼아 옛날의 살던 곳으로 돌려보낸 것이다.

35 승병은 그 힘과 재주가 능히 무기를 잡고 싸울 만한 사람이다. 승주는 수나라 유림군楡林郡인데 서울에서 1천8백30리 떨어져 있다. 하주는 본래 한漢나라의 삭방朔方 땅으로 혁련赫連이 도읍한 통만統萬이다. 위魏나라는 혁련을 멸망시키고 통만진統萬鎭이라고 했다. 위나라 태화太和 11년에 하주를 두었다. 수나라는 고쳐서 삭방군朔方郡이라 했고 당나라는 다시 하주라고 했다. 서울에서 1천1백10리 떨어져 있다.

"폐하께서 바야흐로 멀리 요좌遼左를 정벌하러 가는데, 서울에서 멀지 않은 곳인 하남에 돌궐이 있으니 어찌 후방이 염려되지 않겠습니까? 바라건대 낙양에 머무르시고 동쪽 정벌은 여러 장수를 보내십시오."

라고 했다.[36] 태종이 말하기를,

"오랑캐도 역시 사람이니 그 정은 중국과 다르지 않다. 임금이 된 자는, 은덕과 혜택을 줄 수 없는 것을 걱정할 것이지 종족이 다르다 해서 미워할 필요는 없다. 대체로 은덕과 혜택이 흡족하면 오랑캐라도 한집안과 같이 될 수 있고, 미움이 많아지면 골육도 원수가 되지 않을 수 없다. 수나라 양제는 무도하여 인심을 잃은 지 이미 오래되었으므로, 요동을 정벌하려니까 사람들이 모두 팔다리를 잘라 원정을 피하려 했다. 그리고 양현감楊玄感이 여양黎陽에서 양식을 운반하던 군사를 가지고 반란을 일으켰으니 오랑캐가 걱정이 되는 것이 아니었다.[37] 내가 지금 고구려를 정벌하는 데는 모두 가

36 요좌는 요동遼東이다. 하남은 북하北河의 남쪽이니 바로 삭방朔方 신진新秦의 땅이다.

37 양현감은 양소楊素의 아들이다. 위주衛州에 여양현이 있다. 수나라 양제 대업大業 9년에 고구려를 칠 때 양현감에게 명하여 여양에서 양식 운반하는 것을 감독하게 했다. 그런데 일부러 머뭇거리며 제때에 떠나지 않았다. 여양에 들어가 운반하는 인부 5천여 명과 뱃사공 3천여 명을 얻어, 세 가지 희생을 잡아 무리에게 맹세하고 또 타일러 말하기를, "임금이 무도하여 백성을 생각하지 않으며, 천하가 시끄러워 요동에서 죽은 자가 만 명으로 셀 정도가 되었다. 이제 그대들과 함께 군대를 일으켜 백성들의 피폐함을 구하려는데 어떻게 생각하는가?"라고 하니 무리가 모두 소리치며 날뛰었다. 군사를 이끌고 낙양으로 향했다. 반란을 일으켰다는 글

고 싶어하는 사람만을 취했다. 열을 모으려고 하면 백을 얻고, 백을 모으려고 하면 천을 얻으며, 따라가지 못하게 된 자들은 모두 분해 하고 억울해 하니 어찌 수나라의 원망하며 간 사람들과 비교하겠는가? 돌궐이 약하고 가난하여 내가 거두어 보살폈다. 생각하면 그 은혜가 골수에 사무쳤을 것이니 어찌 걱정거리가 되겠는가? 또 저들과 설연타薛延陁는 그 좋아하는 것이 대개 비슷한데, 저들이 북쪽으로 설연타에게 가지 않고 남쪽의 우리에게 온 것으로도 그 정을 가히 볼 수 있다."

고 말하고는, 저수량을 돌아보며 말하기를,

"그대는 지기거知起居이니 나를 위해 적어 두라. 이제부터 15년 동안은 돌궐 걱정이 없다는 것을 책임지겠다."

고 했다.[38]

태종은 스스로 여러 군사를 거느리고 낙양을 출발했다. 그리고 특진特進 소우蕭瑀를 낙양궁 유수留守로 삼았다.[39] 그리고 조칙을 내

이 오자 양제는 크게 두려워하여 군사를 이끌고 돌아가는데, 군수 물자, 무기, 성을 공격하는 장비가 산같이 쌓였고, 영채와 장막은 옮길 수가 없어서 모두 버리고 갔다. 사람들의 마음이 두려우니 다시 대오의 질서를 이루지 못했다.

38 당나라 제도에, 종6품상의 기거랑起居郎 두 명이 있어 천자의 행동과 법도를 쓰는 일을 맡았다. 천자가 정전正殿에 있으면 낭郎은 왼쪽에 있고 사인舍人은 오른쪽에 있는다. 명령이 있으면 계단에 엎드려 듣고 물러나 적는데, 다 끝나면 이것을 사관史官에게 준다. 정관貞觀 초에 급사중給事中과 간의대부諫議大夫로 지기거주知起居注 혹은 지기거사知起居事를 겸하도록 했다.

39 당나라 제도에, 문산계文散階에는 종1품을 개부의동삼사開府儀同三司라 했고, 정2품은 특진이라고 했다.

리기를,

"내가 정주定州를 떠난 후에는 마땅히 황태자가 나라를 맡도록
하라."

고 했다.[40] 개부의동삼사로 치사致仕한 울지경덕尉遲敬德이 아뢰기를,

"폐하께서 친히 요동을 정벌하시고, 태자는 정주에 있습니다. 가
장 중요한 장안과 낙양이 비게 되니 양현감의 반란 같은 변이 있을
까 두렵습니다. 또 변방 구석의 작은 오랑캐에게 천자가 수고할 것
은 없습니다. 원컨대 군대를 조금 보내어 정벌하면 곧 멸할 수 있
을 것입니다."

라고 했다. 태종은 이 말을 듣지 않고 울지경덕을 좌일마군총관左
一馬軍總管으로 삼아 따르게 했다. 태종은 정주에 이르러 곁의 신하
들에게 말하기를,

"요동은 본래 중국의 땅이었다. 수나라는 네 번이나 군대를 내었
지만 얻을 수 없었다.[41] 내가 지금 동쪽을 치는 것은 중국으로는 자
제子弟들의 원수를 갚는 것이고, 고구려로는 군부君父의 치욕을 씻
는 것뿐이다.[42] 또 바야흐로 천하가 크게 안정되었는데 오직 여기

---

40 정주는 본래 고양군高陽郡으로 하북도河北道에 속한다. 낙양에서 정주까지는 1천2
백 리이다.

41 수나라 문제文帝 개황開皇 18년에 고구려를 쳤고, 양제煬帝 대업大業 8년, 9년, 10
년 세 번 고구려를 쳤다.

42 중국 사람에게는, 그 아버지와 형이 고구려에서 죽었으므로 이제 치는 것은 자제
를 위하여 원수를 갚는 것이다. 개소문이 그 임금을 죽였으나 그 신하와 아들이
토벌하지 못했으니 그 치욕이 어찌 크지 않은가? 지금 치는 것은 고구려에게는,

만 평정하지 못했으므로 내가 늙기 전에 사대부의 남은 힘을 써서 이를 취하려는 것이다. 내가 낙양을 떠나서부터는 오직 고기를 넣은 밥만 먹고, 비록 봄 푸성귀라도 올리지 못하게 한 것은 번거롭게 할까 저어했기 때문이다."

라고 했다. 태종은 병든 병사를 보고는 탑전榻前에 불러와 위로하고 주현州縣으로 보내 치료받게 하니 사졸들이 감격하여 기뻐하지 않는 자가 없었다.

정명征名에 들어 있지 않은데 자원해서 개인적으로 장비를 갖추고 따르는 숫자가 천으로 셀 정도였다.[43] 이들은 모두 말하기를,

"관직이나 상을 현관縣官께 바라는 것이 아니고 다만 요동에 가서 목숨을 바치기를 바랍니다."

라고 했으나[44] 태종은 허락하지 않았다.

정주를 떠나서는 친히 궁시弓矢를 차고 손수 우의雨衣를 말안장 뒤에 묶었다. 장손무기를 명하여 시중侍中을 대신하게 하고 양사도楊師道로 하여금 중서령中書令을 대신하게 했다.

이세적의 군대는 유성柳城을 떠나면서 형세를 크게 벌여 마치 회원진懷遠鎭으로 나가는 것처럼 하고는, 잠사潛師를 용도甬道로 향하게 하여 불의에 고구려로 나아갔다.[45] 이세적이 통정通定에서 요수

치욕을 씻는 것이다.

43 정명에 들어 있지 않다는 말은 동쪽 정벌하는 명부에 들어 있지 않은 사람이라는 뜻이다.

44 천자를 현관이라 하는데, 직접 가리킬 수 없으므로 현관이라 한다.

를 건너 현도玄菟에 이르렀다.[46] 고구려는 크게 놀라서 성읍城邑이 모두 문을 닫고 지켰다.

요동도부대총관遼東道副大總管 강하왕江夏王 도종道宗이 병사 수천 명을 거느리고 신성新城에 이르렀다.[47] 절충도위折衝都尉 조삼량曹三良이 10여 기를 이끌고 곧바로 성문을 내리누르니 성안에서 놀라 감히 나오는 자가 없었다.[48] 장검張儉이 호병胡兵을 이끌고 선봉이 되어 요수를 건너 진격하여 건안성建安城으로 나아가, 고구려 군대를 격파하고 수천 명의 목을 잘랐다.[49] 태종이 유주를 출발했다. 이세적, 도종이 고구려의 개모성盖牟城을 공격했다.[50] 태종이 북평北平

---

45 유성현은 영주營州의 치관治官이다. 잠사는 함매銜枚하고 북은 눕혀 놓고서 불의에 나아가는 군사니, 병법에서 소위 기奇라고 하는 것이다. 용도는 적이 양식 운반하는 것을 노략질할까 두려워서 양쪽에 담장을 쌓고 거기를 통해서 양곡을 운반하는 길이다. 여기서 말한 용도는 수나라 때 부교를 만들어 요수를 건너 쌓은 것이다.

46 통정진은 요수의 서쪽에 있는데 수나라 대업 8년에 요동을 칠 때 둔 것이다. 현도군 서북쪽에 요산遼山이 있는데 요수가 여기서 나온다.

47 신성은 삭주朔州 남쪽에 있는데 바로 위魏나라의 신평성新平城이다.

48 당나라 제도에, 각 위衛의 절충도위부에는 절충도위가 한 명 있는데, 큰 부府에는 정4품상이고, 중간 부府에는 종4품하이며, 작은 부府는 정5품하였고, 좌우과의 도위左右果毅都尉도 각 한 명씩인데, 큰 부는 종5품하, 중간 부는 정6품상, 작은 부는 정6품하였다. 이들은 숙위宿衛하는 일을 맡아보다가, 전쟁 때는 무기와 식량을 점검하는 일을 맡아보았다.

49 건안성은 한漢나라 평곽현平郭縣이다.

50 개모성은 요동성 남쪽 2백40리에 있는데 바로 지금의 개주위盖州衛이다. 동쪽으로 압록강이 5백30리 떨어져 있다.

에 이르렀다.[51] 이세적 등이 개모성을 빼앗아 2만여 명을 사로잡고 양식 10만여 석石을 얻었다. 장량張亮이 해군을 이끌고 동래東萊에서 바다를 건너 비사성卑沙城을 습격했다.[52] 그 성은 사면이 깎아지른 절벽이고 오직 서쪽 문으로만 올라갈 수 있었다. 정명진程明振이 병사를 이끌고 밤에 왔다. 총관 왕대도王大度가 먼저 올라가 성을 뺏고 남녀 8천 명을 사로잡았다. 분견총관分遺總管 구효충丘孝忠 등이 압록강 물에 칼날을 번뜩였다. 이세적이 요동성 밑에 이르렀다. 태종이 요동의 늪에 이르니 진흙탕이 2백여 리여서 사람과 말이 갈 수 없었다. 염입덕閻立德이 흙을 덮고 다리를 만들어 군사들이 지체하지 않고 나아가 늪을 건너 동쪽으로 갔다.

고구려가 보병과 기병 4만으로 요동을 구하니 도종이 4천 기를 이끌고 맞아 공격했다. 군중에서 모두들 숫자가 너무 차이가 나니 구렁을 깊이 파고 보루를 높이 쌓아 천자의 수레를 기다리는 것이 낫겠다고 했다. 도종이 말하기를,

"적이 숫자가 많은 것을 믿고 우리를 가볍게 보는 마음이 있는 데다가 멀리 왔으므로 피곤할 것이다. 공격하면 반드시 깨뜨릴 수 있다. 또 우리는 선봉이니 마땅히 길을 깨끗이 치우고 천자의 가마를 맞아야 한다. 다시 적을 군부君父에게 보낼 수 있겠는가?"

라고 하니, 이세적이 그렇게 생각했다. 과의도위果毅都衛 마문거馬

---

51 여기는 옛날의 북평이다. 수나라는 평주平州를 북평군으로 고쳤다.
52 비사성은 개모성 남쪽 70리에 있는데 바로 지금의 금주위金州衛이다.

文擧가,

"강한 적을 만나지 못하고서야 어떻게 장사임을 드러내리오."

라고 하며 말을 채찍질해 적에게 나아가 이르는 곳마다 모두 쓰러
뜨리니 사람들의 마음이 조금 안정되었다. 싸움이 붙자, 행군총관
行軍總管 장군예張君乂가 달아나니 당나라 군대가 패했다. 도종이 흩
어진 군졸을 수습하여 높은 곳에 올라 바라보고 고구려군의 진이
어지러운 것을 알고는 용맹한 기병 수십 명과 함께 적에게 부딪쳐
좌충우돌했다. 이세적이 군사를 이끌고 가서 도와 고구려를 크게
깨뜨리고 1천여 명을 목베었다. 태종은 요수를 건너고 나서 다리를
철거하여 군사들의 마음을 굳게 했다. 그리고 군대를 마수산馬首山
에 주둔시키고 도종의 노고를 치하하였으며, 마문거를 특별히 몇
등급을 뛰어넘어 중랑장으로 임명하고 장군예는 목을 베었다.

태종은 스스로 수백 기를 이끌고 요동성 아래 이르러 군사들이
흙을 져다가 구덩이를 메우는 것을 보았다. 태종은 아주 무거운 것
을 나누어 말 위에서 들었다. 따르던 관리들이 다투어 흙을 지고
성 밑에 이르렀다. 이세적은 밤낮으로 쉬지 않고 12일 동안 요동성
을 공격했다. 태종이 정예의 군사를 이끌고 와서 함께 모여 그 성
을 수백 겹으로 에워싸니 북소리와 외치는 소리가 천지를 울렸다.

성에 주몽朱蒙의 사당이 있었는데 사당에는 쇠사슬로 만든 갑옷
과 날카로운 창이 있었다. 그런데 이것은 전연前燕 때 하늘이 내려
준 것이라는 터무니 없는 말이 있었다.[53] 바야흐로 포위가 급해지
자 아름다운 여자를 꾸며 부신婦神으로 만들었다 그리고 무당은 주

몽이 기뻐하니 성은 반드시 괜찮다고 말했다.[54] 이세적이 포차砲車
를 늘어놓고 큰 돌을 3백 보 너머로 날려보내니 맞는 것마다 바로
부서졌다.[55] 고구려는 나무를 쌓아 다락을 만들고 밧줄을 엮어 그
물을 쳤으나 막아내지 못했다. 그리고 충차衝車로 성 위의 낮은 담
과 집을 치니 가루가 나버렸다. 이때 백제에서는 금으로 만든 갑옷
을 바치고 또 현금玄金으로 무늬를 넣은 갑옷을 군사들이 입고 종
군하였다. 태종과 이세적이 만나니 갑옷의 광채가 햇빛에 빛났다.
남풍이 급히 부니 태종이 날랜 군사를 보내 충간衝竿의 끝에 올라
가 서남쪽 누각에 불을 지르게 하니 불이 성안으로까지 붙었다. 이
에 군사를 지휘하여 성에 올랐다. 고구려는 힘써 싸웠으나 대적하
지 못하였다. 드디어 성을 함락시켰다. 여기에서 죽인 자가 1만여
명이고, 승병勝兵 1만여 명과 남녀 4만여 명을 얻었으며, 그 성을
요주遼州라고 했다.

　백암성白巖城으로 진군하였는데 우위대장군右衛大將軍 이사마李思
摩가 화살에 맞았다. 태종이 친히 그를 위해 피를 빨았다. 군사들이
이 말을 듣고 감동하지 않은 사람이 없었다. 오골성五骨城에서 백암

53 선비鮮卑 사람 모용황慕容皝이 진晉나라 성제成帝 함강咸康 3년에 참람하게 왕위
　에 올라 동계東薊에 웅거하다 업鄴으로 옮겼는데 후에 진秦나라 부견苻堅에게 망
　했다. 이를 전연이라 한다.
54 부신은 귀신의 자리에 여자를 앉힌 것을 말한다. 무당이 말했다는 것은 무당이 귀
　신의 뜻을 말로 전했다는 것이다.
55 포차는 돌을 쏘는 수레이다. 범려范蠡의 병법에, 쏘는 돌의 무게는 12근斤인데 기
　계의 법대로 하면 3백 보를 간다고 했다.

성을 돕기 위해 군사 1만여 명을 보냈다.[56] 장군 계필하력契苾何力이 굳센 기병 8백으로 이를 쳤다.[57] 계필하력이 솔선하여 적진에 뛰어들었다가 창을 허리에 맞았다. 상연봉어尙輦奉御 설만비薛萬備가 홀로 그를 구하러 가서 그 많은 무리 가운데서 계필하력을 빼내어 돌아왔다.[58] 계필하력이 더욱 분해서 상처를 동여매고 싸웠다. 따르는 기병이 분발하여 공격하여 드디어 고구려 군대를 깨뜨리고 수십 리를 추격하여 수천 명을 베었다. 이때 날이 어두워지므로 그만두었다.

신라는 태종이 친히 고구려를 정벌한다는 말을 듣고 군사 3만을 내어 도왔다.

이세적이 백암성의 서남쪽을 공격하고 태종이 그 서북쪽에 이르자, 성주城主 손대음孫代音이 몰래 심복 부하를 보내 항복하기를 청하는데 성에 이르면 무기를 던져 신표를 삼는다고 했다. 또 말하기를,

"저는 항복하려고 하는데[59] 성안에 따르지 않는 사람이 있습니

---

56 등주登州 동북쪽에서 바닷길로 가면 오호도烏湖島에 이르는데, 또 5백 리를 가면 동쪽으로 해변에 땅이 있고, 청니포淸泥浦, 도화포桃花浦, 행인포杏人浦, 석인왕石人汪, 탁타만橐駝灣을 지나면 오골강烏骨江에 이른다.
57 계필은 계필우契苾羽라고도 부른다. 『북사北史』에는 필苾을 폐弊라고 썼다. 언기焉耆 서북쪽에 있었는데 그 후손이 그것으로 성씨를 삼았다. 정관貞觀 6년 계필의 추장 하력何力이 부락을 이끌고 사주沙州로 와서 항복하였다.
58 상연은 천자의 수레와 가마를 주관하는 것이다. 봉어는 상연국尙輦局의 정9품하의 관직명이다.

다."

라고 했다. 태종이 당나라 깃발을 그 심부름꾼에게 주고 말하기를,

"꼭 항복하겠다면 마땅히 이 깃발을 성 위에 세우라."

고 했다. 손대음이 깃발을 세우자 성안의 사람들이 당나라 군사가 이미 성에 오른 줄 알고 모두 따랐다.

태종이 요동을 칠 때, 백암성이 항복하기를 청했다가 중도에 후회하여 그만두었다. 태종이 그 반복함을 노여워하여 군중에 말하기를,

"성을 얻으면 마땅히 성안의 사람과 물건을 모두 군사들에게 상으로 주겠다."

고 했다. 이세적이 태종이 장차 항복을 받으려는 것을 보고는 갑옷 입은 병사 수십 명을 이끌고 와서 청하여 말하기를,

"병졸들이 화살과 돌멩이를 무릅쓰고 죽음을 돌아보지 않는 이유는 노획품을 탐내는 것뿐입니다. 그런데 이제 성이 거의 함락되려는 때에 무엇 때문에 항복을 받아들여 싸우는 병사들의 마음을 저버리려고 하십니까?"

라고 하니 태종이 말에서 내려 사과하며 말하기를,

"장군의 말은 맞는 말이나 군대가 가는 곳에서 사람을 죽이고 그 처자를 잡아가는 것을 나로서는 차마 할 수 없다. 장군 휘하의 공이 있는 자는 내가 창고의 물건으로 상을 줄 테니 바라건대 장군은

---

59 군현을 지키는 사람을 성주라고 한다.

이 한 성을 놓아주라."

라고 하니 이세적이 이에 물러났다. 성중의 남녀 1만여 명을 얻어 태종은 물가에 천막을 치고 항복을 받아 음식을 주었다. 80이 넘는 사람은 차례에 따라 비단을 주었다. 그리고 다른 성의 군사로서 백암성에 있는 자들은 모두 위로하고 타이르며 양식과 무기를 주어 마음대로 가게 했다.

앞서 요동성의 장사長史가 부하에게 죽었는데, 그곳의 성사省事가 그 처자를 모시고 백암성으로 도망쳐온 일이 있었다.[60] 태종이 그 의로움이 있음을 어여삐 여겨 비단 다섯 필을 하사하고, 장사를 위해 영구를 만들어 평양으로 돌아가게 했다. 그리고 백암성을 암주巖州라고 하고 손대음으로 자사刺史를 삼았다.

계필하력의 상처가 심해지자 태종이 손수 약을 붙였다. 그리고 계필하력을 찌른 자인 고돌발高突勃을 찾아내 계필하력에게 주어 죽이도록 했다. 계필하력이 아뢰기를,

"저 사람도 그 임금을 위해 서슬 푸른 칼날을 무릅쓰고 신을 찌른 것이니 이는 충성스럽고 용기 있는 사람입니다. 또 그와 처음 만나 서로 알지 못하니 원수가 아닙니다."

라고 하고 드디어 놓아주었다.

처음에 개소문이 가시성加尸城 사람 7백여 명을 개모성盖牟城으로 보내 지키게 했는데, 이세적이 이들을 모두 사로잡았다. 그 사람들

---

60 성사는 하급 관리를 말하는데 후위後魏 이래로 있었다.

이 종군하여 충성할 것을 맹세하니 태종이 말하기를,

"너희들의 집이 모두 가시성에 있는데 너희가 나를 위해 싸운다면 막리지莫離支는 필히 너희 처자를 죽일 것이다. 한 사람의 힘을 얻고 한 가족을 없애는 일을 나는 차마 할 수 없다."

라고 하고 모두 물건을 내려주어 보냈다. 개모성을 개주盖州라고 했다.

태종이 요동을 출발하여 안시성安市城에 이르러 군사를 내어 공격했다.[61] 고구려의 북부 욕살北部褥薩 고연수高延壽와 남부 욕살 고혜진高惠眞이 고구려와 말갈의 군사 15만을 이끌고 안시성을 구원했다.[62] 태종이 신하에게 말하기를,

"이제 고연수를 위한 계책이 셋이 있다. 군대를 이끌고 곧바로 나아가 안시성을 연결하여 보루를 삼고, 높은 산의 험악함을 의지하여 성안의 식량을 먹으면서 말갈의 군사를 내보내 우리의 소와

---

61 안시성은 한漢나라의 옛 현이다. 요동군에 속한다. 『당서唐書』「설인귀전薛仁貴傳」에는 안지성安地城으로 되어 있다.

62 『후한서後漢書』「동이전東夷傳」에, "고구려에는 5부족이 있는데 소노부消奴部, 절노부絶奴部, 순노부順奴部, 관노부灌奴部, 계루부桂婁部이다"라고 하고 그 주註에 "고구려의 5부는, 첫째는 내부內部로 일명 황부黃部라고 하는데 계루부이다. 둘째는 북부北部로 일명 후부後部라고 하는데 절노부이다. 셋째는 동부東部로 일명 좌부左部라고 하는데 순노부이다. 넷째는 남부南部로 일명 전부前部라고 하는데 관노부이다. 다섯째는 서부西部로 일명 우부右部라고 하는데 소노부이다"라고 했다. 『북사北史』에는 고구려의 5부에는 각각 욕살이 있는데 대개 그 추장의 명칭이라고 했고, 『신당서新唐書』에는 고구려의 큰 성에는 욕살을 두었는데 도독都督과 같은 것이라고 했다.

말을 노략질하면, 우리가 공격을 해도 쉽게 성을 떨어뜨릴 수 없고 돌아가자니 진흙탕 길이 막혀 앉아서 우리 군대를 곤궁하게 할 수 있으니 이것이 상책上策이다. 성안의 무리를 빼어내어 밤에 함께 도망하는 것은 중책中策이고, 지략과 능력을 헤아리지 않고 우리에게 와서 싸움을 하는 것은 하책下策이다. 그대들은 보라. 저들은 필히 하책을 써서 내 눈앞에서 사로잡힐 것이다."

라고 했다. 고구려의 대로對盧 고정의高正義는 나이도 많고 일도 익숙하게 했다.[63] 그가 고연수에게 말하기를,

"진왕秦王은 안으로 여러 영웅을 없애고 밖으로는 오랑캐를 복속시켜 홀로 황제의 자리에 섰으니 이는 천명을 타고난 인물이다. 지금 중국 전체의 무리를 이끌고 왔으니 대적할 수가 없다. 우리를 위한 계책은, 군대를 머물러 싸우지 않고, 날을 보내며 오래 버티는 것만한 것이 없다. 그리고 기병奇兵을 나누어 보내 저들의 군수품을 운반하는 길을 끊는 것만한 것이 없다. 양식이 다하고, 싸우려 해도 싸울 수 없으며, 돌아가려 해도 길이 없으니, 이렇게 하면 승리할 수 있다."

고 했다. 고연수는 이 말을 따르지 않고 군사를 이끌고 바로 안시성에서 40리 떨어진 곳까지 나아갔다.

---

63 고구려의 관직에서 으뜸가는 것을 대대로大對盧라고 하는데 1품과 같은 것으로 나라일을 모두 맡고 있다. 대로 이하의 관직은 모두 12등급이다.

범조우范祖禹는,[64]

"전傳에 '나라는 작은 것이 없으니 쉽게 여겨서는 안 된다' 라는
말이 있다.[65] 대체로 비록 작은 나라라 하더라도, 필히 지략이 있는
사람이 나라를 위해 계책을 내고, 용감한 사람들은 죽기를 다하는
것이다. 그러므로 비록 온 천하의 큰 힘이나 또 백만의 무리라도
반드시 이긴다고 믿을 수는 없다. 고구려 대로의 계책은 바로 태종
이 상책이라고 말한 것과 같다. 고연수로 하여금 이 계책을 듣고
쓰게 했다면 당나라 군대가 어찌 위태롭지 않았으리오."
라고 했다.

태종은 저들이 어정거리며 오지 않을까 염려하여, 좌위대장군左
衛大將軍 아사나두이阿史那杜爾에게 명하여 돌궐 군사 1천 기를 이끌
고 적을 유인하여 싸움이 시작되면 거짓으로 도망치라고 했다.[66]
고구려군은 서로 말하기를,

---

64 범조우의 자는 순보淳甫로 송宋나라 사람인데 신종神宗과 철종哲宗 두 임금을 섬
    겼으며 『당감唐鑑』을 저술했다.
65 나라는 작은 것이 없으니 쉽게 여겨서는 안 된다라는 말은, 나라에 대해서 얘기할
    때는 약소국이라도 가볍게 쉽게 대해서는 안 된다는 말이다. 『좌전左傳』에 보면,
    노나라 희공이 주邾나라를 업신여겨 준비를 하지 않고 막으려 하니 장문중臧文中
    이, "나라는 작은 것이 없으니 쉽게 여겨서는 안 됩니다. 준비가 없으면 비록 숫자
    가 많다 하더라도 믿을 것이 못 됩니다"라고 했다는 대목이 있다.
66 아사나는 돌궐의 세 자로 된 성이고 두이는 이름인데, 처라가한處羅可汗의 아들로
    정관 10년에 와서 항복했다.

"저들은 별것 아니다."

라고 하며 이 틈을 타서 다투어 나와 안시성 동남쪽 8리에 이르러 산을 의지해서 진을 쳤다. 태종이 모든 장수를 불러 계책을 물으니, 장손무기가 대답하기를,

"제가 듣기로는, 적과 대해서 장차 싸우려고 할 때는 반드시 먼저 병사들의 정황을 살펴보아야 한다고 합니다. 제가 마침 여러 군영을 다니면서 사졸을 보니, 고구려군이 왔다는 말을 듣고는 모두 칼을 빼어 들고 깃발을 묶으며 얼굴에 기쁜 기색이 있으니 이것은 반드시 이길 군대입니다. 폐하께서 미관未冠에 몸소 군대를 진군시켰으니,[67] 기발한 계책으로 승리를 얻은 것은 모두 폐하의 품성과 책략이고 여러 장수들은 이를 받들어 한 것뿐입니다. 오늘의 일도 폐하의 지종指蹤을 바랍니다."

라고 하니,[68] 태종이 웃으며 말하기를,

"그대들이 이렇게 사양을 하니 내가 그대들을 위해 생각해보겠소."

라고 하고, 장손무기 등과 함께 수백 기를 데리고 높은 곳에 올라가 적군을 보고는, 산천의 형세가 복병을 하고 군사를 들락날락 할 수 있는 곳을 살폈다. 고구려와 말갈의 군사들이 진을 친 것의 길이가 40리였다. 도종이 말하기를,

"고구려가 나라를 기울여 우리 군대를 방어하고 있으니 평양의

---

67 태종은 18세에 의병을 일으켰다.
68 지종은 사냥에 비유한 것으로, 짐승의 자취를 가리키면 개가 쫓아가서 잡는 것이다.

방비는 반드시 약할 것입니다. 원컨대 제게 정병 5천을 주신다면 그 근본을 뒤엎어 수십만 명을 싸우지 않고 항복시키겠습니다."
라고 했는데, 태종은 듣지 않고 사신을 고연수에게 보내 속여 말하기를,

"나는 너희 나라의 못된 신하가 그 임금을 죽였으므로 죄를 물으러 온 것이다. 싸움을 하게 된 것은 내 본심이 아니다. 너희 나라 땅에 들어와서는 말 먹일 풀과 양식이 넉넉하지 못했으므로 몇 성을 취한 것이다. 너희 나라가 신하의 예를 갖추는 것을 기다려 반드시 돌려주겠다."
라고 했다. 고연수는 이 말을 믿고 다시 방비를 하지 않았다.

태종이 밤에 문무관文武官을 불러 일을 꾸미는데, 이세적에게는 보병과 기병 1만 5천 명을 이끌고 서쪽 고개에 진치게 하고, 장손무기와 우진달牛進達에게는 정예병 1만 1천 명을 이끌고 산 북쪽에서 좁은 계곡으로 나가 적의 뒤를 기습하게 했으며, 태종은 스스로 보병과 기병 4천을 거느리고 북과 피리를 감추고 깃발을 눕힌 채 북쪽 산으로 올라갔다. 태종은 제군에 명령을 내려 북과 피리 소리를 들으면 모두 나와 힘껏 싸우라고 했다. 그리고 유사에게 명하여 조당朝堂 곁에 항복받을 천막을 치도록 했다.[69] 고연수 등이 다만 이세적의 군대가 적은 것만을 보고는 군대를 정돈하여 싸우려 했다. 태종이 장손무기의 군중에서 먼지가 일어나는 것을 보고는 북

---

69 행군하는 영채에도 궁궐의 제도를 갖추므로 조당이 있다.

과 피리를 울리고 깃발을 들게 하니 제군이 북치고 외치며 함께 나아갔다. 고연수 등이 크게 두려워 군사를 나누어 막으려고 했으나 그 진이 이미 어지러워졌다. 이때 천둥과 번개가 일어났다. 용문龍門 사람 설인귀薛仁貴는 이상한 옷을 입고 크게 소리지르며 적진에 들어가니 이르는 곳마다 대적을 못하여 고구려 병사들이 모두 쓰러졌다.[70] 대군이 이 틈을 타니 고구려군이 크게 무너져 2만여 급級을 목베었다. 태종이 설인귀를 바라보고는, 불러서 유격장군遊擊將軍을 제수했다.[71] 고연수 등이 남은 무리를 이끌고 산을 의지하여 굳게 지켰다. 태종이 제군에 명하여 포위하도록 했다. 장손무기는 모든 다리를 철거하여 돌아갈 길을 끊었다.[72] 고연수와 고혜진이 그 무리 3만 6천8백 명을 이끌고 항복을 청하여, 군문軍門에 들어와서는 무릎으로 걸어 앞으로 나와 절하고 엎드려서 명령을 청했다. 태종이 그에게 말하기를,

"동쪽 오랑캐 어린아이들이 저 한구석에서 날뛰다가, 큰 싸움에 이르니 어른을 당할 수 있겠는가. 이제부터 또 감히 천자와 싸우겠는가?"

라고 하니, 모두 땅에 엎드려 대답하지 못했다.

태종은 욕살 이하 우두머리 3천5백 명을 가려내어 융병戎兵에 편입시켜 내지內地로 옮기게 하고, 나머지는 모두 석방하여 평양으로

---

70 용문현은 강주降州에 속한다. 설인귀는 스스로 사람을 모아 응모했다.

71 당나라 제도에, 무산계武散階의 유격장군은 종5품이었다.

72 대저 다리에는, 나무다리, 돌다리, 배다리가 있는데 모두 다리라고 한다.

돌아가게 하니, 모두 두손을 들고 머리를 땅에 대며 환호하는 소리가 수십 리 밖에까지 들렸다. 말갈의 3천3백 명은 모두 묻었다.[73] 말 5만 필, 소 5만 두, 철갑鐵甲 1만 영領을 노획했고, 다른 기계들도 이 정도는 되었다. 고구려는 온 나라가 크게 놀랐다. 후황성後黃城과 은성銀城은 모두 스스로 달아나니 수백 리에 다시 인가가 없었다. 태종은 태자에게 편지를 전해 알리고 또 개부의동삼사開府儀同三司 고사렴高士廉 등에게 편지하기를,

"나의 장수 됨이 이와 같으니 어떠한가?"

라고 했다.[74] 지나간 산 이름을 고쳐 주필산駐蹕山이라 하고 돌에 그 공을 새겼다.[75]

범조우가 말했다.

"태종이 고구려를 친 것은 단지 천하의 부유함과 병력이 강한 것을 믿고 한 것이 아니었다. 본래 그는 어려서 포의布衣로서 일어났는데 기개와 뜻이 영특하고 과감하여 백전백승하여 천하를 얻었다. 나라가 다스려지고 오랫동안 안정되자 팔짱을 끼고 그윽히 앉아 있을 수가 없어, 망령된 뜻을 생각하여 주먹을 불끈 쥐고 기세

---

73 말갈이 진을 공격했기 때문이다.
74 처음 태종이 떠날 때, 고사렴을 명하여 태자태부太子太傅를 대신하도록 하여 시중侍中 배계襄泊, 중서시랑中書侍郞 풍주馮周, 소첨사少詹事 장행성張行成, 우서자右庶子 고계보高季輔와 함께 일을 맡고 태자를 돕도록 했다.
75 수레와 가마가 멈추는 것을 주필이라고 한다. 산의 원래 이름은 육산六山이다.

좋게 뛰며 전쟁을 좋아하게 되니, 마치 풍부(馮婦)가 맨손으로 호랑이 잡는 것을 스스로 그만둘 수 없었던 것과 마찬가지이다. 의리와 이치로써 그 뜻을 기르며, 중용을 지키는 것으로써 그 기운을 기르는 것이 아니고, 용맹으로 시작해서 용맹으로 끝난 것뿐이다.[76] 『예기禮記』에, '용감하고 강하며 힘 있는 자에게 귀한 것은, 용감히 예의를 행하는 것을 귀하게 여기는 것이다. 천하에 일이 없으면 예의에 힘을 쓰고, 천하에 일이 있으면 싸움에 승리하는 데 힘을 쓴다. 싸움에 승리하는 데 힘을 쓰면 적이 없고, 예의에 힘을 쓰면 순조롭게 다스려진다' 는 말이 있다.[77] 태종은 천하에 일이 없게 되자 예의에 힘쓸 줄을 모르고 오직 싸움에서 승리하는 것만을 좋다고 한 것이다. 이리하여 천자의 존엄함으로 먼 곳의 오랑캐와 승부를 겨루고, 한 번 싸워 이겼다고 해서 스스로 공을 삼아 그 지혜와 능력을 자랑하며, 이런 것을 신하에게 과시하니 그 그릇이 또한 작지 않은가!'

태종은 영채를 안시성 동쪽의 고개로 옮기고, 조칙을 내려 전사

---

76 풍부는 용감하고 힘이 있어 맨손으로 호랑이를 잘 잡았으므로 승진하여 사士가 되었다. 후에 들판에서 호랑이를 보자 다시 맨손으로 잡으려고 하니 사의 무리가 그 그만두지 못함을 비웃었다. 여기서는 이것을 인용하여 태종이 싸움을 그치지 않았음을 비유했다.

77 이 대목은 『예기』의 「빙의聘義」에 나오는 글이다. 스스로 강력하고 용감한 기운을 길러 오로지 예의와 승리를 하는데 사용하여 교화를 행한다는 말이다.

한 자를 표시해 두었다가 군대가 돌아갈 때를 기다려 함께 돌려보내도록 했다. 고연수를 홍려경鴻臚卿으로, 고혜진을 사농경司農卿으로 삼았다.

장량의 군대가 건안성建安城을 지날 때, 성채가 아직 굳지 않았고 병사들이 말을 먹이고 나무를 하러 많이 나와 있었는데, 고구려 병사가 갑자기 들이닥치니 군중이 놀라 소란해졌다. 장량은 평소에 겁이 많았으므로 의자에 걸터앉아 똑바로 쳐다보며 말이 없었다. 장병들이 이것을 보고는 도리어 용감하다고 여겼다. 총관 장금수張金樹 등이 북을 울리고 병사를 정돈하여 고구려 군사를 공격하여 깨뜨렸다. 척후 기병이 개소문의 첩자諜者 고죽리高竹離를 사로잡아 팔을 뒤로 묶어 군문軍門으로 보냈다. 태종이 불러 보고는 묶은 것을 풀어주며 묻기를,

"어찌 이리 심하게 여위었는가?"

라고 하니, 대답하기를,

"몰래 숨어다니느라 먹지 못한 지 며칠 되었습니다."

라고 하니, 먹을 것을 내려주라고 명하고, 말하기를,

"너는 첩자이니 마땅히 속히 돌아가 나의 말을 막리지에게 보고하라. 군중의 소식을 알고 싶으면 사람을 곧바로 나 있는 곳으로 보낼 것이지 하필 첩자를 보내 고생시키는가?"

라고 했다. 고죽리가 맨발로 걸었더니 태종이 짚신을 주어 보냈다.

영채를 안시성 남쪽으로 옮겼다. 태종은 요동에 있는 동안 영채를 설치할 때 다만 척후를 세웠을 뿐이지 참호를 파거나 보루를 쌓

지는 않았다. 비록 저들의 성에 가까이 접근해도 고구려는 끝내 감히 나와서 습격하거나 노략질하지 못했으며, 병사들이 혼자서 다니는 것이나 밤에 자는 것이 본국과 다름없었다.

태종이 고구려를 칠 때 설연타薛延陀가 사신을 보내 조공을 했다. 태종이 사신에게 말하기를,

"너의 가한可汗에게, 지금 우리 부자가 동쪽으로 고구려를 치고 있으니, 너희가 쳐들어오려면 빨리 쳐들어오라고 말해라."

라고 했다. 진주가한眞珠可汗이 황공하여 사신을 보내 사례하고 또 군사를 내어 돕겠다고 했는데 태종이 허락하지 않았다.[78] 고구려가 주필산에서 패함에 이르러 막리지가 말갈에 사신을 보내 진주가한을 달래 큰 이익으로 꾀었으나 진주가한은 두려워 기가 죽은 탓에 감히 움직이지 못했다.

태종이 백암성을 함락시키고 이세적에게 말하기를,

"들으니 안시성은 험하고 병사들은 정예병이며, 그 성주는 재주와 용맹이 있다고 한다. 막리지가 난을 일으켰을 때도 성을 지켜 따르지 않으니 막리지가 공격하였으나 성을 함락시키지 못해서 그에게 주었다고 한다. 건안성은 병사들도 약하고 양식도 적으니 만약 불의에 공격하면 반드시 이길 것이다. 공이 먼저 건안성을 공격하여 건안성을 떨어뜨리면 안시성은 내 뱃속에 있게 된다. 이것이 『손자병법』에서 말하는 성에는 공격하지 않는 곳이 있다는 것이다."

---

78 정관 2년에 사신을 보내 설연타의 일곱째 아들을 진주가한으로 세웠다.

라고 하니, 대답하여 말하기를,

"건안성은 남쪽에 있고 안시성은 북쪽에 있으며 우리의 군량은 모두 요동에 있습니다. 이제 안시성을 건너뛰어 건안성을 치는데 만약 적이 우리의 보급로를 끊는다면 장차 어찌하겠습니까? 먼저 안시성을 공격하여 안시성을 함락시키고 북을 울리며 나가 건안성을 취해야 합니다."

라고 했다.[79] 태종이 말하기를,

"공을 장수로 삼았으니 어찌 공의 계책을 쓰지 않으리오. 나의 일을 그르치지 말도록 하오."

라고 했다.

이세적이 드디어 안시성을 공격했다. 안시성 사람들이 태종의 깃발과 수레 덮개를 보고는 바로 성 위로 올라가 북 치고 소리치니 태종이 노했다. 이세적이 청하기를, 성을 빼앗는 날 남자들은 모두 구덩이에 파묻자고 했다. 안시성 사람들이 이 말을 듣고는 더욱 굳게 지켰다. 오랫동안 공격했으나 성을 떨어뜨리지 못했다.

호인胡寅은 다음과 같이 말했다.

"군사를 어찌 쉽게 쓸 수 있겠는가? 태종의 뛰어난 무용, 여러 장수들의 수없이 많은 전쟁의 경험, 잘 훈련된 병사와 말 그리고 풍부한 물자와 보급으로 임금을 죽인 조그만 오랑캐를 쳤으니, 그

---

79 북을 울리고 나아간다는 말은 두려움 없이 북 치고 소리치며 간다는 말이다.

반드시 이길 기세는 정말로 태산으로 바위를 누르는 것 같았다.[80] 그러나 이세적의 한 마디 실수로 드디어 안시성을 함락시킬 수 없었다. 태종이 뜻이 꺾여 돌아오니 답답한 심정이 병이 되었다. 군사를 어찌 쉽게 쓸 수 있겠는가? 이세적의 말은, 전단田單이 연燕나라 장수들에게 거짓으로 가르쳐주어 즉묵卽墨 사람들의 마음을 굳게 한 것과 같은 것이었다. 그러나 스스로에게 그렇게 한 것이 되었으니 큰 잘못이라 말할 수 있다.[81]

고연수와 고혜진이 태종에게 청하여 말하기를,

"저희들은 이미 대국에 몸을 맡겼으니 감히 정성을 바치지 않을 수 없습니다. 천자께서 빨리 큰 공을 이루시어 저희들도 처자를 볼 수 있게 되기를 바라고 있습니다. 안시성 사람들은 그 집안사람을

---

80 태산은 연주兗州 박성현博城縣 서북쪽에 있다.

81 연나라 소왕은 악의樂毅에게 제나라를 치게 하여 70여 성을 함락시켰는데 유독 거莒와 즉묵만은 함락시키지 못했다. 소왕이 죽었는데, 혜왕惠王은 태자 때부터 악의를 불쾌하게 여겼었다. 제나라 전단은 이것을 알고 이간질을 하니 혜왕은 기겁騎劫을 대신 장수로 삼았다. 전단은 널리 알려 말하기를, "다만 내가 두려워하는 것은, 연나라 사람들이 잡아간 제나라 병졸의 코를 베고 이들을 진의 맨 앞에 세워 놓아 즉묵이 패할까 하는 것이다"라고 하니 연나라 사람들이 그 말대로 했다. 성안의 사람들은 노하여 성을 굳게 지켰으니 그렇게 될까 두려웠기 때문이었다. 전단은 또 말하기를, "나는 연나라 사람들이 성밖에 있는 우리 무덤을 파헤칠까 겁이 나서 마음이 섬뜩해진다"고 했더니 연나라 군대가 무덤을 파헤쳐 불살라버렸다. 제나라 사람들이 바라보고는 모두 눈물을 흘렸다. 전단은 이제 쓸 수 있겠다는 것을 알고 이에 습격하여 연나라 군대를 깨뜨리고 그 땅을 모두 회복했다.

소중히 여겨 사람마다 스스로 싸우므로 쉽게 성을 뺏을 수 없습니다. 지금 저희들은 고구려의 10여 만 무리로도 깃발만 보고서 무너져버렸으므로 고구려 사람들이 매우 두려워하고 있습니다. 오골성의 욕살은 나이가 많아서 굳게 지킬 수 없을 것이니 군사를 거기로 옮긴다면 아침에 가서 저녁이면 이길 수 있습니다. 그 나머지 길에 있는 작은 성들은 그 소문만 듣고도 무너져버릴 것입니다. 그런 후에 그 재물과 양식을 거두어들여 북을 치며 전진한다면 평양도 반드시 지키기 어려울 것입니다."

라고 했다. 여러 신하들도 또한 말하기를,

"장량의 병사들이 지금 사성沙城에 머물러 있는데 부르면 이틀이면 올 수 있습니다. 고구려가 두려워하는 틈을 타서 힘을 합쳐 오골성을 빼앗으십시오. 압록강을 건너 곧바로 평양을 취하는 것은 이번 일에 달려 있습니다."

라고 했다.[82] 태종이 따르려고 했는데 유독 장손무기만이,

"천자가 몸소 정벌에 나선 것은 여러 장수들과는 다르므로 위험을 무릅쓰고 요행을 바랄 수는 없습니다. 지금 건안성과 신성新城의 오랑캐 무리가 10만에 가까운데, 만약 우리가 오골성을 향한다면 이들이 모두 우리 뒤를 쫓을 것입니다. 그러니 먼저 안시성을 깨뜨리고 건안성을 취한 연후에 먼 길을 가는 것만 못합니다. 이것이 만전지책萬全之策입니다."

---

82 사성은 바로 비사성卑沙城이다.

라고 하니, 태종이 이에 그만두었다.

　제군諸軍이 급히 안시성을 공격하는데, 태종이 성안에서 닭과 돼지 소리가 나는 것을 듣고는 이세적에게 말하기를,

　"성을 포위한 지가 오래되어 성안의 밥짓는 연기가 날로 가늘어지는데 이제 닭과 돼지 소리가 아주 시끄러우니, 이것은 반드시 병사들을 잘 먹여 밤에 우리를 습격하려는 것이니 반드시 병사들의 방비를 엄하게 하도록 하오."

라고 했다. 이날 밤 고구려군 수백 명이 밧줄을 타고 성을 내려왔다. 태종이 듣고는, 성에서 내려오자 군사를 불러 급히 치게 하여 수십 급의 머리를 베었다. 고구려군이 달아났다.

　도종이 무리를 감독하여 토산土山을 성 동남쪽에 쌓아 점점 그 성을 조여들어갔다. 성안에서도 역시 성을 높여 막았다. 사졸들이 번갈아 싸웠는데 하루에 예닐곱 번을 싸웠다. 충차로 부딪치고 대포로 돌을 날려 그 누각과 성첩城堞을 부수니 성안에서는 그에 따라 목책木柵으로 그 부서진 곳을 막았다. 도종이 발을 다치자 태종이 친히 그를 위해 침을 놓았다. 토산 쌓는 것을 밤낮으로 쉬지 않아 60일 동안 50만 명이 공력을 들였다. 토산의 꼭대기가 성보다 몇 장 높아져서 성안을 굽어보게 되었다. 도종이 과의果毅 부복애傳伏愛에게 병사를 거느리고 산꼭대기에서 적을 방비하라고 했다. 그런데 토산이 무너져 성을 덮쳐 성이 무너졌다.[83] 이때 부복애가

83　정관 10년 다시 각 별장別將을 과의도위果毅都尉라고 했다.

사사로이 자리를 떠나 있었다. 고구려군 수백 명이 성의 무너진 곳으로 나와 싸워 드디어 토산을 빼앗아 점거하고는 참호를 파고 막았다. 태종이 노하여 부복애를 목베어 군중에 돌려 보였다.[84] 여러 장수들에게 공격하도록 명하여 사흘이 되었는데도 이기지 못했다. 도종이 맨발로 깃발 아래까지 나와 죄를 청했다. 태종이 말하기를,

"너의 죄는 죽어 마땅하다. 그러나 나는, 한나라 무제가 왕회王恢를 죽인 것은 진秦나라 목공이 맹명孟明을 쓴 것만 못하다고 생각하고 있고, 또 개모와 요동을 깨뜨린 공이 있으므로 특별히 용서하는 것뿐이다."

라고 했다.[85]

---

84 목을 베어 돌려 보이는 것은, 장차 어떤 일을 할 때 여러 사람에게 두루 보임으로써 사람들로 하여금 경계하도록 하는 것이다.

85 한나라 무제 원광元光 2년에 대행大行 왕회가 오랑캐를 치면 이익이 있다고 무제를 달랬는데, 무제가 이에 따랐다. 그래서 마읍馬邑의 호걸 섭일聶壹을 시켜 거짓으로 마읍을 판다고 해서 선우單于를 유인했다. 한나라는 복병 30만을 마읍 옆에 두었다. 선우가 변방에 들어와 정후를 공격하여 한나라 안문위사雁門尉史를 사로잡아 한나라의 계략을 알고는 군대를 이끌고 돌아갔다. 한나라 군대는 선우가 마읍에 들어오면 군사를 풀어놓으려고 했는데 선우가 오지 않으니 아무 소득이 없었다. 왕회의 부대는 그 대신에 오랑캐의 짐수레를 공격했는데 선우가 군사를 많이 돌이킨다는 말을 듣고는 감히 나가지 못했다. 한나라 무제는, 본래 왕회가 세운 계략인데 나가지 못한다 하여 왕회를 죽였다. 이에 비해 진나라 목공은 맹명으로 하여금 동쪽을 정벌하도록 했는데 두 번이나 진晉나라에 패했다. 그러나 목공은 다시 맹명을 써서 드디어 서융西戎을 제패했다.

태종은, 요동이 일찍 추워져서 풀이 마르고 물이 얼므로 사람과 말이 오래 머물기가 어렵고, 또 식량이 다해가므로 군대를 돌린다는 조칙을 내렸다. 먼저 요주와 개주의 사람을 뽑아 요수를 건너게 했다. 그리고 안시성 아래를 선회하여 군대의 위력을 보였다. 성안에서는 모두 두려워서 밖으로 나오지 못했다. 성주가 성에 올라가 인사했다. 태종은 그 굳게 지킴을 아름답게 여겨 비단 1백 필을 주어 임금 섬기기를 힘쓰라고 했다.

김부식金富軾은 말하기를,[86]

"유공권柳公權의 『소설小說』에는,[87] '주필산의 싸움에서 고구려와 말갈의 연합군이 바야흐로 40리에 뻗쳐 있었다. 태종이 바라보고는 두려운 기색이 있었다'고 하고, 또 말하기를, '6군六軍이 고구려에 쫓겨 거의 힘을 못 쓰게 되었는데, 척후병이 보고하기를, 영공英公의 군대가 검은 깃발에 둘러싸여 있다고 하니 황제가 두려워했다'고 했다.[88] 비록 끝내는 빠져나왔지만 그러나 위험하기가 저와 같았다. 그러나 『신당서新唐書』, 『구당서舊唐書』 그리고 사마공司馬公의 『통감通鑑』에서 말하지 않은 것은 자기 나라를 위해 감춘 것이 아니겠는가?"

---

86 김부식은 고려 때 사람으로 숙종, 예종, 인종, 의종의 네 임금을 섬겼으며 『삼국사기三國史記』를 찬撰했다.
87 유공권은 당唐나라 목종穆宗 때 사람이다.
88 이세적을 영국공英國公에 봉했다.

라고 했다.[89] 또 말하기를,

　"당나라 태종은 뛰어난 재주와 대단한 무예를 갖춘 불세출不世出의 임금이다.[90] 어지러움을 다스린 것은 탕무湯武에 비길 만하고 나라를 잘 다스린 것은 성강成康에 가깝다.[91] 그 용병用兵하는 것은, 기이한 꾀를 내어 적을 제압하므로 향하는 곳에 대적할 자가 없었다. 요동을 정벌할 때 오랫동안 안시성을 포위하고 1백 가지 계책을 내어 공격하였으나 함락시키지 못했으니, 그 성주 또한 보통 사람은 아니라고 하겠다. 아깝도다! 역사에서 그 이름을 잃어버린 것은." 이라고 했다.

　이세적과 도종에게 명하여 보병과 기병 40만 명을 이끌고 후군이 되게 했다. 요동에 이르러 요수를 건너는데 요동 늪지대가 진흙탕이라 말과 수레가 갈 수 없었다. 장손무기에게 명해 1만 명을 거느리고 풀을 베어 길을 메우도록 했다. 그리고 물이 깊은 곳은 수레로 다리를 삼았다. 태종은 스스로 섶을 말걸이에 묶고 일을 도왔다. 태종이 포구蒲溝에 이르러 말을 멈추고 길 메우는 일을 독려했다. 제군이 발착수渤錯水를 건넜다.[92] 눈보라가 몰아쳐 병사들이

---

89 『신당서』는 송宋나라 구양수歐陽脩가 찬술했고 『구당서』는 후당後唐 유후劉煦가 찬술한 것이다.

90 불세출이란, 어떤 때 만날 수 있는 것이지 언제나 만나는 것은 아니라는 말이다

91 탕무는, 상나라의 탕왕과 주나라 무왕을 말한 것이다. 성강은 주나라 성왕과 강왕이다.

몸이 얼어 죽는 사람이 많았다. 그래서 명령을 내려 길에서 불을 피우고 기다리게 했다.

대저 고구려 정벌에서 현도玄菟, 횡산橫山, 개모盖牟, 마미磨米, 요동, 백암, 비사, 맥곡陌谷, 은산銀山, 후황後黃의 열개의 성을 빼앗았고, 요주, 개주, 암주巖州의 사람을 옮겨 중국으로 넣은 것이 7만 명이었다. 신성, 건안, 주필의 세 큰 싸움에서 당나라 병사와 고구려 병사가 매우 많이 죽었고, 전마戰馬도 열에 일고여덟이 죽었다. 태종은 성공하지 못한 것을 깊이 후회하여 탄식하며 말하기를,

"위징魏徵이 만약 살아 있었더라면 나를 이렇게 하도록 하지는 않았을 텐데⋯⋯."

라고 하고, 치역馳驛에 명하여 위징을 소뢰少牢로 제사지내고 다시 비석을 만들어 세우며 처자를 행재소로 오게 하여 위로하고 물건을 내려주었다.[93]

---

92 포구와 발착수는 모두 요동의 늪지에 있다.

93 소, 양, 돼지를 모두 쓰는 것을 대뢰大牢라 하고 양과 돼지를 쓰면 소뢰라고 하는데 희생이 많고 적음에 따라 대소大少를 부른다. 또는 소를 쓰면 대뢰라 하고, 양을 쓰면 소뢰라 한다. 위징이 죽자 태종은 스스로 비문을 짓고 아울러 돌에 글씨도 썼다. 위징이 일찍이 두정륜杜正倫과 후군집侯君集을 재상감이라고 천거하고, 후군집을 복야僕射로 삼을 것을 청했다. 또 말하기를, "나라가 평안하다 하여 위험을 잊을 수는 없는 것이므로 대장이 없어서는 안 됩니다. 여러 위위衛와 병마兵馬는 마땅히 후군집에게 맡겨 오로지 하도록 하십시오"라고 했다. 태종은 후군집이 뽐내기 좋아하는 것을 싫어하여 등용하지 않았다. 두정륜이 죄를 지어 쫓겨남에 이르러 후군집이 모반을 했으므로 죽였다. 태종이 처음에 위징을 아첨한다고 의심했다. 또 위징이 전후에 간한 말을 스스로 기록한 것을 기거랑起居郎 저수량에게 보

범조우는 다음과 같이 말했다.

"태종은 북쪽으로는 힐리頡利를 사로잡고, 서쪽으로는 고창高昌
을 멸망시켰다.[94] 군사의 위력은 더할 것이 없어 사방의 오랑캐가
두려워 떨었다. 그러나 무력을 좋아하여 그치지를 못하고 친히 고
구려를 공격하니, 천하의 백성이 작은 오랑캐 때문에 곤핍해졌고,
공을 이루지 못하고 돌아오니 의기가 꺾였다. 친히 수나라 양제가
먼 곳을 경략하려다가 나라를 망친 것을 보았으면서도 그것을 그
대로 따라 했다. 나는, 태종의 고구려 정벌은 수나라 양제와 다를
것이 없다고 본다. 다만 나라가 어지러워져 망하는 데까지 이르지
않았을 뿐이다. 끝까지 신중히 하는 것을 처음과 같이 못하고, 날
마다 그 덕을 새롭게 하여 공을 오제五帝보다 더하게 하고, 땅은 삼
왕三王보다도 넓게 하려고 했으니 이것이 실수이다.[95] 그러나 위험
한 것을 보고는 곧은 소리를 하는 신하를 생각했고, 허물을 알고는
스스로 후회하였으니 이것이 현명하다고 하는 것이다."

여주었으므로 태종이 더욱 좋아하지 않게 되어 이에 세운 비를 깨뜨려버렸다.

94 정관 3년 이정李靖을 정양도행군총관定襄道行軍總管으로 삼아 제군諸軍을 이끌고
돌궐을 토벌하게 했다. 이정은 음산陰山에서 돌궐을 습격하여 깨뜨리니 힐리가한
이 달아났다. 행군부총관行軍副總管 장보상張寶相이 힐리가한을 사로잡아 바쳤다.
13년에는 후군집을 교하대총관交河大總管으로 삼아 군대를 이끌고 고창을 공격하
게 했다. 후군집이 고창을 멸하고 그 땅을 서주西州라고 했다.

95 소호少昊, 전욱顓頊, 고신高辛, 당요唐堯, 우순虞舜을 오제라고 한다. 일설에는, 황
제黃帝, 전욱, 제곡帝嚳, 당요, 우순을 오제라고 하기도 한다.

영주營州에 이르러, 요동에서 죽은 사졸의 해골을 모두 유성柳城의 동남쪽에 모으도록 조칙을 내렸다. 그리고 유사에게 명하여 대뢰를 베풀도록 하고 태종은 스스로 글을 지어 제사지내며 지극한 슬픔으로 소리내어 울었다. 그 부모들이 이 말을 듣고는 말하기를,

"우리 아이가 죽어 천자께서 이렇게 우시니 죽어도 무슨 한이 있겠는가?"

라고 했다. 태종은 설인귀에게 말하기를,

"내 여러 장수들이 모두 늙었으므로 새로운 용맹한 장수 얻기를 생각했는데 그대 같은 사람이 없었다. 나는 요동을 얻은 것을 기뻐하지 않고, 경을 얻은 것을 기뻐한다."

라고 했다.

태종은 태자가 맞이하러 온다는 말을 듣고는 날랜 기병 3천 명을 이끌고 임유관臨渝關으로 달려 들어가는 길에서 태자를 만났다.[96] 태종이 정주를 떠날 때 입고 있던 갈포褐袍를 가리키며 태자에게 말하기를,

"너 만나기를 기다려 이 옷을 갈아입으려 했다."

---

96 정관 12년에 처음으로 좌우둔영비기左右屯營飛騎를 현무문玄武門에 두어 여러 장수들이 통솔하도록 했다. 또 비기飛騎 가운데 재주와 힘이 있고, 용맹하고 건장하며 말을 잘 타고 활 잘 쏘는 사람을 뽑아 백기百騎라고 했다. 이들에게는 오색 도포를 입히고, 날랜 말을 타게 하며, 호랑이 가죽으로 언치를 얹게 하여 사냥할 때나 행차할 때 따르게 했다. 영주성 서쪽 4백80리에 유관수착성渝關守捉城이 있는데 여기가 임유臨渝의 험난함이라고 말하는 곳이다.

라고 했다. 요동에 있을 때 비록 날이 더워 땀이 흐르더라도 바꿔 입지 않았고, 가을이 되어 헤어지니 좌우에서 갈아입기를 청했지만 태종은 말하기를,

"군사들의 옷이 많이 떨어졌는데 나만 혼자 새 옷을 입어서야 되겠는가?"

라고 했다. 이때에 이르러 태자가 새 옷을 올리자 이에 갈아입었다.

군사들이 포로로 잡은 고구려 백성 1만 4천 명을, 먼저 유주에 모아놓고 이들을 군사들에게 상으로 주려고 했다. 태종은 그 부자와 부부가 헤어져 흩어지는 것을 불쌍히 여겨, 유사有司에게 명하여 그 값을 쳐서 모두 돈과 옷감으로 갚아주어 양민良民이 되게 하니 기뻐서 외치는 소리가 사흘 동안 쉬지 않았다. 태종이 유주에 이르니 고구려 백성들이 성 동쪽에 나와 절하고 춤추며 소리지르고 땅바닥에 뒹구니 티끌이 가득했다.

태종이 서울에 돌아와 이정李靖에게 말하기를,

"내가 천하의 무리를 가지고도 작은 오랑캐를 이기지 못한 것은 어째서일까?"

라고 하니, 이정이 말하기를,

"이것은 도종이 알 수 있을 것입니다."

라고 했다. 태종이 돌아보며 물으니 도종이 주필산에 있을 때 적의 빈 틈을 타서 평양을 취하자고 한 말을 갖추어 아뢰었다. 태종이 한탄하며 말하기를,

"당시에 바빠 내가 생각하지 못했다."

라고 했다.

호인은 다음과 같이 말했다.

"태종이 적을 대하는데 좋은 계책을 갖고서도 취하지 못한 것은 어째서일까? 처음에 욕살 고연수를 만나서는 유인하여 취하려고 했다. 도종이 계책을 아뢴 때는 바로 태종이 고연수를 칠 계책을 정한 때였으므로 대답하지 않은 것이다. 이기고 나서는 바로 태자에게 알리고 스스로 장수가 되어 공을 이룬 것을 자랑했다. 그래서 도종이 굳이 다시 말할 수 없었던 것이다. 태종은 진왕秦王이 되어 여러 큰 적을 깨뜨릴 때, 여러 사람이 계책을 올리면 그 버리고 취하는 것을 그가 다 맡아서 했다. 날카로운 고구려를 만나 갑자기 기발한 계책을 잊어버렸다. 대개 그 뜻이 너무 크고 기운이 교만하므로 친히 많은 무리를 이끌고 가서 적은 무리에게 꺾인 것이다. 바라는 바를 남김없이 만족시키려고 해서는 안 되고, 뜻은 교만하게 가져서는 안 된다는 것이 바로 이것이다."

호인은 말했다.

"유계劉洎를 갑자기 죽인 것은, 모반을 꾀하지도 않은 대신을 재판에 부치지도 않고 참소하는 말을 곧바로 듣고 드디어 명령을 내려 지시한 것이다. 좌우의 일을 맡은 사람도 또한 간하는 말을 듣지 않는 자들이니 이것은 어찌된 일인가?[297] 태종은 왕성한 의욕을 가지고 고구려를 쳤다가 좌절하여 돌아왔다. 부끄럽고 분한 기운

을 풀 곳이 없어서 병들어 누웠는데 유계를 참소하는 자가 있어 그
가 꺼려 미워하는 것을 건드린 것이다. 이러므로 벼락같이 들이치
니 다시 생각해보지도 않게 된다. 임금이 된 자는 반드시 의리로
그 마음을 기르고, 기氣를 합쳐 크게 어우러지도록 해야 하는 것이
니, 이렇게 되면 기뻐도 예의에 어긋나지 않고, 노해도 도리에 어
그러지지 않게 된다."

서쪽을 정벌하여 공을 이룬 일은 제39장에 있다.[98]

제42장

서행西幸이 하마 오래사 각단角端이 말하거늘 술사術士를 종從

---

97 처음에 태종이 장차 동쪽 정벌을 떠날 때, 시중侍中 유계에게 말하기를, "내가 이
제 멀리 원정을 떠나니 그대는 태자를 보좌하도록 하라. 안위安危를 부탁하니 내
뜻을 깊이 헤아리도록 하라"고 했다. 유계가 대답하기를, "폐하께서는 걱정 마십
시오. 대신 가운데 죄를 지은 자는 삼가 바로 죽이겠습니다"라고 하니, 태종이 그
망발을 이상하게 여겼다. 태종이 돌아와 병환이 나자 유계는 슬프고 두려워하는
빛이 있었는데, 동료에게 말하기를, "병환이 이러니 정말로 걱정이다"라고 했다.
어떤 사람이 태종에게 참소하여 말하기를, "유계는, 나라일은 걱정할 것이 없고,
다만 어린 왕자를 도와서 이윤伊尹과 곽광霍光의 일을 행해야겠다. 대신 중에 뜻
이 다른 자들은 죽여 스스로 안정시켜야겠다고 말했습니다"라고 하니 태종은 그
렇게 여겨 유계에게 명을 내려 스스로 죽게 했다.
98 이 장도 역시 앞 장을 이어 반복하여 노래한 것이다.

하시니

동녕東寧을 하마 앗으셔 구름이 비취거늘 일관日官을 종從하
시니

西幸旣久　角端有語　術士之請　于以許之
東寧旣取　赤氣照營　日官之占　于以聽之

원元나라 태조太祖가 회회국回回國을 치니 그 왕이 나라를 버리고
도망쳤다.[99] 태조가 속부대速不觮에게 명을 내려 쫓게 하여 우회리
하于灰里河에서 깨뜨렸다. 회회왕이 밤에 도망쳤다. 속부대가 1만여
명의 기병을 거느리고 불한천不罕川을 지나 추격하여 습격하니 회
회왕이 바다에 있는 섬으로 도망가서 숨었다. 속부대가 군사를 나
누어 그 요해처를 지키니 회회왕은 나아갈 곳도 물러설 곳도 없어
10일이 못 되어 굶어 죽었다. 태조가 드디어 진격하여 인도국印度國
의 철문관鐵門關에 군사를 머물게 했다.[100] 왕을 모시는 신하가 한
짐승을 보았는데, 모양은 사슴처럼 생겼고, 꼬리는 말 꼬리에, 빛
깔은 녹색이며, 뿔이 하나 있는데 사람의 말을 할 수 있었다. 이 짐
승이 말하기를,

"너희 군사는 마땅히 빨리 돌아가야 한다."

99　회회국은 서역西域의 나라로 종류가 하나가 아닌데, 서남쪽에 섞여서 산다.
100　인도국은 서번西番의 나라로 사람들의 성격이 강하고 모질며 죽이는 것을 좋아한
　　다. 응천부應天府까지 가려면 말을 타고 5개월을 가야 한다.

고 했다. 태조가 이상하게 생각하고 이 일을 야율초재耶律楚材에게 물었다.[101] 초재가 대답하기를,

"이 짐승의 이름은 각단角端인데 하루에 1만 8천 리를 갈 수 있고 사방의 오랑캐 말을 알아들을 수 있습니다. 이 짐승은 살생을 싫어함을 나타냅니다. 이제 대군이 서쪽을 정벌한 지 이미 4년이 되었습니다. 대체로 하늘이 살생을 싫어하여 이 짐승을 보내어 폐하께 알리는 것이니 원컨대 하늘의 뜻을 받들어 죄를 용서하여 이 몇 나라 백성들의 목숨을 살려주십시오. 이것은 진실로 폐하의 끝없는 복이 될 것입니다."

라고 하였다. 태조가 그 날로 군사를 돌렸다.

초재는 점술에 능통하였는데 특히 태현太玄에 깊은 지식이 있었다.[102] 태조는 초재가 하늘의 이치를 점치는 것을 잘하므로 여러 번

---

101 야율은 복성이다. 초재는 요동의 단왕丹王 돌욕突欲의 8세 후손으로 금金나라 상서우승尙書右丞 이리履의 아들이다. 중도中都가 함락되자 드디어 원나라에 항복하였다.

102 전한前漢의 양웅揚雄이 『현서玄書』를 지어, 현玄은 하늘이고 도道라고 했다. 성현들이 법을 만들고 일을 할 때 모두 하늘의 도를 끌어다 그 근본을 삼고, 나라의 정치나 사람을 쓰는 일 그리고 법도 등의 많은 일을 여기에 부속시켰다. 그러므로 복희씨伏羲氏는 역易을 말하고, 노자는 도道를 말하고, 공자는 원元을 말하고, 양웅은 현玄을 말한 것이다. 『현경玄經』 3편은 하늘과 땅과 인간의 도를 기술하여 3체三體를 세웠는데, 여기에는 상, 중, 하가 있어 우공禹貢이 3품三品을 베풀어 놓은 것과 같다. 3·3은 9이고, 인하여 9·9는 81이므로 81괘가 된다. 4로써 수를 삼았다. 수가 1에서 4까지 이르는 동안 여러 번 변하고 바뀌어 마침내 81이 되면 더하거나 뺄 수 없다. 35개의 시초蓍草를 손가락 사이에 낀다. 『현경』의 5천

물었는데 그때마다 맞추지 못한 적이 없었다. 그러므로 매번 정벌을 나설 때마다 초재에게 명하여 길흉을 미리 점치게 했다.

고려의 기새인첩목아奇賽因帖木兒가 원나라에서 벼슬을 하여 평장平章이 되었다.[103] 원나라가 망하자 분사요심관리평장分司遼瀋官吏平章 김백안金伯顔, 우승右丞 합라파두哈剌波豆, 참정參政 덕좌불화德左不花 등과 함께 도망친 원나라의 유민을 불러모아 동녕부東寧府에 웅거하였다.[104] 그 아버지 기철奇轍이 죽임을 당한 것에 유감을 품고 우리 나라 북쪽을 침입하여 장차 복수하려 했다. 공민왕이 태조와 서북면상원수西北面上元帥 지용수池龍壽, 부원수 양백연楊伯淵 등에게 가서 공격하도록 명령하였다.[105] 의주義州에 이르러 부교를 만

여 자는 12편으로 전해진다.
103 새인첩목아는 사람 이름이다. 원나라 제도에, 중서성中書省에는 종1품의 평장정사平章政事가 네 명이 있었다. 승상丞相의 버금으로 국가의 중요한 일을 관장하는데 군사와 나라에 관한 중요한 일은 여기를 거치지 않는 것이 없었다. 세조世祖 중통中統 원년에 평장 두 명을 두었다.
104 『요동지遼東誌』에, 심양瀋陽의 옛 이름은 심주瀋州인데 지금의 요동에 있다고 했다. 진秦나라는 요동군을 두었고, 한漢나라는 그대로 썼다. 당나라는 안동도호부安東都護府에 속하게 했다. 요遼나라는 절진節鎭으로 만들어 요양도遼陽道에 두었다. 요나라가 망하자 금金나라로 귀속되었다. 원나라 초에 심주고려총관부瀋州高麗總管府로 고쳤다가 후에 심양로瀋陽路로 했다. 김백안의 아버지는 우리 나라 사람이다. 김백안이 원나라에 들어가 벼슬을 하여 평장에 이르렀다. 원나라 제도에, 중서성에 정2품의 좌승과 우승이 각 한 명씩 있는데, 재상을 보좌하여 일반적인 일을 처리하며 좌할左轄 우할右轄이라고 불렀다. 종2품의 참정 두 명은 재상을 보좌하여 나라의 정치에 참여하였는데 그 직은 좌·우승의 다음 차례였다.

들어 압록강을 건너는데 3일 만에 사졸들이 다 건넜다. 나장탑螺匠塔에 이르니[106] 요성遼城에서 이틀 길이 떨어진 곳이다. 군수품은 놓아두고 7일 분의 양식을 주어 떠나게 했다.[107] 그리고 비장裨將 홍인계洪仁桂, 최공철崔公哲 등에게 경기병輕騎兵 3천 명을 이끌고 요성을 습격하게 했다. 저들은 우리 군사가 적은 것을 보고 쉽게 생각하고 싸웠다. 그러나 많은 군사가 계속 와서 싸우니 성안에서 바라보고 매우 두려워했다. 그들의 장수 처명處明이 자신의 날램과 용맹을 믿고 항거하여 싸웠다.

태조가 이원경李原景을 시켜서 그를 타일러 다음과 같이 말했다.

"너를 죽이는 것은 매우 쉬운 일이나 다만 너를 살려서 받아들이려고 하니 속히 항복하라."

고 말했으나 따르지 않았다. 원경이 말하기를,

"네가 우리 장수의 재주를 모르는구나. 네가 항복하지 않으면 한 살에 꿰뚫어버릴 것이다."

라고 했으나, 오히려 항복하지 않았다. 태조가 일부러 활을 쏘아 그 투구를 맞추고 다시 이원경을 시켜 그를 달래었으나 또 따르지 않았다. 태조가 다시 그의 다리를 쏘니 처명이 화살에 맞아 돌아서 달아나다가 다시 와서 싸우고자 했다. 다시 이원경을 시켜 달래어 말하기를,

---

105 이때 태조의 벼슬은 밀직사사密直司事였다.
106 나장탑은 요동성 동쪽 2백 리에 있다. 지금 길 옆에 석탑이 있다.
107 요성은 요양에 있는 성이다.

"네가 만약 항복하지 않으면 네 얼굴에 활을 쏘겠다."

고 하였다. 처명이 드디어 말에서 내려 머리를 땅에 조아리며 항복하였다. 이때 한 사람이 성에 올라와 소리쳐 말하기를,

"우리들은 대군이 온다는 말을 듣고 모두 항복하려고 했으나 관원들이 억지로 시켜서 싸우는 것입니다. 만약 힘써 공격한다면 성을 빼앗을 수 있습니다."

라고 하였다. 성이 매우 높고 험한 데다가 화살이 비 오듯 쏟아지고 또 나무와 돌멩이가 섞여 있었다. 우리의 보병들이 화살과 돌멩이를 무릅쓰고 성을 조여들며 급히 공격하여 드디어 빼앗았다. 기새인첩목아는 달아났으나, 김백안은 사로잡고 군대를 성의 동쪽으로 물렸다. 그리고 나하추納哈出와 야선불화也先不花 등이 사는 곳에 다음과 같은 내용의 방을 붙였다.[108]

"기새인첩목아는 본국의 미천한 백성인데 천자와 친해져 특별한 은혜를 지나치게 입어 그 지위가 1품에 이르렀으니 의리상 기쁨과 근심을 같이 해야 한다. 천자가 밖으로 몽진蒙塵하게 되면 의리상

---

108 『요동지』에는, "국초國初에 대병大兵이 바야흐로 유주幽州와 기주冀州에 내려왔
다. 원나라 승상 아속也速이 남은 군사로 대령大寧에 숨어 있었고, 요양행성승상
遼陽行省丞相 야선불화는 군대를 개원開元에 머무르고 있었으며, 홍보보洪保保는
요양에 있었다. 왕합라불화王哈剌不花는 득리영성得利嬴城에 머물고 있었고, 고
가노高家奴는 평정산平頂山에 모여 있었는데, 각기 그 무리를 두어 많은 곳은 1만
여 명에 이르고, 적은 곳도 수천 명은 되었다. 이들은 서로 우두머리를 다투어 통
일된 소속이 없었다. 이에 야선불화와 고가노, 나하추, 유익劉益 등이 군대를 합
쳐 요양으로 나왔다. 홍보보는 항거하고 따르지 않았다"라고 했다.

마땅히 앞뒤 좌우에서 보살피며 목숨을 바쳐 떠나지 말아야 할 것이다. 그런데 그는 은혜를 저버리고 의리를 잊어 몸을 동녕부로 숨겨 본국을 원수로 생각하여 몰래 불법을 꾀했다.[109] 몇 해 전에 나라에서 군대를 보내 습격하였으나 도망쳐 칼에 피를 묻히지 못했는데, 또 행재소에도 가지 않았다. 그리고는 물러나 동녕성을 지키며 평장 김백안 등과 맺어 한 짝이 되어 송포리松甫里, 법독하法禿河, 아상개阿尙介 등지에서 군마軍馬를 모으고 또 본국을 침략하려고 하니 그 죄를 면할 수 없다. 그러므로 이제 의병을 일으켜 그 죄를 물은 것이다. 그런데 기새인첩목아, 김백안 등이 백성들을 꾀고 협박하여 명령을 거스리고 굳게 지키니, 전초병前哨兵이 김백안과 그 밖의 합라파두, 덕좌불화德左不花, 고달로화적高達魯花赤, 대도총관大都總管 등 크고 작은 두목을 모두 다 잡았다. 새인첩목아는 또 도망쳤다. 새인첩목아가 각 채寨에 가거든 곧바로 잡아서 보고하도록 하라. 만약 감추고 알리지 않는 자가 있으면 동경東京의 본을 볼 것이다."[110]

또 금주金州, 복주復州 등지에 다음과 같은 방을 붙였다.[111]

---

109 천자가 도망쳐 달아나는 것을 몽진이라 하는데 유랑하여 풀숲에 있으면서 먼지를 뒤집어쓰는 것을 말한다.

110 『시경』에, "은殷나라의 본보기는 멀지 않으니 하夏나라에 있도다"라는 말이 있다. 요나라와 금나라는 요양遼陽을 동경이라 했고, 원나라는 동경로東京路라고 했다.

111 금주는 주周나라 초에 기자箕子에게 나누어 주어 봉한 땅이다. 진秦나라 때는 요동군에 속했다. 수나라 때는 고구려에 속했는데 당나라 태종이 비사성卑沙城을

"우리 나라는 요堯임금과 같은 때에 일어났다.[112] 주나라 무왕이 기자를 조선에 봉하고 준 땅이니, 서쪽으로 요하遼河에 이르는 땅을 대대로 영토로 지켜왔다.[113] 원나라가 천하를 통일하고는 공주를 시집보내고, 요양과 심양의 땅을 탕읍湯邑으로 삼아 성省을 나누어 두었다.[114] 숙계叔季의 때에 덕을 잃고 천자가 밖으로 달아나니,[115] 요양과 심양의 우두머리 관리들이 알리지도 따라가지도 않고, 또 본국에 예의를 갖추지도 않았다.[116] 그리고는 본국의 죄인 기새인첩목아와 서로 짝이 맞아 백성들을 괴롭히니 그 불충한 죄는 피할 수 없다. 이제 의병을 들어 그 죄를 물으니, 새인첩목아 등

빼앗아 개모성盖牟城에 속하게 했다. 당나라 고종高宗이 고구려를 평정하고 금주를 두었다. 원나라는 만호부萬戶府를 두었고, 명나라는 금주위金州衛를 두었다. 복주는 진나라·한나라 때는 요동군에 속했다. 수나라 때는 고구려에 속했는데 당나라가 고구려를 치고는 주현을 둘 때 이름을 복주라고 했다. 원나라는 그대로 썼고 명나라는 복주위復州衛를 두었다. 금주와 복주의 두 주는 모두 요동도사遼東都司에 속한다.

112 단군檀君이 나라를 연 것은 요임금 무진戊辰년이다.

113 무왕이 은殷나라를 이기고 갇혀 있던 기자를 석방하였다. 그리고 홍범洪範에 대해 묻고는 조선에 봉했다. 『좌전』에, "내 선군先君에게 내려준 땅이다"라는 대목이 있는데 그 주註에, "이履는 밟는 땅이다"라고 했다.

114 『서경에』, "둘째 딸을 규예嬀汭로 시집보냈다"는 대목이 있다. 고려의 충렬왕, 충선왕 그리고 공민왕은 모두 원나라 공주에게 장가들었다. 탕읍은 탕목지읍湯沐之邑으로 대체로 탕목읍湯沐邑이라고 하는데, 거기서 나오는 세금으로 목욕하는데 드는 돈을 충당한다.

115 나라가 쇠하게 된 때를 숙세叔世라 하고, 장차 망하게 된 때를 계세季世라고 한다.

116 『서경』에, "희화羲和가 그 직분을 다하지 않고 또 알리지도 않았다"고 했다.

은 동녕성에 웅거하여 그 강함을 믿고 명령을 따르지 않는다. 초마哨馬 전봉前鋒으로 모두 다 잡아버리면 옥석구분玉石俱焚할 테니 그때 가서 후회한들 무슨 소용이 있겠는가?[117] 대저 요하 동쪽의 우리나라 영토 안의 백성과 크고 작은 두목들은 빨리 스스로 내조來朝하여 작록爵祿을 함께 누리도록 하라. 이렇게 하지 않으면 동경의 본을 보리라."

다음날 군대를 성 서쪽 10리에 주둔시켰다. 이날 밤 붉은 기운이 군영을 쏘니 마치 불이 난 것 같았다. 일관日官[118]이 말하기를,

"이상한 기운이 군영에 닥치니 군영을 옮기면 크게 길吉하겠습니다."

라고 하여, 드디어 군사를 돌려 들판에서 자게 하고, 사졸들에게 명하여 각기 변소와 마굿간을 만들도록 했다. 나하추納哈出가 이틀동안 뒤를 따르다가 말하기를,

"변소와 마굿간을 만들어놓은 것을 보니 이미 대열이 갖추어진 모양이니 습격할 수 없다."

고 말하고 이에 돌아갔다.

---

117 『서경』에, "곤강崑岡에 불이 나서 옥석이 모두 타버렸다"는 대목이 있는데 그 주註에, "곤강에 불이 나니 구슬과 돌의 좋고 나쁨을 가릴 것 없이 모두 타버렸다"고 했다. 『좌전』에, "만약 일찍 도모하지 않으면, 후에 배꼽을 물어뜯어도 도모할 수 있겠는가"라는 대목의 주석에, "배꼽을 물어뜯는다는 말은 미칠 수 없음을 비유한 말이다"라고 했다.

118 일관은 달력을 만들고 기상氣象을 보고 길흉을 예측하는 일을 맡았으니 곧 지금의 서운관書雲觀이다.

중국 사람들이 말하기를,

"성을 공격하면 반드시 취하는 것을 고려 사람 같은 것은 못 보았다."

고 했다.

후에 처명이 은혜에 감복하여 매번 화살 맞은 자리를 볼 때마다 반드시 흐느끼며 눈물을 흘렸는데, 죽을 때까지 좌우에서 모셨다. 태조가 운봉雲峰에서 왜구를 칠 때 처명이 말 앞으로 나가 힘을 다해 싸워 공을 세우니 이때 사람들이 칭찬했다.[119]

제43장

현무문玄武門 두 돌이 한 살에 맞으니 희세지사希世之事를 그려 보이시다

졸애산山 두 노루 한 살에 꿰니 천종지재天縱之才를 그려야 알까

玄武兩犯　一箭俱中　希世之事　寫以示衆

照浦二麞　一箭俱徹　天縱之才　豈待畫識

---

119 운봉현은 본래 신라 무산현毋山縣인데 혹 아영성阿英城이라고도 하고, 혹 아막성阿莫城이라고도 한다. 신라는 운봉현이라고 고쳤다. 고려 때 남원부南原府의 관할이 되었다. 본조 태종 원년에 감무監務를 두었다가 13년에 현감縣監으로 고쳤다. 경덕景德이라는 별호가 있는데 지금은 전라도에 속한다.

당唐나라 현종玄宗이 사냥을 나갔다가 현무북문玄武北門에서 화살한 발로 멧돼지 두 마리를 맞췄다.[120] 당시에 위무첨韋無忝에게 명하여 그리게 했다.

태조가 일찍이 홍원洪原의 조포(照浦, 졸애)산[121]에 사냥을 나갔는데 노루 세 마리가 무리를 이루어 나왔다. 태조가 말을 달리며 활을 쏘았는데 먼저 쏜 살로 한 마리를 쓰러뜨렸다. 두 마리가 나란히 달아나는 것을 또 쏘았더니 한 발로 겹쳐서 꿰뚫고 화살은 나무 그루터기에 박혔다. 이원경李原景이 그 화살을 가져왔는데, 태조가 말하기를,

"왜 이렇게 늦게 왔는가?"

라고 하니, 이원경이 말하기를,

"화살이 깊이 박혀 있어서 쉽게 뽑을 수가 없었습니다."

라고 하자, 태조가 웃으며 말하기를,

"설사 세 마리가 있었더라도 내공乃公의 화살 힘으로는 역시 족히 꿰뚫었을 것이다."

라고 했다.[122]

---

120 현종의 이름은 융기隆基인데, 예종睿宗의 아들이다.
121 조포산은 홍원현 북쪽 15리에 있다.
122 내공은 태조 스스로를 가리키는 말이다.

제44장

놀이 방울일쌔 말 위에서 이어 치시나 이군국수二軍鞠手만 기뻐합니다

군명君命의 방울이거늘 말 곁에서 엇막으시니 구규도인九逵都人이 다 놀라니

嬉戲之毬　馬上連擊　二軍鞠手　獨自悅懌

君命之毬　馬外橫防　九逵都人　悉驚讚揚

당唐나라 선종宣宗은[123] 정치하는 여가에 호시弧矢와 격국擊鞠에 이르기까지 모두 그 묘리를 터득했다.[124] 그가 타는 말은 재갈과 굴레 외에는 장식을 하지 않았지만 말이 장대하고 민첩하여 특이했다. 매번 공 치는 막대를 잡으면, 기세를 타고 힘껏 뛰어서 공을 공중에 쳐올리고 계속해서 치기를 수백 번이나 해도, 말은 달리는 것을 그치지 않으니 빠르기가 번개 같았다. 이군二軍의 늙은 국수鞠手들이 모두 그 능숙함에 탄복했다.

---

123 선종의 이름은 이이怡인데 후에 침忱으로 고쳤다. 헌종憲宗의 아들이다.

124 격국은 말을 타고 막대기로 치는 것인데 황제가 병사를 연습시키는 것이다. 혹은 전국시대에 생겼다고도 하는데, 이것으로 무예를 연습시키니 즐거워하며 배웠다고 한다. 공을 치는 것이지 발로 차는 것이 아니다.

고려 때 매번 단오절端午節이면, 미리 무관武官 가운데 젊은 사람과 의관衣冠 자제를 뽑아 격구擊毬의 기술을 배우게 했다.[125] 그날이 되면 구규九逵의 옆에 용봉장전龍鳳帳殿을 설치하였다.[126] 전의 앞쪽 좌우에서 각 2백 보쯤 되는 곳의 길 복판에 구문毬門을 세운다. 길 양쪽에는 오색 비단으로 부녀자들의 천막을 만들고 이름을 새겨넣은 채색 털방석으로 장식한다. 왕이 장전에 나가 구경하고 연회를 배설하고 여악女樂을 베푼다. 경대부卿大夫들이 모두 따른다.[127]

격구하는 사람은 복장을 성대히 하고 있는 대로 사치를 하였는데 남이 자기보다 나은 것을 보면 반드시 같이 하려 하였다. 안장 하나의 값이 중인中人 열 집의 재산과 맞먹었다. 나누어 대열을 둘로 만들어 좌우에 서면, 한 여자가 공을 잡고 나아가는데, 걸음을 주악奏樂에 맞춰 전殿 앞에 이르면 노래를 불렀다.[128] 노래가 끝나고

---

125 5월에는 음기陰氣가 양기陽氣를 거슬러 땅을 뚫고 나온다. 단오는 5월 5일이다. 의관은 사대부士大夫이다.

126 구규는 큰길을 말하는데, 사방의 길이 서로 교차하고 다시 그 옆에 통하는 길이 있는 것이다. 들판에 차례로 장막을 치는 것을 전이라고 하므로 인하여 장전帳殿이라고 하는데 용과 봉황을 새겨 장식했다.

127 『사물기원事物紀原』에, "「열녀전列女傳」에는 '하걸夏桀이 사방의 미녀를 구해 후궁에 모아놓고 난만爛漫한 음악을 만들었고, 진晉나라는 우虞를 치려고 여악사女樂士 16명을 보냈다'고 했고, 『좌전』에는 '정鄭나라가 진후晉侯에게 여악女樂을 뇌물로 주었다'고 했으며, 『논어』에는 '제인齊人이 여악을 돌려보냈다'고 했으니 주周나라 말기부터 여악은 다 있었는데 걸이 시작한 것이다"라는 대목이 있다.

128 노래 가사는, "뜰에 가득 찬 피리 소리와 북소리는 날으는 공을 불러모으고, 비단 입힌 채와 붉은 공을 모두 들어올린다"라고 했다.

물러날 때도 역시 주악에 맞췄다. 길 가운데서 공을 던지면 좌우의 대열이 모두 말을 달려 공을 다투는데 먼저 맞춘 자가 수격首擊이 되고 나머지는 다 물러선다. 장안의 남녀가 산처럼 모여 구경한다.

격구하는 법은 먼저 말을 달려 나아가 배지(排至, 비지)로 공을 움직이고, 지피(持彼, 디피)로 공을 굴린다. 만약 공이 우묵한 데로 들어가면 또한 배지를 쓴다. 막대기의 안쪽으로 비스듬히 끌어 공을 높이 올리는 것을 배지라고 하고, 막대기 바깥쪽으로 공을 밀어 내어 치는 것을 지피라고 한다. 세 번 굴리는 것이 끝나면 말을 달려 공을 쳐 가게 한다. 공이 처음 움직일 때는 함부로 치지 않고 막대기를 잡아 옆으로 뉘여 말의 귀와 나란히 하는데 이것을 비이(比耳, 귀견줌)라 한다. 비이 후에 손을 들어 함부로 치고, 손을 더 높이되 막대기는 밑으로 내려 천천히 들어올리니 이것을 수양垂揚이라고 한다. 문을 나가는 사람이 적어 문을 통과하는 사람은 열에 두세 명이고, 중도에서 그만두는 사람이 많다. 만약 문을 나가는 사람이 있으면 같은 대열의 사람들이 즉시 말에서 내려 전殿 앞으로 나아가 두 번 절하여 사례한다.

공민왕 때, 태조도 역시 거기에 선발되어 참가했다. 격구를 하는데 말을 아주 빨리 몰아 이미 수양이 되었다. 공이 갑자기 돌에 부딪쳐 튕겨서 말의 앞다리 사이로 들어와 뒷다리 사이로 빠져나갔다. 태조는 드러누워 몸을 기울여 말 꼬리쪽을 막아 공을 쳤다. 공이 다시 말의 앞다리 사이로 나가니 다시 쳐서 문을 나가게 했다. 당시 사람들이 이것을 방미(防尾, 치니마기)라고 했다. 또 격구를 할 때, 이미 수양이 되었는데 공이 다리 기둥에 세게 부딪쳐 말 왼쪽으로 튕겨나왔다. 태조가 오른쪽 등자鐙子를 벗고 몸을 뒤쳐 내려 발이 땅에 닿기 전에 공을 쳐서 맞추고, 다시 말에 타고 공을 또 쳐서 문을 나가게 하니 당시 사람들이 이것을 횡방(橫防, 엇마기)이라고 했다. 나라 안의 사람들이 모두 놀라며 이전에는 들어보지 못한 일이라고 했다.

제45장

가리라 할 이 있으나 장자長者를 부리시니 장자長者이실째 진민秦民을 기쁘게 하시니

활 쏠 이 많건마는 무덕武德을 알으시니 무덕武德으로 백성百姓을 구救하시니

欲往者在　長者是使　維是長者　悅秦民士
射侯者多　武德是知　維是武德　救我群黎

초楚나라 회왕懷王이[129] 여러 장수들과 약속하기를, 먼저 관중關中

129　진秦나라 소양왕昭襄王이 초나라 회왕 괴槐를 유인하여 무관武關에서 만나 억류하여 보내지 않아 진나라에서 죽자, 초나라 사람들이 이를 가엾게 여겼다. 진나라 2세 2년에 초나라 항량項梁이 군사를 일으켜 회왕의 손자 심心을 민간에서 찾

에 들어가 안정시키는 사람을 왕으로 삼겠다고 했다. 이때 진나라 군대가 아직도 강했으므로 여러 장수들은 먼저 관중에 들어가는 것은 이로울 것이 없다고 생각했다. 오직 항우項羽가 진나라에 원한이 있어 힘을 떨쳐 패공沛公과 함께 서행西行하기를 원했다.[130] 여러 노장老將들이 말하기를,

"항우는 급하고 사나우며 교활하고 잔인한 사람입니다. 일찍이 양성襄城을 공격하여 양성에 씨를 남기지 않았고, 지나는 곳에 싹 쓸어버리지 않는 곳이 없었습니다.[131] 또 초나라는 여러 번 공격했으나 모두 패했으니 다시 장자長者를 보내 의로써 서행을 하는 것이 좋겠습니다.[132] 그리고 진나라의 부형父兄들을 타이르십시오. 진나라 부형들은 오랫동안 그 임금에게 고통을 받아왔습니다. 이제 진실로 장자를 얻어 그를 보내어 백성들을 해치고 포악하게 하지 않으면 마땅히 항복시킬 수 있습니다. 항우는 보낼 수 없습니다. 패공이 평소에 너그러운 장자長者이니 보낼 만합니다."

아내어 세워 초나라 회왕이라 했으니, 이것은 백성들의 바람을 좇아 그 할아버지의 시호를 쓴 것이다.

130 우羽는 항적項籍의 자字이다. 하상下相 사람인데 항량項梁의 형의 아들이다. 항량이 오吳에서 군사를 일으켜 정도定陶에서 진나라 군대를 두 번 깨뜨렸다. 진나라 2세가 모든 군대를 일으켜 장한章邯에게 보내주어 초나라 군대를 크게 깨뜨리니 항량이 죽었다. 진나라에 원한이 있다는 것은 진나라가 항량을 죽인 것에 대한 원한이 있다는 말이다.

131 양성현襄城縣은 영천군潁川郡에 속한다.

132 자주 나갔다는 말은 공격하기를 여러 번 했다는 말이다. 장자는 어른스럽고 덕이 두터운 사람이니 죽이는 것을 좋아하지 않는 사람이다.

라고 했다. 왕이 이에 한漢나라 고조高祖를 보내 진나라를 치게 했다.

고조가 군대를 이끌고 서쪽으로 가니 항복하지 않은 성이 없었다. 지나는 곳에서 노략질을 하지 않으니 진나라 백성들이 모두 기뻐했다. 패상覇上에 다다르니, 진나라왕 자영子嬰이 흰 수레와 흰말에 인끈으로 목을 묶고 황제의 옥새玉璽와 부절符節을 바치고 지도정軹道亭 옆에서 항복했다.[133] 여러 장수들이 죽이기를 청하니 고조가 말하기를,

"처음에 회왕이 나를 보낸 것은 정말로 너그럽게 용서하라고 보낸 것이다. 또 이미 항복한 사람을 죽이는 것은 상서롭지 못하다."

라고 하고, 관리들에게 맡겨 지키게 했다. 서쪽으로 함양咸陽에 들어갔다가 패상으로 군대를 돌려 부로父老와 호걸을 모두 불러 말하기를,

"부로들이 진나라의 가혹한 법에 오랫동안 고통을 받았다. 제후들이 약속하기를 먼저 관중에 들어가는 사람이 왕이 되기로 했으

133 패상은 지명으로 장안長安 동쪽 패수覇水 위에 있다. 패수는 옛날에는 자수滋水라고 했다. 진나라 목공이 여기에 궁을 쌓고 나서 물 이름을 패수라 하고 성은 패성覇城이라고 했는데 제패한 공을 드러낸 것이다. 자영은 2세의 형의 아들인데 감히 황제의 칭호는 이어 쓰지 못하고 다만 왕이라고 했을 뿐이다. 흰말과 흰 수레는 상인喪人의 차림새이다. 인끈은 순서대로 다섯 가지 색이 있는데 이것으로 옥새에 맨다. 목을 묶었다는 것은 항복하고 자살하려는 것을 보이는 것이다. 천자는 옥새가 여섯 가지가 있으니, 황제행새皇帝行璽, 황제지새皇帝之璽, 황제신새皇帝信璽, 천자행새天子行璽, 천자지새天子之璽, 천자신새天子信璽가 그것이다. 전국새傳國璽는 이 여섯 가지 옥새에 들어가지 않는다. 지도는 정자의 이름인데 옹주雍州 만년현萬年縣 동북쪽에 있다.

니 내가 마땅히 관중의 왕이다. 부로들과 함께 법을 세 가지만 약속하겠다. 사람을 죽인 자는 죽이고, 사람을 상하게 하거나 도둑질을 하는 것은 죄에 해당된다. 나머지는 모두 없앤다.[134] 대저 내가 온 것은 부로들을 위해 해로움을 없애려는 것이지 포악하게 하려는 것이 아니니 두려워 말라."

고 했다. 이에 사람을 시켜 진나라 관리와 함께 현縣과 향읍鄕邑에 다니며 알려 타이르도록 했다.[135] 진나라 백성들이 크게 기뻐하여 다투어 소, 양, 술, 음식을 가져와 군사를 먹이라고 바쳤다. 고조는 사양하여 받지 않으며 말하기를,

"창고에 곡식이 많이 있으니 백성들의 것을 쓰고 싶지 않다."

고 하니, 또 더욱 기뻐하여, 다만 고조가 진왕秦王이 못 될까봐 걱정했다.

고려 공민왕이 경대부卿大夫들에게 활 쏘기를 시키고는 친히 보았다. 태조는 백발백중이니, 왕이 감탄하여 말하기를,

"오늘의 활 쏘기에는 오직 이성계 한 사람뿐이다."

라고 했다.

---

134 사람을 상하게 한 것에는 옳고 그름이 있고, 도둑질에는 많고 적음이 있으니 죄명을 미리 정할 수는 없다. 죄에 해당된다는 말은 어떤 죄에 걸리는지는 아직 모른다는 말이다.

135 진나라 제도에, 현은 크게 사방 1백 리를 다스린다. 10리에 정亭이 하나 있는데 10정이 1향鄕이 된다. 이것을 식읍食邑으로 봉했다.

황상黃裳이 원元나라에 벼슬을 했는데, 활 잘 쏘는 것으로 천하에 알려졌다. 순제順帝가 친히 그 팔을 끌어당겨 보았다. 공민왕 때 찬성사贊成事가 되었다. 태조가 마침 여러 동료들과 덕암(德巖, 덕바회)에서 활 쏘기를 하는데,[136] 과녁을 1백50보 떨어진 곳에 설치했다. 태조는 매번 다 적중했다. 정오가 될 무렵 황상이 왔다. 여러 정승들이 태조에게 황상과 단 둘이서 쏠 것을 청했다. 모두 수백 발을 쏘았는데, 황상은 계속해서 50발을 맞춘 후에는 혹 명중시키지 못한 것도 있었지만, 태조는 명중하지 않은 것이 없었다. 왕이 듣고는 이에 말하기를,

"이성계는 정말로 보통 사람이 아니다."

라고 했다.

제46장

현군賢君을 내리라 하늘이 부마駙馬 달래사 두 공작孔雀을 그리십니다[137]

---

136 덕암은 송경松京 동부東部 사동(蛇洞, 비얌골)의 동쪽 고개에 있었다.

137 현군은 당唐나라 태종太宗을 가리킨 것이다. 수레를 모는 사람 가운데 우두머리가 아닌 사람은 모두 부마副馬라고 한다. 한漢나라 제도에, 천자는 제후로서 공주公主의 짝을 지었고, 제후는 나라 사람으로 옹주翁主를 받들게 했다. 위진魏晉 이후로 공주의 짝에게 모두 부마도위駙馬都尉의 벼슬을 주었다. 처음에 한나라 무

성무聖武를 뵈리라 하늘이 임금을 달래시어 열 은경銀鏡을 놓
으십니다[138]

將降賢君　天誘駙馬　維二孔雀　用以圖寫

欲彰聖武　天誘厥辟　維十銀鏡　用爲侯的

신무숙공神武肅公 두의竇毅가[139] 주周나라 무제武帝의 누이인 양양
장공주襄陽長公主를 부인으로 맞이해서 딸을 낳았다. 태어나면서 머
리카락이 목을 지났고 세 살이 되자 키와 같게 되었다.[140] 딸이 자
라자 두의는 공주에게,

"이 아이의 용모가 이와 같으니 아무에게나 시집보낼 수 없소.
마땅히 어진 사람을 구해야 되겠소."

라고 말했다. 그리고는 문병門屛에 공작새 두 마리를 그렸다.[141] 여

제무제帝가 도위를 두어 임금이 타는 말을 관리하도록 했다. 양한兩漢을 지나면서
종실이나 외척 그리고 여러 공자公子의 후손들이 이 직책을 많이 맡았다. 후대에
위·진의 일이 항구적인 것이 되어 매번 공주의 짝은 부마도위를 배수하였다.

138 『서경』에, "성무聖武를 펴 보인다"라는 대목이 있는데, 주석에, "성무는 주역에서
말하는 뛰어난 무덕이니 사람을 죽이지 않는다는 말과 같은 것이다"라고 했다.

139 마읍군馬邑郡 신무현神武縣에 옛날에는 신무군이 있었다. 북주北周의 효민제孝閔
帝가 두의에게 신무군공神武郡公의 작위를 주었다. 그가 죽자 시호를 숙肅이라고
했다.

140 우문태宇文泰의 아들 각覺이 서위西魏 공제恭帝 3년에 선위를 받아 황제에 오르
고 도읍을 장안長安으로 정했는데 이것이 후주後周이다. 무제의 이름은 옹邕으로
명제明帝의 동생이다.

러 공자公子들 중에 혼인을 청하는 사람이 있으면 곧 화살 두 대를
주어 쏘게 하고 눈을 맞히는 자에게 딸을 주겠다고 은밀히 약속했
다. 전후에 수십 명이 쏘았으나 맞히는 사람이 없었다. 당나라 고
조가 후에 와서 두 살을 쏘았는데 각각 눈을 맞혔다. 두의가 크게
기뻐하며 드디어 딸을 그에게 주었다.

　고려 공민왕이 여러 재상들에게 명하여 과녁을 쏘도록 했다. 신
시辛時에 이르러 내부內府에서 은으로 만든 작은 거울 10개를 꺼내
와 80보 되는 곳에 두고 맞히는 사람에게 준다고 했다.[142] 태조가
10발을 쏘아 모두 맞혔다. 왕이 칭찬하며 감탄했다.
　후에 우왕이 해주海州에 사냥을 나가 행궁行宮에서 여러 무신들
에게 과녁을 쏘라고 명했다. 사발만한 크기의 누런 종이를 바탕으
로 하고 거기에 지름이 겨우 2촌밖에 안 되는 은으로 만든 표적을
가운데 붙이고는 그것을 50보쯤 떨어진 곳에 놓아두었다.[143] 태조
가 활을 쏘니 은으로 만든 표적에서 벗어나는 것이 없었다. 우왕이
기뻐하며 그것을 보고는 촛불을 밝히고 계속하게 했다. 그리고 태
조에게 좋은 말 세 필을 주었다. 이두란李豆蘭이 태조에게, 기이한

141　공작새는 문금文禽을 말한다. 광주廣州, 익주益州 등지에서 난다. 키는 4~5척쯤
　　된다. 암컷은 꼬리가 짧고 금빛 꼬리가 없다. 수컷은 5년이면 다 자란다.
142　궁성을 내內라고 하고, 재화財貨를 쌓아두는 곳을 부府라고 한다.
143　『사림광기事林廣記』에, 둘레가 3이면 지름은 1이라고 했다. 둘레가 3촌이면 지름
　　은 1촌이고, 둘레가 3척이면 지름은 1척이다.

재주는 사람들에게 많이 보여주는 것이 아니라고 말했다.

제47장

대전大箭 한 낱에 돌궐突厥이 놀라니 어디가 멀어 위불급威不及하리이까

편전片箭 한 낱에 도이島夷 놀라니 어디가 굳어 병불쇄兵不碎하리이까

大箭一發　突厥驚懾　何地之逖　而威不及

片箭一發　島夷驚畏　何敵之堅　而兵不碎

큰 화살을 한 번 쏜 이야기는 제27장에 있다.

고려 우왕 때 경상도 원수 우인열禹仁烈이 급히 보고하기를,

"나졸이 말하기를, 왜적이 대마도對馬島로부터 바다를 덮고 오는데 돛대가 서로 마주볼 정도라니 조전원수助戰元帥를 보내주시기를 청합니다."

라고 했다.[144] 이때 왜적이 가는 곳마다 가득하였다. 태조에게 가서

---

144 대마도는 동해에 있는데 일본에 속한다. 우리 나라 동래현東萊縣에서 배를 타고

치라고 명령하였다.[145] 태조가 도착하기 전에는 인심이 흉흉하였다. 우인열의 급한 보고가 계속 왔다. 태조가 이틀을 가서 지리산智異山 밑에서 적을 만났다.[146] 약 2백 보쯤 서로 떨어져 있는데 적 한 명이 돌아서서 몸을 굽히고 자기 볼기를 손으로 두드려 겁나지 않음을 보임으로써 욕을 했다. 태조가 짧은 화살을 쏘았더니 한 살에 꺼꾸러졌다. 이에 적이 놀라고 두려워하며 기氣를 뺏기니, 적을 크게 무찔렀다. 적이 낭패하여 산으로 올라가 절벽에서 적의 무리가 칼을 빼어들고 창을 내려뜨리고 있으니 마치 고슴도치의 털 같아 관군이 올라가지 못했다. 태조가 비장을 보내 무리를 이끌고 공격하도록 했다. 비장이 돌아와 말하기를 바위가 높고 험해서 올라갈 수 없다고 했다. 태조가 꾸짖고 다시 공정대왕恭靖大王에게 자신이 거느린 용맹한 군사를 나눠 주고 같이 가도록 했다. 공정대왕이 돌아와서 아뢰는데 역시 비장의 말과 같았다. 태조가 말하기를,

"그렇다면 마땅히 내가 친히 가서 보아야겠다."

라고 하고는, 휘하의 군사들에게 말하기를,

"내 말이 먼저 올라가면 너희들은 마땅히 따르라."

동남쪽으로 하루를 가면 도착할 수 있다. 사면이 산이고 땅에는 바위가 많아 곡식을 재배하기에 적합하지 않아 항상 칡 뿌리와 도토리로 식량을 삼는다. 그리고 소금을 굽고 고기를 잡는 것으로 생업을 삼는다.

145 이때 태조는 문하찬성사門下贊成事였다.

146 지리산은 일명 두류산頭流山이라고 한다. 장백산長白山에서 길게 이어져 여기에 이르러 멈춘다. 수백 리에 서리어 있어 주위에 사는 사람 사는 곳이 10여 주州에 이른다.

고 하고, 말에 채찍을 치며 이리저리 달려 그 땅의 모양을 살폈다. 그리고는 칼을 뽑아 칼등으로 말을 치니 이때는 바야흐로 한낮이라 칼빛이 번개처럼 번쩍였다. 말이 한 번 뛰어올라 가니 군사들이 혹은 밀고 혹은 당기며 따랐다. 이에 분발하여 적을 치니 적이 절벽에서 떨어져 죽은 자가 태반이었다. 드디어 남은 적을 쳐서 모조리 없애버렸다.

제48장

　골목에 말을 지내시어 도적이 다 돌아가니 반半 길 높인들 누가 지나겠습니까

　석벽石壁에 말을 올리시어 도적을 다 잡으시니 몇 번 뛰게 한들 남이 오르겠습니까

　深巷過馬　賊皆回去　雖半身高　誰得能度
　絶壁躍馬　賊以悉獲　雖百騰奮　誰得能陟

　금金나라 태조가 일찍이 영채에서 나가 적을 죽이고 노략질을 하고 돌아왔다. 적이 많은 병사로 쫓아오니 혼자 가다 막다른 골목에서 길을 잃었다. 쫓는 자들은 더욱 급한데 높이가 한 길이 되는 언덕이 있었다. 말이 한 번 뛰어 넘어가니 쫓던 자들이 이에 돌아갔

다.

절벽에 말을 타고 뛰어오른 일은 위에 보인다.[147]

제49장

서울 도적이 들어 임금이 나가 있더니 제장지공諸將之功에 독
안獨眼이 높으시니
임금이 나가려 하자 도적이 서울 들더니 이장지공二將之功을
일인一人이 이루시니

寇賊入京　天子出外　諸將之功　獨眼最大
君王欲去　寇賊入京　二將之功　一人克成

당唐나라 희종僖宗 때,[148] 황소黃巢가 천장天長과 육합六合을 포위
했는데 그 세력이 크게 떨쳤다.[149] 회남장군淮南將軍 필사탁畢師鐸이

---

147 이 장은 앞 장에 이어 반복해서 읊은 것이다.
148 희종의 이름은 엄儼인데 후에 현儇으로 고쳤다. 의종懿宗의 아들이다.
149 복주 사람 왕선지王仙芝가 난을 일으켜 복주와 조주曹州를 함락시켰다. 원구冤句
　　사람 황소는, 말 타기와 활 쏘기를 잘했고 의협심도 있었다. 책을 조금 읽고 여러
　　번 과거에 응시했으나 급제하지는 못했다. 드디어 왕선지와 함께 사사로이 소금

제도행영도통諸道行營都統 고변高駢에게 말하기를,[150]

"조정에서는 안위를 공에게 의지하고 있는데, 이제 적 수십만 무리가 승승장구하니, 만약 험한 곳을 굳게 지켜 적을 막지 못해 장회長淮를 넘게 하면 반드시 중원의 큰 걱정거리가 될 것이오."

라고 했다. 고변이 스스로 헤아려보니 적을 제압할 수 없겠으므로 겁을 내어 감히 군대를 내보내지 못했다. 그래서 표表를 올려 급히 알리기를,

"적이 60만이라고 일컬으며 신臣의 성에서 50리밖에 안 떨어진 곳에 이르렀습니다."

라고 했다. 표가 이르자 사람들이 크게 놀랐다.

황소가 무리를 모두 이끌고 회수淮水를 건넜는데, 지나는 곳에서 노략질은 하지 않고 다만 장정을 뽑아 군대를 더했다. 회수 북쪽에서 잇달아 계속 급함을 알리니 서울에서는 크게 두려워했다. 황소는 자칭 천보대장군天補大將軍이라 하고 제군諸軍에 첩牒을 돌려 알리기를,

---

을 팔았다. 이때에 이르러 무리를 모아 왕선지에 호응하여 주현州縣을 공략하였다. 백성들은 무거운 세금에 시달렸으므로 다투어 모여들어 몇 달 사이에 무리가 수만 명에 이르렀다. 천장은 양주揚州의 서쪽 1백10리에 있고, 육합은 진주眞州 서북 70리에 있다.

150 회남은 대개 옛 양주楊州 지역이다. 당나라 제도에, 원수도통초토사元帥都統招討使는 정벌하는 일을 맡았는데 싸움이 끝나면 성省으로 했다. 도통都統은 여러 도道의 병마를 총괄하는데 정절旌節을 내리지 않았다. 고변은 이때 회남 절도사淮南節度使였다.

"각기 마땅히 그 보루를 지키고 우리 군대를 범하지 마라. 나는 장차 동도東都에 들어가 바로 경읍京邑에 이르러 내가 죄를 묻고자 함이니 여러 사람들은 참견하지 마라."
고 했다.[151]

동평장사同平章事 두로전豆盧瑑과 최항崔沆이 청하기를, 관내병關內兵과 신책군神策軍을 내어 동관潼關을 지키자고 했다.[152] 희종이 재상을 보고 눈물을 흘리며 울었다. 관군용사觀軍容使 전령자田令孜가 촉蜀으로 갈 계책을 말하니 두로전이 여기에 찬동했다.[153] 희종은 좋아하지 않았으나 군사를 내어 동관을 지키도록 했다. 이날 희종이 좌신책군에 가서 친히 장병을 사열했다. 전영자가 좌신마군장군左神馬軍將軍 장승범張承範 등을 천거하여 병사를 거느리게 했다.[154]

---

151 경읍은 장안을 가리킨다. 내가 죄를 묻고자 함이니 여러 사람들은 참견하지 말라는 말은, 내가 조정에 죄를 묻고자 하는 것이니 다른 사람들은 참견하지 말라는 말이다.

152 두로는 복성이다. 관내도는 옛날 옹주 지역인데 한漢나라의 삼보三輔, 비지比地, 안정安定, 상군上郡 그리고 홍농弘農, 농서隴西, 오원五原, 서하西河, 운중雲中의 땅이다. 당나라 제도에, 좌우신책군은 위병衛兵과 안팎의 8진병八鎭兵을 맡았다. 동관의 원래 이름은 충관衝關인데 황하가 화산華山의 동쪽에 부딪히는 것을 말한다. 후에 동수潼水로 인해 관의 이름을 삼았는데 관은 화음현華陰縣에 있다.

153 당나라 숙종肅宗이 9절도九節度에게 명하여 안경서安慶緖를 치게 했는데, 곽자의郭子儀와 이광필李光弼이 모두 공이 큰 사람들이라 서로 통솔할 수 없으므로 원수元帥를 두지 않았다. 다만 환자宦者 어조은魚朝恩을 관군용선위처치사觀軍容宣慰處置使로 삼았다. 관군용이라는 이름은 여기서 시작되었다. 전영자의 본래 성은 진陳인데 함통咸通 중에 의부義父를 따라 내시성內侍省에 들어가 환자宦者가 되어 드디어 전씨田氏 성을 썼다.

전영자를 도지휘제치초토등사都指揮制置招討等使를 삼았다.

황소가 동도東都의 지경에 들어오니, 여정파절제치도지휘사汝鄭
把截制置都指揮使 제극양齊克讓이 아뢰기를,[155]

"황소가 이미 동도의 지경에 들어왔습니다. 신은 군사를 수습해
서 물러나 동관을 지키고 있는데, 관문 밖에는 성채를 쌓았습니다.
장병들이 여러 번 전투를 겪었고 물자가 떨어진 지 오래되었습니
다. 주현州縣이 모두 깨져 흩어졌고 사람의 자취가 거의 끊어져서
동서남북에 왕인王人을 볼 수 없습니다. 추위와 굶주림이 번갈아
괴롭히고, 무기와 장비가 다 무디어지고 낡았으며, 각기 고향 생각
을 하고 있으니 하루 아침에 무너질까 두렵습니다. 바라옵건대 빨
리 물자와 양식 그리고 원군을 보내주십시오."
라고 했다. 희종이 명하여 좌우신책군에서 노수弩手 2천8백 명을
뽑아 장승범 등이 거느리고 가도록 했다.

황소가 동도를 함락시키자 유수留守 유윤장劉允章이 백관百官을
이끌고 맞이하여 만나뵈었다. 황소는 성에 들어와 백성들을 위로
할 뿐이니 백성들은 보통 때와 마찬가지였다.

장승범 등이 서울을 떠났다. 신책군의 병사들은 모두가 장안 부
잣집의 자식들로서 환관에게 뇌물을 주고 군적軍籍에 이름을 집어
넣어 급료를 많이 받았다. 그리고는 다만 화려한 옷에 노마怒馬를

---

154 당나라 제도에, 좌우신책군에 마군장군과 보군장군步軍將軍이 있었다.
155 여주汝州는 춘추시대 심沈 · 채蔡 두 나라의 땅이고, 정주鄭州는 춘추시대 정나라
　　의 땅이다.

타고, 권세를 믿고 호기를 부릴 뿐이지 일찍이 싸움을 한 일이 없었다.[156] 싸움에 나간다는 말을 듣고서는 부자父子가 함께 모여 울었다. 그리고는 돈과 비단을 많이 주고 병방病坊의 가난한 사람을 대신 고용하여 가도록 하니, 어떤 사람은 무기 잡을 줄도 몰랐다.[157] 이날 희종이 장신문章信門 누각에 나와 이들을 보냈다.

장승범 등이 동관에 이르니 제극양의 군사와 함께 모두 곡식이 떨어져 사졸들이 싸울 뜻이 없었다. 황소의 선봉이 동관 밑에 이르렀는데, 흰 깃발이 들판에 가득하여 그 끝이 보이지 않았다. 제극양이 적과 싸웠는데 적이 조금 물러났다. 잠시 후 황소가 이르러 대군을 들어 크게 소리치니, 그 소리가 황하와 화산華山을 울렸다.[158] 제극양이 힘을 다해 싸워 오시午時에서 유시酉時까지 되니 사졸들의 굶주림이 심해져 드디어 무너졌다. 제극양이 관으로 달려 들어왔다. 적이 급히 동관을 공격했다. 장승범이 힘을 다해 막았는데 관 위에서 화살이 다하자 돌을 던져 적과 싸웠다. 관 밖에는 천연의 참호가 있었다. 적이 백성 1천여 명을 몰아 그 안에 집어넣고, 흙을 파서 메우니 잠깐 사이에 평지가 되어 병사를 이끌고 건넜다. 밤에 관의 누각에 불을 지르니 다 탔다. 적은 관 왼쪽과 금완

---

156 노마는 살찌고 기운이 세며 성을 내는 말이다. 일설에는, 노마는 채찍을 써서 말을 성내게 하여 빨리 달리게 하는 것이라고도 한다.
157 당나라는 서울에 병방을 두어 병든 사람을 돌보았다.
158 화산은 황하에 임해 있다. 이 말은, 황소의 병사들의 소리가 커서 산과 강을 울렸다는 것이다.

禁阮으로 들어와 동관을 협공하니 관 위의 병사들이 무너졌다.[159] 장승범이 변복變服하고 남은 무리를 이끌고 탈주했다.

박야군博野軍과 봉상군鳳翔軍이 돌아와 위교渭橋에 이르렀다.[160] 이들은 신군新軍의 옷이 따뜻한 옷임을 보고는 노하여 말하기를,

"이들은 무슨 공이 있어 이렇고, 우리는 오히려 춥고 배고픈가." 라고 하고는,[161] 드디어 이들 것을 빼앗고 다시 적의 길잡이가 되어 장안으로 향했다. 백관이 조정에서 나와 난을 일으킨 병사들이 성에 들어왔다는 말을 듣고 제각기 달아나 숨었다. 전영자가 신책병 5백 명을 이끌고 희종을 모시고 금광문金光門으로 나갔다.[162] 오직 복왕福王, 목왕穆王, 택왕澤王, 수왕壽王과 비빈妃嬪 몇 명이 따랐는데 백관들은 모두 몰랐다. 희종이 밤낮으로 쉬지 않고 달려 달아나니 따르던 사람들이 쫓아가지 못하는 사람이 많았다. 희종이 가버리자 군사와 동네 백성들이 다투어 창고에 들어가 돈과 비단을 훔쳤다.

---

159 동관의 왼쪽에는 골짜기가 있는데 평일에는 사람의 왕래를 금하고 세금을 받았는데 여기를 금완이라고 한다.

160 박야博野는 한漢나라 탁군涿郡 여오현蠡吾縣의 땅이다. 후한後漢은 나누어 박릉현博陵縣을 두었고, 후위後魏는 고쳐 박야라고 했다. 당나라 때는 심주深州에 속했다. 박야군은 목종穆宗 장경長慶 2년 이환李寰이 거느리고 서울로 돌아온 군대를 말한다.

161 이때 전영자가 동네 사람 수천 명을 모아 양군兩軍을 보충하였으므로 신군이라 한 것이다.

162 장안성長安城 서쪽에는 문이 셋 있는데, 북쪽에서 첫번째 문이 개원문開遠門이고, 두번째 문은 금광문이며, 세번째 문이 연평문延平門이다.

해질 무렵 황소의 선봉장 시존柴存이 장안으로 들어오니, 금오대장군金吾大將軍 장직방張直方이 문무관 수십 명을 이끌고 패상霸上에서 황소를 맞이했다.[163] 황소는 금으로 장식한 견여肩輿를 탔고, 그무리는 모두 풀어헤친 머리를 붉은 비단으로 묶고 수놓은 비단옷을 입고 무기를 들고 따랐다. 갑옷 입은 기병이 물 흐르듯 지나가고 군수품이 길을 메워 1천 리에 끊어지지 않으니 백성들이 길 양편에 모여 구경했다. 황소의 장군 상양尙讓이 지나는 곳에서 백성들을 타일러 말하기를,

"황왕黃王이 군사를 일으킨 것은 본래 백성을 위해서이지 이씨李氏처럼 너희를 괴롭히려는 것이 아니니, 너희들은 다만 가만히 있을 것이지 두려워하지 마라."

고 했다.[164]

황소는 전영자의 집에 머물렀다. 그 무리들이 도적질한 지가 오래되니 재물이 주체할 수 없이 많아서 때때로 사람들에게 나눠주곤 했다. 며칠 묵은 다음에는 각기 나가서 노략질을 하고, 시장을 불태우며, 길거리 가득 사람을 죽였으나 황소는 막을 수 없었다. 이들은 관리를 더욱 미워해서 만나는 대로 죽였다.

희종이 낙곡駱谷으로 향했다.[165] 봉상절도사鳳翔節度使 정전鄭畋이

---

163 당나라 제도에 좌우에 금오위대장군金吾衛大將軍이 각 한 명씩인데 정3품으로 궁중과 서울의 순찰 그리고 봉화대, 도로, 수초水草의 일을 맡았다.
164 황왕은 황소를 말하는 것이다. 이씨는 당나라를 말한다.
165 주질현盩厔縣에 낙곡관駱谷關이 있다.

길에 와서 뵙고 가마를 봉상에 머물기를 청했다. 희종이 말하기를,

"나는 큰 도적을 가까이 하고 싶지 않으니 장차 홍원興元으로 가
서 군대를 모아 수복하기를 꾀하겠다."

고 했다.[166] 서수壻水에 이르러서는 산남山南 서도 절도사西道節度使
우욱牛勗, 동천 절도사東川節度使 양사립楊師立, 서천 절도사西川節度
使 진경선陳敬瑄에게 조칙을 내리기를,

"서울을 지키지 못하고 장차 홍원으로 가려고 하는데, 만약 도적
의 세력이 더욱 세지면 장차 성도成都로 가려고 하니 마땅히 미리
대비하라."

고 했다.[167]

황소는 당나라 종실로서 장안에 남아 있던 사람은 모두 죽여 씨
도 남기지 않고, 함원전含元殿에서 황제에 즉위하였는데, 검은 비단
으로 곤룡포를 만들고 전고戰鼓 수백을 울려 음악을 대신했다.[168]
단봉루丹鳳樓에 올라 사면하는 글을 내리고 나라 이름을 대제大齊,
연호를 금통金統으로 고쳤다.[169] 당나라 관리로서 3품 이상인 자는

---

166 홍원은 본래 양주梁州 한천군漢川郡인데 천보天寶 원년에 이름을 홍원으로 고쳤
다. 산남山南 서도西道에 속한다.

167 양주洋州 홍도현興道縣에 서수진壻水鎭이 있다. 산남도에는 동도東道, 서도西道
가 있다. 동천東川은 자주梓州의 치관治官으로 춘추전국시대 촉蜀의 땅이다. 서
천은 성도成都의 치관으로 역시 옛 촉나라 땅이다.

168 서경西京의 정전正殿을 수나라는 건양乾陽이라 했고 당나라는 건원명당乾元明堂
이라고 했는데, 후에 함원이라고 고쳤다.

169 단봉문은 대명궁大明宮의 정남쪽에 있는 문이다. 개원改元은 처음에 바꾼 원년元

모두 그 직책을 정지시키고 4품 이하는 모두 그대로 했다. 처 조씨曹氏로 황후를 삼고 상양을 태위太尉로 삼았다.[170]

희종이 홍원으로 가는 길에 제대로 숙식을 갖추지 못했다. 한음령漢陰令 이강李康이 말린 양식 수백 바리를 노새에 싣고 와서 바치니 따르던 군사들이 처음으로 밥을 먹었다.[171] 홍원에 이르러 모든 도道에 조칙을 내려 각기 전군全軍을 내어 서울을 수복하라고 했다. 두로전, 최항, 좌복야左僕射 우종于琮, 우복야右僕射 유업劉鄴, 태자소사太子少師 배심裵諶, 어사중승御史中丞 조몽趙濛, 형부시랑刑部侍郎 이부李溥, 경조윤京兆尹 이탕李湯이 민간에 숨어 있었는데 황소가 찾아내어 다 죽였다.[172]

희종이 성도에 가서 부사府舍에 머물면서 정전을 경성사면제영

年이니 임금이 즉위하면 원년이 된다.

170 태위는 관직 이름으로 무사武事를 관장했다.

171 한음은 한중漢中 안양현安陽縣의 땅이다. 진晋나라는 안강현安康縣으로 고쳤다. 당나라는 다시 한음현으로 고쳐 금주에 속하게 했다. 당나라의 짐 싣는 말은 매 바리가 1백 근이었다.

172 당나라 제도에, 종2품의 태자소사 한 명은 3사三師의 덕행을 밝혀 황태자를 가르치는 일을 맡았다. 당나라 제도에, 어사대御史臺에는 정4품하의 중승이 두 명 있었는데, 형법刑法과 전장典章으로 백관의 죄악을 바로잡았다. 경조부京兆府는 본래 옹주雍州의 땅으로 관내도關內道에 속한다. 서울의 우두머리를 진秦나라에서는 내사內史라 했고, 한漢나라에서는 윤尹이라고 했는데 후대에는 이것을 그대로 썼다. 수나라는 내사라고 했다. 무덕武德 초에 목牧을 설치하고 장사長史로서 부府의 일을 총괄하도록 했다. 개원開元 초에 부府로 고치고 장사를 종3품의 윤으로 승격시켜 부의 일을 오로지 맡도록 했다.

도통京城四面諸營都統으로 삼았다. 정전은 군사를 모아 적을 치자는 격문을 천하에 전했다.[173] 이때 천자가 촉蜀에 있어 조칙과 명령이 통하지 않자 세상에서는 조정이 다시 떨칠 수 없을 것이라고 했으나 정전의 격문을 보고는 다투어 군대를 내어 응했다. 이때 봉상사마鳳翔司馬 당홍부唐弘夫는 위북渭北에 주둔했고,[174] 하중 절도사河中節度使 왕중영王重榮은 사원沙苑에 주둔했으며,[175] 의무 절도사義武節度使 왕처존王處存은 위교渭橋에 주둔했고,[176] 권지 하수 절도사權知夏綏節度使 척발사공拓拔思恭은 무공武功에 주둔했으며,[177] 정전은 주질에 주둔했다.[178]

당홍부가 용미龍尾에서의 승리를 틈타 장안으로 진격해 나아갔다.[179] 황소가 무리를 이끌고 동쪽으로 달아나니 경성사면제영부도

---

173 부사에 머문다는 말은 서천부사西川府舍로 가서 행궁行宮으로 삼았다는 말이다.

174 당나라 제도에, 대개 군진軍鎭이 2만이 넘으면 정6품상의 사마司馬 한 명을 두었는데 2만이 못 되면 종6품상으로 했다.

175 하중부河中府는 하동군河東郡의 치관으로 하동도河東道에 속하는데 옛 기주冀州의 땅이다. 사원은 일명 사부沙阜라고 하는데 동주同州 풍익현馮翊縣 남쪽 12리에 있다. 동서가 80리이고 남북이 30리이다.

176 정주定州에 의무군義武軍이 있다. 정주는 하북도河北道에 속한다.

177 하주와 수주는 관내도에 속하는데 옛날 옹주의 땅이다. 척발은 복성으로 본래 당항강黨項羌이다. 당항은 종족마다 따로 부락을 이루었는데 척발씨가 가장 강했다. 무공현은 관내도 경조부京兆府에 속하는데 옛 옹주의 땅이다.

178 주질은 현縣의 이름으로 경조에 있다.

179 봉상부鳳翔府 기산현岐山縣은 당나라 초에 장보張堡에 치관을 두었다가 무덕武德 7년에 용미성龍尾城으로 치관을 옮겼는데 평양 옛 성의 동북쪽에 있다. 황소가 상양尙讓을 보내 군사 5만을 이끌고 봉상을 치도록 했는데, 정전이 사마 당홍부

통京城四面諸營副都統 정종초程宗楚가 먼저 연추문延秋門으로 들어가고 당홍부가 이어 이르렀다.[180] 왕처존은 정예군 5천을 이끌고 밤에 성으로 들어가니 거리의 사람들이 기뻐하며 다투어 환호하고 관군을 맞이했는데, 어떤 사람은 기왓장이나 자갈로 적을 치기도 하고 어떤 사람은 화살을 주워 관군에게 바치기도 했다. 정종초 등이 여러 장수가 그 공을 나눌까 두려워해서 봉상, 부鄜, 하夏에는 알리지 않았다.[181] 군사들이 무기를 버리고 민가에 들어가 돈과 비단 그리고 여자를 약탈했다. 왕처존이 군사들의 머리에 흰 댕기를 묶어 표시하도록 명했다. 거리의 소년들이 혹 그 표시를 훔쳐 약탈하기도 했다.

적은 패상에서 노숙했는데, 관군이 정돈되어 있지 않고 또 제군諸軍이 서로 연결되어 있지 않음을 염탐해 알고는 군사를 돌려 습격했다. 여러 문으로 나뉘 들어와 장안에서 크게 싸웠다. 정종초와 당홍부는 죽었다. 군사들이 무거운 짐을 지고 있어서 달릴 수가 없으니 이 때문에 크게 패하여 죽은 자가 열에 여덟 아홉은 되었다. 왕처존이 남은 무리를 수습해서 영채로 돌아갔다. 황소가 다시 장

로 하여금 요해처에 복병을 하도록 하고 자신은 병사 수천 명으로 고강高岡에 진을 쳤다. 적은 정전이 서생書生이므로 가볍게 보고 북을 울리며 앞으로 나아갔다. 복병이 나와 용미의 언덕에서 크게 깨뜨리고 2만여 급을 목베었다.
180 장안 원성苑城에 서쪽으로 나 있는 문을 연추문이라 한다.
181 부주鄜州는 관내도에 속하는데 옛 옹주의 땅이다. 척발사공은 이때 부연 절도사鄜延節度使 이효창李孝昌과 함께 적을 토벌하기로 했었다.

안에 들어가서 백성들이 관군을 도운 것에 노하여 군사를 놓아 모두 죽이니 피가 흘러 내를 이루어 세성洗城이라고 했다. 이에 제군이 모두 물러나자 승천응운계성예문선무황제承天應運行聖睿文宣武皇帝라고 했다. 제도행영도통諸道行營都統 왕탁王鐸이 제도병諸道兵으로 장안을 다그치니 황소의 세력이 날로 꺾였다.

앞서 후당後唐 헌조獻祖가 토욕혼吐谷渾의 도독都督 혁련탁赫連鐸과 싸워 패하여 그 무리가 모두 무너졌다. 오직 태조太祖가 종족宗族과 함께 북쪽 달단達靼으로 들어갔다. 태조는 어려서 효용驍勇이 있어 군중軍中에서 부르기를 이아아李雅兒라고 했다.[182] 혁련탁이 몰래 달단에게 뇌물을 주어 헌조 부자를 죽이라고 했다.[183] 태조는 이를 알고 인하여 때때로 그들의 호걸들과 활 쏘기와 사냥을 했다. 혹 바늘을 나무에 걸어놓거나 혹은 말채찍을 1백 보 밖에 세워놓고 이것을 쏘아 번번이 맞추니 여러 호걸들이 탄복하며 귀신이라고 여겼다. 또 술과 음식을 차려 놓고 술이 취하면 태조가 말하기를,

"내가 천자에게 죄를 지었는데 충성을 바치려 하나 할 수가 없다.[184] 이제 들으니 황소가 북쪽에서 온다니 반드시 중원의 근심이

---

182 혁련赫連은 복성이고 탁鐸은 이름이다. 혁련탁은 본래 토욕혼의 추장이었다. 개성開成 연간에 그 아버지가 종족 3천 장帳을 거느리고 스스로 귀순하여 운주雲州를 지켰다. 태조는 바로 이극용李克用이다.

183 혁련탁이 달단의 우두머리들을 달래어 말한 내용은, 이극용 부자가 재주가 있어 오래 달단에 머물게 되면 반드시 그 부락을 합칠 것이므로 죽여야 한다는 것이다.

184 희종 건부乾符 5년에 대동군大同軍이 난을 일으켜 방어사防禦使 단문초段文楚를 죽이고 이극용을 추대하여 유후留後로 세웠다. 조정에서는, 이국창李國昌을 대동

될 것이다. 만약 천자께서 한 번 나의 죄를 용서해주신다면 그대들과 함께 남쪽으로 가서 함께 큰 공을 세우면 또한 유쾌한 일이 아니겠는가. 인생이 얼마인데 누가 사적沙磧에서 늙으리오."

라고 하니 달단은 그가 머물 뜻이 없음을 알고 이에 그만두었다.

황소가 서울을 함락하자 대북감군代北監軍 진경사陳景思가 사타沙陀 추장 이우금李友金과 살갈薩葛, 안경安慶, 토욕혼의 여러 부족을 이끌고 도우러 왔다.[185] 강주絳州에 이르러 장차 황하를 건너려는데,[186] 강주 자사絳州刺史 구진瞿稹이 진경사에게 말하기를,[187]

"적의 기세가 바야흐로 왕성하니 가볍게 나아갈 수 없소. 다시 대북代北으로 돌아가 병사를 모으는 것이 낫겠소."

라고 했다. 이에 함께 대주代州로 돌아가 군대를 모았는데, 열흘 동안 3만 명을 모았으나 모두 북방의 잡호雜胡였다. 곽서崞西에 주둔

절도사大同節度使로 삼으면 이극용이 반드시 항거하지 못할 것으로 생각했다. 이국창은 부자가 함께 두 진鎭에 웅거하려고 생각하여 제서制書를 찢어버리고 감군監軍을 죽이고 이극용과 군대를 합쳐 영무寧武와 가람군岢嵐軍을 쳤다. 유주 절도사幽州節度使 이가거李可擧가 이극용을 쳐서 대파했고, 울삭 절도사蔚朔節度使 이탁李琢과 혁련탁이 이국창을 쳐서 무찔렀다. 이국창과 이극용이 달단으로 도망쳐 달아났다.

185 안문군鴈門郡에 대북군代北軍이 있었다. 사타는 처월處月의 별종別種이다. 처월은 금사산金娑山 남쪽 포류해蒲類海 동쪽에 사는데 여기에 사타라는 큰 사막이 있으므로 이름을 사타라고 했다. 이우금은 이극용의 족부族父이다. 살갈, 안경, 토욕혼은 세 부족의 이름이다.

186 강주는 하동도河東道에 속하는데 옛날 기주冀州의 땅이다.

187 구진은 성명인데 역시 사타 사람이다.

했는데 사납고 잔인하며, 포악하고 제멋대로여서 구진과 이우금이 통제할 수 없었다.[188] 이우금이 진경사를 달래어 말하기를,

"지금 비록 무리가 수만이 있다 해도 진실로 위엄과 덕망이 있는 장수가 통솔하지 않는다면 끝내 성공하지 못할 것이오. 나의 형 사도司徒의 부자는 용감하기가 남보다 뛰어나니 무리가 모두 복종할 것이오.[189] 천자께 아뢰어 그 죄를 용서하고 불러 장수를 삼도록 청한다면, 대북의 사람들은 한 사람의 지휘를 받게 되니 미친 적을 족히 평정할 수 있지 않겠소."

라고 했다.[190] 진경사가 그렇게 생각하여 사람을 행재소로 보내 말을 하니 청한 대로 조칙이 내렸다. 이우금이 5백 기를 거느리고 달단에 가서 조칙으로 맞이하였다.

태조가 달단의 여러 부족 1만 명을 이끌고 왔다. 태조가 하동河東에 첩문牒文을 보내, 조칙을 받들어 병사 5만을 이끌고 황소를 치려 하니 돈체頓遞를 갖추도록 했다.[191] 하동 절도사河東節度使 정종당鄭從讜이 성을 닫고 방비했다.[192] 태조가 분수汾水의 동쪽에 머무니 정종당이 군사를 먹이고 위로하며 그 물자와 양식은 대었으나 며칠

---

188 곽서는 대주代州 곽현崞縣의 서쪽이다.
189 사도는 이국창을 말한다. 이국창이 방훈龐勛을 평정한 공으로 검교사도檢校司徒가 되었다.
190 미친 적이란 황소를 말한다.
191 길에 술과 음식을 차려 놓고 군사들을 먹이는 것을 돈이라 하고, 우역郵驛을 두는 것을 체라고 한다.
192 하동도는 옛날 기주冀州의 땅이다.

동안 성문은 열지 않았다.[193] 태조가 성 밑에 이르러 크게 소리질러 정종당을 만나려고 했다. 정종당이 성에 올라와 사과했다. 태조가 다시 군대가 떠나는데 상으로 줄 물건을 달라고 하니, 정종당이 돈 1천 꿰미와 쌀 1천 석을 보냈다.[194] 태조가 노하여 사타병을 풀어놓아 크게 노략질을 하고 돌아와, 흔주忻州와 대주代州를 함락시키고는 대주에 머물렀다.[195]

이때까지 황소의 기세는 아직 강했다. 왕중영이 이를 걱정하여 행영도감行營都監 양복광楊復光과 의논하니,[196] 양복광이 말하기를,

"안문鴈門의 이복야李僕射가 용감하고 또 강한 군대를 갖고 있으며 평소에 나라를 위해 죽을 뜻도 있는데, 오지 않는 이유는 하동 절도사와 틈이 난 때문이오.[197] 만약 천자가 정공을 달래고 그를 부르면 반드시 올 텐데, 오게 되면 적을 평정하기에 족하지 않겠소."

라고 했다.[198] 이때 왕탁王鐸은 하중河中에 있었는데, 이에 묵칙墨勅으로 태조를 부르고 정종당을 효유했다.[199] 태조가 사타병 1만 7천

---

193 분수는 분양현汾陽縣 남쪽을 흘러 양곡성陽曲城 서쪽을 지난다.

194 실로 돈을 꿰는데 한 꿰미가 1천 전이다.

195 흔주와 대주는 하동도에 속했는데 중화中和 2년에 안문鴈門에 예속되었다.

196 양복광은 처음에는 충무감군忠武監軍이었는데 이때에는 경성남면행영도감사京城 南面行營都監使가 되었다.

197 이때 이극용은 대주에 있었는데 대주는 안문군鴈門郡이다.

198 정공은 정종당이다.

199 왕탁은 도통都統으로서 편의대로 일을 처리할 수 있었으므로, 대저 불러들여 조사하고 제수除授하는 일에 모두 묵칙을 쓸 수 있었다.

을 거느리고 하중으로 나아갔으나, 감히 태원太原의 지경에는 들어가지 못하고 홀로 수백 기를 데리고 진양성晉陽城 밑을 지나 정종당과 작별했다. 정종당이 좋은 말과 기계 그리고 폐백을 주었다. 희종은 태조를 안문 절도사로 삼았다. 태조가 군사 4만을 이끌고 하중河中에 종부제從父弟 이극수李克脩를 보내 먼저 병사 5백을 거느리고 하수河水를 건너가서 적을 시험해보라고 했다.

앞서 태조의 동생 이극양李克讓이 남산사南山寺의 중에게 죽었는데, 그 중 혼진통渾進通이 황소에게 갔다.[200] 고심高潯이 패한 이래로 제군諸軍이 모두 적을 두려워해서 감히 나아가지 못했다.[201] 태조의 군대가 이르자 적은 태조를 두려워해서 말하기를,

"아군雅軍이 왔으니 마땅히 그 예봉을 피하자."

라고 했다.[202] 황소가 이에 남산사의 중 열 명을 붙잡아 조서와 많은 뇌물을 사자를 통해 보내고, 혼진통을 태조에게 보내 화친을 구했다. 태조가 중을 죽이고 이극양을 위해 울고는, 받은 뇌물을 여러 장수들에게 나눠 주고, 그 조서는 불살라버리고 사자는 돌려보냈다.

태조가 적장 황규黃揆를 사원沙苑에서 무찔렀다. 왕탁이 승제承制로 태조를 동북면행영도통東北面行營都統으로 삼았다. 태조가 건갱乾

---

200 『극양전克讓傳』에 보면, 황소가 장안에 쳐들어오자 이극양은 동관을 지키다가 적에게 패해 남산으로 달아나 절에 숨었는데 그 절의 중에게 살해당했다고 했다.
201 고심은 이때 소의 절도사昭義節度使가 되어 황소의 장군 이상李詳과 석교石橋에서 싸웠는데 패하여 하중河中으로 달아났다.
202 이극용의 군대는 모두 검은 옷을 입었으므로 아군이라고 한 것이다.

阬으로 진군시켜 하중, 역정易定, 충무군忠武軍과 합쳤다.[203] 상양 등은 15만의 무리를 거느리고 양전파梁田陂에 주둔했다.[204] 다음날 오시午時에서 해질 무렵까지 큰 싸움이 벌어져 적이 크게 패해 포로로 잡고 목벤 것이 수만 명이니 시체가 30리를 덮었다. 태조가 진군하여 화주華州를 포위했다.[205] 황소가 상양을 보내 구원하니 태조가 맞서 싸워 깨뜨리고 위교渭橋로 진군시켰다. 그리고는 매일 밤 그 장수 설지근薛志勤과 강군립康君立을 시켜 몰래 장안으로 들어가 쌓아 놓은 물건에 불을 지르고 적의 목을 베어 돌아오게 하니 적이 크게 놀랐다. 태조가 충무장忠武將 방종龐從과 하중장河中將 백지천白志遷 등과 함께 군사를 이끌고 앞서 나아가 황소의 군대와 위수 남쪽에서 싸웠는데, 하루에 세 번 싸워 모두 이겼다. 의성義城, 의무義武 등 제군諸軍이 잇달아 오니 적이 패주하여 성으로 들어갔다.[206] 태조가 승세를 타고 이를 쫓아 광태문光泰門으로 해서 먼저 들어가 망춘궁望春宮 승양전昇陽殿에서 싸웠다.[207] 황소가 죽을 힘을

---

203 승제承制는 임금의 명령을 받들어 명한다는 뜻이니, 임금의 명령을 받아 상벌을 오로지 하는 것이다. 건갱은 사원의 서남쪽에 있다. 역주易州와 정주定州는 모두 하북도河北道에 속했다. 여기서 역정易定이라고 말한 것은 의무군義武軍을 가리킨다. 충무군은 허주許州를 다스렸다. 허주는 하남도河南道에 속했다.

204 『구당서舊唐書』에는 양천파라고 했는데 성점成店 서쪽에 있다.

205 화주는 관내도에 속하는데 옛 옹주 지역의 하나이다.

206 의성은 위주군渭州軍이니 하남도河南道에 속한다.

207 광태문은 원성苑城의 동북쪽 문이다. 서경西京 금원禁苑 안에 망춘궁이 있다. 고원高原의 위에 있는데 동쪽으로는 파수灞水와 산수滻水의 한 가닥에 임해 있다.

다해 싸웠으나 이기지 못하자 궁실을 불지르고 달아나니 적 중에 죽은 자와 항복한 자가 매우 많았다.

　양복광이 사자를 보내어 승리를 알리니 백관이 들어와 축하했다. 태조에게는 동평장사同平章事의 관직을 더했다. 태조의 이때 나이는 28세로 여러 장수 가운데 가장 어렸으나 황소를 격파하고 장안을 되찾은 공은 제일이었고 병세兵勢가 제일 강하니 여러 장수들이 모두 그를 두려워했다. 태조의 한쪽 눈이 조금 작았으므로 이때 사람들이 독안룡獨眼龍이라고 했다.

　고려 우왕 때 왜구가 사방에서 침입하니 여러 도가 시끄럽고 어지러웠는데, 심지어 경기 근방의 주州, 현縣에도 침입하여 약탈했다. 매번 침입하여서는 부녀자와 어린아이를 모두 죽여 남기지 않았다. 전라도와 양광도 바닷가에 있는 고을은 모두 비었고, 서울은 경계를 엄중히 했다. 왜구의 배가 덕적(德積, 덕물)과 자연紫燕 두 섬에 크게 모였다.[208] 이때 장졸들이 모두 북쪽을 정벌하러 떠났다.[209] 그리고 방리坊里와 여러 능호陵戶의 민정民丁을 뽑고,[210] 또, 양

208　덕적도는 남양부南陽府 바다 가운데 소홀도(召忽島, 죠콜섬) 남쪽 60리쯤에 있다. 자연도는 인천仁川 제물량濟物梁 서쪽 수로水路의 3리쯤에 있다.

209　고려 충선왕이 원元나라에 가서 무종武宗을 맞아 세우는데 공을 세워 심양왕瀋陽王에 봉해졌다. 그는 고려로 돌아오고 싶지 않아 황제에게 고려의 왕위를 세자 도燾에게 전하겠다고 아뢰었는데 이가 바로 충숙왕이다. 또 형 강양군江陽君 자滋의 아들 고暠로 심양왕을 잇게 하니 스스로 태위왕太尉王이라고 칭했다. 고가 덕수德壽를 낳고, 덕수는 탈탈불화脫脫不花를 낳아 심양왕을 이었다. 우왕 원년

광도, 전라도, 경상도의 군사를 불러 태조와 판삼사사判三司事 최영崔瑩에게 이들을 이끌게 하여, 무기를 들고 위세를 보이며 동강東江과 서강西江에서 방비하게 했다.[211] 교동현喬桐縣 사람들을 가까운 육지로 옮겨 왜구를 피하게 했다.[212] 왜구가 장차 서울을 쳐들어온다는 유언비어 때문에 한밤중에 방리군坊里軍을 내어 성을 지키고, 또 적이 장차 먼저 송악산松嶽山에 오를 것이라는 말이 들려 중을 내어 군인을 만들어 요해처를 나누어 지켰다. 적이 강화부江華府에 침입하여 전함戰艦을 불질렀다.[213]

봄에 원나라는 공민왕이 자식이 없으므로 탈탈불화를 고려왕에 봉했다. 이때 이성泥城 만호萬戶가 심양왕 모자母子가 우리 나라의 반역자인 김의金義 등을 이끌고 이미 신주信州에 도착했다고 급히 보고했다. 서울과 지방이 시끄럽고 두려워했다. 우왕이 여러 원수元帥를 동·서북면과 서해도西海道로 보내고, 또 여러 도의 병사를 불러 방비하였다.

210 여러 능호라는 말은 여러 능을 지키는 군사를 말한다.
211 이때 태조는 문하찬성사門下贊成事였다. 동강은 개성 보정문保定門 남쪽 30리에 있다. 서강은 바로 예성강禮成江인데 선의문宣義門 서남쪽 17리에 있다. 모두 뱃길로 실어 나르는 것을 내리는 곳이다.
212 교동喬桐은 본래 고구려 고목근현高木根縣인데, 일명 대운도戴雲島라고 한다. 신라가 고쳐 교동이라 하고, 혈구군穴口郡에 속하는 현으로 삼았다. 고려는 그대로 하여 강화현江華縣의 관내에 두었다. 명종 때 처음으로 감무監務를 두었다. 본조 태조 4년에 처음으로 만호萬戶를 두어 지현사知縣事를 겸하도록 했다. 고림高林이라는 별호가 있는데 지금은 경기도에 속한다.
213 송악松嶽은 일명 송악崧嶽이라고 하는데 개성의 진산이다. 고려의 국조國祖 강충康忠이 처음에 오관산五冠山에 살 때, 신라 감간監干 팔원八元이 지리地理에 밝았다. 부소군扶蘇郡에 왔는데, 군은 부소산扶蘇山의 북쪽에 있었다. 그는 산의 모양은 아름다우나 민둥산임을 보고, 강충에게 말하기를, "만약 고을을 산 남쪽으

또 착량(窄梁, 손돌)에 들어가 전함 50여 척을 불지르니 바다가 대낮같이 밝았다. 죽은 사람이 1천여 명이 되었다. 만호 손광유孫光裕가 유시流矢에 맞았는데 간신히 살았다. 서울이 크게 두려워했다.[214]

또 강화부에 들어가니 만호 김지서金之瑞, 부사府使 곽언룡郭彦龍은 도망쳐 달아났다. 적이 드디어 크게 약탈하여, 수안현守安縣, 통진현通津縣, 동성현童城縣 등을 돌아가며 침입하니 지나가는 곳이 모두 텅 비었다.[215] 왜구들이 서로 말하기를,

"아무도 꾸짖어 막는 사람이 없으니 진실로 낙토樂土로구나."

라고 했다.

우왕은 삼사좌사三司左使 이희필李希泌을 동강도원수東江都元帥로 삼아, 문하찬성사門下贊成事 목인길睦仁吉, 평리評理 임견미林堅味,

---

로 옮기고 소나무를 심어 바위가 드러나지 않도록 한다면 삼한三韓을 통합할 사람이 나올 것입니다"라고 했다. 이에 강충이 고을 사람을 권해 고을을 산 남쪽으로 옮기고, 소나무를 산에 두루 심어 송악군松嶽郡이라고 이름을 고쳤다. 요해要害는 우리에게는 중요한 곳이지만, 상대방에게는 해로운 곳이다.

214 착량은 지금 강화부 남쪽 30리쯤에 있다.

215 수안현은 본래 고구려 수이홀首爾忽이다. 신라가 수성현戍城縣으로 고쳤고, 고려는 수안으로 고쳤다. 통진현은 본래 고구려 평유압현平唯押縣이다. 신라가 고쳐서 분진分津이라고 했는데, 일명 북사성北史城이라고도 했다. 고려는 통진이라고 고쳤다. 동성현은 본래 고구려 동자홀현童子忽縣이다. 일명 동산현幢山縣이라고 한다. 신라가 동성현이라고 고쳤다. 위의 세 현은 신라 때는 모두 장제군長堤郡에 속하는 현이었다. 고려에 와서 수주樹州 관내에 속했다. 공양왕 3년에 처음으로 통진에 감무를 두어 수안현과 동성현이 여기에 속하게 했다. 본조 태종13년에 현감縣監으로 고쳐 경기도에 속하게 했다.

등 11명을 딸려보내 수성도통사守城都統事 경복흥慶復興의 지휘를 받도록 했고, 의창군義昌君 황상黃裳을 서강도원수西江都元帥로 삼아, 태조와 문하찬성사門下贊成事 양백연楊伯淵, 평리 변안열邊安烈 등 10인을 딸려보내 경기도통사京畿都統事 이인임李仁任의 지휘를 받게 했다.[216]

서울이 바닷가에 있어 왜구의 침략을 측량할 수 없으므로 육지의 안쪽으로 옮기려고 했다. 적은 강화도에서 양광도 바닷가의 고을을 공격하여 함락시켰다. 적은 우리의 배를 많이 빼앗았는데, 나졸들이 바라보고는 우리 군대인 줄 알고, 백성들도 모두 믿고 피하지 않아, 죽고 다친 사람이 헤아릴 수 없었다.

적이 안성군安城郡으로 들어왔다.[217] 양광도 원수元帥 왕안덕王安德이 적의 세력을 바라보고는 겁이 나서 나가지 못했다. 그리고는 부원수 인해印海와 양천陽川 원수 홍인계洪仁桂를 불러 가천역加川驛으

---

216 의창은 본래 퇴화현退火縣이다. 신라 경덕왕이 의창군이라고 고쳤다. 고려는 흥해군興海郡이라고 고쳤다. 현종 때 경주의 관내에 속하게 했다. 명종 때 처음으로 감무를 두었고, 공민왕은 승격시켜 지군사知郡事로 삼았다. 본조에서는 이대로 썼다. 곡강曲江이라는 별호가 있고, 혹 오산鰲山이라고도 부른다. 지금은 경상도에 속한다.

217 안성군은 본래 고구려 나혜홀奈兮忽이다. 신라는 백성군白城郡이라고 고쳤고, 고려는 안성현安城縣이라고 고쳤다. 현종은 수주水州의 관내에 속하게 했다가 후에 천안부天安府에 속하게 했다. 명종 때 처음으로 감무를 두었다. 공민왕 때, 홍건적이 선봉先鋒을 보내 항복하라고 하니, 고을 사람들이 거짓으로 항복하고 잔치를 베풀어 취하게 하여 그 우두머리를 죽였다. 이로부터 적이 감히 남쪽으로 내려오지 못했다. 이 공으로 지군사知郡事로 승격되었다. 지금은 경기도에 속한다.

로 물러나 머물면서 돌아가는 길을 요격邀擊하려고 했다.[218] 적이 이것을 보고는 다른 길로 갔다. 왕안덕이 정예병을 이끌고 추격하였으나 이기지 못하자 하늘을 부르며 통곡했다. 사로잡은 적의 첩자를 신문하니, 첩자가 말하기를,

"우리는 의논하기를, 양광도의 여러 주州를 침략하면 반드시 최영이 군사를 거느리고 내려올 것이니, 이때 빈틈을 타서 서울을 공격하면 도모할 수 있을 것이라고 했습니다."

라고 했다.

적이 다시 강화부를 공격하여 부사府使 김인귀金仁貴를 죽이고, 지키는 군졸을 사로잡았는데 천으로 헤아릴 정도였다. 강화에서 봉화烽火가 낮에도 끊이지 않고 올랐다.[219] 서울은 경계를 엄하게 하고, 여러 원수元帥를 보내 동강과 서강을 나누어 지켰다. 그리고 용사들을 불러모아 모두 관직을 상으로 주고, 먼저 포布 50필 씩을 사람들에게 주었다. 적이 또 강화도에 들어와 제멋대로 사람을 죽이고 크게 약탈했다. 적의 배가 다시 착량에 크게 모여 승천부昇天府에 들어와서 장차 서울을 쳐들어가겠다고 공공연히 떠들었다.[220]

---

218 양천은 본래 고구려 제차파의현齊次巴衣縣이다. 신라는 이름을 공암孔巖이라고 고쳐 율진군栗津郡에 속하는 현으로 했다. 고려 현종 때 수주의 관내에 속하게 했고, 충선왕은 양천현으로 고쳐 현령縣令을 두었다. 본조에서는 이대로 했다. 경기도에 속한다. 가천역은 양성현陽城縣 서쪽 15리에 있다.

219 봉화는 봉수烽燧를 말한다. 요새 위에 망보는 곳을 두어 변방에 경계할 일이 있으면, 밤에는 불을 들어 올리고 낮에는 불을 살랐다.

220 승천부의 옛터가 지금 풍덕군豊德郡 남쪽 15리쯤에 있다.

나라 전체가 크게 두려워하며 대궐 문에 군사를 벌여놓고 적이 오기를 기다리니 성안의 인심이 흉흉했다. 방리군坊里軍에 명령을 내려 성에 올라가 망을 보게 하고, 여러 군대에 명령하여 동강과 서강에 나아가 주둔하게 했다.

최영이 군대를 감독하여 해풍군海豊郡에 머무르며 양백연을 부장으로 삼았다.[221] 적이 이것을 엿보아 알고는, 최영의 군대를 깨뜨리면 서울을 넘볼 수 있으리라 생각했다. 그래서 여러 곳에 주둔하는 군대와는 싸우지 않고 다 버려두고, 해풍으로 가서 곧바로 중군中軍으로 향했다. 최영이 말하기를,

"나라의 존망이 이 한번의 싸움에 달려 있다."

고 하고, 드디어 양백연과 함께 진격했다. 적이 최영을 쫓자 최영은 달아났다. 태조가 정예 기병을 이끌고 곧바로 진격하여 양백연과 함께 적을 쳐서 크게 무찔렀다. 적이 거의 죽고, 나머지 무리는 밤에 도망쳤다. 밤에 성중에서는 최영이 달아났다는 말을 듣고 더욱 흉흉해져서 어디로 가야할지를 몰랐다. 우왕은 나가 피하려 했고, 여러 관리들도 집안 식구와 재산을 꾸려 대궐에 모여 기다렸

---

221 해풍군은 고려 초에는 정주貞州라고 불렀다. 현종은 개성현의 관내에 속하게 하고 상서도성尙書都省에서 관장하도록 했다. 문종 때는 개성부에 직속으로 두었고, 예종은 승천부라고 고쳐 지부사知府事를 두었다. 충선왕은 지해풍군사知海豊郡事로 강등시켰다. 본조에서는 그대로 했다. 태종 13년에 군郡을 없애고 개성유후사開城留後司에 속하게 했다가 18년에 다시 나누어 군으로 했다. 우리 전하 24년에 풍덕豊德으로 고쳤다. 하원河原이라는 별호가 있다. 지금 경기도에 속한다.

다. 여러 원수들이 사람을 보내어 승리를 알리니 서울은 경계를 풀고, 모든 관리들이 축하했다.

제7권

제50장

내 임금 그리샤 후궁後宮에 들으실 제 하늘 별이 눈같이 지니이다[1]

내 백성百姓 어여삐 여기샤 장단長湍을 건너실 제 흰 무지개 해에 꿰니이다

我思我君　後宮是入　維時天星　散落如雪

我愛我民　長湍是涉　維時白虹　橫貫于日

당나라 산기상시散騎常侍 마진객馬秦客은 의술醫術로써, 광록소경 光祿少卿 양균楊均은 음식을 잘 만드는 것으로써 모두 궁액宮掖에 출 입하여 위후의 사랑을 받았으나 일이 누설될 것을 두려워하여 죽 임을 당했다.[2] 안락공주安樂公主는 위후가 조정에 임하게 되면 자기

---

1 후궁에 들어갔다는 것은, 후궁에 들어가서 위후韋后를 쳤다는 말이다.

는 황태녀皇太女가 되기를 바랐다.[3] 이에 서로 함께 모의하여 떡 속에 독을 넣었다. 중종中宗이 죽었다.[4] 위후는 비밀에 부쳐 발상發喪하지 않고 스스로 모든 정사를 총괄하며 여러 재상을 궁중으로 불러들이고, 여러 부병府兵 5만을 징집하여 서울에 머물게 했다.[5] 그리고 부마도위駙馬都尉 위첩韋捷, 위관韋灌, 위위경衛尉卿 위선韋璿, 좌천우중랑장左千牛中郎將 위의韋錡, 장안령長安令 위파韋播, 낭장郎將 고숭高崇 등으로 하여금 나누어 거느리게 했다.[6] 중서사인中書舍人

2 당나라 제도에 문하성門下省에는 정3품하의 좌산기상시左散騎常侍 두 명이 허물을 간하고 시종하는 일을 맡았다. 중서성中書省의 우산기상시右散騎常侍 두 명도 문하성에서 하는 일과 같은 일을 맡았다. 광록시光祿寺에는 종4품상의 소경少卿 두 명이 술과 음식에 관한 일을 맡았다. 궁액은 궁 곁에 있는 집이다. 또 문 옆의 작은 문을 액문掖門이라고 하고, 전殿 곁의 담을 액원掖垣이라고 하는데, 모두 사람의 겨드랑이같이 아주 가깝다는 뜻을 취한 것이다. 위후의 아버지는 현정玄貞이다. 중종中宗이 태자였을 때 위후를 비妃로 뽑아 후에 왕후로 세웠다.

3 안락공주는 위후의 어린 딸이다.

4 중종의 이름은 현顯인데 고종高宗의 아들이다.

5 부병은 서위西魏와 후주後周 때 생겨나서 수나라 때 완비되었다. 당나라가 일어나면서 그대로 썼는데 전체를 절충부折衝府라고 불렀다. 대저 천하 10도道에 6백34개소의 부府를 두었는데 관내關內에 2백61개소가 있었다. 대체로 부에는 3등급이 있는데, 병兵이 1천2백 명이면 윗등급이고, 1천 명이면 중간, 8백 명이면 밑 등급이었다. 백성은 나이가 20세가 되면 병兵이 되고, 60세가 되면 면제되었다.

6 위첩은 위후의 종부형從父兄 서재의 아들로 중종의 딸인 성안공주成安公主에게 장가들었고, 위관은 위후의 종조제從祖弟로 정안공주定安公主에게 장가들었다. 당나라 제도에 위위시衛尉寺에는 종3품의 경卿이 한 사람 있었다. 좌우천우위左右千牛衛에는 중랑장中郎將이 각기 두 명이 있었는데 정4품하였다. 장안현長安縣은 경조부京兆府에 속한다. 당나라 제도에 경京에는 현령縣令이 각기 한 명씩 있었는데 정5

위원韋元은 육가六街를 순찰했다.[7]

백관을 모아 발상하고, 위후가 조정에 임해 섭정하여 천하에 사면령을 내리고, 연호를 고쳐 당륭唐隆이라고 했다. 중서령中書令 종초객宗楚客, 태상경太常卿 무연수武延秀 등이 여러 위씨들과 함께 위후에게 무후武后의 고사故事를 따를 것을 권했다.[8] 남북위군南北衛軍과 대각臺閣의 요직은 모두 위씨의 자제들로 맡게 하고, 널리 무리를 모아 안팎으로 서로 이어 맺었다.[9]

종초객은 또 도참圖讖을 증거로 끌어대며 은밀히 글을 올려, 위씨가 마땅히 당나라의 천명을 바꾸어야 한다고 말했다. 그리고 상제殤帝를 해칠 것을 꾀했다.[10] 예종睿宗과 태평공주太平公主를 매우

품상이었다. 위파는 위후의 조카였다. 당나라 제도에 5부府에는 정5품상의 낭장郎將이 각기 한 명씩 있었다. 태자소보太子少保 위온韋溫은 위후에게는 종부형이 되는데, 위숭은 바로 위온의 조카이다.

7 당나라 제도에 중서사인 여섯 명은 정5품상이었다. 장안성長安城 안의 좌우 육가는 금오가사金吾街使가 맡았다. 좌우금오장군左右金吾將軍은 밤낮으로 순찰하는 법을 관장하여 비위非違를 처리하고 막았다.

8 당나라 제도에 태상경은 한 사람으로 정3품이었다. 무후의 고사는 칙천황후則天皇后가 왕조를 바꾸었던 일을 말한다. 아래 제56장에 있다.

9 남군南軍은 16위군衛軍이고, 북군北軍은 우림羽林과 만기萬騎이다. 대각은 상서성尙書省의 여러 직책이다.

10 안락부安樂府 조부봉봉符鳳이 무연수를 꾀어 말하기를, "천하의 마음이 칙천무후를 잊지 못하고 있소. 도참에, '검은 옷을 입은 신손神孫이 하늘의 치마를 입었다'고 했는데, 그대는 신황神皇의 후손이니 대주大周의 일을 다시 일으킬 수 있을 것이오"라고 하고, 무연수에게 항상 검은 도포를 입을 것을 권하니 이에 응했다. 상제의 이름은 중무重茂로 중종의 아들이다. 처음에는 온왕溫王에 봉해졌는데, 중종

미워하여 위온韋溫, 안락공주와 함께 없앨 것을 꾀했다.[11]

현종玄宗은 먼저 노주별가潞州別駕를 그만두고 서울에 머물면서 몰래 재주와 용기가 있는 사람을 모아 사직을 바로잡아 회복하려고 했다.[12] 처음에 태종太宗은 관호官戶와 번구番口에서 날래고 용기 있는 사람을 뽑아 호랑이 무늬의 옷을 입히고 표범 무늬의 언치를 깔고 말을 타게 하여 사냥할 때 말 앞에서 짐승을 쏘게 하였는데, 이들을 백기百騎라고 했다.[13] 칙천則天 때는 점점 늘어나 천기千騎라고 하여 좌우우림左右羽林에 속하게 했다. 중종은 그것을 만기萬騎라고 하고 관리를 두어 거느리게 했다.[14] 현종은 그 호걸들과 모두 두터이 맺어두었다.

병부시랑兵部侍郎 최일용崔日用은 평소 위무韋武에 붙어 있었고 종

이 죽자 위후가 그를 세웠다. 예종睿宗이 즉위하여 폐하고 다시 온왕으로 삼았다.

11 예종의 처음 이름은 욱륜旭輪이었는데, 뒤에 욱旭자를 버리고 이름을 윤輪이라고 했다가 후에 단旦으로 고쳤다. 고종의 아들이며 중종의 동생이다. 태평공주는 무후가 낳은 고종의 딸이다.

12 노주는 상당上黨의 치관으로 하동도河東道에 속한다. 당나라 제도에 큰 주州의 별가別駕는 종4품하이고, 중간 크기의 주는 정5품하이며, 작은 주는 종5품상이었다.

13 관호는 윗대가 천한 사람이나 종과 짝을 맺어 태어난 사람이다. 주현州縣에는 호적이 없고 오직 본사本司에 속하였으므로 관호라고 한다.

14 칙천의 성은 무武이고 이름은 조瞾이다. 현종 천보天寶 8년에 호를 더하여 칙천순성황후則天順聖皇后라 하였다. 정관貞觀 연간에 북아칠영병北衙七營兵을 설치하고 재주와 용기가 있는 사람을 뽑아 채워넣었다. 용삭龍朔 2년에는 좌우우림군左右羽林軍이라 하고 대장군大將軍 각 한 명, 장군 각 두 명을 두어 북아금병北衙禁兵의 법령 전체를 다스리게 했다. 우림羽林이란 깃털같이 빠르고 수풀처럼 많다는 말이다. 일설에는 임금의 우익이 되기 때문이라고도 한다.

초객과도 친했다.[15] 종초객의 음모를 알고는 화가 자신에게 미칠까 두려워하여 보창사寶昌寺 중 보윤普潤을 보내 은밀히 현종에게 가서 알리고 속히 군사를 낼 것을 권했다. 현종이 이에 태평공주와 공주의 아들 위위경衛尉卿 설숭간薛崇暕, 원총감苑摠監 종소경鍾紹京, 상의봉어尙衣奉御 왕숭엽王崇曄, 전 조읍위朝邑尉 유유구劉幽求, 이인부절충利仁府折衝 마사종麻嗣宗과 함께 일이 나기 전에 죽일 것을 꾀했다[16].

위파와 고숭이 만기萬騎를 자주 때려서 권위를 세우려고 하니 만기들이 모두 원망했다. 과의果毅 갈복순葛福順과 진현례陳玄禮가 현종을 보고 하소연했다. 현종이 넌즈시 여러 위씨를 죽일 것이라고 말했더니 모두들 기뻐 날뛰며 죽음으로써 스스로 힘을 다할 것을 청했다. 만기의 과의인 이선부李仙鳧도 또한 그 모의에 참여했다. 어떤 사람이 현종에게 말하기를,

"마땅히 상왕相王에게 알려야 한다."

라고 했다.[17]

---

15 당나라 제도에 병부시랑 두 명은 정4품하이다.

16 당나라 제도에 서울의 원원苑에는 각기 종5품하의 총감摠監 한 명이 있어 궁원宮苑 안의 건물, 정원, 연못의 일을 관장했는데, 새, 물고기, 과일 나무 등의 일을 모두 맡아보았다. 종鍾은 성이다. 당나라 제도에 상의국尙衣局의 봉어奉御 두 명은 종5품상이었다. 면류관과 의복을 바치고, 제사 때는 감監에서 진규鎭圭를 받들어 천자에게 바쳤으며, 대조회大朝會 때는 책상을 설치했다. 당나라 옹주雍州에는 부府가 1백31개소가 있었으나 이름을 잃어버린 곳이 1백20개소이다. 이인부利仁府는 틀림없이 옹주에 속할 것이다. 당나라 제도에, 매 부에는 절충도위折衝都尉가 한 명 있었는데, 큰 부는 정4품상, 중간 크기 부는 종4품하, 작은 부는 정5품하였다.

17 예종睿宗을 상왕으로 봉했다.

이에 현종이

"우리들이 이렇게 하는 것은 죽음으로써 사직을 구하려는 것이다. 일이 이루어지면 복은 임금에게 돌아가는 것이고, 일이 이루어지지 않으면 이 몸이 죽음으로써 왕에게 누를 끼치지 않는 것이다. 이제 왕에게 알려서, 왕이 따르면 왕을 위험한 일에 끼여들게 하는 것이고, 따르지 않는다면 장차 큰일을 그르치는 것이다."

라고 말하여 드디어 알리지 않았다.

해질 무렵 현종이 미복微服으로 유유구 등과 함께 금원禁苑으로 들어갔다.[18] 종소경을 해사廨舍에 모이라고 하니 종소경이 후회하여 거절하려고 했다. 그의 처 허씨許氏가 말하기를,

"자기 몸을 잊어버리고 죽음으로써 나라를 위한다면 귀신도 반드시 도울 것입니다. 또 함께 모의하여 이미 정했는데, 이제 비록 하지 않는다고 하여 어찌 면할 수 있겠습니까?"

라고 하니 종소경이 이에 나아가 배알했다. 현종이 그 손을 잡고 함께 앉았다.[19]

이때 우림羽林의 장사들은 모두 현무문玄武門에 머물렀다. 밤이

---

18 당나라 금원은 황성皇城의 북쪽에 있다. 원성苑城은 동서가 27리이고, 남북이 30리인데, 동쪽으로는 패수灞水에 닿았고, 서쪽으로는 옛날 장안성長安城과 잇닿았으며, 남쪽으로는 경성京城에 연하여 있고, 북쪽으로는 위수渭水에 면해 있다. 금원 안에는 이궁離宮과 정관亭館이 24개소가 있다.

19 종소경이 나아가 배알했다는 것은 현종을 받들어 모시겠다는 것을 보인 것이고, 현종이 손을 잡고 같이 앉은 것은 기쁜 마음을 어찌할 수 없음을 보인 것이며, 또 이것으로써 그 마음을 결속시킨 것이다.

되자 갈복순과 이선부가 모두 현종의 처소에 와서 청호請號하여 갔
다.[20] 이고二鼓가 되자 하늘에서 별이 눈같이 흩어져 떨어졌다. 유
유구가 말하기를,

"하늘의 뜻이 이와 같으니 때를 놓칠 수 없다."

라고 했다. 갈복순이 칼을 빼어 들고 곧바로 우림의 영채에 들어가
위선, 위파, 고숭을 죽이고 널리 말하기를,

"위후가 술에 독을 타서 선제를 죽이고 사직을 위태롭게 하려고
꾀하고 있다. 오늘 저녁에 마땅히 모든 위씨를 죽이는데, 마편馬鞭
이상은 모두 죽이고, 상왕相王을 세워 천하를 안정시킨다. 감히 두
마음을 품어 역적의 무리를 돕는 자는 죄가 삼족三族에 미치리라."

라고 하니, 우림의 장사들이 모두 흔연히 기뻐하며 명령을 들었
다.[21] 이에 위선 등의 머리를 현종에게 보내니 현종은 불을 가져다
그것을 보았다.

드디어 유유구 등과 함께 금원의 남문으로 나갔다.[22] 종소경이
정장丁匠 2백여 명을 거느리고 도끼와 톱을 들고 따랐다. 갈복순으
로 하여금 좌만기左萬騎를 거느리고 현덕문玄德門을 공격하게 하고,

---

20 청호란, 대체로 전쟁을 하는데 있어서 영채를 정해 쉬거나 공격을 할 때, 주장主將
  에게 가서 암호를 받아 이것으로써 급할 때 대비하여 서로 조응照應하는 것이다.
21 마편 이상은 모두 죽인다는 말은, 위씨의 남녀로서 키가 말채찍보다 큰 사람은 모
  두 죽인다는 말이다. 삼족은 부모, 형제, 처자를 말한다. 일설에는 부족父族, 모족
  母族, 처족妻族이라고도 한다. 곧 삼족을 멸하는 것이다.
22 금원의 남문은 궁성의 현무문과 대해 있다.

이선부로 하여금 우만기右萬騎를 거느리고 백수문白獸門을 공격하도록 했다. 그리고 능연각凌煙閣 앞에 모여 크게 소리칠 것을 약속했다.[23] 갈복순 등이 수문장을 죽이고 빗장을 끊고 들어갔다. 현종이 현무문 밖에서 군사를 정돈하고 있으니, 3고三鼓에 고함치는 소리가 들려 총감摠監과 우림병羽林兵을 이끌고 들어갔다. 태극전太極殿에서 재궁梓宮을 지키고 있던 여러 위병衛兵들이 고함소리를 듣고는 모두 갑옷을 입고 응했다.[24]

위후가 두려워 허겁지겁 비기飛騎의 영채로 달려 들어가니 어떤 비기가 그 머리를 베어 현종에게 바쳤다.[25] 안락공주는 바야흐로 거울을 보고 눈썹을 그리고 있었는데 군사가 죽였다. 숙장문肅章門 밖에서 무연수를 죽였다.[26] 궁중에 있는 여러 위씨들과 여러 문을 지키는 위씨들 그리고 평소에 위후와 친해서 신임을 얻은 자들을 찾아내어 모두 죽였다. 새벽이 되어 안팎이 모두 평정되었다. 현종이 나아가 예종을 뵙고 머리를 조아리며 먼저 알리지 않은 죄를 사

---

23 좌만기와 우만기는 곧 좌우 상廂이다. 백수문은 곧 백수달白獸闥인데 현덕문과 함께 안의 여러 문으로 통하는 길이다. 능연각은 서내西內 삼청전三淸殿 곁에 있는데 건물 안에는 세 구역이 있다. 안쪽 한 층에는 공이 큰 재상을 그려놓았고, 밖의 한 층에는 공이 큰 왕들을 그려놓았으며, 또 밖의 한 층에는 그 다음으로 공이 있는 신하를 그려놓았는데, 모두 북쪽을 향하고 있으니 신하의 예를 하는 것이다.

24 서내西內의 정전正殿을 태극전이라고 한다. 재궁을 지키던 사람들은 남아南牙의 여러 위병들이다.

25 비기는 북문에 주둔하는 병사이다.

26 숙장문은 태극전의 오른쪽 문이다.

과했다. 예종이 그를 끌어안고 울면서 말하기를,

"사직과 종묘가 땅에 떨어지지 않은 것은 그대의 힘이오."
라고 했다.

고려 신우辛禑 때 왜적 5백 척이 진포鎭浦에 정박했다.[27] 하삼도下
三道에 들어와 노략질을 했는데, 사람을 죽이고 불을 질러 바닷가
고을이 거의 비다시피 되었다. 인민들을 죽이고 잡아간 숫자는 셀
수 없을 정도이고, 시체가 산과 들을 덮었다.[28]

곡식을 그들의 배로 운반하다가 흘린 쌀이 땅에 한 자나 되도록
쌓였고, 잡아간 남녀를 죽인 것이 산처럼 쌓였으며, 지나는 곳이 피
가 흘러 파도를 이루었다. 두세 살 먹은 여자 아이를 빼앗아 머리를
깎고 배를 갈라 깨끗이 씻은 다음 쌀과 술을 갖추어 하늘에 제사지
내니 왜구의 환란이 있은 이래로 이와 같이 심한 적은 없었다.

태조를 양광楊廣 · 전라 · 경상 3도 도순찰사三道都巡察使로 삼아
가서 왜구를 정벌하도록 했다. 찬성사贊成事 변안열邊安烈을 도체찰
사都體察使로 삼아 태조를 돕게 하였다.[29] 평리評理 왕복명王福命, 우

---

27 진포는 충청도 서천군舒川郡 남쪽 15리쯤에 있다.
28 땅의 세를 말할 때 동남쪽을 하下라고 한다. 경상 · 충청 · 전라 3도는 모두 남쪽에
  있으므로 하下라고 말한다.
29 이때 태조는 문하찬성사門下贊成事였다. 순찰사와 체찰사는 사방을 돌면서 점검하
  는 일을 하는데, 대신大臣으로 하여금 맡도록 했다. 임시로 특별히 두는 것이므로
  언제나 그 관원이 있는 것은 아니다.

인열禹仁烈, 우사右使 도길부都吉敷, 지문하知門下 박임종朴林宗, 상의
商議 홍인계洪仁桂, 밀직密直 임성미林成味, 척산군陟山君 이원계李元桂
를 원수元帥로 삼아 모두 태조의 절도節度를 받게 했다.[30]

　군사가 나아가 장단長湍에 이르자 흰 무지개가 해를 꿰뚫었다.
점치는 사람이 싸움에 이길 조짐이라고 했다.[31] 왜구가 상주尙州에
들어가 엿새 동안 술판을 벌이고 부고府庫를 불질렀다.[32] 그리고 경
산부京山府를 지나 사근역沙斤驛에 주둔했다.[33]

30　고려 제도에, 나라에 큰일이 있으면 문하門下, 삼사三司, 밀직密直이 함께 모여 논
　　의를 했는데, 이것을 군공상의群公商議라고 했다. 후에 양부兩府를 더 넣었는데,
　　각기 상의商議라는 관직이 있었다. 척산은 곧 지금의 삼척三陟이다.

31　흰색의 순수한 것이 흰 무지개가 된다.

32　신라 점해왕이 사벌국沙伐國을 취해 주州로 만들었는데, 법흥왕이 고쳐서 상주上
　　州라고 했다. 진흥왕은 주를 폐하고 상락군上洛郡이라 했고, 신문왕은 다시 주를
　　두었는데, 경덕왕이 상주尙州라고 고쳤다. 혜공왕이 다시 사벌沙伐州라고 했다.
　　고려 태조 23년에 다시 상주라고 고쳤다가 후에는 안동도독부安東都督府라고 바꿨
　　다. 성종 초 12목牧을 둘 때 상주가 그 중 하나였다. 14년에 12주州에 절도사節度
　　使를 둘 때 상주귀덕군절도사尙州歸德軍節度使라고 불렀다. 현종은 절도사를 폐하
　　고 다시 안동대도호부安東大都護府로 삼았다가 5년에 상주안무사尙州安撫使로 고
　　쳤다. 9년에 상주목尙州牧으로 정하여 8목牧의 하나가 되었다. 본조에서는 그대로
　　썼다. 상산商山이라는 별호가 있다. 경상도 지역의 수관首官으로 1목牧, 1부府, 3
　　군, 6현을 거느리고 있다.

33　경산부는 원래 본피현本彼縣이다. 신라 경덕왕이 신안新安으로 고쳐 성산군星山郡
　　에 속하는 현으로 삼았다. 신라 말기에 벽진군碧珍郡으로 고쳤다. 고려 태조는 경
　　산부京山府로 고쳤고, 성종은 대주岱洲라고 고쳤다. 현종은 다시 경산부라고 고쳤
　　다. 충렬왕은 흥안부興安府로 승격시켰다가 후에 고쳐서 성주목星州牧으로 삼았는
　　데, 충선왕은 경산부로 강등시켰다. 본조에서는 그대로 썼다. 태종 원년에 다시

삼도원수三道元帥 배극렴裵克廉 등 아홉 원수元帥가 패하여, 박수
경朴修敬, 배언裵彦 두 원수는 죽고, 사졸 가운데 죽은 자가 5백여
명이었다. 적의 세력이 더욱 치열해졌다. 드디어 함양성咸陽城을 도
륙하고,³⁴ 남원南原으로 향하여³⁵ 운봉현雲峯縣을 불지르고 인월역引
月驛에 주둔하며, 장차 광주光州의 금성(金星, 쇠잣)에서 말을 먹이
고 북으로 올라가겠다고 크게 떠들었다. 조정과 민간에서 크게 두
려워했다.³⁶

승격시켜 성주목으로 삼았다. 지금은 경상도에 속한다. 사근역은 함양군咸陽郡 동
쪽 13리쯤에 있다.

34 함양咸陽은 본래 속함군速含郡이다. 신라 경덕왕이 고쳐서 천령군天嶺郡으로 삼았
다. 고려 성종 때 승격시켜 허주許州로 삼았는데 현종 때 함양군含陽郡으로 강등
되었다. 후에 함양咸陽으로 고쳤다. 명종 초에 감무監務를 두었다. 본조 태조 4년
에 지군사知郡事로 승격시켰다. 진산鎭山은 백암(白巖, 흰바회)이다. 지금은 경상
도에 속한다.

35 남원은 본래 백제 고룡군古龍郡이다. 후한後漢 건안建安 중에는 대방군帶方郡이 되
었고, 조위曹魏 때에는 남대방군南帶方郡이 되었다. 신라가 백제를 합쳤다. 문무왕
2년에 당唐나라 고종高宗이 유인궤劉仁軌에게 조칙을 내려 검교대방주자사檢校帶
方州刺史로 삼았다. 신문왕 4년에 소경小京을 두었고, 경덕왕은 고쳐서 남원소경
南原小京이라고 했다. 고려 태조는 남원부南原府라고 고쳤다. 충선왕은 다시 대방
군으로 했다가 후에 남원군南原郡이라고 고쳤다. 공민왕 9년에 남원부로 승격시켰
다. 본조 태종 13년에 고쳐서 도호부都護府로 했다. 용성龍城이란 별호가 있다. 진
산은 교룡산蛟龍山이다. 전라도 지역의 수관首官으로 1군 9현을 거느리고 있다.

36 광주는 본래 백제의 무진주도독武珍州都督이다. 신라가 백제를 취한 뒤 인하여 도
독都督으로 삼았다. 경덕왕은 무주도독武州都督으로 삼았다. 고려 태조가 광주光
州로 고쳤는데, 성종은 해양현령海陽縣令으로 강등시켰다. 고종은 고쳐서 지익주
사知翼州事로 삼았다가 후에 광주목光州牧으로 승격시켰다. 충선왕은 화평부化平

태조가 1천 리 사이에 죽어 넘어진 시체가 서로 잇닿아 있는 것을 보고는 슬프게 여겨 침식을 이루지 못했다. 태조가 변안열 등과 함께 남원에 이르니 적과 1백20리 떨어져 있었다. 배극렴 등이 와서 길에서 뵙고는 기뻐했다. 태조는 하룻동안 말을 쉬게 하고 궐명厥明에 싸우려고 했다.[37] 여러 장수들이 말하기를,

"적이 험한 곳을 의지하고 있으니 나오기를 기다려 싸우는 것이 좋을 것입니다."

라고 했다. 태조가 분개하여 말하기를,

"적과 싸우려고 군사를 일으켰으니 오직 적을 만나지 못할까 걱정해야지, 적을 만나고서 공격하지 않는다면 그것이 옳겠는가?"

라고 하고는 드디어 군대의 부서를 나누었다.[38]

다음날 이른 아침에 맹세를 하고 동쪽으로 운봉雲峯을 넘어 적과 수십리 떨어진 정산(鼎山, 솥뫼)봉에 올라갔다.[39] 태조는 길 오른편

府라고 고쳤다. 공민왕은 무진부茂珍府라고 고쳤는데 후에 광주목으로 승격시켰다. 본조에서는 그대로 썼다. 우리 전하 12년에 강등시켜 무진군茂珍郡으로 삼았다. 별호는 광산光山인데 혹 익양翼陽이라고 부르기도 한다. 진산은 무등無等이다. 지금은 전라도에 속한다. 금성산은 지금 담양부潭陽府 관내의 원율현原栗縣 지방에 있는데, 부에서 서남쪽으로 20리쯤 떨어진 산 위에 돌로 쌓은 성이 있다. 원율현은 옛날에는 광주에 속했다.

37 궐명은 다음날이다.

38 『좌전』에, "제후가 왕이 미워하는 바를 쳤다"라는 대목의 주석에서 개慨는 성낸 것이라고 했다. 부서部署는 대오를 나누고 자리를 맡기는 것이다.

39 정산은 운봉현 동쪽 16리에 있는데, 황산(荒山, 거츨뫼) 동북쪽의 갈려 나간 산으로 봉우리가 불쑥 솟아올라 있다.

에 험한 지름길이 있음을 보고는 말하기를,

"적이 반드시 이 길로 나와 우리 뒤를 습격할 것이니 내가 마땅히 빨리 가야겠다."

고 하고는 스스로 빨리 갔다. 여러 장수들은 모두 평탄한 길로 나아가다가 적의 선봉이 매우 날카로운 것을 보고는 싸우지 않고 물러났다. 날이 기울었을 때 태조는 이미 험준한 곳으로 들어섰다. 적의 기봉奇鋒이 과연 튀어나왔다. 태조가 대우전大羽箭 20발을 쏘고, 이어 유엽전柳葉箭을 쏘았는데, 50여 발이 모두 얼굴에 명중하니 활시위 소리에 따라 엎어지지 않는 자가 없었다.[40] 무릇 세 번 싸워 적을 모두 무찔렀다. 그 땅이 진흙탕이어서 적과 아군이 함께 빠져 엎어지고 넘어지고 했는데, 빠져나왔을 때 보니 죽은 자는 모두 적이고 아군은 한 사람도 다치지 않았다.

이에 적이 산에 웅거하여 굳게 지켰다. 태조는 사졸을 지휘하여 요해처를 나누어 지켰다. 그리고 휘하의 이대중李大中, 우신충禹臣忠, 이득환李得桓, 이천기李天奇, 원영수元英守, 오일吳一, 서언徐彦, 진중기陳中奇, 서금광徐金光, 주원의周元義, 윤상준尹尙俊, 안승준安升俊 등을 시켜 싸움을 걸도록 했다. 태조는 인하여 위로 공격했다. 적이 나와 죽을 힘을 다하여 아군에게 부딪쳤으나 흩어져 떨어졌다. 태조가 장사들을 돌아보며 말하기를,

"말고삐를 굳게 잡아 말이 넘어지지 않도록 하라."

---

40 유엽전은 화살촉의 모양이 버들 잎 같으므로 이렇게 이름을 붙였다.

고 하고는 다시 나팔을 불어 군사를 정돈시켜 떼지어 위로 올라가 적진에 부딪치게 했다.

적장이 창을 들고 태조의 뒤로 달려와 형세가 매우 급했다. 편장偏將 이두란李豆蘭이 말을 타고 뛰어오르며 크게 소리지르기를,

"영공令公은 뒤를 보십시오. 영공은 뒤를 보십시오."

라고 했으나, 태조는 미쳐 보지 못하였다. 이두란이 드디어 적을 쏘아 죽였다.

태조의 말이 화살에 맞아 넘어지자 말을 바꿔 탔는데, 또 화살에 맞아 넘어지자 다시 바꿔 탔다. 태조가 흐르는 화살에 왼쪽 무릎 위를 맞았는데, 태조는 화살을 뽑고 나서 더욱 기운이 세어져서 더욱 급하게 싸우니 군사들은 태조가 다친 줄을 몰랐다. 적이 태조를 몇 겹으로 에워쌌으나 태조는 몇 명과 함께 적의 포위를 뚫고 나왔다. 적이 다시 태조의 앞으로 부딪쳤는데, 태조가 바로 여덟 명을 죽이니 적이 감히 앞으로 나오지 못했다. 태조는 하늘의 해를 가리키며 거느린 좌우의 사람들에게 맹세하여 말하기를,

"겁나는 자는 물러가라. 나는 적을 죽이리라."

라고 하니, 군사들이 감동하여 용기 백배해져서 사람마다 죽기를 각오하고 싸웠다. 적은 마치 나무를 심어놓은 것처럼 조금도 물러서지 않았다. 적장 가운데 나이가 15~16세 되는 자가 있었는데, 용모가 단정하고 아름다운 데다가 용감하기가 비할 데 없었다. 흰 말을 타고 창을 휘두르며 말달려 돌진하면 향하는 곳은 모두 쓰러져 감히 당해낼 자가 없었다. 아군에서는 아기발도(阿其拔都, 아기

바톨)이라고 부르며 다투어 피했다.[41] 태조가 그 용기와 날카로움을 아껴 이두란에게 사로잡으라고 명했다. 이두란은 죽이지 않는다면 다른 사람이 다칠 것이라고 말했다.

아기발도는 갑주甲冑, 호항護項, 면갑面甲을 썼으므로 활을 쏠 틈이 없었다. 태조가 말하기를,

"내가 투구의 꼭지를 쏘아 벗길 테니 너는 바로 쏴라."

라고 하고는, 드디어 말을 달려 활을 쏘아 꼭지를 정통으로 맞히니 투구의 끈이 끊어져 투구가 비스듬이 벗겨졌다. 아기발도는 급히 투구를 바로했다. 태조가 다시 쏘니 또 꼭지에 맞아 드디어 투구가 떨어졌다. 이두란이 쏘아 죽였다. 이에 적의 기세가 꺾였다.

태조가 남보다 앞서 나아가 적을 치니 적의 무리가 모두 쓰러지고 예봉銳鋒이 모두 죽었다. 적이 말을 버리고 산으로 올라가니 관군이 이기는 틈을 타서 말을 달려 산으로 올라갔다. 환호하며 북치고 떠드는 소리가 천지를 진동했다. 사면이 무너지니 드디어 적을 크게 깨뜨렸다. 시냇물이 모두 붉게 흘러 6~7일 동안 색이 변하지 않아 사람들이 물을 마시지 못하고 그릇에 담아 맑아질 때까지 한참 기다린 후에야 마셨다. 노획한 말이 1천6백여 필이고, 병장기는 셀 수 없이 많았다. 처음에 적이 아군보다 열 배나 많았는데 오직 70명만이 지리산으로 달아났다. 태조가 말하기를,

---

41 아기阿其는 방언方言으로 어린아이를 부르는 말이다. 발도拔都는 혹 발돌拔突이라고 쓰는데, 몽고말로 용감하여 대적할 자가 없는 것을 말한다.

"세상에 적을 완전히 없앤 나라는 없다."

고 하여, 끝까지 쫓지 않고 물러나 크게 군악軍樂을 열고 나희儺戲
를 베풀었다. 군사들은 모두 만세를 부르고, 적의 머리를 바친 것
이 산처럼 쌓였다.[42]

여러 장수들이 싸우지 않은 죄를 다스릴까 두려워하여 머리를
땅에 부딪혀 피를 흘리며 살려주기를 빌었다. 태조는 조정의 처분
에 달려 있다고 말했다.

이때 적에게 포로가 되었던 사람이 적중에서 돌아와 말하기를,

"아기발도가 이원수의 진친 것을 보고 그 무리에게 말하기를,
'이 군사의 세력을 보니 지난날의 여러 장수들에 비해 다르다. 오
늘의 싸움에서 너희들은 마땅히 각기 조심하라'고 했습니다. 처음
에 아기발도가 자기 나라에 있을 때 오려고 하지 않았으나 적의 무
리가 그의 용기에 복종하여 굳이 청해서 왔다고 합니다. 적의 우두
머리들이 매번 싸움에 나갈 때면 가서 뵙고 반드시 꿇어앉았습니
다. 군중의 명령은 모두 그가 주장했습니다."

라고 했다.

태조가 개선하여 돌아갈 때, 판삼사判三司 최영崔瑩이 백관을 거

---

42 『주례周禮』에 보면, 방상씨方相氏는 곰 가죽을 뒤집어쓰고, 황금빛 네 눈을 달았으
며, 검은 옷에 붉은 치마를 입고, 창과 방패를 들고 온갖 부하를 이끌고 때로 귀신
을 쫓는데 방마다 뒤져서 귀신을 쫓는다. 『사기史記』의 주석에 보면, 동해東海 도
색산度索山에 신도울루신神荼鬱壘神이 있어 능히 귀신을 막는다고 했다. 황제黃帝
가 귀신을 쫓는 것을 만들 때 이것을 본떴다.

느리고 비단 장막을 치고 잡희雜戱를 벌여 천수사天水寺 앞에서 반열을 지어 맞이했다.

최영이 태조의 손을 잡고 눈물을 씻으며 말하기를,

"공公이여, 공이여. 삼한三韓이 다시 일어남이 이 한 번의 싸움에 있었으니, 공이 없다면 나라가 장차 누구를 믿으리오."

라고 말하니, 태조는 당치 않다고 사양했다.

한산군韓山君 이색李穡이 시를 지어 축하했다. 그 시의 내용은 다음과 같다.

썩은 것을 부수듯이 적을 없앤 것은 진정 장군이니

삼한의 즐거운 기운이 모두 공에게 속하도다

충성이 백일白日에 걸리니 하늘이 안개를 걷고

위세가 청구靑丘에 떨치니 바다에 바람이 자도다[43]

교외에 나가 화려한 잔치를 베풀어 무열武烈을 노래하고[44]

능연각凌煙閣 높은 누각에 영웅의 얼굴을 그리도다.

---

43 사마상여司馬相如의 『자허부子虛賦』에, "가을에 청구靑丘에서 수렵한다"는 대목이 있다. 복건服虔은, "청구국靑丘國은 해동海東 3백 리에 있다"고 했다. 그러므로 후인들이 우리 나라를 청구라고 부른다. 주周나라 성왕成王 6년에 월상씨越裳氏가 2중 3중의 통역을 해서 조공을 바쳤는데, 그들이 말하기를, "우리는 우리 나라의 황자黃者로부터 명命을 받는데, 그가 말하기를, '하늘에는 세게 부는 바람과 지나친 비가 없고, 바다에는 파도가 없은 지 3년이 되었으니 중국에 성인이 있음이다' 라고 하니 어찌 조공하지 않겠습니까?" 라고 했다.

44 『시경』에, "내 수레를 몰고 저 교외로 나가도다"라는 대목이 있다.

병들어 교외에 나가 영접에 참여하지 못하니
앉아서 새 노래를 지어 우뚝한 공을 노래하노라

전삼사좌윤前三司左尹 김구용金九容이 다음과 같이 화답하였다.[45]

적의 칼날을 번개같이 꺾어버리니
그 절도 있음을 우리 공公에 비할 곳 없네
상서로운 기운은 총총이 모여들고 독한 기운 사라지니
서릿발같은 차가운 바람은 위풍威風을 돕는도다
섬 오랑캐 간담이 떨어지니 군사의 위용 더욱 성해지고
이웃 나라 두려워하니 군사의 기상 더욱 웅장하도다
나라 안 사대부들이 다투어 하례하니
삼한三韓의 영원한 태평의 공을 이루었도다.

성균成均 좨주祭酒 권근權近은 다음과 같이 화답하였다.

3천 명의 마음과 덕이 모두 같으니[46]

---

45 순舜임금이 고요皐陶에게 준 것에 화답한 것이 창화倡和의 시초이다. 또한 원래
    『시경』의 「탁혜蘀兮」에 있는, "내가 부르고 네가 화답한다"는 뜻이다.
46 『서경』에, "주紂임금은 억만 명의 신하가 있으나 억만의 마음이지만, 나는 3천 명
    의 신하가 있으나 오직 한마음이다"라고 했다. 또 이르기를, "나에게 훌륭한 신하
    열 명이 있는데 마음과 덕이 한가지이다"라고 했다.

군대의 규율이 이와 같음은 모두 공公에게 달렸네.[47]

나라 위한 충성은 밝게 해를 꿰뚫고

적을 꺾은 용맹은 찬바람을 일으키도다

동궁彤弓의 혁혁한 공은 임금의 은혜 더욱 무겁게 하고[48]

백우선白羽扇 높고 높아 기세가 웅장토다[49]

한 번 스스로 개선凱旋하여 나라를 안정시키니

반드시 알지어다 마상馬上에서 기이한 공 있음을[50]

신창辛昌의 교서教書를 요약하면 다음과 같다.

"수문하시중守門下侍中 이성계는 문무文武의 지략과 장상將相의 재주로써 들어오면 정현鼎鉉에 참여하고 나아가면 군대를 다스렸다.[51]

---

47 『역경』에, "군대를 규율로써 낸다"는 대목이 있다.

48 『좌전左傳』에, 영무자寧武子가 말하기를, "제후가 왕이 미워하는 자를 쳐서 공을 바쳤습니다"라고 하자, 이에 동궁 하나, 동시彤矢 1백, 자궁玆弓 열, 자시玆矢 1천을 하사하여 보답을 나타냈다는 대목이 있다.

49 제갈무후諸葛武侯가 백우선을 가지고 삼군三軍을 지휘했다.

50 한漢나라 육가陸賈가 때때로 앞에서 『시경』과 『서경』을 들어 말을 했다. 고조高祖가 꾸짖어 말하기를, "나는 마상馬上에서 세상을 얻었는데 어찌 『시경』, 『서경』을 일삼겠는가?"라고 하니, 육가가 말하기를, "말 위에서 세상을 얻었지만 어찌 말 위에서 다스리겠습니까?"라고 했다. 말 위에서 세상을 얻었다는 것은 싸움을 해서 천하를 얻었다는 말이다.

51 정鼎은 음식을 삶고 익히는 그릇이다. 현鉉은 솥귀에 구멍을 뚫어 이것으로 솥을 드는 것이다. 정현은 재상이라는 말이다. 『역경』에, "정에는 황색의 솥귀와 금색의 솥 귀고리가 있다. 육오六五는 솥의 위에 있으니 솥귀를 나타낸 것인데, 솥을 들 때는 솥귀를 들어야 하므로 솥의 가장 주된 부분이다. 현鉉은 솥귀에 더한 것이

기해己亥년에 군대를 일으킨 이래로 30년간 크고 작은 많은 싸움에서 이르는 곳마다 반드시 승리했다.[52] 그 싸움이 컸던 것은, 신축辛丑년 관적關賊이 서울을 침범해서 나라가 파천播遷한 때이다. 경은 대상大相을 도와 흉악한 적을 섬멸하고 서울을 수복했다.[53] 호인胡人 나하추納合出가 우리 동북 지방을 침범했을 때, 여러 장수들이 패하여 달아나니 승세를 타고 갑자기 고주高州의 경계에까지 이르렀다. 경은 갑옷을 벗고 하루에 이틀 갈 거리를 가서 드디어 국경 밖으로 쫓아냈다. 계묘癸卯년에 서얼庶孼 덕흥군德興君이 군대를 일으켜 서쪽 지방에 들어오니 경이 경기병輕騎兵을 이끌고 저들의 예봉을 꺾었다. 정사丁巳년에 왜구가 해주海州에 침입하니 여러 정승들이 잇달아 패했는데, 경이 홀로 사졸의 앞에서 적을 공격하여 거의 섬멸했다. 경신庚申년에 왜구가 진포鎭浦에 상륙하여 양광도, 전라도, 경상도의 지역에 횡행橫行하며 고을에서 분탕질하고 사람들을 죽여 3도가 시끄러웠고, 원수元帥 배언裵彦, 박수경朴修敬 등이 패하여

다. 구이九二는 육오六五에 응하므로 솥귀에 따라온 것이니 솥 귀고리이다. 구이九二에는 강중剛中의 덕이 있는데, 강剛은 양陽이고 중中의 색은 황색이므로 금현金鉉이 되었다. 육오六五는 가운데가 비어 있는 것으로써 구이九二의 굳센 것을 응하므로 그 형상이 이와 같이 된 것이다"라고 했다. 일설에는 삼공三公이 솥발같이 임금을 받들므로 이렇게 말한다고도 한다.

52 기해년은 바로 공민왕 8년이다. 이해에 홍건적紅巾賊이 처음 쳐들어왔다. 기해년에서 신창의 마지막 해인 무진戊辰년까지가 합해서 30년이다.

53 관적은 곧 홍건적의 관선생關先生이다. 나라가 파천했다는 것은 공민왕이 남쪽으로 간 것을 말한다. 대상은 총병관摠兵官 정세운鄭世雲을 가리킨다.

죽었다. 경이 죽음을 돌아보지 않는 계책을 내어, 휘하를 거느리고 결사적으로 싸웠다. 인월역에서 적을 남김없이 다 잡아 백성들이 편안해졌다. 군사를 움직이는데 있어서 기율을 준수하여 추호秋毫도 범하는 것이 없으니 백성들이 그 위세를 두려워하면서도 그 덕을 생각했다. 비록 옛날의 명장이라도 어찌 이보다 더하겠는가! 경의 풍부한 공적과 위대한 열행이 사람들의 눈과 귀에 남아 있는 것은 이와 같이 혁혁하건만, 자긍自矜하고 자벌自伐하지 않으며 겸손하게 물러나 있으니 나라 사람들이 더욱 의지하고 중하게 여긴다."

제51장

군용軍容이 예와 다르샤 알고 물러가니 나아왔더면 목숨 남으리잇가
치진置陣이 남과 다르샤 알고도 나아오니 물러갔던들 목숨 마치리잇가

軍容異昔　識斯退歸　如其進犯　性命奚遺
置陣異他　知亦進當　如其退避　性命奚戕

내만부乃蠻部의 우두머리 태양한太陽罕이[54] 원나라 태조의 유능함을 마음속으로 꺼려 백달달부白達達部의 우두머리인 아라홀사阿剌忽

思에게 사신을 보내 모의하여 말하기를,

"내가 들으니 동쪽에 황제라고 칭하는 자가 있다는데, 하늘에 두해가 없는 것이니 백성에게 어찌 두 임금이 있겠소. 그대가 능히 나를 돕는다면 내가 장차 그들의 활과 화살을 빼앗아버리겠소."

라고 했다. 아라홀사는 이것을 바로 원나라 태조에게 알렸다. 그리고 곧바로 부족을 데리고 와서 귀순했다. 원나라 태조는 첩맥해천帖麥該川에 크게 모여서 내만부를 칠 것을 의논했다. 여러 신하들은, 바야흐로 봄이라 말이 여위었으니 가을을 기다리는 것이 마땅하리라고 말했다. 황제의 동생 알적근斡赤斤이 말하기를,

"마땅히 할 일이라면 빨리 하는데 달려 있는 것인데, 말이 여위었다는 말이 어찌 가하겠는가?"

라고 했고, 황제의 동생 별리고태別里古台도 또한 말하기를,

"내만이 우리의 활과 화살을 빼앗겠다고 한 것은 우리를 얕본 것이니 우리들의 의리로 본다면 마땅히 함께 죽어야 한다. 저들이 그 나라가 큰 것을 믿고 큰소리를 치는데, 저들의 허술한 곳을 틈타 공격하면 당연히 성공할 것이다."

라고 했다. 원나라 태조가 기뻐하며 말하기를,

"이 무리로써 싸운다면 어찌 이기지 못할까 걱정하겠는가?"

라고 하고 드디어 군대를 진군시켜 내만을 쳤다.

---

54 태양한은 내만부의 우두머리 이름이니 곧 당唐나라에서는 가한可汗이라고 불렀다. 두 음을 합쳐서 한罕이라고 했다.

태양한은 항해산沆海山에 영채를 두고 멸리걸부蔑里乞部의 추장 탈탈脫脫, 극렬부克烈部의 추장 아련태석阿憐太石, 외라부猥剌部의 추장 홀도화별길忽都花別吉과 독로반禿魯班, 탑탑아塔塔兒, 합답근哈答斤, 산지올散只兀의 여러 부족을 합치니 그 군대의 세가 자못 왕성했다.[55] 이때 원나라 군대의 여원 말이 놀라서 내만의 영채 안으로 들어간 일이 있었다. 태양한이 이 말을 보고는 무리와 함께 계책을 말하기를,

"몽고蒙古의 말이 이와 같이 여위고 약하니 이제 마땅히 꾀어 깊이 들어오게 한 다음에 싸워서 사로잡아야겠다."

라고 하니, 그 장수 화력속팔적火力速八赤이 대답하기를,

"앞서 왕께서 싸울 때는 용감하게 나아가 돌아서지 않아서 말 꼬리와 사람의 등을 적에게 보인 적이 없었는데, 이제 이런 지연 작전을 쓰는 것은 마음속에 두려운 바가 있는 것이 아닙니까? 정말로 두려우면 왕후로 하여금 와서 군대를 통솔하게 하지 않습니까?"

라고 하니, 태양한이 노하여 바로 말을 달려나가 싸움을 했다.

이에 앞서 극렬부克烈部 추장 왕한汪罕의 신하 찰목합札木合이 왕한을 죽이려 꾀하다가 하지 못하고 내만으로 달아났다.[56] 이때에 이르러 태양한을 따라와서 원나라 태조의 군대가 엄숙하게 정제된 것을 보고는 좌우에게 말하기를,

---

55 독로반, 탑탑아, 합답근, 산지올은 모두 부족 이름이다.

56 왕한의 이름은 탈리脫里인데 금金나라에서 벼슬을 받아 왕이 되었다. 오랑캐 말은 소리가 중첩되므로 왕이라고 부르는 것이 왕한이 된 것이다.

"내만이 처음에 군대를 일으킬 때는 몽고군을 양 새끼처럼 보고는 발자국이나 껍질도 남기지 않겠다는 뜻이었다. 이제 내가 그 기세를 보니 지난날과는 전혀 다르다."
라고 하고는, 드디어 거느렸던 병사를 빼내어서 도망갔다.

이날 원나라 태조는 내만의 군대와 해질 무렵에 이르기까지 크게 싸워 태양한을 잡아 죽였다. 모든 군대가 일시에 모두 궤멸하여 험한 곳으로 달아나다가 절벽에 떨어져 죽은 자가 셀 수 없었다. 다음날 남은 무리들은 모두 항복했다.

진을 치는 것이 남과 다른 일은 제50장에 있다.[57]

제52장

청請 들은 다대와 노니샤 바늘 아니 맞히시면 아비 아들이 살리시리잇가

청請으로 온 왜와 싸우샤 투구 아니 벗기시면 나라 소민小民을 살리시리잇가

受賂之胡　與之遊行　若不中針　父子其生

---

57 이 장은 앞 장을 이어 반복하여 노래한 것이다.

見請之倭　與之戰鬪　若不脫冑　國民焉救

뇌물을 받은 오랑캐의 일은 제49장에 있다.
청을 받고 온 왜의 일은 제50장에 있다.[53]

제53장

사해四海를 평정平定하샤 길 위에 양식糧食 잊으니 새외북적塞
外北狄인들 아니 오리잇가[54]
사경四境을 개척開拓하샤 섬 안에 도적 잊으니 요외남만徼外南
蠻인들 아니 오리잇가[55]

平定四海　路不齎糧　塞外北狄　寧不來王
開拓四境　島不警賊　徼外南蠻　寧不來格

당唐나라 태종太宗이 처음 즉위했을 때 여러 신하들과 함께 교화

---

53 이 장도 역시 앞 장을 이어 반복하여 노래한 것이다.
54 『서경』에, "사방의 오랑캐가 내왕來王했다"라는 대목의 주석에, "구주九洲의 밖에
　서 임금이 한 번 와서 뵙는 것을 왕王이라고 한다"고 했다.
55 우리 나라 백성이 비록 바다의 섬에 사는 사람이라도, 왜구의 침입이 없으니 경비
　하지 않는다는 말이다.

敎化에 대해서 얘기한 적이 있었다. 태종이 말하기를,

"이제 큰 난리를 겪은 후이니 백성들이 쉽게 교화되지 않을까 걱정이오."

라고 하니, 위징魏徵이 대답해 말하기를,

"그렇지 않습니다. 오랫동안 편안한 백성들은 교만하고 방종해지니 교만하고 방종하면 교화하기가 어렵습니다. 난리를 겪은 백성들은 고생스럽고 근심하게 되니 고생과 근심이 있으면 교화하기가 쉽습니다. 비유하자면 배고픈 사람은 먹이기가 쉽고, 목마른 사람은 마시게 하기가 쉬운 것과 같습니다."

라고 하니,[56] 태종은 정말 그렇다고 여겼으나 봉덕이封德彝는 그렇지 않다고 하며 말하기를,

"3대三代 이래로 사람들이 점점 박해지고 잘못되었으므로 진秦나라는 법률에 맡겼고, 한漢나라는 패도覇道를 섞었습니다.[57] 대개 교

---

56 먹이고 마시게 하기 쉽다는 것은 목마름과 배고픔이 심하면 그 맛이 좋은 것을 기다리지 않는다는 말이다.

57 진나라는 위앙衛鞅을 좌서장左庶長으로 삼아 변법變法의 명령을 정했다. 백성으로 하여금 다섯 집, 열 집씩 묶게 하여 서로 감시하게 하고 연좌連坐시켰다. 부정을 고하는 자는 적을 죽인 자와 같은 상을 주고, 부정을 고하지 않는 자는 항복한 적과 똑같이 벌을 주었다. 군공軍功이 있는 자는 각기 그 비율에 따라 높은 벼슬을 받았고, 사사로이 싸우는 자는 각기 그 가볍고 무거움에 따라 형벌을 받았다. 대소가 힘을 합쳐 밭 갈기와 베 짜기를 본업으로 삼고, 곡식을 많이 거두고 베를 많이 짠 사람은 세금을 면해주었다. 작은 이익을 추구하는 사람과 게을러서 가난한 자는 노비를 삼았다. 공이 있는 자는 높은 영예가 있지만, 공이 없는 자는 비록 부유하더라도 영화로움이 없었다. 한漢나라 선제宣帝의 태자가 일찍이 법을 지키는

화시키려고 했으나 할 수 없었던 것이지, 어찌 할 수 있는 것을 하려고 하지 않았겠습니까? 위징은 서생書生이라 그때그때의 일을 모르니 만약 그의 헛된 소리를 믿으면 반드시 나라를 망칠 것입니다."라고 했다. 위징이 말하기를,

"오제五帝와 삼왕三王은 백성을 바꾸지 않고 교화시켰습니다. 옛날 황제黃帝가 치우蚩尤를 징벌하고, 전욱顓頊이 구려九黎를 죽이며, 탕湯이 걸桀을 내쫓고, 무왕武王이 주紂를 쳐서 모두들 능히 태평한 세월을 이루었으니, 어찌 큰 난리의 뒤라고 하지 않겠습니까?[58] 만약 옛사람들은 순박했는데 점점 박해지고 잘못되었다면, 오늘날에 이르러서는 마땅히 모두 귀신과 도깨비가 되었을 것이니 임금이 어떻게 이들을 다스리겠습니까?"
라고 했다. 태종이 마침내 위징의 말을 따랐다.

원년에 관중關中에 기근이 들어 쌀 한 말 값이 비단 한 필이었다. 2년에는 천하에 메뚜기 피해가 있었고, 3년에는 큰 홍수가 났다. 태종은 열심히 위무했다. 백성들이 동서로 식량을 구하러 가면서

것이 너무 심하다고 하니, 선제가 말하기를, "한나라는 제도가 있은 이래로 본래 패도霸道와 왕도王道를 섞어 썼으니 어찌 순전히 덕으로 교화하는 것에만 맡기는 주周나라 정치를 쓸 수 있겠는가?"라고 했다.

58 신농씨神農氏의 세상이 쇠하자 치우가 포악해져서 황제가 이를 정벌하여 사로잡아 죽였다. 전욱은 희성姬姓으로 호는 고양씨高陽氏인데, 황제의 손자이며 창의昌意의 아들이다. 구려씨는 아홉 명인데 치우의 후손이다. 소호씨少皥氏가 쇠하자 구려가 덕을 어지럽혀 전욱이 이들을 죽였다. 쫓아냈다는 것은 걸을 남소南巢로 쫓아낸 것을 말한다. 무왕은 주를 목야牧野에서 죽였다.

도 일찍이 원망하지 않았다. 4년에 천하가 큰 풍년이 들었다. 흩어져 떠돌던 사람들이 모두 고향으로 돌아왔다. 쌀 한 말 값이 불과 3~4전이었고, 한 해 동안 사형에 처한 숫자가 겨우 29명이었다. 동쪽으로 바다에 이르기까지, 남쪽으로 오령五嶺에 이르기까지 모두 외호外戶를 닫지 않았다. 그리고 여행객이 양식을 가지고 다니지 않았으니 길에서 족히 얻을 수 있기 때문이었다.[59]

태종이 장손무기長孫無忌에게 말하기를,

"정관貞觀 초에 글을 올리는 자들이 모두 말하기를, '임금은 마땅히 혼자서 그 권위를 써야지 신하에게 맡겨서는 안 됩니다' 라고 하고,[60] 또 말하기를, '마땅히 무력의 권위를 떨치고 빛내 사방의 오랑캐를 쳐야합니다' 라고 말했는데, 오직 위징만이 내게 권하기를 전쟁을 그만두고 문교文敎를 닦으면 중국이 안정되어 사방의 오랑캐는 스스로 복종할 것이라고 말했소. 내가 그 말을 따랐더니, 이제 힐리頡利를 사로잡고, 그 추장들은 칼을 차고 숙위宿衛하며, 부락部落에서는 모두 의관衣冠을 입으니 위징의 힘이요. 다만 봉덕이에게 이것을 보여주지 못하는 것이 한스러울 뿐이오."

---

59 외호를 닫지 않는다는 말은 문짝을 밖에서 닫기만 하고 빗장을 써서 잠그지는 않는 것이다. 문을 겹겹이 하고 딱딱이를 쳐서 경계하는 것은 본래 폭도를 막기 위함인데, 이미 도적질과 어지러움이 없으니 문 닫기를 기다릴 것이 없다. 다만 바람과 먼지가 잠자리에 들어오므로 문짝을 달아둘 뿐이다. 막을 일이 없으므로 밖에서 닫는다.

60 정관은 태종의 연호인데, 『역경』의 "천지의 도道는 정관貞觀의 의義이다" 라는 말에서 따온 것이다.

라고 했다.[61] 위징이 두 번 절하고 사양하여 말하기를,

"돌궐을 파하여 없애고 나라 안이 편안한 것은 모두 폐하의 위엄과 덕망이지 무슨 신의 힘이겠습니까?"

라고 하니, 태종이 말하기를,

"내가 공에게 맡길 수 있었고, 공이 맡은 바 일을 할 수 있었던 것이니 그 공이 어찌 내게만 있다고 하겠소."

라고 했다.

돌궐의 돌리가한突利可汗이 입조入朝했다. 태종이 모시고 있던 신하들에게 말하기를,

"지난날 태상황太上皇께서 백성 때문에 돌궐에게 신하라고 한 적이 있었는데 나는 이것을 항상 가슴 아프게 생각했다.[62] 이제 선우

---

61 정관 4년에 이정李靖이 용맹한 기병 3천을 이끌고 마읍馬邑에서 나가 악양령惡陽嶺에 주둔하였다가 밤에 정양定襄을 습격하여 깨뜨렸다. 힐리가한頡利可汗이 생각지 못하다가 이정이 갑자기 오니 크게 놀랐다. 또 이정에게 음산陰山에서 패했다. 이정은 1만여 명을 목베고, 남녀 10여만을 사로잡았다. 영토를 음산에서 북으로 대막大漠에 이르기까지 개척하여 노포露布로써 알릴 수 있게 되었다. 힐리를 사로잡아 서울로 보냈다. 사막 남쪽의 땅은 드디어 비게 되었다. 칼을 찼다는 말은 가죽 옷고름에 칼을 찼다는 말이다. 봉덕이가 원년에 죽었으므로 보여주지 못하는 것이 한이라고 말했다.

62 태상太上이란 그 위에는 아무 것도 없는 것이니 가장 존경하여 부르는 말이다. 진나라 시황이 스스로 시황제始皇帝라고 불렀으므로 그 아버지인 장양왕莊襄王을 태상황太上皇이라고 했다. 나라를 다스리는데 참여한 것은 아니었으므로 제帝라고 말하지는 않았다. 한漢나라 이래로 이것이 선례가 되어 임금의 아버지를 모두 이

單于가 계상稽顙하니 거의 지난날의 부끄러움을 씻었다고 하겠다.[63]
옛사람이 오랑캐를 막는 데는 상책上策이 없다고 했는데, 이제 내
가 중국을 편안하게 다스려 사방의 오랑캐가 스스로 복종하니 어
찌 상책이 아닌가."
라고 했다.[64]

렇게 불렀다. 수隋나라 의령義寧 원년에 유문정劉文靜이 고조高祖를 권해 돌궐과
서로 맺어 그 군사와 말을 얻어 병세兵勢를 보태자고 했다. 고조가 이 말을 따라
스스로 자기를 낮추고 예를 후하게 한 글을 써서 시필가한始畢可汗에게 보냈는데,
그 글에서, "의병을 크게 일으키는데 멀리서 임금님을 맞이하고자 합니다. 만약
우리와 함께 남쪽으로 가실 수 있다면, 원컨대 백성들에게 포악하게 하지는 말아
주십시오"라고 했다. 태종이 말하는 돌궐에서 신하라고 칭했다는 말은 대개 이때
를 말하는 것이다.

63 선우單于는 광대한 모양을 말한 것으로 흉노匈奴의 천자를 부르는 말이니 그 모양
이 하늘의 광대함 같다는 말이다. 계상이란 머리를 땅에 대는 것이다.

64 엄우嚴尤가 왕망王莽에게 간해 말하기를, "흉노가 해롭게 된 것은 그 기원이 오래
됩니다. 그러나 상세上世에 이를 완전히 정벌한 나라가 있다는 말은 못 들었습니
다. 후세後世의 주周·진秦·한漢 세 나라도 이들을 정벌했으나 상책을 얻은 나라
는 없었습니다. 주나라는 중책中策을 얻었고, 한나라는 하책下策을 얻었으며, 진
나라는 무책無策이었습니다. 주나라 선왕宣王 때 험윤玁狁이 침입하여 경양涇陽에
이르렀는데 장수에게 명하여 이들을 칠 때 경계선까지만 갔다가 돌아왔습니다. 험
윤의 침입을 보기를, 비유하자면 모기나 등에같이 보아서 쫓아낼 뿐이었습니다.
그래서 세상에서 밝다[明]고 했습니다. 이것이 중책입니다. 한나라 무제는 군사를
뽑아 훈련시켜 가벼운 군장과 가벼운 양식으로 먼 수자리까지 깊이 쳐들어가니,
비록 적을 이기고 잡은 공은 있으나 오랑캐가 번번이 보복했습니다. 전쟁이 계속
되고 재난이 이어지기 30여 년에 중국은 피폐해지고 흉노 역시 삼가고 경계하니
천하에서 무武라고 했습니다. 이것이 하책입니다. 진나라 시황은 작은 창피도 참
지 못해서 백성의 힘을 경솔하게 써서 1만 리에 뻗치는 긴 성을 쌓았습니다. 물자

삼국三國의 말기에[65] 평양平壤 이북은 모두 야인野人들의 사냥터가 되었다. 고려 때 남쪽의 인민들을 여기에 옮겼다. 그리고 의주義州 에서 양덕陽德까지 곧게 장성長城을 쌓아 국경을 굳게 했다.[66] 그러나 사는 것이 불안하여 자주 반란을 일으켰으므로 심지어 군대를 내어 치기까지 했다. 의주의 토호土豪 장씨張氏는 조정의 명령을 따르지 않았다.[67] 남쪽 지방에는 왜구가 함부로 난폭하게 굴어 동서로 수천 리에 바다에서 수백 리 떨어진 곳까지 사람을 죽이고 성곽을 불지르니 들판에는 해골이 드러나고 사람의 자취가 끊어졌다. 안변安邊 이북은 여진이 점령한 곳이 많아 국가의 정령政令이 미칠 수 없었다. 예종은 장수를 보내 깊숙히 쳐들어가 적을 이기고 공을 세워 성읍城邑을 세웠으나 곧바로 다시 잃었다.[68]

를 운반하는 일이 먼 곳에서부터 시작되었습니다. 변경 지방은 온전하게 되었으나 중국은 속이 비게 되니 이로써 나라를 잃었습니다. 이것이 무책입니다"라고 했다.

65 삼국은 신라, 고구려, 백제를 말한다.

66 의주는 본래 고려의 용만현龍彎縣인데 또 화의和義라는 이름도 있다. 문종 8년에 거란契丹이 처음으로 궁구문弓口門을 설치하고 포주抱州라고 고쳤다. 예종이 의주 방어사州防禦使로 고쳐 남쪽의 인민들을 모아 이곳에 살게 했다. 그리고 압록강을 경계로 삼고 관방關防을 두었다. 고종은 함신咸新으로 고쳤다. 공민왕은 의주 방어사로 승격시켜 목牧으로 삼았다. 본조 태종 2년에 정주靜州와 위원진威遠鎭을 여기에 속하게 했다. 송산松山이라는 별호가 있는데 평안도 지역의 수관首官이다. 1목牧 8군郡을 거느리고 있다. 본조 태조 5년에 고려의 양암陽巖과 수덕樹德 두 진鎭을 합쳐 양덕현으로 만들었다. 지금은 평안도에 속한다. 고려 덕종 때 평장사平章事 유소柳韶에게 명하여 처음으로 북쪽 국경 지방에 관방을 두고 돌로 성을 쌓았는데 속칭 만리장성이라고 했다.

67 토호는 재물과 무력을 가지고 지방 고을에 웅거하는 사람이다.

태조가 하늘의 명령을 받은 후에는 성교聲敎가 멀리까지 미쳤다. 그래서 서북쪽 인민들의 생업이 안정되고 즐겁게 되어 농토가 날로 열리고 인구가 날로 늘어났다. 의주의 장사길張思吉이 태조의 휘하에 들어와 개국공신開國功臣의 대열에 끼이길 원하니 이후로 장씨들이 다시는 두 마음을 갖지 않았다. 의주에서 강을 따라 북쪽으로 여연閭延에 이르기까지 고을을 세우고 관리를 두어 압록강으로 경계를 삼았다.[69] 섬 오랑캐들도 혁면革面하고 조정에 와서 다시 장사를 통했다.[70] 남도의 인민들이 안심하고 전거奠居를 정했다. 호구戶口가 더욱 늘어나고, 닭 우는 소리와 개 짖는 소리가 서로 들렸다.[71] 그리고 바닷가의 땅이나 멀리 떨어진 섬도 남김없이 개간하니 전쟁을 모르고 날마다 먹고 마실 뿐이었다.[72]

동북쪽 지방은 본래 나라가 비롯된 곳으로 위엄을 두려워하고

---

68 예종의 이름은 우㦐인데 숙종의 아들이다.

69 강은 압록강이다. 여연은 본래 함길도咸吉道 갑산군甲山郡 여연촌閭延村이다. 태종은 16년에 군郡에서 멀리 떨어졌다고 해서 소훈두小薰頭 서쪽을 떼어 여연군으로 삼았다. 우리 전하 17년에 도호부都護府로 승격시켜 평안도에 속하게 했다.

70 혁면이란, 비록 마음은 고친 것이 아니지만 그 얼굴을 바꿔서 가르침을 따르는 것이다.

71 남도는 하삼도下三道를 말한다. 전거는 사는 거처가 정해졌다는 말이다. 호구가 늘었다는 말은 등록된 인구가 늘었다는 말이다. 『맹자』에, "닭 우는 소리와 개 짖는 소리를 계속 들으면서 사방의 국경에 도달할 수 있다"고 했는데, 그 주석에, "닭소리, 개 소리가 계속 들렸다는 말은 인민들이 빽빽히 산다는 말이다"라고 했다.

72 『시경』에, "어질고 순박한 백성들 나날이 편안하고 배불리 먹게 하리"라는 대목은, 백성들은 순진하고 자연스러워 매일매일 먹을 뿐이란 것을 말한 것이다.

덕을 생각한 지 오래되었다. 야인野人의 추장들이 멀리 이란두만(移蘭豆漫, 이란투먼)에서까지 와서 모두 복종하여 섬겼는데, 칼과 활을 지니고 와서 집을 지키고, 좌우에서 가깝게 모시며, 동서로 정벌할 때 따르지 않음이 없었다.[73]

여진女眞으로는, 알타리두만斡朶里豆漫의 협온맹가첩목아(夾溫猛哥帖木兒, 갸온멍거터물), 화아아두만火兒阿豆漫의 고론아합출(古論阿哈出, 고론어허츄), 탁온두만托溫豆漫의 고복아알(高卜兒閼, 갈불어),[74] 합란도달노화적哈蘭都達魯花赤 해탄하랑합(奚灘訶郞哈, 히탄하랑캐),[75] 삼산參散 맹안(猛安, 밍간) 고론두란첩목아(古論豆蘭帖木兒, 고론두란터물),[76] 이란두만맹안移闌豆漫猛安 보역막올아주(甫亦莫兀兒住, 픠모

---

73 알타리斡朶里, 화아아(火兒阿, 홀아), 탁온(托溫, 타온)의 세 성을 그곳에서는 이란두만이라고 한다. 삼만호三萬戶라는 말과 같은데, 대개 세 사람의 만호가 그 땅을 나누어서 다스리기 때문에 그렇게 부른다. 경원부慶源府에서 서북쪽으로 한 달을 가면 이르게 된다.

74 알타리는 지명으로 해서(海西, 히스)강 동쪽 화아아강火兒阿江 서쪽에 있다. 화아아도 역시 지명으로 두 강이 합치는 곳 동쪽에 있는데 강 이름으로 이름을 삼았다. 탁온도 역시 지명인데 두 강이 합치는 곳 밑에 있다. 두 강은 모두 서쪽에서 북쪽으로 흐르는데, 세 성은 서로 차례로 강을 따라 있다. 협온은 성이다. 맹가첩목아가 이름이다. 고론이 성이고, 아합출은 이름이다. 고는 성이고 복아알은 이름이다.

75 해탄은 성이고, 하랑합은 이름이다.

76 맹안은 천부장千夫長이니 바로 지금의 천호千戶이다. 고론두란첩목아는 바로 이두란李豆蘭인데, 후에 지란之蘭으로 이름을 바꿨다. 개국정사좌명공신開國定社佐命功臣의 반열에 들었다. 태조는 항상 칭찬하여 말하기를, "두란의 말 달리며 사냥하는 재주를 비길 사람은 있지만 싸움에 임하여 적을 무찌를 때는 그보다 나은 사

월쥬),[77] 해양(海洋, 해연)맹안 괄아아화실첩목아(括兒牙火失帖木兒,
골야쾻터물),[78] 아도가(阿都哥, 어두워)맹안 오둔완자(奧屯完者, 알둔
원져),[79] 실안춘(實眼春, 샨츈)맹안 해탄탑사(奚灘塔斯, 히탄타ᄉ),[80]
갑주(甲州, 갸쥬)맹안 운강괄(雲剛括, 운강고),[81] 홍긍洪肯맹안 괄아
아올란(括兒牙兀難, 골야오난),[82] 해통(海通, 해툰)맹안 주호귀동(朱
胡貴洞, 쥬후귀툰),[83] 독로올(禿魯兀, 툴우)맹안 협온불화(夾溫不花,
갸온부허),[84] 알합(斡合, 워허)맹안 해탄설렬(奚灘薛列, 히탄서러),[85]

람이 없다"고 했다.

77 보역막이 성이고 올아주는 이름이다.

78 해양은 지명인데 지금의 길주吉州이다. 해양에서 북쪽으로 50리를 가면 태신(泰
神, 탸신)에 이르고, 태신에서 동쪽으로 60리를 가면 적알발(的遏發, 더벼)에 이른
다. 해양, 태신, 적알발 세 곳에는 각각 맹안이 있다. 그 곳에서는 속칭 삼해양三
海洋이라고 한다. 괄아아가 성이고 화실첩목아가 이름이다.

79 아도가는 지명인데 이란두만에서 동쪽으로 나흘을 가면 이른다. 오둔이 성이고 완
자가 이름이다.

80 실안춘은 지명인데 경원부에서 북쪽으로 이틀을 가면 이른다. 동쪽으로 해관성奚
關城이 하루 거리이고, 남쪽으로 두만강이 이틀 거리 떨어져 있다. 탑사는 사람 이
름이다.

81 갑주는 바로 지금의 갑산군甲山郡으로 본래 허천부虛川府이다. 오랫동안 오랑캐들
이 점거했고 여러 차례 전쟁을 겪어 사람들이 살지 않았다. 고려 공양왕 3년에 처
음으로 갑주만호부甲州萬戶府를 두었다. 본조 태종 13년에 갑산甲山으로 고쳐 불
렀다. 진산은 천봉산天鳳山이다. 지금은 함길도에 속한다. 운이 성이고 강괄이 이
름이다.

82 올란이 사람 이름이다.

83 해통은 지명이다. 실안춘에서 서북쪽으로 사흘을 가면 이른다. 주호는 성이고 귀
동은 이름이다.

올아홀리(兀兒忽里, 울후리)맹안 협온적올리(夾溫赤兀里, 갸온치우리),[86] 아사(阿沙, 아샤)맹안 주호인답홀(朱胡引答忽, 쥬후인다호),[87] 인출활실(絪出闊失, 닌쿼시)맹안 주호완자(朱胡完者, 쥬후원져),[88] 오롱소吾籠所맹안 난독고노(暖禿古魯, 넌투구루) 해탄발아(奚灘孛牙, 히탄보야),[89] 토문(土門, 투문)맹안 고론발리(古論孛里, 고론보리),[90] 아

---

84 독로올은 바로 지금의 단천端川이다. 윤관尹瓘이 오랑캐를 쫓아내고 9성九城을 두어 복주방어사福州防禦使로 했다가 후에 단주안무사端州安撫使로 고쳤다. 본조 태조 7년에 지단주군사知端州郡事로 고쳤고, 태종 13년에 단천으로 고쳤다. 진산은 도덕산道德山이며 단성端城이라는 별호가 있다. 지금은 함길도에 속한다. 불화는 사람 이름이다.

85 알합은 지명으로 지금의 경성부鏡城府 남쪽 1백20리에 있다. 그 땅에는 둥근 돌이 솟아 있는데 높이가 2백여 장이 되었다. 서쪽으로 맹안천猛安川이 있어 동쪽으로 흘러 선돌 밑으로 흐르다가 또 북으로 흘러 바다로 들어간다. 그들은 돌을 알합이라고 말하는데, 이것으로 인하여 그 땅을 이름지었다. 설렬은 사람 이름이다.

86 올아홀리는 지명인데 실안춘에서 북쪽으로 닷새를 가면 이른다. 동쪽으로 안춘(眼春, 얀춘)과 사흘 거리가 떨어졌고, 북쪽으로 속평(速平, 수핑)강이 이틀 거리가 떨어져 있다. 적올리는 사람 이름이다.

87 아사는 바로 지금의 이성현利城縣이다. 우리 전하 19년에 북청부北靑府 다보多甫 이북과 단천군 마운령磨雲嶺 이남의 땅을 떼어서 현을 두었다. 지금은 함길도에 속한다. 인답홀은 사람 이름이다.

88 인출활실은 지명인데, 경흥부에서 북쪽으로 하루를 가서 두만강을 건너면 이른다. 남쪽으로 알동이 90리 떨어져 있고, 동쪽으로 안춘이 하루 거리이다. 그 지방에 큰 못이 있는데 진주가 난다. 그 곳에서 진주를 인출활실이라고 하므로 인하여 그 땅을 이름지었다. 완자는 사람 이름이다.

89 오롱소는 물 이름인데, 종성鍾城 녹양현(綠楊峴, 로양재)에서 북쪽으로 흘러 동림성東林城을 지나 두만강으로 들어간다. 서북쪽으로 경원이 근 60리쯤 떨어져 있다. 난독은 성이고, 고노는 이름이다. 발아는 사람 이름이다.

목라(阿木剌, 아모라), 당괄(唐括, 탕고) 해탄고옥노(奚灘古玉奴, 히탄
구유누)이고,[91] 올량합兀良哈으로는, 토문의 괄아아팔아속(括兒牙八
兒速, 골야발소)이며,[92] 혐진(嫌眞, 혐진)올적합兀狄合으로는, 고주
(古州, 구쥬)의 괄아아걸목나(括兒牙乞木那, 골야키무나), 답비나(答
比那, 다비나), 가아답가(可兒答哥, 컬더거)이고,[93] 남돌(南突, 남돌)
올적합으로는 속평강速平江의 남돌아라합백안(南突阿剌哈伯顏, 남돌
아라카바얀)이며,[94] 활아간(闊兒看, 콜칸)올적합으로는 안춘眼春의
괄아아독성개(括兒牙禿成改, 골야투칭개) 등이 이들이다.[95]

---

90 토문은 지명으로 두만강 북쪽에 있다. 남쪽으로 경원이 60리 떨어져 있고 서쪽으
　　로 상가하(常家下, 샹갸하)가 하루 거리 떨어져 있다. 발리는 사람 이름이다.

91 아목라는 지명이다. 경원에서 북쪽으로 하루를 가서 아라손(阿剌孫, 어러순) 참站
　　을 지나 다시 닷새를 가면 이른다. 동쪽으로 실린(實隣, 시린)의 옛 성이 사흘 거
　　리이고, 북쪽으로 속평강速平江 하류가 하루 거리이다. 당괄은 백호百戶와 같은
　　말이다. 고옥노가 사람 이름이다.

92 올량합은 부종部種의 이름이다. 팔아속이 사람 이름이다.

93 혐진올적합은 부족의 이름이다. 고주는 지명으로 속평강 곁에 있다. 회령부會寧府
　　에서 북쪽으로 이틀을 가면 아적랑귀(阿赤郎貴, 아치랑귀)에 이르고, 또 하루를 가
　　면 상가하常家下에 이르는데, 또 나흘을 가면 고주에 이른다. 서쪽으로 선춘(先春,
　　산춘)령嶺이 나흘 거리이다. 걸목나가 한 사람이고, 답비나가 한 사람이며, 가아
　　답가가 한 사람인데, 세 사람이 친형제이다.

94 남돌은 성이다. 남돌올적합은 부족의 이름인데 이것으로 성과 이름을 삼았다. 속
　　평강은 그 근원이 고주古州의 경계에서 나와 동쪽으로 흘러 바다로 들어간다. 아
　　라합은 사람 이름이다. 그들은 부자富者를 백안이라고 한다.

95 활아간올적합은 부족 이름이다. 물에 살면서 고기잡이를 해서 살아간다. 안춘은
　　지명인데 동해 남쪽 해안에 있다. 남쪽으로 경흥이 1백20리 떨어져 있고, 서쪽으
　　로 해관성이 1백50리 떨어져 있다. 독성개는 사람 이름이다.

태조는 즉위하여 이들에게 천호千戶와 만호萬戶의 직책을 헤아려서 주고, 이두란으로 하여금 여진을 불러 안심시키도록 하니, 머리를 풀어헤치던 풍속이 모두 관을 쓰고 허리띠를 매는 풍속을 따르고, 짐승 같던 행실을 고쳐 예의의 가르침을 익혀 나라 사람들과 서로 혼인을 했다. 그리고 세금을 내고 부역을 지니 편호編戶와 다름이 없게 되었다. 또 추장에게 부역하는 것을 부끄럽게 여기고 모두 나라 백성이 되기를 원했다.[96]

공주孔州 이북에서 갑산甲山까지[97] 고을과 진鎭을 설치하여 백성의 일을 다스리고 군사를 훈련시켰다. 또 학교를 세워 경서經書를 가르치니 문무文武의 정치가 이에 모두 행해졌다. 사방 1천 리에 있는 모든 것이 판적版籍에 들어갔다.[98]

강 밖의 풍속이 다른 사람들도 서로 다투어 의로움을 사모하여[99] 혹 친히 와서 조공하고, 혹 자제를 보내며, 혹 관작을 내려주기를 청하고, 혹 내지內地로 옮기며, 혹 특산물을 바치는 자가 길에서 끊이지 않았다. 기르던 말이 만약 좋은 새끼를 낳으면 모두들 자기가

---

96 『예기』에, "결혼은 어두울 때 하므로 혼昏이라고 한다"고 했다. 민民은 편민編民으로 편호라고도 하는데, 지붕을 가지런히 하고 서로 잇대어 사는 것이니 민적民籍에 들어가면 높고 낮은 차이가 없다.

97 공주는 지금의 경원慶源이다.

98 판적은 인구와 땅을 써넣는 장부이다. 『주례周禮』「추관秋官」에, "사민司民은 모두 백성의 숫자를 등록하는 일을 맡는데 이빨이 나는 아이부터는 모두 판版에 기록한다"고 했다. 판版은 지금의 호적戶籍이다.

99 강은 바로 두만강이다.

갖지 않고 다투어 와서 바쳤다. 강 가까이 사는 사람이 우리 나라
사람과 다툼이 있게 되면, 관가에서 그 옳고 그름을 가려 혹 가두
기도 하고, 혹 곤장을 치기도 했는데, 감히 원망하지 못했다. 또 변
방의 장수들이 사냥할 때면 모두 삼군三軍에 속하기를 원했다. 짐
승을 쏘면 관가에 바치고, 법률을 범하면 벌을 받으니, 우리 나라
사람과 다름이 없었다.

후에 태조가 동북면에 가서 산릉山陵을 찾아뵐 때,[100] 두만강
밖의 야인들이 다투어 먼저 와서 뵈었다. 길이 멀어 미쳐 못 만난
사람들은 모두 눈물을 흘리고 돌아갔다. 야인들은 지금까지도 덕

---

100 경흥부 남쪽 12리쯤에 있는 적지(赤池, 블근못)의 평평한 데에 둥그런 봉우리가
있는데, 높이는 35보쯤이고, 둘레는 90보쯤 된다. 사면이 물에 젖어 있어 사람이
쉽게 다닐 수 없었다. 목조穆祖의 덕릉德陵이 봉우리 꼭대기에 있었다. 그곳에 장
사지낼 때 중국인들이 와서 보았다. 태조가 제군사諸軍事로 있을 때 웅길주안무
찰리사雄吉州安撫察理使 이원경李原景을 시켜 가서 그곳을 보도록 했다. 그곳의
진무鎭撫인 백충신白忠信은 본래 이원경의 휘하 사람으로 이원경과 함께 같은 때
에 붙잡힌 사람이었다. 그는 지리地理를 조금 볼 줄 알았는데 이원경에게 말하기
를, "이 산소는 그 자손이 반드시 왕이 될 것이다"라고 하니, 이원경이 말리면서
말하기를, "그대는 다시는 이런 말을 하지 말라"고 했다. 효공왕후孝恭王后의 안
릉安陵은 덕릉 북쪽 4리쯤 되는 곳에 있었다. 태종 10년에 야인들의 반란 때문에
두 능을 함흥부咸興府 북쪽 58리쯤 되는 합란북(哈蘭北, 하란뒤)으로 옮겨 합장
했다. 도조度祖의 의릉義陵 역시 함흥부 동쪽 21리쯤에 있는 운전雲田에 있고, 경
순왕후敬順王后의 순릉純陵은 부의 동쪽 37리쯤에 있는 대大후질지(厚叱只, 홋
기)에 있다. 환조桓祖의 정릉定陵과 의혜왕후懿惠王后의 화릉和陵은 부의 동쪽 13
리쯤에 있는 귀주(歸州, 후쥐)에 두 능을 합장했다. 익조翼祖의 지릉智陵은 안변
부安邊府 북쪽 44리쯤에 있는 봉룡역鳳龍驛의 북쪽에 있고, 정숙왕후貞淑王后의
숙릉淑陵은 문천군文川郡 동쪽 16리에 있는 초한(草閑, 새한)에 있다.

을 사모하여, 변방의 장수들과 술을 먹을 때마다, 술에 취하여 말이 태조 때의 일에 미치면 반드시 감동하여 울음을 그치지 않았다.

태조가 즉위하자, 유구국琉球國왕이 사신을 보내어 신하라고 칭하며 전箋을 바치고, 자주 와서 특산물을 드리며, 왜적에게 잡혀간 우리 나라 사람들을 많이 돌려보냈다. 또 섬라국暹羅國왕이 사신을 보내와 특산물을 드렸다.[101]

제54장

예의禮義를 아끼샤 병마兵馬를 멈추시니 요외남만徼外南蠻인들 아니 오리잇가

재용才勇을 아끼샤 금인金刃을 버리시니 새외북적塞外北狄인들 아니오리잇가

惜其禮義　載弛兵威　徼外南蠻, 曷不來歸

愛其才勇　載捨金刃　塞外北狄　曷不來順

---

101 섬라국은 바다 가운데 있다. 사람들은 상업을 많이 하여 이익을 숭상한다. 사람들의 성과 이름은 모두 중국의 유교식 이름으로 부른다. 그 풍속에, 남자는 모두 생식기를 베어 팔보八寶를 새겨넣는데 사람들은 그렇게 해야 딸을 주었다.

초楚나라 회왕懷王이 항우項羽를 노공魯公으로 봉했다.[102] 한나라 고조高祖가 항우를 죽이니 초나라 땅은 모두 평정되었으나, 오직 노魯만은 항복하지 않았다. 고조가 천하의 군대를 끌어모아 노국을 도륙내려고 그 성 밑에 이르니 오히려 거문고를 타고 시를 읊는 소리가 들렸다. 그 내용은 예의의 나라를 지키고 임금을 위해서는 죽음으로써 절개를 지킨다는 것이었다. 이에 항우의 머리를 가지고 노나라 부형들에게 보이니 노나라가 이에 항복했다.[103]

진秦나라 남해위南海尉 임효任囂가 병으로 장차 죽게 되었을 때, 용천령龍川令 조타趙佗를 불러 말하기를,[104]

"진나라가 무도하여 천하가 고통받고 있다. 들으니 진승陳勝 등이 난리를 일으켰다니 천하가 안정될지 모르겠다.[105] 반우番禺는 산

---

102 진秦나라 2세 2년에 초나라 회왕 심心이 항우의 군사를 아울러 자신이 거느리고 항우를 장안후長安侯에 봉하고 노공이라고 불렀다. 진나라 노현魯縣은 설군薛郡에 속하는데 한漢나라는 노국魯國이라고 했다.

103 『예기禮記』의, "춘송하현春誦夏弦"이란 대목의 주석에, "송誦은 입으로 가악歌樂의 편장篇章을 읊조리는 것이고, 현絃은 현악기로 시장詩章의 음절音節을 펴는 것이다"라고 했다.

104 남해南海는 한漢나라가 진나라 군군의 이름을 그대로 쓴 것이다. 위尉는 군수를 돕고 무직武職과 군사를 관장하는 일을 맡았다. 용천은 현縣의 이름인데 남해군에 속했다.

105 진나라 2세 원년에 양성陽城 사람 진승과 양하陽夏 사람 오광吳廣이, 천하가 근심하고 원망하는 것을 틈타서 상관을 죽이고 진승은 스스로 왕위에 올라 호를 장초張楚라고 했다. 군현郡縣에서는 진나라 법에 고통을 받고 있었으므로 다투어 높

을 등지고 지형이 험한 곳이고, 남해는 동서가 수천 리에 이르며, 자못 중국 사람과 서로 돕는 것도 있고, 이곳 역시 한 주州의 으뜸이 되는 곳이니 가히 나라를 세울 만 하다."

고 했다.[106] 그리고는 곧 조타에게 남해위의 일을 행하라는 글을 주었다. 임효가 죽자 조타는 즉시 격문을 돌려 길을 끊고 병사를 모으고 진나라 관리를 죽였으며, 계림桂林과 상군象郡을 쳐서 합하고 스스로 서서 남월南越 무왕武王이라 했다.[107] 고조가 조칙으로 남월왕南越王이라 하고, 육가陸賈로 하여금 옥새와 인끈 그리고 부부剖符를 가지고 가서 주어 사신을 통하게 하며, 백월百越을 모아 화합하게 하여 남쪽 변방의 근심을 없게 했다.[108] 육가가 도착하자 조타는

은 관리를 죽이고 응했다.

106 반우현番禺縣은 남해군에 속하는데, 그 땅에 반산番山과 우산禺山이 있으므로 인하여 이름을 삼았다. 조타가 도읍한 곳이다.

107 격檄은 분발한다, 맞이한다는 뜻인데, 글의 취지를 의기가 복바치게 하여 사람을 움직이게 하는 것이다. 길이가 1척 2촌 되는 목간木簡에 글을 써서 사람을 불러 모으는데 썼다. 급한 일이면 새의 깃털을 꽂아 급하다는 것을 알렸다. 길을 끊었다는 것은, 진나라가 새로 뚫은 월나라로 통하는 길을 끊었다는 말이다. 계림은 계수나무가 많다고 해서 붙은 이름이다. 합포合浦 이남은 산에 잡목이 없고 겨울이나 여름이나 언제나 푸르며 잎사귀가 한 척이 넘는다. 한나라에서는 울림鬱林이라고 이름을 바꿨다. 상군은 한나라에서는 일남日南이라고 바꿨다. 남월은 본래 우공禹貢의 양주揚州 땅이다. 조타는 나면서 무武를 이름으로 삼은 것이지 옛날을 상고한 것은 아니다.

108 슬갑膝甲과 패옥佩玉이 이미 폐지되고는 채색 실을 구슬에 이어 묶어 권세를 나타냈는데, 전轉하여 서로 묶어서 받으므로 수綏라고 한 것이다. 부부剖符는 부절符節을 나누어 그 한 쪽을 주고 나중에 합쳐서 맞추는 것이다. 백월百越은 한 종

육가를 머물게 하여 몇 달을 대접하고 1천금의 값어치가 나가는 탁중장橐中裝을 주었으며, 조타는 또 1천금을 보내 신하라고 하겠다고 하며 한나라 법을 받들었다.[109]

조무趙武는 원元나라 장수인데, 원나라가 쇠하자 무리를 이끌고 공주孔州 땅에 웅거했다. 이때 태조는 동북면東北面에 있었는데, 휘하의 병사에게 말하기를,

"이 사람은 반드시 끝내는 반란을 일으킬 것이니 그대로 둘 수 없다."

라고 하고는, 무리를 이끌고 조무를 쳤다. 그러나 그의 용기와 날카로움을 아깝게 여겨 쇠촉이 달린 화살을 쓰지 않고 나무촉으로 된 화살을 쏘아 수십발을 맞췄다. 조무가 말에서 내려 절하니 드디어 사로잡았다. 조무는 마음속으로부터 기꺼이 복종하여 마침내 나무하고 말 먹이는 하인이 되어 죽을 때까지 천한 일을 했는데, 벼슬은 공조전서工曹典書에 이르렀다.

족이 아니고 남만의 많은 종족을 말한다. 일설에 월越에는 1백 개의 고을이 있으므로 백월이라 한다고 한다.

109 그 보물의 무게가 가벼우면서도 값어치가 나가는 것을 자루나 보자기에 담아 가지고 다닐 수 있으므로 탁중장이라고 한 것이다. 금은 사방이 1촌이면 한 근斤인데 이것을 1금金이라고 하니 그 값어치는 1만 전錢이다. 대체로 황금黃金이라고 말하면 진짜 금을 말하는데, 황黃을 말하지 않으면 돈이라는 뜻이다. 황黃자를 말하지 않고 줄 때 1금은 1만 전이다. 또 20냥兩이 1금이니 또한 1일鎰이다. 조타는 여유가 있었다. 탁중물橐中物이 아니므로 "조타가 보냈다"고 말한 것이다.

제55장

축록미기逐鹿未掎에 연인燕人이 향모向慕하여 효기梟騎 보내어
전진戰陣을 도우니[110]

잠룡미비潛龍未飛에 북인北人이 복사服事하여 궁검弓劍 차고 좌
우左右에 좇으니[111]

逐鹿未掎　燕人向慕　遠致梟騎　戰陣來助

潛龍未飛　北人服事　常佩弓劍　左右昵侍

한漢나라 고조와 초楚나라는 모두 광무廣武에 진을 쳤다.[112] 북맥
北貊 연인燕人이 용맹한 기병을 보내 한나라를 도왔다.[113]

---

110 한漢나라 괴철蒯徹이 말하기를, "진秦나라가 그 사슴을 잃으니 천하가 모두 쫓았
　　는데, 재주가 뛰어나고 발이 빠른 자가 먼저 잡았다"라고 했는데, 사슴을 황제의
　　자리에 비유한 것이다. 후한後漢 외효隗囂가 말하기를, "옛날 진나라가 그 사슴
　　을 잃어버리자 유계劉季가 쫓아가 다리를 잡았다"라고 했다.

111 "물에 잠겨 있는 용이 날기 전"이라 말은, 성인聖人의 신분이 낮은 것을 용이 물
　　에 잠겨 있는 것 같다고 한 말이다.

112 삼황산三皇山 위에 두 성이 있어 동쪽은 동광무東廣武라 하고 서쪽은 서광무西廣
　　武라고 하는데, 모두 같은 산꼭대기에 있으면서 떨어진 거리는 1백 보였다.

113 맥貊은 맥貃과 같은데 오랑캐 이름으로 동북방에 산다. 일설에 맥은 곧 예濊라고
　　도 한다. 항우는 연燕나라의 장수 장도臧荼를 연왕으로 삼고 도읍을 괴薊에 했다.

물에 잠긴 용이 아직 날지 않은 일은 제53장에 있다.

제56장

성교聲教가 넙으실째 궁발窮髮이 편호編戶이러니 혁명革命한 후
後에 후은厚恩 그리시니

위혜威惠 넙으실째 피발被髮이 관대冠帶러니 오늘날에 지덕至德
을 우옵나니

聲教普及　窮髮編戶　革命之後　厚恩思憮

威惠普及　被髮冠帶　于今之日　至德感涕

결골結骨은 예로부터 중국과 통하지 않았는데,[114] 철륵鐵勒의 여러
부족들이 당나라에 복속했다는 말을 듣고는 그 기리발侯利發인 실
발굴아잔失鉢屈阿棧이 입조入朝했다.[115] 그 나라 사람은 모두 장대한

---

114 결골은 옛 견곤국堅昆國이니, 이오伊吾의 서쪽, 언기焉耆의 북쪽에 있었다. 견곤
　　이란 말이 와전되어 결골이 되었다.

115 철륵의 선조는 흉노匈奴의 후손이다. 종류가 매우 많아서 서해西海의 동쪽에서부
　　터 산과 골짜기를 의지하고 살고 있는데 왕왕 끊어지지 않았다. 독락하獨洛河 북
　　쪽에는 복골僕骨, 동라同羅, 위흘韋訖, 발야고拔也古, 복라覆羅가 있는데 모두 기
　　근侯斤이라 불렸고, 몽진蒙陳, 토여흘吐如紇, 사결斯結, 혼渾, 곡설斛薛 등 여러
　　성姓의 승병勝兵이 2만 명이고, 이오 서쪽 언기 북쪽에는 백산白山 곁에 글페契

데, 머리칼은 붉고 눈동자는 파랗다. 검은 머리칼을 가진 사람은
상서롭지 못하다고 생각했다.

태종太宗이 천성전天成殿에서 연회를 베풀면서 곁의 신하에게 말
하기를,

"옛날 위교渭橋에서 돌궐의 머리 셋을 베고는 스스로 공이 크다
고 여겼는데, 이제 이 사람이 자리에 있으니 또 이상하다고 하지
않으리오."

라고 했다.

실발굴아잔이 청하기를 관직을 제수받아 홀笏을 가지고 돌아가

幣, 박락직薄洛職, 을절乙咥, 소파蘇波, 나갈那曷, 오호烏護, 흘골訖骨, 야절也咥,
어니호於尼護 등에 승병이 2만 명 정도였으며, 금산金山 서남에 설연타薛延陀, 절
륵아咥勒兒, 십반十槃, 달글達契 등이 1만여 명이고, 강국康國 북쪽 아득수阿得水
곁에 아절訶咥, 갈절曷截, 발홀撥忽, 비간比干, 구해具海, 갈비슬曷比瑟, 아차소阿
嵯蘇, 발야미撥也未, 알달謁達 등이 3만여 명이며, 방의해傍嶷海 동서에 소로갈蘇
路羯, 삼삭三索, 열멸咽蔑, 촉설흘促薛忽 등 여러 성에 8천여 명이 있었고, 불림拂
林 동쪽에 은굴恩屈, 아란阿蘭, 북욕환리北褥丸離, 복올혼伏嗢昏 등 근 2천 명이
있었으며, 북해北海 남쪽으로는 도파都波 등이 있었으니, 비록 성씨姓氏는 각기
달라도 모두 철륵이라고 불렀다. 모두 군장君長이 없어서 나뉘어 동서 돌궐에 속
해 있었는데, 일정한 장소에 살지 않고 물과 풀을 따라 흘러다녔다. 사람들이 성
질이 흉악하고 잔인하며, 말 타기와 활 쏘기를 잘했고, 욕심이 또 많아서 남을 침
략해서 빼앗는 것으로 생계를 유지했다. 서쪽 변방에 가까이 있는 자들은 자못
곡식을 심었으니 소는 많고 말은 적었다. 돌궐이 나라가 된 이후에는 동서 정벌
에 모두 그들을 써서 북쪽의 16국을 제압하였다. 모용수慕容垂 때의 북쪽 변방,
후위後魏 말의 하서河西를 모두 칙륵부勅勒部라고 불렀다. 철륵은 대개 칙륵의
음이 잘못된 것이다. 기리발은 돌궐의 관직명이며 실발굴아잔은 그 이름이다.

게 되면 진실로 백세百世의 다행이겠다고 했다.[116] 그래서 결골을 견곤도독부堅昆都督府로 삼고, 실발굴아잔을 우둔위대장군견곤도독右屯衛大將軍堅昆都督을 삼아 연연도호燕然都護에 예속시켰다.[117] 또 아사덕시건阿史德時健 기근俟斤의 부락에 기련주祁連州를 설치하여 영주도독營州都督에 예속시켰다.[118]

이때 사방 오랑캐의 크고 작은 군장軍長들이 다투어 사신을 보내 공물을 바치고 뵙는 것이 길에 끊이지 않았으니, 매 원정元正 조하朝賀에는 항상 그 수가 매우 많았다.[119] 태종이 여러 오랑캐 사자들을 접견하고는 모시고 있는 신하에게 말하기를,

"한나라 무제는 30년 동안 힘써 전쟁을 하여 중국을 피폐하게 했으나 그 얻은 것은 별로 없었으니, 어찌 오늘날 편안하게 하여 그 덕

---

116 5품 이상의 홀은 상아를 쓰고, 9품 이상은 나무를 쓴다.

117 당나라 우둔위대장군은 한 사람인데 정3품이다. 정관貞觀 21년에 연연도호부를 서수항성西受降城 동남쪽 40리에 있는 옛 선우대單于臺에 설치하고 한해瀚海 등 여섯 도독都督과 고란皐蘭 등 일곱 주州를 통괄하도록 했다.

118 아사덕은 돌궐의 성이고, 시건은 이름이다. 이정李靖이 힐리頡利를 멸하고 돌궐의 패하고 남은 수백 장막을 운중雲中으로 옮겨 아사덕으로 우두머리를 삼으니 무리가 점점 성해졌다. 돌궐의 관직은 28등급이 있는데 기근은 토둔吐屯의 밑이다. 기련은 흉노에 있는 산의 이름이다. 영주는 본래 요서군遼西郡이다.

119 정正의 음은 정政이지 정征이 아닌데, 진나라 시황의 이름을 피해 고친 것뿐이다. 『통전通典』에, 한나라 고조가 10월에 진나라를 평정했으므로 드디어 이것으로 한 해의 시작을 삼았다고 했다. 7년에 장락궁長樂宮이 이루어지자 여러 신하들의 조하하는 의례를 정했으니, 정월 초하룻날 축하하는 일은 이로부터 시작되었다고 했다.

으로써 궁발窮髮로 하여금 모두 호적에 들어가게 한 것만 같으리오."
라고 했다.[120]

당나라 칙천황후則天皇后 무씨武氏는 병주幷州 문수현文水縣 사람
인데, 그 아버지는 사확士彠이다. 태종太宗이 그 미모를 듣고는 불
러서 재인才人을 삼고 무미武媚라는 호를 내렸다.[121] 고종高宗이 태자
가 되었을 때, 임금을 모시면서 그녀를 좋아했다. 태종이 죽자 무
후는 출가해 중이 되었다.

왕황후王皇后가 오랫동안 자식이 없었는데, 소숙비蕭淑妃가 바야
흐로 사랑을 받으니 왕황후는 속으로 좋아하지 않았다.[122] 기일忌日
에 고종이 절에 가서 예불을 행하는데 무후를 만났다. 무후가 울었
는데 고종도 역시 울었다. 왕황후가 이 말을 듣고는 몰래 영을 내
려 머리를 기르게 하여 후궁에 집어넣었는데, 숙비에 대한 사랑을
이간질하려는 것이었다. 무후는 재치있고 영리하며 권모술수가 많
았다. 처음 궁에 들어와서는 몸을 굽혀 왕황후를 섬겼고, 왕황후도
자주 그 아름다움을 칭찬했다. 얼마되지 않아 크게 사랑을 받아 소

---

120 땅은 초목이 자라나는 곳인데, 북쪽 지방은 너무 추워서 초목이 살 수 없으므로
   궁발이라고 하니 불모의 땅을 말한다.
121 당나라는 수나라 제도를 이어서 재인才人 다섯 명을 두었는데 정5품이었다.
122 왕황후는 위魏나라 상서좌복야尙書左僕射 사정思政의 후손이다. 당나라는 수나라
   제도를 이어 후궁에 귀비貴妃, 숙비淑妃, 덕비德妃, 현비賢妃가 있었는데 모두 1
   품의 대접을 했다.

의昭儀를 제수받았다. 왕황후와 소숙비에 대한 사랑이 점점 줄어들자 다시 함께 무후를 참소했으나 고종은 모두 받아들이지 않았다. 마침 무후가 딸을 낳으니 왕황후가 애를 사랑하고 귀여워했다. 왕황후가 나가자 무후가 가만히 눌러 애를 죽였다. 고종이 오자 무후는 거짓으로 즐겁게 웃으며 이불을 들치고 애를 보았는데 애는 이미 죽었다. 즉시 놀라 울면서 좌우에 물으니, 좌우에서 모두 황후가 방금 여기에 왔었다고 말했다. 고종이 크게 노해 왕후가 내 딸을 죽였다고 했다. 무후는 울면서 그 죄를 따졌다. 왕황후는 스스로 변명하지 못했다.

고종은 이로부터 폐비하고 새로 세울 뜻을 가졌으나, 대신들이 따르지 않을까 두려워서 무후와 함께 태위太尉 장손무기長孫無忌의 집에 행차하여 술을 취하도록 먹고 한껏 즐겼다.[123] 그리고 장손무기가 총애하는 첩의 자식 세 명을 모두 조산대부朝散大夫로 삼았다. 또 금은보화와 비단 열 수레를 장손무기에게 하사했다. 고종은 인하여 조용히 황후가 자식이 없다는 것으로써 장손무기에게 넌지시 말했다. 장손무기는 다른 말로 대답하며 끝까지 그 뜻을 따르지 않았다. 고종과 무후는 모두 좋아하지 않으며 그만두었다. 무후는 또 어머니 양씨楊氏로 하여금 장손무기의 집에 가서 여러 번 빌고 청하도록 했으나 장손무기는 끝내 허락하지 않았다. 예부상서禮部尙

---

123 당나라 제도에 태위太尉, 사도司徒, 사공司空은 각 한 명으로 이를 3공公이라 하는데 모두 정1품이다.

書 허경종許敬宗이 역시 자주 장손무기에게 권했는데 장손무기는 노기를 띠며 그 말을 잘라버렸다.

고종이 하루는 조회를 마치고 나와 장손무기, 사공司空 이적李勣, 좌복야左僕射 우지령于志寧, 우복야右僕射 저수량楮遂良 등을 내전으로 불러들였다. 이적은 병을 핑계로 들어오지 않았다. 장손무기 등이 내전에 들어가니 고종이 장손무기를 보고 말하기를,

"황후는 아들이 없고, 무소의는 아들이 있어 이제 소의를 왕후로 세우려고 하는데 어떻겠소?"

라고 했다. 저수량이 대답하기를,

"황후는 훌륭한 집안이고, 선제先帝께서 폐하를 위해 맞아들였습니다. 선제께서 돌아가실 때 폐하의 손을 잡으니, 신에게 '나의 훌륭한 아들과 며느리를 이제 경에게 부탁하노라' 라고 한 말씀은 폐하께서도 들은 것이니, 아직도 귀에 남아 있습니다. 황후가 허물이 있다는 말을 듣지 못했는데 어찌 가볍게 폐하겠습니까. 신은 감히 도리를 굽혀 폐하를 따를 수 없고, 위로는 선제의 명을 어길 수 없습니다."

라고 하니, 고종이 좋아하지 않으며 그만두었다.

다음날 다시 이 말을 하니 저수량이 말하기를,

"폐하께서 꼭 황후를 바꾸고 싶다면, 엎드려 청컨대 천하의 훌륭한 집에서 가리십시오. 어째서 꼭 무씨라야 합니까? 무씨가 일찍이 선제를 모신 것은 많은 사람들이 모두 아는 바입니다. 세상의 이목을 어찌 가릴 수 있겠습니까? 만 대 후에 폐하를 무엇이라고 하겠

습니까? 원컨대 깊이 생각하십시오.[124] 신이 이제 폐하를 거스렸으니 그 죄는 마땅히 죽어야 합니다."

라고 했다. 그리고 홀笏을 궁전 계단에 놓고는 두건을 벗고 이마를 땅에 부딪혀 피를 흘리며 말하기를,

"홀을 폐하께 돌려드리고 고향으로 돌아가기를 바랍니다."

라고 하니, 고종이 크게 노하여 끌어내라고 명했다. 무후가 발 안에서 크게 말하기를,

"이 오랑캐를 어째서 박살내지 않는가?"

라고 했다.[125] 장손무기가 말하기를,

"저수량은 선조先祖의 고명顧命을 받았으므로 죄가 있어도 형벌을 줄 수 없습니다."

라고 했다.[126] 우지령은 감히 말하지 못했다.

시중侍中 한원韓瑗이 틈을 타서 아뢰고 울면서 극력 간했으나 고종이 받아들이지 않았다. 다음날 또 간했는데 슬픔을 이기지 못했다. 고종이 끌어내라고 명했다. 한원이 또 상소하여 간하기를,

"일반 남자와 여자도 서로 선택하는데 하물며 천자에게 있어서겠습니까? 황후는 만국萬國의 의표로써 선악이 황후로부터 말미암는 것입니다. 그러므로 모모嫄母는 황제를 보좌했고, 달기妲己는 은殷나라를 망하게 한 것입니다. 『시경』에, '혁혁한 주周나라를 포사

---

124 『논어』에, "세 번 생각한 후에 행한다"는 대목이 있다.
125 저수량이 항주杭州 사람이므로 오랑캐라고 말했다.
126 죽을 때의 명령을 고명이라고 하는데, 죽음에 임하여 돌아보고 명령을 내는 것이다.

褒似가 멸망시켰네'라고 했습니다.[127] 매번 옛일을 볼 때마다 탄식을 하여 오늘을 더러운 세상이라고 말하지 않겠습니까?[128] 불법을 저지르면 후손들이 어떻게 보겠습니까?[129] 원컨대 폐하는 잘 살피시어 후세의 웃음거리가 되지 않도록 하십시오. 신이 나라의 도움이 되게 할 일이 있다면 죽임을 당해 젓을 담궈도 신의 분수입니다.[130] 옛날 오왕吳王은 자서子胥의 말을 듣지 않아서 사슴이 고소姑

127 황제黃帝는 비를 네 명 두었다. 첫째 부인은 서릉씨西陵氏의 딸 누조嫘祖이고, 둘째 부인은 방뢰씨方雷氏의 딸 여절女節이며, 다음 부인은 융어씨肜魚氏의 딸이고, 그 다음 부인이 모모인데 얼굴이 매우 못생겼다. 달기는 유소씨有蘇氏의 아름다운 딸이다. 주紂임금이 달기를 사랑하여 오직 달기의 말만 옳다고 따라 마침내 이로써 은나라가 망했으니『시경』「소아小雅」정월正月에 있다. 종주宗周는 호경鎬京이다. 임금이 도읍을 정하면 그곳이 천하의 으뜸 되는 곳이다. 주나라가 동쪽으로 옮긴 후에 낙洛에 도읍을 정했는데 낙도 역시 종주라고 한다. 포褒는 나라이고, 사似는 성이다. 포국의 딸에게 유왕幽王이 혹하여 신후申后를 내쫓고 포사를 왕비로 세웠다. 시인詩人은 포사가 반드시 주나라를 멸망시킬 것을 알았다. 유왕은 과연 오랑캐에게 죽었고, 주나라는 드디어 동쪽으로 옮겼다. 한원의 뜻은, 모모는 못생겼지만 황제가 천하를 차지하는 것을 도왔고, 달기와 포사는 아름다움으로 은나라와 주나라를 망하게 했으니 덕은 아름다움에 있는 것이 아니라는 것을 말한 것이다.

128 『국어國語』에, "남녀가 서로 상종하지 않는 것은 버릇이 없어질까 두려워서이다. 버릇이 없어지면 원망이 생기고, 원망이 어지러워지면 재앙을 기르게 되고, 재앙을 기르면 성정性情이 멸하게 된다"고 하였다.

129 『좌전』에 있는 조귀曹劌가 노魯나라 장공莊公에게 간한 말이다.

130 『주례周禮』소疏에 보면, "제저齏菹의 종류는 야채와 고기에 모두 쓰는 말인데, 전체를 얇게 저민 것은 저菹라 하고, 가늘게 썬 것은 제齏라고 한다"고 했다. 반역한 자는 죽여 모두 젓을 담궜다는 말은 바로『형법지刑法志』에서 말한 "그 뼈와 살을 젓 담궜다"는 것이다.

蘇에서 놀게 되었습니다.[131] 신은 나라 안이 실망하고, 대궐의 마당에 가시덤불이 자라며, 종묘에 혈식血食을 올리지 못하는 날이 있을까 두렵습니다."

라고 했다.[132]

중서령 내제來濟가 표表를 올려 간하기를,

"왕이 왕후를 세울 때는, 위로 천지의 법을 따라 반드시 예의와 교양이 있는 명문가의 착한 규수를 택하여 사해의 바람을 충족시키고 신령의 뜻을 상쾌하게 해야 합니다. 이런 고로 주나라 문왕은 배를 만들어 태사太姒를 맞이하여 관저關雎의 화합함을 이루니 백성이 그 복을 입었습니다.[133] 효성孝誠은 욕망을 따라 종을 황후로 삼아 황통皇統이 끊어져 없어지고 사직이 기울었습니다.[134] 주나라

---

131 오왕은 부차夫差이다. 자서의 성은 오伍이고 이름은 원員이다. 고소는 산 이름으로 대臺의 이름을 삼은 것인데 서남쪽으로 오吳나라와 15리 떨어져 있다. 오자서가 오왕에게 간했는데 오왕이 그 말을 듣지 않으니, 이에 말하기를, "신이 이제 사슴이 고소대에서 노는 것을 볼 것입니다"라고 했다.

132 혈식은 제사를 폐하지 않는 것이다. 제사에는 날고기를 바치므로 혈식이라고 말한 것이다.

133 태사는 주나라 문왕의 비妃이다. 『시경』에, "문왕은 그 상서로움을 정하여 친히 위수渭水에서 맞이하네, 배를 만들어 다리를 놓고도 그 빛을 드러내지 않네"라고 했다. 배를 만들었다는 것은, 물위에 배를 만들어 그것을 나란히 하고 널판때기를 그 위에 놓아 사람이 다니는 것이니 바로 지금의 부교浮橋이다. 관저關雎는 『시경』「주남周南」의 첫 편면이다. 그 서序에, "후비后妃의 덕이다. 가르침의 시작이다. 천하를 가르쳐 부부의 도리를 바로잡았다"고 했다. 태사는 주나라 문왕을 도와 왕업을 일으켰으므로 관저에서 그 덕을 기린 것이다.

134 효성은 한나라 성제成帝이다. 종은 조비연趙飛燕이다. 조비연은 본래 관비官婢로

의 융성함이 저러하고, 한나라의 화禍가 이러하니 폐하께서는 자세히 살피십시오."
라고 했으나 고종은 모두 받아들이지 않았다.

다른날 이적이 들어와 뵈었다. 고종이 묻기를,

"내가 무소의를 세워 황후로 삼으려는데, 저수량이 불가하다고 고집한다. 저수량은 이미 고명대신顧命大臣이니 일을 어찌하리오."
라고 하니, 대답해 말하기를,

"이것은 폐하의 집안일인데 하필 다시 밖의 사람에게 묻습니까."
라고 했다. 고종의 뜻이 드디어 결정되었다. 허경종이 조정에서 말하기를,

"시골 노인이라도 보리 열 섬만 있으면 마누라를 바꾸려고 하는데, 하물며 천자가 황후를 세우려는데 어째서 다른 사람들이 끼여들어 망령되이 다른 뜻을 내는가?"
라고 했다. 무후가 좌우로 하여금 이것을 알렸다. 고종이 조칙을

양아주가陽阿主家에 속했는데 가무를 배워 이름을 비연飛燕이라고 했다. 성제가 일찍이 미복微服으로 나가 양아주 작락作樂을 지나다가, 조비연을 보고 그녀를 좋아하여 궁으로 불러들여 크게 사랑했다. 여동생이 있었는데, 또 불러들였다. 자매가 모두 첩여倢伃가 되니 귀하게 여기는 것이 후궁에서 제일이었다. 이에 허황후許皇后가 저주한다고 참소하여 폐했다. 드디어 조비연을 황후로 삼았다. 자매가 총애를 10여 년을 받았으나 끝내 자식이 없었다. 임금을 모시는 궁녀 가운데 자식을 낳으면 번번이 죽였고, 또 약을 먹이고 떨어뜨려 해친 자도 무수했다. 조씨가 안으로 어지럽히고 외가가 조정을 제멋대로 했다. 애제哀帝와 평제平帝의 복조福祚가 짧아져 드디어 왕망王莽이 찬위篡位했다.

내려 왕황후王皇后를 폐하고 무후를 올려 황후로 삼았다.

왕황후와 소숙비蕭淑妃는 모두 별원別院에 갇혔다. 고종이 그들을 생각하고 몰래 그곳에 갔다. 그 방을 보니 극히 엄중하게 봉하여 막아놓고, 오직 벽에 구멍을 뚫어 밥그릇이 통하게 했다. 측은하고 마음이 상해 불러 묻기를,

"황후와 숙비는 잘 있는가."

라고 하니, 왕황후가 울며 대답하기를,

"첩 등이 죄를 얻어 궁비宮婢가 되었으니 어찌 다시 존칭이 있겠습니까."

라고 하고, 또 말하기를,

"지존至尊께서 지난날을 생각하시어 첩들로 하여금 다시 일월日月을 보게 하여 주십시오. 그리고 이곳의 이름을 회심원回心院이라고 이름 붙여주시기를 바랍니다."

라고 하니, 고종이 말하기를,

"내가 바로 처리하겠다."

라고 했다. 무후가 이것을 듣고 크게 노하여, 사람을 보내 왕황후와 소숙비를 각각 1백 대씩 때리고 팔과 다리를 잘라 술독에 넣고 말하기를,

"두 년의 뼛속까지 취하라."

고 했다. 며칠 후에 죽으니 또 베었다.

왕황후가 처음에 조칙을 선포한 것을 듣고는 두 번 절하고 말하기를,

"천자께서는 만세萬歲를 누리십시오. 소의昭儀가 은혜를 입었으니 스스로 죽는 것이 나의 분수입니다."
라고 했고, 소숙비는 욕하기를,

"저 요망스럽고 교활한 무씨 때문에 이 지경에 이르렀다. 원컨대 타생他生에 가서 나는 고양이가 되고 무씨는 쥐가 되어 쉬지 않고 그 목을 누르리라."
라고 했다. 이로부터 궁중에서 고양이를 기르지 않았다. 그리고 왕씨는 망蟒으로, 소씨는 효梟로 성을 고쳤다.[135] 무씨에게 자주 왕황후와 소숙비의 빌미가 보였는데, 머리를 풀어헤치고 피를 뿌리는 것이 죽을 때의 형상이었다. 후에 봉래궁蓬萊宮으로 옮겼는데도 다시 보이므로 낙양에 많이 머물고 장안으로 돌아가지 않았다.[136]

무후는 남에 대한 경계심이 많고 음울한 데다가 유들유들하고 부끄러움을 모르는 성격을 가졌는데, 큰일을 이루어냈다. 고종은 능히 자기를 잘 봉양할 줄 안다고 여겨 여러 사람들의 논의를 물리치고 그를 세웠다.[137] 이미 뜻을 얻고는 위엄과 덕망을 훔쳐 즐거워

---

135 망은 뱀 가운데 가장 큰 것이고, 효는 불효不孝하는 새이다.
136 봉래궁은 바로 대명궁大明宮으로 동내東內라고도 한다. 고종은 중풍으로 고생하여 지대가 낮은 태극궁太極宮을 싫어했으므로 대명궁을 수리하여 거기로 가서 이름을 봉래궁이라고 고쳤다. 전전殿 뒤의 봉래지蓬萊池에서 그 이름을 땄는데, 경성 동북쪽에 있다.
137 『당서唐書』「이임보전李林甫傳」에, "이임보의 성격은 무겁게 담을 쌓아 알 수 없었다"라는 말이 있고, 『진서晉書』「제기帝紀」에는, "선제宣帝의 성격은 알 수 없는 것이 마치 마음속에 담을 쌓은 것 같았다"고 했다.

하며 거리끼거나 피하는 것이 없었다. 고종 역시 또 유약하고 어두워, 능히 얽어매어 마음대로 할 수 없게 하니, 정치는 안방으로 돌아가 천자는 팔짱만 끼고 있었다. 신하들이 조회할 때나 사방의 주장奏章에서 모두 이성二聖이라고 했다.[138] 매번 조회를 볼 때마다 전중殿中에 발을 드리우고 고종과 무후가 마주 대하고 앉아, 죽이고 살리며 상주고 벌하는 것을 오직 명대로 했다. 고종이 만년에 중풍이 더욱 심해져서 지탱하지 못하자, 천하의 일을 모두 무후에게 맡겼다.

고종이 죽고 중종中宗이 즉위했는데, 무후는 중종을 폐하여 여릉왕廬陵王으로 삼고, 스스로 조정에 임해 예종睿宗을 황제로 즉위시켰다. 시어사侍御史 부유예傅遊藝가 표를 올려 국호를 고쳐 주周라고 하고 황제의 성을 무씨로 내려줄 것을 청했다.[139] 이에 백관과 종척宗戚, 백성과 사이四夷 등 합하여 6만여 명이 모두 부유예의 소청대로 표를 올렸다.[140] 무후가 좋다고 하고, 칙천루則天樓에서 즉위하여, 천하에 사면령을 내리고 당唐나라를 주周나라로 고쳤다.[141] 존

---

138 대저 신하들이 천자에게 글을 써서 통하는 것은 네 가지가 있으니, 첫째가 장章이고, 둘째는 주奏이며, 셋째는 표表이고, 넷째는 박의駁議이다.

139 당나라 제도에, 어사대御史臺는 형법刑法과 전장典章을 관장하여 백관의 죄악을 바로잡았다. 거기에는 3원院이 있다. 첫째가 대원臺院으로 시어사侍御史가 속했고, 둘째가 전원殿院으로 전중어사殿中御史가 속했으며, 셋째는 찰원察院으로 감찰어사監察御史가 속했다.

140 같은 성은 종宗이고, 어머니 쪽은 척戚이라고 한다.

141 동도東都의 궁성 남면 삼문三門의 가운데가 칙천문이다. 칙천루는 칙천문의 누각

호를 올려 성신황제聖神皇帝라고 했다. 황제로 황사皇嗣를 삼아 무씨로 성을 내렸다. 무씨의 칠묘七廟를 세우고, 조고祖考는 모두 황제라고 하고, 죽은 부인은 모두 황후라고 했다.[142]

무후는 회양왕淮陽王 무연수武延秀를 명하여 돌궐突厥에 가서 묵철默啜의 딸을 비妃로 맞이해 오라고 했다.[143] 표도위대장豹韜衛大將 염지미閻知微로 춘관상서春官尙書를 대신하게 하고, 우무위낭장右武衛郞將 양제장楊齊莊으로 사빈경司賓卿을 대신케 하여, 엄청난 양의 금과 비단을 보냈다.[144] 무연수가 흑사黑沙 남정南庭에 이르렀다. 묵철이 염지미 등에게 말하기를,

"나는 딸을 이씨李氏에게 시집보내려고 했으니, 어찌 무씨의 아이를 쓰겠는가. 이것이 어찌 천자의 아들인가.[145] 우리 돌궐이 대대로 이씨의 은혜를 받았는데, 들으니 이씨는 모두 없어지고 오직 두 아이만 남았다 하니, 내가 이제 군사를 이끌고 가서 그를 도와 세

이다. 당나라를 주나라로 바꾼 것은, 주나라 문왕을 추존하여 시조 문황제始祖文皇帝로 추존한 것이다.

142 천자의 칠묘는, 3소昭와 3목穆에 태조의 묘廟를 합쳐 일곱이다.

143 무연수는 무승사武承嗣의 아들이고, 승사는 무후의 조카이다. 돌궐의 가한可汗 골독록骨篤祿이 죽었는데, 그 아들이 어리므로 동생인 묵철이 서서 가한이 되었다.

144 예종 원년에 좌우위위左右威衛를 고쳐 좌우표도위라고 했다. 광택光宅 원년 예부禮部를 고쳐 춘관春官이라고 하여, 예의禮儀, 제향祭享, 공거貢擧의 정사를 맡게 했는데, 정3품의 상서尙書가 한 사람이었다. 홍려시鴻臚寺를 고쳐 사빈시司賓寺로 하여, 빈객賓客과 흉의凶儀의 일을 맡게 했는데, 종3품의 경卿이 한 사람이었다.

145 흑사는 성城의 이름인데, 돌궐의 묵철이 남정으로 삼았다. 이씨는 당나라의 성이다. 처음에 묵철이 그 딸을 위해 당나라에 혼인을 청했다.

우리라."[146]

라고 했다. 이에 무연수를 다른 곳에 가두고, 염지미를 남면가한南
面可汗으로 삼아 당나라 사람들을 맡도록 하려고 했다. 드디어 군사
를 내어 정난靜難, 평적平狄, 청이淸夷 등의 군대를 쳤다.[147] 정난군
사靜難軍使 모용현즉慕容玄則은 5천 군사로 항복하였다.[148] 오랑캐의
세가 크게 떨쳐 규주嬀州와 단주檀州 등으로 쳐들어왔다.[149] 앞서 염
지미를 따라 돌궐에 들어간 자들에게 묵철은 모두 5품과 3품의 복
服을 주었는데, 태후는 이것을 모두 빼앗았다.

묵철이 여러 번 조정에 서書를 보내 말하기를,

"우리에게 찐 종자를 보내 심어도 나지 않게 한 것이 첫째고, 금
은의 그릇을 모두 진짜가 아닌 시장에서 파는 조악한 것으로 보낸
것이 둘째며, 내가 사자에게 비복緋服과 자복紫服을 주었는데 이것
을 모두 빼앗은 것이 셋째요,[150] 비단이 모두 거칠고 나쁜 것이 넷

---

146 무후가 중종을 폐하고 예종으로 황사皇嗣를 잇게 하여 성을 무씨로 바꿨다. 그리
   고 당나라 종실을 많이 죽이니 거의 없어져 유약幼弱한 자들은 영남嶺南으로 흘
   러갔다. 두 아이란 중종과 예종을 가리킨다.
147 수공垂拱 연간에 규주嬀州 지역에 청이군淸夷軍을 두었다.
148 모용은 복성이다.
149 진秦나라는 규주를 상곡군上谷郡으로 했고, 한漢나라는 반현潘縣이라고 했다. 당
   나라 무덕武德 초에 북연주北燕州를 두었다. 정관貞觀에 규주라고 고쳤는데, 강
   이름으로 인하여 이름을 지었다. 단주는 한漢나라 어양군漁陽郡 호해현䟽奚縣의
   땅이다. 수隋나라는 단주라고 했다가 후에 주를 없애고 안락군安樂郡으로 했다.
   당나라는 다시 단주라고 했다.
150 당나라 고조 초에 3품 이상은 자복을 주고, 5품 이상은 비복을 주었다.

째며, 우리 가한의 딸은 마땅히 천자의 아들에게 시집보내야 하는데 집안이 상대가 되지 않는 보잘것없는 무씨 성으로 혼인을 하려고 한 것이 다섯째이다. 내가 이것을 위하여 군대를 일으켜 하북河北을 취하려고 하는 것뿐이다."
라고 했다.

위엄과 은혜를 보인 일은 제53장에 있다.

제57장

세 살로 세 새를 쏘시니 부중府中에 요사遼使가 기재奇才를 칭찬하니
한 살로 두 새를 쏘시니 길가에 백성百姓이 큰 공功을 이루니

爰發三箭　爰中三雀　府中遼使　奇才是服
迺射一矢　迺落二鴿　路傍田叟　大功斯立

금金나라 태조太祖가 일찍이 15세였을 때 활을 잘 쏘았다. 하루는 요나라 사자가 부중府中에 앉아 있었다. 태조가 손에 활과 화살을 들고 있는 것을 돌아보고, 새들이 모여 있는 것을 쏘아보라고 했다. 연거푸 세 살을 쏘았는데 모두 명중했다. 요나라 사자가 놀라

좌우를 돌아보며 기남자奇男子라고 했다.

　고려 신우 때, 여진 사람 호발도胡拔都가 동북면 인민을 노략질하
고 갔다.[151] 태조는 대대로 동북면의 군무軍務를 맡고 있어서 위엄
과 신망이 평소부터 드러나 있었으므로, 동북면도지휘사東北面都指
揮使로서 그곳을 위무하고 있었다.[152] 한산군韓山君 이색李穡이 시를
지어 보냈는데, 그 내용은 다음과 같다.

　　송헌松軒의 대담한 기운이 오랑캐를 덮으니[153]
　　만리萬里의 장성長城이 한 몸에 속하는구나[154]
　　얼마나 많은 나날을 분주히 지냈던고
　　돌아와 함께 태평의 봄을 즐기세
　　이제 종사의 큰일에 매어 있는데
　　앞장선 모습은 귀신 같구료
　　양조兩朝에 소매를 이은 정은 옅지 않은데[155]
　　다만 시를 지어 행진行塵으로 보내도다

151　호는 성이다. 혹 성을 허許라고도 하는데 그 이름은 미상이다.
152　이때 태조는 문하찬성사門下贊成事가 되어 있었다.
153　태조가 잠저에 있을 때, 그 집을 송헌이라고 했다.
154　진秦나라는 오랑캐를 막으려고 긴 성을 쌓았는데, 길이가 1만여 리에 뻗쳤다. 당
　　나라 태종이 말하기를, "이적李勣이 지키고 있으면 돌궐이 남으로 내려오지 못하
　　니 장성보다 훨씬 낫도다"라고 했다.
155　양조는 공민왕과 신우이다.

후에 호발도가 또 쳐들어왔다. 단주端州 상만호上萬戶 육려陸麗, 청주靑州 상만호 황회석黃希碩 등이 여러 번 싸워 모두 패했다.[156] 이 때 이두란李豆蘭이 어머니 상을 당해 청주에 있었다. 태조가 사람을 시켜 불러 말하기를,

"나라의 일이 급하니 그대는 상복을 입고 집에 있을 수 없다. 상복을 벗고 나를 따르라."

라고 하니, 이두란이 상복을 벗고 하늘에 절하며 곡을 하고 활과 화살을 차고 따라 나섰다.

호발도와 길주평吉州平에서 만났다. 이두란이 선봉이 되어 먼저 싸워 크게 패하고 돌아왔다.[157] 태조가 금방 왔다. 호발도는 두꺼운 갑옷을 세 겹으로 입고, 붉은 털옷을 입었는데, 검은 암말을 타고 가로로 진을 치고 기다리고 있었다. 태조를 가볍게 생각하여, 그 군사를 남겨두고 칼을 빼어 들고 앞서서 말을 달려나왔다. 태조 역시 단기로 칼을 빼어 들고 달려나가 칼을 휘둘러 서로 쳤다. 둘 다 모두 피해 지나가 치지를 못했다. 호발도가 미처 말을 멈추지 못했다. 태조가 급히 말을 돌려 활을 당겨 그의 등을 쏘았으나 갑옷이

---

156 단주는 바로 지금의 단천端川이다. 청주는 바로 지금의 북청北靑이다.

157 길주吉州의 옛이름은 삼해양三海洋으로 오랫동안 호인胡人의 거처였다. 고려의 대장 윤관尹瓘이 호인을 몰아내고 궁한촌弓漢村에 성곽을 쌓고 길주라고 했다. 본조 태조 7년에 길주목吉州牧으로 고쳤다. 옛날 주치州治는 서지위西之委에 있었는데, 지금은 부서평夫瑞平으로 옮겼다. 옛날 자리에서 남쪽으로 40리 떨어졌다. 진산은 원산圓山이고, 웅성雄城이라는 별호가 있다. 함길도咸吉道 지역의 수관首官으로 세 군과 한 현을 거느리고 있다. 길주평은 바로 서지위이다.

두꺼워 깊이 들어가지 않았다. 바로 또 말을 쏘아 꿰뚫으니 말이 넘어져 떨어졌다. 태조가 다시 쏘려고 하니 그 휘하들이 많이 와서 구해 갔다. 우리 군대도 역시 와서 태조가 군대를 이끌고 크게 깨뜨렸다. 호발도가 간신히 몸을 피해 갔다.

태조가 안변安邊으로 돌아왔다. 두 마리 비둘기가 밭 가운데 뽕나무에 앉아 있었다. 태조가 한 발로 두 마리를 떨어뜨렸다. 길가에서 두 사람이 밭을 갈고 있었는데, 한 사람은 한충韓忠이고, 또한 사람은 김인찬金仁贊이었다. 그것을 보고 탄복하여 말하기를,

"잘한다, 도령都領의 활 솜씨여."[158]

라고 하니, 태조가 웃으며 말하기를,

"나는 이미 도령은 지났소."

라고 했다. 인하여 두 사람에게 명하여 밥을 가져오게 하니, 이에 두 사람이 좁쌀 밥을 지어올렸다. 태조가 그들을 위해 젓가락을 들었다. 두 사람이 드디어 따라 떠나지 않고 모두 개국 공신의 대열에 함께 참여했다.

---

158 고려 때 서반西班에는 도령과 지유指諭이 있었다. 동북 지방을 방어하는 여러 진
    鎭에는 모두 도령중랑장都領中郎將, 도령낭장都領郎將, 별장別將, 교위校尉, 대정
    隊正을 두었다.

제58장

　말리는 것을 가시어 길가에 군마軍馬를 두시고 네 사람 데리고
고삐를 치잡으시니

　내 가고 싶습니다 하고 가시어 산 밑에 군마를 두시고 백 명
을 데리고 길마를 벗기시니

　　止之亦進　路畔留兵　遂率四人　按轡而行
　　請而自往　山下設伏　遂率百人　解鞍而息

　왕세충王世充이 낙양洛陽에서 황제라고 일컫고 나라 이름을 정鄭
이라고 했다. 당나라 고조가 태종을 보내어 쳤다. 행군총관行軍摠管
나사신羅士信이 선봉군을 거느리고 자간慈澗을 포위했다.[159] 왕세충
이 스스로 군사 3만을 거느리고 구했다. 태종이 경기병을 거느리고
왕세충을 엿보다가 갑자기 그들과 부딪쳤는데, 중과부적인 데다가
길이 험해서 왕세충에게 포위되었다. 좌우에서 모두 두려워하니
태종이 좌우를 명하여 먼저 돌아가게 하고 홀로 후진에 남았다. 왕
세충의 용맹한 장수인 선웅신單雄信이 수백 기를 거느리고 좁은 길
로 와서 바짝 다가와 창을 던지며 앞으로 나왔다. 태종은 거의 패
할 지경이 되었다. 태종이 말을 달리며 활을 쏘니 활시위 소리에

---

159 하남군河南郡 수안현壽安縣에 자간이 있다.

응해 모두 죽었고, 저들의 좌건위장군左建威將軍 연기燕琪를 사로잡았다. 왕세충은 이에 물러났다. 이튿날 아침 태종이 보병과 기병 5만을 거느리고 자간으로 진군하니 왕세충이 자간의 군사를 빼어 낙양으로 돌아갔다.

태종은 행군총관 사만보史萬寶를 보내 의양宜陽의 남쪽에서 용문龍門에 웅거하게 하고, 장군 유덕위劉德威는 태항太行 동쪽에서 하내河內를 포위하게 하며, 상곡공上谷公 왕군확王君廓은 낙구洛口에서 곡식 운반하는 길을 끊게 하고, 회주총관懷州摠管 황군한黃君漢은 하음河陰에서부터 회락성廻洛城을 치게 했다. 그리고 대군은 북망北邙에 주둔하여 영채를 잇대어 있으며 적을 바짝 조였다.[160] 왕세충은 청성궁青城宮에 진을 쳤다.[161] 태종 또한 진을 치고 이에 맞섰다. 왕세충이 물을 사이에 두고 태종에게 말하기를,

"수나라가 엎어지고 나서 당나라 황제는 관중關中에 있고 정鄭나라 황제는 하남河南에 있다. 일찍이 내가 서쪽을 침입한 일이 없는

---

160 의양은 군郡의 이름인데 하남부河南府에 속한다. 여기의 용문은 이궐伊闕의 용문이다. 하내는 바로 회주懷州이다. 수나라 양제가 역주易州를 상곡군上谷郡이라고 고쳤는데, 고을이 골짜기의 머리에 있으므로 인하여 이름을 삼았다. 회주 하내군에는 옛날에 회주를 두었었다. 하음은 현縣의 이름으로 낙성군洛城郡에 속하는데 북쪽으로 하양河陽의 언덕을 대하고 있다. 회락성은, 수나라 양제 대업大業 2년에 낙양 북쪽 7리 되는 곳에 회락창廻洛倉을 둔 것인데, 창성倉城의 둘레가 10리였다. 북망은 망산邙山인데 낙양의 북쪽에 있다.

161 낙양 서쪽의 금원禁苑에는 합벽合璧, 취미翠微, 숙우宿羽, 청성青城 등 11궁이 있었다.

데, 왕이 갑자기 군대를 이끌고 동쪽으로 온 것은 어찌된 일인가?"
라고 하니, 태종이 상의동上儀同 우문사급宇文士伋을 시켜 말하기를,

"온 세상이 모두 황제의 풍모를 우러르는데 오직 그대만 가르침을 따르지 않으므로 이 때문에 왔노라."
고 했다. 왕세충이 말하기를,

"서로 군대를 멈추고 좋게 지내면 이 또한 좋지 않겠는가?"
라고 하니, 다시 대답하기를,

"조칙을 받들어 동도東都를 취하려는 것이지 강화하라는 명을 받은 것은 아니다."
라고 했다. 저녁 때 각기 군사를 이끌고 돌아갔다.

태종이 5백 기를 거느리고 싸움터를 순시하다가 위魏나라 선무릉宣武陵에 올라갔다.[162] 왕세충은 보병과 기병 1만여 명을 이끌고 갑자기 포위를 했다. 선세웅이 창을 들고 곧바로 태종에게 달려드니, 우일부통군右一府統軍 울지경덕尉遲敬德이 말을 타고 뛰어나가며 크게 소리지르고 옆에서 선세웅을 찔러 말에서 떨어뜨렸다. 왕세충의 군대가 약간 물러나니 울지경덕이 태종을 호위하여 포위를 뚫었다. 태종과 경덕이 다시 기병을 이끌고 가서 싸우는데, 왕세충의 진을 드나들 때 거리낄 것 없이 왔다갔다 했다. 행대좌복야行臺左僕射 굴돌통屈突通이 대병을 이끌고 왔다.[163] 왕세충의 군대가 크게

---

162 후위後魏의 선무릉을 경릉景陵이라고 하는데 북망산北邙山에 있다. 위나라 세종世宗의 시호가 선무이다.
163 굴돌은 오랑캐의 두 자로 된 성이고, 통은 이름이다.

패하여 가까스로 몸만 빠져나왔다. 그 관군대장冠軍大將 진지략陳智
略을 사로잡았고, 1천여 명의 목을 베었으며, 사로잡은 배삭병排稍
兵이 6천 명이었다.[164]

이때 두건덕竇建德이 하왕夏王이라 칭하고 낙수樂壽에 도읍해 있
었는데, 왕세충과 서로 미워하며 사신이 통하지 않았다.[165] 당나라
군대가 낙양을 바싹 조여오자 왕세충은 두건덕에게 사신을 보내어
구원을 청했다. 중서시랑中書侍郎 유빈劉彬이 두건덕을 달래어 말하
기를,

"천하가 크게 어지러워져 당나라는 관서關西에 자리잡고, 정나라
는 하남河南에 자리잡았으며, 하夏나라는 하북河北을 차지하고 있는
것이 정족지세鼎足之勢를 이루었습니다.[166] 지금 당나라가 군대를 일
으켜 가을부터 겨울을 지나는 동안 정나라에 와 있습니다. 당나라
군사는 날로 늘어나고, 정나라 땅은 날로 좁아지고 있습니다. 당나
라는 강하고 정나라는 약하니 반드시 세를 지탱할 수 없습니다. 정
나라가 망하면 하나라는 홀로 설 수 없습니다. 그러니 그 동안의 원
수 사이를 풀고, 분노를 없애 군대를 내어 구원하여 주십시오. 하나
라는 밖에서 치고, 정나라는 안에서 공격하면 반드시 당나라를 깨
뜨릴 수 있습니다. 당나라가 물러나면 천천히 그 변화를 살펴 정나

---

164 배삭은 창과 방패를 든 사람이다.
165 낙수는 현縣의 이름으로 하간군河間郡에 속한다.
166 관서는 포진관蒲津關 서쪽이다. 정족지세란 그 세력이 셋으로 나뉘어 있는 것이
    솥에 발이 셋 있는 것과 같다는 말이다.

라를 취할 수 있다면 취하는 것입니다. 한 나라의 군대를 합치고 또 당나라의 쇠약한 틈을 탄다면 천하도 취할 수 있을 것입니다."

라고 하니, 두건덕이 이 말을 좇아 사신을 왕세충에게 보내어 구원병을 보낼 것을 허락했다. 또 그 예부시랑禮部侍郞 이대사李大師 등을 당에 보내 낙양의 군대를 풀어줄 것을 청했으나 태종은 이들을 잡아두고 대답하지 않았다.

왕세충은 그 형의 아들인 대왕代王 완琬과 장손 안세安世를 두건덕에게 보내어 답례를 하고, 다시 군대를 보내 줄 것을 청했다.

태종은 정예 기병 1천여 명을 뽑아 모두 검은 옷과 검은 갑옷을 입히고, 나누어 좌우 대隊를 만들었다. 그리고 마군총관馬軍摠管 진숙보秦叔寶, 좌삼통군左三統軍 정지절程知節, 울지경덕, 책장손翟長孫에게 나누어 거느리게 했다. 매번 싸움에서 태종은 친히 검은 갑옷을 입고, 군사를 거느리고 선봉이 되어 기회를 타서 진격했다. 가는 곳마다 꺾어지고 깨지지 않음이 없으니 대적하는 사람들이 두려워했다. 굴돌통과 찬황공贊皇公 두궤竇軌가 군사를 거느리고 군영을 다니다가 갑자기 왕세충의 군대와 맞닥뜨렸는데 싸움이 불리했다.[167] 태종이 검은 갑옷의 병사로 구원하니 왕세충이 크게 패했다. 그 기장騎將 갈언장葛諺璋이 사로잡히고, 포로와 죽은 사람이 6천 명이었다. 왕세충이 도망쳐 돌아갔다.

---

167 두궤는 찬황현공贊皇縣公에 봉해졌다. 찬황현은 조주趙州에 속하는데, 찬황산에서 이를 취했다.

태종이 군대를 청성궁靑城宮으로 옮겨 아직 보루를 못 쌓았는데, 왕세충이 군사 2만을 거느리고 방제문方諸門으로 해서 나와, 고마방故馬坊의 참호를 끼고 곡수穀水를 의지하여 당나라 병사를 막았다. 장수들이 두려워했다.[168] 태종이 정예 기병으로 북망산北邙山에 진을 치고 선무릉宣武陵으로 올라가서 바라보았다. 그리고 좌우에 이르기를,

"적세가 궁하니 무리를 모두 끌고 나와 한판 싸움을 하려고 한다. 오늘 저들을 깨뜨리면 이후에는 다시 나오지 못할 것이다."

라고 하고, 굴돌통에게 명하여 보병 5천을 이끌고 강을 건너 치라고 했다. 그리고 굴돌통을 경계하여 말하기를,

"서로 싸우면 연기를 내라."

고 했다. 연기가 일어나자, 태종은 기병을 이끌고 남으로 내려가 사졸의 앞에 서서 굴돌통과 합세하여 힘껏 싸웠다. 태종이 왕세충의 진 형편을 보려고 정예 기병 수십으로 적을 뚫고 들어가 곧바로 그 뒤로 나왔다. 적의 무리들이 모두 쓰러져, 죽고 상한 자가 매우 많았다. 이윽고 긴 둑방에 막혀 기병은 잃고 장군 구행공丘行恭만이 홀로 태종을 따랐다. 왕세충이 몇 기로 태종을 따랐다. 태종의 말이 흐르는 화살에 맞아 죽었다. 구행공이 말을 돌려 따라오는 자를 쏘니 맞지 않는 것이 없었다. 따르던 자들이 감히 앞으로 나오지

---

168 동도성東都城은 서쪽으로 금원禁苑과 연결되어 있다. 방제문은 도성에서 금원으로 나가는 문이다. 곡수와 낙수洛水는 금원 가운데서 만난다.

못하니 이에 말에서 내려 태종을 주었다. 구행공이 말 앞에서 긴 칼을 짚고 걸어가면서 큰소리를 내고 뛰어오르며 몇 사람의 목을 베고, 적진을 뚫고 나와 대군 속으로 들어올 수 있었다.

왕세충 역시 무리를 이끌고 죽을 힘을 다하여 싸워, 흩어졌다 다시 모이기를 여러 번 했다. 새벽에서 정오에 이르자 왕세충의 병사들이 물러나기 시작했다. 태종은 병사를 풀어놓고 이를 틈타 곧바로 성 밑에 이르러 7천 명을 죽이거나 사로잡았다. 드디어 낙양 궁성宮城을 포위했다. 성안의 수비는 매우 엄중했다. 대포에서 쏘는 돌은 무게 50근斤에 2백 보步가 나갔다. 팔궁노八弓弩의 화살은 수레바퀴 살 같고, 촉은 거대한 도끼 같은데 거리는 5백 보를 나갔다.[169] 태종이 사면에서 그들을 공격하여 주야로 쉬지 않으면서 10여 일이 되었으나 이기지 못했다. 장병들이 모두 피로하여 돌아갈 생각을 했다. 총관摠管 유홍기劉弘基 등이 군대를 돌이킬 것을 청했다. 태종이 말하기를,

"이제 크게 군사를 일으켜 왔으니, 한 번 수고로움으로 영원한 편안함을 얻을 수 있다. 동방의 여러 주는 이미 멀리서 보기만 하고도 모두 복종했는데, 오직 낙양만이 홀로 있어 세가 오래 지탱하기 어려울 것이니, 공을 이룸이 눈앞에 있는데 어찌 버리고 가리오."

---

169 범려范蠡의 병법에, 비석飛石은 무게가 12근인데 기구를 사용하면 3백 보를 간다고 했다. 포砲는 모두 여기서 나온 것이다. 『당서唐書』 「이밀전李密傳」에, "기계로 돌을 쏘아 성을 공격하는데, 장군포將軍礮라고 한다"고 했다. 팔궁노는 여덟 개의 활을 하나로 묶은 것으로 옛날 연노連弩와 같은 것이다.

라고 하고, 이에 군중에 영을 내려 말하기를,

"낙양을 파하기 전에는 결코 군대를 돌이키지 않는다. 감히 돌아가자고 하는 자는 목을 베겠다."

라고 하니, 사람들이 감히 다시 말하지 않았다. 고조가 이것을 듣고, 또한 은밀히 돌아오라고 했다. 태종은 표를 올려 낙양은 반드시 이길 수 있다고 하고, 또 참모군사參謀軍事 봉덕이封德彛를 보내 입조케 하여 직접 그 형세를 말하도록 했다. 고조가 이에 따랐다.

태종은 왕세충에게 글을 보내 화禍와 복福으로 얘기했으나 왕세충은 답변을 하지 않았다. 두건덕이 관주管州를 함락하고 자사刺史 곽사안郭士安을 죽였다.[170] 또 형양滎陽, 양책陽翟 등의 현을 함락하고, 수륙으로 함께 나아가, 배를 띄워 양식을 운반하고, 황하를 거슬러 서쪽으로 올라갔다.[171]

왕세충의 동생 서주행대徐州行臺 왕세변王世辯이 그 장수 곽사형郭士衡을 보내 군사 수천 명을 이끌고 왔다. 모두 십여 만인데 부르기를 30만이라고 했다. 군사들을 성고成皐의 동원東原에 모으고 판저板渚에 궁을 쌓았다. 사자를 보내 왕세충과 서로 연락을 취했다.[172]

---

170 관주는 본래 관성현管城縣이다. 무덕武德 4년에 두었다. 정관貞觀 원년에 주州를 폐하고 정주鄭州에 속하게 했다. 이때 하동도河東道에도 역시 관주가 있었는데, 이것은 남주嵐州의 정악靜樂이지 여기가 아니다.

171 형양현滎陽縣은 정주鄭州에 속한다. 양책현陽翟縣은 수隋나라 때는 여주汝州에 속했는데, 이때는 숭주嵩州에 속했다.

172 성고는 바로 호뢰虎牢이다. 동원은 동광무東廣武이다. 판저는 지명으로 성고와 사수汜水 사이에 있다.

이에 앞서 두건덕이 태종에게 글을 보내, 동관潼關으로 군사를 물리고 빼앗은 땅 정鄭을 돌려주어 지난날같이 좋은 사이를 회복하자고 했다. 태종이 장수들을 모아놓고 그 일을 의논하니, 모두 그 날카로움은 피하기를 청했다. 송주 자사宋州刺史 곽효각郭孝恪이 말하기를,[173]

"왕세충은 아주 지쳐 바로 사로잡힐 것입니다. 두건덕은 멀리서 와서 돕고 있습니다. 이것은 하늘이 둘을 망하게 하려는 것이니, 마땅히 무뢰武牢의 험난함을 의거하여 막다가, 틈을 보아 움직이면 반드시 파할 것입니다."[174]

라고 했다. 기실記室 설수薛收가 말하기를,[175]

"왕세충은 동도를 근거로 하고 부고府庫가 충실합니다. 그리고 거느린 병사들은 모두 강江·회淮의 정예입니다. 당장의 근심은 다만 양식이 모자라는 것뿐입니다. 이런 까닭에, 우리는 지키기만 하면서 저들이 싸움을 걸어도 싸우지 않으면, 오래가기가 어려울 것입니다. 두건덕이 친히 대군을 끌고 멀리서 와서 돕는데, 역시 극히 정예의 병사로 죽기로써 우리와 겨루려는 것입니다. 만약 이렇

---

173 송주는 본래 양군梁郡이다.
174 『좌전』에, "남자에게는 면박面縛과 함옥銜玉을 허락했다"는 대목의 주에, "면박은 스스로 그 손을 뒤로 묶고 오직 그 얼굴을 보이는 것이다"라고 했다. 당나라는 호虎자를 피했으므로 호뢰虎牢를 무뢰武牢로 고쳤는데, 바로 형양군 사수현汜水縣이다.
175 수隋나라 제도에, 오직 친왕부親王府에만 연掾, 속屬, 기실記室이 있었다.

게 내버려두어서 두 도적이 합종合從하여 하북河北의 양식을 낙양으로 옮기면, 전쟁은 바야흐로 시작되어 싸움이 그칠 날이 없을 것이고, 천하가 통일될 기약도 까마득해집니다.[176] 이제 마땅히 군사를 나눠 낙양을 지키는데, 구렁을 깊이 파고 보루를 높이 쌓아, 왕세충이 군사를 내면 삼가 싸우지 마십시오. 그리고 대왕께서는 친히 날랜 정예의 병사로 먼저 성고를 점령하고 병사들을 잘 단련하여 그들이 오기를 기다리면, 이것은 편안함으로 힘든 것을 기다리는 것이니, 결단코 이길 수 있습니다. 두건덕을 이미 파하면 왕세충은 스스로 항복할 것입니다. 불과 20일이면 두 우두머리를 사로잡을 수 있습니다."

라고 하니, 태종이 좋다고 했다. 내사령內史令 소우, 굴돌통, 봉덕이가 모두 말하기를,

"우리 병사는 피로하고 왕세충은 군은 성을 의지하여 지키고 있으니 쉽게 뺏기 어렵습니다.[177] 두건덕이 승세를 타고 오는 것이 날카롭고 그 기세가 왕성합니다. 우리는 앞뒤로 적을 맞게 되니 완전한 계책이 아닙니다. 신안新安으로 물러가 그들이 피로하기를 기다리는 것만 못합니다."

라고 했다. 태종이 말하기를,

"왕세충의 병사들이 기가 수그러들고 식량이 다 떨어져 아래위

---

176 전한前漢 『진양전陳陽傳』에, "천하의 대의는 마땅히 하나로 섞는 데 있다"고 했다.
177 수나라 초에 내사성內史省에 감監과 영令 각 한 명을 두었다. 얼마 후 감은 폐지하고 영 두 명을 두었다.

가 이반하니 번거롭게 힘써 공격하지 않고도 앉아서 이길 수 있다.
두건덕은 새로 해공海公을 파하여 장수들은 교만하고 병사들은 게
으르니, 우리는 무뢰에 있으면서 그 목을 누른다. 만약 저들이 어
려움을 무릅쓰고 싸움을 한다면 우리가 취하기가 매우 쉬워질 것
이다.[178] 만약 호의狐疑하여 싸우지 않으면 한 달 사이에 왕세충은
스스로 궤멸할 것이다. 성을 파하면 병사들은 강해져 기세가 스스
로 배가 될 테니, 한 번에 둘을 이기는 것은 이번 가는 길에 있
다.[179] 만약 속히 진격하지 않아 적이 무뢰에 들어오면, 새로 붙좇
은 성은 반드시 지킬 수가 없다. 두 적이 힘을 합친다면 그 세력이
반드시 강해질 테니, 어찌 피폐하기를 기다리겠는가. 나의 생각은
결정되었다."

라고 했다. 굴돌통 등이 포위를 풀고 험한 것을 의지하여 그 변화
를 살피자고 또 청했으나 태종은 허락하지 않았다.

---

178 무덕武德 2년에 이세적李世勣이 사람을 보내 두건덕을 달래어 말하기를, "조曹·
대戴의 두 주州는 호구戶口가 완실完實하다. 맹해공孟海公이 그 땅을 도둑질해서
차지하고 있는데, 정鄭나라 사람들과는 밖으로는 화합하는 것 같지만 속으로는
갈라져 있다. 만약 대군으로 임한다면 가까운 시일에 취할 수 있다. 이미 해공을
얻고 서徐·연兗에 임한다면 하남은 가히 싸우지 않고 평정할 수 있다"라고 했다.
두건덕이 그렇게 생각하여 스스로 장수가 되어 하남을 빼앗으려고 먼저 그 행대
行臺 조단曹旦 등을 보내 군사 5만을 이끌고 황하를 건너도록 했다. 3년에 두건덕
이 황하를 건너 해공을 공격하였다. 4년에 주교周橋를 꺾고 해공을 사로잡았다.
179 여우는 의심이 많고 잘 살피므로, 매번 황하를 건널 때면 얼음을 살펴보는데, 또
살펴보고 또 건너고 하므로, 사람이 의심을 많이하며 결정을 짓지 못하는 것을
비유한다.

휘하를 둘로 나눠 굴돌통 등으로 하여금 제왕齊王 원길元吉을 도와 동도를 포위하여 지키도록 하고, 태종은 용맹한 군사 3천5백을 거느리고 동으로 무뢰를 취하러 갔다. 이때는 대낮인데 병사들이 나와 북망산을 지나 하양河陽에 이르러 공고鞏으로 해서 갔다.[180] 왕세충이 성에 올라 바라보았으나 어찌된 일인지 알 수 없어 감히 나오지 못했다.

태종이 무뢰에 들어가 용맹한 기병 5백을 거느리고 무뢰의 동쪽 20여 리를 나가 두건덕의 영채를 살펴보고, 길가에 기병을 나누어 두었다. 그리고 총관摠管 이세적李世勣, 정지절, 손숙보로 하여금 이들을 거느리고 길가에 숨어 있도록 하고, 겨우 네 명을 데리고 앞으로 나아갔다. 태종이 울지경덕에게 말하기를,

"내가 활과 화살을 잡고 공이 창을 잡고 서로 따르면, 비록 1백만의 무리라도 우리를 어찌하겠는가."

라고 하고, 또 말하기를,

"적이 나를 보고 돌아간다면 상책이다."

라고 했다. 두건덕의 영채에 3리 떨어진 곳에서 두건덕의 유병遊兵을 만나니, 이들은 척후라고 여겼다. 태종이 크게 말하기를,

"나는 진왕秦王이다."

라고 하며 활을 쏘아 그 장수 한 명을 죽였다. 두건덕의 군사들이

---

180 공고鞏은 동도의 동쪽 1백10리에 있다. 이때 태종의 대군이 도성의 서북에 있다가 왕세충을 포위했으므로 군대를 내어 무뢰를 향하는데, 북망을 지나 하양에 이르러 공으로 나간 것이다.

크게 놀라 5천~6천 기가 나와 쫓았다. 따르던 자가 얼굴빛을 잃으니 태종이 말하기를,

"너는 다만 앞으로 가라. 내가 울지경덕과 후군이 될 테니."

라고 했다. 그리고 말고삐를 당겨 천천히 가면서 추격하는 기병이 이르자, 활을 당겨 쏘니 바로 한 명이 죽었다. 따라오던 자들이 두려워 멈췄다. 멈췄다가 다시 오면 그렇게 하기를 두세 번 했다. 매번 올 때마다 반드시 죽는 자가 있었다. 태종이 전후하여 쏘아 죽인 자가 몇 명 되고, 울지경덕이 죽인 자는 수십 명이었다. 따라오던 자들이 감히 다가오지 못했다. 태종이 머뭇거리면서 물러나 유인하여 복병이 있는 곳으로 들어왔다. 이세적 등이 기운을 내어 쳐서 크게 파하여 3백여 급을 목베고, 그 용맹한 장수 은추殷秋와 석찬石瓚을 사로잡아 돌아왔다.

두건덕이 무뢰에 가까이 왔으나 더 나오지 못하고, 몇 달을 머물며 자주 싸웠으나 불리하니, 장병들이 돌아갈 것을 생각했다. 국자좨주國子祭酒 능경凌敬이 두건덕에게 말하기를,

"대왕께서 군사를 모두 몰아 황하를 건너 회주懷州와 하양을 공격하여 취해 중장重將으로 하여금 지키게 하고, 다시 북을 울리고 깃발을 세워 태항太行을 넘어 상당上黨으로 들어가 분汾·진晉을 빼앗고 포진蒲津으로 나아가십시오. 이렇게 하면 세 가지 이로운 점이 있습니다.[181] 첫째는 무인지경을 가는 것이므로 반드시 승리하

---

181 동주同州 조읍현朝邑縣에 포진관蒲津關이 있고, 황하를 건너 동쪽은 바로 포주성

는 것이고, 둘째는 땅을 늘리고 인구를 더하니 형세가 더욱 강해지며, 셋째는 관중이 놀라고 두려워해 정나라의 포위가 저절로 풀릴 것이니, 지금의 계책으로는 이것과 바꿀 것이 없습니다."

라고 하니, 두건덕이 장차 따르려고 했다. 그러나 왕세충의 급함을 고하는 사자가 길을 이었고, 완琬과 안세安世가 조석으로 울면서 낙양을 구해주기를 청하며, 또 은밀히 두건덕의 여러 장수들에게 금과 옥의 뇌물을 먹여 그 계책을 어지럽혔다. 여러 장수들이 모두 말하기를,

"능경은 서생인데 어찌 전쟁의 일을 알겠습니까. 그의 말을 어찌 쓸 수 있겠습니까."

라고 하니, 두건덕이 이에 능경의 말을 거절하며 말하기를,

"지금 많은 사람의 마음이 매우 날카로우니 하늘이 나를 돕는 것이리라. 이를 따라 결전을 벌이면 반드시 장차 크게 이길 것이니 공의 말을 따를 수 없소."

라고 했다. 능경이 굳이 다투니, 두건덕이 노하여 끌어내라고 명했다.

    첩자가 고하기를,

"두건덕이 당나라 군사의 말 먹이는 풀이 다 없어져 하북에서 말을 먹이는 것을 보고는 장차 무뢰를 습격하려고 합니다."

라고 했다. 태종이 북으로 황하를 건너 남으로 서광무西廣武에 임하

蒲州城이다.

여 적의 형세를 살폈다. 인하여 말 1천여 필을 황하의 물가에 놓아 먹여 유인하다가 저녁이면 무뢰로 돌아왔다. 다음날 과연 두건덕이 모든 군사를 이끌고 와서, 판저에서 우구牛口로 나와 진을 쳤는데, 북으로 대하大河와 떨어지고, 서쪽으로 사수汜水와 가까우며, 남으로 작산鵲山에 붙어 20리에 걸쳐 북을 치며 행진했다. 여러 장수들이 모두 두려워했다. 태종이 몇 기를 이끌고 높은 언덕으로 올라가 이것을 바라보았다. 그리고 여러 장수들에게 말하기를,

"적이 산동에서 일어나 일찍이 대군을 만나보지 못했다. 지금 험한 곳을 건너면서 시끄러운 것은 기율이 없는 것이고, 성 가까이 진을 친 것은 우리를 가볍게 보는 마음이 있는 것이다. 우리가 군사를 편안하게 하며 나가지 않는다면 저들의 용기가 스스로 쇠할 것이고, 진을 친 것이 오래되어 졸병들이 배고프면 장차 스스로 물러날 것이다. 이것을 쫓아가 치면 이기지 않을 리 없다. 공들과 약속하건대 겨우 한낮이 지나면 반드시 파할 것이다."

라고 했다.

두건덕은 당나라 군사를 가볍게 보는 마음이 있어, 3백 기를 보내 사수를 건너 당나라 진영에서 1리 떨어진 곳에서 멈췄다. 태종에게 사자를 보내 서로 들리게 말하기를,

"청컨대 정예 병사 수백을 뽑아 겨뤄보자."

라고 하니, 태종이 왕군확을 보내 긴 창을 가진 병사 2백으로 응하도록 했다. 서로 교전하여 잠깐 나아갔다가 잠깐 물러나 양측이 승부를 가리지 못하고 각기 이끌고 돌아갔다. 완宛이 수隋나라 양제煬

帝의 총마驄馬를 타고 갑옷과 장비를 매우 선명하게 하고 진 앞으로 멀리 나가 여러 사람에게 과시했다. 태종이 말하기를,

"저 말은 정말 좋은 말이다."

라고 하니, 울지경덕이 가서 취해 오기를 청했다. 태종이 말리면서 말하기를,

"어찌 말 한 마리 때문에 용맹한 장수를 잃으리오."

라고 했다. 울지경덕이 따르지 않고, 고증생高甑生, 양건방梁建方과 함께 3기로 곧바로 그 진에 들어가 완을 사로잡고 그 말을 끌고 돌아오는데, 무리 가운데 감히 당할 자가 없었다.

태종은 하북河北의 말을 불러 그 말이 오는 것을 기다려 이에 출전했다. 두건덕이 진을 벌이고 아침부터 한낮까지 싸우니, 사졸들이 배고프고 피곤해져 모두 대열에 앉아 있었다. 그리고 다투어 물을 마시고 머뭇거리며 물러나려고 했다. 태종이 우문사급宇文士及에게 명하여 3백여 기를 이끌고 두건덕 진의 서쪽을 지나 달려 남쪽으로 올라가도록 했다. 그리고 경계하여 말하기를,

"만약 적이 움직이지 않으면 너는 군사를 이끌고 돌아오고, 움직이면 군사를 이끌고 동쪽으로 나아가라."

라고 했다. 우문사급이 진 앞에 이르니 과연 진이 움직였다. 태종이 말하기를,

"칠 만하다."

라고 했다. 이때 하저河渚의 말이 또한 도착했다. 이에 출전을 명하였다. 태종이 경기병을 이끌고 먼저 나아가고 대군이 뒤를 이었다.

그리고 동쪽으로 사수汜水를 건너 곧바로 그 진을 다그쳤다. 두건덕의 여러 신하들이 바야흐로 조알朝謁을 하고 있었는데, 당나라 기병이 갑자기 닥치니 조신들이 두건덕에게로 급히 나아갔다. 두건덕이 기병을 불러 당병을 막으라고 했다. 그러나 기병들이 조신朝臣에게 막혀 지나갈 수 없었다. 두건덕이 조신들을 물러나도록 명령했으나, 나아가고 물러나는 사이에 당병이 이미 이르렀다. 두건덕은 형세가 몹시 불리해지자 동쪽 비탈을 의지하여 물러났다. 좌무후대장군左武候大將軍 두항竇抗이 군사를 이끌고 와서 치니 싸움이 조금 불리해졌으나, 태종이 기병을 이끌고 오니 향하는 곳은 모두 쓰러졌다. 회양왕淮陽王 도현道玄이 앞서서 적진으로 들어가 곧바로 적진의 뒤로 나아갔다가 다시 적진을 뚫고 돌아왔다. 다시 들어가고 다시 나오니, 나는 화살이 그의 몸에 박혀 고슴도치 같았다. 용기가 쇠하지 않고 적을 쏘니, 활시위 소리에 응하여 모두 거꾸러졌다. 태종이 부마副馬를 주고 자신을 따르게 했다.

이에 군사가 크게 싸우니 티끌이 하늘에 가득했다. 태종은 광록대부光祿大夫 사대내史大柰, 지절知節 진숙보, 우위장군右衛將軍 우문흠宇文歆 등을 이끌고 깃발을 말아 적진으로 들어가 진의 뒷편으로 나와서 당나라 깃발을 폈다.[182] 두건덕의 군사가 돌아보다 깃발을 보고는 크게 흩어졌다. 30리를 추격하여 3천여 급을 목베었다.

---

182 사대내는 바로 아사나대내阿史那大柰이다. 아사나는 세 자로 된 돌궐의 성이고 대내는 이름이다.

두건덕이 창에 맞아 우구저牛口渚로 도망가서 숨었는데, 거기장군車騎將軍 백사양白士讓과 양무위楊武威가 쫓아가니 두건덕이 말에서 떨어졌다. 백사양이 창으로 찌르려 하자, 두건덕이 말하기를,

"나를 죽이지 마라. 내가 하왕夏王이니 네가 부귀하게 될 수 있다."

라고 하니, 양무위가 말에서 내려 사로잡아 따르던 말에 싣고 태종에게 와서 뵈었다.

태종이 꾸짖어 말하기를,

"내가 손수 왕세충을 치는 것이 어찌 네 일과 관계가 있어서 국경을 넘어와 우리 군사를 범하는가?"

라고 하니, 두건덕이 말하기를,

"지금 오지 않으면 후에 번거롭게 멀리 쳐야하기 때문입니다."

라고 했다.

두건덕의 군사가 모두 흩어져서 갔는데, 포로로 잡힌 사람이 5만 명이었다. 태종은 그날로 흩어보내 고향으로 돌아가도록 했다. 봉덕이가 들어와 축하하니 태종이 웃으며 말하기를,

"공의 말을 쓰지 않고서도 오늘이 있게 되었소. 지혜로운 사람의 많은 생각에도 한 번의 실수는 면할 수 없구료."

라고 하니, 봉덕이가 매우 부끄러워했다.[183]

태종이 두건덕, 완, 안세, 곽사형 등을 잡아 가두어 낙양성 아래

---

183 광무군廣武君 이좌거李左車가 말하기를, "지혜로운 사람의 천 번 생각에도 한 번의
실수가 있고, 어리석은 사람의 천 번 생각에도 한 가지 얻을 것이 있다"고 했다.

이르러 이들을 왕세충에게 보였다.[184] 왕세충이 두건덕과 말을 나누면서 울었다. 이에 안세 등을 성에 들여보내 패한 상황을 얘기했다. 왕세충이 여러 장수를 불러 포위를 뚫고 남쪽 양양襄陽으로 달아날 것을 의논했다.[185] 여러 장수들이 모두 말하기를,

"우리가 믿는 사람은 하왕인데 이제 하왕이 사로잡혔으니, 비록 탈출한다 하더라도 끝내 반드시 성공할 수 없을 것입니다."

라고 하니, 왕세충이 흰옷을 입고 태자와 여러 신하 2천여 명을 데리고 군문軍門에 나아가 항복했다.

고려 신우辛禑 때, 왜적 1백50척이 함주咸州, 홍원洪原, 북청北青, 합란북哈蘭北 등에 침입하여 인민들을 거의 모두 죽이고 잡아갔다.[186] 원수元帥 찬성사贊成事 심덕부沈德符, 지밀직知密直 홍징洪徵, 밀직부사密直副使 안주安柱, 청주상만호靑州上萬戶 황희석黃希碩, 대호군大護軍 정승가鄭承可 등이 홍원의 대문령大門嶺 북쪽에서 싸웠다.[187]

---

184 이 성은 한漢·위魏 때의 옛날 도성都城이다.
185 이때 왕세충의 형의 아들인 홍렬弘烈이 양양을 지키고 있었다.
186 합란북은 바로 함흥부咸興府의 북쪽이다. 기천岐川, 기곡岐谷, 가평加平, 원평原平, 고천高遷, 고산高山, 영천潁川, 원천原川 등 8사八社의 땅을 모두 합란북이라고 부른다.
187 홍원현 동북쪽으로 18리쯤에 고개가 있는데, 서쪽으로부터 동쪽으로 달리다가 또 남쪽으로 뻗어 바다에 이른다. 고개를 따라 석성石城이 있다. 성에 문이 셋 있는데 이곳이 통행하는 길이다. 서쪽을 대문大門, 가운데를 중문中門, 남쪽을 석문石門이라고 불렀다. 석문은 바닷가에 있다. 세 문의 떨어진 거리가 3리쯤 되었다.

여러 장수들이 모두 패하여 다투어 달아났다. 오직 심덕부가 적진을 뚫고 홀로 들어갔다가 창에 맞아 떨어졌다. 적이 다시 찌르려고 했다. 휘하의 유가랑합劉訶郞哈이 말을 달려들어가, 활을 쏘아 연거푸 세 명을 죽이고 적의 말을 빼앗아 심덕부에게 주어 이리저리 싸우다 적진에서 빠져나왔다.[188] 이때 심덕부의 군대도 또한 크게 패했다.

적의 기세가 더욱 세어지자 태조가 왜구를 격파하러 가기를 청했다.[189] 항주에 이르러 여러 장수들의 부서를 정했다. 군영 가운데 소나무가 있었는데 70보쯤 떨어져 있었다. 태조는 군사를 불러놓고 말하기를,

"내가 몇 번째 가지의 몇 번째 솔방울을 쏠 테니 너희들은 보라."

고 하고서, 바로 유엽전柳葉箭으로 쏘았다. 일곱 발을 쏘았는데 일곱 발 모두 얘기한 곳에 명중했다. 군중이 모두 춤추고 날뛰며 환호했다.

다음날 곧바로 적이 머무는 토아동(兎兒洞, 투씻골)으로 나아가 동네 좌우에 군사를 매복시켰다.[190] 적의 무리들이 먼저 동네 안의 동서쪽 산을 점거하고 있었다. 멀리서 소라 나팔 소리가 들리자 놀라며 말하기를,

"이는 이성계의 차거라硨磲螺 소리이다."[191]

---

188 유가랑합은 해탄가랑합奚灘訶郞哈이다.
189 이때 태조는 판삼사사判三司事였다.
190 토아동은 함흥부 북쪽 1백25리의 고천사高遷社에 있다.
191 차거는 대합 조개의 종류로 남쪽 바다에서 난다. 큰 것은 귀 모양으로 생겼는데

라고 했다.

태조는 상호군上護軍 이두란李豆蘭, 산원散員 고려高呂, 판위위시사判衛尉寺事 조영규趙英珪, 안종검安宗儉, 한나해韓那海, 김천金天, 최경崔景, 이현경李玄景, 하석주河石柱, 이유李柔, 전세全世, 한사우韓思友, 이도경李都景 등 1백여 기를 이끌고 고삐를 잡고 천천히 가면서 그 사이를 지나갔다. 적이 보니 군사는 적은데 천천히 가므로, 무슨 일인지 헤아릴 수 없어 감히 공격하지 못하고 동쪽의 적이 서쪽으로 가서 한데 모였다. 태조는 동쪽의 적이 머물던 곳으로 올라가 호상胡床에 앉아 군사들에게 말안장을 풀어 말을 쉬게 하라고 명령했다. 오래 있다가 막 말에 오르려다가 1백 보쯤 떨어진 곳에 있는 마른 나무 등걸을 태조가 연거푸 세 살을 쏘아 모두 한 가운데를 맞혔다. 적이 서로 돌아보고 놀라 항복했다. 태조가 왜인의 말을 아는 사람을 시켜 소리질러 말하기를,

"지금 주장主將은 바로 이만호李萬戶이니 너희는 빨리 항복하라. 그렇지 않으면 후회해도 소용이 없을 것이다."

라고 하니, 적의 우두머리가,

"명령을 따르겠으나, 지금 부하들과 항복하는 논의가 아직 정해지지 않았습니다."

고막 껍질 같다. 이를 다듬어서 그릇을 만들면 백옥과 같다. 소라의 종류는 하나가 아니다. 자줏빛 무늬가 피가 점점이 떨어진 것 같은 종류는 우리 나라에서 난다. 깨끗하고 밝기가 진주 같은 것도 있다. 희기가 차거와 같은 것을 속칭 차거라라고 말한다. 태조가 항상 불게 하는 것이 바로 이 소라 나팔이다.

라고 말했다. 태조가 말하기를,

"마땅히 그 태만함을 인하여 치라."

라고 하고, 드디어 말에 올라 이두란, 고려, 조영규 등에게 적을 끌
어오게 하니 선봉 수백이 쫓아왔다. 태조가 거짓으로 쫓기는 것처
럼하여 스스로 후군이 되어 매복한 가운데로 물러나 들어갔다. 드
디어 군사를 돌려 친히 활을 쏘니 적 20여 명이 활시위 소리에 응
해 죽지 않는 자가 없었다. 이두란, 안종검 등과 함께 달려가 적을
치고, 복병이 또한 일어났다. 이때 태조는 사졸들보다 앞장서서 홀
로 적의 뒷편을 뚫고 들어가니 이르는 곳의 적이 모두 쓰러졌다.
나왔다가 다시 들어가기를 여러 차례 하니 그 손에 죽은 적의 숫자
를 셀 수 없었다. 활을 쏘아 견고한 갑옷을 꿰뚫고, 혹은 한 화살로
사람과 말을 함께 꿰뚫었다. 적이 달아나 무너지자 관군이 승기를
타고 지르는 소리가 천지를 진동시켰다. 죽은 시체가 들을 덮고 내
를 메우니 한 명도 도망간 자가 없었다.

　이 싸움에서 여진군이, 이기는 틈을 타서 마구 죽였다.[192] 태조가
명령하기를,

"적의 궁한 모습이 불쌍하니 죽이지 말고 사로잡으라."

고 했다. 남은 적은 천불산千佛山으로 들어갔으나 또한 모두 사로잡
혔다.[193]

192　여진의 여러 우두머리들이 각기 그들의 무리를 이끌고 매번 태조의 정벌하는 싸
　　움에 따라왔다. 자세한 것은 제53장에 나와 있다.
193　천불산은 함흥부 서북쪽 110리쯤에 있다.

제8권

제59장

이 장은 앞 장을 이어 반복하여 노래한 것이다.

동도東都에 도적이 위무威武를 익히 알아서 이대현갑二隊玄甲을 보고 저어하니

동해東海에 도적이 지용智勇을 익히 알아서 일성백라一聲白螺를 듣고 놀라니

東都之賊　熟知威武　二隊玄甲　見而驚悀

東海之賊　熟知智勇　一聲白螺　聽而驚悚

동도의 적 일은 제58장에 있다.

동해의 적 일은 제58장에 있다.

제60장

이 장 역시 윗 장을 이어 반복하여 노래한 것이다.

출기무단出奇無端하실쌔 도적의 앞을 지나샤 도적이 뜻 몰라
못 나오니

변화變化가 무궁無窮하실쌔 도적의 사이를 지나샤 도적이 뜻
몰라 모이니

出奇無端　賊前是歷　彼寇賊兮　莫測不出
變化無窮　賊間是度　彼寇賊兮　莫測相聚

기이한 계책 끝이 없는 일은 제58장에 있다.
변화 무궁한 일은 제58장에 있다.

제61장
이 장 역시 윗 장을 이어 반복하여 노래한 것이다.

이름에 놀라거늘 뒤에 서서 수석수인手射數人하샤 오천 적五千
賊 이기시니

이름을 두려워하거늘 뒤에 나샤 수폐무산手斃無算하샤 백소적
百艘賊 잡으시니[1]

既驚名號　于後獨立　手射數人　克五千敵
既畏名號　于後獨出　手斃無算　擒百艘敵

이름에 놀란 일은 제50장에 있다.
이름을 두려워한 일은 제58장에 있다.

제62장

도적을 나아가 보샤 이름을 알리시니 성무聖武이시니 나아오
리이까[2]
도적이 계신 데를 물어 이름을 두려워하니 천위天威이시니 들
어오리이까

馳詣虜陣　名號自說　維其聖武　彼何敢出
賊問牙帳　名聲是慴　維其天威　彼何敢入

당唐나라 고조高祖가 태종太宗을 보내어 군사를 이끌고 빈주邠州
로 나아가 돌궐突厥을 막도록 했다. 이때 힐리頡利와 돌리突利 두 가

1　1백50척을 1백 척이라고 한 것은 큰 수를 든 것이다.
2　이정李靖이 태종에게 말하기를, "폐하의 성무聖武는 하늘이 낸 것이지 배워서 된
　것이 아닙니다"라고 했다.

한可汗이 온 나라를 들어 침입했다. 태종이 군대를 끌고 가서 막았다. 마침 관중에 오랫동안 비가 와서 양식의 운반 길이 막힌 데다가, 사졸들이 정역征役에 피로해졌고, 기계는 해지고 헐어 조정과 군중에서 모두 걱정했다. 태종이 빈주에서 돌궐을 만나 군사를 엄중히 경계하여 장차 싸우려고 했다. 가한이 1만여 기병을 이끌고 갑자기 성 서쪽에 이르러 오롱판五壟版에 진을 치니, 장수와 병졸들이 모두 두려워했다. 태종이 이에 기병을 이끌고 오랑캐 진에 달려가 고하여 말하기를,

"우리 나라와 가한이 화친했는데 어째서 약속을 저버리고 우리의 땅에 깊이 들어왔는가. 내가 진왕秦王이다. 가한이 능히 싸우겠거든 혼자 나와서 나와 싸우자. 만약 무리를 끌고 나온다면 나는 다만 여기 있는 1백 명의 기병으로 맞상대하겠다."

라고 하자, 힐리가 예측할 수 없으므로 웃고 응하지 않았다. 태종이 또 앞으로 나아가 기병을 보내 돌리에게 고하여 말하기를,

"네가 지난날 나와 맹세하기를 급한 일이 있으면 서로 구하기로 했다. 이제 병사를 이끌고 와서 서로 공격하니, 어찌 맹세의 정이 없느냐."

라고 했으나, 돌리는 역시 응하지 않았다.[3] 태종이 또 앞으로 나아가 장차 해자垓字를 건너려 했다. 힐리는 태종이 가볍게 나오는 데

---

3 옛날 맹세할 때는 천지와 산천 그리고 귀신에게 폐백을 바치고, 입술에 피를 바르는 것뿐이었다. 후세의 신에 대해 맹세를 하거나 부처에게 예불하며 맹세하는 일은 향화香火하는 일에서 시작되었다.

다가 또 맹세의 말을 들어보고는, 돌리와 태종이 어떤 모의를 했는가 의심하여 이에 사람을 보내 태종을 막으면서 말하기를,

"왕은 건널 필요가 없다. 우리가 다른 뜻이 있는 것이 아니라 왕과 맹약을 더 굳게 하려는 것뿐이다."

라고 말하고 군사를 차츰 물렸다.

이후에 장마가 더욱 심해졌다. 태조는 장수들에게 말하기를,

"오랑캐들이 믿는 것은 활과 화살뿐이다. 이제 비가 이렇게 올때는 활줄과 아교가 모두 녹아 활을 쓸 수가 없으니, 저들은 나는 새의 날개가 부러진 꼴이다. 우리는 집안에 있으면서 화식火食을 하고 칼과 창이 날카로우니, 편하게 쉰 군사로 힘든 군사를 제압하는 것이다. 이때를 타지 않으면 장차 다시 무엇을 기다리리요."

라고 하고, 이에 밤에 군대를 몰래 내어 보내 비를 무릅쓰고 나아갔다. 돌궐이 크게 놀랐다. 태종은 또 사람을 보내 돌리를 이익으로 달래니, 돌리는 기쁘게 명을 들었다. 힐리는 싸우려고 했으나, 돌리가 불가하다고 했다. 이에 돌리와 그 협필특륵頰畢特勒인 아사나사마阿史那思摩를 보내 태종을 뵙고는 화친을 청했다. 태종이 허락했다.[4] 돌리는 인하여 스스로 태종에게 의탁하여 형제를 맺기를 청했다. 태종 역시 은혜로써 그를 위무하니 맹세가 옛날과 같아졌다.

왜적倭賊이 우리 나라 사람을 사로잡으면, 반드시 이성계 만호萬

---

4 협필특륵은 돌궐 대신大臣의 호이고, 사마는 그 이름이다. 힐리의 종숙從叔이다.

戶가 지금 어느 곳에 있는가를 물었다. 감히 태조의 군대 가까이는 가지 못하고 반드시 틈을 보아서 침입했다.

제63장

백보百步에 말채 쏘샤 군호群豪를 보이시거늘 음모陰謀를 잊으니이다

백보百步에 열매 쏘샤 중빈衆賓을 보이시거늘 경작慶爵을 받드니이다[5]

射鞭百步　示彼豪帥　維彼豪帥　遑忘陰計
射果百步　示我諸客　維此諸客　共獻慶爵

백 보에서 채찍을 쏜 일은 제49장에 있다.

태조가 잠저에 있을 때, 동료들을 다 모아 활 쏘기 대회를 열었다. 배나무 한 그루가 1백여 보 떨어진 곳에 있는데, 나무의 윗가

---

5 작爵은 새의 이름인데 그 모양을 본떠 술잔을 만든 것이다. 능히 날아가면서도 술에 빠지지 않는 뜻을 취한 것이니, 인하여 경계한 것이다. 『예기禮記』에, "경사스러운 말을 많이 청한다"는 대목의 주에, "축하의 술잔을 마시는 자는 친작親爵을 짝한다"고 했다.

지 끝에 수십 개가 한꺼번에 달려 있었다. 여러 손님들이 태조에게 쏘기를 청하니, 한 발로 바로 맞춰 모두 떨어뜨렸다. 모아서 손님에게 주니 손님들이 탄복하며 술을 들어 축하했다.

제64장

천하영웅天下英雄이 도량度量에 다 들므로 반叛하는 놈을 부러 놓으시니[6]

세상호걸世上豪傑이 범위範圍에 못 날쌔 이기실 산算을 짐짓 없게 하시니[7]

天下英雄　盡入度量　謀亂之徒　迺故放之
世上豪傑　不出範圍　勝籌之籌　迺故齊之

금金나라 도통都統 고욱杲 등이 말하기를, 야율마철耶律麻哲, 여도余覩, 오십吳十, 탁라鐸剌 등이 모반하니 마땅히 빨리 도모해야 한다고

6　『인물지人物志』에, 풀의 정수精秀를 영英이라고 하고, 짐승이 무리를 거느리는 것을 웅雄이라고 했다.

7　『역경』에, "천지의 변화하는 범위를 넘지 못한다"는 대목의 주에, "범範은 쇠를 녹여 붓는 거푸집이 있는 것과 같고, 위圍는 테두리이며, 산算은 물건의 숫자이다"라고 했다.

했다.[8] 태조太祖가 여도를 불러 조용히 말하기를,

"내가 천하를 얻은 것은, 모두 우리 임금과 신하가 한마음 한뜻으로 큰 공을 이룬 것이지 굳이 너희들의 힘은 아니다. 이제 들으니 너희가 모반하려고 한다니, 만약 진실로 그러하면 반드시 말안장, 갑주, 기계 같은 것을 모두 가지고 가라. 나는 식언食言은 않는다. 만약 다시 나에게 사로잡히면 죽음을 면할 길이 없다. 남아서 나를 섬기고 싶다면 다른 마음을 품지 마라. 나도 너희를 의심하지 않겠다."

라고 하니, 여도가 두려워 떨면서 대답을 하지 못했다. 명하여 탁라는 곤장 70대에 처하고 나머지는 모두 석방했다.

태조는 항상 겸손하고 사양하며 나서지 않고 스스로를 지켰으며 남의 위에 서려고 하지 않았다.[9] 매번 과녁을 쏠 때면, 다만 상대가 능한가 아닌가를 보아 셈의 다소를 겨우 상대방과 비슷하게 할 뿐이지 승부를 가리는 것은 아니었다. 사람들이 비록 보기를 원하여 권하는 자가 있어도 역시 하나를 더할 뿐이었다.

---

8 고의 본명은 규糾인데 태종太宗의 아들이다.
9 『좌전』에, "군자는 자꾸 다른 사람 위에 서려고 하지 않는다"는 대목의 주에, "군자는 자주 다른 사람의 위에 서려고 나서지 않는다"고 했다.

제65장

원유苑囿에 돼지를 치샤 장사長史 들은 말이 정세기상挺世氣象
이 어떠하시니

준판峻阪에 노루를 쏘시어 휘하麾下 들은 말이 개세기상盖世氣
象이 어떠하시니

斬豕苑囿　長史所聞　挺世氣象　固如何云

殪麞峻阪　麾下所聞　盖世氣象　固如何云

당나라 태종이 낙양洛陽 동산에서 사냥을 하는데, 한 무리의 돼
지가 숲속에서 튀어나왔다. 태종이 활을 당겨 네 발로 네 마리를
죽였다. 한 마리가 앞으로 튀어나와 말 등자에 이르렀다. 민부상서
民部尚書 당검唐儉이 말을 버리고 돼지를 쳤다.[10] 태종이 칼을 빼어
돼지를 죽이고 돌아보면서 웃으며 말하기를,

"천책부天策府의 장사長史는 상장上將이 적을 치는 것을 보지 못했
는가. 어찌 그리 심하게 두려워하는가."[11]

---

10 수隋나라 개황開皇 3년에 탁지度支를 민부民部로 고쳐 탁지, 민부, 금부金部, 창부
倉部의 네 관청을 통괄했다. 당나라는 태종의 이름을 피하여 처음에 민부民部를
호부戶部로 고쳤다. 정3품의 상서尚書가 한 명, 정4품하의 시랑侍郎이 두 명인데,
천하의 토지, 인민, 전곡, 공물과 세금의 등급을 매기는 일을 맡았다.

11 당검은 천책부의 장사였다.

라고 하니, 대답해 말하기를,

"한漢나라 고조가 말 위에서 천하를 얻었으나 말 위에서 다스리지는 않았습니다. 폐하께서 뛰어난 무예로 세상을 평정했지만, 어찌 다시 한 마리 짐승에게 웅심雄心을 펴려고 하십니까."

라고 하니, 태종이 기뻐하고 그를 위해 사냥을 그만두었다.

태조는 최영崔瑩과 정이 극히 두터웠다. 태조의 위엄과 덕망이 점점 커지자, 신우에게 없는 일을 있는 것처럼 꾸며대는 사람이 있었다. 최영이 노하여 말하기를,

"이공은 나라의 주석柱石인데 만약 하루아침에 위급해지면 마땅히 누구를 부리겠는가?"[12]

라고 했다. 매번 연회에 손님을 모으려고 할 때면, 최영은 반드시 태조에게 말하기를,

"내가 밀가루를 준비할 테니 공은 고기를 준비하시오."

라고 했는데, 태조는 그러겠다고 했다. 하루는 태조가 이것을 위해 휘하의 병졸을 이끌고 사냥을 갔다. 노루 한 마리가 높은 고개에서 밑으로 달렸다. 지세가 험준해서 군사들이 모두 내려가지 못하고, 산 밑으로 돌아 달려 모였다. 갑자기 대초명적大哨鳴鏑 소리가 위에서 밑으로 들려 바라보니, 태조가 고개 위에서 곧바로 달려 내려오

---

12 주柱는 들보 밑의 기둥이고, 석石은 기둥을 바치는 주춧돌이다. 이 말은 대신이
   나라의 중임을 맡은 것을 집의 기둥과 주춧돌에 비유한 것이다.

는데 번개 같았다. 노루가 상당히 멀리 떨어졌는데 쏘아서 정통으로 맞혀 죽였다. 태조가 바로 말을 세우고 웃으며 말하기를,

"이것이 나의 솜씨이다."[13]

라고 했다. 최영의 휘하 군사 현귀명玄貴命이 역시 군사 가운데 있다가 직접 이것을 보고 그 상황을 최영에게 말했다. 최영이 오랫동안 감탄했다.

태조는 또 일찍이 화령和寧에 사냥을 갔었다. 땅이 험하고 비탈졌으며 얼어서 미끄러웠다.[14] 태조는 가파른 언덕을 내리 달리며 큰곰 네 마리를 쏘았는데 모두 한 살에 죽었다. 호장胡將 처명處明이 따르다가 감탄하여 말하기를,

"제가 사람을 많이 보았는데, 공의 재주는 천하에 한 사람뿐입니다."

라고 했다.

제66장

대의大義를 밝히실쌔 후국侯國이 오더니 경사선매輕士善罵하샤 후국侯國이 배반背叛하니[15]

---

13 이 말은 태조가 장난으로 한 것이다.
14 화령은 바로 지금의 영흥永興이다.
15 후국은 제후의 나라를 말한다.

대훈大勳이 이루어질째 인심人心이 모이더니 예사온언禮士溫言
하샤 인심人心이 굳으니

大義克明　侯國斯來　輕士善罵　侯國斯離
大勳將成　人心斯聚　禮士溫言　人心斯固

한漢나라 고조高祖가 낙양洛陽 신성新城에 도착하니,[16] 삼로三老 동
공董公이 길을 막고 말하기를,[17]

"신이 듣기에 덕을 따르는 자는 번성하고 덕을 거스르는 자는 망
한다고 합니다. 군대를 일으키는 데 명분이 없으면 일이 이루어지
지 않습니다.[18] 그러므로 '그가 적賊이 됨을 명백히 밝히면 상대방
이 이에 복종한다'는 말이 있습니다.[19] 항우가 무도하여 그 임금을
쫓아내 죽였으니 천하의 적입니다.[20] 대저 어진 사람은 용맹함을

16　낙양현은 하남군河南郡에 속한다. 신성은 이때 현의 경계에 속했다. 혜제惠帝 4년
　　에 처음으로 신성현을 두었다.
17　진秦나라 제도에 10정亭에 1 향鄉을 두었는데, 향에는 삼로가 있어 교화를 담당했
　　다. 동공은 진나라 때 은사隱士인데 그 이름은 알 수 없다.
18　죄가 있어서 치는 것을 명분이 있다고 한다.
19　항우가 의제義帝를 죽인 것을 천하에 알려, 그 신하로서 임금을 죽인 것을 밝히고
　　나서, 군대를 일으켜 항우를 정벌하면 복종시킬 수 있다는 말이다.
20　항량項梁이 초왕楚王 구駒를 공격하여 죽이고 초楚나라 회왕의 손자 심心을 세워
　　초나라 회왕懷王을 삼았다. 항우는 거짓으로 초나라 회왕을 존중하는 척하여 의제
　　義帝라고 하고 말하기를, "옛날 천자의 땅은 사방 1천 리이고 반드시 상류上流에
　　있었다"라고 하여 의제를 강남으로 옮기고 침郴을 도읍으로 삼았다. 후에 은밀히

쓰지 않고 의로운 사람은 힘을 쓰지 않습니다.[21] 대왕께서는 마땅히 삼군의 무리를 이끌고 임금을 위하여 소복을 입고, 제후에게 항우를 친다는 것을 고한다면 천하에서 덕을 막을 자는 없습니다. 이것이 삼왕三王이 한 일입니다."[22]

라고 했다.

이에 고조가 의제義帝를 위해 발상發喪하고, 왼쪽 어깨를 드러내고 관을 벗어 머리를 묶어 조의를 표하며, 크게 곡哭하여 3일 동안 슬프게 울고, 제후들에게 사자를 보내어 알리기를,

"천하가 함께 의제를 세워 신하로서 그를 섬겼는데, 이제 항우가 의제를 강남으로 쫓아내어 죽였으니 대역무도大逆無道하다. 내가 관중의 병사를 모두 모으고 삼하三河의 병사를 거둬 남으로 강한江漢으로 내려가서 여러 제후와 왕을 좇아 의제를 죽인 초나라를 치겠노라."

라고 했다.[23]

호인胡寅은 다음과 같이 말했다.

구강왕九江王 경포黥布 등을 보내 의제를 강중江中에서 쳐죽였다.

21 이미 어질면 천하가 돌아올 것이니 용맹함을 쓰지 않아도 천하가 스스로 복종하고, 이미 의로움을 가졌으면 천하가 받들 것이므로 힘을 쓰지 않아도 천하가 스스로 안정된다.

22 삼왕이 한 일이란 덕과 의로써 천하를 취한 것이다.

23 삼하는 하남河南, 하동河東, 하내河內 지방이다. 이 말은 삼한의 군사로서 그 북을 치겠다는 것이고, 또 남쪽으로 강한에 병사를 내려보내 협공하겠다는 말이다.

"천하가 진秦나라를 괴로워하여 제후들이 함께 일어났을 때 내걸은 말은, '무도한 진나라를 쳐야 한다'는 것이었다. 이제 진나라는 이미 없어지고 제후들은 각기 땅을 나눴는데 한나라가 또 군대를 일으킨 것이다. 비록 항우의 정치가 공평하지 못했다고 하나, 돌이켜보면 또한 자신의 사사로운 분함을 펴는 것뿐이었으므로 의병義兵은 아니다.[24] 동공이 아뢴 대로 한왕이 크게 곡을 하고 연후에 항우가 임금을 죽인 죄는 천지지간에 용납할 곳이 없다고 하여 천하가 한왕에게 돌아간 것은 앉아서도 할 수 있는 책략이다. 그러므로 수하隨何는 이 의로움을 펴려고 구강九江으로 내려갔고,[25] 역생酈生은 이 의로움을 펴려고 전제全齊로 내려갔다.[26] 이에 초나라 사람들은 등에는 의지할 것이 없고, 팔은 오른쪽이 잘린 것처럼 되었다. 비록 망하지 않으려고 해도 망하지 않을 수 없었다."[27]

---

24 초나라 회왕과 여러 장수들이 약속하기를, 먼저 들어가 관중을 정하는 사람을 왕으로 삼자고 했었다. 항우는 약속을 어긴 것을 미워하여, 파촉巴蜀의 길이 험하고 진나라에서 옮겨 간 사람들이 살고 있으므로 이에 말하기를, '파촉도 역시 관중이다'라고 하며, 패공沛公을 세워 한왕漢王으로 삼아 파촉과 한중漢中의 왕이 되게 하고, 남정南鄭에 도읍하게 했다.

25 진나라가 초나라를 없애고 구강군九江郡을 두었다. 강물이 심양潯陽에 이르러 나뉘어서 강이 아홉이 되는데, 첫째가 오강烏江, 둘째가 방강蚌江, 셋째가 오백강烏白江, 넷째가 가미강嘉靡江, 다섯째가 견강畎江, 여섯째가 원강源江, 일곱째가 늠강廩江, 여덟째가 제강提江, 아홉째가 균강菌江인데, 인하여 군의 이름으로 삼았다. 구강으로 내려간 일은 아래의 글에 있다.

26 전제로 내려간 일은 아래의 글에 있다.

27 『사기』에 흉노匈奴의 오른팔을 자른다는 말이 있다.

처음 항우가 제齊나라를 공격할 때 구강九江에서 병사를 뽑았다. 구강왕九江王 경포黥布는 병이라고 일컫고 수천 명을 거느린 장수를 보냈다.[28] 한나라가 팽성彭城에 들어갔을 때 경포는 항우를 돕지 않았다. 항우는 이로부터 그를 원망했다.[29] 이때에 이르러 고조가 서쪽으로 양梁 땅을 지나게 되었는데 여러 신하들에게 묻기를,

"내가 관중 동쪽의 땅을 떼어서 주려고 하는데 누가 같이 공을 이룰 수 있을까?"[30]

라고 하니, 성신후成信侯 장량張良이 말하기를,

"구강이 초나라와 틈이 벌어졌고, 팽월彭越은 제齊와 함께 양梁 땅에서 모반하고 있는데, 이 두 사람은 일을 급히 시킬 수 있습니다. 그리고 한나라 장수 중에서는 오직 한신韓信만이 큰일을 맡길 수 있으니 한 쪽을 맡기십시오. 이들 세 사람이면 초나라를 이길 수 있습니다."[31]

---

28 경黥은 얼굴에 검은 물을 들이는 것이다. 경포는 육六 땅 사람인데 본래 성은 영英이다. 어려서 관상쟁이가 보고 말하기를, "형刑을 받으면 왕이 될 것이다"라고 했다. 커서 법에 걸려 얼굴에 먹을 뜨는 형벌을 받았는데 흔연히 말하기를, "어떤 사람이 내 관상을 보고 형을 받으면 왕이 된다고 했으니 이것이다"라고 하며 인하여 성을 경으로 바꾸면서 그것을 싫어하지 않았다.

29 팽성은 현의 이름으로 초나라에 속하는데 옛날 대팽국大彭國이다.

30 이 말은 스스로 그 땅을 갖지는 않고 장차 다른 사람에게 주어 공을 세워 함께 초나라를 파한다는 뜻이다.

31 팽은 성이고 월은 이름이다. 제나라 왕 전영田榮은, 항우가 제왕 전시田市를 교동왕膠東王으로 옮기고 전도田都를 제왕으로 삼는다는 말을 듣고 크게 노하여, 전도를 공격하여 쫓아내고 드디어 전시도 죽였다. 이때 팽월은 거야鉅野에 있었는데

라고 했다. 고조가 좌우를 보면서 말하기를,

"누가 능히 나를 위해 구강에 사자로 가서 구강으로 하여금 초를 배반하고 항우를 몇 달 잡아둘 수 있다면, 내가 천하를 취하는 데 정말로 안전하겠다."
라고 하니, 알자謁者 수하隨何가 사자로 가기를 청하여 고조가 보냈다.[32]

수하가 구강에 이르자 구강의 태재太宰가 그 일을 주관하여 3일 동안 만날 수 없었다.[33] 수하가 태재를 달래어 말하기를,

"왕이 나를 만나지 않는 것은 반드시 초나라가 강하고 한나라가 약하다고 해서 그럴 것이다. 이것이 내가 사신이 된 까닭이다. 나로 하여금 알현하게 하여, 말하는 것이 옳으면 대왕이 듣고 싶어하는 바고, 말하는 것이 틀리면 나와 20명을 구강의 시장에서 죽여 왕이 한나라를 배반하고 초나라에 붙어 있다는 것을 밝히는 것이다."[34]
라고 하니, 태재가 경포에게 얘기하여 경포가 그를 만났다. 수하가

무리 1만여 명이 어디에도 속하지 않았다. 전영은 팽월의 장수 인印과 제북왕齊北王 전안田安을 공격하여 그를 죽이고 드디어 3제齊를 아우른 왕이 되었다. 또 팽월을 시켜 초나라를 공격하여 그 군대를 크게 깨뜨렸다.

32 알자는 진秦나라 관직으로 손님을 맞이하는 일을 담당했다. 용모가 단정한 사람을 뽑아 사자를 맞이하는 일을 맡겼는데 녹봉이 6백 석이었다.

33 이 태재는 주周나라 태재가 아니다. 한나라에서는 봉상奉常에 속한 관직에 태재가 있어 음식을 맡았다. 사신이 들어오면 반드시 이 사람으로 하여금 맡게 했다. 이 때 경포는 태재로 하여금 수하를 맡게 했다.

34 옛날에는 형벌을 시장에서 집행하여 사람들이 있는 곳에 버렸다.

말하기를,

"한왕이 신으로 하여금 대왕을 모시는 자에게 글을 올리도록 했습니다. 삼가 의심스러운 것은 대왕과 초나라는 얼마나 친하냐 하는 것입니다."

라고 하자, 경포가 말하기를,

"나는 북향하여 신하로서 섬기오."

라고 했다. 수하가 말하기를,

"대왕과 항왕은 함께 제후의 반열에 있습니다. 북향하여 신하로서 섬긴다는 것은, 반드시 초나라가 강하여 나라를 맡길 수 있다고 여겨서입니다. 항왕이 제齊나라를 정벌할 때 담틀과 절구공이를 지고 사졸보다 앞장섰습니다. 대왕께서는 마땅히 모든 구강의 무리를 스스로 이끌고 초나라의 선봉이 되어야 할 것입니다. 이제 4천명을 내어 초나라를 돕는데, 대저 북면하며 신하로서 섬기는 자가 진실로 이렇게 할 수 있겠습니까? 한왕이 팽성에 들어갔는데도 항왕은 제나라로 출발하지 않았으니, 대왕은 마땅히 모든 구강의 병사를 이끌고 회수를 건너 밤낮으로 팽성 아래에서 적과 싸워야 합니다. 대왕께서는 1만 명의 무리를 다독거리면서 한 사람도 회수를 건네지 않고, 아무 것도 하지 않으면서 누가 이기나 보고 있습니다. 대저 나라를 다른 사람에게 의지하고 있으면서 이렇게 할 수가 있습니까? 대왕께서는 초나라를 섬긴다는 헛된 이름을 걸어놓고 스스로 의탁하고 있습니다. 신이 보건대 대왕을 위해 취할 길이 아닙니다. 그러나 대왕께서 초나라를 배반하지 않는 것은 한나라가 약하다고 생각하기 때문입니다. 대저 초나라 군대가 비록 강하더라도, 천하에 불의하다는 이름을 뒤집어쓰면서 맹약을 배반하고 의제를 죽였습니다. 한왕은 제후를 모아 돌아가 성고와 형양을 지키며, 촉蜀·한漢의 곡식을 가져다가 보루를 깊이 쌓고 병사를 나누어 요새를 지키고 있습니다. 초나라가 적국의 8~9백 리까지 깊이 들어가면 노약자들이 1천 리 밖에서 군량을 날라야 됩니다.[35] 한나라가 굳게 지키고 움직이지 않으면, 초나라는 나아가도 공격할 수 없고 물러서도 풀 수 없으므로, 말하기를, "초나라 군대는 믿을 게 없다"고 하는 것입니다. 초나라가 한나라를 이기면 제후들이 스스로 위험을 느껴 서로 구할 것입니다. 대저 초나라의 강함이란 바로 천하의 군사를 오게 하는 것일 뿐입니다. 그러므로 초나라가 한나라만 못하다는 것은 그 세를 보아 쉽게 알 수 있는 것입니다. 이제 대왕께서 만전萬全의 한나라와 함께 하지 않고, 스스로 위험한 초나라에 의탁한다면 신은 삼가 대왕을 위해 의혹하는 바입니다. 신은 구강의 병사로 초나라를 멸망시키자는 것은 아닙니다. 대왕께서 군대를 내어 초나라를 배반하면 항왕은 반드시 머무를 것입니다. 몇 달 머무르면 한나라가 천하를 취할 것이니 가히 만전을 기하는 것입니다. 신은 대왕께 칼을 던지고 한나라에 귀순하시기를 청합니다. 한왕은 반드시 땅을 잘라 대왕을 봉할 것입니다. 또

---

35 팽성에서 형양榮陽 성고成皐까지의 중간에 양梁 땅이 끼여 있다. 팽월은 이때 양 땅에서 반란을 일으켰으니, 이는 초나라의 적국이다.

구강은 반드시 대왕의 소유가 될 것입니다."
라고 하니, 경포는,

　"청컨대 명을 받들겠소."
라고 하고, 몰래 초나라를 배반하고 한나라에 붙었는데, 감히 발설
하지는 않았다.

　초나라 사자는 구강의 객사客舍에 머물면서 바야흐로 급히 군사
를 낼 것을 경포에게 재촉했다. 수하가 바로 들어가 초나라 사자의
윗자리에 앉으면서 말하기를,

　"구강왕이 이미 한나라에 돌아왔는데 초나라가 어찌 군사를 내
라고 하는가."
라고 하니, 경포는 놀라고, 초나라 사자는 일어섰다. 수하가 인하
여 경포를 달래어 말하기를,

　"일이 이미 결정되었으니 쫓아가서 초나라 사자를 죽여 돌아가
지 못하게 하고, 빨리 한나라로 달려가 힘을 합하십시오."
라고 하니, 경포가 말하기를,

　"사자의 가르침대로 하겠소."
라고 했다. 이에 초나라의 사자를 죽이고 인하여 군사를 일으켜 초
나라를 공격했다.

　초나라는 항성項聲과 용저龍且로 하여금 구강을 공격하도록 했
다. 몇 달 만에 드디어 구강을 파했다.[36] 경포는 군사를 이끌고 한

---

36 용은 성이고 저는 이름이다.

나라로 달아나려고 했으나, 초나라 병사가 죽일까 두려워 사잇길로 수하와 함께 한나라로 귀순했다. 경포가 이르자, 고조는 바야흐로 걸상에 걸터앉아 발을 씻으며 경포를 불러 뵙게 했다. 경포가 크게 노하여 온 것을 후회하고 자살하려고 했다. 숙소에 나가니, 천막과 음식 그리고 따르는 사람들이 모두 고조가 있는 곳과 같았다.[37] 경포는 기대했던 것보다 좋다고 여겨 크게 기뻐했다. 이에 사신을 구강으로 들여보냈다. 초나라는 이미 항백項伯으로 하여금 구강의 군사를 수습하고 경포의 처자를 모두 죽이게 했다. 경포의 사자는 알던 사람과 총애하던 신하를 겨우 얻어 무리 수천 명을 거느리고 한나라로 돌아왔다. 한나라는 경포의 군대를 더해 함께 성고를 지켰다.

역이기酈食其가 고조를 달래어 말하기를,

"이제 연燕나라와 조趙나라는 평정하였으나 저 제齊나라를 항복받지 못한 것은, 전씨田氏들이 강한 데다가 해대海岱를 등에 업고 하河·제濟에 막혀 있으며, 남으로 초楚나라에 가깝고, 사람들이 교활하기 때문입니다. 족하께서 비록 수만의 군사를 보내 얼마의 세월이 지나도 깨뜨리지 못할 것입니다.[38] 청컨대 신이 조서를 받들

---

37 고조는 경포가 앞서 오랫동안 왕을 했으므로 그 자존심이 클까 걱정하여, 예를 엄하게 해서 경포를 꺾어 복종시킨 것이다. 그렇게 하고 나서, 거처를 아름답게 하고, 그 음식을 후하게 하며, 종자를 많이 주어 그의 마음을 기쁘게 한 것이니, 이것은 권도權道이다.

어 제나라 왕을 달래어 한나라를 위해 동쪽 울타리가 되도록 하겠습니다."

라고 하니, 고조가 좋다고 말했다.

　역생이 제왕齊王 전광田廣을 달래어 말하기를,

　"왕은 천하가 어느 곳으로 돌아갈 지 아십니까?"[39]

라고 하니, 왕이 말하기를,

　"모르겠소. 천하가 어디로 돌아가겠소."

라고 하니, 역생은 말하기를,

　"한나라로 돌아갈 것입니다."

라고 하니, 말하기를,

　"선생은 어찌 그렇게 말을 하시오,"

라고 했다. 역생이 말하기를,

　"한왕이 먼저 함양咸陽에 들어갔는데 항왕이 약속을 어기고 한중漢中의 왕이 되었습니다. 항왕은 제멋대로 의제義帝를 죽이니 한왕이 이것을 듣고 촉蜀·한漢의 군사를 일으켜 삼진三秦을 치고 관문을 나서 의제를 죽인 일을 책망했습니다.[40] 천하의 군사를 모아 제

38　전씨는 제나라 성이다. 제나라 땅은 동으로 바다에 이르고, 남으로 태산泰山에 이르므로 해대를 지고 있다고 말한 것이다. 서쪽으로 청제淸濟에 막혔고, 북으로 탁하濁河에 막혔으므로 하·제에 막혔다고 말한 것이다.

39　초나라가 제나라를 공격하여 그 왕 전영田榮이 달아나다 죽었다. 초나라는 다시 전가田假를 세워 제왕으로 삼았다. 전영의 동생 횡橫이 전영의 아들 광廣을 왕으로 세우고 전가를 공격하여 쫓아냈다.

40　항우는 진나라 땅을 셋으로 나누어 왕을 봉했는데, 장한章邯을 옹왕雍王으로, 사

후의 뒤를 세우고, 성을 항복받으면 바로 그 장수를 후侯로 삼으며, 재물을 얻으면 바로 그 군사에게 나눠 주어 그 이익을 천하와 함께 하고 있으니, 호걸과 영재들이 모두 그에게 쓰이는 것을 즐거워하고 있습니다. 항왕은 약속을 어겼다는 이름이 있고, 의제를 죽인 배은망덕背恩忘德함이 있습니다. 공功은 기록하지 않고, 죄는 잊지 않으며,[41] 싸움에서 이겨도 상을 받지 못하고, 성을 뺏어도 봉封을 받지 못하며, 항씨가 아니면 일에 쓰일 수가 없습니다. 천하가 그를 배반하고, 현명한 사람들은 그를 원망하여 그를 위해서 쓰이지 않습니다. 그러므로 천하의 일이 한왕에게 돌아가 가히 앉아서 영광을 얻은 것입니다. 대저 한왕이 촉한을 떠나서 삼진을 평정하고, 서하西河를 건너 북위北魏를 파하며, 정형井陘으로 나아가 성안군成安君을 목벤 것은 인간의 힘으로 한 것이 아니라 하늘의 복이었습니다.[42] 이제 이미 오창敖倉의 양곡을 갖고 있고, 성고의 험준함으

마흔司馬欣은 새왕塞王으로, 동예董翳는 책왕翟王으로 봉했다. 그러므로 삼진이라고 한다. 의제의 일을 책망했다는 말은, 항우가 강중江中에서 의제를 죽여 그 있는 곳을 알지 못하게 했으므로 한왕이 꾸짖은 것이다.

41　이 말은 항우가 벼슬과 상을 주는데 인색하면서 지난날의 잘못은 기억한다는 말이다.

42　황하의 지주砥柱에서 위로 용문龍門까지를 서하라고 한다. 북위는 위왕魏王 표豹를 말한다. 표의 나라가 하북河北에 있었으므로 북위라고 했다. 또한 서위西魏라고 한 것은 대량大梁이 안읍安邑의 동쪽이기 때문이다. 정형은 조趙나라의 현 이름인데, 상산군常山郡에 있다. 형산陘山은 현의 동남쪽에 있는데, 사면은 높고 평평하지만 가운데는 우물처럼 들어갔으므로 이름을 정형이라고 했다. 성안군은 바로 진여陳餘이다. 성안현成安縣은 영천군潁川郡에 있는데 예주豫州에 속한다.

로 막으며, 백마진白馬津을 지키고, 태항太行의 고개를 막으며, 비호
구蜚狐口를 막는다면 천하에서 뒤늦게 복종하는 자는 먼저 망할 것
입니다.[43] 임금께서 빨리 먼저 한왕에게 항복한다면 제나라는 가히
보전할 수 있습니다. 그렇지 않으면 망하는 것을 서서 기다리는 것
입니다."
라고 했다.

앞서 제나라는 한신이 동쪽으로 군대를 보낸다는 말을 듣고, 화
무상華無傷과 전해田解로 하여금 대군을 이끌고 역하歷下에 머물러
한나라를 막게 했다.[44] 역생의 말을 받아들이고는 사신을 보내 한
나라와 화평하였다. 그리고 역하의 수비를 그만두었다.

고조高祖가 태자를 바꾸려 하자, 여후呂后는 건성후建成侯 여석지
呂釋之로 하여금 유후留侯 장량張良을 강요하여 계획을 꾸미도록 했
다.[45] 장량이 말하기를,

---

43 오산은 정주鄭州 형양현滎陽縣 서쪽 15리에 있다. 진나라는 큰 창고를 여기에 두
   었으므로 이름을 오창이라고 했다. 백마진은 당활주唐滑州에 있다. 비호구는 험하
   고 막힌 곳으로 대군代郡 남쪽에 있는데, 남으로 연燕과 조趙의 중간을 내지른다.
   역생의 말은 행동을 자유롭게 할 수 없다는 것이니, 대개 오창을 의거하면서 성고
   를 막으면 항우는 서쪽으로 백마를 막을 수 없고, 태항과 비호를 막으면 하북과
   연 · 조의 땅이 모두 한나라의 소유가 될 것이니, 제나라와 초나라는 장차 어디로
   가겠느냐는 뜻이다.
44 역하는 바로 제남군濟南郡 역성현歷城縣이다.
45 정도定陶 사람 척희戚姬가 총애를 입어 조왕趙王 여의如意를 낳았다. 여후呂后는
   나이가 많아 더욱 소원하였다. 고조는 태자가 인정이 두텁고 마음이 약하다 하여,

"이 일은 말로 하기에는 어렵습니다. 생각해보면 상上께서 불러 오지 못한 사람이 네 사람 있는데, 동국공東國公, 기리계綺里季, 하황공夏黃公, 녹리선생甪里先生입니다.[46] 이들은 모두 상께서 선비를 모욕한다고 하여 도망쳐 산중에 숨어, 의리상 한나라의 신하 노릇을 하지 않고 있습니다. 그러나 상께서는 네 사람을 높게 보고 있습니다. 이제 태자로 하여금 겸손한 말로 편지를 쓰고 안거安車로 굳이 청하면 반드시 올 것입니다.[47] 그들이 오면, 손님이라고 하여 때를 봐서 조정에 들어가 상으로 하여금 보게 하면 도움이 될 것입니다."

라고 하니, 이에 여후는 사람을 시켜 태자의 편지를 받들어 그들을 부르도록 했다. 네 사람이 도착하자 건성후建成侯의 집에 묵게 했다. 후에 연회를 베풀고 태자가 모셨다. 네 사람이 따라 들어갔는데, 나이가 모두 80세 정도여서 수염과 눈썹이 희고 의관이 훌륭했

여의에게 닮지 말라고 하고 항상 장안에 머물며 태자를 폐하고 그를 세우려고 했다. 건성후의 나라는 패군沛郡에 속한다. 여석지는 여후의 둘째 오빠이다.

46 네 사람은 소위 사호四皓이다. 진나라 난리를 피해 상산商山에 숨었다. 원공園公의 성은 당唐이고, 자는 선명宣明인데, 원중園中에 살았으므로 인하여 이름을 삼았다. 하황공의 성은 최崔이고, 이름은 광廣이며, 자는 소통少通인데, 제齊나라 사람으로 하리수도夏里脩道에 은거하여 살았으므로 하황공이라고 부른다. 녹리선생은 하내河內 지인軹人인데, 태백太伯의 후예로 성은 주周이고, 이름은 술術이며, 자는 원도元道이다. 경사京師에서는 패상선생霸上先生이라고 하고 한편 녹리선생이라고 한다. 혹은 말하기를 동東, 기綺, 하夏, 녹甪은 네 사람의 성이라고도 하며 혹은 기리계하綺里季夏가 한 사람이고 황공黃公이 한 사람이라고도 한다.

47 옛날의 고거高車는 서서 타는 것이고, 안거安車는 앉아서 타는 것이다.

다. 고조가 괴이하여 물었다. 네 사람이 나아가 각기 그들의 성명을 대답하였다. 고조가 이에 크게 놀라 말하기를,

"내가 공들을 몇 년 동안 찾았는데 공들이 나를 피해 도망하더니, 이제 어인 일로 내 아들을 따라 노는고?"

라고 했다. 네 사람이 말하기를,

"폐하께서 선비를 가볍게 여겨 꾸짖기를 잘하므로 신 등은 의리가 욕되지 않을까 두려워 도망쳐 숨었습니다. 이제 들으니 태자의 사람됨이 어질고 효성스러우며 선비를 사랑한다 하여, 천하에서 태자를 위하여 죽기를 원하는 자가 목을 늘이고 기다리고 있다 하므로, 신 등이 온 것뿐입니다."

라고 하니, 고조가 말하기를,

"공들을 귀찮게 했구료. 바라건대 끝까지 태자를 잘 도와주시오."

라고 했다.

위왕魏王 표豹가 한나라를 배반했다. 고조가 역이기로 하여금 가서 표를 달래도록 하고 또 불렀다. 표는 듣지 않고 말하기를,

"한왕이 오만하여 사람을 업신여기고, 제후와 신하들에게 욕하며 꾸짖기를 종을 꾸짖듯이 할 뿐이다. 내가 차마 다시 볼 수 없다."

라고 했다. 이에 고조는 한신韓信을 좌승상左丞相으로 삼고, 관영灌嬰, 조참曹參과 함께 위나라를 쳤다. 한신이 쳐서 표를 사로잡아 형양滎陽으로 보내 위나라를 모두 평정하였다.

고조가 평성平城에서 돌아오다가 조趙나라를 지났다.[48] 조나라왕 장오張敖가 사위의 예로서 매우 낮추었다. 고조는 두 다리를 쭉 뻗고 앉아 그를 꾸짖었다.[49] 조나라 상相인 관고貫高, 조오趙午 등이 모두 노해 왕에게 고조를 죽이겠다고 말했으나, 장오는 듣지 않았다.[50] 관고 등이 서로 말하기를,

"우리 임금은 점잖아서 덕을 배반하지 않지만, 우리들은 의리상 욕되게 할 수 없다. 어찌 왕을 더럽히리오. 일이 성공하면 왕께 돌리는 것이고, 일이 실패하면 다만 우리가 죄를 받을 뿐이다."[51]
라고 했다.

고조가 동으로 한왕 신의 남은 무리를 치고 돌아올 때 조나라 백인柏人에 들렀다. 관고 등이 변소 벽에 구멍을 내어 사람을 그 안에 숨기고 고조를 기다렸다. 고조가 묵으려고 하다가 마음이 움직여 묻기를,

"현의 이름이 무엇이냐."
라고 했다. 백인이라고 대답하자, 고조가 말하기를,

---

48 흉노匈奴가 마읍馬邑을 침노하여 포위하니 한왕韓王 신信이 배반하여 연합했다. 고조가 스스로 군대를 이끌고 한신을 토벌했다. 한신과 흉노가 모두 패주했다. 고조가 추격하다가 평성에서 포위를 당했는데, 7일 만에 풀고 고조는 돌아오다 조나라에 이르렀다.
49 장오는 고조의 딸 노원공주魯元公主에게 장가들었다.
50 한나라 초에 제후의 나라에는 승상丞相을 두어 여러 관리들을 통괄하기를 한나라 조정같이 했다. 경제景帝에 이르러 승丞자를 없앴다.
51 이 말은 천자를 죽인 죄를 혼자 받는다는 것이다.

"백인柏人이라면 사람을 쫓아낸다〔迫〕는 말 아니냐."
라고 하고, 드디어 묵지 않고 갔다.

　관고에게 원한이 있는 사람이 그 모의를 알고 위에 고한 것이다.
이에 조왕과 반역에 참여한 사람을 체포逮捕하여 함거檻車를 아교
로 붙여 장안으로 보냈다. 장오를 사면하여 폐하고 선평후宣平侯로
삼았다.[52]

　고려 말에 관가에는 병사의 기록이 없고, 장수들이 각각 병사들
을 점호하니 이것을 패기牌記라고 했다. 최영, 변안열邊安烈, 지용수
池龍壽, 우인열禹仁烈 같은 대장들은 오로지 권위만을 세우려고, 그
막료 사졸들 가운데 뜻대로 되지 않는 자가 있으면, 한없이 꾸짖고
욕하며 혹 매질을 하여 죽는 사람도 있어 휘하에서 원망이 많았다.
여러 장수 가운데 오직 태조가 진심을 보이고 예의로써 휘하를 대
접하니, 평생에 욕하는 말이 없었다. 여러 장수들이 모두 휘하에
배속되기를 바랐다.

52　체逮는 미친다〔及〕는 뜻이다. 체포는 일에 관련된 사람을 모두 잡는다는 뜻이다.
　　일설에는 체逮는 그 사람이 살아 있을 때까지만 쫓는 것이고, 포捕는 그 사람이 죽
　　어도 당연히 잡아서 죄를 묻는다는 뜻이라고 한다. 함거는 수레를 우리 모양으로
　　만든 것이니, 널판때기로 네 주위를 막아 볼 수 없게 하고 아교칠과 옻칠을 해서
　　틈이 없게 하는 것이다. 일설에는, 죄인의 눈에 아교칠을 하여 눈을 뜰 수 없게 하
　　여 변란을 아주 끊는 것이라고 한다.

제67장

강가에 자거늘 밀물이 사흘이로대 나간 뒤 잠기니이다
섬 안에 자실제 큰비 사흘이로대 비고 난 뒤 잠기니이다

宿于江沙　不潮三日　迨其出矣　江沙酒沒
宿于島嶼　大雨三日　迨其空矣　島嶼酒沒

원元나라 중서우승상中書右丞相 백안伯顏이 송宋나라를 치고 강가
모래에 주둔했다.[53] 항인杭人이 바야흐로 다행으로 생각했는데, 조
수가 3일 동안 이르지 않았다.[54]

섬에서 잔 일은 제9장에 있다.

---

53 원나라 세조世祖는 백안을 보내 송나라를 쳤다. 강은 전당강錢塘江이다.
54 동한東漢이 절浙을 나누어 서쪽을 오군吳郡으로 삼았고, 진陳나라는 전당군錢塘郡
　을 세웠다. 수隋나라는 진나라를 평정하고 항주杭州를 두었다. 당唐나라는 고쳐서
　여항군餘杭郡이라고 했다가 후에 다시 항주라고 했다. 송나라가 남으로 건너가 도
　읍하여 승격시켜 임안부臨安府라고 했다.

제68장

이 장은 앞 장을 이어 반복하여 노래한 것이다.

강가를 아니 말리샤 밀물을 막으시니 하늘이 부러 남을 보이
시니

큰비를 아니 그치샤 날물을 외오시니 하늘이 부러 우리를 보
이시니

不禁江沙　迺防潮濤　彼蒼者天　示人孔昭
不止霖雨　迺回潢洋　彼蒼者天　示我孔彰

강 모래를 금하지 않은 일은 제67장에 있다.

큰비를 멈추지 않은 일은 제9장에 있다.

제69장

들에 용龍이 싸워 사칠장四七將이 이루려니 오라한들 오시리
잇가

성城밖에 불이 비치어 십팔자十八字가 구救하시려니 가라한들
가시리잇가

龍鬪野中　四七將濟　縱曰來思　噎肯來詣
火照城外　十八子救　縱命往近　噎肯往就

한漢나라 광무제光武帝가 한단邯鄲을 빼앗고 왕랑王郞을 목베었다. 경시更始가 군대를 파하라고 명하고, 공이 있는 장수들은 행재소行在所로 오라고 했다.[55] 광무제가 낮에 한단궁의 온명전溫明殿에 누워 있었다.[56] 편장군偏將軍 경감耿弇이 들어와 틈을 타서 말하기를,

"군사들이 죽고 다친 자가 많으니 청컨대 상곡上谷으로 돌아가 군사를 보충하십시오."

라고 하니, 광무제가 말하기를,

"왕랑은 이미 파했고, 하북河北도 대략 평정했는데, 다시 군사를 써서 무엇하려고 하는가."

라고 하니, 경감이 말하기를,

"비록 왕랑을 파했다고 하나 천하의 병란은 이제부터 시작일 뿐입니다. 이제 사자가 서방에서 와 싸움을 그만두라고 하지만 들어서는 안 됩니다. 동마銅馬와 적미赤眉에 속한 수십 무리의 숫자는 수십 만인데, 이들이 가는 곳에 당할 자가 없습니다. 성공聖公도 어떻게 하지 못하고 있으니 오래지 않아 반드시 패할 것입니다."[57]

---

55 경시의 이름은 현玄이고 자는 성공聖公이다. 용릉舂陵 대후戴侯의 증손으로 광무제의 형뻘이다. 평림平林의 싸움에서 경시장군이라고 불려 여러 장군들이 함께 황제로 세웠다.

56 온명전은 총대叢臺의 서쪽에 있었는데 조왕趙王 여의如意의 전殿이었다.

라고 했다. 광무제가 일어나 앉으면서 말하기를,

"경이 실언을 했으니 내가 베겠다."

라고 했다. 경감이 말하기를,

"대왕께서 저를 두텁게 사랑하시는 것이 부자 사이 같으므로 감히 본심을 드러낸 것입니다."

라고 하니, 광무제가 말하기를,

"내가 경을 놀린 것뿐인데 어찌 이렇게 말하는가."

라고 했다. 경감이 말하기를,

"백성들이 왕망을 고통스럽게 생각하기 때문에 다시 한나라를 생각하고 있다가, 한나라 군사가 일어났다는 소리를 듣고는, 호랑이 아가리를 벗어나 자애로운 어머니 품에 안긴 것처럼 기뻐했습니다. 이제 경시가 천자가 되어 장수들이 산동山東에서 군대를 함부로 움직이고, 귀족들은 도내都內를 종횡縱橫하니, 백성들은 가슴을 치며 다시 왕망의 시대를 생각하고 있습니다. 이것으로 그가 반드시 패할 것을 아는 것입니다. 공의 공명은 이미 들어났으니 의로써 정벌한다면 천하에 격문을 전하고 평정할 수 있을 것입니다. 천하는 지극히 중요한 것이니 공께서 스스로 취할 것이지 다른 성으

---

57 동마는 적賊의 이름이다. 낭야琅邪의 번숭樊崇이 거萬에서 군사를 일으켰는데 무리가 1백여 명이었다. 여러 도둑이 번숭이 용맹하다 하여 모두 여기에 붙으니 1년 사이에 1만여 명이 되었다. 번숭 등은 그 무리들이 왕망王莽과 함께 병란을 일으킬 것을 두려워하여 모두 눈썹을 붉게 칠해 서로 식별하니 이로부터 적미赤眉라고 불렸다.

로 하여금 취하지 못하게 하십시오."

라고 했다. 광무제는 하북을 평정하지 못했다는 것으로써 부르는데 나가지 않으니, 경시에 대해 처음으로 두 마음을 가졌다.

광무제가 장차 북으로 연燕나라와 조趙나라를 쳐서, 구순寇恂을 하내 태수河內太守로 임명하면서 말하기를,

"지난날 고조가 소하蕭何를 관중關中에 남겨두었다.[58] 이제 내가 공에게 하내를 맡기니 마땅히 군량을 충분히 보급하고, 군사와 말을 인솔하여 다른 병사를 막아 북으로 건너가지 못하게 하라."

고 했다. 풍이馮異를 맹진장군孟津將軍으로 삼아 하상河上의 병사를 통솔하게 하여 낙양을 막았다. 이때 주유朱鮪가 낙양을 지키고 있었는데 구순과 풍이가 주유를 격파하고 격문을 올렸다.[59] 장수들이 들어가 축하하고 인하여 존호尊號를 올렸다. 장군 마무馬武가 먼저 들어가 말하기를,

"대왕께서 비록 겸손하게 물러서시나 종묘와 사직을 어찌하오리까."

라고 하니, 광무제가 놀라서 말하기를,

"장군은 어찌 이런 말을 내는가."

라고 했다. 후에 두세 번 존호를 올렸으나 모두 듣지 않았다. 마침

---

58 한나라 고조가 형양滎陽을 가면서 소하에게 명하여 관중을 지키도록 하였는데, 관중의 호구를 조사하여 육로와 수로로 군량을 실어 보내고 군사를 징발하여 보충하니 일찍이 결핍되거나 끊어지지 않았다.

59 경시가 대사마大司馬 주유를 보내 관동을 진무하도록 했다.

유생儒生 강화彊華가 관중으로부터 적복부赤伏符를 가지고 와서 바쳤다.[60] 그 글의 내용은 다음과 같다.

유수劉秀가 군대를 내어 부도不道함을 잡으니
오랑캐가 구름같이 모여 들판에서 힘을 겨루는데
사칠四七 사이에 화덕火德으로 주인이 되네[61]

신하들이 인하여 다시 주청하니, 드디어 제위에 올랐다.
말하기를, 28명의 장수는 4·7의 숫자에 응한 것이라고 한다.[62]

성밖에 불이 비친 일은 제9장에 있다.

참서讖書에 십팔자十八子가 삼한을 바로잡는다는 말이 있다.[63]

---

60 강은 성이고, 화는 이름인데, 영천穎川 사람이다. 광무제가 장안에 있을 때 같은
    집에 살았다. 도참圖讖의 글을 부符라고 한다. 적복赤伏이란 도참 글의 이름이다.
    한나라는 화덕을 숭상했다. 적赤은 불의 색이고, 복伏은 감춘다는 뜻이다. 이것은
    하도河圖의 글 같은 것이다.
61 들판에서 용이 싸운다는 것은 군웅群雄이 각축을 벌이는 것이다. 한나라는 화덕火
    德이므로 화덕으로써 주인이 되었다고 했다.
62 4·7은 28이다.
63 십팔자十八子는 합치면 이李자가 된다.

제70장

천정영기天挺英奇하샤 안민安民을 위寫하실쌔 육준六駿이 응기
應期하였나니

천석용지天錫勇智하샤 정국靖國을 위寫하실쌔 팔준八駿이 응시
應時하였나니

天挺英奇　爲安民斯　駿駿六駿　生應期兮

天錫勇智　爲靖國猗　蹻蹻八駿　生應時兮

당唐나라 태종太宗의 육준마六駿馬는, 특륵표特勒驃,[64] 삽로자颯露
紫,[65] 청추青騅,[66] 권모과拳毛騧,[67] 십벌적什伐赤,[68] 백제오白蹄烏이다.[69]

---

64 황백색인데 주둥이는 엷은 흑색이다. 송宋나라 금강金剛을 평정할 때 탔다. 찬贊
    하기를, "채찍 소리에 응해 하늘을 오르고 소리를 이어 공중을 가르네, 험한 곳에
    들어가 적을 꺾고 위험을 무릅쓰고 어려움을 평정하네"라 하였다.

65 털빛이 붉고 갈기는 검은 준마이다. 앞에 화살 하나를 맞았다. 동도東都를 평정할
    때 탔다. 찬하기를, "준마를 뛰어 넘어 신기한 경지에 이르니, 기세는 삼천三川이
    두려워하고 위세는 팔진八陣을 능가하네"라 하였다.

66 푸른색과 흰색이 섞여 있다. 화살 다섯 대를 맞았다. 두건덕竇建德을 평정할 때 탔
    다. 찬하기를, "족히 번개를 놀라게 하며 하늘의 조화를 발하니, 채찍질하여 날아
    내 갑옷을 정하도다"라 하였다.

67 누런색인데 주둥이는 검다. 앞에 화살 여섯 대를 맞았고 등에 세 대를 맞았다. 유
    흑달劉黑闥을 평정할 때 탔다. 찬하기를, "달의 정기로 고삐를 당기고 하늘을 몰아
   ◀ 횡행하니, 화살을 맞으면 기세가 더욱 오르도다"라 하였다.

태종이 문덕황후文德皇后를 소릉昭陵에 장사지냈다.[70] 황제가 글을 짓고 그 글을 돌에 새겼는데, 아울러 여섯 마리 말의 모습과 찬을 모두 능 뒤에 세웠다.[71] 후인들이 모방하여 그려서 지금까지 전해 온다.

태조가 탄 준마는 여덟으로, 횡운골橫雲鶻,[72] 유린청游麟靑,[73] 추풍

---

68 순수한 붉은색이다. 앞에 화살 네 대를 맞고 등에 한 대를 맞았다. 왕세충王世充, 두건덕을 평정할 때 탔다. 찬하기를, "세상을 아직 평정하지 못하여 무위武威를 보이니, 구슬땀 흘리며 말 달려 개선하여 돌아오도다"라 하였다.

69 순수한 흑색인데 네 발굽도 모두 희다. 설인고薛仁杲를 평정할 때 탔던 말이다. 찬하기를, "하늘을 의지하여 장검을 집고 바람 따라 말 달리니, 고삐 들어 농서隴西를 평정하고 말 안장 돌려 촉蜀을 평정하네"라 하였다.

70 문덕황후는 장손씨長孫氏이다. 수隋나라 우효위장군右驍衛將軍 성성의 딸이다. 시호를 문덕이라고 했다. 소릉은 경조京兆 예천현醴泉縣 서북의 구노산九嵏山에 있다.

71 태종이 글을 지어 돌에 새긴 내용은, 황후의 근검 절약과 유언으로 장사를 검소하게 지내며 금과 옥을 부장하지 말라고 한 것을 칭찬하고, 마땅히 자손들로 하여금 이것을 전범으로 받들라는 것이었다.

72 골鶻은 해동청海東靑이다. 동북 지방의 먼 곳에서 나는데, 8,9월이 바뀔 때 높은 변방의 바람을 타고 왔다가 봄이 되면 돌아간다. 재주가 비범하여 거위나 학을 잘 잡아서 아골鴉鶻이나 토골兎鶻에 비하면 훨씬 낫다. 그 색은 여러 가지이다. 혹 순청색이고, 혹 청색에 엷은 황색이며, 혹 짙은 청색이 쇠 같고, 혹 푸른색에 백색 무늬가 있고, 혹 백색에 청색 무늬가 있으며, 혹 순백색에 날개만 조금 희고, 혹 순흑색이 까마귀 같으며, 혹 부리와 발톱이 흰 옥 같고, 혹 부리와 발톱은 흰색에 엷은 붉은 빛이나 또는 청색이다. 그 가운데 순전히 흑색은 세상에 항상 있는 것이 아니나 흰색은 가끔 있고, 그 밖의 색은 많다. 토골과 해청海靑이 교미하여 나온 것의 이름은 이의해청二儀海靑이다. 횡운골은 순백색인데 부리, 눈, 불알, 발굽은 검다. 여진의 땅에서 태어났다. 사람이 간신히 건널 수 있는 외나무다리를 이

오追風烏,[74] 발전자發電樁,[75] 용등자龍騰紫,[76] 응상백凝霜白,[77] 사자황獅子黃,[78] 현표玄豹이다.[79]

말은 평지와 같이 달려서 지나간다. 표범도 피하고 귀신도 달아난다. 홍건적紅巾賊을 평정할 때 탔다. 왼쪽 볼기에 화살 한 대를 맞았고, 오른쪽 어깨에 한 대를 맞았다. 찬하기를, "웅장한 자태는 그림에 응하고 뛰어난 골격은 무리에서 뛰어나도다. 요사스런 기운 쓸어버리고 저 가로누운 구름에 의지하도다"라 하였다.

73 기린麒麟은 노루의 몸에 소 꼬리이고, 말발굽에 황색이며, 뿔이 하나 있는데 뿔의 끝에는 살이 있다. 키는 1장 2척이고 짐승의 우두머리이다. 지극히 인자한 왕이 있으면 나타난다. 유린청은 청색으로 함흥咸興에서 태어났다. 올라兀剌에서 가져왔는데, 해주海州의 싸움과 운봉雲峰에서 이길 때 탔다. 가슴에 화살을 한 대 맞았고, 왼쪽 목에 한 대 맞았으며, 오른쪽 엉덩이에 한 대 맞았다. 말 나이 여섯 살 때 처음 탔는데, 매번 싸움터에서 이 말을 많이 탔다. 31살에 죽었는데, 나라 사람들이 슬퍼하여 돌구유를 만들어 묻어주었다. 찬하기를, "위대하도다, 유린청이여, 우리 임금의 성덕을 밝혔도다. 30년 동안 남북에 위의를 떨쳤도다"라 하였다.

74 추풍오는 순흑색으로 여진에서 태어났다. 오른쪽 대퇴부에 화살 한 대를 맞았다. 찬하기를, "윤기나는 검은 색에 눈빛은 별처럼 반짝이네, 한 번 채찍에 달려오르니 1만 리를 종횡으로 달리네"라 하였다.

75 발전자는 붉은색으로 코와 발은 흰데 안변安邊에서 태어났다. 장단長湍에서 사냥할 때 탔다. 찬하기를, "뛰어난 준마가 귀신같이 응대하니, 천군千軍의 진이 열리고 한 채찍에 번개같이 달리네"라 하였다.

76 용등자는 붉은색으로 갈기와 꼬리는 검은데 단천端川에서 태어났다. 해주에서 왜적을 평정할 때 탔다. 뒤 왼쪽 대퇴부에 화살 하나를 맞았다. 찬하기를, "용같이 변화하고 풍운같이 휘몰아치니, 고죽孤竹에 개선하고 공은 세 번 승리에 있네"라 하였다.

77 응상백은 순백색인데, 주둥이, 눈, 불알, 발굽은 까맣다. 제주濟州에서 태어났다. 회군할 때에 탔다. 찬하기를, "신통함과 기이함을 하늘이 주었으니 빛나는 모양은 따로 훈련하지 않았네, 의로운 깃발 들고 한 번 회군하니 크나큰 업을 영원히 세우도다"라 하였다.

『팔준도지八駿圖誌』에는 다음과 같은 말이 있다.

"자고로 하늘의 명을 받은 임금은, 바야흐로 그 창업할 초기에는 반드시 영웅 호걸들이 느끼는 바가 있어 구름같이 몰려와 주인을 받들어 보좌하며 그 충성을 다한다.[80] 심지어 짐승 같은 미물도 때를 타서 분투 노력하여 노력을 드러내지 않음이 없다. 이것들은 모두 때에 응하여 태어나서 성공을 도운 것이다. 고려 말에 임금은 어둡고 정치는 포악하여 왜구와 도적이 번갈아 침범하여 백성이 도탄에 빠졌다. 오직 우리 태조에게만 하늘이 용기와 지혜를 주었다.[81] 사방을 정벌하는데, 몸에 활집을 차고, 친히 시석矢石을 무릅

---

78 사자獅子는 산예狻猊이다. 모양은 호랑이 같은데 아주 누렇다. 수염이 있고, 꼬리 끝에는 크기가 국자만한 보드라운 털이 있으며, 구리 머리에 쇠 이마이고, 낚싯바늘 같은 발톱과 톱 같은 이빨이며, 늘어진 눈에 무릎을 꿇고 앉고, 눈빛은 번개불 같고 울부짖는 소리는 뇌성과 같으며, 능히 호랑이나 표범을 잡아먹고, 하루에 5백 리를 달릴 수 있다. 사자황은 황색인데 주둥이는 검다. 강화江華의 매도(煤島, 그슴섬)에서 태어났다. 지리산에서 왜적을 평정할 때 탔다. 찬하기를, "삼 척의 위엄으로 한 번 노하여 공을 이루니, 두류산頭流山 고개에서 사자황 유명하도다"라 하였다.

79 『산해경山海經』에, "북해北海에 산이 있는데 그 이름은 유도幽都이니 그 위에 현표玄豹가 있다"고 했다. 현표는 흑색으로 표범의 궁둥이를 가졌는데 함흥 잠저의 토아동兎兒洞에서 태어났다. 왜적을 평정할 때 탔다. 찬하기를, "현표가 달리는 곳에 거칠 것 없어라. 저 달리는 뛰어난 발에 무열武烈이 실려 있네"라 하였다.

80 『역경』에, "구름은 용을 따라 모이고 흩어지며, 바람은 호랑이를 따라 움직인다. 세상에 지혜로운 성인이 있어 만사 만물의 지극한 이치를 밝혀 사람들로 하여금 하늘과 땅 그리고 인간과 만물의 오묘한 비밀을 인식하도록 했다"라고 했다. 『양자楊子』에, "용의 비늘을 움켜쥐고 봉황의 날개에 붙는다"는 말이 있다.

81 『서경』에, "하夏나라가 덕이 쇠하여 백성들이 도탄에 빠졌다. 이에 하늘이 왕에게

쓰니, 몸에 상처가 한둘이 아니다. 비록 바람이 나르고 번개가 치
듯이 이르는 곳을 완전히 소탕했지만 역시 고통과 어려움이 따랐
다. 당시 태조가 탄 말이 많지 않다고 할 수 없지만, 빼어나고 훌륭
하여 무리 가운데 뛰어난 것은 여덟이었다.[82] 말을 달려 사냥할 때
위험을 무릅쓰고 험준한 곳을 뛰어넘으니 민첩하기가 귀신 같았
다. 진陣에 임해서는 강인함이 무리 중에 뛰어나 들고 낢이 나는 것
같았다. 오랫동안 싸움터를 따라다녔으므로 혹 활집을 찬 말도 있
었다. 어찌 하늘이 낸 용종마龍種馬가 사람과 한마음이 되어 사생을
걸고 대업을 이룬 것이 아니리요.[83] 그 공을 논하여 올림에, 분주히

용기와 지혜를 주었다"라고 했는데, 그 주에, "하늘이 탕湯임금에게 용기와 지혜
의 덕을 주었다. 용기는 족히 행동으로 옮길 수 있으며 지혜는 족히 도모할 수 있
다. 용기와 지혜가 없으면 천하의 큰 사업을 할 수 없다"고 했다.

82 한나라 무제의 『천마가天馬歌』에, "뜻이 크고 재주가 뛰어나고 훌륭하다"라고 했
다. 한유韓愈는, "백락伯樂이 한 번 기북冀北의 들을 지나가니 말 떼가 없어졌다"
고 했다. 대저 기북은 천하에서 말이 많은 곳인데 어찌 능히 그 떼를 다 없앨 수
있으리요. 없어졌다고 말하는 것은 말이 없다는 것이 아니라 좋은 말이 없다는 것
이다.

83 『수서隋書』에, "토욕혼吐谷渾에 청해靑海가 있는데, 둘레는 1천여 리이고 그 가운
데 작은 산이 있다. 그곳의 풍속에, 겨울이 되면 번번히 암말을 풀어놓는데, 용종
을 얻는다고 한다. 일찍이 페르시아(波斯)의 초마草馬를 얻어 바다에 풀어놓았더
니, 인하여 총구驄駒를 낳았는데, 하루에 1천 리를 가므로 이때 청해총마靑海驄馬
라고 불렀다"고 했다. 두보의 시에, "이 말은 싸움에 임하여 오랫동안 상대가 없었
고 사람과 한마음으로 큰 공을 이루었도다"라고 했고, 또 "가는 곳에 넓은 곳이 없
으니 참으로 사생을 맡기는도다"라고 했다. 말이 사람과 한마음이라는 것은, 그
돌고 굽힐 때 말이 사람의 뜻을 따르고, 사람이 말의 습성을 알므로 능히 싸움에
임하여 상대가 없어 큰 공을 이루었다는 말이다.

힘써 노력한 것을 오로지 사람에게만 돌리는 것은 부당하니, 어찌 없어져 전하지 못하게 할 수 있으랴.[84] 이제 우리 전하께서 슬피 생각하심을 마지않아, 집현전集賢殿에서는 그 찬을 짓고, 호군護軍 신臣 안견安堅에게는 그 형상을 그리도록 명하여 관람에 대비하도록 했다.[85] 그 창업과 왕위를 전하는 어려움을 잊지 않고, 이루어낸 것을 지키기가 쉽지 않음을 경계함이니, 아! 지극하도다. 후일에 이 그림을 보는 자, 그 역시 느끼는 바 있어 깨어 살필 것이다."

제71장

원량元良을 흔들리라 수상垂象으로 헐뜯으니 용군庸君이신들

---

84 『맹자』에, "옛사람을 논해 올린다"는 대목의 주에, "상尙은 위로 올린다는 말이다"라고 했다.

85 우리 전하 2년에 처음으로 집현전을 대궐 안에 두어 고금의 경적을 모으고 재주와 덕망이 있는 문학자를 뽑아 전고典故를 토론하고 진강進講의 고문이 되도록 했다. 정1품의 영전사令殿事가 두 명, 정2품의 대제학大提學이 두 명, 종2품의 제학提學이 두 명인데, 모두 다른 관직을 가진 사람이 겸직하도록 했다. 부제학副提學은 정3품, 직제학直提學은 종3품, 직전直殿은 정4품, 응교應敎는 종4품, 교리校理는 정5품, 부교리副校理는 종5품, 수찬修撰은 정6품, 부수찬副修撰은 종6품, 박사博士는 정7품, 저작랑著作郎은 정8품, 정자正字는 정9품이다. 부제학 이하는 품계에 따라 차제差除하기도 하여 인원은 열 명을 넘지 않았으니 모두 경연經筵을 겸했다. 8년에 여섯 명을 더 두었고, 17년에 또 16인을 더 두었다. 18년에 20인으로 줄였다. 열 명은 경연을 겸하고 열 명은 서연書筵을 겸했다.

천성天性은 밝으시니[86]

위성僞姓을 굳히리라 친조親朝를 청청請하니 성주聖主이실째 제명帝命을 아시니

欲搖元良　譖用妖星　雖是庸君　天性則明
謀固僞姓　請朝京師　自是聖主　帝命已知

당唐나라 현종玄宗이 태자가 되자, 태평공주太平公主는 현종이 나이가 어리다고 하여 자못 가볍게 보는 뜻이 있었다. 그 영무英武함을 꺼려 암약闇弱한 자를 다시 뽑아 세우려고 했다. 그리고 자기의 권세를 오래가게 하려고 근거 없는 말을 만들어 흘리기를,

"태자는 장자가 아니므로 세우는 것이 부당하다."

라고 했다. 예종睿宗은 안팎에 계유誡諭를 내려 헛된 논의를 그치게 하려고 했다.[87] 공주는 매번 현종이 하는 것을 엿보아 사소한 것까지도 반드시 예종이 알게 하였다. 현종의 좌우에도 왕왕히 공주의 이목耳目이 있으니 현종은 스스로 편안하지 못해 송왕宋王 성기成器

86　『예기』에, "하나의 원량이 있어 만방萬邦이 굳으니, 세자를 말하는 것이다"라고 했다. 『역경』에, "하늘이 상을 내려 길흉을 보이도다"라고 했다. 『효경孝經』에, "아버지와 아들 사이의 도는 천성天性이다"라고 했는데, 주에, "아버지는 자애롭고 아들은 효도하는 것은 천성이지 사람이 하는 것은 아니다"라고 했다.

87　천자의 말은 첫째가 제서制書요, 둘째가 조서詔書이다. 제서는 제도를 만드는 명령을 말한다.

에게 양위하기를 청했으나 허락하지 않았다.[88] 공주가 술자術者를
시켜 예종에게 말하기를,

"혜성은 옛 것을 없애고 새로운 것을 퍼뜨리는 것이고, 또 제좌
성帝座星과 심전성心前星이 모두 변화가 있으니, 황태자가 마땅히
천자가 될 것입니다."

라고 했다.[89] 예종이 말하기를,

"덕을 전하고 재난을 피하려는 나의 뜻은 결정되었다."[90]

라고 하니, 공주와 그 무리들은 불가하다고 힘써 간하였다. 예종은
말하기를,

"중종中宗 때 여러 간신들이 정권을 제멋대로 하고, 천변天變이
잦았다. 내가 그때 현명한 자식을 가려 그를 세워 이변과 재난에

---

88 성기는 예종의 큰아들인데 후에 이름을 헌憲이라고 고쳤다.

89 혜성은 빛이 길게 뻗은 것이 빗자루 같다. 『대법大法』에, 혜성은 옛 것을 없애고
  새 화재를 퍼뜨린다고 했다. 『구명결鉤命決』에는, 혜성에는 다섯 가지가 있다고
  했다. 푸른색이면 왕후王侯는 지고 천자는 고전을 하고, 붉으면 적이 일어나고 강
  국은 제멋대로 하며, 황색이면 여자가 색권色權을 해쳐 후비后妃에게서 빼앗고,
  흰색이면 장군이 반역을 하고 2년 동안 큰 싸움이 일어나며, 검은색이면 물의 정
  기를 해쳐 강하江河가 끊어지고 적이 곳곳에서 일어난다. 양한楊韓의 점占에, "그
  모양이 대나무 빗자루나 나뭇가지 같아 길고 짧음이 일정치 않다. 그 길이가 길고
  오래 보이면 재난이 심하고, 짧고 잠깐 보이면 재난이 적다"고 했다. 제좌성은 하
  나의 별인데, 태미궁太微宮 가운데 있다. 『사기』「천관서天官書」에, "마음은 명당
  明堂이고, 대성大星은 천왕天王이며, 전후의 별은 자식에 속하니, 곧으려 하지 않
  는데 곧으면 천왕이 계책을 잃는다"고 했다. 『홍범洪範』「오행전五行傳」에, "앞에
  있는 별은 태자이고, 뒤에 있는 별은 서자庶子이다"라고 했다.

90 덕을 전한다는 말은 덕이 있는 사람에게 양위한다는 말이다.

응할 겠을 청했더니, 중종이 좋아하지 않았다. 내가 근심하고 두려워 며칠 동안 밥을 먹지 않았다. 어찌 그에게는 권하고 내게는 할 수 없다고 하리오."

라고 했다. 현종이 이 말을 듣고 말을 달려 들어가 뵙고, 스스로 땅에 몸을 던지고 머리를 두드리며 청하여 말하기를,

  "신이 조그만 공으로 차례를 넘어 자리를 이었으나 두려워 감당할 수 없습니다.[91] 폐하께서 대위大位를 전하신다니 어찌된 일입니까."

라고 하니, 예종이 말하기를,

  "사직이 다시 안정된 것과 내가 천하를 얻은 것은 모두 너의 힘이다. 제좌帝座에 재난이 들었으므로 이제 너에게 주어 전화위복으로 하려 하는데 너는 무엇을 의심하느냐."

라고 하니, 현종이 굳이 사양했다. 예종이 말하기를,

  "너는 효자인데 하필 관槍 앞에 설 때까지를 기다린 연후에 즉위하려고 하느냐."[92]

라고 하니, 현종이 눈물을 흘리며 나갔다.

---

91 예종이 세자를 세우려 할 때, 송왕 성기는 큰아들이고 평왕平王 융기隆基는 공이 있으므로 어찌할까 결정 짓지 못했다. 성기가 사양하여 말하기를, "국가가 편안할 때는 장자를 먼저하고, 나라가 위태로울 때는 공이 있는 자를 먼저 합니다. 진실로 그 마땅함을 어기면 사해가 실망할 것입니다. 신은 죽어도 감히 평왕의 위에 있을 수 없습니다"라고 하니, 예종이 이를 따랐다.
92 임금의 자리를 잇는 것은 초상 때 정한다.

현종에게 전위한다는 조칙을 내려, 현종이 즉위했다.

호인胡寅은 다음과 같이 말했다.

"예종이 중종보다 어진 점은 오직 궁궐 안을 조용하게 다스린 점
뿐이다. 그 우유부단優柔不斷함과 시비를 가리지 못하여 문란해진
것 그리고 현명함과 그렇지 못한 것이 뒤섞인 것이 그보다 더 심한
적은 일찍이 없었다. 현종에게 뒤를 잇게 하지 않고 그 재위 기간
이 길었다면 역시 어지러움으로 돌아가고 말았을 것이다."[93]

고려의 공민왕이 죽고부터 천자가 매번 집정대신執政大臣을 불렀
으나 모두 두려워하여 감히 가지 못했다. 신창辛昌이 서자 문하시
중門下侍中 이색李穡이 창왕에게 친히 조회할 것을 바랐고, 또 왕관
감국王官監國으로 입조入朝하기를 자청했다. 이색을 하정사賀正使로
보내고 또 왕관감국을 청했다. 태조가 칭찬하기를,

"강개慷慨하구나 이 노인이야말로."

라고 했다. 이색은 태조의 위덕이 날로 더해가므로, 그가 돌아오기
전에 변이 있을까 하여, 아들 하나를 데리고 가기를 청했다. 태조
가 태종을 서장관書狀官으로 삼았다. 길에서 한 관인官人이 이색에
게 말하기를,

---

93 예종의 재위는 모두 2년이다. 『서경』에, "악을 행함은 같지 않으나 함께 어지러움
　으로 돌아간다"고 했다.

"너희 나라 최영이 병사 10만을 거느리고 있어도 이성계가 그를 파리 잡듯 쉽게 잡았다. 너희 나라 백성들은 이의 망극한 덕을 어떻게 보답하려고 하는냐."

라고 했다.

천자는 평소 이색의 이름을 들었으므로 조용히 말하기를,

"그대는 원元나라의 한림翰林을 했으니, 응당 중국말을 알겠지."[94]

라고 하니, 이색이 바로 중국말로,

"친쟈오〔親朝〕"

라고 대답했다. 천자가 알아 듣지 못하여 말하기를,

"쇼어션머〔說甚麼〕"

라고 했다. 예부의 관리가 전해 아뢰되,[95] 이색이 오랫동안 입조入朝하지 않아서 말이 자못 매끄럽지 못하다고 했다. 천자가 웃으며 말하기를,

"네 중국말은 꼭 나하추納合出 같구나."

라고 했다.

돌아올 때 발해渤海에 이르러 두 객선客船이 동행했다.[96] 반양산半

---

94 원나라 순제順帝 지정至正 14년 이색은 과거에 급제하여 응봉한림문자승사랑동지제고應奉翰林文字承仕郎同知制誥를 배수받았다. 한나라 왕실의 위엄이 사이四夷에 더해지므로 모두들 중국 사람을 한인이라고 불렀다.

95 "說甚麼"는 중국말인데, "대개 무엇이라고 말하는가"라고 묻는 말이다.

96 본국에서 남경南京에 입조했다가 돌아올 때는, 반드시 회수淮水를 거쳐 북으로 해서 제齊, 노魯의 동쪽을 지나 발해를 건넜다.

陽山에 이르러 회오리바람이 크게 일어나 두 객선은 모두 침몰했
다.[97] 태종이 탄 배도 역시 거의 구할 수 없게 되어 사람들은 모두
놀라고 두려워하여 엎드렸다. 태종은 얼굴빛이 자약自若하였는데
끝내 안전하게 돌아왔다.

이색이 돌아와 다른 사람에게 말하기를,

"이번 황제는 마음에 주장하는 바가 없는 임금이다. 내 생각에
황제가 반드시 이 일을 물을 것이라고 한 것은 묻지 않고, 황제가
물은 것은 모두 내가 생각한 것이 아니었다."

라고 하여, 이때 그를 기롱하여 말하기를,

"대성인大聖人의 도량을 속유俗儒가 어찌 의논하리오."

라고 했다.

명나라 예부禮部에서 자문咨文을 보내 말하기를,

"본부관本部官이 천자의 뜻을 받들어 사신에게 유지諭旨를 내려
돌려보내니, 어린아이는 굳이 내조來朝할 필요가 없다."

라고 하였다. 명나라 예부에서 또 자문을 보내 말하기를,

"본부관이 천자의 뜻을 받들어 말하노니, 왕씨王氏가 피살되어
후사後嗣가 끊어진 후에 비록 거짓 왕씨가 다른 성으로 섰다고 하
나, 삼한의 정통을 지키는 좋은 계책은 아니다."

라고 했다.

---

97 발해 가운데 오호嗚呼라는 섬이 있는데, 반양산이라고도 부른다. 바로 전횡田横의
객客 5백 명이 자살한 곳이다.

태조가 즉위하자 명나라 예부에서 글을 보내 말하기를,

"본부관이 천자의 뜻을 받들어 말하노니, 천지간에 생민生民의 주인이 된 자 그 숫자를 알 수 없다. 그러나 혹 성하고 혹 없어졌으니 어찌 우연이랴. 하늘의 명이 아니고는 될 수 없다. 삼한의 신민이 이미 이씨를 존중하여 백성들은 전쟁의 화를 입지 않고 사람마다 하늘이 준 즐거움을 즐기니, 이것은 하늘의 명이다."

라고 했다. 예부에서 또 자문을 보내 말하기를,

"본부의 문무백관이 천자의 뜻을 받들어 말하노니, 조선朝鮮이라는 이름이 아름답고 또 그 내력이 오래되었으니, 그 이름을 근본으로 삼아 하늘을 본받고 백성을 길러 길이 후손이 번성하게 하라."

고 했다.

판삼사사判三司事 설장수偰長壽가 입조했다. 천자가 편전便殿에서 만나보고 한가하게 오랫동안 얘기하며 천하를 얻은 이유를 갖추어 설명했다. 그리고 말하기를,

"네 임금이 나라를 얻은 것 역시 이 때문이다. 하늘이 주지 않고 사람들이 모이지 않는데 힘으로 취할 수 있을까."

라고 했다.

제72장

독부獨夫를 하늘이 잊으샤 공덕功德을 국인國人도 말하거니 한

인漢人 마음이 어떠하니이까[98]

하늘이 독부獨夫를 버리샤 공덕功德을 한인漢人도 말하거니 국인國人 마음이 어떠하리이까

天絶獨夫　維彼功勳　東人稱美　矧伊漢民
天棄獨夫　維我功德　漢人嘆服　矧以東國

하늘이 독부를 끊은 일은 제17장과 제41장에 있다.
하늘이 독부를 버린 일은 제9장과 제71장에 있다.[99]

제73장

생령生靈이 조상凋喪할쎄 전조田租를 고치시니 칠성난후七姓亂後에 치치致治를 위爲하시니[100]

구앙寇攘이 독통毒痛이어늘 전제田制를 고치시니 위씨출후僞氏

---

98 독부는 수隋나라 양제煬帝를 가리킨다.

99 이 장은 앞 장을 이어서 반복하여 노래한 것이다.

100 송宋나라 태종太宗이 말하기를, "오대五代 때에 백성들이 쇠하고 병들었다. 주周나라 태조太祖가 업鄴에서 남쪽으로 돌아오니 사서인士庶人이 모두 약탈당하고 있었다. 아래로는 불빛이고 위로는 혜성이니, 보는 사람들이 모두 두려워하여 당시에는 다시 태평한 날이 없을 것 같다"고 했다.

黜後에 중흥中興을 위爲하시니

生靈凋喪　均定田租　七姓亂後　致治是圖
寇攘毒痛　大正田制　僞氏黜後　中興斯爲

주周나라 세종世宗이 농사에 마음을 두어 나무에 농부와 누에 치
는 아낙의 모습을 새겨 항상 대궐 뜰에 놓아두었다. 세종이 일찍이
밤에 책을 읽다가 당나라 원진元稹의『균전도均田圖』를 보고는 감탄
하여 말하기를,

"이것은 다스림에 이르는 근본이다. 왕자王者의 정치는 이것으로
부터 시작된다."[101]

라고 하고, 이에 그 도법圖法을 반포하도록 조칙을 내리고, 이민吏
民들로 하여금 먼저 그것을 익히도록 하여, 1년을 잡고 천하의 밭
이 고르게 되기를 기약했다. 후에 산기상시散騎常侍 애영艾穎 등 34
인에게 명하여 여러 주州로 나누어 가서 토지와 조세를 고르게 하
도록 했다. 또 여러 주와 향촌에 모두 1백 호로 단團을 만들고, 단
에는 노인 3인을 우두머리로 삼아 두게 명했다. 또 여러 가지 과호
課戶와 봉호俸戶는 모두 그 주와 현으로 돌려주었다.[102] 그 막직幕職,

---

101 원진의 자는 미지微之인데, 당나라 목종穆宗 때 재상이다.
102 당나라 초에 모든 관청에 공해본전公廨本錢을 두고 장사를 해서 얻는 이익으로
　　관원의 많고 적음에 따라 월급을 주었다. 그 후 모든 관청의 공해본전을 파하고,
　　천하의 상호上戶 7천 명을 서사胥士로 삼아 그 세금을 걷게 하여, 관원의 다소를

주, 현의 관리들에게는 이로부터 봉급과 곡식을 지급했다.

　후량後梁 태조太祖의 성은 주씨朱氏이고,[103] 후당後唐 장종莊宗의 성
은 주사씨朱邪氏이다.[104] 명종明宗은 본래 북적北狄 출신이고,[105] 노왕
潞王의 성은 왕씨王氏이다.[106] 진晉나라 고조高祖의 성은 석씨石氏이
고,[107] 후한後漢 고조高祖의 성은 유씨劉氏이며,[108] 후주後周 태조太祖
의 성은 곽씨郭氏이다.[109] 이들이 7성七姓이다.

　태조가 대의를 밝혀 위화도에서 회군한 뒤에 강개하여, 다시 왕

　계산하여 급료를 주니, 이것이 소위 과호이다. 당나라는 또 1년의 세금을 적게
　거뒀는데, 이것을 제호齊戶가 주관하여 달마다 그 이자를 거둬 급료를 주니, 이
　것이 소위 봉호이다.
103　주온朱溫이 당唐나라를 빼앗아 즉위했다.
104　장종의 이름은 존욱存勗인데 극용克用의 아들이다. 양梁나라를 멸하고 즉위했다.
105　명종은 본래 성씨가 없었고, 옛이름은 막길렬邈佶烈로 안문부장雁門部將 예람預覽의
　아들이다. 극용이 길러 아들로 삼고 사원嗣源이라고 이름을 고쳤다. 후에 다시
　단亶이라고 고쳤다. 장종莊宗이 시해당하자 이에 즉위했다.
106　노왕의 이름은 종가從珂인데 명종明宗의 양자이다. 집안은 미천한데, 처음에 노
　왕에 봉해졌다가 민제閔帝를 폐하고 즉위했다.
107　고조의 이름은 경당敬瑭인데 취렬계臭振鷄의 아들이다. 후당 명종明宗의 부마이
　다. 경당이 진양晉陽에서 군사를 일으키니, 노왕은 스스로 불을 붙여 죽어, 드디
　어 즉위했다.
108　고조의 이름은 고暠인데 전瑱의 아들이다. 후진後晉의 출제出帝가 북쪽으로 옮기
　자 이에 즉위했다.
109　태조의 이름은 위威인데 진晉나라 순주 자사順州刺史 간簡의 아들이다. 후한의
　은제隱帝가 시해당하자 이에 즉위했다.

씨를 세워 중흥을 이루려는 뜻이 있어, 폐해를 혁신하고 이로움을
일으켜 그 정치의 기강을 바로잡았다. 이때 전제가 크게 무너져 세
력있는 자들이 토전土田을 빼앗으며 산야를 농락하니 폐해가 날로
심해졌다. 백성이 곤궁해지고 나라의 재정이 고갈되었다. 태조는
대사헌大司憲 조준趙浚 등과 상의하여 사전私田을 혁파하고 균전均田
의 제도를 부활시키려 했다. 조준 등이 창왕에게 상서하여 그 폐해
를 모두 아뢰었다.[110] 구가舊家와 세족世族들이 모두 자신들에게 불

---

110 조준 등이 상서하여 아뢰기를, "태조께서 전제田制를 바로잡아 신하와 백성에게
    나누어 주었습니다. 백관은 그 품계에 따라 주며 죽으면 거두어들이고, 부병은
    20세에 받고 60세에 되돌리며, 무릇 사대부로서 토지를 받은 자가 죄를 지으면
    그 토지를 거두어들이니, 사람마다 자중하여 감히 법을 범하지 않아 예의와 풍속
    이 바로잡혔습니다. 부위府衛의 병사와 주州, 군郡, 진津, 역驛들의 하급 관리들은
    각기 그 땅을 받으니 그 땅에 토착하여 생업이 안정되고 나라가 부강해진 것입니
    다. 비록 요遼·금金이 천하를 넘보고 우리 나라와 국토를 맞대고 있어도 감히
    삼키지 못한 것은, 우리 태조께서 삼한의 땅을 나누어 신하와 백성들과 더불어
    그 녹을 함께 누리어 그 생활을 넉넉하게 하고 그 마음을 맺어 나라가 천만 세의
    원기元氣를 갖고 있었기 때문입니다. 이로부터 한인閑人, 공음功蔭, 투화投化, 입
    진入鎭, 가급家給, 보급補給, 등과登科, 별사別賜의 명칭이 대대로 더욱 많아졌습
    니다. 토지를 맡은 관리가 번거롭고 자질구레한 것을 감당할 수 없어 토지를 주
    고 돌려 받는 법이 점차 해이해졌습니다. 간사하고 교활한 자가 이 틈을 타 속이
    고 감추는 것이 끝이 없으니, 이미 벼슬을 하거나 시집을 간 사람이 여전히 한인
    의 밭을 받아먹고, 군대의 대열에 끼이지도 않은 자가 함부로 군전軍田을 받아먹
    습니다. 아비는 숨겨 두었다가 사사로이 그 아들에게 주고 자식은 몰래 도둑질하
    여 관에 되돌려 주지 않습니다. 이미 역분전役分田을 받았는데도 또 군전을 받아
    먹습니다. 조종祖宗의 밭을 주고 거두는 법이 이미 무너지니 겸병兼幷의 문이 크
    게 열렸습니다. 재상이 되어 응당 전田 3백 결結을 받아야 될 자가 대대로 물려

236 용비어천가 제8권

받은 의지할 땅이 없으면 송곳 하나 세울 땅도 없습니다. 재상이 되면 3백60석石의 녹을 받는데 오히려 20석이 되지 않습니다. 병사는 왕실을 호위하고 변방의 우환을 방비하는 사람입니다. 국가가 기름진 땅을 나누어 42도부都府와 군사 10만여 명에게 녹을 주었으나, 그 의복과 양식 그리고 기계 따위가 모두 밭에서 나오므로 국가는 병사를 기를 비용이 없습니다. 조종의 법에는 3대의 병사를 농가農家에 비축해 두었다는 전해지는 뜻이 있습니다. 지금 병제와 전제가 모두 망해 버려 매번 다급하면 농부들을 몰아 병사를 보충하므로, 병사들이 나약하여 적에게 먹힙니다. 농가의 식량을 나누어 병사를 키우니 호구가 줄어들고 마을이 없어집니다. 조종에서 지극히 공평하게 나누어 준 밭이 한집안의 아버지와 아들이 사사로이 소유하는 것이 되었습니다. 한번도 나아가 벼슬하지 않고, 한번도 군문을 밟지 않은 자가 비단옷에 좋은 음식을 먹고 그 이로움을 누리면서 공후公侯들을 멸시합니다. 비록 개국 공신의 후손이나, 밤을 새우며 왕을 시위하는 신하, 많은 전투에서 수고한 병사라도 오히려 한 무畝의 밭이나 송곳 하나 세울 만한 경작지도 없이 부모와 처자를 먹여 살려야 합니다. 이 어찌 충의를 권하여 공을 세우라고 재촉하고, 전공戰功을 독려하여 외적의 침입을 막을 수 있겠습니까. 안으로는 판도版圖와 전법典法으로 그리고 밖으로는 수령守令과 염사廉使가 날마다 토지에 관한 송사를 심리하여 감옥이 가득 차고 관청의 뜰이 꽉 차니, 한 무의 밭을 두고 일어난 다툼이 수십 년을 질질 끌고 있습니다. 아들이 아비에게 한 무의 밭을 요구하다 혹 마음대로 되지 않으면, 곧 도리어 원한이 생겨 길 가는 사람 보듯이 합니다. 심지어는 겨우 상복을 벗고 나서, 병간호하던 노비를 채찍질하여 전답의 문서를 찾으니, 그 부모에게 이러하거늘 하물며 형제에게야 어떠하겠습니까. 그러므로 사전私田은 인륜을 금수에 떨어뜨리는 것입니다. 조정의 사대부들도 겉으로는 친한 척하나 마음으로는 서로 시기하여 심지어 몰래 상대를 해치게 되니, 이것은 사전이 우리의 허방다리가 된 것입니다. 근년에 이르러 겸병이 더욱 심합니다. 간교하고 흉악한 무리들이 주州와 군郡을 점거하여 산천에 표시를 하고는, 조상 대대로 물려준 땅이라고 하며 서로 뺏고 뺏기니, 한 무의 주인이 5~6인을 넘고, 1년에 세금을 8~9번이나 걷습니다. 하소연 할 곳이 없음을 슬퍼하며 사방으로 흩어지고 구렁에 빠져 죽습니다. 조종이 땅을 나누어 준 것은 신하와 백성을 넉넉히 하려는 것인데, 그저 신하와 백성을 해치고 있습니다. 이것이 사전私

편하다 하여 조준 등을 크게 미워하여 서로 맺어 훼방하고 비난했

田의 어지러움의 가장 큰 것입니다. 겸병하는 가문이나 조세를 받는 무리들은 병마사兵馬使, 부사副使, 판관判官이라 칭하고 혹 별좌別座라고도 하는데, 따르는 자가 수십 인이고 기마가 수십 필입니다. 수령을 유린하고 염사廉使의 기개를 꺾어버립니다. 음식을 흘리고, 먹는 것과 탈 것에 낭비를 합니다. 가을부터 여름까지 무리를 지어 돌아다니며 멋대로 구니, 포악함과 약탈하는 것이 도둑보다 갑절이나 심합니다. 먼 지방은 이로 인하여 피폐해졌습니다. 그 전호佃戶에 들면 사람은 술과 음식에 싫증을 내고 말은 곡식을 싫증냅니다. 새 쌀, 선납先納, 면화와 삼베, 운임, 개암과 밤 그리고 대추를 거두고, 심지어 억지로 팔아 거두어들이니, 세금보다도 열 배는 되어, 세금을 내지 않았는데도 산출은 이미 없습니다. 그가 밭이랑을 지나면 부결負結의 많고 적음이 그의 뜻에 따라 결정되니 1결이 3~4결이 됩니다. 대두大斗로 세금을 거두니 한 석을 거두는데 두 석으로 채웁니다. 조종이 백성에게 걷는 것은 그저 십분의 일일 뿐입니다. 지금 사사로이 백성에게서 걷는 것은 열 배 천 배에 이릅니다. 밭은 백성을 먹여 살리는 것인데 도리어 백성을 해치니 어찌 슬프지 않겠습니까. 처자식을 팔아도 갚을 수 없고 부모가 굶주려도 봉양할 수 없으니, 원망하는 소리가 위로 하늘을 뚫으며 슬픔이 기氣와 어울려 홍수와 가뭄을 부릅니다. 호구는 이로부터 나날이 텅 비고 왜적은 더 깊이 들어오니, 종묘 사직이 달걀을 쌓아 놓은 듯이 위태롭습니다. 신 등은 성조聖祖께서 지극히 공평하게 토지를 나눠 주는 법을 받들어 뒷 사람들이 사사로이 주고 겸병하는 폐단을 개혁하기를 바랍니다. 벼슬아치도 아니고 군사도 아니며 국역을 맡지 않은 자는 땅을 받을 수 없으니, 죽을 때까지 사사로이 서로 주고 받지 못하게 하고, 금하고 제한함을 엄격하게 하여 백성과 더불어 새로이 시작하려 합니다. 이로써 나라의 살림이 충족되고 백성의 생활이 넉넉하며, 조정의 신하를 우대하고 군사를 넉넉하게 하니, 나라는 부유하고 병사가 강하며, 예의가 홍하고 염치가 행해지고 인륜이 분명해지고 송사가 없어지게 됩니다. 사직의 기반이 반석처럼 안정되고 태산처럼 굳건해질 것입니다. 국가의 위세가 거대한 천둥처럼 울리고 세찬 불꽃을 피울 것이니, 비록 외적의 침입이 있다 하더라도 스스로 지쳐 사라질 것입니다"라고 했다.

다. 그리고 나쁜 무리들이 따라서 서로 뭉쳤다.

문하시중 이색이 옛 법을 가볍게 고칠 수 없다고 하니, 영문하부사領門下府事 홍영통洪永通, 철성 부원군鐵城府院君 이림李琳, 단양 부원군丹陽府院君 우현보禹玄寶, 영삼사領三司 변안열邊安烈 등이 이색의 말을 빙자하여,

"우리 나라에서 만든 법을 하루아침에 고칠 수 없다. 굳이 고치면 선비와 군자들의 살림이 날로 어려워져 반드시 공업이나 상업으로 나가야 한다."

고 하며, 서로 헛된 말을 퍼뜨리니 많은 사람들이 듣고 현혹되었다.

공양왕 때 이르러 태조는 힘써 여러 논의를 물리치고, 마침내 조준 등의 말을 써서, 전제田制를 크게 바르게 하여 오랫동안의 남의 재물을 빼앗는 폐단을 없앴다.[111]

---

111 고려 문종이 밭을 주는데, 문하시중에서 한인閑人 잡류雜流에 이르기까지 18과科로 나눴다. 과에 따라 결結을 정했다. 1결結은 사방 33보步이다. 6촌寸이 1분分이고, 10분이 1척尺이 되고, 6척이 1보이다. 조租는 4분의 1을 취한다. 손실損實은 10분율分率로 하는데, 4분 이상 손損이면 조租를 면제하고, 6분 이상 손이면 조租와 포布를 면제하며, 7분 이상 손이면 조租와 포布를 뒤에 모두 면제했다. 그 후 전제가 크게 무너졌다. 공양왕 때 이르러 도평의사사都評議使司에서 전제를 정할 것을 청했다. 경기京畿와 6도道의 밭을 일일이 답사하고 양을 알아보아, 숫자를 계산하는데 정丁으로 하여, 정에는 각기 이름을 붙여 장부에 올리도록 했다. 지난날의 전적田籍을 거둬들여 그 진위眞僞를 조사하여, 능침陵寢, 창고倉庫, 궁사宮司, 군자시軍資寺와 사원寺院, 외관外官의 직전職田, 늠급전廩給田, 향진鄕津, 역리驛吏, 군장軍匠, 잡색雜色의 전田을 정했다. 경기에는 과전을 두어 사대부를 우대했다. 대저 경성에서 왕실을 지키는 자는 시임時任과 산직散職을 막론하고

각기 과科를 받는다. 제1과는 안에 있는 대군大君에서 문하시중까지로 1백50결, 제2과는 안에 있는 부원군府院君에서 검교시중檢校侍中까지로 1백30결, 제3과는 찬성사贊成事로 1백25결, 제4과는 안에 있는 여러 군君에서 지문하知門下로 1백15결, 제5과는 판밀직判密直에서 동지밀직同知密直까지로 1백5결, 제6과는 밀직부사密直副使에서 제학提學까지로 97결, 제7과는 안에 있는 원윤元尹에서 좌우상시左右常侍까지로 89결, 제8과는 판통례문判通禮門에서 여러 시寺의 판사判事까지로 81결, 제9과는 좌우사의左右司議에서 전의정典醫正까지로 73결, 제10과는 육조六曹의 총랑摠郎에서 여러 부府의 소윤少尹까지로 65결, 제11과는 문하사인門下舍人에서 여러 시寺의 부정副正까지로 57결, 제12과는 육조의 정랑正郎에서 화령판관和寧判官까지로 50결, 제13과는 전의시典醫寺의 승丞에서 중랑장中郎將까지로 43결, 제14과는 육조의 좌랑佐郎에서 낭장郎將까지로 35결, 제15과는 동서東西 7품으로 25결, 제16과는 동서 8품으로 20결, 제17과는 동서 9품으로 15결, 제18과는 권무산직權務散職으로 10결이다. 외방에는 군전軍田을 두어 군사를 기르도록 했다. 동서 양계兩界에는 옛날에 의거하여 군수품을 충당하도록 했다. 6도의 한량閑良과 관리는 자품資品의 고하를 막론하고 그 가지고 있는 밭의 다소에 따라 각기 군전 10결이나 5결을 주었다. 대저 밭을 받은 자는, 죽은 후에는, 그 처나 맡을 자손이 있으면 전체를 전해 주고, 맡을 자손이 없으면 반을 감해서 주며, 부모가 모두 죽고 자식이 어리면 합리적으로 길러 아버지의 밭 전체를 주는데 20세를 기다려 각각 준다. 여자는 남편에게 정한 과科를 받는다. 사람들로 하여금 사원寺院과 신사神祠에 시주하지 못하게 하고 위반하는 자는 죄로 다스리도록 했다. 공사公私의 천구賤口, 공상工商, 매복賣卜, 무격巫覡, 창기倡妓, 승니僧尼 등의 사람은 그 자신이나 자손이 밭을 받는 것을 허락하지 않았다. 공사전公私田의 조租는 매 수전水田 1결이면 현미玄米 30두斗이고, 한전旱田 1결은 잡곡雜穀 30두이다. 능침전陵寢田, 창고전倉庫田, 궁사전宮司田, 공해전公廨田, 공신전功臣田 외에는 모든 밭을 가진 자는 세稅를 내야 한다. 수전 1결이면 백미 2두, 한전 1결이면 황두黃豆 2두인데, 풍저창豊儲倉과 광흥창廣興倉에 나누어서 낸다. 세를 받은 후에 과科 이외에 멋대로 받거나 공사전을 빼앗는 자는 법률에 의해 죄를 정한다. 손실損實은 10분分을 율로 하는데 손損 1분이면 조 1분을 감하고, 손 2분이면 조 2분을 감한다. 이런 차례에 준해서 감하여 손이 8분에 이르면 그

조를 전부 없앤다. 실지 조사는 그 관의 수령이 조사하여 감사에게 보고한다. 감사는 위관委官을 차출하여 다시 심사하는데, 감사와 수령관音領官이 또 심사하여 실지 조사가 부실한 것이 있으면 죄를 준다. 각 품과品科의 밭에서 손損이 있으면 그 밭의 주인이 스스로 심사하여 조를 걷는다. 본조 태조 2년에 다시 손실損實의 법을 정했다. 1결 내에서 손損이 20부負이면 전부 걷고, 손이 30부 이상인 자는 그 손실된 부에 따라 감한다. 손이 70부 이상이면 70부의 조를 감하고, 그 나머지에 의해서 조租를 걷는다. 손이 80부가 되는 자는 그 조 전체를 면제한다. 1결이 안 되는 밭은 역시 부수負數와 속수束數에 의해 10분分으로 나눈다. 2분이 손損이면 전체를 걷고, 3분 이상 손이면 손실된 비율에 따라 감해준다. 7분이 손인 자는 7분을 감해준다. 손이 8분에 이른 자는 전부를 면제한다. 3년에 고려의 전제田制의 손익법損益法을 취했다. 경기京畿에 과전科田을 두어 시임과 산직을 막론하고 각기 과科를 주었다. 첨직添職은 모두 실직實職에 따랐다. 제1과는 정1품으로 1백50결, 제2과는 종1품으로 1백25결, 제3과는 정2품으로 1백15결, 제4과는 종2품으로 1백5결, 제5과는 정3품 대사성大司成 이상으로 85결, 제6과는 정3품으로 80결, 제7과는 종3품으로 75결, 제8과는 정4품으로 65결, 제9과는 종4품으로 60결, 제10과는 정5품으로 50결, 제11과는 종5품으로 45결, 제12과는 정6품으로 35결, 제13과는 종6품으로 30결, 제14과는 정·종7품으로 25결, 제15과는 정·종8품으로 20결, 제16과는 정·종9품으로 15결, 제17과는 정잡正雜의 권무權務로 10결, 제18과는 영동정학생令同正學生으로 5결이다. 외방에는 군전軍田을 두어 자품資品을 막론하고 재주의 고하에 따라 각기 밭을 주는데 10결 혹은 5결이었다. 대체로 과전科田과 공신전功臣田은 기내畿內에만 주었고, 군전軍田은 기외畿外에만 주었다. 원래 군자軍資에 속하는 밭은 다른 용도로 쓰는 것은 허가하지 않았다. 그 밖의 조목은 모두 지난날의 제도를 따랐다. 태종 때에 이르러 각 도의 전지田地는, 청렴하고 일을 잘하는 품관品官을 뽑아 도道를 바꾸어 실지 조사를 하게 하여, 손실損實에 따라 손실을 메꿔주고, 비록 1분分의 소출이라도 있으면 1분의 조租를 받고, 1분의 손실이 있으면 1분의 조를 감해주었다. 그리고 관청의 수령들이 수시로 검열하고, 경차관敬差官이 불시에 나가 돌아보고 살펴, 공평하지 않은 실지 조사는 죄를 주었다. 또 기내畿內의 별사전別賜田, 공신전功臣田, 각 품계의 과전, 사사전寺社田은 각기 그 받은 것의 3분의 1을 덜어 내어,

그것을 5등분하여 충청도에 그 중 하나, 전라도와 경상도에 각기 둘씩 갈라 주었다. 위관委官에게 사무를 맡겨 손실을 점검하도록 했다. 우리 전하 13년에, 별사전別賜田, 공신전, 각 품계의 과전을 다시 경기에 갈라 주었다. 18년에, 손실損實을 바르게 조사하여 법으로 정해 시행하는 것이 매우 어려우므로, 실지 조사의 일을 모두 용인庸人에게 위임했다. 그러나 높고 낮은 것이 정에 따르고, 가벼움과 무거움이 같지 않으므로 고쳐서 공법貢法을 썼다. 먼저 하삼도下三道에 시험했다. 그 법은 도道를 상, 중, 하로 나누고, 한 도道 안의 관官을 3등等으로 나눈다. 한 관 안에 있는 밭은 두 등급으로 나눈다. 이것으로 과科를 삼아 과에 따라 세稅를 달리 한다. 흉년이 들면 바로 그 숫자를 밝혀 그 변통變通을 했다. 옛날 제도에는 밭의 품계는 고작 상, 중, 하였고, 양을 재는 척尺도 세 등급이 각기 달랐다. 상전척上田尺은 20지指, 중전中田은 25지, 하전下田은 30지였다. 그리고 실제 면적은 44척尺 1촌寸이 속束이고, 10속이 부負가 되고, 1백 부가 결結이 된다. 중국의 무법畝法에 준하였다. 상전上田의 결結은 25무畝 4분分에 우수리가 있어 실제 면적은 주척周尺으로 15만 2천5백68척이고, 중전은 39무 9분에 우수리가 있어 실제 면적은 주척으로 23만 9천4백14척이며, 하전은 57무 6분에 우수리가 있어 실제 면적은 주척으로 34만 5천7백44척이다. 그러나 8도의 지품地品이 같지 않으므로, 세 등급으로 할 수 없는 과科의 차등은 정치精緻하지 못 했다. 26년에 다시 그 제도를 정했다. 밭을 6등급으로 나누고, 한 해의 등급은 9등급으로 나눴다. 10분 실實은 상상년上上年, 9분은 상중上中, 8분은 상하上下, 7분은 중상中上, 6분은 중중中中, 5분은 중하中下, 4분은 하상下上, 3분은 하중下中, 2분은 하하下下이다. 풍년과 흉년에 따라 매 읍邑이 각기 다른데, 1분이 되는 해에는 세稅를 면해주었다. 다시 결법結法을 정했는데, 그 제도를 보면, 먼저 옛 제도에 의거하여 57무畝를 결이라고 하여, 매 등급의 소출 수를 정했다. 상상년上上年의 1등전等田이면 피곡皮穀 80석石이 난다. 20에서 1을 취하니 그 세는 30두斗인데, 1무에서 걷는 것은 5승升 2합合 6작勺에 우수리가 있다. 2등전에서는 68석이 나는데, 그 세는 25두 5승으로, 1무에서 걷는 것은 4승 4합 7작에 우수리가 있다. 3등전에서는 56석이 나는데, 그 세는 21두로, 1무에서 걷는 것은 3승 6합 8작에 우수리가 있다. 4등전에서는 44석이 나는데, 그 세는 16두 5승으로, 1무에서 걷는 것은 2승 8합 9작에 우수리가 있다. 5등전에서는 32석이 나는데, 그 세는 12두로, 1무에서 위씨僞氏를 몰아낸 일은 제11장에 있다.

제74장

천륜天倫을 간신姦臣이 참소하여 중토심득中土心得했다 한들 현
제賢弟를 왜 잊으시리
천의天意를 소인小人이 거슬러 친왕병親王兵을 청청請한들 충신忠
臣을 왜 모르시리

걷는 것은 2승 1합에 우수리가 있다. 6등전에서는 20석이 나는데, 그 세는 7두 5
승으로, 1무에서 걷는 것은 1승 3합 1작에 우수리가 있다. 이러한 숫자에 의거해
서 미루어 계산하는데, 다시 20두로서 과과의 결을 정했다. 1등전은 38무, 2등전
은 44무 7분, 3등전은 54무 2분, 4등전은 69무, 5등전은 95무, 6등전은 1백52무이
다. 상상년의 세稅는 20두, 상중년은 18두, 상하년은 16두, 중상년은 14두, 중중
년은 12두, 중하년은 10두, 하상년은 8두, 하중년은 6두, 하하년은 4두이다. 1등
결은 면적이 주척으로 22만 8천 척, 2등은 26만 8천2백 척, 3등은 32만 5천2백
척, 4등은 41만 40척, 5등은 57만 척, 6등은 91만 2천 척이다. 그 평방근平方根의
수를 백으로 나눠 하나를 취해서, 매 등급의 양척量尺의 길이를 정했다. 1등척은
주척으로 4척 7촌 7분 5리釐이고, 2등은 5척 1촌 7분 9리이며, 3등은 5척 7촌 3리
이고, 4등은 6척 4촌 3분 4리이고, 5등은 7척 5촌 5분이며, 6등은 9척 5촌 5분이
다. 척에 길고 짧음이 있어, 모두 실제 면적 1백 척이 부負가 되고, 1만 척이 결結
이 된다. 각 관아의 녹祿, 늠廩, 급給 등의 항목 잡전雜田과 각 역驛의 인마전人馬
田 외, 서울의 풍저창과 광흥창 그리고 각 사司에 속한 밭, 외방의 군자전軍資田
은 나눠서 소속되게 하지 않고 모두 국용전國用田이라고 불렸다. 관이 있는 곳에
서 항상 떼어내는 숫자를 수납輸納한다. 그 나머지는 그 관에서 받아 군자軍資로
비축한다.

姦臣間親　曰得民望　維此賢弟　寧或有忘
小人逆天　請動王師　維此忠臣　寧或不知

　　원元나라 헌종憲宗 때,[112] 세조世祖가 하남河南과 관우關右를 다스
렸다. 어떤 사람이 헌종에게 참소하기를,

　　"황제의 동생이라 하여 중원 백성의 마음을 얻으려 하고, 또 왕부
王府의 여러 신하들이 함부로 권리를 휘둘러 이익을 취하려고 한다."
라고 했다. 헌종이 이것을 믿고, 이에 세조의 개부開府를 파했다.
그리고 좌대필사적佐大必闍赤 아란답아阿蘭答兒에게 명하여 승상행
성丞相行省으로 진秦·촉蜀의 일을 맡아 여러 노로路의 재부財賦를 조
사하도록 했다.[113] 아란답아의 성격은 냉엄하고 무자비하여, 단련鍛
鍊하여 죄를 꾸며 법망에 끌어넣고, 공을 죄로 바꾸며, 참소하는 길

112　헌종의 이름은 몽가蒙哥인데, 예종睿宗의 아들이고 태조太祖의 손자이다.

113　필사적必闍赤은 문서를 맡고 있는 사람인데, 중국말로는 수재秀才라는 뜻이다.
　　아란답아는 사람 이름이다. 『원사元史』「백관지百官志」를 보면, 행중서성行中書
　　省은 열이 있는데 품계는 종1품으로 나라의 서무庶務를 장악하고, 군현郡縣을 통
　　괄하며, 변방을 눌러 도성都省과 안팎이 되었다. 초기에 정벌한 후에 군민軍民의
　　일을 나누어 모두 행성行省이라고 하여 제도가 정해지지 않았다. 중통中統과 지
　　원至元 사이에 처음으로 행중서성行中書省을 나눠 세웠다. 일에 따라 관청을 두
　　었으나 관청을 반드시 설치하는 것은 아니고, 모두 성관省官으로 나가 그 일을
　　다스렸다. 그 승상丞相은 모두 재상으로서 맡게 하여, 어떤 성省의 일이면 그 직함
　　과 연계해서 행했다. 그 후 외방의 일을 중시하는 것이 번거로워, 고쳐서 어느 어
　　느 행중서성行中書省이라고 했다. 대저 전량錢量, 병갑兵甲, 둔종屯種, 조운漕運,
　　군사의 중요한 일 등 처리하지 않는 일이 없었다.

올 크게 열어 놓아 학정의 불꽃이 가히 두려웠다. 이로부터 죄를
얻는 자가 많아졌다.[114] 세조는 이미 헌종에게 의심을 받았고, 또
아란답아에게 핍박을 받았으므로, 죄를 받을까 크게 걱정하여 요
추姚樞의 계책을 써서 들어가 뵙기를 청했다.[115] 헌종을 뵙고 눈물
을 흘리니, 형제가 처음같이 되어 바로 조사를 그만두라는 명이 내
렸다.

  고려 공양왕 때, 순안군順安君 왕방王昉과 동지밀직사사同知密直司
事 조반趙胖이[116] 명나라 서울로부터 돌아와 아뢰기를,

---

114 자백한 내용으로 사람의 죄를 만드는 것을 단련이라고 한다. 대체로 야금冶金이
   라는 것은, 불에 달군 것을 물에 담궜다가 망치로 두드린 후 그릇을 만드는 것이
   다. 글을 멋대로 꾸미고 말을 교묘히 하는 관리가 죄인을 신문하는데, 몽둥이와
   채찍으로 위협하고 증거를 뒤섞어 질문하며, 혹 느슨하게 했다가 팽팽하게 하고
   천천히 하다가 빨리하여 답변하는 자를 곤란하게 하여, 답변하는 자가 그 생각을
   바꾸고 말을 다시 하게 해서, 오직 자기가 바라는 쪽으로 옥사를 만들려고 하므
   로 쇠를 단련시키는 것에 비유한 것이다.
115 요추의 자는 공무公茂로, 세조를 섬겨 지위가 한림학사승지翰林學士承旨까지 이
   르렀다. 요추가 세조에게 말하기를, "황제는 임금이고 형입니다. 대왕은 황제의
   동생이고 신하입니다. 일을 바로잡기가 어려우니 멀리 있으면 장차 화를 받습니
   다. 그러니 왕, 세자, 왕비, 공주에게 정성을 다하는 것만한 것은 없습니다. 스스
   로 조정에 돌아와 오래 머무는 계책을 쓴다면, 의심은 장차 자연히 풀릴 것입니
   다"라고 하였다.
116 순안順安은 본래 고구려 내이군奈已郡인데 신라 파사왕이 빼앗았다. 경덕왕은 고
   쳐서 내령군奈靈郡이라고 했다. 고려는 강주剛州라고 고쳤다. 현종은 길주吉州
   관내에 속하도록 했다. 인종은 순안順安이라 고쳐 현령縣令을 두었다. 고종은 승
   격시켜 지영주사知榮州事로 했다. 본조에서는 그대로 썼다. 태종 13년 영천군榮

"예부禮部에서 신들을 불러 말하기를, '너희 나라의 파평군坡平君 윤이尹彝와 중랑장中郎將 이초李初라는 자가 와서 황제께 호소하기를, 고려의 이시중李侍中이 왕요王瑤를 임금으로 세웠다고 했다. 왕요는 종실이 아니고 이시중의 인척으로 이성계와 모의하여 군사를 움직여 장차 상국上國을 범하려고 하니,[117] 재상 이색 등이 불가하다고 하자, 이색, 조민수曹敏修, 이림李琳, 변안열邊安烈, 권중화權仲和, 장하張夏, 이숭인李崇仁, 권근權近, 이종학李種學, 이귀생李貴生 등을 죽이려 하고, 우현보禹玄寶, 우인열禹仁烈, 정지鄭地, 김종연金宗衍, 윤유린尹有麟, 홍인계洪仁桂, 진을서陳乙瑞, 경보慶補, 이인민李仁敏 등을 유배시키려고 하므로, 그 화를 입은 재상 등이 몰래 저희를 보내 천자께 고하고, 친왕親王이 천하의 군사를 이끌고 토벌하기를 청한다'고 하며, 이초 등이 쓴 이색, 조민수 등의 성명을 적은 것을 꺼내 보여주었습니다. 조반이 윤이 등과 대질하여 말하기를, '본국이 지성으로 사대하는데 어찌 이러는가'라고 하고, 인하여 윤이에게 묻기를, '너는 지위가 군君에 봉함을 받았으니 나를 알겠지'라고 하니, 윤이가 놀라 얼굴빛을 잃었습니다. 예부의 관원이 말하기

川郡으로 고쳤다. 구성龜城이라는 별호가 있다. 지금은 경상도에 속한다.

[117] 파평坡平은 본래 고구려 파해평사현坡害平史縣이다. 신라가 파평으로 고쳐 내소군來蘇郡에 속하는 현으로 했다. 현종 때 장단현長湍縣 관내에 속하게 하고 상서도성尙書都省이 관장하게 했다. 문종은 개성부開城府에 직접 속하게 했다. 예종은 처음으로 감무監務를 두었다. 본조 태조 7년 파평과 서원瑞原을 합쳐 원평군原平郡으로 삼았다. 태종 15년 도호부로 승격시켰다. 영평鈴平이라는 별호가 있다. 지금은 경기도에 속한다.

를, '천자께서 밝으므로 그 거짓임을 알 것이다' 라고 했습니다."
라고 했다.

후에 정당문학政堂文學 정도전이 명나라 서울에서 돌아와 명나라
천자의 뜻을 선유宣諭하기를,

"윤이와 이초가 너희 나라가 모반했다고 한 일은 내가 믿지 않
고, 이미 죄를 주었으니 너희 나라는 다시 걱정하지 마라."
라고 했다.

태조가 즉위하고, 찬성사贊成事 안익安翊 등이 입조하여, 선유를
받들고 왔는데, 그 내용은,

"조선국왕이 나를 위해 힘을 다했다. 홍무洪武 21년에 군마를 압
록강에 이르게 했는데, 너희 소국이 군마를 일으켜 장차 와서 중국
을 치는 것이 옳으냐, 그르냐. 내가 수로로 몇 척의 배를 내고, 육
로로 군마를 정제하여 낸다면 어쩔 것이냐. 이럴 때 이성계가 회군
하여, 이제 왕이 되어, 고려를 고쳐 조선국이라 하니 자연스러운
하늘의 도리이다. 조선국왕은 지극한 정성이로다."
라고 했다.

제75장

돌궐突厥이 입구入寇하나 위명威名을 두려워하여 전투지계戰鬪
之計를 아니 들으니

위령威靈이 멀으실쌔 여직女直이 내정來庭하여 쟁장지언爭長之
言을 아니 거스르니

突厥入寇　威名畏服　戰鬪之計　不敢聽諾
威靈遠振　女直來庭　爭長之言　不自抗衡

돌궐이 쳐들어 온 일은 제62장에 있다.

고려 공양왕 때, 올량합兀良合과 알타리斡朶里가 내조來朝하여 서
로 자리를 다퉜다.[118] 알타리가 말하기를,

"우리들이 온 것은 누가 높은가를 다투려고 하는 것이 아닙니다.
지난날 시중侍中 윤관尹瓘이 우리의 땅을 평정하고 비석을 세워,
'고려지경高麗之境' 이라고 했습니다.[119] 지금 경내의 인민들이 모두
제군사諸軍事의 위덕과 신망을 사모하여 온 것일 뿐입니다."[120]
라고 하고, 드디어 다투지 않았다. 태조가 올량합과 알타리를 집에
서 대접하여 그들을 성심으로 복종하게 하였다.

---

118 알타리는 본래 지명인데, 그 땅에 사는 야인野人들을 우리 나라 사람들이 알타리
　　라고 불렀다.
119 경원부慶源府 동북쪽 7백여 리 되는 곳에 선춘령先春嶺이 있는데, 바로 윤관이 비
　　석을 세운 곳이다. 그 비석의 면에는 글씨가 있었는데 호인胡人이 그 글자를 깎
　　아버렸다. 후에 사람들이 비석을 파보니 밑에 '고려지경高麗之境' 이라는 네 글자
　　가 있었다.
120 공양왕 때 태조는 도총중외제군사都摠中外諸軍事였다.

제76장

종실宗室에 홍은鴻恩이시며 모진 상相을 잊으실째 천재千載 아래 성덕盛德을 일컬으니[121]

형제兄弟에 지정至情이시며 모진 꾀를 잊으실째 오늘날에 인속仁俗을 이루시니

宗室鴻恩　且忘反相　故維千載　盛德稱仰
兄弟至情　不念舊惡　故維今日　仁厚成俗

한漢나라 고조高祖는 진秦나라가 고립되어 망한 것을 경계하여, 같은 성씨들을 많이 봉하여 천하를 잘 다스리려고 했다.[122] 종형 고賈를 형왕荊王으로 세우고, 동생 교交는 초왕楚王으로 세웠으며, 형 희喜는 대왕代王으로 세웠고, 아들 비肥는 제왕齊王으로 세웠다.[123]

---

121 한漢나라 초부터 송宋나라에 이르기까지 1천여 년이다.

122 진나라 시황이 처음 천하를 아우르니, 이사李斯가 말하기를, "주周나라는 자제들과 같은 성씨들을 매우 많이 봉하였습니다. 그런 후에 서로 집안끼리 소원해져 서로 공격함이 원수 같으니 천자가 금할 수 없었습니다. 지금 천하가 폐하의 신령함에 힘입어 통일이 되어 모두 군현郡縣이 되었으니 제후를 두는 것은 불편합니다"라고 하니, 진나라 시황이 그 말을 따랐다.

123 고조는 초나라 땅을 둘로 나눠, 회동淮東 53현은 종형인 장군 고를 형왕으로 삼고, 설군薛郡, 동해東海, 팽성彭城 36현은 동생 문신군文信君 교를 세워 초왕으로 삼았다. 그리고 운중雲中, 안문上門, 대군代郡 53현은 형 의신후宜信侯 희를 세워

고가 아들이 없자 다시 형荊을 오국吳國으로 삼아 희의 아들 비濞를
오왕으로 삼았다. 임명하고 나서 비를 불러 말하기를,

"너의 모습에는 반역의 상이 있다."

라고 하고는, 등을 쓰다듬으며 말하기를,

"한漢나라가 일어난 후 50년이 되면 동남쪽에서 난리가 있을 텐
데, 어찌 네가 되겠느냐. 그러나 천하가 동성同姓의 일가이니 너는
삼가 반역을 하지 말아라."

라고 하니, 비가 머리를 조아리며, 감히 하지 않겠다고 말했다.

소식蘇軾은 다음과 같이 말했다.[124]

"제齊나라 환공桓公은 경중敬仲을 죽이지 않았고,[125] 초楚나라 성

대왕으로 삼았고, 교동膠東, 교서膠西, 임치臨淄, 제북濟北, 박양博陽, 성양군城陽
郡 73현은 미천할 때 외부外婦의 아들인 비를 세워 제왕으로 삼았다.

124 소식의 자는 자첨子瞻인데 송宋나라 사람이다. 인종仁宗, 영종英宗, 신종神宗, 철
종哲宗의 네 임금을 섬겼다.

125 제나라 환공의 이름은 소백小白이다. 경중의 이름은 완完이니 진여공陳厲公 타佗
의 아들이다. 처음 경중이 태어났을 때, 진후陳侯는 주사周史로 하여금 점을 치도
록 했다. 우연히 그 점괘인 '비否'를 보고 말하기를, "이것은 관국지광觀國之光으
로, 왕에게 손님으로 이롭다는 괘이다. 이것은 진陳나라를 대신할 나라가 있다는
말인가. 여기에 없다면 다른 나라에 있는 것이니, 반드시 성은 강씨姜氏일 것이
다"라고 했다. 노魯나라 장공莊公 21년에 경중이 제나라로 달아났다. 제나라 환
공이 명하여 경중을 경卿으로 삼았는데, 사양하니 공정工正을 삼았다. 의씨懿氏
가 경중에게 시집보낼 것을 점치게 하니, 그 처가 점을 쳐 말하기를, "좋습니다.
이것은 봉황이 날아가며 맑은 소리로 우는 것이니, 규嬀의 후손이 있어 장차 강
姜에서 양육될 것입니다. 5세世는 번창하여 정경正卿과 나란히 되고, 8세 후에는

왕成王은 중이重耳를 죽이지 않았으며,[126] 한나라 고조는 유비劉濞를 죽이지 않았다. 진晉나라 무제武帝는 유연劉淵을 죽이지 않았고,[127] 부견苻堅은 모용수慕容垂를 죽이지 않았으며,[128] 명황明皇은 안녹산安祿山을 죽이지 않았다.[129]

서울을 같이 하지 않을 것입니다"라고 했다. 경중이 처음 태어났을 때는 주사가 점을 쳤고, 그가 제나라로 달아났을 때는 의씨가 점을 쳤다. 모두 그가 반드시 제나라를 가질 것을 알았지만, 제나라 환공과 관중管仲은 이것으로 그를 폐하지는 않았다.

126 초나라 성왕의 이름은 운惲이다. 중이는 진晉나라 문공文公의 이름이다. 중이가 초나라에 갔을 때, 자옥子玉이 그를 죽이자고 청했다. 초자楚子가 말하기를, "내가 듣기로 희성姬姓은 당숙唐叔의 후예인데 그 후 쇠한 것이다. 장차 진공자晉公子로 말미암지 않으리오. 하늘이 장차 그에게 주려는데 누가 능히 폐하리오. 하늘을 거스르면 반드시 큰 허물이 있으리라"라고 하여, 진나라로 보냈다.

127 진나라 무제의 이름은 염炎으로 소昭의 아들이다. 제왕齊王 유유攸가 진나라 무제에게 말하기를, "폐하께서 유원해劉元海를 제거하지 않으니 신은 병주幷州가 오래가지 않을까 두렵습니다"라고 하니, 왕혼王渾이 나아가 말하기를, "원해는 점잖은 사람입니다. 혼渾이 군왕을 밝게 보호할 것입니다"라고 했다. 황제가 말하기를, "혼의 말이 맞는다"고 했다. 원해는 유연의 자이다.

128 전진前秦의 부건苻健은 저인氐人으로 본래 포홍蒲洪의 아들인데, 성을 부苻로 바꿨다. 진晉나라 목제穆帝 영화永和 7년 참람하게 즉위하여 장안에 웅거했다. 후에 건健이 죽고, 태자 생生이 섰다. 건의 동생 웅雄의 아들 견堅이 생을 죽이고 스스로 서서 천왕天王이라고 했다. 모용은 복성이고, 수는 이름이다. 선비鮮卑 사람이다. 후에 중산中山에 웅거하여 후연왕後燕王이라고 불렸다. 모용수가 부견에게 달아났다. 왕맹王猛이 부견에게 말하기를, "교룡蛟龍과 맹수는 길들일 수가 없으니 제거하는 것만 같지 못합니다"라고 하니, 부견이 말하기를, "우리 나라가 의리로써 영웅과 호걸을 부르는데, 이제 그를 해친다면 사람들이 장차 나를 뭐라고 하겠는가"라고 했다.

태조는 천성이 인후하고 구족九族과 화목했으니, 비록 단문袒免 이외의 친척이라도 매우 돈독하게 어루만졌다.[130] 서형庶兄인 원계 元桂나 서제庶弟 화和와도 우애가 지극하여 항상 같이 있었다. 고려 공민왕이 태조를 공경하고 중히 여겼으므로 화도 총애하여 항상 궁중에 있었다. 태조가 화의 어머니 정안옹주定安翁主 김씨金氏를 맞아 서울 집에 이르러 매우 공손히 섬겨, 나아가 뵐 때면 항상 섬 돌 아래서 꿇어앉았다. 왕이 자주 연회를 베풀고, 화에게 내려 어 머니를 대접하도록 했다. 또 교방教坊의 음악을 내려 칭찬하고 총 애하는 것을 보였다.[131] 태조는 임금의 영화로운 내리심이라 하여

---

129 명황은 바로 당唐나라 현종玄宗인 명제明帝이다. 안녹산은 본래 영주營州 유성柳 城의 호인胡人이다. 본성은 강康인데, 어머니 아사덕阿史德이 알락산軋犖山에 기 도하여 나았으므로 드디어 이름을 알락산이라고 했다. 어머니가 다시 오랑캐 장 군 안연언安延偃에게 시집갔으므로 안씨安氏 성을 쓰고 이름은 녹산祿山이라고 했다. 유주 절도사幽州節度使 장수규張守珪가 안녹산으로 하여금 해걸단奚契丹을 치도록 했는데 크게 패했다. 장수규가 서울로 잡아 보냈는데 명황은 용서하였다. 장구령張九齡이 말하기를, "안녹산은 이리 새끼처럼 야심이 있는 데다가 반역의 상입니다. 마땅히 바로 죽여서 후환을 끊으십시오"라고 하니, 명황이 말하기를, "석륵石勒의 충성스러움을 알면서도 그를 해친 왕연王衍 같은 짓을 그대는 하지 마라"고 하고, 끝내 그 말을 듣지 않았다. 호인胡寅은 말하기를, "저 다섯 사람은 모두 현명하고 죄가 없는데, 무슨 이름으로 죽이는가. 그러나 안녹산은 죽을 죄 가 있다. 명황은 법을 살펴 형벌을 행할 능력이 없는 데다가, 간하는 말을 사납게 대하고 간신을 길렀으니 어찌 성덕盛德이라고 하랴"라고 했다.

130 구족은 고조부에서 현손玄孫까지의 친척이다. 단袒은 한 쪽 소매를 벗는 것이다. 문免은 폭이 1촌 되는 베로 목 가운데에서 앞으로 내어 이마에서 교차시키고, 또 뒤로 돌려 상투를 싸는 것이다. 단문은 5세世에 대해 입는 상복이다.

전두纏頭를 많이 주었다.[132]

　처음에 환조桓祖가 죽자 천계天桂가 스스로 적사適嗣가 되어 마음속으로 태조를 꺼렸다. 태조의 종 가운데 천민을 면하여 양민良民이 되려고 관청에 소송을 낸 자가 있었다. 천계와 그 누이인 강우康祐의 처가 함께 모의하여, 양민이 되려고 소송한 자와 함께 연결되어 작란作亂하려다가 이루지 못했다. 태조는 개의치 않고 처음과 같이 대했다. 천계가 고려에서 벼슬하여 장작판사將作判事가 되었는데, 사람을 때려죽인 일에 걸려 죽게 되었다. 태조가 구하려고 하여, 두번 세번 힘써 청하였으나 이루지 못하니 매우 슬퍼했다. 여러 고아를 어루만져 길러 모든 혼인 등의 일을 스스로 주관했다. 강우의 처가 가난하니, 태조가 이를 불쌍히 여겨 노비를 많이 주고 그 살림살이를 도와주었다. 개국 후에 천계의 자식들에게 모두 높은 벼슬을 주었다.

131　당唐나라 옛 제도에, 아악雅樂과 속악俗樂은 모두 태상太常에서 맡게 했다. 현종玄宗은, 태상에서 예악禮樂을 맡은 사람이 창우倡優와 잡기雜伎는 제대로 응대하지 못한다 하여, 이에 다시 좌우 교방을 두어 속악을 가르치니 이것이 그 시작이다.

132　전두는 가무歌舞하는 사람의 수입이다. 당나라 사람들은 대체로 다른 사람을 위해 춤을 추면 돈이나 비단, 보화로 사례했는데, 이것을 전두라고 했다.

제77장

   남은 구수仇讐라 하거늘 일월지명日月之明이실쌔 다시 쓰샤 부
서富庶를 보시니

   남은 죽이려 하거늘 천지지량天地之量이실쌔 다시 살리샤 작록
爵祿을 주시니

人謂讐也　日月明顯　洒復用之　富庶斯見

人欲誅矣　天地量廓　洒復生之　爵祿是錫

사람들이 원수라고 한 일은 제26장과 제53장에 있다.

사람들이 죽이려고 한 일은 제12장에 있다.

제9권

제78장

엄위嚴威로써 처음 보샤 내종逎終에 수은殊恩이시니 뉘 아니 따
르고져 하리

적심赤心으로 처음 보샤 내종逎終까지 적심赤心이시니 뉘 아니
사모하리

維是嚴威　始相見之　終以殊恩　孰不願隨
維是赤心　始相見斯　終亦赤心　孰不思懷

이 엄숙한 위엄에 관한 일은 제66장 경포黥布의 일에 있다.

초왕楚王 한신韓信이 처음 초국에 가서 현읍縣邑을 안행하고 군사
를 갖추고 출입하였다. 한신이 배반하려 한다고 고한 사람이 있었
다. 고조高祖가 여러 장수에게 물으니, 모두 말하기를,

"빨리 군사를 내어 그놈을 묻어 죽여버리십시오."

라고 하니, 고조가 말이 없다가 또 진평陳平에게 물으니, 진평이 말하기를,

"한신이 배반했다는 상서를 올린 것을 한신이 알고 있습니까?"

라고 하니, 고조가, 모른다고 했다. 그러자 진평이 말하기를,

"폐하의 군사가 초에 비해 어떻습니까."

하니, 고조는, 그들보다 못하다고 했다. 진평이 말하기를,

"폐하의 여러 장수 가운데 한신보다 군사를 더 잘 쓰는 사람이 있습니까?"

라고 하니, 미치는 사람이 없다고 했다. 진평이 말하기를,

"이제 병사가 초만큼 정예하지도 못하고 장수도 미치지 못하면서 군사를 내어 공격하는 것은 싸움을 서두르는 것입니다. 생각하건대 폐하를 위해 위험합니다."

라고 했다. 고조가 그러면 어찌하면 좋겠느냐고 하니, 진평이 말하기를,

"옛날 천자는 순수巡狩를 해서 제후를 모았습니다.[1] 폐하께서는 거짓으로 운몽雲夢에서 노닌다고 하고 제후들을 진陳에 모으십시오.[2] 진은 초의 서쪽 경계입니다. 한신이 천자께서 나와 제후 모으는 것을 좋아한다는 말을 들으면 반드시 별일 없이 교외로 나와 맞

---

1 순수는 제후들이 지키는 토지를 돌면서 살피는 것이다. 제후를 모았다는 말은 제후들이 방악方嶽 아래서 조회를 드리는 것을 말한다.
2 운몽은 초楚의 늪지이다. 진은 현縣의 이름인데 회양국淮陽國에 속하며 옛날 진陳나라이다.

이할 것입니다. 폐하를 알현할 때 인하여 사로잡는다면, 이것은 다만 한 사람 역사力士의 일일 뿐입니다."

라고 하니, 고조가 그렇게 생각하였다. 이에 사자를 내어 장차 남쪽 운몽으로 순행할 테니 진으로 모이라고 제후들에게 알렸다.

고조가 떠나자, 이 말을 들은 한신은 스스로 두려워하여 어찌할 줄 몰랐다. 어떤 사람이 한신을 꼬여 말하기를,

"종리말鍾離昧의 목을 베어 상께 바치면, 상이 반드시 기뻐하여 걱정이 없을 것입니다."

라고 하니, 한신이 그대로 따랐다.[3]

고조가 진에서 제후를 모았다. 한신이 종리말의 목을 가지고 가서 고조를 뵙자, 고조가 무사에게 명하여 한신을 결박해 한 수레에 실었다. 한신이 말하기를,

"과연 사람들의 말과 같구나. 재빠른 토끼가 죽으니 사냥개가 삶아 먹히고, 높이 나르던 새가 사라지니 좋은 활도 곳집 속에 넣어둔다 하더니, 적국을 파하니 계책을 낸 신하가 죽는구나.[4] 천하가 이미 정해졌으니 나는 마땅히 삶겨 죽을 것이다."

라고 하니, 고조가 말하기를,

"사람들이 공이 배반했다고 고했다."

---

3 종리는 복성이고, 말은 이름인데, 옛날 항우의 장수이다. 종리말이 평소 한신과 친해서 항우가 죽은 후에 한신에게 망명해왔다. 고조는 종리말에게 원한이 있어 그가 초에 있다는 소리를 듣고는 초에 명하여 종리말을 잡으라고 했다.

4 이 말은 황석공黃石公의 『삼략三略』에 나오는데, 본문과는 조금 다르다.

고 하고, 한신을 쇠고랑을 채우고 묶어 돌아가, 인하여 천하를 크게 사면했다. 고조가 낙양으로 돌아가 한신을 용서하고 봉하여 회음후淮陰侯로 삼았다.[5]

한신은 고조가 자신의 능력을 두려워하고 미워한다는 것을 알고는 자주 병이라고 핑계대고 조회에 나가지 않았다. 그리고 항상 불만이 있어 강絳·관灌 등과 같은 반열에 서는 것을 부끄럽게 생각했다.[6] 일찍이 장군 번쾌樊噲가 있는 곳을 지나는데, 번쾌가 꿇어 절하며 신이라 칭하고, 말하기를,

"대왕께서 신에게 오셨군요"

라고 하니, 한신이 문을 나서며 웃으며 말하기를,

"내가 이제 번쾌 등과 같은 반열에 서게 되었네."

라고 했다.[7]

고조는 한왕韓王 신信이 무재武才가 있는 데다가, 그가 있는 곳이, 북으로 공鞏·낙洛에 가깝고, 남으로 완宛·섭葉에 닿아 있으며, 동으로 회양淮陽이 있어 모두 천하의 군사 요충지라는 것을 알았다.[8]

---

5 회음은 현 이름인데, 임회군臨淮郡에 속한다.

6 강은 강후絳侯 주발周勃이고, 관은 장군 관영灌嬰이다. 한신이 전에는 대장이었다가 또 왕에 봉해졌는데, 이제는 후侯에 봉해졌으므로 부끄러워한 것이다.

7 이 말은 모두 제후가 되었다는 말이다.

8 한왕 신이라고 한 것은 한신이 한韓나라 양왕襄王의 서출 자손이기 때문이다. 사고師古는 말하기를, "공鞏은 바로 지금의 공현鞏縣이다"라고 했다. 완과 섭은 남양南陽의 두 현이다. 한韓나라가 진晉을 나누니, 그 땅이 남으로는 완과 섭에 이르고, 서북으로는 공·낙을 포함하며, 신안新安과 의양宜陽에 닿아 있고, 동으로 영천潁

이에 태원군太原郡 31현을 한국韓國으로 삼아 한왕 신을 옮겨 태원太原 이북의 왕 노릇을 하게 하여 오랑캐를 방비하도록 하고 진양晉陽에 도읍하게 했다.[9] 한왕 신이 상서하여 말하기를,

"나라가 변방에 치우쳐 있고 흉노가 자주 쳐들어오는데, 진양은 변방의 요새와 멀리 떨어져 있으니, 청컨대 마읍馬邑을 다스리도록 해 주십시오."

라고 하니, 고조가 허락했다.[10]

흉노가 한왕 신을 마읍에서 포위하니 한왕 신이 자주 사신을 오랑캐에게 보내 화해를 구했다. 한나라가 군대를 보내 구해주고는, 한왕 신이 자주 사사로이 사자를 보낸 것은 두 마음을 가진 것이 아닌가 의심하여, 사람을 보내 한왕 신을 책망했다. 한왕 신이 베일까 두려워하여 마읍으로 흉노에 항복했다. 흉노의 묵특冒頓은 군사를 이끌고 구주句注를 넘어 태원을 공격하여 진양晉陽에 이르렀다.[11] 고조가 스스로 군대를 이끌고 한왕 신을 공격하여, 그 군대를

川이 있으며, 회양淮陽의 땅은 초에 속하게 했다. 한漢나라가 천하를 평정하자 한왕 신에게 영천穎川을 잘라 왕으로 봉했는데, 그 땅은 동쪽으로 회양을 겸하고 있었다. 소위 북으로 가깝고 남으로 닿았다는 말은 그 경계가 가깝다는 것뿐이지 한韓에 속한다는 것은 아니다.

9 반고班固의 『한서』 「지리지」에는, 태원군은 21현을 거느린다고 했다. 이제 31현으로써 한국을 삼았다.

10 정양定襄에 군郡을 설치하지 않았으므로 태원의 경계가 북으로 변경에 치우치고 안문雁門의 마읍을 겸한 것이다.

11 묵특은 선우單于 두만頭曼의 태자인데 두만을 죽이고 스스로 섰다. 구주는 산 이름인데 대주代州 안문현雁門縣 북쪽 30리에 있다.

동제銅鞮에서 파하고, 그 장수 왕희王喜를 목베었다. 한왕 신은 흉노로 달아났다.[12]

처음에 고조가 양하후陽夏侯 진희陳豨로 상국相國을 삼아 조趙·대代의 변방 군대를 감독하도록 했다.[13] 진희가 한신에게 들러 말을 했다. 한신이 그 손을 끌어잡고 좌우를 물리치고 뜰을 걸으면서 하늘을 우러러 탄식하며 말하기를,

"그대와 함께 얘기할 수 있겠소."

라고 하니, 진희가 말하기를,

"장군의 명을 따르겠습니다."

라고 했다. 한신이 말하기를,

"공公이 있는 곳은 천하의 정병이 있는 곳이고, 공은 폐하가 믿고 사랑하는 신하요. 사람들이 공이 배반했다고 하면 폐하는 반드시 믿지 않을 것이오. 두번째 그러면 폐하가 이에 의심할 것이고, 세번째 그러면 반드시 노해서 스스로 군사를 거느리고 올 것이오. 내가 공을 위하여 안으로부터 일어난다면 천하를 도모할 수 있을 것이오."

---

12 동제현은 상당군上黨郡에 속한다. 후에 한왕 신이 다시 호기胡騎와 함께 삼합參合에 들어와 있었다. 한나라는 장군 시무柴武로 하여금 삼합을 도륙내고 한왕 신을 목베었다.

13 양하는 회양국淮陽國에 속하는 현 이름이다. 대代는 유주幽州에 속하는 군郡 이름으로 오원관五原關과 상산관常山關이 있다. 진희는 조趙의 상국이 되어 군사를 거느리고 대代를 지켰다.

라고 했다. 진희는 평소 그의 능력을 알았기 때문에 그를 믿고 말하기를,

"삼가 가르침을 받들겠습니다."

라고 했다.

진희는 평소 위魏나라 무기無忌가 선비를 기른 것을 흠모하였다.[14] 상국이 되어 변방을 지킬 때, 조 지방을 지나다가 휴가를 청했다. 빈객으로 따르는 자가 수레 1천여 대여서 한단邯鄲의 관사가 모두 가득 찼다.[15] 조의 재상 주창周昌이 고조를 뵙기를 구하여, 진희의 빈객이 많은 것과 밖에서 군대를 제멋대로 한 일 그리고 몇 해 있으면 변란이 일어날까 두렵다는 얘기를 모두 갖추어서 했다. 고조는 사람을 시켜 대代에 있는 진희의 빈객들의 여러 가지 불법을 조사하도록 했다. 여러 가지에 진희가 연루되었으므로 진희는 두려워했다.

한왕 신은 왕황王黃과 만구신曼丘臣 등을 보내어 그를 달래고 꼬

---

14 무기는 위나라 공자公子 신릉군信陵君의 이름이다. 사람의 됨됨이가 어질어서 선비에게는 자기 자신을 낮추어, 선비라면 어질거나 못났거나 모두 겸손하게 예의로써 사귀고, 감히 부귀로써 선비에게 교만하지 않았다. 선비들이 사방 수천 리에서 다투어 그에게 오니 식객이 3천 명에 이르렀다.

15 한나라 법률에, 2천 석石에게는 여고予告와 사고賜告가 있었다. 여고는 관직에 있는 자로서 공이 가장 높은 자에게 주는 법으로 정한 휴가이다. 사고는, 병이 만 석 달이 되면 마땅히 면하게 하고, 천자가 우대하여 그에게 휴가를 주는 것인데, 인수印綬를 그대로 가지고 관속을 거느리고 집에 돌아가 병을 치료하는 것이다. 성제成帝 때 이르러 군郡·국國의 2천 석에게는 사고에도 집에 돌아갈 수 없게 했다. 화제和帝에 이르러서는 사고와 여고를 모두 폐지했다. 한단은 옛날 조나라이다.

였다.[16] 태상황太上皇이 붕崩하였다.[17] 고조가 사람을 시켜 진희를 불렀다. 진희는 병이라고 하고 오지 않더니 왕황 등과 더불어 반란을 일으키고 스스로 대왕代王이라 하고 조·대를 공략했다. 고조가 동쪽으로부터 그를 쳐서 한단에 이르러서는 기뻐하며 말하기를,

"진희가 남쪽으로 한단을 의지하지 않고 장수漳水를 막으니, 내가 그의 무능함을 알겠다."

라고 하고, 주창을 명하여 조趙의 장사 가운데 장수가 될 만한 자를 뽑으라고 했다. 네 명이 아뢰고 뵈었다. 고조가 깔보고 마구 꾸짖으며 말하기를,

"너희들이 장수가 될 수 있겠느냐?"

라고 하니, 네 명이 모두 부끄러워 땅에 엎드렸다. 고조가 각기 천호를 봉하고 장수를 삼았다. 좌우에서 간하여 말하기를,

"촉蜀·한漢에 들어와 초를 치는데 있어서도 상을 편파적으로 시행한 일이 없었는데, 이제 이렇게 봉하는 것은 무슨 공입니까?"

라고 하니[18] 고조가 말하기를,

"너희가 알 바 아니다. 진희가 반역을 하여 조·대의 땅이 모두

---

16 만구는 복성이고, 신은 이름이다.

17 고조는 태공太公을 높여 태상황이라고 했다. 태상太上은 그 위에 없다는 뜻이니 극도의 존칭이다. 더불어 나라를 다스리지는 않으므로 제帝라고 하지는 않았다.

18 항우가 고조를 한왕으로 세워 파촉巴蜀과 한중漢中의 왕이 되게 하고, 병사 3만 명으로 한왕을 따르게 하니, 초와 제후 가운데 흠모하여 따르는 자가 수만 명이었다. 항우는 스스로 서서 서초패왕西楚覇王이 되었다.

진희에게 갔다. 내가 우격羽檄으로 천하의 군사를 소집하였으나 오지 않았다. 이제 헤아려보니 오직 한단의 군사뿐이다. 내 어찌 4천명을 아껴 조의 자제들을 위유하지 않으리오."
라고 하니, 모두들 좋다고 했다.[19]

여조겸呂祖謙은 다음과 같이 말했다.[20]
"거만하게 걸터앉아 발을 씻어 경포를 꺾어 임금의 장막을 따르게 하고, 마구 꾸짖어 조나라 장수를 꺾어 천호千戶의 벼슬로써 따르게 했다. 예측할 수 없는 욕을 하고, 예측할 수 없는 상을 내리니, 당황한 호걸들은 어찌할 줄 몰랐는데 이것이 황제가 능히 세상을 고무시키는 방법이었다."

또 진희의 장수들이 모두 옛날 장사꾼이라는 것을 듣고, 고조는 말하기를,
"내가 그들을 대하는 방법을 안다."
라고 하고, 많은 진희의 장수들을 돈으로 빼냈다. 진희의 장수들이 많이 항복하니 진희의 군대가 드디어 패했다.[21] 태위太尉 주발周勃이

---

19 격檄이란 목간木簡으로 된 글인데, 길이는 1척 2촌으로 징집하는데 썼다. 급한 일일 때는 새의 깃을 꽂아 급함을 나타냈다.
20 여조겸의 자는 백공伯恭이고 호는 동래선생東萊先生인데, 송宋나라 효종孝宗 때 사람이다.
21 진희의 장수들은 모두 옛날 장사꾼이다. 장사꾼은 이익을 좋아하므로, 이에 많은

당성當城에서 진희를 목베었다.[22]

한신은 병이라고 하고 진희를 치는 데 따라가지 않고, 은밀히 사람을 진희 있는 곳으로 보내 함께 모의했다. 한신은 가신과 모의하여 밤에 거짓 조서를 만들어 여러 관청의 도노徒奴를 풀어주었다. 그리고 군대를 내어 여후呂后와 태자를 습격하려고 부서部署를 이미 정하고 진희의 소식을 기다리고 있었다.[23] 한신의 집 사인舍人이 죄를 지어 한신이 가두어 죽이려고 했는데,[24] 사인의 동생이, 한신이 반란을 일으키려고 한다는 글을 여후에게 올렸다. 여후는 한신을 부르고 싶었지만 혹시 오지 않을까 저어하여 이에 소상국蕭相國과 함께 모의했다.[25] 거짓으로 사람을 시켜, 고조에게서 진희가 이미 죽었으니 열후列侯와 신하들은 모두 축하하라는 말이 왔다고 했다. 소하가 한신을 속여 말하기를,

"비록 병이 있어도 억지로라도 들어가 축하하시오."

라고 했다. 한신이 들어가자 여후가 무사를 시켜 한신을 장락궁長樂宮의 종실鐘室에서 목베었다.[26] 한신이 바야흐로 목베이려고 할

돈으로 사들인 것이다.

22 당성은 대군代郡에 속하는 현 이름이다.

23 죄를 짓고 일하는 자를 도徒라고 하고, 죄를 짓고 관청에 소속된 자를 노奴라고 한다. 부서는 일을 나누어 맡는 것이다.

24 사인은 좌우의 친근한 사람의 통칭이었는데 후에는 개인에 속하는 관명이 되었다.

25 소상국은 소하蕭何를 말한다.

26 장락궁은 진秦나라 흥락궁興樂宮으로 장안성의 동쪽 모퉁이에 있었는데 주위가 20리였다. 궁중에 임화전臨華殿, 온실전溫室殿, 장신궁長信宮이 있고, 또 장추長秋,

때, 말하기를,

"내가 괴철蒯徹의 계책을 쓰지 않아 아녀자에게 속은 것을 후회한다. 어찌 하늘의 뜻이 아니겠는가."

라고 했다. 드디어 한신의 삼족을 없앴다.[27]

사마광司馬光은 다음과 같이 말했다.[28]

영수永壽, 영녕永寧 등의 전이 있었다. 종실은 종을 걸어놓은 방이다.

27 처음에 괴철이 천하의 권세가 한신에게 있음을 알고, 이에 관상쟁이의 술책으로 한신을 달래어 말하기를, "내가 그대 얼굴의 상을 보니 제후에 지나지 않으나, 등의 상을 보니 귀함이 말할 수 없소"라고 했다. 한신이 무슨 말이냐고 하자, 괴철이, "지금 초와 한이 다투고 있는데, 지략과 용맹이 모두 다하여 이제 두 사람의 운명은 족하에게 달려 있습니다. 한나라를 위하면 한나라가 이기고, 초나라와 함께 하면 초나라가 이기게 됩니다. 진실로 신의 계책을 듣는다면, 두 가지 이익을 모두 갖춰 천하를 삼분하여 솥발 모양을 이루어 감히 누구도 먼저 움직이지 못하게 할 것입니다. 제齊나라의 옛일을 살펴보면, 교사膠泗의 땅이 있어, 깊이 예를 갖추고 사양했으면 천하의 군왕들이 서로 와서 제나라에 조회했을 것입니다. 하늘이 주는 것을 받지 않으면 오히려 그 미움을 받고, 때가 왔는데 행하지 않으면 그 재앙을 받습니다. 원컨대 족하는 깊이 생각하십오"라고 했다. 한신이 말하기를, "한왕이 나를 매우 두텁게 대하는데, 내가 어찌 이익을 좇아 의리를 배반하리오"라고 하니, 괴철이 말하기를, "용기와 지략이 임금을 떨게 하면 몸이 위태롭고, 공이 천하를 덮으면 상이 없습니다. 이제 족하는 임금을 떨게하는 위세와 상줄 수 없는 공을 끼고 있습니다. 초나라로 가면 초나라 사람이 믿지 않고, 한나라로 가면 한나라 사람이 두려워 떠니 족하가 어디로 가겠습니까?"라고 했다. 한신이 사례해 말하기를, "선생께서는 그만두십오"라고 하니, 괴철이 다시 달래어 말하기를, "대체로 공이란 이루기는 어렵지만 패하기는 쉽고, 때라는 것은 얻기는 쉬우나 잃기는 쉽습니다. 때여 때여, 다시 오지 않으리"라고 했다. 한신이 머뭇거리며 차마 한나라를 배반하지 못하고 마침내 괴철의 제안을 사양했다.

"세상에서는, 한신이 앞장 서서 대책을 세워 고조와 더불어 한중
漢中에서 일어나 삼진三秦을 평정하고, 드디어 군사를 나누어 북으
로 위魏의 임금을 사로잡고 대代를 취하였으며, 조趙를 꺼꾸러뜨리
고 연燕을 협박하며, 동으로 제齊를 쳐서 차지하고, 남으로 초楚를
해하垓下에서 멸했다고 한다. 한나라가 천하를 얻은 것은 대체로
모두 한신의 공이라고 한다.[29]

---

28 사마광의 자는 군실君實인데, 송宋나라 사람으로 인종仁宗, 영종英宗, 신종神宗,
    철종哲宗의 4대를 섬겼다.『자치통감資治通鑑』을 편찬했다.
29 항우가 고조를 봉하여 한왕漢王으로 삼았는데 파촉巴蜀과 한중漢中에서 왕 노릇하
    며 남정南鄭에 도읍했다. 그리고 옹왕雍王 장한章邯, 새왕塞王 사마흔司馬欣, 책왕
    翟王 동예董翳에게 관중의 땅을 나누어 왕을 시켰는데, 이것이 삼진이다. 항우는
    위왕魏王 표豹을 서위왕西魏王으로 삼아 하동河東의 왕으로 삼으니 평양平陽에 도
    읍했다. 항우는 조왕趙王 헐歇을 옮겨 대왕代王으로 삼아 대代에 머물게 했다. 그
    리고 장이張耳를 상산왕常山王으로 세워 조趙 땅의 왕으로 삼아 양국襄國을 다스
    리게 했다. 진여陳餘가 제나라 병사로 상산을 습격하니 상산왕 장이가 한나라로
    달아났다. 진여가 헐을 맞아 다시 조왕으로 세웠다. 헐이 진여를 대왕代王으로 삼
    으니, 진여는 남아서 조왕의 스승이 되고 하열夏說로 하여금 대를 지키게 했다. 항
    우가 연나라 장수 장도臧荼를 세워 연왕으로 삼고 계薊에 도읍했다. 제왕 시市
    를 옮겨 교동왕膠東王으로 삼고 즉묵卽墨에 도읍했고, 제나라 장수 전도田都를 세
    워 제왕으로 삼고 임치臨淄에 도읍하였으며, 전안田安을 제북왕濟北王으로 삼아
    박양博陽에 도읍하였다. 전영田榮이 도읍을 쳐서 드디어 시市를 죽이고 스스로 제
    왕이 되고, 팽월彭越을 시켜 전안을 쳐죽이고 삼제三齊를 아울러 왕이 되었다. 초
    나라가 제를 치자 전영이 달아나 죽었다. 초나라는 전가田假를 제왕으로 삼았
    다. 전영의 동생 전횡田橫이 전영의 아들 광廣을 왕으로 세우고 전가를 쳐서 쫓아
    냈다. 해하는 마을의 이름인데, 일설에 해하는 패군沛郡에 있는 제방의 이름이라
    고도 한다.『정의正義』에는, "해하는 높은 언덕에 있는 가파른 바위인데, 지금 높
    이로는 3〜4장쯤 된다. 그 마을과 제방이 해하의 옆에 있으므로 인하여 이름을 얻

었다"고 했다. 고조가 남정南鄭에 이르러 한신을 대장으로 삼았다. 고조가 말하기를, "장군은 어떻게 나를 가르치겠소"라고 하니, 한신이 사양하다가 말하기를, "대왕은 스스로 용맹하고 어질다고 생각하시는데 항우와 비교하면 어떻습니까"라고 했다. 고조가 한참 동안 가만히 있다가 말하기를, "그보다 못하오"라고 했다. 한신이 말하기를, "저도 역시 대왕이 못하다고 생각합니다. 그러나 신이 일찍이 그를 섬겼으므로 청컨대 그의 사람 됨됨이를 아뢰겠습니다. 항왕은 소리쳐 큰소리로 꾸짖어 많은 사람을 모두 폐했습니다. 그러나 어진 장수들은 쓸 줄을 몰랐으니 이것은 필부의 용기일 뿐입니다. 사람을 만남에 자애롭고 언어가 부드러우나 공이 있는 자를 마땅히 봉작함에 이르러서는 인끈이 아까워 차마 주지 못하니 이것은 여자의 어짊입니다. 비록 천하의 패권을 잡았다 하나 관중에 있지 못하고 팽성에 도읍했습니다. 의제義帝를 쫓아내고 지나는 곳을 깡그리 없애버리니 백성들이 따라 붙지 않았습니다. 이름은 비록 패왕霸王이라고 하나 실제로는 천하의 인심을 잃었으니, 그 강함은 쉽게 약해졌습니다. 이제 대왕께서 진실로 그 도道를 돌이킬 수 있다면, 천하의 무용武勇을 맡은 것을 어느 곳에서 칠 수 없으며 천하의 성읍城邑에 공신을 봉하면 어느 곳에서 불복하며, 의병으로 동으로 돌아가기를 생각하는 선비들을 따른다면 어느 곳이 흩어지지 않겠습니까. 또 삼진의 왕이 진의 자제들을 거느리기 몇 년 동안에 죽고 없어진 숫자가 헤아릴 수 없으며, 또 그 무리를 속이고 제후에게 항복했습니다. 항왕이 진나라 졸병들을 묻기에 미쳐서는 오직 이 세 사람만이 빠져나왔습니다. 진나라 부형들은 이것을 원망하고 고통이 골수에 사무쳤으니, 초나라가 왕 노릇 하는 것은 억지와 위엄으로 하는 것입니다. 대왕은 관중에 들어가 추호도 해를 입히지 않고 진나라의 가혹한 법을 없앴습니다. 제후에게 한 약속대로 당연히 관중의 왕이 되어야 하나 직을 잃고 한중으로 들어오니 진나라 백성들은 한탄하지 않는 사람이 없습니다. 이제 동쪽을 들어 가히 삼진에 격서를 전하고 평정할 수 있습니다"라고 했다. 고조가 크게 기뻐하고 한신을 얻은 것이 늦었다고 하며, 드디어 장수들의 부서를 나누고, 군대를 이끌고 동쪽으로 나아갔다. 위왕魏王 표豹가 한나라를 배반했다. 고조는 한신을 좌승상左丞相으로 삼아 위를 쳤다. 위는 포판蒲坂에 병사를 크게 벌여놓고 임진臨晉을 막았다. 한신은 이에 의병疑兵을 더욱 늘리고, 배를 늘어놓고 임진을 건너려고 하여, 하양夏陽으로부터 복병을 내어 나무 항아리에 태워 강을 건너 안읍安邑을 습격했다. 표가 놀라 군대를 물리고 한신을 맞으니, 한신은 드디어 표를 사로잡아 형양榮陽으로 보내어 위나라를 모두 평정했다. 한신은 군사 3만을 청해, 북으로 연나라와 조나라에 군사를 일으키고, 동으로 제나라를 치며, 남으로 초나라의 곡식 운반 길을 끊고, 서쪽으로 고조와 형양에서 만나기를 원한다고 했다. 고조가 군사 3만을 주고 장이張耳를 보내니, 함께 대代의 군대를 파하고 하열夏說을 사로잡았다. 한신과 장이는 수만의 군사로 동으로 조를 공격하였다. 조는 군사를 정형구井陘口에 모았는데, 부르기를 20만이라고 했다. 광무군廣武君 이좌거李左車가 진여에게 말하기를, "한신과 장이가 승세를 타고 멀리 싸우러 왔으니 그 칼끝을 당하기가 어렵습니다. 이제 정형井陘의 길은 수레 두 대가 나란히 가지 못하고, 기마가 열을 짓지 못하니, 그 세를 보면 양식이 반드시 뒤에 있습니다. 원하건대 신에게 기병奇兵 3만을 빌려주시면 지름길로 그 짐수레를 끊겠습니다. 족하는 깊이 구덩이를 파고 보루를 높이 쌓아 싸움을 하지 마십시오. 저들이, 앞으로 나와서는 싸울 수 없고, 물러서서 돌아갈 수 없으며, 들에서 약탈할 수 없으면, 열흘이 못 되어 두 장수의 목을 휘하에 가져올 수 있습니다. 그렇지 못하더라도 반드시 두 사람은 사로잡힐 것입니다"라고 하니, 진여는 항상 자신을 의병義兵이라고 하여 속임수와 기이한 계책은 쓰지 않겠다고 했으므로 이좌거의 계책을 쓰지 않았다. 한신은 이것을 몰래 알아내고 크게 기뻐하여, 이에 드디어 함락시키려고 정형구에 이르기 전에 하룻밤 숙영을 했다. 한밤중에 가벼운 기병 2천 명을 뽑아 한 사람이 빨간 깃발 하나씩을 갖고 지름길로 비산萆山에 올라 조의 군대를 바라보았다. 그리고 경계하여 말하기를, "조나라 군사가 우리를 추격하느라고 보루가 비거든, 바로 조나라 보루로 달려들어가 조나라 깃발을 뽑고 한나라 깃발을 세워라"라고 하고, 식사를 올리는 비장裨將에게 말하기를, "오늘은 조나라를 파하고 식사하겠다"고 했다. 이에 1만 명을 먼저 보내 배수진에서 나왔다. 조나라에서는 바라보고 모두 크게 웃었다. 다음날 아침 한신이 대장기를 세우고 북을 치며 정형구를 나섰다. 조군이 보루를 열고 공격하여 큰 싸움이 한참 계속되었다. 이때 한신과 장이는 거짓으로 북과 깃발을 버리고 수상군水上軍 쪽으로 달아났다. 조군이 과연 보루를 비우고 따랐다. 한신이 보낸 기병이 조나라 보루로 달려들어가 조나라 깃발을 뽑고 한나라 깃발을 세웠다. 수상군이 모두 죽을 힘을 다해서 싸웠다. 조군이 이미 한신 등을 잃어버리고 보루로 돌아가려다가 깃발을 보고는 크게 놀라 드디어 어지러워져서 달아났다. 한나라 병사가 양쪽에서 공격하여 대파하고, 진여의 목을 베고 헐은 사로잡았다. 한신이 이좌거를 만나 스승으로 모시고 묻기를, "제가 북으로 연나라를 치고, 동으로 제나라를 치려고 하는데 어떻게 하면 공을 이룰 수 있겠습니까"라고 하자, 이좌거가 말하기를, "이제 장군을 위해서 계책을 말한다면, 싸움을 쉬고 조나라 백성을 진무하는 것이 좋습니다. 그리고 짤막한 편지를 변사辨士를 통해 보내면 연나라는 반드시 따를 것입니다. 연나라가 이미 따르면 동쪽으로 제나라에 임하십시오. 비록 지모가 있는 자라도 제나라를 위한 계책인 줄은 모를 것입니다"라고 했다. 한신이 이 계책을 따라 사신을 연나라에 보내니 연나라는 바람에 따라 풀이 쓰러지듯 따랐다. 고조가 이미 한신과 장이의 군사를 빼앗고 바로 장이에게 여러 곳을 다니면서 조나라 땅을 지키라고 했다. 그리고 한신은 상국相國을 삼아, 아직 떠나지 않은 조나라 병사를 수습하여 제나라를 치도록 했다. 한신이 군사를 이끌고 동으로 갔는데, 이미 역이기酈食其가 달래어 제나라가 항복했으므로 그만두려고 했다. 변사 괴철이 한신을 달래어 말하기를, "장군이 조칙을 받고 제나라를 치는데 한나라가 홀로 중간에 사신을 보내 제나라를 항복받았으니 어찌 조서로써 장군에게 그만두라고 한 것이겠습니까"라고 하니, 한신이 그렇게 생각하고 제나라 역하군歷下軍을 습격하여 깨뜨리고 드디어 임치에 도착했다. 제왕이 고밀高密로 달아났다. 한신이 이미 임치를 평정하고 드디어 동으로 제왕을 쫓았다. 항우가 용저龍且로 하여금 군사를 거느리고 제나라를 구하도록 했다. 한신이 용저를 죽이고 제왕을 사로잡아 제 땅을 모두 평정했다. 그리고 사람을 고조에게 보내어 말하기를, "제나라는 거짓과 사기가 많고 잘 변하는 믿을 수 없는 나라인데, 남쪽으로 초나라에 잇닿아 있으니 청컨대 가왕假王이 되어서라도 여기를 눌러야되겠습니다"라고 했다. 이때 바야흐로 초나라가 형양에서 고조를 급히 포위하고 있었는데, 사자가 오니 고조가 크게 노하여 꾸짖어 말하기를, "내가 이렇게 곤란을 당하고 있으면서 아침저녁으로 바라는 것은 와서 나를 돕는 것인데 스스로 왕이 되려고 하다니"라고 했다. 장량張良과 진평陳平이 고조의 발을 밟아 일깨우고 귀띔을 해 주며 말하기를, "한나라가 바야흐로 불리한데, 어떻게 한신이 스스로 왕이 되는 것을 막을 수 있겠습니까? 왕이 되어 스스로 지키도록 하는 것만 못합니다"라고 하니, 고조 역시 깨닫고 인하여 꾸짖어 말하기를, "대장부가 제후를 평정했으면 바로 진짜 왕이 되는 것이지 어째서 임시 왕이 되려고 하는가"라고 하며, 장량을 보

그가 괴철의 말을 거절하고 고조를 진陳에서 맞아들인 것을 보면 어찌 반역의 마음이 있었다고 할 것인가. 진실로 직책을 잃음으로 인한 불만이었는데, 드디어 반역에 빠져들게 되었다. 대저 노관盧綰은 같은 동리 사람이라는 옛날 은혜로 오히려 연燕나라의 왕이 되었다.[30] 한신은 열후列侯로서 봄가을로 문안을 드렸으니, 어찌 고조 역시 한신을 배반한 것이 아닌가. 나는 고조가 속임수를 써서 진陳에서 한신을 사로잡은 것을 배반함이 있다고 말하는 것이다.

비록 그렇지만 한신 역시 그런 말을 들을 면이 있다. 처음에 한나라가 초나라와 형양에서 서로 대치하고 있었을 때, 한신은 제나라를 없애고 나서 돌아와 보고하지 않고 스스로 왕이 되었다. 그 후에 한나라가 초나라를 쫓아 고릉固陵에 이르렀을 때, 한신과 초

내 한신을 제왕으로 삼고, 그 군대를 징발하여 초나라를 쳤다. 고조가 항우를 추격하여 고릉固陵에 이르러 한신, 팽월彭越과 함께 초나라를 치기로 기약했으나 한신과 팽월이 오지 않았다. 초가 한나라 군대를 대파했다. 고조가 보루를 지키며 스스로 방어하면서 장량에게 말하기를, "제후들이 따르지 않으니 어떻게 해야 하는가"라고 하자, 대답하기를, "초의 군사를 또 깨뜨린다고 해도, 두 사람에게는 땅을 나눠 주지 않을 것이므로 반드시 오지 않을 것입니다. 지금 수양睢陽 이북에서 곡성穀城까지를 빼앗을 수 있다면 모두 팽월로 왕이 되게 하십시오. 그리고 진陳으로부터 동쪽으로 부해傅海까지를 제왕 신에게 주어 각자 자신을 위해 싸우도록 한다면 초나라는 쉽게 파할 수 있습니다"라고 하니, 고조가 이를 따랐다. 이에 한신과 팽월이 모두 군대를 이끌고 와서 항우를 해하에서 포위하니, 항우는 달아나 자살했다.

30 노관의 집이 고조와 한 마을이었고, 노관과 고조는 태어난 날이 같아서 고조가 노관을 총애하니, 여러 신하들이 감히 대할 수 없으므로 특별히 그를 왕으로 삼았다.

나라를 같이 공격하자고 약속했으나 한신이 오지 않았다.[31] 그때를 당하여 고조가 정말로 한신을 취할 마음이 있었을 것이나, 힘을 생각하니 할 수 없었을 뿐이다. 천하가 이미 정해짐에 이르러 한신이 다시 무엇을 믿겠는가. 대저 때를 타서 이익을 구하는 것은 시정배들의 생각이고, 공덕을 갚고 덕에 보답하는 것은 선비와 군자의 마음이다. 한신이 시정배의 뜻으로 자신의 이익을 구하며, 선비와 군자의 마음을 다른 사람에게서 구했다는 것은 역시 이루기 어려운 일이다.

이러므로 태사공太史公은 그를 논하여 말한다.[32]

'만약 한신이 겸양의 도를 배워 자신의 공을 자랑하지 않고 그 능력을 뽐내지 않았다면 어질다고 했을 것이니, 한漢나라에 있어서는 그 공이 주周나라 소공召公이나 태공망太公望의 무리에 비교되어 후세에 제사를 받았을 것이다. 이렇게 되는 것을 힘쓰지 않고, 천하가 이미 모였는데 이에 반역을 꾀하였으니, 집안이 모두 없어진 것 또한 마땅하지 않은가?'

호인胡寅은 다음과 같이 말했다.

---

31 고릉은 회양군淮陽郡에 속하는 현 이름인데, 바로 고시固始로 원래 이름은 침구寢丘이다.

32 사마담司馬談이 태사령太史令이었는데, 아들 사마천司馬遷이 그 아버지를 높였으므로 공公이라고 불렀다. 사마천은 그 직책을 이어 태사공이라 하고 『사기史記』를 지었다.

"공과 허물을 서로 견준다면, 한신의 공은 잊을 수 없다. 진陳에서 예로써 맞이한 것은 스스로 왕이 된 허물을 갚을 만하고, 괴철의 생각을 거절한 것은 약속을 지키지 않은 죄를 면할 만하다. 반란의 계획이 없었다면 마땅히 제후로서 나라를 다스렸을 것이다. 역모가 이미 탄로났으면 오히려 그 자손을 용서했어야 한다. 이와 같이 했더라면 고조는 한신의 공을 기록하고 한신의 죄를 다스림에 그 도리를 다하여 저버림이 없었을 것이다."

이미 한신을 목베었다는 소식을 듣고, 고조는 사자를 보내 승상丞相 소하蕭何를 상국相國으로 삼았다. 그리고 더하여 5천 호를 봉하고, 병졸 5백 명을 거느리게 하며, 도위都尉 한 명으로 상국위相國衛를 삼았다. 모든 사람들이 축하했으나, 소평召平만이 슬퍼하며 소하에게 말하기를,

"이제부터 화가 시작될 것입니다.[33] 임금은 밖에서 비바람을 맞으며 지냈고, 그대는 안에서 지켰습니다. 전쟁의 어려움을 겪지 않았는데도 봉함을 더 받고 지키는 사람을 두는 것은, 지금 한신이 안에서 새로 반란을 일으켰으므로 그대를 의심하는 마음이 있어서입니다. 대체로 지키는 사람을 두어서 그대를 지키는 것은 그대를 총애해서가 아닙니다.[34] 원컨대 그대는 봉함을 사양하여 받지 말

---

33 소평은 옛날 진秦나라 동릉후東陵侯이다.
34 그 변란이 두려우므로 지키는 것이다.

고, 모든 가산과 사재私財로 군대를 도우십시오."

라고 했다. 소하가 그의 계책을 따랐더니 고조가 기뻐했다.

고조가 진희를 공격할 때 양梁에서 군대를 징발했다.[35] 양왕 팽월
彭越이 병이라고 하고, 장수를 시켜 군대를 이끌고 한단으로 가도
록 했다. 고조가 노하여 사람을 시켜 그를 꾸짖었다. 팽월이 두려
워 스스로 가서 사과하려고 했는데, 그 장수 호첩扈輒이 말하기를,

"왕께서 처음에 가지 않았다가 책망을 듣고 가려고 합니다. 가면
사로잡힐 테니 군대를 내어 반란을 일으키는 것만 못합니다."

라고 하니, 팽월이 듣지 않았다. 양나라 태복太僕이 죄를 얻어 한나
라로 도망쳐, 팽월이 호첩과 모반을 했다고 고했다.[36] 이에 사자를
보내 팽월을 잡아 낙양에 가두었다. 유사有司가 다스리니 반란의
형태가 이미 갖추어져 있었다.[37] 고조가 용서하여 서인庶人으로 만
들어 촉蜀 청의靑衣에서 역체驛遞로 있게 했다.[38] 서쪽으로 정鄭에 이
르러 장안으로부터 온 여후呂后를 만났다.[39] 팽월이 여후에게 눈물
을 흘리며 울면서 스스로 죄가 없다고 말하고, 옛 창읍昌邑에 있게
해달라고 했다.[40] 여후가 허락하여 함께 낙양에 이르렀다. 여후가

---

35 고조는 팽월을 양왕으로 세워 정도定都에 도읍하게 했다.

36 태복은 진秦나라 관직으로 수레와 말을 관장했다.

37 호첩이 팽월에게 반란을 권했는데, 팽월이 호첩을 목베지 않았으므로 반란의 형태
   가 갖추어진 것이다.

38 청의는 촉군에 속하는 현의 이름이다.

39 안사고顏師古는, "정鄭은 바로 지금의 화주華州 정현鄭縣이다"라고 했다.

40 창읍현은 산양군山陽郡에 속하는데, 팽월이 창읍에서 일어났다.

고조에게 아뢰기를,

"팽월은 장사인데 이제 촉으로 옮겨놓으면, 이것은 스스로 근심을 남겨놓는 것이므로 죽이는 것만 못합니다. 첩이 삼가 함께 데리고 왔습니다."

라고 했다. 그리고 여후는 팽월의 사인舍人을 시켜 팽월이 또 모반을 꾀한다고 아뢰도록 했다. 팽월의 삼족을 멸하고 팽월의 머리를 잘라 낙양성 아래에 매달았다. 그리고 거두어 치우는 자도 바로 체포하라는 조칙을 내렸다.

양나라 대부大夫 난포欒布가 제나라에 사신으로 갔다가 돌아와 팽월의 머리 밑에서 보고를 드리고, 제사지내고, 곡을 했다. 관리가 잡다 아뢰었다. 고조가 난포를 불러 꾸짖고 삶아 죽이려고 바야흐로 끓는 물에 집어넣으려는데, 난포가 돌아보며 말하기를,

"한 마디 하고 죽겠습니다."

라고 하니, 고조가 무슨 말이냐고 했다. 난포가 말하기를,

"임금께서 팽성彭城에서 곤란을 당하고, 형양滎陽과 성고成皐 사이에서 패했을 때, 항우가 서쪽으로 마침내 나갈 수 없었던 것은, 다만 팽왕이 양 땅에 있으면서 한나라와 합종하여 초나라를 괴롭혔기 때문입니다.[41] 그때 팽왕이 초나라를 도와주면 한나라가 패하

---

41 고조가 팽성에 들어가 그 재물과 미인을 거두어 날마다 술을 놓고 성대한 모임을 갖으니, 항우가 이것을 듣고 스스로 정병 3만을 거느리고 팽성에 이르러 한나라 군대를 저수雎水에서 대파했다. 한나라 군대는 초나라에 밀려 병졸 10여만 명이 모두 저수에 빠져 물이 흐르지 못할 지경이었다. 고조를 삼면으로 둘러쌌는데, 이

는 것이고, 한나라를 도와주면 초나라가 패하는 것이었습니다. 또 해하의 싸움에서 팽왕이 없었으면 항우는 망하지 않았습니다. 천하가 이미 평정되었고 팽왕이 부절을 나누어 받고 봉함을 받아 만세에 전하려고 하는데, 이제 폐하의 한 번 징병에 팽왕이 병으로 가지 못한 것을 폐하께서는 모반했다고 의심하십니다. 반역의 형상이 갖추어지기도 전에 세초細草같이 작은 허물로 그를 죽였습니다. 신은 공신들 하나하나가 위태로워할까 두렵습니다. 이제 팽왕은 이미 죽었고, 신은 살았으나 죽은 것만 못하니, 청컨대 삶아 죽이십시오."

라고 했다. 이에 고조는 난포의 죄를 풀어주고 도위都尉를 시켰다.

한신이 죽자 회남왕淮南王 경포黥布는 마음이 두려웠다.[42] 팽월을 죽여 그 고기로 젓을 담궈 제후들에게 나눠 주었다. 사자가 회남에

때 서북쪽에서 대풍이 일어나 나무를 꺾고 집을 뽑아버리며 모래와 자갈이 날려 아득해지며 낮이 어두워지니, 초군이 크게 어지러워져 무너지며 흩어졌다. 고조가 이에 수십 기를 얻어 달아났다. 항우가 고조를 형양에서 포위하니 더욱 급해졌다. 한나라 장군 기신紀信이 말하기를, "일이 급합니다. 신이 초나라를 속일까 합니다"라고 하고, 왕의 수레를 타고 동문으로 나가면서 말하기를, "식량이 떨어졌다. 한나라왕이 초에 항복한다"라고 했다. 초나라는 모두 성 동쪽으로 가서 보았다. 고조는 이에 주가周苛로 하여금 형양을 지키게 하고, 수십 기를 데리고 서문으로 나가 관關으로 들어가 병사를 수습했다. 이때 팽월은 초군을 깨뜨리고 설공薛公을 죽이니 항우는 팽월을 공격했다. 고조는 성고成皐에서 군대를 회복했다. 항우는 이미 팽월을 파하고 돌아와 형양과 성고를 빼앗았다. 고조는 도망하여 북으로 황하를 건너 조趙나라 보루로 들어갔다.

42 고조는 구강九江의 이름을 바꿔 회남국淮南國이라고 하고 경포를 세워 왕으로 했다.

이르렀다. 바야흐로 사냥을 하다가 젓 담근 것을 보고는 크게 두려워하여, 은밀히 사람을 나누고 병사를 모으며 가까운 고을에 위급함을 경계했다.[43] 경포에게 사랑하는 첩이 있었는데 병이 나서 의원에 갔다. 의원과 중대부中大夫 비혁賁赫의 집이 문을 마주하고 있었다.[44] 비혁이 좋은 음식을 보내고 첩과 더불어 의원 집에서 먹었는데, 경포는 그가 난잡하게 구는가 의심하여 비혁을 잡으려고 했다. 비혁이 역마를 타고 장안으로 가서 경포가 모반할 조짐이 있음을 알리고, 군대를 내기 전에 먼저 죽이는 것이 좋다고 했다. 고조가 그 글을 읽고 소상국蕭相國에게 말했다. 상국이 말하기를,

"경포는 마땅히 이렇게 하지 않을 텐데 원한으로 인한 무고일까 합니다. 청컨대 비혁을 묶어놓고 사람을 시켜 경포를 징험徵驗해 보십시오."[45]

라고 했다.

경포는 비혁이 죄를 짓고 도망하여 변고를 아뢴 것을 알고, 정말로 나라의 음모를 얘기했는가 의심했다. 한나라 사자가 또 오자 자못 증거가 있는가 하여, 드디어 비혁의 집안사람을 죽이고 반란의 군대를 냈다. 반역을 했다는 말을 듣고 고조는 비혁을 사면하여 장

---

43 체포당할까 두려워 군대를 내어 반란을 일으키려는 것이다.
44 대부는 논의論議를 관장했다. 태중대부太中大夫, 중대부, 간대부諫大夫는 모두 숫자가 정해져 있지 않아서 많으면 수십 명에 이르렀다.
45 마땅히 이러지 않는다는 말은 반역의 음모에는 응하지 않는다는 말이다. 징험은 그 일을 드러내놓고 말하지 않는 것이다.

군으로 삼았다. 고조는 여러 장군을 불러 계책을 물었다. 모두 말하기를,

"군대를 내어 치고 그놈을 묻어버릴 뿐이지 어찌하겠습니까?"

라고 했다. 여음후汝陰侯 등공滕公이 옛날 초나라 영윤令尹인 설공薛公을 불러 물었다.[46] 영윤이 말하기를,

"이는 마땅히 반역할 것입니다."

라고 했다. 등공이 말하기를,

"땅을 나누어서 봉하고, 벼슬을 나누어 왕을 시켰는데, 그 반역은 어찌된 것입니까?"

라고 하니, 영윤이 말하기를,

"지난 해 팽월을 죽였고 작년에 한신을 죽였습니다. 이 세 사람은 공적도 지위도 같은 사람들입니다. 스스로 화가 몸에 미치리라고 의심하므로 반역하는 것뿐입니다."

라고 했다. 등공이 고조에게 말하니, 고조는 이에 설공을 불러 물었다. 설공이 대답해 말하기를,

"경포가 반란을 일으킨 것은 괴이할 것이 없습니다. 경포가 상계上計를 쓰면 산동山東은 한나라 것이 아니고, 중계中計를 낸다면 승패를 알 수 없으며, 하계下計를 쓴다면 폐하는 편안히 주무실 수 있습니다."

---

46 여음은 여남군汝南郡에 속하는 현 이름이다. 등공은 하후영夏侯嬰이다. 처음에 영이 등령滕令의 봉거奉車였으므로 호를 등공이라고 했는데 여음후에 봉해졌다. 영윤은 관직 이름인데 초나라 상경上卿으로 집정자執政者이다.

라고 하니, 고조가 무엇이 상계냐고 물었다. 설공이 대답하기를,

"동쪽으로 오吳나라를 취하고, 서쪽으로 초楚나라를 취하며, 제
齊나라를 아울러 노魯나라를 취하고, 격서를 연燕나라와 조趙나라
에 보내 굳게 지키면, 산동은 한나라의 것이 아닙니다."[47]

라고 했다. 중계가 무엇인가 물으니,

"동으로 오나라를 취하고, 서쪽으로 초나라를 취하며, 한韓나라
를 아울러 위魏나라를 취하며, 오창敖倉의 양식을 지키고, 성고成皐
입구를 막으면 승패를 알 수 없습니다."[48]

라고 했다. 하계가 무엇이냐고 묻자,

"동으로 오나라를 취하고, 서쪽으로 하채下蔡를 취하며, 짐수레
를 월越나라에 가져다 놓고, 몸은 장사長沙로 돌아간다면 폐하는 안
심하고 누워서 잠잘 수 있고 한나라는 무사할 것입니다."[49]

라고 했다. 고조가 말하기를,

---

47 오나라는 형왕荊王 가賈를 봉한 땅이고, 초는 초왕 교交를 봉한 땅이며, 제는 제왕
   비肥를 봉한 땅이다. 노는 이때 초나라 경계에 들어갔다. 연은 연왕 노관盧綰을 봉
   한 땅이고, 조는 조왕 여의如意를 봉한 땅이다.
48 한나라는 이때 회양국을 더했다. 위는 양왕梁王 우友를 봉한 땅이다.
49 하채현은 패군沛郡에 속하는 현이다. 월은 회계會稽의 땅인데 옛날 월왕越王 구천
   句踐의 옛터이다. 장사는 오예吳芮를 봉한 나라인데 이때는 그 아들 신臣을 이어
   서 봉했다. 경포는 육六에 도읍했는데 회수淮水가 막고 있어 굳기 때문이다. 그러
   므로 서쪽으로 하채를 취하고 동으로 유가劉賈를 취해 온전히 회수에 있을 계책을
   쓴 것이다. 월은 동남쪽에 있으므로 치중을 가져다 월에 두어 자신을 두텁게 하여
   아주 굳혀서 빼앗을 수 없는 계책을 쓴 것이다. 경포는 장사왕의 딸을 얻었으므로
   자신이 장사로 돌아가는 계책을 쓴 것이다.

"장차 어떤 계책을 내겠는가."

라고 하니, 대답하기를,

"하계를 낼 것입니다."

라고 했다. 고조가 말하기를,

"어째서 상계와 중계를 버리고 하계를 내겠는가."

라고 하니, 대답하여 말하기를,

"경포는 옛날 여산驪山의 무리입니다.[50] 스스로 만승萬乘의 주인이 되었으나, 모두 제 몸을 위한 것이지 돌아보아 백성과 후세를 생각하는 자는 아닙니다. 그러므로 하계를 낼 것입니다."

라고 했다. 고조는 좋다고 하고, 설공을 천호千戶에 봉했다.

이에 고조는 스스로 군사를 이끌고 동쪽으로 갔다. 경포가 처음 반란을 일으켰을 때, 그 장수에게 말하기를,

"고조가 늙어서 싸움을 싫어할 테니 반드시 자신이 오지 않고 여러 장수를 시킬 것이다. 장수들 가운데 오직 두려운 자는 한신과 팽월인데, 이제 이들이 모두 죽었으니 나머지는 두려워할 것이 없다."

라고 하고, 드디어 반란을 일으켰다.

과연 설공의 말대로 동으로 형을 공격하니, 형왕 고賈는 달아나다 부릉富陵에서 죽었다.[51] 그 군대를 모두 몰아 회수를 건너 초나

---

50 경포가 처음 법에 걸려 묵형墨刑을 받고 여산에서 부역을 했다.
51 부릉은 임회군臨淮郡에 속하는 현 이름이다.

라를 쳤다. 초나라는 군대를 내어 서徐와 동僮 사이에서 싸우는데, 삼군으로 나눠 서로 구하는 기이한 계책을 쓰려고 했다.[52] 어떤 사람이 초나라 장수를 달래어 말하기를,

"경포는 용병을 잘해서 백성들이 평소에 그를 두려워합니다. 또 병법에 제후가 자기 땅에서 싸우는 것을 산지散地라고 했습니다.[53] 이제 셋으로 나누었는데, 저들이 우리의 일군을 깨뜨리면 나머지는 모두 도망칠 테니 어찌 서로 도울 수 있겠습니까."

라고 했으나, 듣지 않았다.

경포가 과연 그 일군을 파하니 나머지 이군二軍은 흩어져 달아났다. 경포가 드디어 군사를 서쪽으로 뺐다. 고조와 경포의 군대가 기서蘄西에서 만났다.[54] 경포의 군대가 매우 정예하므로 고조는 용성庸城에 보루를 쌓았다.[55] 경포의 군대를 바라보니 진을 친 것이 항우의 군 같았으므로 고조는 미워했다. 경포와 서로 바라보게 되니, 멀리서 경포에게 말하기를,

"어째서 괴롭게 반란을 일으키는가."

---

52 임회군에 서현徐縣과 동현僮縣이 있다. 초나라가 대개 군대를 내어 경포와 두 현의 사이에서 싸웠다. 한 곳으로 모으지 않고 셋으로 나눈 것은 서로 구하고 속이려고 한 것이다.

53 『손자병법』의 말이다. 이 말은, 병사들의 집이 가까우면 쉽게 패하여 흩어진다는 말이다.

54 기현蘄縣은 패군沛郡에 속한다. 기서는 기현의 서쪽이다.

55 경포의 군이 매우 날카로우므로 보루를 지키고 있었다. 용성은 지명인데 반드시 기현 서쪽에 있을 것이다.

라고 하니, 경포가 말하기를,

"황제가 되고 싶을 뿐이다."

라고 했다. 고조가 화가 나서 그를 꾸짖고 드디어 큰 싸움을 벌였다.

경포의 군대가 패하여 달아나 회수를 건넜는데, 자주 싸웠으나 불리하여 1백여 명과 함께 강남江南으로 달아났다. 고조가 별장別將을 명하여 쫓았다. 별장이 경포군을 도수洮水의 남과 북에서 쳐서 모두 대파했다.[56] 경포는 파군番君에게 장가들었으므로[57] 장사 성왕長沙成王 신臣이 사람을 시켜 경포를 꼬여 거짓으로 월나라로 함께 도망하자고 했다.[58] 경포는 믿고 그를 따랐다. 파양番陽 사람들이 경포를 자향玆鄕의 시골에서 죽였다.[59]

고조가 자주 사자를 시켜 상국이 무엇을 하는지 물었다. 대답하기를,

"임금을 위하여 군대에 머물고 있으며, 백성을 잘 무마하기에 힘쓰고, 가지고 있는 것은 전부 군대를 돕는데 쓰는 것이 진희 때와 같습니다."

라고 했다. 어떤 객이 소하를 달래어 말하기를,

---

56 도수는 강남에 있다.

57 파군은 바로 옛 장사왕長沙王 오예吳芮이다.

58 성왕은 시호諡號이다. 신은 오예의 아들이다.

59 파양현은 예장군豫章郡에 속한다. 자양은 교양현鄡陽縣에 있다.『사기』와『한서』에 의하면, 모두 파양까지 쫓아가 죽였다고 했다. 가만히 생각해보면 자양은 마땅히 파양 지역에 있어야지 교양에 있는 것이 아니다.

"그대는 오래지 않아 집안이 없어질 것입니다. 대저 그대의 지위가 상국이고, 공이 제일이니 여기에 더할 것이 없습니다. 그러나 그대가 처음 관중에 들어온 이래 백성들의 마음을 얻어 10여 년이 되었습니다. 모두 그대를 따르고 거기에 더해 백성들의 화합을 얻으려고 힘쓰고 있습니다. 임금이 자주 묻는 까닭은 그대가 관중을 기울여 움직일까 두려워해서 입니다. 이제 그대는 왜 많은 땅을 사서 세를 놓아 스스로를 더럽히지 않습니까. 그래야 임금의 마음이 편안해집니다."

라고 하였다. 이에 소하가 그 계책을 따르니 고조가 좋아했다.

고조가 경포의 군대를 깨뜨리고 돌아오니, 백성들이 가는 길을 막고 글을 올려 아뢰기를, 상국이 억지로 싼값에 백성 수천 명의 밭과 집을 사들였다고 했다. 고조가 도착하자 소하가 뵈었다. 고조가 웃으며 말하기를,

"상국이 백성과 이익을 다투었는가."

라고 하고, 백성들이 올린 글을 모두 소하에게 주며 말하기를,

"그대가 스스로 백성들에게 사과하라."

라고 했다.[60]

후에 소하가 백성들을 위하여 청하여 말하기를,

"장안의 땅은 좁은데 상림上林에는 버려둔 빈 땅이 많습니다.[61]

---

60 상국이 사람들의 밭과 집을 취하여 개인적인 이익을 취한 것이므로 사람들과 이익을 다투었다고 한 것이다. 그리고 상국으로 하여금 스스로 사과하도록 한 것이다.

61 상림은 동산의 이름인데 한나라 장안현長安縣의 서남쪽에 있다. 진秦나라 때 처음

원컨대 백성들로 하여금 들어가 밭을 일구게 하되, 볏짚은 가져가지 못하게 하여 짐승의 먹이가 되게 하십시오."[62]
라고 하니, 고조가 크게 노하여 말하기를,

"상국은 장사꾼들의 재물을 많이 받아 그들을 위해 내 동산을 청하는가."
라고 하고, 이에 소하를 정위廷尉로 내려보내 형틀에 묶었다.[63] 수일 후 왕위위王衛尉가 고조를 모시고 있다가,[64] 앞으로 나아가 묻기를,

"상국이 어떤 대죄이기에 폐하께서 심하게 형틀에 잡아맸습니까."
라고 하니, 고조가 말하기를,

"내가 듣기에, 이사李斯가 진秦나라의 정승으로 있으면서, 좋은 일은 임금에게 돌리고 나쁜 일은 자신이 가졌다. 이제 상국은 장사꾼으로부터 많은 돈을 받고 내 동산을 청하니, 자신이 백성에게 잘 보이려고 하는 것이므로 처벌하려는 것이다."
라고 하니, 왕위위가 말하기를,

으로 상림원을 세웠다. 버린 빈 땅이 많다는 말은, 많은 땅이 쓸모 없이 버려져 있다는 말이다.

62 곡식은 씨를 뿌린 사람에게 돌려주고, 볏짚은 남겨 두어 관에 들여놓아 이것으로 짐승을 먹이는 것이다. 대체로 동산에는 온 세상의 모든 짐승을 길러 가을과 겨울 사냥 때 잡을 수 있게 제공한다.

63 정위는 관직명이다. 청옥聽獄은 반드시 조정에서 물어 여러 사람과 같이 해야 한다. 병옥兵獄도 마찬가지이므로 정위라고 한다. 일설에 정廷은 평平이라고 한다. 옥사를 다스리는 데는 귀한 것도 공평하게 다루므로 이렇게 부른 것이다.

64 왕은 성인데 역사에서 그 이름을 잃어버렸다. 위위시衛尉寺는 궁내에 있는데 궁문을 지키는 병사를 관장한다.

"대저 일을 맡음에 있어 진실로 백성이 편하도록 청하는 것이 진정한 재상의 일입니다. 폐하께서는 어찌하여 상국이 장사꾼의 돈을 받았다고 의심하십니까. 또 폐하께서 초나라와 대치하던 몇 년 동안과 진희와 경포가 반란을 일으켰을 때, 폐하께서 스스로 군대를 이끌고 갔습니다. 당시 상국이 관중을 지켰습니다. 관중이 흔들렸으면 관중의 서쪽은 폐하의 땅이 아닙니다. 상국이 이때 이익을 챙기지 않고 장사꾼의 돈으로 이익을 취하겠습니까? 또 진秦나라는 그 허물을 듣지 않다가 천하를 잃었는데, 이사의 분수에 넘치는 잘못을 어찌 본받을 것이 있겠습니까. 폐하께서는 어찌 그리 가볍게 재상을 의심하십니까."

라고 했다. 고조는 즐겁지 않았다.[65] 이날 사자를 시켜 부절을 갖고 가서 소하를 용서하고 내보냈다. 소하가 나이도 많고 원래 공근하므로 맨발로 들어가 사례하니, 고조가 말하기를,

"상국은 쉬라.[66] 상국이 백성을 위하여 내 동산을 청했을 때 허가하지 않은 것은, 내가 걸桀·주紂와 같은 허물을 짓지 않고, 상국은 현명한 재상이 되게 함이었다. 내가 상국을 묶어놓은 것은 백성들로 하여금 내 허물을 듣게 하기 위함이다."

라고 했다.

---

65 왕위위의 말에 감동하였으므로 참회하여 즐겁지 않았다는 말이다.
66 쉰다는 것은 밖으로 나가 스스로 휴식하라는 명령이다.

당唐나라 태종太宗이 말하기를,

"한漢나라 고조高祖는 장수를 잘 거느렸다.[67] 그 후에 한신과 팽월이 죽임을 당했고 소하가 옥에 갇혔는데, 이렇게 된 것은 무슨 까닭인가."

라고 하자, 이정李靖이 말하기를,

"신이 보건대 유방과 항우는 모두 장수를 거느린 군주는 아니었습니다. 진秦나라가 망했을 때, 장량張良은 본래 한韓나라를 위해 원수를 갚은 것입니다.[68] 진평과 한신은 모두 초나라에서 쓰이지 못한 것에 원한을 가졌으므로 한漢나라의 위세를 빌려 스스로 애쓴 것뿐입니다.[69] 소하蕭何, 조참曹參, 번쾌樊噲, 관영灌嬰이 모두 망명해

---

67 고조가 일찍이 조용히 한신韓信과 앉아서 여러 장수들이 병사를 얼마나 거느릴 수 있는가에 대해 얘기했다. 고조가 묻기를, "나라면 얼마나 거느릴 수 있을까"라고 하니, 한신이 말하기를, "폐하께서는 10만을 넘지 못합니다"라고 하니, 고조가, "그대는 어떤가"라고 하니, 한신이, "신은 많으면 많을수록 좋을 뿐입니다"라고 했다. 고조가 웃으며 말하기를, "많으면 많을수록 좋다면서 어째서 내게 사로잡혔는가"라고 하니, 한신이 말하기를, "폐하는 병사를 거느리지는 못하지만 장수를 잘 거느리니 이것이 제가 폐하에게 잡힌 까닭입니다"라고 했다.

68 장량의 집안은 대대로 한나라의 재상을 했는데, 한나라가 망함에 이르러 1만금의 돈을 아끼지 않고 한나라를 위해 포악한 진나라의 원수를 갚아 천하에 떨쳤다.

69 은왕殷王 사마앙司馬卬이 초나라를 배반하자 항우는 진평으로 신무군信武君을 삼아 은나라를 쳐서 항복받고 돌아왔다. 항우가 진평을 도위都尉에 임명했다. 얼마 있다가 한나라가 공격하여 은을 떨어뜨렸다. 항우는 노하여 은을 평정한 자를 장차 죽이려고 했다. 진평이 두려워 사잇길로 해서 칼을 짚고 강을 건너 도망하여 드디어 한나라에 항복했다. 한신은 처음에 항우에게 속해 낭중郎中이 되었는데, 한신이 자주 계책을 항우에게 말했으나 항우가 쓰지 않았다. 고조가 촉蜀에 들어

왔습니다. 고조는 이들로 인해 천하를 얻었습니다. 설사 육국六國의
후손들을 다시 세워도 사람마다 각기 그 옛 생각을 품을 것이니, 비
록 장수를 거느릴 재주가 있다 하더라도 어찌 한漢나라를 위해서
쓸모가 있겠습니까.[70] 신은 한나라가 천하를 얻은 것은, 장량이 젓
가락을 빌린 계책과 소하가 조만漕輓한 공이라고 말하겠습니다.[71]

오자 한신은 초를 버리고 한나라에 붙었다.

70 육국은 연燕, 조趙, 한韓, 위魏, 제齊, 초楚이다.

71 젓가락을 빌렸다는 것은, 밥 먹던 젓가락을 빌려 그것을 써서 계획을 지시한 일이
다. 초나라가 자주 한나라의 용도甬道를 침탈하니 한나라 군대의 식량이 궁핍해졌
다. 고조가 역이기酈食其와 함께 초나라의 힘을 어지럽힐 계책을 모의했다. 역이
기가 말하기를, "폐하께서 정말로 육국의 후손을 다시 세워 덕과 의리를 행할 수
있다면 초나라는 반드시 옷깃을 여미고 조회할 것입니다"라고 하니, 고조가, "좋
습니다. 도장을 새겨 선생이 이것을 차고 가십시오"라고 했다. 역이기가 떠나기
전에 장량이 밖에서 들어와 뵈었다. 고조가 바야흐로 식사를 하고 있다가 말하기
를, "우리를 위해서 초나라를 어지럽힐 계책을 낸 객이 있다"고 하며 역이기의 말
을 모두 장량에게 했다. 장량이 말하기를, "누가 폐하를 위해서 이 계책을 내었습
니까. 폐하의 일은 끝장났습니다"라고 했다. 고조가 무슨 까닭이냐고 묻자, 대답
해 말하기를, "청컨대 신이 앞에 있는 젓가락을 빌려 대왕을 위해 헤아려보겠습니
다. 옛날 탕왕과 무왕이 걸·주의 후손을 봉한 것은 그들의 죽고 사는 것을 능히
제압할 만했기 때문입니다. 이제 대왕께서 능히 항우의 사생을 통제할 수 있습니
까. 무왕이 은나라에 들어가 곡식을 내고 돈을 흩어버리며, 갑주를 녹여 가마를
만들고, 말을 쉬게 하고 소를 방목한 것은 다시 무력을 쓰지 않겠다는 것을 보인
것입니다. 이제 대왕께서도 능히 할 수 있습니까. 또 천하의 유사游士들이 친척과
떨어지고 분묘를 버리고 대왕을 따라다니는 것은 한갓 작은 땅이라도 바라기 때문
입니다. 이제 다시 육국의 후손을 세운다면 유사들은 각기 돌아가 그 주인을 섬길
것입니다. 대왕은 누구와 함께 천하를 취하시겠습니까? 또 저 초나라는 한이 없는
데, 육국이 다시 뒤흔들려 그를 따르면 대왕은 어떻게 다시 신하로 삼겠습니까.

이렇게 말하는 것은 한신과 팽월이 주살을 당하고 범증范增이 쓰이지 않음과 그 일이 같기 때문입니다.[72] 그러므로 신이 유방과 항우는 장수를 잘 거느리는 임금이 아니라고 하는 것입니다."
라고 했다.

태종이 말하기를,

"광무光武는 중흥하면서 공신을 모두 보전하게 했고 일을 맡기지 않았다. 이것은 장수를 잘 거느린 것이 아닌가?"[73]

정말로 객의 계책을 쓴다면 대사는 이미 끝장났습니다"라고 했다. 고조는 밥 먹기를 그치고 씹던 것을 토해내고 욕하기를, "그놈이 내 일을 거의 망치려 했구나"라고 하고, 가서 도장을 깨뜨려 버리도록 했다. 물길로 운반하는 것을 조漕라고 하고, 육지로 운반하는 것을 만輓이라고 한다. 고조가 제후와 더불어 초나라를 칠 때, 소하가 관중을 지키며 배로 실어 날라 군대를 보급하여 양식의 길이 끊어지지 않았다.

72 항우는 범증을 높여 아부亞父라고 했다. 항우가 사자를 보내 한나라에 이르렀는데, 진평이 좋은 음식을 갖추어서 들고 나오다가 초나라 사신을 보고는, 거짓으로 놀라는 체하고 말하기를, "나는 아부의 사자인 줄 알았더니 항왕의 사자로구나" 하며 다시 가지고 들어갔다가 형편 없는 식사를 갖춰서 주었다. 초나라 사자가 돌아가 모두 갖추어 항우에게 보고했다. 항우가 과연 아부를 크게 의심하였다. 아부는 급히 공격하여 형양성滎陽城을 떨어뜨리려고 했으나 항우가 듣지 않았다. 아부는 항우가 자신을 의심한다는 것을 듣고는 이에 노하여 말하기를, "천하의 일이 다 평정되었는데 군왕께서 스스로 이렇게 하니 바라건대 이 몸은 돌아가겠노라"라고 했는데, 팽성彭城에 이르기 전에 등창이 나서 죽었다.

73 등우鄧禹와 가복賈復은, 광무제가 무기를 버리고 문덕文德을 닦으려는 것과 공신들이 많은 군사를 거느리고 서울을 에워싸고 있게 하지 않으려는 것을 알았다. 이에 무기를 없애고 유학儒學을 돈독히 했다. 광무제 역시 공신들의 작위와 토지는 온전하게 하려고 생각하여, 관리직을 지나치게 주려고 하지 않았다. 그래서 좌우

라고 하자, 이정이 말하기를,

"광무제가 비록 전에 이루어놓은 것을 의지하여 쉽게 성공하였으나, 왕망王莽의 세력이 항우만 못하지 않고, 구순寇恂과 등우鄧禹는 소하와 장량을 넘지 못했습니다.[74] 홀로 능히 참된 마음을 밀고 부드럽게 다스려 공신을 온전하게 하였으니, 고조보다 훨씬 어진 것입니다.[75] 이렇게 장수를 거느리는 길을 논한다면, 신은 광무제가 낫다고 말하겠습니다."

라고 했다.

이태조가 개국 초에 공신도감功臣都監을 두고 포상의 은전을 모두 거행했다.[76] 비석을 세워 그 공을 기록하고, 장생전長生殿을 세워

左右 장군將軍의 관직을 없앴다. 경감耿弇 등도 역시 대장군大將軍의 인수를 바치고 모두 열후가 되어 집으로 가 있자, 지위를 특별히 더하여 봉조청奉朝請으로 했다. 광무제는 비록 공신을 제어했으나 매번 능히 포용하여 작은 잘못은 용서하였다. 먼 지방의 진기하고 맛있는 공물은 반드시 먼저 제후들에게 돌리니 태관太官에는 남는 것이 없었다. 그러므로 모두 그 복록을 지키어 죽거나 책망을 듣는 일이 없었다.

74 왕망은 왕만王曼의 아들이다. 뜻을 감추고 이름을 구하며, 사부四父를 이어 정치를 도와 드디어 한나라를 없애고 나라 이름을 고쳐 신新이라고 했다.

75 광무제가 동마銅馬를 추격하여 모두 깨뜨려 항복받고 그 두목은 열후에 봉했다. 여러 장수들도 믿지 못하고, 항복한 적도 스스로 안심하지 못했다. 광무제는 그 뜻을 알고 항복한 자들에게 칙령을 내려 각기 진영으로 돌아가 군사를 지휘하게 한 후 자신은 가벼운 말을 타고 그 진을 사열했다. 항복한 자들이 서로 말하기를, "소왕蕭王이 참된 마음을 밀어 뱃속에 두었으니 어찌 죽음으로 지키지 않으리오"라고 했다. 이로부터 모두 복종했다.

그 형상을 그려 두었다.[77] 토전土田과 장획臧獲을 내리고, 3대 조고
祖考에게 모두 추증했으며, 그 부모와 처에게는 3등을 뛰어넘어 급
록給錄을 봉증封贈했다.[78] 직계 아들은 3등을 뛰어넘어 직책을 주고,
직계 아들이 없으면 생甥, 질姪, 사위를 2등을 뛰어넘어 채용했다.[79]
적자의 맏아들은 세습하여 그 녹을 잃지 않게 하고, 자손이 비록
죄를 범해도 영원히 용서하도록 했다. 여러 가지 글에 이러한 내용
을 써서 내려주었고, 믿음으로 일을 시켜 의심하는 바가 없었다.
혹 쉬는 때는 함께 내정에서 격구擊毬도 하고, 혹 자주 연회도 같이
했다. 공신들도 자주 임금을 접대하니, 즐거워하는 정이 상하에 틈
이 없어 친하기가 부자 사이 같았다.[80] 질병이 있으면 의원을 보내

---

76 공신도감에는 종8품의 판관判官이 두 명, 종9품의 녹사錄事가 두 명이었다. 우리
전하 16년에 충훈사忠勳司라고 고쳤는데, 종8품의 승丞 한 명, 종9품의 녹사가 한
명이다.

77 장생전은 경성京城의 북부 통명방通明坊에 있다.

78 장획은 노비를 말한다. 방언方言에, 형주荊州, 회주淮州, 해주海州, 대주岱州 사이
에서는 남자 종을 꾸짖는 것을 장臧이라고 하고 여자 종을 꾸짖는 것을 획獲이라
고 하며, 연燕나라 북쪽 교외에서는 남자가 여자 종에게 장가 드는 것을 장臧이라
하고 여자가 남자 종에게 시집 가는 것을 획獲이라고 한다고 했다. 살아서 받는 것
을 봉封이라고 하고, 죽어서 받는 것을 증贈이라고 한다.

79 생甥은 누이의 아들을 말하고, 형과 아우의 아들을 질姪이라고 한다.

80 격구의 법은, 몇 사람이, 혹은 십여 명이, 혹은 수십 명이 좌우로 나뉘어서 승부를
가리는 것이다. 채는 모양이 숟가락 같은데, 크기는 손바닥만 하고, 무소 가죽으
로 만들어 두꺼운 대나무를 합쳐서 자루를 만든다. 채의 가죽이 얇으면 공이 높이
오르고, 두꺼우면 높이 오르지 않는다. 또 곤봉滾棒이라고 있는데, 공을 치면 구르
기만 하고 올라가지는 않는다. 그 두껍고 얇음과 크고 작음에 따라 그 이름이 각

어 치료하게 하고, 사람을 시켜 물어보아 서로 연락이 끊이지 않았다. 그가 죽으면 친히 빈소殯所에 가서 비통해 함이 매우 심했고, 주상자主喪者를 불러 조문했다. 제사에는 슬퍼하며 부의를 보내니 은혜로 헤아림이 더욱 융성했다. 공신은 비록 죄가 있어도 반드시 원통함을 밝혀 풀어주었다. 태조의 시기에는 끝까지 한 사람의 공신도 죄로 죽은 사람이 없었다. 은혜를 처음부터 끝까지 밀어 공신을 온전히 보전한 것은 옛날에도 없던 일이다.

좌시중左侍中 배극렴裵克廉, 우시중右侍中 조준趙浚, 문하시랑찬성사門下侍郎贊成事 김사형金士衡, 정도전鄭道傳, 판중추원사判中樞院事 남은南誾 등이 계청하기를,

"왕자와 여러 군君은 수레와 말 그리고 종을 갖추지 않을 수 없으니 그 쓰임새를 부족하지 않게 해야 합니다. 청컨대 본과本科 외에 토지와 밭을 더 내려주십시오."

기 다르다. 공은 나무로 만드는데, 혹은 마노碼瑙를 쓰기도 하며 크기는 계란만 하다. 땅을 파서 주발같이 만든 것을 와아窩兒라고 하는데, 혹 전각에서 떨어져 구멍을 만들기도 하고, 혹 계단 위에다 구멍을 만들기도 하며, 혹 평지에다 구멍을 만들기도 한다. 공이 가다가 혹 뛰어넘거나, 혹 구부러져 오르기도 하고, 혹 구르기도 하는데 각기 구멍이 있는 곳으로 따라가야 된다. 한 번 쳐서 구멍에 들어가면 2점이고, 한 번 쳐서 안 들어가서 공이 멈추는 곳으로 가서 두 번 세 번 쳐서 들어가면 1점을 얻는다. 한 번 쳐서 들어가면 다른 공은 두 번 치지 못하고 죽고, 두 번 쳐서 들어가면 다른 공은 세 번 치지 못한다. 이 다음은 같다. 첫번째 친 공이 다른 공에 맞으면 죽지 않지만, 두번째 친 공이 다른 공에 맞으면 죽는다. 이 후도 역시 같다. 혹 서서 치기도 하고, 혹 꿇어서 치기도 하는데 규칙의 조목이 매우 많다.

라고 하니, 태조가 조용히 잠저 때의 일을 말하고 인하여 이르기를,

"본과本科가 1백여 결結이니 역시 기한飢寒에 이르지는 않을 텐데, 여기다 또 가급加給한다면 반드시 사람들이 자기 자식에게 사사로이 주었다고 할 것이다. 하물며 경기京畿의 땅과 밭은 숫자가 있는데 어찌 함부로 줄 수 있겠는가. 경 등이 만약 가급하기를 바란다면 공신을 먼저 가급한 후 예에 따라 하는 것은 괜찮겠다. 단지 왕자만 말하는 것은 불가하다."

고 했다. 남은이 말하기를,

"여러 공신들은 과전科田 외에 이미 사전賜田을 받았습니다. 왕자에게 가급하는 것을 어찌 불가하다고 하십니까."

라고 하니, 태조가 남은을 보면서 말하기를,

"공신에게 사전賜田하라고 내게 말한 것은 역시 여러 아들에게도 주라는 말이었구나."

라고 하고, 조금 있다가 조용히 말하기를,

"이제 공신들에게 밭을 주되 마땅히 기름진 땅을 골라서 주도록 하라."

고 했다.

대사헌大司憲 남재南在 등이 상소하여 말하기를,

"녹祿이란 옛날 어진 임금이 사대부를 기르기 위해 직책과 일을 준 것입니다. 이제 공신의 어머니와 처 그리고 택주宅主에 봉한 자도 역시 식록食祿을 허락하고 있습니다. 전하께서 공신을 대하는

뜻은 두텁습니다. 그러나 한집안 내에서 함께 천록天祿을 받으니 의리에 합당치 않습니다. 바라건대 여궁주女宮主, 왕자옹주王子翁主 외에 옹주택주翁主宅主에게는 급록給祿을 하지 마십시오."[81]

라고 하니, 태조가 말하기를,

"개국 공신의 부모와 처는 이미 문서에 쓰고 봉작封爵했는데 작爵이 있으면서 녹祿이 없는 것이 가하겠는가?"

라고 했다.

도승지都承旨 한상경韓尙敬에게 명하여 도평의사都評議使에 전지傳旨하여 말하기를,[82]

"왕씨의 제사가 끊어지고 하늘이 나로 하여금 처음으로 국가를 만들게 함은 실로 백성을 위함이다. 만약 하늘에 불경하고 백성에게 근면하지 않으면 반드시 하늘이 재앙을 내리리라. 예로부터 제대로 다스려지지 않은 세상은 임금과 신하가 서로 만나지 못했기 때문이다. 내가 비록 부덕하나 매번 경들이 때에 응하여 나와 나의 팔다리가 되어 대업을 처음으로 이루었다. 마땅히 아침부터 밤까

---

81 국초에 왕자의 처를 옹주에 봉했는데, 비록 왕자의 처가 아니라도 혹 옹주에 봉한 일이 있다.
82 본조 공정대왕 2년에 중추원中樞院 승지承旨를 고쳐 승정원承政院 승지로 했다. 태종 원년에 승지를 고쳐 승추부대언承樞府代言으로 하고, 도승지都承旨를 지신사知申事로 하며, 승선방承宣房을 대언사代言司라고 부르고, 인신印信을 두었다. 후에 대언사를 승정원이라고 하고, 또 동부대언同副代言 한 명을 두었다. 우리 전하 15년에 다시 지신사를 고쳐 도승지라고 하고, 대언을 승지라고 했다.

지 부지런히 힘써 하늘의 뜻을 보답해야 할 것이다.[83] 내가 늙고 병들어 듣고 결정하는 것이 피곤하니 다만 경들을 믿을 뿐이다. 잘 다스리고 싶은 마음을 어찌 잠시라도 감히 잊으리오. 경들은 각기 마음을 다하여 나의 부족함을 도우라."

라고 하니, 시중 조준, 김사형 등이 감읍하여 대답해 말하기를,

"신 등은 모두 어리석고 용렬하나 성상聖上을 만났으니 감히 마음과 힘을 다하여 만분의 일이라도 갚지 않을 수 있겠습니까."

라고 했다.

전중경殿中卿 변중량卞仲良이 병조정랑兵曹正郎 이회李薈에게 말하기를,

"예로부터 정권政權과 병권兵權을 한 사람이 갖는 것은 불가하다. 병권은 마땅히 종실宗室에 있고 정권은 마땅히 재상에게 있어야 한다. 이제 조준, 정도전, 남은 등이 이미 병권을 장악하고 있는데, 또 정권을 장악한다면 실로 불가하다."

라고 했다. 변중량이 이 말을 의안군義安君 화和에게 하니, 화가 태조에게 고했다. 태조가 변중량을 불러 물었더니, 변중량이 사실이라고 대답했다. 태조가 노하여 말하기를,

"이들 몇 사람은 내 팔과 다리 같은 신하로서 처음부터 끝까지 한마음을 가진 사람들이다. 이들을 혹시 의심한다면 누구를 믿을 수

---

83 『한서漢書』「매복전梅福傳」에, "뜻을 연마하고 정성을 다한다"는 말이 있다.

있단 말이냐. 이런 말을 하는 자는 반드시 다른 까닭이 있으리라."
라고 하고, 바로 대사헌 박경朴經과 순군만호巡軍萬戶 이직李稷에게
명하여 국문하도록 했다. 변중량은 영해寧海로, 이회는 순천順天으
로 유배시키고 모두 관직을 깎아버렸다.[84]

태조가 신궁新宮 양청凉廳에서 잔치를 베풀었다.[85] 남양군南陽君
홍영통洪永通, 창녕부원군昌寧府院君 성여완成汝完 등이 참석하였는
데, 이들은 잠저 때의 옛 친구들이다.[86]

---

84 영해는 본래 고구려 우시군于尸郡이다. 신라는 고쳐서 유린군有隣郡이라고 했다.
고려는 예주禮州라고 고쳤다. 현종은 방어사防禦使를 두었고, 고종은 덕원소도호
부德原小都護府로 승격시켰다가 후에 또 승격시켜 예주목禮州牧으로 삼았다. 충선
왕이 모든 목牧을 없앨 때 고쳐서 영해부寧海府로 했다. 본조 태조 6년 처음으로
진병마사鎭兵馬使를 두고 부사府使를 겸했다. 태종 13년에 고쳐서 도호부로 삼았
다. 단양丹陽이라는 별호가 있는데 지금은 경상도에 속한다. 순천은 본래 백제 감
평군欿平郡인데, 혹 무평武平이라고 불렀다. 신라는 승평군昇平郡으로 고쳤다. 고
려 성종이 새로 10도를 정할 때 승주연해군절도사昇州沿海軍節度使로 삼았다. 정
종은 다시 승평군으로 했고, 충선왕은 승주목昇州牧으로 승격시켰다가 후에 순천
부順天府로 강등시켰다. 본조에서는 그대로 썼는데, 성종 13년 고쳐서 도호부를
삼았다. 평양平陽이라는 별호가 있다. 진산은 인제산麟蹄山이다. 지금은 전라도에
속한다.
85 신궁은 지금의 경복궁景福宮이다. 양청의 옛터는 궁성의 북쪽 동산 안에 있다.
86 남양南陽은 본래 고구려 당성현唐城縣이다. 신라는 당은군唐恩郡으로 고쳤다. 고
려는 다시 당성현으로 했다. 현종은 수주水州 관내에 속하게 했다가 후에 옮겨 인
주仁州에 속하게 했다. 명종은 처음으로 감무를 두었다. 충렬왕은 이 현 사람 홍다
구洪茶丘가 원元나라의 정동행성우승征東行省右丞 벼슬을 했으므로 승격시켜 지익
주사知益州事로 삼았다. 후에 또 승격하여 강녕도호부江寧都護府가 되었다. 또 승

판삼사사判三司事 정도전이 다음과 같은 시를 지어 바쳤다.

동산에 봄은 깊어 꽃은 정녕 무성한데
늙은 옛 친구 위해 금 술잔을 두었네
하늘이 때를 알아 홀연히 비를 뿌리니[87]
홀연히 깨달았네 온몸을 적시는 임금의 은혜를

경신일庚申日 밤에,[88] 태조가 판삼사사 정도전 등 훈신勳臣들을 불

격하여 익주목益州牧이 되었다. 충선왕이 모든 목을 없앨 때 남양부南陽府로 강등
되었다. 본조에서는 그대로 썼다. 태종 13년 도호부로 고쳤다. 지금은 경기도에
속한다.

87 두보杜甫의 시에, "좋은 비가 시절을 알도다"라고 했다.

88 도가道家에서는 이렇게 말한다. 삼시신三尸神이 사람의 몸에 있는데, 상시上尸의
이름은 팽거彭琚이고, 중시中尸의 이름은 팽지彭躓이며, 하시下尸의 이름은 팽교
彭蹻이다. 일설에는, 상시의 이름은 청고青姑인데 사람의 눈을 잘 침노하고, 중시
의 이름은 백고白姑로 사람의 오장五臟을 잘 침노하며, 하시의 이름은 혈고血姑로
사람의 위명胃命을 잘 침노한다. 하나는 사람의 머리에 있으면서 사람으로 하여금
욕심을 많이 갖게 하는데, 수레와 말을 좋아한다. 하나는 사람의 내장에 있으면서
사람으로 하여금 먹고 마시는 것을 좋아하게 하고, 성을 내는 것을 좋아하게 하
며, 소기少氣를 많이 잊게 한다. 하나는 사람의 다리에 살면서 능히 사람으로 하여
금 색욕을 탐하게 하고, 살해 하기를 좋아하게 하여, 관절이 요란하고 오장이 춤
을 춘다. 삼시는 사람들의 드러나지 않는 잘못을 엿보아, 이것을 바로 적어, 매번
경신일이 되면, 그 사람이 깊이 잠들기를 기다려 몸 안의 칠백七魄과 함께 하늘로
올라가 그 허물과 죄를 말하여 흠향歆饗을 구한다. 이 사람이 허물이 많으면 전염
병으로 일찍 죽는다. 도를 닦은 사람은 마땅히 먼저 끊어 없앤다. 세 번 경신일을
지키면 삼시가 숨고, 일곱 번 경신일을 지키면 삼시가 없어진다. 지킨다는 것은

러 풍악을 잡히고 연회를 베풀었는데, 술이 취하자 태조가 정도전에게 말하기를,

"과인이 여기까지 이른 것은 경 등의 힘이니, 서로 공경하고 삼가는 것이 자손 만대까지 이르는 것을 기약할 수 있겠소."

라고 하니, 정도전이 대답하여 말하기를,

"제齊나라 환공桓公이 포숙鮑叔에게 묻기를, 어떻게 나라를 다스리겠느냐고 하자, 포숙이 대답하기를, '바라건대 공께서는 거莒나라에 있던 때를 잊지 마시고, 중보仲父는 함거檻車에 실렸던 때를 잊지 않도록 하겠습니다' 라고 했습니다.[89] 신은 바라건대, 전하께서 말에서 떨어지던 때를 잊지 않으시고, 신 또한 쇠사슬로 묶였던 때를 잊지 않는다면 자손 만대를 기약할 수 있습니다."[90]

잠을 자지 않아서 삼시가 그 허물을 말하지 못하게 하려는 것이다. 우리 나라 풍속에, 옛날부터 매해 마지막 경신일 밤에는 모여서 밤을 새우며 즐겁게 놀았다. 비록 도가의 설이기는 하지만 이것이 월령月令에 들어 있으므로 12월에는 악사樂師를 명하여 크게 연주를 하고 파하도록 했다. 그러므로 봄, 여름, 가을의 경신일은 모두 지키지 않는다.

89 거莒는 나라의 이름이다. 제나라 환공이 거나라로 달아나자 포숙이 가까이 했고, 자규子糾가 노魯나라로 달아나자 관중管仲이 가까이 했다. 양공襄公이 죽자 제나라 사람들이 환공을 부르니, 노나라 사람들도 또한 자규를 보내 관중으로 하여금 병사를 거느려 거나라 길을 막고 활을 쏘아 환공의 혁대 단추를 맞혔다. 후에 노나라는 관중을 차꼬와 수갑을 채워 제나라로 보냈다. 제나라 환공은 포숙의 천거를 받아 관중을 재상으로 삼았다. 환공이 관중과 함께 술을 마시는데, 관중이 술잔을 올리며 말하기를, "바라건대 임금께서는 거나라로 달아났던 것을 잊지 마십시오. 저 역시 노나라에서 묶였던 것을 잊지 않겠습니다" 라고 했다. 『설원說苑』에는, "관중이 눈을 가리우고 묶여서 함거 안에 있었다"고 했다.

라고 했다. 태조는 그렇다고 말하고, 사람을 시켜 『문덕곡文德曲』을
부르게 하고, 정도전을 바라보며 말하기를,

"이것은 경이 지어서 바친 것이니, 경은 마땅히 일어나서 춤을
추라."

고 하니, 정도전이 바로 일어나 춤을 추었다. 태조가 윗옷을 벗고
춤을 추라고 하고, 드디어 귀갑구龜甲裘를 하사하며 매우 즐거워 하
여 밤을 새우고서야 끝냈다.[91]

---

90 태조가 말에서 떨어진 일은 위 제22장에 있다. 정도전은 일찍이 보주甫州에서 갇
   힌 적이 있다. 쇠사슬로 묶였다는 것은 대체로 이때의 일을 말한다.
91 『문덕곡』은 문덕文德을 기린 것이다. 정도전은 이 노래를 지어 짧은 서문을 붙여
   바치면서 말하기를, "전하께서 처음 즉위하시어 법을 세우고 규칙을 정하여 백성
   과 더불어 다시 시작하는 것이니 기릴 일이 많습니다"라고 했다. 그 대강을 들어
   보면, 개언로開言路, 보공신保功臣, 정경계正經界, 정예악定禮樂이다. 그 가사는 다
   음과 같다.

> 법궁法宮이 엄중하여 구중九重이 깊고
> 하루 만 가지 일이 어지러운데
> 군왕이 민정民情을 바로 얻으려면
> 언로言路를 크게 열어 사방을 밝게 알아야 하네
> 언로를 여는 것을 신이 보니, 우리 임금의 덕은 요순과 같네.

> 성인이 명을 받아 용을 타고 나니
> 많은 선비 다투어 일어나 구름 따르듯 하네
> 계책을 펴고 힘을 쓰는 것 모두가 그 공이 되니
> 산하山河에 맹세하여 끝까지 보호하네
> 공신을 보호하는 것을 신이 보니, 우리 임금의 덕은 영원히 드리우네

봉상시奉常寺에서 계림군雞林君 정희계鄭熙啓의 시호諡號를 안양安煬, 안황安荒, 안혹安惑 등으로 의논하여 예조禮曹로 보고했다.[92] 예

경계經界가 무너져도 오랫동안 그대로 두니
강하면 합치고 약하면 뺏겨 서로 으르렁 대네
우리 임금 이것을 바르게 하여 넓게 정하니
창고는 가득하고 백성은 쉴 수 있네
경계를 바르게 정하는 것을 신이 보니
임금이시여, 즐거움을 천만세 누리소서

정치의 요체는 예악禮樂에 있으니
스스로 규문閨門을 가까이 하여 나라 안에 퍼지게 하네
우리 임금 정하시어 베푼 법도라면
차례 바르고 즐거워 화합하겠네
예악을 정하신 것을 신이 보니
공이 이루어지고 다스림이 정해진 것이 짝할 게 없네

귀갑구는 담비의 모피로 만든 것인데, 흑백이 서로 얽혀 있어 그 무늬가 거북
껍데기 같으므로 이렇게 이름을 지었다.

92 본조 태조 원년에 관제를 정했다. 봉상시에는, 판사判事가 정3품, 경卿이 종3품,
소경少卿이 정4품, 승丞이 종5품, 박사博士가 정6품, 협률랑協律郎이 정7품, 대축
大祝이 정8품, 녹사錄事가 정9품이었다. 태종 원년에, 박사를 고쳐서 주부主簿로
하고, 또 경을 영令으로 하고, 소경을 부령副令으로, 승을 판관判官으로 했다. 9년
에 고쳐서 전사시典祀寺라고 했다. 14년에 영을 고쳐서 윤尹으로 하고, 부령을 소
윤少尹으로 했다. 우리 전하 2년에 다시 봉상시라고 불렀다. 제사에 쓰는 곡물,
술, 그릇과 제사에 입는 옷, 악기 그리고 시호를 주는 일 등을 관장했다. 시호는
행실을 칭송하여 호를 세워 이름을 바꾸는 것인데, 주공周公으로부터 시작되었다.
시호를 하는 법에, 다투지 않고 화합하기를 좋아하는 것을 안安이라고 하고, 부녀
자를 좋아하고 예를 멀리 하는 것을 양煬이라 하며, 음악을 좋아하고 정치에 태만

조에서 문하부門下府로 알리자 문하부에서는 문서를 갖춰 임금의
뜻을 받들려고 하니, 태조가 시호를 정한 봉상시 박사 최견崔蠲을
불러 물었다.

"정희계는 원훈인데 시호를 주는 것을 어찌 이렇게 심하게 하는
가. 또 다만 그 허물만을 논하고 그의 공은 거론하지 않은 것은 어
찌된 일인가."

라고 하고, 바로 순군巡軍에 하옥하고 국문했다. 또 봉상시 소경 안
성安省, 승 김분金汾, 대축 한고韓皐, 협률랑 민심언閔審言, 녹사 이사
징李士澄은 가두었다. 이에 형조에서는 산기상시散騎常侍 김백영金伯
英, 이황李滉 등을 탄핵했다. 또 예조의 의랑議郎 맹사성孟思誠과 좌
랑佐郎 조사수趙士秀는 봉상시에서 시호를 잘못 주는 것을 따지지
않았다 하여 탄핵했다. 최견은 장杖 1백 대를 치고 김해金海로 귀양
보냈으며,[93] 안성 등은 차등을 두어 매를 치고, 안성은 축산丑山으

한 것을 황荒이라 하고, 뜻은 가득한데 곤궁한 것을 혹惑이라고 한다.

93 김해는 본래 가락국駕洛國이다. 후한後漢 광무제光武帝 건무建武 18년, 가락국의
우두머리 아도간我刀干, 여도간汝刀干, 피도간彼刀干 등 아홉 명이 그 백성을 이끌
고 제사를 지내는데 구지봉龜旨峯을 바라보니 이상한 소리와 기색이 있어 가서 보
았다. 하늘에서 떨어진 금으로 된 통이 있고 그 안에는 금빛의 알이 있는데, 둥글
기가 해와 같았다. 아홉 사람이 절하고 신으로 받들어 아도간의 집에 두었다. 다
음날 아홉 사람이 함께 모여 통을 열어 보니, 한 동자가 껍질을 가르고 나오는데
나이는 15세 정도이고 용모가 심히 아름다웠다. 무리가 모두 축하의 절을 하고 예
를 다했다. 동자는 나날이 재능이 뛰어났는데, 십여 일이 지나자 신장이 9척이 되
었다. 아홉 사람이 드디어 임금으로 받드니, 바로 수로왕首露王이다. 국호를 가락
국이라고 했는데 가야伽倻라고 부르기도 했다. 후에 금관국金官國이라고 고쳤다.

로, 김분은 각산角山으로, 민심언은 순천順天으로, 이사징은 강주康
州로 유배보냈다.[94] 전백영, 이황, 맹사성, 조사수 등은 모두 파직했
다. 정희계의 시호를 양경良景으로 고쳐서 올렸다.[95]

중추원 부사中樞院副使 신극공辛克恭을 동북면도선위사東北面都宣慰
使로 삼아 편지와 함께 옷과 술을 도선무순찰사都宣撫巡察使 정도전
에게 내렸다.[96] 그 글은 다음과 같다.

그 나라의 동쪽은 황산강黃山江에 이르고, 동북으로는 가야산伽倻山에 이르며, 서
남으로는 큰 바다에 닿았고, 서북으로는 지리산智異山이 경계이다. 1백58년 동안
재위하다가 헌제獻帝 건안建安 4년에 돌아갔다. 9대 손인 구해왕仇亥王에 이르러
신라에 항복하였다. 신라 법흥왕은 손님의 예로써 대접하여 그 나라를 식읍으로
삼아 금관군金官郡이라고 했다. 문무왕은 처음으로 금관소경金官小京을 두었는데,
경덕왕은 김해소경金海小京으로 고쳤다. 고려 태조는 김해부金海府로 고쳤다가 후
에 임해현臨海縣으로 강등시켰다. 또 군으로 승격시켰다. 성종이 금주안동도호부
金州安東都護府로 고쳤는데, 현종은 금주방어사金州防禦使로 강등시켰다. 원종은
금녕도호부金寧都護府로 승격시켰고, 충렬왕은 금주목金州牧으로 승격시켰다. 충
선왕이 모든 목牧을 없앨 때 다시 김해부로 했다. 본조에서는 그대로 했다. 태종
13년 도호부로 고쳤다. 분성盆城이라는 별호가 있다. 그 진산은 분산盆山이다. 지
금은 경상도에 속한다.

94 축산도는 경상도 영해부寧海府 동쪽 15리 바다 가운데 있다. 각산향角山鄉은 진주
晉州 남쪽 30리 해변에 있다. 강주는 바로 진주晉州이다.

95 시호를 정하는 법에 온화하고 착하며 음악을 좋아하는 것을 양良이라고 하고, 의
로움으로 구제하는 것을 경景이라고 한다.

96 선위사는 외방에 마땅히 대신大臣이 가서 위문할 일이 있을 때, 대신을 보내 위로
하는 것이다. 선무순찰사 역시 항상 두는 것은 아니고, 사방에 일이 있으면 대신
을 보내 그 일을 하는 것이다.

"서로 헤어진 지 오래되니 생각이 더욱 깊어지오. 신중추辛中樞를 보내 수고로움을 물으려고 했는데, 최긍崔兢이 마침 와서 동정을 갖추어 알려주니 조금 위안이 되고 걱정이 풀리오.[97] 이에 바람과 이슬을 막게 동옷 한 벌을 보내니 받으면 다행이겠소. 이참찬李參贊과 이절제사李節制使 있는 곳에도 각기 동옷 한 벌씩을 함께 보내오.[98] 못 잊어 그리워하는 뜻을 말해주기 바라며 남은 말은 신중

---

97 이때 정도전을 선무사로 삼아 가서 주州, 부府, 군郡, 현縣의 이름을 정하게 했다. 최긍을 종사관從事官으로 삼았는데, 정도전은 최긍을 서울로 보내 그곳의 일을 알렸다.

98 처음에 참찬문하부사參贊門下府事 이지란李之蘭을 도병마사都兵馬使로 삼고, 첨절제사僉節制使 이원경李原景을 병마사兵馬使로 삼아 정도전의 행차를 돕도록 했다. 고려 공양왕은 성오군省五軍을 삼군도총제부三軍都摠制府로 했다. 본조 태조 2년에 의흥삼군부義興三軍府로 고쳐 안팎의 군마軍馬를 관장하게 했다. 영부사令府事가 한 명, 판부사判府事가 한 명인데 판삼사사判三司事 이상은 겸임하도록 했다. 지부사知府事가 한 명이고 중추中樞 이상은 겸임하도록 했다. 중좌우군절제사中左右軍節制使 각 두 명은 종실성재室宗省宰가 겸임하고, 동지절제사同知節制使 각 두 명은 중추가 겸임하도록 했다. 첨절제사僉節制使 각 두 명은 정3품으로 했다. 공정왕 2년에 중추합삼군부中樞合三軍府를 혁파하여 녹관祿官으로 삼았다. 태종 원년에 의흥삼군부義興三軍府를 고쳐 승추부承樞府로 삼아 승추부 모某 군총제軍摠制라고 부르고 군정을 장악하도록 했다. 3년에 삼군에 각기 도총제부都摠制府를 설치하고 도총제都摠制 한 명, 총제 두 명, 동지총제同知摠制 두 명, 첨총제僉摠制 두 명을 두었는데, 승추부에는 매이지 않고 군무는 옛날처럼 통괄했다. 5년에는 승추부를 혁파하고 병조로 돌려보냈다. 8년에 다시 장군총제掌軍摠制를 설치하였다. 9년에 의흥부를 더 설치하고 판사, 지사, 동지사 각 한 명을 겸임하도록 했다. 12년에 의흥부를 혁파하고 다시 병조에 명하여 군정을 장악하도록 했다. 15년에 삼군총제 각 한 명, 동지총제 각 두 명, 첨총제 각 한 명을 더 두었다. 우리 전하 14년에 삼군총제부를 혁파하고 중추원中樞院을 두었다. 판부사判副事 세 명은 종1품이

추에게 들으시오. 봄추위가 이런 때에 몸조심하고 변방의 공을 세우도록 하오. 불구不具. 송헌거사松軒居士는 쓰노라.[99]

태조가 평주平州 온천에 갔다가 소마동(所磨洞, 설멧골)에 이르러 가마를 멈췄다.[100] 우정승 김사형金士衡, 의성군宜城君 남은과 함께 잠저 때의 서로 친하던 정과 개국 때의 힘쓴 일을 얘기하며 술잔을 서로 권하니 친하기가 옛날과 같았다.[101]

감찰監察 김부金扶가 감찰 황보전皇甫琠과 함께 새 감찰 김중성金仲誠의 집에서 술을 마셨다. 좌정승 조준의 집을 지나다 말하기를,

---

고, 원사院使, 지원사知院事 각 세 명은 정2품이며, 동지원사同知院事, 부사副使 여덟 명은 종2품이고, 첨지원사僉知院事 여섯 명은 정3품이다. 16년에 첨지원사 네 명을 더 두었고, 18년에 정1품의 영원사領院事 한 명을 두었다.

99 태조가 잠저 때 집의 호를 써서 송헌거사라고 했다.

100 평주는 본래 고구려 대곡군大谷郡이다. 혹 다지홀多知忽이라고도 부른다. 신라는 영풍군永豐郡이라고 고쳤다. 고려는 평주라고 고쳤다. 성종은 방어사를 두었고, 현종 때 지주사知州事로 했다. 본조 태종 13년 평산군平山郡으로 고쳤다. 15년 도호부都護府로 승격시켰다. 연덕延德이라는 별호가 있는데, 혹 동양東陽이라고도 부른다. 지금은 황해도에 속한다. 온천은 부의 남쪽 55리에 있다. 소마동은 경기도 적성현積城縣 남쪽의 감악산紺嶽山 서쪽에 있는데 현에서 5리쯤 떨어져 있다. 이때 태조는 회암사檜巖寺에 행차했는데, 이 마을을 경유하여 평주로 갔다.

101 의성은 본래 신라 장함현獐含縣이다. 경덕왕이 의령宜寧이라 고치고 함안군咸安郡의 현으로 했다. 고려 현종은 진주晉州의 관내에 속하게 했다. 공양왕은 처음으로 감무監務를 두고 신번현新繁縣에 속하게 했다. 지금은 현감을 두었다. 의춘宜春이라는 별호가 있다. 경상도에 속한다.

"비록 큰 집을 지었으나 어찌 오랫동안 살 수 있으리오. 후일 반드시 다른 사람이 가지리라."
라고 했다. 황보전이 이 말을 듣고 주부注簿 이양수李養修에게 말하니 이양수는 성균 악정成均樂正 김분金汾에게 말했다. 김분은 조준의 문인門人이므로 조준에게 고했다. 조준이 태조에게 알렸다. 태조가 노하여 말하기를,

"조준은 개국의 원훈이니 나라와 함께 즐거움과 슬픔을 같이 한다. 조준이 오래가지 못한다고 한 것은, 이것은 조선의 사직이 오래가지 못한다는 것과 마찬가지이다."
라고 하고 빨리 극형에 처하도록 했다. 황보전과 이양수는 조정에 바로 보고하지 않았으므로, 황보전은 장형杖刑에, 이양수는 태형笞刑에 처했다. 그리고 김부와 같이 술을 먹은 18인은 파직시켰다.

제79장

이 장은 윗 장을 이어 반복하여 노래한 것이다.

시종始終이 다르실쌔 공신功臣이 의심疑心하니 정정무기定鼎無幾에 공功이 그치니이다

시종始終이 같으실쌔 공신功臣이 충심忠心이니 전조만세傳祚萬世에 공功이 그치리이까

始終有異　功臣疑惑　定鼎無幾　遽絶其績
始終如一　功臣忠勤　傳祚萬世　豈絶其勳

시종이 다른 일은 제78장에 있다.
시종이 같은 일은 제78장에 있다.

제80장

무공武功뿐 아니 위爲하샤 선비를 알으실쌔 정치지업鼎峙之業
을 세우시니이다[102]

토적討賊이 겨를 없으시어 선비를 다스리실쌔 태평지업太平之
業이 빛나시니이다.

匪直爲武　且識儒生　鼎峙之業　肆克樹成
不遑討賊　且愛儒士　太平之業　肆其光煒

촉蜀의 선주先主가 말했다.

"내가 진원방陳元方과 정강성鄭康成 사이를 주선周旋했는데, 매번
아뢰는 것을 보고 난을 다스리는 길을 다 알았다."[103]

---

102 정치는 한漢·위魏·오吳 세 나라가 솥발처럼 서 있는 것을 말한다.

태조가 본래 경술經術을 중히 여겨, 비록 군중에 있어도 군사 일을 쉬는 틈이 있으면 매번 유학자를 불러 경사經史의 대략을 논의했는데, 때로는 한밤이 되어도 자지 않았다. 올라兀剌를 정벌할 때,[104] 무너진 담장 안에서 우는 소리가 들려 사람을 시켜 가서 보도록 했다. 한 사람이 옷을 벗은 채로 서서 얼굴을 가리고 울고 있었다. 불러서 물어보니, 이에 말하기를,

"나는 원元나라 때 장원壯元을 했던 배주拜住인데, 당신네 나라 이인복李仁復은 나와 동년同年입니다."[105]

라고 했다. 태조는 장원이라는 말을 한 번 듣고는, 바로 옷을 벗어 그에게 입히고 말에 태워 함께 돌아왔다. 고려 공민왕이 배주에게 판사농시사判司農寺事를 배수하고, 성을 하사하고 이름은 한복韓復이라고 했다. 거자擧子들이 많이 와서 정문程文을 바로잡았다.[106]

고려 신창이 교서를 내려 다음과 같이 말했다.

"경은 성품과 행실이 착하고 한결 같으며 도량이 넓다. 독서에 게으르지 않고, 일은 반드시 고훈古訓을 모범으로 삼는다."[107]

---

103 원방은 기紀의 자이고, 강성은 현효의 자이다.

104 이 일은 위 제39장에 있다.

105 첫째로 과거에 급제한 것을 장원이라고 하고, 둘째를 방안榜眼, 셋째를 탐화探花라고 하며, 같이 과거에 든 사람을 동년이라고 한다. 이인복은 원나라 순제順帝 지정至正 신사년 제과制科에 들었다.

106 거자는 과거에 자주 응시하는 사람이다. 정문은 과거에 나오는 격식의 글이다.

107 고훈은, 옛날 어진 임금들의 교훈인데, 몸을 닦고 천하를 다스리는 도를 실어놓

제81장

천금千金을 아니 아끼샤 글 책冊을 구求하시니 경세도량經世度量이 크시니이다

성성聖性을 아니 믿으샤 학문學問이 깊으시니 창업규모創業規模가 멀으시니이다

　　不吝千金　典籍是索　經世度量　是用恢廓

　　不矜聖性　學問是邃　創業規模　是用遠大

송宋나라 태조의 성격은 무겁고 말이 적었는데, 책 보기를 좋아하여 비록 군중에 있을 때라도 책을 손에서 놓지 않았다. 어떤 사람에게 기이한 책이 있다는 소리를 들으면 1천금을 아끼지 않고 그것을 사들였다. 주周나라 세종世宗을 따라 회전淮甸을 평정할 때, 어떤 사람이 세종에게 참소하여 말하기를,

"조광윤趙匡胤이 수주壽州를 함락시키고 사사로이 몇 대나 되는 수레를 가득 채웠는데, 모두 귀중한 보배입니다."[108]

라고 했다. 세종이 조사하려고 관리를 보내 궤짝의 물건을 다 꺼냈는데, 오직 책 수천 권뿐이고 다른 물건은 없었다. 세종이 급히 불

은 이전二典이나 삼모三謨 같은 부류의 것이다.

108　광윤은 송나라 태조의 이름이다. 수주를 함락시킨 일은 위 제24장에 있다.

러 묻기를,

"경은 바야흐로 나의 장수가 되어 강토를 넓히려고 하는데, 마땅히 군대를 굳세고 날카롭게 하는 데 힘쓸 것이지, 책은 어디에 쓰려고 하느냐."

라고 하자, 태조가 머리를 조아리고 말하기를,

"신은 아무런 계책도 없으면서 임금님의 덕을 입어 함부로 임무를 맡아서 항상 미치지 못할까 두려워했습니다. 책을 모은 것은 견문을 넓히고 지혜와 뜻을 더하려는 것입니다."

라고 했다. 세종은 좋다고 했다.

태조의 활달하여 세상을 바로잡을 수 있는 도량과 인후하여 살리기를 좋아하는 덕은 천성으로부터 나온 것인데, 공훈이 빛날수록 더욱 공손하고 겸손했다.[109] 또 평소에 유술儒術을 중히 여겨, 일을 보는 여가에 항상 유자儒者인 유경劉敬 등과 경사經史를 보며 즐거워하여 피로함도 잊으니, 뜻을 떨쳐 세상의 도를 돌이킬 뜻이 있었다. 일찍이 가문에 유학을 닦은 사람이 없는 것을 싫어하여 태종으로 하여금 학문으로 나아가게 했다. 태종이 날마다 힘써 책 읽기를 게을리하지 않으니, 태조는 일찍이 말하기를,

"나의 뜻을 이룰 자는 반드시 너로다."

라고 했다. 신덕왕후神德王后가 매번 태종이 책 읽는 소리를 들을

---

109 『서경』에, "남의 목숨을 아끼는 덕은 백성을 기쁘게 하네"라고 했다.

때면 감탄하여 말하기를,

"어찌하여 내게서 나지 않았는가."

라고 했다.

신우 때, 태종이 급제하니 태조가 대궐 뜰에서 사은謝恩하고 감격이 복받쳐 눈물을 흘렸다.[110] 제학提學에 배수되자[111] 태조는 매우 기뻐하여 사람을 시켜 관교官敎를 두 번 세 번 읽었다.[112]

태조는 매 연회에서 손님을 모아놓고 태종으로 하여금 연구聯句를 짓게 하고는 번번히 말하기를,

"나와 손님들이 즐거워함에는 너의 힘이 크다."

고 했다.[113] 태종이 뛰어난 덕을 이룰 수 있었던 것은, 비록 천성에 의한 것이지만 태조가 애써 학문을 권장함에 따른 것이다.

---

110 한漢나라에서 선비를 뽑을 때 사책射策에 합격한 자를 등제登第라고 했는데, 또한 급제及第라고도 했으니, 그 문장과 학식이 차례에 들거나 미친다는 말이다. 태종은 홍무洪武 계해년에 과거에 들었다.

111 홍무 임신년에 밀직제학密直提學에 배수되었다.

112 관교는 바로 임직 사령장이다.

113 한漢나라 무제武帝 때 백량대栢梁臺 시를 지으면서 신하들에게 칠언시七言詩를 짓게 했는데, 연구체聯句體가 여기에서 시작되었다. 양梁나라 하손집何遜集에 그 풍격이 많다. 당唐나라 문사로서 연구를 지은 사람이 또한 많다. 한 구句나 혹은 두 구를 짝하는데, 역시 한 구를 대對하거나 한 구를 내었다.

제82장

작은 선비를 보시고 어좌御座에서 일어나시니 경유지심敬儒之
心이 어떠하시니

늙은 선비를 보시고 예모禮貌로써 꿇으시니 우문지덕右文之德
이 어떠하시니[114]

引見小儒　御座遽起　敬儒之心　云如何已

接見老儒　禮貌以跪　右文之德　云如何已

고려 충렬왕이 세자를 원나라에 보낼 때[115] 정당문학政堂文學 정가
신鄭可臣, 예빈윤禮賓尹 민지閔漬 등을 딸려 보냈다. 하루는 원나라
세조가 편전便殿에서 세자를 불러 보고는, 안석에 기대고 누워서,
무슨 책을 보느냐고 물었다. 대답하기를,

"스승인 유사 정가신과 민지가 이곳에 있어서, 숙위하는 여가에
때때로 『효경』, 『논어』, 『맹자』를 물어서 바로잡습니다."

---

114 예모는 예의로써 공경에 이른다는 뜻이다. 사람의 도는 오른쪽을 숭상하므로 오
른쪽으로 존경을 나타낸다. 그러므로 문文을 존중하는 것을 우문右文이라고 하
고, 무武를 존중하는 것을 우무右武라고 한다. 존중할 것이 없는 것을 무출기우無
出其右라고 한다.

115 충렬왕은 원나라 세조世祖의 딸인 제국대장공주齊國大長公主에게 장가들어 아들
장장璋을 낳아 세자로 삼았는데, 이가 충선왕이 되었다.

라고 하니, 세조가 크게 기뻐하며 정가신을 불러오라고 했다. 세자가 이끌고 함께 들어왔다. 세조가 급히 일어나 관을 쓰고 책망하여 말하기를,

"네가 비록 세자라도 내 외손자이며, 저들은 비록 배신陪臣이나 유자이다. 어찌 나로 하여금 관을 쓰지 않고 만나게 하는가."[116]

라고 하고, 이에 자리를 주고 본국의 대대로 서로 전하는 차례와 치란治亂의 자취며 풍속의 아름다움을 진시辰時에서 미시未時까지 물었는데, 들으면서 피곤해 하지 않았다.

그 후에 공경公卿에게 명하여 교지交趾를 정벌하는 일을 의논할 때, 고려 세자의 스승 두 사람을 불러 함께 의논하도록 하라고 했다.[117] 두 사람이,

"교지는 먼 지방의 오랑캐입니다. 군사를 수고롭게 하여 치는 것은 사신을 보내어 불러오는 것만 못합니다. 만약 고집이 세고 사리에 어두워 복종하지 않으면, 죄를 말하고 정벌하면 한 번에 만전을 기할 수 있습니다."

라고 대답하니 황제의 뜻에 맞았다. 이에 정가신은 한림학사 가의대부翰林學士嘉議大夫를 제수받고, 민지는 직학사 조열대부直學士朝列

---

116 제후의 신하는 천자에게 있어서는 배신이고, 대부의 가신家臣은 제후에게 있어서 배신이다.

117 교지는 당唐나라 때 안남安南의 땅이다. 남방의 오랑캐는 그 발이 크고 발가락이 넓게 벌어져서, 만약 두 발로 서면 그 발가락이 서로 교차하므로 이름을 교지라고 했다.

大夫를 받았다.[118]

고려 공양왕 때 한산군韓山君 이색李穡이 임금의 부름을 받고 귀양지에서 서울로 돌아와 잠저에서 태조를 뵈었다.[119] 태조가 놀라며 기쁘게 맞아 상좌에 앉히고 무릎을 꿇고 술을 올려 이색에게 곧 마시기를 청했다. 이색이 사양하지 않았다. 매우 즐기다 끝을 내었다. 사람들이 모두 이색이 사양하지 않은 것을 비난했다.

제83장

군위君位를 보배라 하실쌔 큰 명命을 아뢰려고 바다 위에 금탑金塔이 솟으니

자에서 제도制度가 날쌔 인정仁政을 맡기려고 하늘 위의 금척金尺이 나리시니[120]

位曰大寶　大命將告　肆維海上　迺湧金塔
尺生制度　仁政將託　肆維天上　迺降金尺

118　원나라 제도에, 한림원翰林院에는 학사學士가 두 명, 직학사直學士가 두 명이다. 가의대부는 정3품이고, 조열대부는 종4품이다.
119　이색은 일찍이 윤이尹彝와 이초李初의 일에 걸려 한산韓山으로 유배를 갔었다.
120　『맹자』에, "어진 정치를 행하여 왕 노릇하는 것은 능히 막을 수 없다"고 했다.

고려 태조가 즉위하기 전 꿈에 9층 금탑이 바다에서 솟아올랐는데 스스로 그 위에 올라갔다.

자에서 제도가 나온 일은 제13장에 있다.

제84장

임금이 현賢커신마는 태자太子를 못 얻으실째 누운 나무 일어서니이다
나라가 오래건마는 천명天命이 다해갈째 이운 나무 새잎 나니이다

維帝雖賢　靡有太子　時維僵柳　忽焉自起
維邦雖舊　將失天命　時維枯樹　茂焉復盛

한漢나라 소제昭帝 때 태산泰山의 큰 돌이 스스로 일어서고,[121] 상림上林에 말라 쓰러진 버드나무가 스스로 일어나 살았다. 부절령符

---

121 소제의 이름은 불릉弗陵인데 무제武帝의 막내아들이다. 소제 원봉元鳳 3년 태산의 채무산茶蕪山 남쪽에서 수천 명이 시끄럽게 떠드는 것 같은 소리가 들렸다. 백성들이 보니 큰 돌이 저절로 일어섰는데, 높이는 1장 5척이고, 둘레는 48아름으로 돌 세 개가 다리가 되어 있었다.

節令 휴홍眭弘이 말하기를,[122]

"돌과 버드나무는 음陰에 속하는 것으로 백성의 상상象입니다. 이제 큰 돌이 스스로 서고, 누웠던 버드나무가 다시 일어선 것은 사람의 힘으로 된 것이 아닙니다. 이것은 마땅히 필부匹夫로부터 천자가 될 사람이 있다는 것입니다."
라고 했다.

5년 후 소제가 죽고 후사가 없어서 선제宣帝가 민간에서 일어나 즉위했다.[123]

이덕유李德裕가 다음과 같이 말했다.[124]

"임금의 덕은 밝게 이르는 것보다 큰 것이 없다. 밝음으로 간사함을 비추면 1백 가지 사악함이 덮여질 수 없다. 한나라 소제가 그렇다. 이伊·여몸의 보좌를 얻게 한다면 성成·강康도 같이 하기가 부족하다."[125]

---

122 부절령은 부절符節을 관장하는데 소부少府에 속한다.
123 선제의 이름은 병기病己로 무제의 증손이요, 사황손史皇孫의 아들이다. 태어난 지 몇 달 후 무당의 저주를 받은 일이 있어 할머니의 집안인 사씨史氏에게 의탁했다. 창읍왕昌邑王이 폐함에 이르러 곽광霍光 등이 맞아들여 황제로 즉위하여 이름을 순詢으로 바꿨다.
124 덕유의 자는 문요文饒인데 당唐나라 무종武宗 때 사람이다.
125 이·여는 이윤伊尹과 여망呂望이다. 성·강은 주나라 성왕成王과 강왕康王을 말한다.

덕원德源에 큰 나무가 말라 죽은 지 몇 년이 되었는데, 개국하기 1년 전에 다시 가지가 자라나고 잎이 피어 무성했다. 이때 사람들이 개국의 조짐이라고 했다.

제85장

방면方面을 몰라보시고 벼슬을 돋우시니 하늘 마음을 누가 고치리
참문讖文을 몰라 보거늘 나라 이름을 갈으시니 천자天子 마음을 누가 달래리

不覺方面　聿陞官爵　維天之心　誰改誰易
未曉讖文　聿改國號　維帝之衷　誰誘誰導

주周나라 세종世宗이 요遼나라를 정벌하고 돌아오는 길에, 사방의 문서를 살펴보다가 가죽 주머니에 들어 있는 3척쯤 되는 나무를 보았다. 거기에는, "점검點檢이 천자가 된다"라고 적혀 있었다. 이때 장영덕張永德이 점검이었다. 장영덕은 주나라의 친척으로 공이 있었다.[126] 세종은 그를 의심하여 드디어 송나라 태조로 바꿨다. 세

---

126 장영덕은 주나라 태조의 사위이다.

종은 매번 신하 가운데 얼굴이 네모나고 귀가 큰 자를 보면 반드시 죽였다. 그러나 태조가 점검이 되어 매일 곁에서 모셔도 깨닫지 못했다.

"조명무明"이라는 글이 도참에 있었으나 사람들이 그 뜻을 밝히지 못했다. 명나라 천자가 나라 이름을 바꿔 "조선朝鮮"이라고 했다.[127]

제86장

여섯 노루 지며 다섯 까마귀 지고 비뚤어진 나무를 날아 넘어 가니

석벽石壁에 숨었던 옛날 글 아니라도 하늘 뜻을 누가 모르리

六麞斃兮　五鴉落兮　于彼橫木　又飛越兮
巖石所匿　古書縱微　維天之意　孰不之知

여섯 마리 노루를 잡은 일은 제28장에 있다.

127　조선朝鮮은 아침 해가 선명하다는 뜻이니, 이것은 참언의 무明[아침 일찍]과 합치된다.

태조가 어렸을 때, 정안옹주定安翁主 김씨金氏가 담장 위에 있는 까마귀 다섯 마리를 보고 쏘기를 청했다. 태조의 한 발에 까마귀 다섯 마리의 머리가 모두 떨어졌다. 김씨가 이를 이상하게 생각하여 삼가 이 일을 누설하지 말라고 태조에게 말했다.

　태조가 이두란李豆蘭과 나란히 사슴 한 마리를 쫓는데, 갑자기 가로누운 나무가 바로 앞에 있어 사슴은 나무 밑으로 달아났다. 이두란은 말을 세워 돌아서 갔다. 태조는 나무 위를 뛰어넘고 말은 나무 밑으로 나가, 바로 말을 타고 쫓아가 쏘아 잡았다. 이두란이 놀라 감탄하여 말하기를,

　"공의 재주는 하늘이 낸 것이지 사람의 힘으로 한 것은 아닙니다."
라고 했다.

　고려 공양왕 때, 태조가 임강臨江 화장산華藏山에 사냥을 갔다.[128] 사슴을 쫓다가 절벽에 닿았는데, 높이가 수십 척이고 그 경사가 가파라서 사람으로서는 내려갈 수가 없었다. 사슴은 미끄러져 내려갔

128　임강현臨江縣은 본래 고구려 장항현獐項縣이다. 신라는 임강으로 고치고 우봉군牛峰郡에 속한 현으로 삼았다. 고려 현종 때는 장단長湍 관내에 속하게 하고 상서도성尚書都省에서 관장하도록 했다. 문종 때는 개성부開城府에 직속시켰다. 공양왕 원년 처음으로 감무를 두었다. 본조 태종 14년 현을 없애고 장단에 합쳐 장림현長臨縣이라고 불렀다. 얼마 후에 다시 임강현감臨江縣監을 두었다. 지금은 경기도에 속한다. 화장산은 임강현 서쪽 50여 리에 있다. 　·

다. 태조가 말에 채찍질하여 미끄러지게 해서 내려가 바닥에 이르니 말은 넘어져 일어나지 못했다. 태조는 바로 사슴을 쏘아 죽였다.

태조가 잠저에 있을 때, 어떤 중이 문에 와서 이서異書를 바치면서 말하기를,

"지리산地異山 바위 가운데서 얻은 것입니다."
라고 했다. 그 글에, '목자가 돼지를 타고〔木子乘猪〕 내려와 삼한의 경계를 바로잡는다'는 구절이 있었다.[129] 사람을 시켜 맞아들이라고 했는데, 이미 가버려 찾지 못했다.

제87장

말 위에서 큰 범을 한 손으로 치시며 싸우는 큰 소를 두 손에 잡으시며

다리에 떨어질 말을 넌지시 당기시니 성인신력聖人神力을 어찌 다 아뢰리

馬上大虎　一手格之　方鬪巨牛　兩手執之
橋外隕馬　薄言挈之　聖人神力　奚磬說之

---

129 태조가 을해乙亥년에 태어났다.

태조는 젊어서 동북면東北面에 있었는데, 어떤 사람이 고하기를,
"어떤 숲속에 큰 호랑이가 있다."
고 했다. 태조가 활을 들고 또 화살을 허리에 차고 가서, 숲의 뒷쪽
언덕을 올라가 사람들로 하여금 밑으로 달리라고 했다. 태조가 문
득 보니 호랑이가 옆에 매우 가까이 있어서 바로 말을 달려 피했
다. 호랑이가 쫓아오니 말 궁둥이에 올라서서 잡으려고 했다. 태조
가 오른손을 휘둘러 치니 호랑이가 벌렁 자빠져 일어나지 못했다.
태조가 말을 돌려 쏘아 죽였다.

고려 공양왕 때, 태조는 함주咸州에 있었다. 큰 소가 서로 싸우는
데 많은 사람들이 멈추려고 했으나 못했다. 혹 옷을 벗어 던지기도
하고, 혹 불을 붙여서 던지기도 했으나 그만두게 하지 못했다. 태
조가 두 손으로 소를 잡으니 소가 싸울 수 없었다.

공양왕 때, 태조가 통천通川 총석정叢石亭을 구경갔다. 안변安邊
학포교鶴浦橋에 이르러 졸다가 말이 발을 헛디며 떨어졌다.[130] 태조

---

130 통천은 본래 고구려 휴양군休壤郡이다. 신라는 금양군金壤郡으로 고쳤다. 고려
   초에 현령을 두었다. 충렬왕 11년에 지통주사知通州事로 승격시켰다. 본조에서는
   그대로 썼다. 태종 13년 통천군通川郡으로 고쳤다. 지금은 강원도에 속한다. 총叢
   은 모인다는 뜻이다. 총석정은 통천군 북쪽 12리에 있다. 수십 개의 돌기둥이 바
   다 가운데 모여 서 있다. 돌은 모두 육면으로 모양은 옥을 깎아놓은 것 같은데,
   피리를 묶어놓은 것 같은 것이 네 곳이다. 정자는 바닷가 절벽의 총석 가까이에
   있으므로 이런 이름을 얻었다. 신라는 고구려 곡포현鵠浦縣을 학포현鶴浦縣으로

가 바로 내려서서 두 손으로 말의 귀와 갈기를 잡으니, 말은 공중에 걸려 있게 되었으나 끝내 놓지 않았다. 사람을 시켜 차고 있던 칼을 빼어 안장 등의 마구를 잘라낸 후 놓았다. 말은 빠졌다가 다시 떠올라 헤엄쳐 나왔다.

제88장

마흔 사슴의 등과 도적의 입과 눈과 차양遮陽의 세 쥐 옛날에
도 있었던가
엎드린 꿩을 꼭 날리시니 성인신무聖人神武가 어떠하시니

麋脊四十　與賊口目　遮陽三鼠　其在于昔
維伏之雉　必令驚飛　聖人神武　固如何其

태조가 신우를 따라 해주海州로 사냥을 갔다. 화살 만드는 사람이 새 화살을 바쳤다. 태조가 종이 뭉치를 노적가리 위에 어지러이 꽂아 놓도록 하고 쏘아서 모두 맞혔다. 그리고 좌우를 보고 말하기를, "오늘 짐승을 쏘는 것은 모두 등을 맞히겠다."

고쳐 금양군金壤郡에 속하게 했다. 지금은 함길도咸吉道 안변부安邊府 관내인데, 부 동쪽 50여 리에 있다. 다리는 학포현 앞에 있으므로 인하여 학포교라는 이름을 붙였다.

라고 했다. 태조는 평시에 짐승을 쏘면 반드시 오른쪽 안시골雁翅骨을 맞혔다. 이날 사슴 40마리를 쏘았는데, 모두 그 등을 정확히 맞혔다. 사람들이 그 신기함에 감복했다. 보통 사람들이 짐승을 쏠 때, 짐승이 왼쪽에 있으면 짐승의 오른쪽을 쏘고, 짐승이 오른쪽으로부터 가로질러 왼쪽으로 달려나가면 짐승의 오른쪽을 쏘았다. 태조가 짐승을 쫓는 것은 짐승이 비록 오른쪽에서 왼쪽으로 달리더라도 바로 쏘지 않고, 반드시 그 말을 옆으로 꺾어 채찍질하여 짐승이 왼쪽에서 곧바로 달리게 한 다음에 쏘았는데, 또한 반드시 오른쪽 안시골을 명중시켰다. 이때의 사람들이 모두 말하기를,

"이공李公이 1백 마리 짐승을 쏘면 반드시 1백 마리 모두 그 오른쪽을 맞힌다."

라고 했다.

적의 입과 눈을 쏜 일은 제35장과 제37장에 있다.

태조가 잠저에 있을 때, 우인열禹仁烈과 서청西廳에 앉아 있다가 차양遮陽을 보니 쥐 세 마리가 문미門楣를 타고 달아났다. 태조가 종을 불러 활과 촉이 나무로 된 화살 셋을 가지고 오게 하여 그것을 갖고 기다렸다. 쥐 한 마리가 문미를 돌아 지나가니, 태조가 말하기를,

"다만 맞출 뿐이지 상하게까지는 않는 것이 좋겠다."

라고 했다. 드디어 쏘니, 쥐가 화살과 함께 떨어졌는데 과연 죽지

않고 달아났다. 나머지 두 마리도 역시 그와 같이 했다.

태조가 들판을 지날 때, 엎드린 꿩을 보면 반드시 놀라 날아가게
하여 높이가 몇 장이 되면 올려다보고 쏘아 번번히 맞혔다. 태조가
일찍이 송도松都의 교외에서 사냥을 하는데, 엎드려 있는 꿩을 보
고 촉 없는 화살로 쏘아 맞혀서 떨어뜨렸다. 이때 왕복명王福命과
고려 종친 한 사람이 태조의 뒤에 서 있었다. 두 사람은 말에서 내
려 머리가 땅에 닿게 절하고 축하했다. 왕복명이 그 화살을 청하므
로 태조가 내주면서 웃으며 말하기를,
"화살이 어찌 스스로 맞히리오. 다만 사람이 하는 것일 뿐이오."
라고 했다.

태조는 항상 배만한 크기의 나무공을 만들어 사람을 시켜서
50~60보 밖에서 위로 던지게 하고 촉 없는 화살로 쏘아 번번히 맞
혔다.

제89장

솔방울 일곱과 이운 나무와 투구 세 살이 옛날에도 또 있었던가
　동문東門 밖에 보득솔이 꺾어지니 성인신공聖人神功이 또 어떠
하시니

松子維七　與彼枯木　兜牟三箭　又在于昔
東門之外　矮松立折　聖人神功　其又何若

솔방울 일곱 개 일은 제58장과 제37장에 있다.
동문 밖 일은 제9장에 있다.

제90장

두 형제兄弟 꾀 많건마는 약藥이 하늘을 이기지 못하니 아버님
지으신 이름 어떠하시니
　두 벗이 배 엎어지건마는 바람이 하늘을 이기지 못하니 어머
님 들으신 말 어떠하시니

兄弟謀多　藥不勝天　厥考所名　果如何焉
兩朋舟覆　風靡勝天　維母所聞　果如何焉

형제가 꾀 많은 일은 제26장에 있다.

당唐나라 태종太宗이 네 살 때, 어떤 서생이 고조高祖를 뵙고 말하
기를,
　"공은 상相 보는 법에 있는 귀인의 상이니 반드시 귀한 아들이

있을 것입니다."
라고 했다. 그리고 태종을 보고는 말하기를,

"용과 봉황의 자태요, 태양과 같은 모습이니, 그 나이 스물에 반
드시 세상을 구제하고 백성을 편안하게〔濟世安民〕하리라."
라고 했다. 서생이 인사를 하고 떠나니, 고조는 그 말이 샐까 두려
워 사람을 시켜 쫓아가 죽이라고 했으나 어디로 갔는지 알 수 없었
다. 그래서 신神이라고 생각하고 그 말을 따서 이름을 세민世民이라
고 지었다.

두 친구의 배가 뒤집힌 일은 제71장에 있다.

태종이 관례를 올리기도 전인데, 술사術士 문성윤文成允이 몰래
신의왕후神懿王后께 말하기를,

"이 아이에게는 반드시 천명天命이 있을 것이니 남에게는 말하지
마십시오."
라고 했다.

제91장

아버님 이바지할 제 어머님 그리신 눈물을 좌우左右가 참소하
여 아버님 노怒하시니

아버님 뵈올 제 어머님 여의신 눈물을 좌우左右가 슬퍼하여 아
버님 일컬으시니

侍宴父皇　憶母悲涕　左右訴止　父皇則憐
來見父王　戀母悲淚　左右傷止　父王稱謂

부황父皇을 연회에서 모신 일은 제26장에 있다.

태종이 신의왕후神懿王后의 상을 당하여 능 옆 여막廬幕에 있었
다. 매번 태조를 뵈러 서울에 들어오면 길 위에서 눈물이 비 오듯
하여 끊이지 않았다. 태조의 집에 이르러는 감회가 있어 문득 통곡
하니, 태조 좌우에서도 슬픔을 이기지 못했다. 태조가 항상 그 효
성을 칭찬했다.

제92장

지효至孝가 저러하실쌔 남은 즐기는 날을 아니 즐겨 성경聖經
을 이르시니
대효大孝가 이러하실쌔 남은 받는 옷을 아니 받아 예경禮經을
종從하시니`

至孝如彼　人樂之日　我獨不樂　聖經是說
大孝如此　人脫之衣　我獨不脫　禮經是依

당나라 태종이 사도司徒 장손무기長孫無忌 등에게 말하기를,

"오늘이 내 생일인데 세속에서는 모두 즐기지만 나는 오히려 슬
픈 바가 있다. 지금 천하에 군림하고 사해의 재물을 가졌으나 슬하
에서 노는 즐거움은 영원히 다시 할 수 없다. 이것이 자로子路가 쌀
을 짊어지고 다니던 것을 한탄함이다.[131] 『시경』에, '애처롭다, 그
리운 부모님, 나를 낳느라고 온갖 고생 다 하셨네' 라고 했다.[132] 어
찌 그 힘쓰신 날에 다시 잔치를 하며 즐기리오."
라고 하며, 인하여 눈물을 흘리니 좌우가 모두 슬퍼했다.

삼국시대 이래 임금이 죽으면, 임금을 잇는 사람은 모두 삼년상
을 하지 않았다.[133] 태조가 돌아가자 신하들이 모두 달을 날로 바꾸

---

131 자로의 성은 중仲이고 이름은 유由인데, 공자의 제자이다. 『가어家語』에 보면, 자
　　로가 공자를 뵙고 말하기를, "옛날 제가 부모님을 모실 때는 항상 형편없는 것을
　　먹으면서 부모님을 위해 1백 리 밖까지 쌀을 지고 다녔습니다. 부모님이 돌아가
　　신 후, 남쪽으로 초楚나라에 가서 유세遊說하여, 따르는 수레가 1백 대이고, 쌓아
　　놓은 곡식은 1만 종鍾이며, 깔개를 겹쳐놓고 앉고, 솥을 늘어놓고 먹습니다. 형
　　편없는 음식을 먹으며 부모님을 위해 쌀을 지려고 해도 다시는 할 수 없습니다'
　　라고 하자, 공자는 말씀하시기를, "자로가 부모를 섬기는 것은, 살아서는 힘을
　　다하여 섬기고, 죽은 뒤에는 생각을 다하여 섬긴다고 말할 수 있다"고 했다.
132 『시경』「소아小雅」육아蓼莪의 한 편이다.
133 삼국은 신라, 고구려, 백제를 말한다.

는 제도[易月之制]를 쓸 것을 청했다.[134] 태종은 끝내 듣지 않고 3년 동안 참최斬衰를 입었다.[135]

제93장

아버님 재궁梓宮을 잊지 못해 고평高平에 아니 가시면 배천지업配天之業이 굳으리이까

어머님 산릉山陵을 잊지 못해 율촌栗村에 돌아오시면 건국지공建國之功을 이루시리이까[136]

守考梓宮　高平不赴　配天之業　其何能固

戀妣山陵　栗村旋行　建國之功　其何能成

아버님 관을 지킨 일은 제24장에 있다.

어머니 무덤을 그리워한 일은 제12장에 있다.

---

134 한漢나라 문제文帝는 유조遺詔에서 상喪을 짧게 하기 위해 하루를 한 달로 치도록 했다.

135 아들은 아버지를 위해 3년 동안 참최를 입는다. 참최의 옷은 매우 거친 생베를 쓰고 옆과 아랫단은 꿰매지 않는다.

136 율촌은 산릉이 있는 곳의 지명이다.

제94장

내 가리다 말리나 종묘宗廟 위爲하여 가시니 소흥지명紹興之命
을 금인金人이 모르니

네 가야 하리라 하시거늘 사직社稷 위爲하여 가시니 충국지성
忠國之誠을 천자天子가 알으시니

人請去矣　去爲宗廟　紹興之命　金人莫料

汝必往哉　往爲社稷　忠國之誠　天子迺識

사람들이 가기를 청한 일은 제32장에 있다.

태조 때, 우리 나라에서 요동에 사람을 보내 면포와 비단 그리고
금은을 주고는 거짓으로 행례行禮한다 하며 명나라 변방의 장수를
꾀인 일과 또 사람을 보내어 여진女眞을 꾀어 몰래 압록강을 넘게
한 일 등에 대해 명나라 천자가 직접 조칙을 내려 책망했다. 임금
이 표表를 올려 변명하였는데, 그 대략은 다음과 같았다.

"요동에서 행례를 하기에 이른 것은 이것 또한 상국을 우러르는
것입니다. 사신이 왕래할 때 손님과 주인의 서로 맞이하는 예의가
있습니다. 예의에 있어서 당연한 것이 어찌 감히 꾀인 것이겠습니
까. 여진은 동녕부東寧府에 예속되었습니다. 이미 모두 군인이 되어
임무를 맡았는데 어떻게 사람을 보내 꾀일 수가 있겠습니까. 다만

요동도사遼東都司가 탈환불화脫歡不花를 취한 때부터 그 관할 아래 있는 인민 가운데 혹 바로 따르지 않는 자도 있었습니다.[137] 저들이 그 땅에 편히 사는 것이지 저희가 억지로 잡아둔 것이 아닙니다. 우리 나라에 아무런 도움도 되지 않고 각자 자기의 일을 할 뿐입니다."

이 글은 찬성사贊成事 정도전의 글이다.

천자는 이 표의 글이 오만하다 하여 더욱 노해 조선의 사신을 요동에 들이지 말라고 명령했다. 사신이 요동에 갔다가 들어가지 못한 것이 다섯 번이었다. 천자가 사신을 보내 태조에게 친아들을 보내라고 했다. 태조가 태종에게 말하기를,

"천자가 묻는 말을 네가 아니면 상세히 대답할 사람이 없다."

라고 하니, 대답하기를,

"신이 종묘와 사직의 대계를 위하여 어찌 피하겠습니까."

라고 했다.

드디어 태종에게 명하여, 지중추원사知中樞院事 조반趙胖은 표表를 받들고, 참찬문하부사參贊門下府事 남재南在는 전箋을 받들어 명나라 서울로 갔다. 태조가 눈물을 흘리며 말하기를,

"타고난 체질이 약한데 1만리 길에 탈 없이 다녀올 수 있을까."

라고 했다.

이 길에 조신들은 모두 태종을 위하여 위태롭게 생각했다. 남재

---

137 탈환불화는 사람 이름이다.

가 말하기를,

"정안군이 1만리 길을 가는데 우리들이 어찌 여기서 베개를 편안히 베고 죽을 수 있으리오."

라고 하며, 자청하여 갔다.

찬성사贊成事 성석린成石璘이 시를 지어 태종을 전송했는데, 그 시는,

자식을 알고 신하를 아는 것은 임금께서 밝으시니[138]
성의를 다해 하늘을 두려워하는 마음이 생겨나도다[139]
모두 만세토록 조선의 경사慶事를 말하니
이 더위와 장마에 험난한 길 가도다

명나라 선비들이 태종을 보고 모두 조선 세자라고 하며 매우 공경하였다. 태종이 연부燕府를 지났다.[140] 태종황제가 친히 태종을 보았는데, 곁에 호위하는 무사도 없이 다만 한 사람이 시립했을 뿐이었다. 온화한 말과 예의로 접대하는 것이 매우 도타웠다. 인하여

---

138 『좌전』에, 신무우申無宇가 말하기를, "아들을 고르는 데는 아버지만한 사람이 없고, 신하를 고르는 데는 임금만한 사람이 없다"라고 했는데, 그 주에, "자식의 현명함과 그렇지 않음을 아는 것은 아버지만한 사람이 없고, 신하의 현명함과 그렇지 않음을 아는 사람은 임금만한 사람이 없다"고 했다.

139 『맹자』에, "작은 것으로 큰 것을 섬기는 것은 하늘을 두려워함이다"라고 했다.

140 연燕은 지금의 북경北京이다. 태종황제太宗皇帝가 연왕燕王이 되어 이곳에 부府를 설치했으므로 연부라고 불렀다.

시립한 사람이 술과 음식을 바치는데 극히 풍성하고 정결했다. 태종이 연부를 떠나 길에 있는데, 태종황제가 안여安輿를 타고 경사로 조회하러 가는데 매우 빨리 말을 몰아 갔다. 태종이 말에서 내려 길가에서 뵈었다. 태종황제가 가마를 멈추고 재빨리 손으로 수레 휘장을 걷고 온화한 말을 한참 하고 이에 지나갔다.

태종이 서울에 이르렀다. 천자가 두세 번 불러 보았는데, 태종이 상세히 밝혀 아뢰었다. 천자가 예로써 우대하고 돌려보내면서 길을 터주라고 명령했다.

태종이 흠차내관欽差內官 황엄黃儼을 만나, 지난날 황제를 연부에서 뵈었을 때 시립했던 사람이 누구냐고 물었다.[141] 황엄이 말하기를,

"경대인慶大人인데 온화하고 선량한 사람입니다. 황제가 가장 신임하고 친한 사람인데 지금은 이미 죽었습니다."

라고 했다.

제95장

처음 와 오색傲色 있더니 제세영주濟世英主이실째 맞아 뵈옴에

---

141 조정에서 일이 있을 때 사자를 사방으로 보내는데, 이를 흠차관欽差官이라고 한다. 내관內官은 환관이다.

마음 놀라니[142]
　간 곳에 예모禮貌 없더니 개천영기盖天英氣실쌔 이바지에 머리
를 조아리니

　　初附之時　尙有傲色　濟世英主　迎見驚服
　　所至之處　靡不葭視　盖天英氣　當宴敬禮

　처음 왔을 때의 일은 제16장에 있다.

　태조황제太祖皇帝 때, 흠차관欽差官 상보사승尙寶司丞 우우牛牛가
우리 나라에 왔다.[143] 태조가 종친으로 하여금 각기 연회를 준비하
여 그를 위로하라고 했다. 그 사람됨이 무례하여 이르는 곳마다 예
모가 없었다. 태종의 집에 이르러 태종을 보고는 자기도 모르게 경
의를 표하며 인사하고 좌석 밑에서 머리를 조아렸다. 세자 방석芳
碩의 무리가 모두 좋아하지 않고 서로 말하기를,
　"천자의 사신이 배신陪臣에게 머리를 조아려 절을 했으니, 어찌
이런 예의가 있으리오. 반드시 이유가 있을 것이다."
라고 하며, 인하여 태조에게 참소하려고 했으나, 끝내 하지 못했다.

---

142 영주는 당나라 태종을 가리킨다.
143 대명大明의 관제에, 상보사승은 세 명인데 정6품이다.

의성군宜城君 남은南誾이 평시에 태종을 보면 반드시 사람들에게
말하기를,

"이 사람은 세상을 덮을 영특한 기질을 지녔다."

고 했다.

태종이 즉위 후, 명나라 태종황제가 내관 황엄을 보내 우리 나라
에 도착했다. 돌아갈 때 사현(沙峴, 몰애오개)의 길에서 통사通事
김시우金時遇를 보고 말하기를,

"너희 나라의 현명한 임금으로는 옛날에는 기자箕子와 왕건王建
이 있었다. 지금 임금의 현명한 덕은 그보다 더하므로 황제의 따뜻
한 보살핌이 특별히 후하다."[144]

라고 했다.

제96장

효도孝道할 딸의 글을 어여삐 여겨 보셔 한가인풍漢家仁風을 이
루시니이다

효도孝道할 아들 울음을 슬피 여겨 들으샤 성조인정聖祖仁政을

---

144 사현은 도성 돈의문敦義門 밖 모화관慕華館 서북쪽에 있다. 두 나라의 말을 통하
     게 하는 사람을 통사라고 한다.

도우시니이다

孝女之書　覽之哀矜　漢家仁風　迺克成之
孝子之哭　聽之傷歎　聖祖仁政　斯能賛之

한漢나라 문제文帝 때, 제齊 태창령太倉令 순우의淳于意가 죄를 얻어
형을 받게 되었다.[145] 그의 어린 딸 제영緹縈이 글을 올려 말하기를,

"첩의 아버지는 관리가 되어, 제 땅 안에서는 모두 그의 청렴함과
공평함을 일컬었습니다. 이제 법에 걸려 형을 받게 되었습니다. 대
저 죽은 자는 다시 살아날 수 없고, 형을 받은 자는 다시 붙일 수 없
는 것이 첩은 슬픕니다. 비록 후에 허물을 고치고 스스로 새롭게 하
고 싶어도 그 길이 없습니다. 바라건대 첩이 관비官婢가 되어 아버
지의 죄를 갚고 아비는 스스로 새로워질 수 있도록 해 주십시오."
라고 했다. 문제는 그 뜻을 가엾게 여겨 조칙을 내려 말하기를,

"『시경』에, '즐겁고 평온한 군자는 백성의 부모이다' 라고 했
다.[146] 지금 사람이 허물이 있으면 가르침을 베풀기 전에 이미 형이
가해진다. 혹 품행을 고쳐 선해지려고 해도 거기에 이를 길이 없
다. 나는 이것을 심히 가엾게 여긴다. 대저 형벌이 신체를 잘라내

---

145 태창령은 제의 관직이다. 순우는 복성이고, 의는 이름이다.
146 『시경』「대아大雅」형작泂酌에 보인다. 이 말은 군자가 화락하고 까다롭지 않은
　　 덕을 가지고 있으면, 아랫사람들이 아버지같이 존경하고, 어머니같이 친하게 된
　　 다는 뜻이다.

고 피부를 깎는 데 이르면, 종신토록 다시 생겨날 수 없으니, 그 형벌의 아픔에 어찌 덕이 있다고 하리오. 어찌 백성을 위한 부모의 뜻이라고 하리오."

라고 하고, 육형肉刑은 없애고 바꾸라고 했다.[147] 그리고 영을 내려 각기 그 경중에 따라, 도망하지 않고 햇수가 찬 사람은 면해주었다. 모두 법령으로 삼았다.[148]

승상丞相 장창張蒼, 어사대부御史大夫 풍경馮敬이 법률을 정할 것을 청하여 아뢰기를,[149]

"머리를 깎는 형벌에 해당되는 자는 성단城旦과 용舂에 처하고, 먹으로 뜨는 형벌과 머리깎는 형벌에 해당되는 자는 칼을 쓰고 성단용城旦舂에 처하며, 코를 베는 형벌에 해당되는 자는 태형笞刑 3백에 처하십시오.[150] 왼쪽 발을 자르는 형벌에 해당되는 자는 태형 5백이고, 오른쪽 발을 자르는 벌에 해당되는 자, 사람을 죽이고 먼저 스스로 고한 자, 관리로서 뇌물을 받고 법을 어긴 자, 고을의 재물을 관리하면서 이것을 도둑질한 자가 여기에 태형의 죄를 더 지

---

147 육형이란, 먹으로 뜨는 형벌, 코를 베는 형벌, 종지뼈를 잘라내는 형벌, 생식기를 자르는 형벌, 죽이는 것을 말한다.

148 도망하지 않고 그 햇수를 채운 사람은 면하여 서인庶人으로 했다. 모두 법령으로 했다는 말은, 고치도록 하여 조례로 삼았다는 말이다.

149 어사대부는 진秦나라 관직인데, 지위가 상경上卿으로 은으로 만든 도장과 청색 인끈을 갖고 부승상副丞相의 일을 맡는다.

150 성단城旦은 아침에 일어나서 성을 쌓는 것이다. 용舂은 부인들은 밖의 일을 좋아하지 않으므로 다만 쌀 방아를 찧는 것이다. 모두 4년의 형벌이다.

으면 모두 목을 베어 그 시체를 거리에 버려두십시오.[151] 죄인의 옥사가 이미 결정되어 노역에 처해지면, 각기 그 햇수에 따라 면하게 하십시오."

라고 하니, 천자가 그렇게 하라고 했다.[152]

이때 문제는 이미 현묵玄默을 힘써 닦고, 장수와 재상도 모두 옛날 공신이라 문채는 뛰어나지 않아도 재질은 풍부했다.[153] 망한 진나라의 정치를 미워하여 관후함을 힘쓰자고 논의하고, 다른 사람의 허물을 말하는 것을 부끄럽게 여기며, 덕화가 천하에 행하게 되고, 남의 나쁜 점을 고발하는 풍속이 바뀌었다. 관리들은 그 직책에 안정되어 있고, 백성들은 그 일을 즐기니, 재물은 해마다 쌓이

---

151 오른쪽 발을 자르는 자는 그 죄가 두번째로 무거우므로 거리에 내버린다. 사람을 죽이고 먼저 스스로 고하는 것은 살인을 하고 자수하는 것이므로 죄를 면하는 것이다. 관리가 뇌물을 받고 법을 어기는 것은 뇌물을 받고 공적인 법을 어기는 것이다. 고을의 재물을 지키며 바로 그것을 도둑질한 것은 법률에서 말하는 지키는 것을 담당한 자가 스스로 도둑질한 것이다. 살인의 해는 무겁고, 뇌물을 받는 것, 물건을 도둑질하는 것은 몸을 더럽히는 것이므로 이 세 가지 죄는 이미 죄명이 정해졌고, 여기에 또 태형의 죄를 범하면 역시 모두 죽여서 거리에 버린다는 것이다.

152 성단과 용이 만 3년이면 귀신鬼薪과 백찬白粲에 처하고, 귀신과 백찬을 1년 하면 하인과 종이 되며, 하인과 종을 1년 하면 서인庶人이 된다. 하인과 종을 2년 채우면 사구司寇가 된다. 이후에 사구를 1년 하거나 또는 사구 2년을 하면 모두 면하여 서인이 된다. 신하들이 주청한 것을 상서령이 아뢰었다.

153 『도덕경道德經』에, "그윽하고 또 그윽하도다. 수많은 오묘한 문門이로다"라는 대목을 온공溫公이 주하기를, "있는 것도 아니요 없는 것도 아니니 미묘함의 극치이다"라고 했다.

고 호구는 더욱 늘어났다. 풍속이 돈독하고 너그러워지며, 법망이 성글고 넓어서 죄가 의심스러울 때면 백성 쪽으로 해 주었다.[154] 이리하여 형벌이 크게 줄어들어 단옥斷獄이 4백에 이르니, 옛날 형벌을 놓아두고 쓰지 않은 것같이 되었다.[155]

태조 때, 박자안朴子安이 경상전라도도안무사慶尙全羅道都安撫使로 항복한 왜倭를 응접하다가 잘못하여 군사 기밀을 누설하여 그 죄가 목을 베는 형에 해당되었다.[156] 이미 글을 보내 죽이라고 명령했는데, 일이 저들 적에 관련되는 것이므로 비밀에 부쳐 알리지 않아서 외인은 알지 못했다. 그 아들 실實이 이것을 듣고 태종의 집에 이르렀다. 마침 의안군義安君 화和 등 여러 종친들이 태종 댁에 왔다. 태종이 문에 나와 영접했다. 박실이 울면서 아버지의 목숨을 살려주기를 청했다. 태종이 말하기를,

"나라의 큰일인데 내가 장차 어이하리."

라고 했다. 종친들이 들어와 이미 인사하고 갔다. 태종이 또 문에

---

154 이 말은 금하고 막는 것이 그물같이 성글다는 뜻이다. 노자는 말하기를, "하늘의 그물은 넓고도 넓어서 허술한 것 같지만 빠뜨리는 일이 없다"고 했다.

155 단옥이 4백이란 말은 천하에 죽은 죄인이 불과 4백 명이란 뜻이다. 옛날에는 백성들이 죄를 범하지 않았기 때문에 형벌을 놓아두고 쓰지 않았는데, 이제 비록 옛날에는 미치지 못하지만 옛날의 유풍이 있는 것 같다는 말이다.

156 도안무사는 항상 두는 것이 아니다. 만약 사방에 일이 있으면 대신大臣을 명하여 도안무사를 삼는다. 법률에, 실수로 군사 기밀을 누설한 자는 목베도록 되어 있다.

나가 전송했다. 박실이 땅에서 통곡하였다. 태종은 마음이 아파 여러 종친들과 함께 대궐에 들어가 청하려고 했다. 여러 종친들이 말하기를,

"이것은 나라의 비밀인데, 만약 임금께서 어디서 이 일을 알았느냐고 하시면 무슨 말로 대답을 하겠습니까."

라고 하니, 태종이 말하기를,

"그 허물은 내가 맡겠소."

라고 하고, 바로 함께 대궐에 들어가 내관內官 조순曹恂에게 명하여 계청하도록 했다. 조순이 말하기를,

"이것은 비밀스러운 일인데 여러 종친들께서 어떻게 알게 되었습니까."

라고 했다. 태종이 말하기를,

"형벌을 내려 사람을 죽이는 것은 나라의 큰일인데 밖의 사람이 어찌 모를 리가 있겠는가."

라고 하니, 조순이 들어가 아뢰었다. 태조가 처음에 듣고는 노하여 말하기를,

"너희가 박자안을 죄가 없다고 하느냐."

고 했는데, 조금 후에 중추원中樞院에 명하여 말하기를,

"내가 박자안의 죄를 감하려고 하니, 급히 말 잘 타는 지인知印을 불러 문서를 보내도록 하라."[157]

---

157 우리 나라 초에 도평의사사都評議使司, 삼군부三軍府, 중추원中樞院에는 모두 지

라고 하여, 중추원에서 심귀수沈龜壽를 계청하니, 바로 명하기를,

"너는 힘을 다해 말을 달려, 가서 박자안의 목숨을 구하라."

고 했다. 심귀수는 명을 받고 말을 달렸는데, 길을 반쯤 가서 말에서 떨어져 역리驛吏로 하여금 대신 그 글을 보내도록 했다. 글이 도착하는 날, 관리가 박자안을 처형하려고, 그 얼굴에 옻칠을 하고 옷을 벗겼으며 칼은 이미 준비되어 있었다.[158] 홀연히 바라보니 광야에서 한 사람이 갓을 휘두르며 말을 달려오고 있었다. 관리가 괴이하게 생각하여 형을 멈추고 기다렸으므로 박자안은 죽지 않았다. 박실이 본래 학술도 없고 또한 무예가 있는 사람도 아닌데, 태종은 그 아버지를 구한 것을 현명하게 생각하여, 금려禁旅의 일을 맡겨 지위가 2품에 이르렀다.[159]

제97장

장군將軍도 많건마는 활달대략豁達大略이실쌔 광생狂生이 듣자와 동리同里를 붙어 오니

종친宗親도 많건마는 융준용안隆準龍顔이실쌔 서생書生이 보고

인이 있어 당상관堂上官의 좌우에서 모셨다.

158 이때 박자안은 전라도 진포鎭浦에 갇혀 있었다. 대체로 목을 벨 사람은, 먼저 그 얼굴에 옻칠을 한다.

159 금려는 궁궐을 숙위하는 병사이다.

동지同志를 붙어 오니

將軍雖多 豁達大略 狂生亦聞 依人以謁
宗親雖多 隆準龍顔 書生載瞻 因友以攀

고양인高陽人 역이기酈食其는 집이 가난하여 낙백落魄하여 마을의 감문監門이 되었다.[160] 한漢나라 고조高祖의 휘하 군사에 마침 역이기와 같은 마을 사람이 있었다. 역이기가 보고 말하기를,

"제후와 장수로서 고양을 지나간 사람이 수십 명이다. 내가 그 장수에게 물어보면, 모두 악착스럽고 까다로운 예절을 스스로 써서 큰 법도의 말을 들으려고 하지 않는다. 내가 들으니 패공沛公은 거만하고 사람을 가볍게 여기나 큰 계략이 많다고 들었다. 이것이 내가 진실로 패공을 따르고 싶은 바인데, 나를 위해 천거해주는 사람이 없다. 네가 패공을 보거든 이렇게 말하라, 신의 마을에 역이기라는 사람이 있는데 나이는 60여 세이고, 키는 8척인데, 사람들이 모두 말하기를 미친 사람이라고 하나, 그 사람 스스로는 미친 사람이 아니라고 합니다."

라고 하니 기사騎士가 말하기를,

"패공은 유儒를 좋아하지 않아서 손님 중에 유관儒冠을 쓰고 오

---

160 고양은 고을의 이름인데 진류陳留 어현圉縣에 속했다. 감문은 문지기이다. 여閭는 마을에 있는 것이고, 이里는 들에 있는 것인데, 모두 5백 집이 되면 문門이 있다.

는 자가 있으면, 패공은 바로 그 관을 벗겨 그 가운데 오줌을 누고 그 사람을 크게 꾸짖습니다. 유생으로는 달랠 수 없습니다."

라고 하니, 역이기가 말하기를,

"다만 그렇게 말하라."

고 했다. 기사는 조용히 역생이 깨우쳐준 대로 말했다. 고조가 고양의 시골에 이르러 사람을 시켜 역생을 불렀다. 역생이 들어가 뵙자, 고조는 바야흐로 평상에 걸터앉아 두 여자로 하여금 발을 씻기고 있다가 역생을 보았다. 역생은 들어가서 장읍長揖만 하고 배拜를 하지 않고 말하기를,

"족하足下는 진秦나라를 도와 제후를 공격하려는 것입니까, 아니면 제후를 거느리고 진나라를 깨뜨리려는 것입니까."

라고 했다. 고조가 꾸짖어 말하기를,

"어린애 같은 유자로다. 천하가 진나라로부터 함께 고통을 받은 지 오래되었으므로 제후들이 서로 거느리고 진나라를 공격하는 것이다. 어찌 진나라를 도와 제후를 공격한다고 말하는가."

라고 하니, 역생이 말하기를,

"반드시 무리와 의병을 모아 무도한 진나라를 쳐야하는데, 장자長者를 앉아서 맞이하는 것은 마땅치 않습니다."[161]

라고 하니, 이에 고조가 발 씻던 것을 멈추고 일어나 옷을 단정하게 하고, 역생을 끌어 상좌에 모시고 사과했다. 역생이 인하여 여

---

161 장자는 노인인데, 역이기가 스스로 자신을 말한 것이다.

섯 나라가 종횡縱橫하던 때를 얘기했다.[162] 고조가 기뻐하며 역생에게 식읍을 주고 묻기를,

"장차 어떤 계책을 내겠습니까."

라고 하니, 역생이 말하기를,

"족하께서 일어나 규합紏合한 무리와 흩어진 병사를 수습해야 1만 명이 못 되는데, 곧바로 강한 진나라로 쳐들어 가려고 한다면, 이것은 소위 호랑이 아가리로 들어가는 것입니다.[163] 대저 진류陳留는 천하의 요충으로 사통오달四通五達의 교외입니다.[164] 이제 그 성중에 또 곡식이 많이 쌓여 있습니다. 신이 그 수령과 친합니다. 청컨대 사신으로 가서 족하의 밑으로 오도록 하겠습니다. 듣지 않으면 족하께서 군대를 이끌고 공격하면 신이 안에서 응하겠습니다."

---

162 이익으로 합하는 것을 종從이라고 하고, 위력으로 서로 협박하는 것을 횡橫이라고 한다. 일설에는, 관동關東의 땅이 아래위로 길어 여섯 나라가 함께 있었는데, 소진蘇秦이 여섯 나라의 재상이 되어 이들로 하여금 서로 친하게 하여 진나라를 물리쳤으므로 합종合從이라고 하고, 관서關西의 땅은 가로로 넓은데 진나라가 홀로 차지하고 있으면서, 장의張儀가 진나라의 재상이 되어 관동의 세로로 연결된 길을 깨뜨려 진나라로 하여금 가로로 연결시켰으므로 연횡이라고 말한다고 한다.

163 규합은 사귐을 맺는다는 뜻이다. 일설에는, 규紏는 정중하다는 뜻이라고 한다. 『한서漢書』에는 와합瓦合이라고 했는데, 깨어진 기와를 서로 합하는 것이니, 비록 모여 합했다고 하나 고르지는 않은 것을 말한다.

164 진류는 현의 이름인데, 진류군陳留郡에 속한다. 유留는 본래 정鄭나라 읍인데 후에 진陳나라에 병합되었으므로 진류라고 한 것이다. 사통오달은 험하고 막힌 곳이 없다는 말이다. 사면으로 왕래하여 통하는 것에 중앙을 같이 셈하면 오달五達이 된다.

라고 했다.

이에 역생을 보내고 고조는 군사를 끌고 그를 따라 드디어 진류를 함락시켰다. 역이기에게는 호를 주어 광야군廣野君이라고 불렀다.[165]

태조는 코가 높고 용의 얼굴로 기위奇偉하고 탁월했다. 어려서 함흥咸興과 영흥永興 사이에서 놀았는데, 북쪽 사람들로 새매를 구하는 자는 반드시 말하기를,

"원컨대 신통하고 빠르기가 이성계 같은 놈을 얻게 해주십시오." 라고 했다.

여러 아들 가운데 태종이 닮았다. 하륜河崙과 여흥부원군驪興府院君 민제閔霽는 같은 뜻을 가진 친구였다.[166] 하륜이 평소에 관상 보기를 좋아했다. 민제에게 말하기를,

"내가 사람의 관상을 많이 보았는데 공의 둘째 사위 같은 상은 보지 못했소. 내가 만나보고 싶으니 청컨대 공이 길을 열어주시오."[167]

---

165 광야는 하내河內 산양현山陽縣에 있다.

166 여흥은 본래 고구려 골내근현骨乃斤縣이다. 신라는 황효黃驍라고 고쳐 기천군沂川郡에 속하는 현으로 삼았다. 고려는 황려黃驪라고 고쳤다. 현종은 원주原州의 관내에 속하게 했다. 후에 감무監務를 두었다. 혹 황리黃利라고도 불렸다. 충렬왕의 비 순경왕후順敬王后의 고향이므로 여흥군으로 승격시켰다. 후에 황려부黃驪府로 또 승격시켰다. 공양왕은 다시 여흥군으로 강등시켰다. 본조 태종 원년 원경왕후元敬王后의 고향이므로 부로 승격시켰다. 13년에 고쳐서 도호부로 했다. 여강驪江이라는 별호가 있다. 지금은 경기도에 속한다.

167 원경왕후는 민제의 둘째 딸이므로 태종이 둘째 사위가 된다.

라고 하니, 민제가 태종에게 말하기를,

"하륜이 그대를 보고자 하네."

라고 했다. 태종이 이에 만났다.

하륜은 드디어 마음을 기울여 섬겨, 후에 정사좌명공신定社佐命功
臣이 되고 묘정廟庭에 배향配饗되었다.[168]

---

168 배配는 공이 있어서 종묘에 배식配食하는 것이다. 주周나라 제도에 대저 공이 있
   는 사람은 대증大烝에 제사지내고, 한漢나라 제도에는 공신을 뜰에서 제사지냈
   다. 살아 있을 때는 대궐 안뜰의 연회에 참석하고, 죽어서는 대궐 뜰의 신위에 내
   려오므로 배향이라고 한다.

제10권

제98장

신하臣下의 말 아니들어 정통正統에 유심有心할쌔 산산의 초목
草木이 다 군마軍馬로 뵈니이다

임금 말 아니 들어 적자嫡子께 무례無禮할쌔 서울 빈 길에 군마
軍馬가 뵈니이다.

弗聽臣言　有心正統　山上草木　化爲兵衆
弗順君命　無禮嫡子　城中街陌　若塡騎士

진秦나라 왕 부견苻堅이 여러 신하들을 태극전太極殿에 모아놓고
말하기를,

"내가 왕업을 이어 거의 30년 동안에 사방을 공략하여 평정했는
데, 오직 동남쪽 한 귀퉁이가 아직도 왕화를 입지 못했다.[1] 이제 대

---

1 동진東晉이 도읍을 건강建康에 정했으므로 이렇게 말한 것이다.

략 우리의 군사를 계산해 보아도 97만쯤 된다. 내가 스스로 이들을 이끌고 진晉나라를 치려고 하는데 어떻게 생각하는가?"

라고 하니, 상서 좌복야尚書左僕射 권익權翼이 말하기를,

"옛날 주紂는 무도하였으나 세 명의 어진 사람이 조정에 있어 무왕武王은 오히려 그들을 위하여 군대를 돌렸습니다.[2] 지금 진晉나라는 비록 미약하지만 커다란 잘못이 없습니다. 사안謝安과 환충桓沖은 모두 양자강 밖에서는 뛰어난 인물이고, 임금과 신하는 서로 화목하여 안팎이 한마음입니다. 신이 보건대 아직 도모할 때가 아닙니다."[3]

라고 했다. 부견이 한참 동안 가만히 있다가 말하기를,

"여러 사람들은 각기 그 뜻을 말하라."

라고 하니, 태자좌위솔太子左衛率 석월石越이 말하기를,

"지금 세歲와 진鎭이 두斗를 지키고, 복덕福德이 오吳나라에 있으므로 저들을 치면 반드시 재앙이 있을 것입니다.[4] 또 저들은 양자

---

2 『논어』에, "미자微子는 떠나고, 기자箕子는 종이 되었고, 비간比干은 죽었다"고 했다. 공자는, "은殷나라에는 세 사람의 어진 이가 있었는데, 이들의 행동은 같지 않았으나 지극한 정성과 측은하고 애달픈 뜻에서 나온 것은 같았다. 그러므로 사랑의 이치에 어긋나지 않으면서 그 마음의 덕을 온전히 했다"고 말했다.

3 사안의 자는 안석安石이고, 환충의 자는 유자幼子이다.

4 세歲는 목성木星이고, 진鎭은 토성土星으로 일명 지후地侯라고 한다. 그 별자리에 머물러 있는 것을 지킨다고 한다. 두斗는 남두南斗를 말한다. 남두, 견우牽牛, 직녀織女는 오吳, 월越, 양주揚州를 나눈다. 복덕은 일명 덕성德星이라고도 하는데 바로 세성歲星이다. 그 나라에 있음으로써 복이 있으므로 복덕이라고 한 것이다. 오나라에 있다는 것은 오나라 분야分野에 있다는 말이다.

강의 험난함을 의지하고 있으며 백성들은 저들을 위하여 쓰이고 있으니 위태로워서 아직 칠 수 없습니다."[5]

라고 했다. 부견이 말하기를,

"옛날 무왕武王이 주紂를 칠 때 그 해의 태세太歲와 점괘를 어겼다. 하늘의 도는 깊고도 멀어서 쉽게 알 수 없다.[6] 부차夫差와 손호孫皓는 모두 양자강과 동정호에 웅거하였으나 멸망을 면하지 못했다.[7] 지금 우리의 숫자는 양자강에 채찍을 던져 넣어서도 족히 그 흐름을 끊을 수 있다. 또 험한 것이 어찌 족히 믿을 바가 되겠는가"

라고 하니, 대답하기를,

"세 나라의 임금인 주, 부차, 손호는 모두 포학하고 음란하며 무도하였으므로 상대방 나라가 취하는 것이 길에서 줍는 것처럼 쉬웠습니다. 지금 진晉나라는 비록 덕은 없으나 아직 큰 죄는 없습니다. 원컨대 폐하께서는 군대를 살피고 양곡을 쌓아 그들의 틈이 있기를 기다리십시오."

---

5 위魏나라 문제文帝가 오吳나라를 칠 때, 양자강에 이르러 강물이 용솟음치는 것을 보고는 탄식하여 말하기를, "참으로 하늘이 남북을 갈랐구나"라고 했다.

6 『순자荀子』에 "무왕이 주를 칠 때, 동쪽으로 태세를 맞아들였다"라는 대목의 주에, "맞아들였다는 것은 태세를 거스린 것"이라고 했다. 시자尸子는, "무왕이 주를 칠 때 어신魚辛이, '목성이 북방에 있으므로 북쪽을 정벌하는 것은 불가합니다'라고 했으나 무왕은 따르지 않았다"고 했다. 『사기』에는, "무왕이 장차 주를 치려고 거북점을 쳤더니 조짐이 불길하였고 폭풍우가 심하여 여러 신하들이 모두 두려워하였으나, 오직 강태공만이 강하게 무왕을 권하여 무왕이 드디어 떠났다"고 했다.

7 부차는 오왕 합려闔閭의 아들인데 끝내 월越나라에 망한 바 되었고, 손호는 오나라 손권孫權의 손자인데 진晉나라 무제武帝에게 사로잡히게 되었다.

라고 했다.

　이에 여러 신하들이 각기 이해 관계를 말했는데 오랫동안 결말을 내지 못했다. 부견이 말하기를,

　"이것이 이른바 길가에 집을 지으면 이루어 질 수 없다는 것이니 마땅히 내가 마음을 결정할 뿐이다."

라고 했다.[8] 여러 신하들이 모두 나가고, 양평공陽平公 융融만이 홀로 남아 있으니 그에게 말하기를,[9]

　"예로부터 큰일을 정하는 자는 불과 한두 신하뿐이었다. 이제 여러 사람들의 의견이 분분하여 쓸데없이 사람의 마음을 어지럽히니 내 마땅히 너와 더불어 결정하리라."

라고 하니, 대답해 말하기를,

　"지금 진晉나라를 치는 데는 세 가지 어려움이 있으니, 천도天道가 순조롭지 못한 것이 첫째고, 진나라가 틈이 없는 것이 둘째이며, 우리가 자주 전쟁을 하여 병사가 피로하고 백성에게 적을 두려워하는 마음이 있는 것이 셋째입니다. 신하들 가운데 진을 쳐서는 안 된다고 말하는 사람은 모두 충신입니다. 원컨대 폐하께서는 이 말을 들어주십시오."

라고 했다. 부견이 얼굴색을 변하며 말하기를,

---

8 『시경』에, "저 집 짓는 일은 길가 사람들과 의논하듯 이루어질 수 없어라"라는 구절의 주석에, "만일 장차 집을 지으려 하면서 길가는 사람과 함께 의논한다면, 사람마다 다른 의견을 말할 테니 그 집을 지을 수 있겠는가"라고 했다.

9 양평陽平은 보군輔郡이다. 융은 부견의 막내 아우인데 양평공으로 봉했다.

"너 역시 저들과 같으니 내 다시 무엇을 바라리오. 나는 백만의 굳센 군사와 산처럼 많은 무기가 있고, 내가 비록 영특한 임금은 못 되지만 또한 어둡고 용렬하지는 않은데, 계속하여 이긴 세를 타서 망해가는 나라를 치는 것을 어찌 이기지 못할까 걱정을 하는가. 어찌 다시 이 망해가는 도적을 남겨 두어 길이 국가의 근심이 되게 하리오."[10]

라고 하니, 융이 울면서 말하기를,

"진나라를 아직 멸망시킬 수 없다는 것은 너무나도 명백한데, 이제 수고롭게 크게 군대를 일으키면 완전한 공을 이루지 못할까 걱정됩니다. 또 신이 걱정하는 것은 이것만이 아닙니다. 폐하가 사랑하여 기른 선비鮮卑, 강羌, 갈羯 등이 기전畿甸에 가득합니다.[11] 이들은 모두 우리의 오랜 원수들입니다. 태자가 홀로 약한 군사 수 만을 거느리고 남아 서울을 지키게 되는데, 신이 두려워하는 것은, 생각하지 못한 변이 가까운 곳에서 생겨나는 것이니 그렇게 되면 후회해도 소용이 없습니다. 신의 어리석고 완고함은 진실로 쓰이기에 부족합니다. 그러나 왕경략王景略은 한 시대의 영걸英傑로 폐하가 항상 제갈무후諸葛武侯에 비기던 사람인데, 유독 그가 죽을 때 한 말을 기억하지 않습니까."

라고 했으나, 부견은 듣지 않았다.[12]

---

10 망해가는 도적이란 진晉나라를 가리킨다.
11 선비는 모용수慕容垂의 족속이고, 강은 요장姚萇의 족속이며, 갈은 바로 석륵石勒의 족속이다.

이에 조정의 신하로서 나아가 간하는 자가 많았는데, 부견이 말하기를,

"내가 진晉나라를 공격하는 것의 강약을 비교한다면 질풍으로 가을 낙엽을 쓸어버리는 것 같은데, 조정 안팎에서 모두 불가하다고 하니 나는 진실로 이해할 수 없다."

라고 했다. 태자 굉宏이 말하기를,

"이제 세성歲星이 오나라에 있고 또 진나라 임금이 죄가 없는데, 만약 크게 일으켰다가 이기지 못하면 밖으로는 명성이 떨어지고 안으로는 재력이 탕진될까 두렵습니다. 이것을 여러 신하들이 걱정하는 것입니다."

라고 하니, 부견이 말하기를,

"지난날 내가 연燕나라를 멸할 때도 역시 세성을 어겼으나 이겼다. 하늘의 도는 참으로 알기 어렵다.[13] 진秦나라가 6국을 멸할 때 6

---

12 왕맹王猛의 자가 경략이다. 처음에 부견이 왕맹을 불러 한 번 보고는 옛 친구같이 여겨 얘기가 당시의 일에 미치게 되었다. 부견은 크게 기뻐하여 스스로 말하기를, "현덕이 공명을 만난 것 같다"고 했다. 왕맹이 병이 들자 부견은 친히 왕맹의 집에 가서 병을 살펴보고 앞으로의 일을 물었다. 왕맹은, "진晉나라가 비록 강남의 구석진 곳에 있지만 왕권의 정통이 계속 이어져 내려왔고 상하가 서로 화목합니다. 신이 죽은 뒤라도 진나라를 도모하지 마십시오"라고 말했다.

13 처음 부견이 왕맹으로 하여금 연나라를 치게 했다. 연나라 사도장사司徒長史 신윤申胤이 탄식하여 말하기를, "업鄴은 반드시 망할 것이고 우리 장수들은 진秦나라의 포로가 될 것이다. 그러나 월越나라가 세성을 얻고 오吳나라가 그 나라를 친다면 끝내 그 화를 받을 것이다. 지금 복덕福德이 연燕나라에 있으니 진나라가 비록 뜻을 얻는다 해도 연나라가 다시 일어서는 데는 12년을 넘지 않을 것이다"라고 했다.

국의 임금들이 어찌 모두 포악했겠는가."
라고 했다.

관군경조윤冠軍京兆尹 모용수慕容垂가 부견에게 말하기를,

"약한 것이 강한 것에 합쳐지고, 작은 것이 큰 것에 합쳐지는 것
은 이치에 자연스러운 것이므로 알기 어렵지 않습니다. 폐하의 신
무神武로써 때에 응하여 위엄이 해외에 더하였고, 용맹한 군대가 1
백만이며, 한신韓信과 백기白起 같은 장수가 조정에 가득합니다. 보
잘것없는 강남이 홀로 왕명을 거역하니 어찌 이들을 다시 두어 자
손에게 물려주겠습니까.[14] 『시경』에, '계획을 내는 사람 너무 많아
일이 이루어지지 않네'라고 했으니, 폐하가 스스로 마음을 결단하
면 족한 것이지 하필 널리 조정에 물으십니까?[15] 진晉나라 무제武帝
가 오나라를 평정할 때 믿고 일을 같이 한 사람은 장화張華와 두예
杜預 등 두세 신하였습니다. 만약 조정의 여러 신하의 말을 따랐다
면 어찌 통일의 공이 있었겠습니까."[16]

---

14 관군은 곧 관군 장군이다. 백기가 진秦나라 소왕昭王을 섬기며 군사를 잘 썼는데,
  적을 헤아려 합치고 변하며 기이한 계교를 내는 것이 무궁하여 명성이 천하에 떨
  쳤다.
15 『시경』「소아小雅」의 소민小旻에 있는 구절이다. 계책을 내는 사람이 많으면 옳고
  그름을 서로 다투어 따를 곳이 없으므로 그 계획하는 바가 끝내 이루어지지 않는
  다는 말이다.
16 무제의 이름은 염炎인데 소昭의 아들이다. 위魏나라 원제元帝 함희咸熙 2년에 선
  양하여 황제에 즉위하여 낙양에 도읍하였다. 태강太康 원년에 이르러 오나라를 평
  정하고 천하를 통일하였다. 정남대장군征南大將軍 양호羊祜가 오나라를 치자고 청
  하니 진晉나라 임금은 이것을 깊이 받아들였다. 의논한 사람이 여럿 있었는데 의

라고 하니, 부견이 크게 기뻐하며 말하기를,

"나와 더불어 함께 천하를 정할 자는 오직 경뿐이다."

라고 하며 비단 5백 필을 주었다.

부견이 강동江東을 취할 뜻을 날카롭게 하여 새벽까지도 잠을 이루지 못했다. 융이 간하여 말하기를,

"족함을 알면 욕을 당하지 않고, 멈출 줄 알면 위태롭지 않습니다. 예로부터 전쟁을 끝까지 하고, 무력을 극단적으로 하여 망하지 않은 자가 없습니다.[17] 또 우리 나라는 본래 오랑캐 나라이니 정삭正朔이 반드시 우리에게 돌아오지 않을 것입니다.[18] 강동이 비록 미

견이 같지 않았다. 가충賈充, 순욱荀勗, 풍담馮紞 등이 더욱 불가하다고 했고, 오직 상서尚書 두예와 중서령中書令 장화가 진나라 임금과 뜻을 같이하여 그 계책에 찬성했다.

17 『노자』에, "족함을 알면 욕을 당하지 않고, 멈출 줄 알면 위태롭지 않으니 오래갈 수 있다"고 했는데 그 주에, "족함을 알면 스스로 욕됨에 이르지 않고, 멈출 줄 아는 자는 위태로움에 이르지 않는다. 이렇게 한 연후에 오래갈 수 있다"고 했다.

18 부씨符氏는 본래 저氐 사람이므로 오랑캐라고 한 것이다. 정正은 시작하다, 바꾼다는 뜻으로 만물을 고쳐 다시 시작하는 것을 말한다. 또 밝은 임금은 그것을 본받아 다스리므로 정正으로써 이름을 삼는다. 삭朔은 소생한다, 바꾼다는 뜻인데, 사물이 삼미三微의 달이 되면 바뀌어 다시 소생하므로 정삭正朔이라고 한 것이다. 대체로 역성易姓을 해서 왕이 되면, 반드시 정삭을 고쳐, 천자로부터 받고 사람으로부터 받았다는 것을 밝혀 서로 이어받지 않음을 보인다. 하夏나라는 인인寅을 세워 인정人正으로 삼았고, 상商나라는 축丑을 세워 지정地正으로 삼았으며, 주周나라는 자子를 세워 천정天正으로 삼았다. 진秦나라는 해亥를 세웠으니 세 가지 정통은 아니다. 한漢나라는 이것을 그대로 썼다. 일설에, 하나라는 인인을 세워 정正으로 삼고 평명平明을 삭朔으로 삼았으며, 상나라는 축丑을 세워 정으로 삼고 계명鷄鳴으로 삭을 삼았으며, 주나라는 자子를 세워 정으로 삼고 야반夜半을 삭으로

약하여 근근히 유지하지만, 그러나 중국의 정통正統이므로 하늘의
뜻이 반드시 그들을 끊어버리지는 않을 것입니다."[19]
라고 하니, 부견이 말하기를,

"제왕의 역수曆數가 어찌 일정하리오. 오직 덕이 있는 곳에 있을
따름이다.[20] 유선劉禪이 어찌 한나라의 묘예苗裔가 아니리오마는 끝
내 위魏나라에 멸망되었다. 네가 나보다 못한 점은 정正에 집착하
는 것이니 이것은 그때그때 변통하는 것만 못하다."[21]
라고 했다.

부견이 평소 사문沙門 도안道安을 깊이 신뢰하였으므로,[22] 여러 신
하들이 도안으로 하여금 틈을 보아 진언하게 하였다. 부견이 도안과
함께 한 가마를 타고 동쪽 정원에서 노닐었는데, 부견이 말하기를,

삼았는데, 진나라는 10월을 정으로 고치고 해시亥時를 삭으로 했다고 한다. 이 말
의 대략적 요지는, 중국의 정삭이 서로 전하여 오므로 오랑캐에게 돌아오지는 않
을 것이라는 것이다.

19 『서경』에, "군자는 크게 정正에 있다"고 했고, 또 "왕은 크게 일통—統한다"라고
했다. 정正은 천하의 올바르지 않은 것을 바르게 하는 것이고, 통統이란 천하의 갈
라진 것을 합치는 것이다. 천하의 올바른 곳에 있으면서 천하를 하나로 합치는
것, 이것이 정통이다.

20 역수는 제왕이 서로 잇는 순서가 계절에 순서가 있는 것과 같다는 말이다.

21 유선은 소열昭烈의 아들이다. 위魏나라 원제元帝 경원景元 4년에 위나라에 항복하
여 안락공安樂公에 봉해졌는데, 이로써 한나라는 드디어 망했다. 묘苗는 풀 뿌리
에서 생겨나는 것이고, 예裔는 옷 뒷자락의 끝이다. 그러므로 먼 후손을 묘예苗裔
라고 한다.

22 사문은 중이다. 그 도에 밝은 사람을 사문이라고 부른다.

"내가 장차 그대와 더불어 오월吳越에 노닐며, 양자강에 배 띄우고 창해에 임하려고 하니 어찌 즐겁지 않으리오."

라고 하니, 도안이 말하기를,

"폐하는 하늘의 뜻에 따라 세상을 다스리는데, 중국의 한가운데 앉아 사유四維를 제압하였으니 스스로 족함을 안다면 요堯임금과 순舜임금에 비교될 것입니다. 무엇 때문에 바람에 머리를 빗고 비에 목욕하며 먼 지방까지 경략하려 하십니까?[23] 또 동남 지방은 땅이 낮고 습기가 많아서 여기沴氣에 걸리기 쉽습니다. 순舜임금이 가서 돌아오지 못했고, 우禹임금도 갔다가 돌아오지 못했는데, 무엇 때문에 힘들여 가려고 하십니까?"[24]

라고 했다. 부견이 말하기를,

"하늘이 많은 백성을 낳고 임금을 세워 백성을 다스리게 한 것인데, 내가 어찌 감히 수고로움을 꺼리어 저 한 모퉁이가 혜택을 받지 못하게 할 수 있으리오. 반드시 그대의 말과 같다면 옛날 제왕은 모두 정벌을 하지 않았을 것이다."

---

23 전한前漢의 사마상여司馬相如가 육합六合 팔방八方이라고 했고, 안사고顔師古는, "사방사유四方四維를 팔방이라고 하는데, 동남유東南維, 서남유西南維, 동북유東北維, 서북유西北維가 이것이다"라고 했다. 바람에 빗질하고 비에 목욕한다는 말은, 오랫동안 빗물로 목욕하고 질풍으로 머리를 빗는다는 말이다. 일설에는 질풍을 맞으며 머리를 빗고, 쏟아지는 비를 무릅쓰고 머리를 감는다는 말이라고 한다.

24 여기는 요사스러운 기운이란 뜻이다. 오행五行의 기운이 서로 이기려고 다투면 여기가 된다. 순임금이 남쪽을 순수하다가 창오蒼梧의 들에서 죽었고, 우임금은 동쪽으로 순수하다가 회계會稽에서 죽었다.

라고 하니, 도안이 말하기를,

"꼭 부득이하다면 폐하는 마땅히 낙양에 머물러 있고, 먼저 사신을 시켜 편지를 전하고 뒤에는 여러 장수들이 6군을 이끌고 가도록 하십시오. 그러면 저들은 반드시 머리를 숙여 신하가 될 것이니 친히 강회江淮를 건널 필요가 없습니다."
라고 했으나, 부견은 듣지 않았다.

부견이 총애하는 장부인張夫人이 간하여 말하기를,

"첩이 듣기에 천지가 만물을 낳고 성인이 천하를 다스림에 있어서는 모두 자연을 따르기 때문에 공이 이루어지지 않음이 없다고 합니다. 이러므로 황제黃帝가 소를 부리고 말을 탄 것은 그 성질을 따른 것이고,[25] 우禹임금이 아홉 강을 파고 아홉 못을 막은 것도 그 형세를 따른 것이며,[26] 후직后稷이 1백 가지 곡식을 뿌려 키운 것은 그 때를 따른 것입니다.[27] 탕湯임금과 무왕武王이 천하를 이끌고 걸

---

25 『주역』에, "소를 부리고 말을 타서 무거운 것을 끌고 멀리까지 가서 천하를 이롭게 하고 거기에 부수된 것을 얻는다"고 했다. 아주 옛날에는 소의 콧구멍을 뚫지 않고 말에 고삐를 매지 않았는데, 이에 이르러 이것을 부리고 타기 시작했다. 이 말은 소와 말의 성질에 따라서 무거운 것을 끌고 멀리 간다는 말이다.

26 『서경』에, "아홉 강물의 근원을 깨끗이 하고, 아홉 호수의 제방을 다 쌓으니 사해가 모여든다"라고 했다. 아홉 강물을 팠다는 것은 구주九州의 강의 근원을 파고 씻으니 막힘이 없다는 것을 말하는 것이고, 아홉 못을 막았다는 것은 구주의 못이 이미 잘 쌓여 있어서 무너지지 않았음을 말한다. 이 말은 높고 낮은 형세에 따라 강을 파기도 하고 못을 막기도 했다는 말이다.

27 그 때를 따른 것이란 말은 하늘의 때에 따라 씨 뿌리고 키우면 백곡이 익는다는 말이다.

桀과 주紂를 친 것은 천하의 마음을 따랐기 때문입니다.[28] 모두 그 따르는 것이 있으면 이루어지고, 따르는 것이 없으면 패했습니다. 이제 조정에 있는 사람이나 밖에 있는 사람들이 모두 진나라를 쳐서는 안 된다고 하는데, 폐하만 홀로 뜻을 결정하여 행하려고 합니다. 첩은 폐하께서 무슨 까닭으로 그러시는지 모르겠습니다. 『서경』에 '하늘의 총명함은 우리 백성의 총명함으로 말미암는다'고 하였으니, 하늘도 오히려 백성을 따르거늘 하물며 사람에게 있어서리이까?[29] 첩이 또 듣기에 임금이 군대를 출동시킬 때는 위로는 하늘의 도를 보고 아래로는 사람들의 마음을 따른다고 했습니다. 지금 사람들의 마음은 이미 그렇지 않으니 청컨대 하늘의 도를 시험해보십시오. 속담에, '닭이 밤에 울면 행군에 불리하고, 개가 무리를 지어 짖으면 궁실이 장차 비게 되고, 군대가 움직이는데 말이 놀라면 군대가 패하여 돌아온다'고 했습니다. 가을과 겨울 이래로 많은 닭이 밤에 울고, 뭇 개들이 슬프게 짖으며, 마구간의 말이 자주 놀래고, 무기고의 무기가 스스로 움직여 소리를 내고 있으니, 이 모든 것이 군대를 일으키는 데 있어서 상서롭지 못한 것입니다."
라고 하니, 부견이 말하기를,

"군대의 일은 부녀자가 참여할 일이 아니다."
라고 했다.

---

28 이 말은 사람들의 마음에 따라 군대를 썼기 때문에 천하가 승복했다는 뜻이다.
29 『서경』「우서虞書」고요모皐陶謨에 있다. 이 말은, 하늘의 총명함이란 직접 보고 들어서가 아니라 백성들의 보고 듣는 것으로 인하여 총명해진다는 뜻이다.

부견의 어린 아들 중산공中山公 선詵이 가장 총애를 받았는데, 역시 간하여 말하기를,

"신이 듣기에, 나라의 흥망은 현명한 사람을 쓰느냐 버리느냐에 달려 있다고 합니다. 이제 양평공은 나라의 계책을 내는 가장 중요한 사람인데 폐하께서는 그를 어기시고, 진나라에는 사안謝安과 환충桓沖이 있는데도 진나라를 치려고 하시니, 신은 홀로 이것을 걱정합니다."

라고 하니, 부견이 말하기를,

"천하의 큰일을 어린아이가 어찌 알리오."

라고 했다.

부견이 조서를 내려 크게 군사를 일으켜 진나라를 쳤다. 백성들의 매 10정丁마다 병사 한 명씩을 내고, 양가良家의 아들로서 20세 이하의 재용이 있는 자는 모두 우림랑羽林郞을 삼았다. 또 말하기를,

"사마창명司馬昌明을 상서좌복야尙書左僕射로, 사안을 이부상서吏部尙書로, 환충을 시중侍中으로 삼을 날이 멀지 않았으니 먼저 그들을 위하여 집을 지으라."

라고 했다.[30] 양가의 아들로서 온 사람이 3만여 기騎였는데, 진주주부秦州主簿 조성지趙盛之를 소년도통少年都統으로 삼았다.[31]

---

30 창명은 진나라 효무제孝武帝의 자字이다. 삼을 날이 멀지 않았다는 것은, 형세가 진나라를 이기는 것이 조석 사이에 달려 있어 머지않아 군사가 돌아온다는 말이다.

31 도통은 관직 이름인데 여기서 생겼다.

이때 조정의 신하들은 모두 부견이 가는 것을 원치 않았으나 오직 모용수와 연주자사兗州刺史 요장姚萇 그리고 양가의 아들들이 부견을 권하였다.

양평공 융이 부견에게 말하기를,

"선비와 강의 오랑캐들은 모두 우리의 원수입니다. 항상 변란을 틈타 그들의 뜻을 드러내려고 생각합니다. 그들이 올리는 계책을 어찌 따를 수 있겠습니까?[32] 양가 소년들은 모두 부유한 집 자제여서 군대 일은 익히지 아니하였으니, 진실로 그들은 아첨하는 말로써 폐하의 뜻을 얻으려는 것뿐입니다. 이제 폐하께서는 그들을 믿고 써서 가볍게 큰일을 일으키려 하십니다. 신은 공은 이루어지지 않고 후환만 있어 후회해도 미치지 못할까 두렵습니다."

라고 했으나, 부견은 듣지 않고 융을 보내어 장치張蚝, 모용수 등을 독려하여 보병과 기병 25만으로 선봉을 삼았다. 요장으로 용양장군龍驤將軍을 삼아 익주益州와 양주梁州의 군대를 거느리게 했다. 부견이 요장에게 말하기를,

"지난날 내가 용양龍驤으로 왕업을 일으켰으므로 이것을 가볍게 남에게 준 일이 없다. 경은 힘쓰도록 하라"

고 했다. 좌장군左將軍 두형竇衡이 말하기를,

"임금이 된 자에게는 농담이 없는 것이니 이것은 상서롭지 못한

---

32 모용수는 선비鮮卑족이고, 요장은 강羌족이다. 그 나라가 모두 진秦나라에 의해 멸망되었다. 비록 신하로 복종한다고 하지만 실은 원수이다. 후에 과연 진秦나라 땅은 그들의 차지가 되었다.

징조입니다."

라고 하니, 부견이 가만히 있었다.[33]

모용소慕容紹가 모용수에게 말하기를,

"임금이 교만하게 뻐기는 것이 지나치게 심하니 숙부께서 중흥의 업을 이루는 것은 이번 가는 것에 달려 있습니다."

라고 하니, 모용수가,

"그러나 네가 아니면 누가 그 일을 이루리오"

라고 했다.

부견이 장안으로 떠나는데, 병사 60여 만에 기병이 27만이어서 깃발과 북이 서로 바라보이는 것이 전후 1천 리에 달했다. 부견이 항성項城에 이르렀을 때, 양주涼州의 병사들이 처음으로 함양咸陽에 이르렀다. 촉한蜀漢의 병사들이 바야흐로 물길을 타고 내려오는데,

---

33 부견符健이 관중關中에 들어가매, 꿈에 천신이 붉은 옷과 붉은 관을 쓴 사자를 보내 부견을 용양장군에 봉하라는 명령을 했다. 부견이 다음날 곡옥曲沃에 단을 모으고 용양장군을 제수했다. 부견이 울면서 부견에게 말하기를, "너의 할아버지가 옛날에 이 직책을 받았고, 이제 네가 다시 신명神明의 명으로 받으니 힘쓰지 않을 수 있겠는가" 라고 했다. 부견이 후에 용양장군으로 황제의 자리에 올랐다. 진나라 시황 5년에 진군장군鎭軍將軍을 파하고 다시 좌우장군左右將軍을 두었다. 주周나라 성왕成王이 그의 동생 숙우叔虞와 함께 오동나무 잎새를 오려 규珪를 만들며 장난으로 말하기를, "내가 이것으로써 너를 봉한다"고 했다. 사관이 날짜를 잡을 것을 청하니, 왕은, "내가 그와 장난한 것이다"라고 했다. 사관이 말하기를, "천자에게는 장난의 말이 없습니다. 말을 하면 사관史官이 그것을 쓰고, 예禮가 그것을 이루며, 음악이 그것을 노래합니다"라고 하여, 드디어 숙우를 요堯임금의 고향에 봉하고 당우唐虞라고 했다.

유幽 · 기冀의 병사들은 팽성에 이르렀다. 동서 1만 리에 물과 뭍으로 함께 진격하는데 운반하는 배가 1만 척이었다.[34] 부융 등이 병사 30만으로 먼저 영구穎口에 이르렀다.[35]

진晉나라 효무제孝武帝는 조서를 내려 상서복야尙書僕射 사석謝石을 정로장군정토대도독征虜將軍征討大都督으로 삼고,[36] 서주徐州와 연주兗州 두 주의 자사刺史인 사현謝玄을 전봉도독前鋒都督으로 삼아 보국장군輔國將軍 사염謝琰, 서중랑장西中郞將 환이桓伊 등과 더불어 8만으로 막았다.[37] 용양장군 호빈胡彬으로 하여금 수군 5천으로 수양壽陽을 돕게 했다.[38] 부융 등이 수양을 공격하여 이기고, 모용수는 운성鄖城을 빼앗았다.[39] 호빈은 수양이 함락되었다는 말을 듣고는 물러나 협석硤石을 지켰다.[40] 부융이 나아가 공격하였다. 진위장군

---

34 진秦나라는 양주를 천수天水 지방에 두었다. 전한前漢의 부풍扶風 위성현渭城縣이 진秦나라의 함양인데 후한後漢의 진성晉省이다. 석륵石勒이 시군是郡으로 이름을 고쳤다. 대개 영가永嘉 이후에 여러 오랑캐들을 둔 곳이다. 유 · 기는 유주幽州와 기주冀州이다. 진씨晉氏가 남으로 건너가 팽성군彭城郡을 진릉晉陵 지방에 임시로 두었다.

35 영구는 영수穎水가 회수淮水로 들어가는 입구를 말한다. 영수는 양성현陽城縣 양건산陽乾山에서 나와 동쪽으로 하채下寨에 이르러 회수로 들어간다.

36 진나라 효무제의 이름은 요曜인데 간문제簡文帝의 아들이다.

37 『진서晉書』 지志에, "네 중랑장은 모두 후한後漢 때 두었다"고 했다. 무제武帝 이래로 네 중랑장은 혹 영자사領刺史, 혹 지절持節에서 삼았다.

38 수양은 바로 수춘壽春이다. 진晉나라는 간문제簡文帝 정태후鄭太后의 이름을 피하여 수양으로 고쳤다.

39 강하江河 운두현雲杜縣 동남쪽에 운성이 있는데 옛날 한남국漢南國이다.

40 협석은 주州의 이름이다. 회수가 동쪽으로 수춘현의 북쪽을 지나 오른쪽으로 비수

秦衛將軍 양성梁成 등이 무리 5만을 이끌고 낙간洛澗에 주둔하여 회수에 책柵을 치고 동쪽의 병사를 막았다.[41] 사현과 사석 등은 낙간에서 25리 떨어진 곳에 군대를 두었으나 양성을 두려워하여 감히 나아가지 못했다. 호빈은 군량이 다하자 가만히 사자를 보내 사석 등에게 고하여 말하기를,

"이제 적은 왕성한데 군량이 다하였으니 다시 대군大軍을 보지 못할까 두렵습니다."

라고 했다. 진秦나라 사람이 이것을 빼앗아 부융에게 보내니, 부융은 사자를 부견에게 보내 아뢰기를,

"적의 숫자가 적어 사로잡기는 쉽겠으나, 다만 도망갈까 걱정되니 빨리 여기로 오십시오."

라고 했다. 부견은 이에 대군은 항성項城에 머물게 하고 가벼운 기병 8천을 이끌고 겸도兼道로 부융이 있는 수양으로 갔다.[42] 그리고는 상서尙書 주서朱序를 보내, 사석 등에게 강약의 세가 다르니 속히 항복함만 같지 못하다고 달래어 말하라고 했는데,[43] 주서는 몰

肥水와 합하고, 또 북으로 산골짜기 가운데로 흐르니 여기를 협석이라고 한다. 마주하는 강 언덕의 산 위에 두 성을 두어 나루의 중요한 곳을 방어하게 했다.

41 낙간은 위로 사마당수死馬塘水를 이어 북쪽으로 진秦나라의 폐허를 지나 밑으로 해서 회수로 들어가는데 낙구洛口라고 한다. 나무를 엮어 영채를 만든 것을 책이라고 한다.

42 겸도는 이틀 걸릴 길을 하루에 가는 것이다.

43 주서는 본래 진晉나라 양주 자사梁州刺史였다. 양양襄陽에 주둔하다가 부견에게 함락되었다. 부견은 상서를 시키고 후에 진나라로 돌려보내어 용양장군 낭야내사

래 사석 등에게 말하기를,

"만약 진나라 백만 군대가 다 온다면 진실로 대적하기가 어렵습니다. 이제 저들이 다 모이지 않은 것을 틈타 마땅히 속히 공격하십시오. 만약 저들의 선봉을 깨뜨린다면 저들의 사기를 이미 빼앗은 것이니 드디어 이길 수 있습니다."

라고 했다. 사석은 부견이 수양에 있다는 말을 듣고 매우 두려워하여 싸우지 않고 진나라 군대를 지치게 하려고 했다. 사염이 주서의 말을 따를 것을 사석에게 권했다. 사현은 광릉상廣陵相 유뇌지劉牢之를 보내어 정병 5천을 이끌고 낙간으로 나가게 하여 10리 못 미친 곳에 이르렀다.[44] 양성이 간수澗水를 막아 진을 치고 기다리고 있으니 유뇌지가 곧바로 물을 건너 양성을 쳐서 대파하고 양성을 목베었다. 또 군사를 나누어 그 나루로 돌아가는 것을 끊었다. 진秦나라의 보병과 기병이 무너지자 다투어 회수로 달아나니 사졸의 죽은 자가 1만 5천 명이었다. 진秦나라 양주 자사 왕현王顯 등을 잡고 그 기계와 군량을 모두 거두었다. 이에 사석 등 모든 군대가 수륙으로 계속 전진하였다. 부견과 부융이 수양성 위에 올라 이것을 바라보니, 진晉나라 병사들의 진이 아주 정제되어 있었다. 또 팔공산八公山 위의 초목을 바라보니 모두 진晉나라 병사같이 보였다. 부견이 부융을 돌아보며 말하기를,

---

琅邪內史의 벼슬을 주었다.

44 광릉은 현의 이름이고, 상相은 관직 명이다.

"이것 역시 강한 적인데 어째서 약하다고 했는가."

라고 하며 낙담하니, 처음으로 두려운 빛이 있었다.[45] 진秦나라 병사들이 비수肥水 가까이에 진을 치니 진병晉兵은 건널 수가 없었다.[46]

사현이 사자를 보내어 부융에게 말하기를,

"그대가 군사를 이끌고 깊이 들어와 강 가까이 진을 친 것은 지구전의 계책이지 빨리 싸우자는 것은 아니다. 만약 진을 조금 뒤로 물려 진병晉兵으로 하여금 강을 건너 승부를 결정하게 하면 이 또한 좋지 않겠는가?"

라고 했다. 진秦나라의 여러 장수들이 말하기를,

"우리는 많고 저들은 적으니 강을 막고 있어서 위로 올라오지 못하게 하는 것이 만전을 기하는 것입니다."

라고 하니, 부견이 말하기를,

"다만 군사를 조금만 뒤로 물려 저들로 하여금 반쯤 건너오게 하여, 철기鐵騎로써 대질러 죽이면 못 이길 리 없다."

라고 했다. 부융도 역시 그렇게 생각하여 드디어 병사를 몰아 뒤로

---

45 팔공산은 안풍安豐 수춘현壽春縣 북쪽에 있다. 세상에서 전하기를, 회남왕淮南王 안安은 신선을 좋아하였는데, 홀연 눈썹과 수염이 아주 흰 사람 여덟이 나타나 문에 나와 뵙기를 구하니, 문지기가 말하기를, "우리 임금은 장생長生을 좋아합니다. 이제 선생께서 늙는 것을 멈추게 하는 술법이 없다면 감히 아뢰지 않을 것입니다"라고 하니, 여덟 사람이 모두 어린아이로 변했다. 드디어 묘당을 산 위에 세웠다.

46 비수는 구강九江 성덕현成德縣 광양향廣陽鄉 서쪽에서 나와 서북쪽으로 작파芍陂로 들어가서, 또 북쪽으로 수춘현을 지나 북으로 회수에 들어간다.

물렀다. 진병秦兵이 드디어 물러나자 다시 멈출 수가 없었다. 사현,
사염, 환이 등이 군사를 이끌고 강을 건너 공격하였다. 부융이 말
을 달려 진을 다스리며 물러서는 자들을 통솔하려고 했으나 말이
넘어져 진병晉兵에게 죽었다. 진병秦兵이 드디어 무너졌다. 사현 등
이 이기는 틈을 타서 추격하여 청강靑崗까지 이르렀다. 진병秦兵이
대패하여 서로 밟아서 죽은 자가 들을 덮고 내를 메웠다.[47] 달아나
는 자들은 바람소리나 학 울음 소리만 들어도 모두 진병晉兵이 또
오는 줄 알아, 밤낮으로 쉬지 못하고 초행노숙草行露宿하는 데다가
굶주림과 추위가 더해 열에 일고여덟 명은 죽었다.[48]

처음 진병秦兵이 조금 물러설 때 주서가 진의 뒤에 있으면서, "진
병秦兵이 졌다"라고 소리치니, 병사들이 크게 달아났다. 주서도 인
하여 진晉으로 달아났다. 부견이 타던 운모거雲母車며 의장과 옷,
기계, 군수 물자, 진기한 보석, 가축 등 셀 수 없이 많은 물건을 빼
앗았다.[49]

부견이 흐르는 화살을 맞고 단기로 달려 회수 북쪽에 이르렀을
때 배가 몹시 고팠다. 백성이 항아리에 담은 밥과 돼지고기를 바쳤

---

47 청강은 안풍군安豊軍에 있는데 수춘에서 30리 떨어져 있다.
48 초행은 감히 길을 따라가지 못하고 풀을 밟고 가는 것이고, 노숙은 감히 인가에 들
    어가지 못하고 들판에서 자는 것이니, 모두 추격하는 군대를 두려워하는 것이다.
49 진晉나라 제도에 운모로 장식한 수레가 있었는데, 신하는 탈 수 없고 왕공王公에
    게만 주었다. 운모는 산의 돌 틈에서 나는데 조각이 층을 이루고 있어서 쪼갤 수
    있다. 밝고 매끄러우며 흰빛을 내는 것이 상품上品이다.

다. 부견이 그것을 먹고 비단 열 필과 무명 열 근을 주었더니 사양하며 말하기를,

"폐하께서는 안락함을 싫어하고 스스로 위태로움과 곤란함을 찾았습니다. 신은 폐하의 자식이고 폐하는 신의 아버지이니, 어찌 아버지를 먹이고 보답을 구하는 자식이 있겠습니까?"

라고 하고는 돌아보지 않고 갔다. 부견이 장부인에게 말하기를,

"내가 이제 무슨 면목으로 다시 천하를 다스리리오."

라고 하며 눈물을 흘렸다.

봉화군奉化君 정도전鄭道傳, 의성군宜城君 남은南闇 등이 권세를 마음대로 휘두르려고, 어린 서자를 세우고 자기 무리를 많이 심어 장차 여러 왕자를 제거하려고 모의했다.[50] 그래서 은밀히 청하기를, 중국에서 여러 황자皇子를 왕으로 봉하는 예에 따라 여러 왕자를 각 도에 나누어 보내자고 했다. 태조가 대답하지 않고 태종에게 말하기를,

"밖에서 하는 논의를 너희들이 알지 못해서는 안 되니 마땅히 너희 여러 형들에게 일러 조심하도록 하라."

---

50 봉화는 본래 고구려 고사마현古斯馬縣인데 신라는 왕마王馬라고 고쳐 내령군柰靈郡에 속하는 현으로 삼았다. 고려 때 봉화라고 고쳤다. 현종은 길주吉州 관내에 속하도록 했고, 공양왕은 처음으로 감무監務를 두었다. 본조에서는 그대로 썼다. 태종 13년에 현감縣監으로 고쳤다. 봉성鳳城이라는 별호가 있는데 문수산文殊山이 진산이다. 지금은 경상도에 속한다.

고 했다. 정도전 등이 여러 차례 이것을 청했으나 태조가 끝내 듣지 않았다.

점쟁이 안전安檀이 말하기를,

"세자의 배다른 형 가운데 천명天命을 가진 가가 하나가 아닙니다."

라고 하자, 정도전이 이 말을 듣고는,

"마땅히 바로 없애버리지 무엇이 걱정인가?"

라고 했다. 의안군義安君 화和가 그 모의를 알고 태종에게 은밀히 고했다. 태조가 병이 들자, 정도전 등이 임금의 거처를 옮기는 의논을 한다는 핑계로, 왕자들을 안으로 불러들이고 인하여 난을 일으키려고 했다. 그래서 그 무리들로 하여금 안에서 모의하게 하고, 정도전 등은 남은의 첩 집에 모여 여기에 응하도록 했다. 전 참찬문하부사參贊門下府事 이무李茂 역시 그 무리였다. 그 모의가 다 되자 태종에게 몰래 누설하여 태종이 그것을 다 알게 되었다. 이때 태종은 여러 형과 함께 언제나 근정문勤政門에 묵었다.[51]

원경왕후元敬王后가 동생인 장군 무질無疾과 의논하여 종 김소근(金小斤, 쇠근)을 보내어 태종을 청했다. 소근이 말하기를,

"여러 대군이 함께 계시는데 무슨 말로 청합니까."

라고 하니, 왕후가 말하기를,

"내가 가슴에 갑작스런 통증이 생겼다고 네가 황급히 아뢰면, 공께서 마땅히 속히 오실 것이다."

---

51 경복궁景福宮에 근정전勤政殿이 있는데 조회를 받는 곳이다. 그 앞문이 근정문이다.

라고 했다. 소근이 바삐 가서 고하니 화和가 청심원淸心圓, 소합원蘇
合圓 등의 약을 주며 말하기를,

"마땅히 빨리 가서 치료하십시오."

라고 하니, 태종이 바로 집으로 돌아와서 왕후, 무질과 함께 셋이
서 오랫동안 은밀히 말했다. 왕후가 울면서 태종의 옷을 잡고 대궐
로 가지 말 것을 군이 청하니, 태종이 말하기를,

"어찌 죽음을 두려워하리오. 또 여러 형들이 금중禁中에 있으니
알리지 않을 수 없소."

라고 하며 옷을 떨치고 나갔다.[52] 왕후가 문밖에 나와서,

"조심하십시오. 조심하십시오."

라고 말했다. 왕후는 동생 대장군大將軍 무구無咎 그리고 무질과 함
께 모의하여 병장기와 안장 없는 말을 몰래 갖추어 변란에 대비할
계책을 갖추고 기다렸다.

태종이 대궐에 이르자 어린 내시가 안으로부터 나오면서 말하
기를,

"왕자들께서 모두 안으로 들어오셔서 피방避方의 일을 하려고 합
니다."[53]

라고 하니, 태종이 듣고서는 거짓으로 변소에 가는 척하며 생각했
다. 공정대왕은 기도하는 일 때문에 소격전昭格殿에 묵고 있었으므

---

52 금중은 문에 금하는 것이 있어서 모시는 사람이 아니면 들어갈 수 없는 것을 말
한다.
53 질병이 있는 사람의 거처를 다른 곳으로 옮기는 것을 속칭 피방이라고 한다.

로 대궐에 없었다.[54] 익안군益安君 방의芳毅, 회안군懷安君 방간芳幹, 상당군上黨君 이백경李伯卿이 쫓아와 부르며 말하기를,

"정안군靖安君, 정안군, 장차 어떻게 하는 게 좋겠습니까?"

라고 하니, 태종이 이를 말리면서,

"무슨 소리를 이렇게 크게 내는가."

라고 하고, 또

"어쩔 수 없지요."

라고 하며, 방의, 방간, 이백경과 함께 영추문迎秋門으로 달려나가니 수십 명이 광화문光化門 밖에 서서 천명天命을 기다리고 있었다.[55]

방석芳碩의 무리가 군사를 출동시키려고 군사軍士 봉원량奉元良으로 하여금 성에 올라가 엿보게 하니, 광화문에서 남산南山까지 무장한 기병이 가득하였다. 저들이 두려워 감히 나오지 못하니 그때 사람들이 귀신의 도움이라고 했다.[56] 정도전과 남은은 형벌에 따라 죽였다.

처음에 정도전 등이 산기散騎 변중량卞仲良을 사주하여, 여러 왕자들의 병권을 없앨 것을 여러 차례 상소하도록 했다. 태조가 윤허하지 않았다. 후에 여러 왕자들이 관할하던 무기를 모두 없애라고 명했다. 태종은 영내에 있는 무기를 모두 태워 없앴다. 변란이 일

---

54 소격전은 별에 제사지내는 곳으로 서울 북쪽의 가회방嘉會坊에 있었다.

55 경복궁 궁성의 문은, 동쪽을 건춘문建春門, 서쪽을 영추문, 남쪽을 광화문이라고 했다.

56 남산은 목멱산木覓山이니 서울의 남쪽에 있다.

어나매 일이 갑작스러워 태종이 영추문으로 나갈 때 오로지 왕후
가 준비한 병장기에만 의지했다. 여러 군君들도 말 한 마리, 무기
하나 구하지 못하여 역시 왕후가 준비한 병장기를 썼다. 태종이 즉
위함에 왕비를 봉하는 책문冊文에 다음과 같이 썼다.

"능히 계책을 결정하고 무기를 준비하여 사직을 정하는 공을 이
루는 것을 도왔으니, 이에 큰 계획을 이룰 수 있게 된 데는 또한 내
조內助에 힘입은 바 크다."

후에 태종이 『고려사高麗史』에서 유씨柳氏 사적을 보고 우리 전하
에게 말하기를,

"정사定社의 날에 네 어머니의 도움이 매우 컸다. 또 여러 동생들
과 함께 갑옷과 무기를 준비하고 기다린 것은 유씨가 갑옷을 준 것
에 비한다면 그 공이 훨씬 크다."
고 했다.[57]

제99장

아주미를 저어하샤 양형讓兄의 뜻을 내신들 토적지공討賊之功
을 뉘에게 미루시리[58]

---

57 유씨가 갑옷을 준 일은 아래 제108장에 있다.
58 형은 송왕宋王을 가리키고, 적은 여러 위씨韋氏를 가리킨다.

조신朝臣을 거스르샤 양형讓兄 뜻 이루신들 정사지성定社之聖께
뉘 아니 오리오

載畏嫦氏　讓兄意懷　討賊之功　伊誰云推
載拒朝臣　讓兄意遂　定社之聖　孰不來至

아주머니를 두려워 한 일은 제71장에 있다.

태종이 정도전의 난을 평정하니 이때 사람들이 태조에게 태종으
로 태자 삼기를 청하였다. 태종이 굳이 사양하며 공정대왕恭靖大王
으로 태자 삼기를 청했다. 공정대왕이 말하기를,
　"처음에 의義를 세워 나라를 열어 지금에 이른 것은 모두 정안靖
安의 공인데 내가 세자가 되는 것은 불가하다."
라고 하자, 태종이 더욱 굳게 사양하니, 공정대왕이 말하기를,
　"그러면 내가 알아서 결정하겠다."
라고 했다. 공정대왕이 즉위하자, 남재南在가 대궐 마당에서 큰소
리로,
　"당장 정안군을 세자로 삼아야 합니다. 이 일은 늦춰서는 안 됩
니다."
라고 하니, 태종이 이 말을 듣고 크게 노하여 그를 꾸짖었다.
　공정대왕은 자식이 없었다. 이때 사람들은 모두 마음속으로 태
종이 세자가 되려니 하고 생각했다.

지중추원사知中樞院事 박포朴苞는 스스로 정사定社에 공이 많다고 생각했는데, 오히려 여러 신하들의 밑자리에 있게 되자 뜻에 차지 않아 불평을 하였다. 그는 다른 사람에게 말하기를,

"이무李茂가 비록 정사의 반열에 있다고 하나 공이 사람들 마음에 차지 않고, 또 반복反覆을 헤아리기 어렵다."

라고 했다. 태종이 이 말을 듣고 계청하여, 박포를 죽주竹州로 유배시키니 박포는 이것을 마음에 품고 있었다. 얼마 후에 불러서 돌아왔다.[59] 박포가 회안군懷安君 방간芳幹의 집에 가서 장기를 두었다. 이날 마침 비가 내렸다. 박포가 말하기를,

"옛사람이 말하기를, '겨울 비는 도道를 손상시켜 저자에서 무기가 서로 부딪치니 마땅히 이것을 조심하라'고 했습니다."

라고 했다. 이때 적침赤祲이 보였다.[60] 박포가 또 그 집에 가서 고하기를,

"하늘에 나쁜 기운이 있으니 처신을 삼가십시오."

라고 하니,

"어떻게 처신하란 말인가."

59 죽주는 본래 고구려 개차산군皆次山郡이다. 신라는 개산介山으로 고쳤다. 고려 때 죽주竹州로 고쳤고, 성종은 단련사團練使를 두었다. 후에 광주廣州 관내에 속하게 했다. 명종 때 처음으로 감무監務를 두었다. 본조 태종 13년에 죽산竹山으로 고쳐 현감縣監을 두었다. 음평陰平이라는 별호가 있고, 혹 연창延昌이라고도 부른다. 지금은 경기도에 속한다.

60 적침은 나쁜 기운이란 뜻이다. 이 말은 하늘과 사람의 정기가 서로 움직인다는 말이다.

라고 하니, 박포가 말하기를,

"무기를 잡지 말고, 출입을 삼가며, 의관을 정제하고, 행동거지를 무겁게 하여 전조前朝의 여러 왕같이 하는 것이 상책입니다."
라고 하니,

"그 다음을 말해보라."
라고 하니,

"형만荊蠻으로 도망하여 태백泰伯과 중옹仲雍같이 하는 것이 그 다음입니다."[61]
라고 하니,

"또 그 다음을 말해보라."
고 하니, 박포가 말하기를,

"정안군의 군사가 강하고, 무리가 따르고 있으며 상당군上黨君의 동생으로 사위를 삼았습니다. 공의 군대는 약하여 위태롭기가 아침 이슬 같으니 쳐서 없애는 것만 같지 못합니다."[62]
라고 하니, 방간이 이 말을 믿고 따르기로 하여, 태종을 청하여 그 집에 오면 난을 일으키기로 하였다.

태종이 장차 가려고 하는데 병이 들어 갑자기 갈 수가 없었다. 내시 강인부姜仁富와 판교서감判校書監 이래李來는 모두 방간의 인척姻戚이었다. 두 사람에게 군사를 낼 뜻을 말했더니, 이래가 놀라 말

---

61 태백과 중옹의 일은 위 제8장에 있다.

62 상당上黨은 바로 청주淸州이다. 상당군 이기李薆의 동생 백강伯剛이 태종의 딸 정순공주에게 장가들어 청평부원군淸平府院君에 봉해졌다.

하기를,

"공은 소인의 참소를 듣고 골육을 해치려고 하니 어찌 차마 들을 수 있겠습니까? 하물며 정안군은 왕실에 큰 공이 있으니 개국開國과 정사定社가 누구의 힘입니까?"

라고 하니, 방간이 분해하며 좋아하지 않았다. 강인부가 꿇어앉아 두 손으로 빌며 말하기를,

"이러면 공은 대역大逆의 이름을 얻을 것입니다."

라고 하고는 나가서 바로 태종에게 고하기를,

"미친 것 같기가 이러하니 마땅히 방비하십시오."

라고 했다.

방간이 군사를 일으키자, 의안군義安君 화和와 완산군完山君 천우天佑가 태종의 집에 이르러 곧바로 침실에 들어가 변란을 고하고 군사를 일으켜 이를 막을 것을 청했다. 태종이 울면서 굳이 거절하여 말하기를,

"내가 무슨 면목으로 다른 사람을 만나리오."

라고 하니, 천우가 울면서 굳이 청했으나 역시 따르지 않았다. 바로 사람을 방간에게 보내어 대의로써 달래며 감정을 버리고 서로 만날 것을 청했다. 방간이 노하여 말하기를,

"내 뜻이 이미 정해졌는데 어찌 돌이키랴."

라고 했다. 화가 태종에게 아뢰기를,

"방간의 음험함이 이미 극에 달하여 일이 여기에 이르렀으니, 어찌 작은 절개를 지키어 나라의 큰 계책을 돌아보지 않으리오."

라고 하는데도 태종은 거절하며 나오지 않았다. 의안군 화가 힘써 태종을 끌고 밖으로 나갔다. 천우가 태종을 끌어안고 화는 갑옷을 입혀 억지로 말 위에 올렸다. 태종이 사람을 시켜 공정대왕에게 계청하기를,

"마땅히 대궐 문을 굳게 지키어 비상 사태를 대비하소서."

라고 하였다. 이때 공신으로는 박포와 화산군 그리고 장사길張思吉 외에는 모두 태종을 따랐고 문신과 무사들도 역시 많이 따랐다.[63]

방간이 패주하자 사람들이 격분하여 세를 타고 쫓는 것이 매우 날카로웠다. 태종은 방간이 해를 당할까 두려워 친히 여러 번 말하기를,

"내 형을 해치지 마라."

고 했다. 또 사람을 시켜 전하여 이렇게 타이르니 이로써 방간이 면할 수 있었다. 태종이 말을 멈추고 방성통곡하니 대소 군사들이 모두 울었다. 방간이 말에서 내려 말하기를,

"나를 꼬인 자는 박포이다."

라고 했다. 박포를 죄에 따라 죽였다.

이에 앞서 서운관書雲觀에서 아뢰기를,

"어제 저녁에 요사스러운 붉은 기운이 서북쪽에서 보였으니 종실에서 용맹한 장수가 나올 것입니다."

라고 하여 사대부가 모두 태종을 눈여겨 보았는데 8일 만에 난이

---

63 화산花山은 바로 안동부安東府이다.

일어났다.

다음날 참찬문하부사參贊門下府事 하륜河崙 등이 청하여 말하기를,

"정몽주의 난 때 만약 정안군이 없었다면 대사가 거의 이루어지지 못했을 것이고,[64] 정도전의 난 때도 정안군이 없었다면 어찌 또한 오늘이 있겠습니까. 또 어제의 일을 보아도 하늘의 뜻과 사람의 마음을 또한 알 수 있습니다."

라고 하며 정안군을 세자로 세울 것을 청했다. 공정대왕이 말하기를,

"그대들의 말이 매우 좋다."

하고, 드디어 태종을 세자로 세울 것을 명하였다.

태종이 즉위하자 여러 신하들이 방간을 죽이자고 굳이 청하였으나 태종이 끝내 듣지 않았다. 또 종친의 명부를 없애지도 않았다.

우리 전하가 즉위하자 정부政府와 대간臺諫에서 죽이기를 청하는 상소가 몇 달 동안 계속되어, 심지어 먼저 일을 처리하고 뒤에 알리자는 논의까지 있었으나, 태종의 지성스러운 부탁에 힘입어 천수를 누리게 되었다.

제100장

물위의 용龍이 강정江亭을 향向하니 천하天下가 정定해질 조짐

---

64 정몽주의 일은 위 제21장에 있다.

이더라

집 위의 용龍이 어상御床을 향向하니 보위寶位 타실 조짐이더라

水上之龍　向彼江亭　迺是天下　始定之徵
殿上之龍　向我御床　迺是寶位　將登之祥

송宋나라 태조太祖가 주周나라 세종世宗을 따라 회남淮南으로 출정하여 강 위의 정자에서 싸울 때, 용이 물 속에서 나와 태조를 향하여 뛰어올랐다. 아는 사람들은 놀라며 임금이 될 조짐이라고 생각했다.

박주亳州 사람 진단陳摶은[65] 세상을 경륜經綸할 만한 재주를 가지고 있으면서 오대五代 말기의 어지러운 세상을 만나 사방을 돌아다녔으나 뜻을 이루지 못하여 산에 들어가 은둔하며 지냈다. 진晉나라 이후 매번 한 왕조의 혁명을 들으면 며칠 동안 얼굴을 찌푸렸는데, 묻는 사람이 있으면 노려보고 대답하지 않았다. 일찍이 흰 나귀를 타고 악소년惡少年 수백 명을 데리고 변주汴州로 들어가려 했다. 중도에서 송나라 태조가 등극했다는 말을 듣고는 크게 웃으며 나귀에서 내려 말하기를,

---

65 박주는 한漢나라 때는 초현譙縣이고 위魏나라 때는 초군譙郡이었다. 후주後周에서는 박주를 두었다. 진단의 자는 도남圖南인데 주나라 세종은 호를 내려 백운선생白雲先生이라고 했고, 송나라 태종은 희이希夷라는 호를 내렸다.

"천하는.이제부터 안정될 것이다."
라고 했다.[66]

태종이 송도 추동(楸洞, ?래올) 집에 있을 때,[67] 기묘己卯 가을 9월에 하늘이 밝으려고 하여 별이 희미해지는데, 백룡이 침실 위에 나타났다. 크기는 서까래만 하고, 비늘의 광채가 찬란하며, 꼬리는 용 같은데, 머리를 태종이 있는 곳으로 향했다. 시녀 김씨金氏가 처마 밑에서 이것을 보고 달려가 집사인 김소근金小斤 등에게 알렸다.[68] 김소근 등이 역시 나와서 이것을 보았다. 잠시 후 구름과 안개가 가리고 막혀서 어디로 갔는지 알 수 없었다.[69]

---

66 『전등여화剪燈餘話』에, "오대의 난은 예전에는 없던 일인데, 영웅이 일어나 평정하지 않았다면 난리가 언제 끝날 수 있었겠는가. 진단은 그 징조를 엿보고 대사에 뜻을 두어 관중과 낙양을 왕래하였으니 어찌 떠들며 논 것이리오. 조광윤趙匡胤이 등극했다는 말을 듣고 나귀에서 내려 크게 웃고, '돼지 같은 녀석이 이미 천자가 되었다' 고 했으니, 이미라는 말을 쓴 것으로 보아 대개 알 수 있다. 소매를 떨치고 산으로 들어가 흰구름을 바라보며 높이 누워 있으니, 들꽃 피고 새 울어 봄 기운이 가득하고, 먼 것을 끌어 높이 오르니 그 자취를 찾을 길이 없었다. 이른바 큰 기교는 지극히 졸렬함에 있고, 위대한 지혜는 지극한 어리석음에 있는 것이다. 천하의 후세 사람들은 그가 신선이 되었다는 것만 알고, 또 그가 은둔자였다는 것만을 알 뿐이니 누가 그의 갑작스러움과 깊은 뜻을 알겠는가"라고 했다.

67 추楸는 가래나무이다. 집은 중부中部 남계방南溪坊에 있었는데 사람들이 가래올이라고 했다. 즉위한 후에는 증수하여 경덕궁敬德宮으로 했다.

68 김소근과 지타池他, 김철金哲, 최만崔萬, 이송李松, 여자 종인 영로永老, 동백冬柏, 좌이佐耳 등이다.

69 김씨는 경녕군敬寧君 배裶의 어머니이다.

376 용비어천가 제10권

제101장

천하天下에 공功이 크시되 태자위太子位 다르시거늘 샛별이 낮
에 돋으니
종사宗社에 공功이 크시되 세자위世子位 비었거늘 적침赤祲이
밤에 비취니

功高天下　儲位則異　煌煌太白　當晝垂示
功大宗社　儲位則虛　明明赤祲　方夜炳如

천하에 공이 높은 일은 제36장에 있다.
종묘 사직에 공이 큰 일은 제12장, 제98장 그리고 제99장에 있다.

제102장

시름 마음 없으시되 이 집에 자려 하시니 하늘이 마음을 움직
이시니
몸에 병病 없으시되 저 집에 가려 하시니 하늘이 병病을 나리
오시니

心無憂矣　將宿是屋　維皇上帝　動我心曲

身無恙矣　欲往彼室　維皇上帝　降我身疾

걱정하는 마음이 없는 일은 제66장에 있다.

병이 없던 일은 제99장에 있다.

제103장

아우가 모질어도 무상유의無相猶矣실쎄 이백년 기업二百年基業
을 열으시니이다[70]

형뇌이 모질어도 불숙원언不宿怨焉이실쎄 천만세 후속千萬世厚
俗을 이루시니이다[71]

弟雖傲矣　無相猶矣　維二百年　基業啓止

---

70 『시경』에, "형과 아우는 사이좋게 지내며 서로 시기함이 없어"라는 대목의 주에
　유猶는 같은 것이라고 했다. 사람의 정이란 대체로 베풀었을 때 보답이 없으면 그
　만두는 것이므로 은혜는 끝이 있을 수 없다. 형제지간에도 각기 자신이 베풀 수
　있는 것을 다하는 것이니, 서로 보답하지 않아 은혜를 갚지 않는 것을 배워서는
　안 된다. 요遼나라가 천하를 다스린 것은 2백9년인데 2백 년이라고 한 것은 성수
　成數를 쓴 것이다.

71 『맹자』에, "어진 사람은 동생을 대함에 있어서, 노여움을 품지 않고, 원한을 남겨
　두지 않으며 친애할 뿐이다"라고 했는데, 그 주에, "숙원宿怨은 그 원한을 남겨 두
　어 키우는 것이다"라고 했다.

兄雖悖焉　不宿怨焉　於千萬世　厚俗成庇

　　요遼나라 태조에게는 동생이 다섯 있었는데, 이들의 이름은, 자
갈刺葛, 질자가迭刺哥, 인저석寅底石, 안단安端, 소蘇였다.[72] 자갈은 성
품이 어리석고 음험하며 난을 좋아하여 여러 동생과 더불어 모반
하였다. 안단의 처 점목고耶睦姑가 이 일을 알렸다. 태조가 차마 죽
일 수 없어서, 여러 동생을 불러 산 위에 올라가 희생을 잡아 천지
에 고해 맹세하고 용서하였다.[73] 자갈이 다시 여러 동생들과 모의
하여 난을 일으켰다. 이때 태조는 출불고朮不姑를 공격하고 북아로
산北阿魯山으로 돌아오는데, 여러 동생들이 군사로 그 돌아오는 길
을 막았다.[74] 태조가 이에 남쪽으로 적수하赤水河를 치자 여러 동생
들이 각기 사람을 보내어 사죄하니 용서해주라고 명했다.[75] 후에
태조가 노수蘆水에 머물고 있는데 질자가가 일을 도모하여 해왕奚
王이 되려고 안단과 더불어 1천여 기를 이끌고 와서 뵙겠다고 거짓

72　자갈은 덕조德祖의 둘째 아들이고, 질자가는 셋째 아들, 인저는 넷째 아들, 안단은
　　다섯째 아들, 소는 여섯째 아들이었다.
73　맹세라는 것은, 희생을 잡아 피를 입술에 바르고 귀신에게 서약하는 것이다. 만약
　　배반하는 일이 있으면, 이 희생과 같이 귀신으로 하여금 재앙을 내리라고 하는 것
　　이다. 먼저 땅을 파서 네모난 구덩이를 만들고, 희생을 이 구덩이 위에서 죽여, 희
　　생의 왼쪽 귀를 잘라 구슬 쟁반에 담아 놓는다. 또 피를 옥 쟁반에 담아 피로 맹세
　　를 하는데, 글이 이루어지면 입술에 피를 바르고 글을 읽는다.
74　출불고는 부족의 이름이다.
75　적수하는 『요사遼史』에 십칠락十七濼이라고 되어 있다.

으로 말했다.[76] 태조가 그 모의를 알고 오자 잡아 가두고 그 무리를 나누어 여러 부대에 예속시켰다. 자갈이 무리를 이끌고 을실근전乙室董淀에 이르러 천자의 깃발과 북을 갖추고 장차 스스로 서려고 했다. 이때 미고내회리弭姑乃懷里가 거짓으로 태조의 군사가 이른다고 하자, 무리가 놀라서 흩어지면서 백성들을 약탈하고 북으로 도망했다. 태조가 군사로써 이들을 쫓으니 자갈과 인저석이 무리를 이끌고 곧바로 행군의 장막을 다그쳐 들어와 물자와 천막을 불사르고 병사를 풀어 사람을 많이 죽였다. 술률후述律后가 급히 촉고로蜀古魯를 보내 구하니 간신히 천자의 깃발과 북을 구했을 뿐이었다.[77] 그 무리 신속고神速姑가 서루西樓를 약탈하고 명왕루明王樓를 불질렀다.[78] 태조가 토하土河에 이르러 말을 먹이고 병사를 쉬게 하니 여러 장수들이 급히 추격하기를 청했다.[79] 태조가 말하기를,

"멀리 달아나기를 기다리라. 사람은 각기 그 고향을 그리워하는데, 고향을 그리워하는 마음이 끊어져 버리면 그 마음이 반드시 떠

---

76 해奚는 흉노족의 한 부족으로 유주幽州 서남쪽의 음량천陰凉川에 있는데 5부로 나뉘어서 산다.

77 태조의 순흠황후淳欽皇后는 술률씨였다. 촉고로는 사람 이름이다.

78 신속고는 사람 이름이다. 그는 뱀의 말을 알아들을 수 있었다. 거란契丹은 그들이 있는 곳을 상경上京이라고 하고 거기에 누각을 세웠는데 이름을 서루라고 했다. 또 그 동쪽 1천리에 동루東樓를 세웠고, 북으로 3백리에 북루北樓를 세웠으며, 남쪽 목엽산木葉山에 남루南樓를 세워 네 누각 사이를 왕래하며 사냥했다. 태조 2년에 명왕루를 세웠다.

79 『요사』「지지地志」에, "지금 영주永州 땅에는 동으로 황하潢河, 남으로 토하 두 강이 합한다"고 했다.

난다. 우리가 이때를 타면 반드시 깨뜨릴 수 있다."

고 했다.

자갈을 우배지하于培只河까지 쫓아가 그 물자와 생구生口를 포획하고 드디어 진격했다.[80] 자갈이 맞아 싸워 패하자 수레와 천막을 불사르고 달아났는데, 태조의 복병을 만나 다시 대패하여, 이에 빼앗은 신장神帳을 길에 버리고 달아났다. 유하楡河에 이르러 열리곤涅里袞, 아발阿鉢과 함께 사로잡혔다. 인저석은 스스로 목을 찔렀으나 죽지 않았다. 태조가 돌아왔다.[81] 이때 대군이 오랫동안 길에 있었으므로 물자가 서로 보급되지 않아서 사졸들이 말과 망아지를 구워 먹고 들풀을 뜯어 먹었다. 어린 가축이 길거리에서 죽은 것이 열에 일고여덟이었고, 물가는 열 배가 되었다. 기물과 물자를 초리하楚里河에 버려 수백 리에 낭자狼藉하였다.[82] 열리곤은 절벽에 떨어져 죽었다. 유사가 문초를 하니 반역의 무리가 모두 3백 명이었다. 태조가 말하기를,

"사람의 목숨은 지극히 중한 것이다. 죽은 사람은 다시 살아나지 못한다."

라고 하고, 그들에게 하룻동안 연회를 베풀어 그 평생에 좋아하던 바를 하도록 했다. 술이 취하자 노래도 하고, 춤도 추며, 활 쏘기며

---

80 사람을 사로잡은 것을 생구라고 한다.
81 유하의 근원은 창평昌平에서 나오는데, 순주順州에 이르러 백주白州로 들어간다.
82 낭자는 물건이 어지럽게 널려진 모양이다. 이 말은, 이리가 일어났다 누웠다 하며 장난하면 그 깔려 있던 풀이 모두 가로세로 어지럽게 흩어진다는 뜻이다.

씨름 등 각기 그 뜻대로 마음껏 했다. 다음날 경중에 따라 형을 주었다. 태조는 여러 동생들을 차마 법에 따라 처벌하지 못하여 자갈과 질리가는 곤장을 치고 풀어주고, 인저석과 안단은 성격이 용렬하고 약한데 자갈의 협박 때문에 그렇게 된 것이라고 하여 모두 용서하고 다스리지 않았다. 그리고는 좌우에 이르기를,

"모반이 만약 나를 배반하는 것에 그쳤다면 용서할 수도 있다. 그러나 이들은 무도한 일을 자행하고 선량하고 충성스러운 사람을 해쳤으며 재산을 약탈했다. 지난날 민간에 말이 1만 마리 있었는데 지금은 모두들 걸어 다닌다. 개국 이래에 일찍이 없는 일이다. 그 무리를 죽이지 않는다면 무엇으로 경계를 하리오."

라고 했다.

형이 비록 도리에 어긋난 일은 제99장에 있다.

제104장

건의신建義臣을 참소하거늘 구救하되 못 살리시니 몸에 붙은 일로 인심仁心 못 이루시니

개국신開國臣을 참소하거늘 구救하여 살리시니 사직공社稷功을 헤아리샤 성심聖心을 이루시니

訴建義臣　救而莫活　勢關嫌疑　仁心未集
譖開國臣　救而獲生　功念社稷　聖心是成

　　당唐나라 민부상서民部尚書 노공魯公 유문정劉文靜은, 스스로 재략
이나 공훈이 우복야右僕射 배적裵寂보다 낮다고 생각하였으나 지위
가 그보다 밑에 있었으므로 불평이 많았다. 매번 조정의 논의에서
배적이 옳다고 하면 유문정은 반드시 그르다고 하여 자주 배적을
모욕하니 이로부터 틈이 생겼다. 유문정이 동생인 통직산기상시通
直散騎常侍 문기文起와 술을 마셨다. 술이 취하자 원망하며 칼을 빼
어 기둥을 치며 말하기를,
　　"때가 오면 마땅히 배적의 머리를 베리라."
고 말했다.
　　집안에 자주 요사스러운 기운이 있어서, 유문기는 무당을 불러,
별 아래 머리를 풀어헤치고 칼을 입에 물어 요기를 누르려고 했
다.[83] 유문정에게는 사랑을 받지 못하는 첩이 있었는데, 그 형을 시
켜 변고를 아뢰도록 했다. 고조가 유문정을 형리刑吏에게 내리고
배적과 내사령內史令 소우蕭瑀를 보내어 상황을 심문하게 했다. 유
문정이 말하기를,
　　"처음 의로운 일을 시작할 때 고맙게도 사마司馬가 되었고 장사

---

83 부적을 써서 속칭 도깨비를 누르는 것 같은 것은 사람으로 하여금 혹하게 하며 수
　명과 성품을 상하게 한다.

長史와 함께 계획하여 지위와 명망이 비슷하였는데, 이제 배적은 복야가 되어 갑제甲第에 있고,[84] 신의 관직과 상훈은 많은 사람과 다를 바 없으며, 동서로 정토하러 다니느라 노모를 서울에 남겨 두었는데 비바람을 가릴 수도 없으니, 사실 불만의 마음이 있었습니다. 그래서 취중에 원망의 말을 스스로 참지 못하였습니다."

라고 하니, 고조가 여러 신하들에게 말하기를,

"문정의 이 말을 보건대, 반역의 뜻이 명백하다."

고 하였다. 예부상서禮部尚書 이강李綱과 소우가 모두 그가 반역의 뜻이 아니라는 것을 밝혔다. 태종太宗이 그를 위해서 굳이 청하여 말하기를,

"지난날 진양晉陽에 있을 때 문정이 먼저 비상한 책략을 정해 먼저 배적에게 알렸습니다.[85] 경성京城을 이긴 후에 그 대우가 현격히

---

84 갑甲, 을乙로 순서를 정하므로 갑제라고 한 것이다.

85 대업大業 말에 유문정은 진양령晉陽令이었고 배적은 진양궁감晉陽宮監이었다. 유문정은 태종을 보고 기이하게 생각하여 스스로 친교를 맺었다. 그리고 배적에게 말하기를 "이 사람은 비상한 사람이다. 활달하기는 한漢나라 고조高祖 같고, 신무神武는 위조魏祖와 같다. 나이가 비록 어리나 일세에 뛰어난 재주이다"라고 했다. 배적은 처음에는 그렇게 생각하지 않았다. 유문정이 이밀李密과 혼인 관계를 가졌기 때문에 연좌되어 태원太原 옥에 갇혔는데 태종이 그를 보러 갔다. 문정이 말하기를, "천하가 크게 어지러우니 높은 재주가 아니면 평정할 수 없습니다"라고 하니, 태종이, "어찌 없다고 하리오. 다만 사람들이 알아보지 못할 뿐이오. 내가 와서 살펴보는 것은 아녀자의 정리가 아니라 그대와 더불어 대사를 의논하려는 것이니 장차의 계책을 내보시오"라고 말했다. 유문정이 말하기를, "지금 주상이 남쪽으로 강회江淮를 순수하고 있고, 이밀은 동도東都를 포위하고 다그치고 있으며,

차이가 나니 문정으로 하여금 원망을 갖게 한 것은 있으나 감히 모반한 것은 아닙니다."
라고 했다.

배적이 고조에게 말하기를,

"유문정의 재략은 실로 당대의 으뜸입니다. 성질이 또 음험하고 예측할 수 없습니다."
라고 했다. 고조가 평소에 배적과 친했으므로 오랫동안 이리저리 생각하다가 마침내 배적의 말을 듣기로 했다. 유문정과 문기는 죄로 죽고 그 집은 적몰籍沒되었다.

호인胡寅은 다음과 같이 말했다.

떼도둑 수만이 위태롭습니다. 이런 때를 당하여 진짜 임금이 수레를 몰고 와서 그들을 쓴다면 천하를 얻는 것은 손바닥 뒤집기같이 쉬울 뿐입니다. 태원의 백성들은 모두 도둑을 피해 성에 들어올 것입니다. 제가 그곳의 수령을 몇 년 했으므로 그곳의 호걸들을 알고 있으므로 일단 수습하면 10만 명 정도는 얻을 수 있을 것입니다. 공께서 거느리고 있는 병사가 또 수만 명일 테니 이것으로 빈틈을 타서 관중에 들어가 천하를 호령하면 반년이 지나지 않아 황제의 업을 이룰 수 있을 것입니다'라고 했다. 태종이 웃으며 말하기를, "그대의 말이 나의 뜻과 꼭 맞소"라고 했다. 이에 은밀히 사람들의 할 일을 나눠 놓았다. 고조는 이것을 몰랐다. 태종은 고조가 따르지 않을까 두려워 오랫동안 이 일을 미루고 감히 말하지 못했다. 고조는 배적을 오랫동안 알고 있어서, 매번 연회에서 서로 얘기하면 혹 밤까지도 계속했다. 유문정은 배적을 설득하려고 배적을 끌어들여 태종과 교유하도록 했다. 이로부터 날마다 태종이 놀러다니니 정이 더욱 가까워졌다. 태종이 이에 그 계책을 얘기하니 배적이 허락하였다.

"유문정이 큰 계책을 제일 먼저 창도했는데, 상은 그 공훈에 따르지 못했고 또 참소로 죽었다. 태종이 힘썼으나 구하지 못한 것은 무엇 때문인가. 이것은 할 수 없었던 것이 아니고, 감히 하지 못한 것이다. 유문정이 진양에서 배적을 끌어 세민世民을 만나게 했을 때, 한漢나라 고조高祖, 위魏나라 무제武帝에 비하면서도 고조에게는 일찍이 마음을 돌리지 않았다. 배적에게 있어서 고조는 후했으나 세민은 박했다. 그가 감히 힘써 간하지 못한 것은 이것 때문이었다. 세민에게 있어서는 당연하지만, 이강과 소우가 자주 역린逆鱗을 건드리지 못하여 공훈이 있는 옛 신하를 원통하게 죽게 했으니 그 책임이 크다."[86]

공정대왕 때에 대성臺省이 상소하여 사병私兵을 혁파하여 모두 삼군부三軍府에 배속시킬 것을 청하니 이를 따랐다. 문하부사門下府事 이거이李居易 등이 분하게 여기는 말을 하였고, 즉시 패기牌記를 반납하지 않았다. 이에 이거이를 계림부윤鷄林府尹으로 좌천시켰다. 경상도 감사監司 조박趙璞이 지합천사知陜川事 권진權軫에게 말하기를,[87]

---

86 『사기』「형가전荆軻傳」에, "역린을 건드린다"는 말이 있고, 또 「한비전韓非傳」에, "용이 충蟲이 되면 사람이 길들여서 탈 수 있다. 그러나 그 목 밑에 있는 지름이 한 자쯤 되는 거꾸로 난 비늘을 사람이 건드리면 반드시 죽는다. 임금에게도 역시 역린이 있으므로 얘기하는 자는 이것을 건드리지 않도록 해야 한다"라고 하였다.
87 감사는 지금의 관찰사觀察使이다. 합천은 본래 대량주군大良州郡으로 신라 경덕왕

"이거이가 나에게 말하기를, '내가 조준의 말을 믿은 것을 후회한다'고 하길래, 왜 그러느냐고 물었더니, 이거이가 말하기를, '사병을 혁파할 때, 조준이 나에게 말하기를, 왕실을 지키는 것이 군대가 강함만 못하다고 하므로, 내가 그 말을 믿고 패기를 삼군부에 즉시 반납하지 않았더니, 죄에 걸려 오늘에 이르렀다'고 했소."

라고 했다. 권진이 간의대부諫議大夫를 제수받고는, 조박의 말을 자신이 덧붙여 좌중에 고하고, 사헌부司憲府의 권근權近, 사간원司諫院의 박은朴블 등과 더불어 번갈아 조준과 이거이 등의 죄를 써서 올렸다. 공정대왕이 말하기를,

"조준이 어찌 이런 말을 했으리오."

라고 하고, 그 소장을 놓아두었다. 권근 등이 다시 글을 올려 굳이 청하였고, 조신들도 조준의 평생 과실을 모아 공격하는 자가 많았다. 이에 조준을 옥에 가두었다. 그리고 참찬문하부사參贊門下府事 이서李舒, 순군만호巡軍萬戶 이직李稷, 윤저尹抵, 김승주金承霍에게 명하여 국문하도록 했다. 권근 등이 각처에 두고 국문할 것을 청하였다. 공정대왕이 지신사知申事 박석명朴錫命을 시켜 태종에게 의논하기를,

"모든 신하들의 의논이 사람들을 이거이와 조박이 있는 곳으로 나누어 보내 국문하자고 하는데 어떻겠는가."

이 강양군江陽郡으로 고쳤다. 고려 현종이 대량군大良君으로 즉위했고, 황비皇妃 효숙왕후孝肅王后의 고향이므로 지합천사로 승격시켰다. 본조 태종 13년에 합천군이라고 고쳤다. 지금은 경상도에 속한다.

라고 하니, 태종이 말하기를,

"옥사獄事는 비록 밖에 있는 사람이라도 반드시 서울로 불러들여, 여러 사람이 들어보고 밝히는 것입니다. 사람을 나누어 보내는 것은 신의 마음에는 불가하옵니다."[88]

라고 하고, 또 사사로이 박석명에게 말하기를,

"비록 하찮은 백성의 일이라도 마땅히 밝게 분별하여 원통함이 없도록 하려고 하는데, 이러한 대신을 서로 대하여 밝히지 않고 그 죄를 얽으려고 하는 것이 옳겠는가? 조정의 신하로서 이러한 논의를 올린 사람은 그 신하로서 임금을 돕는 의리에 있어 어떻겠는가?"

라고 했다. 공정대왕이 순군巡軍의 관리에게 명하여 이거이와 조박을 잡아오라고 했다. 태종이 윤저를 불러 말하기를,

"임금께서 경의 마음쓰는 것이 공정하고 반드시 사적인 것으로 굽히지 않으리라고 생각하여 순군만호를 맡긴 것이니 경은 삼가도록 하라."

고 하고, 대성臺省의 장문을 보여주며 말하기를,

"태상왕께서 개국하시고, 주상께서 자리를 이어받고, 내가 불초함에도 세자가 되어 이제까지 잘된 것은 모두 조준의 공이다. 이제 지난날의 공을 잊고, 그 허실을 잘 알아보지도 않으면서 단지 사헌부의 장계만을 믿는다면 하늘이 두렵지 않겠는가. 경이 만약 조준

---

88 서울에 있는 감옥을 옥獄이라고 한다.

으로 하여금 죄를 얻어 죽게 한다면 사람들이 그것으로 경을 충신이라고 하겠는가. 조준이 만약 그런 말을 했다면 큰 죄가 있을 것이다. 경은 가서 삼가라."
라고 하니, 윤저가 재배하고 나갔다.

대성에서 모두 대궐 뜰에 나와 다시 사람을 나누어 국문할 것을 청하였는데 공정대왕이 윤허하지 않았다. 인하여 조박을 가두고 순군에서 국문하니 조박의 말이 대성의 상소와 뜻이 같지 않았다. 또 권진을 가두고 국문하니 권진의 말도 역시 상소와 뜻이 달랐다. 공정대왕이 권근 등을 크게 미워하였다. 이거이를 순군에 가두고 조박과 대질하니 조박이 굽혀 크게 부끄러운 기색이 있었다. 조박을 이천利川으로 귀양보내고, 권진은 축산도丑山島로 유배보냈다. 조준이 국문을 받을 때 정신이 없어서 쳐다보기만 하고 아무 말도 못했다. 옥사가 거의 이루어졌는데 태종이 힘써 구하였으므로 면했다.

제105장

제 임금 배반背叛하여 내 몸을 구救하거늘 불상사노不賞私勞하사 후세後世를 가르치시니

제 임금 아니 잊어 내 명命을 거스르거늘 불망공의不忘公義하사 사왕嗣王을 알리시니

不爲其主　以救我身　不賞私勞　以敎後人
不遺其君　以拒我命　不忘公義　以詔嗣聖

　정공丁公이 항우의 장수로서 한나라 고조를 팽성彭城 서쪽으로
몰아 단병短兵으로 접전하였다.[89] 고조가 급하여 정공을 돌아보며
말하기를,
　"우리 둘이 서로 고생할 것이 있는가."
라고 하자, 정공이 군대를 이끌고 돌아갔다.
　항우가 멸하자, 정공이 알현했는데, 고조가 정공을 군중에 조리
돌리면서 말하기를,
　"정공은 항우의 신하로서 충성하지 않아 항우로 하여금 천하를
잃게 한 자이다."
라고 하고, 드디어 목을 베며 말하기를,
　"후에 신하된 자로 하여금 정공을 본받지 않도록 하기 위해서이
다."
라고 했다.

　사마광司馬光은 다음과 같이 말했다.
　"고조가 풍패豐沛에서 일어난 이래, 호걸들을 망라하여 도망한

89　정공의 이름은 고固인데, 계포季布와 어머니는 같고 아버지가 다른 동생이다. 단
　　병으로 접전한다는 말은 도검刀劍을 가지고 서로 붙어서 싸운다는 말이다.

자를 받아들이고 반역한 자를 용서한 것이 이미 많았다. 황제에 즉위하여 유독 정공만 불충하다 하여 죽인 것은 무엇 때문인가. 대저 취하러 나가는 것과 지키는 것은 그 세가 같지 않다. 여러 영웅들이 각축을 벌일 때는 백성들의 주인이 정해지지 않았기 때문에 오는 자를 받아들이는 것은 마땅하다. 그러나 천자의 귀한 자리에 오르면 천하에 신하 아닌 자가 없다. 만약 예의를 명확히 하지 않는 것을 보여, 신하된 자로 하여금 사람마다 두 마음을 품어 이익을 구하게 한다면 나라가 어떻게 오랫동안 안전할 수 있겠는가. 이러므로 대의로써 끊어 천하로 하여금 신하 된 자로서 불충한 자는 스스로 용납할 곳이 없고, 사사로이 은혜를 맺는 마음을 품은 자는 비록 자신이 사는 데는 이를 수 있어도 의리가 용서하지 않는다는 것을 모두가 알게 밝힌 것이다. 한 사람을 죽여 천만 사람을 두렵게하니, 그 일을 생각하는 것이 어찌 깊고 멀지 않은가. 그 자손이 천록天祿 4백 년을 누렸음은 당연하다."[90]

길재吉再가 고려 신씨辛氏 조정에서 문하주서門下注書를 했다. 왕씨王氏가 다시 서자, 관직을 버리고 선주善州로 돌아가 홀로된 어머니를 봉양하니 향당鄕黨에서 그 효성을 칭찬했다.[91]

---

90 『서경』에, "사해가 곤궁하면 천록은 영원히 그만이다"라고 했다.
91 선주는 본래 일선군一善郡이다. 신라 진평왕이 승격시켜 주州로 삼았고 경덕왕은 숭선군嵩善郡으로 고쳤다. 고려는 선주로 고쳤다. 현종은 상주尙州 관내로 삼았고, 인종은 일선현一善縣이라고 고쳤다가 다시 승격시켜 지선주사知善州事로 했

처음 태종이 잠저潛邸에 있을 때, 길재는 성균관成均館에서 모시고 공부했다. 태종이 세자였을 때, 서연관書筵官과 숨어 사는 선비에 대해서 얘기하다가 말하기를,

"길재는 강직한 사람이다. 내가 일찍이 같이 공부했는데 못 본 지 오래되었다."

라고 하니, 정자正字 전가식田可植이 같은 고향 사람이므로, 집에서 효도하는 아름다운 일을 갖추어 말했다. 태종이 기뻐하여 첩지를 내려 부르니 길재가 역마를 타고 서울에 왔다. 태종이 공정대왕에게 계를 올려 봉상박사奉常博士를 제수하니, 길재가 대궐에 가서 사은하지 않고 태종에게 글을 올려 말하기를,

"제가 지난날 저하邸下와 더불어 반궁泮宮에서 『시경』을 읽었습니다. 이제 신을 부른 것은 옛날을 잊지 않음인가 합니다.[92] 그러나 저는 신씨의 왕조에서 과거 급제하여 벼슬을 시작하였고, 왕씨가 복위하자 바로 고향을 돌아가 장차 몸을 마칠까 했습니다.[93] 이제 옛날을 기억하여 부르시매, 저는 올라와서 뵙고 바로 돌아가려고

다. 본조 태종 13년에 선산군善山郡으로 고쳤다. 15년에 도호부都護府로 승격시켰다. 화의和義라는 별호가 있다. 지금은 경상도에 속한다. 1만 2천5백 가구가 향鄕이 되고, 5백 가구가 당黨이 된다.

92 제후가 향사鄕射를 배우는 궁을 반궁이라고 한다. 그 동·서·남쪽에 반벽半璧과 같이 생긴 저수지가 있다. 그 반은 벽옹辟雍이므로 반수泮水라고 하고, 궁 또한 그 것으로 이름을 삼았다.

93 처음 관직을 하는 것을 서사筮仕라고 한다. 『좌전』에, "필만畢萬이 진晉나라에 서 사했는데, 둔지비屯之比의 괘가 나와, 점을 치니 길하다"라고 했다.

합니다. 벼슬을 하는 것은 제 뜻이 아닙니다."

라고 하니, 태종이 말하기를,

"그대의 말은 강상綱常을 바꾸지 않는다는 도리이니, 의리상 그
뜻을 뺏기는 어렵겠소. 그러나 부른 사람은 나지만 벼슬을 준 사람
은 상감이니 사직辭職의 말은 상감께 하는 것이 옳겠소."[94]

라고 하니, 길재가 드디어 글을 올렸다. 그 글을 요약하면 다음과
같다.

"신은 본래 한미한 사람으로 신씨의 왕조를 섬겨, 과거에 올라
문하주서까지 이르렀습니다. 신이 듣건대, 여자에게는 두 남편이
없고 신하에게는 두 임금이 없다고 합니다.[95] 바라건대 고향으로
보내주시어 신이 두 성씨를 섬기지 않겠다는 뜻을 이루고, 노모를
봉양하면서 여생을 마치게 해 주십시오."

공정대왕이 그 절의를 가상히 여겨 잘 예우하여 보내고, 그 고을
에 명하여 그 집의 부역을 면하게 했다.

우리 전하께서 즉위하자 태종이 전하에게 말하기를,

"길재는 두 임금을 섬기지 않았으니 진실로 의로운 선비이다.
그 자식이 있다고 하니 마땅히 불러서 쓰고 그 충성을 나타내도록
하라."

---

94 강강綱은 삼강三綱이니, 임금과 신하 사이, 아버지와 자식 사이, 부부 사이에 마땅히
    지켜야 할 도리이고, 상常은 오상五常이니, 인仁, 의義, 예禮, 지智, 신信이다.
95 왕촉王蠋이 말하기를, "충신은 두 임금을 섬기지 않고, 열녀는 남편을 바꾸지 않
    는다"고 했다.

고 하니, 전하가 드디어 하교하여 그 아들 사순師舜을 불렀다. 그가
오자 태종이 명하여 종묘부승宗廟副丞에 임명하고 여러 번 자리를
옮겼다.[96] 길재가 죽자 전하는 특명으로 좌사간左司諫을 내렸다.[97]

권근權近이 다음과 같이 말했다.
"우리 전하는 관대하고 어질며 도량이 넓어, 절개와 의리의 아름
다움을 상주고 장려함이, 바로 주周나라 무왕武王이 백이伯夷와 숙
제叔齊를 놓아주고 한漢나라 광무제光武帝가 엄자릉嚴子陵을 놓아준
것과 같으니, 세월은 달라도 그 일은 같다.[98] 이것은 모두 그 의리
를 숭상하고 그 뜻을 따름으로써 백대의 높은 기풍을 떨치게 하고
만세의 둑을 둔 것이다."[99]

---

96 본조 태조 원년에 관제를 정했는데, 태묘서大廟署에는 종5품의 영令이 한 명, 종7
  품의 승丞이 한 명, 정8품의 주부注簿가 두 명인데 후에 종묘서宗廟署로 이름을 고
  쳤다. 태종 14년에 주부를 부승副丞으로 고쳤고, 우리 전하 18년에 정9품의 녹사
  錄事 한 명을 더 두었다. 여기서는 종묘의 일 일체를 관장했다.

97 본조 태종 원년에 문하부낭사門下府郎舍를 별도로 사간원司諫院으로 하고, 좌우산
  기상시左右散騎常侍를 고쳤다. 좌우간의左右諫議를 승격시켜 정3품의 좌우사간대
  부左右司諫大夫로 삼고, 직문하直門下를 종3품의 지사간知司諫으로 하며, 좌우보
  궐左右補闕을 정5품의 좌우헌납左右獻納으로 하고, 좌우습유左右拾遺는 정6품의
  좌우정언左右正言으로 했다.

98 우리 전하는 태종을 말한다. 백이와 숙제는 고죽군孤竹君의 두 아들이다. 무왕이
  주紂를 칠 때 백이와 숙제가 말고삐를 잡고 간했다. 무왕이 상商나라를 멸하자, 백
  이와 숙제는 주나라 곡식을 먹기가 부끄럽다 하여 수양산首陽山에 가서 숨었다가
  마침내 굶어 죽었다. 엄자릉의 일은 위 제13장에 있다.

99 『예기』에, "군자의 도는 비유하자면 둑방과 같은 것이니, 백성이 잘못되는 것을 막

제106장

충신忠臣을 그릇 죽이거늘 오악惡惡 마음이 크샤 절월節鉞을 아
니 주시니

의사義士를 옳다 칭찬하샤 호현好賢 마음이 크샤 관작官爵을 아
니 앗으시니

擅殺忠臣　惡惡之極　所以節鉞　終焉不錫
深獎義士　好賢之篤　所以官爵　曾是不惜

송宋나라 태조가 진교陳橋에서 돌아오니,[100] 주周나라 시위친군侍
衛親軍 부도지휘사副都指揮使 한통韓通이 금중禁中에서 황급히 돌아와
무리를 이끌고 이를 막으려 했다. 군교軍校 왕언승王彦昇이 쫓아가
니, 한통이 그 집으로 달려가다가 문을 닫기 전에 왕언승에게 죽고
그 처자도 모두 죽었다. 태조가 중서령中書令을 증직하여 그의 충성
을 표창했다. 그리고 왕언승에게는 함부로 사람을 죽인 죄를 주려
고 했다. 여러 신하들이 건국의 처음이니 그를 용서해주기를 빌었
다. 태조는 오히려 노여움이 있어 죽을 때까지 절월節鉞을 주지 않
았다.[101]

는 것이다. 둑방이 너무 크면 백성들이 그것을 넘어간다"고 했는데, 주에, "군자가
도로써 백성의 과실을 막는 것은 제방으로 물의 흐름을 막는 것과 같다"고 했다.
100　이 일은 위 제25장에 있다.

정도전鄭道傳이 죄를 받고 죽으니,[102] 방석芳碩의 무리가 모두 흩어졌으나 오직 김계란金桂蘭만 도망가지 않았다. 남은南誾이 도망치니 그 종들이 모두 흩어졌으나, 유독 최운崔沄만이 부축하고 길거리 집에 숨겨주며 끝내 도망치지 않았다. 태종이 두 사람의 의리를 중하게 여겨 불러서 휘하에 두었다. 즉위한 후에는 모두 곁에서 지키는 직책을 맡겼다. 김계란의 품계는 3품에 이르고, 최운의 품계는 2품에 이르렀다. 또 정몽주가 맡은 일에 충성스럽다 하여,[103] 특별히 명을 내려 영의정부사領議政府事를 증직하고 문충공文忠公이라는 시호를 내렸다. 그리고 그 아들 종성宗誠과 종본宗本을 등용했다.[104] 방간芳幹이 패했을 때,[105] 그 휘하의 군사 강유신康有信, 장사미張思美, 이군실李君實, 정승길鄭升吉 등은 모두 그 힘을 다한 자들이다. 태종은 즉위하여 강유신과 장사미를 내금위內禁衛에 임명하고, 이군실과 정승길은 사복司僕에 임명하였다. 정승길은 일찍 죽었으나 강유신, 장사미, 이군실은 모두 추밀원에 들어갔다.[106] 또

---

101 원수가 출정할 때 부절과 도끼를 잡는다.

102 이 일은 제97장에 있다.

103 이 일은 제12장에 있다.

104 시호를 정하는 법에, 도덕이 있고 견문이 넓은 것을 문文이라고 하고, 몸을 바쳐 윗사람을 섬기는 것을 충忠이라고 한다.

105 이 일은 제102장에 있다.

106 본조 태종 7년에 처음으로 내상직內上直을 내금위로 바꿨다. 고려 때는 2품 이상은 추밀원樞密院 당상관堂上官이 되었으므로 2품을 제수받는 것을 입추入樞라고 했다.

전 장령掌令 서견徐甄이 금주衿州에 있으면서,[107] 다음과 같은 시를 지었다.

천년의 신도神都는 한강을 사이에 두고[108]
충신들 가득히 밝은 왕을 보좌하네
삼국을 통일한 공은 어디 있는가
오히려 지난 왕조가 길지 못함을 한하네

대간에서 이를 벌주자고 하니, 태종이 안색을 변하며 말하기를,
"서견이 고려의 신하로서 이제 시를 지어 고려를 생각하는 것은 백이나 숙제와 같다. 상은 줄 수 있어도 죄를 주어서는 안 된다."
라고 했다.

---

107 금주는 본래 고구려 잉벌노현仍伐奴縣인데 신라는 곡양穀壤으로 바꾸고 율진군栗
津郡의 현으로 삼았다. 고려는 금주라고 고쳤다. 현종은 수주樹州 관내로 속하게
했고, 명종은 처음으로 감무監務를 두었다. 본조에서는 그대로 썼다. 태종 14년
에 과천果川을 혁파하여 금과현衿果縣으로 했다가 금방 없앴다. 또 양천현陽川縣
을 혁파하고 금양현衿陽縣에 합쳤다. 16년에 다시 금천현감으로 했다. 시흥始興
이라는 별호가 있는데, 지금은 경기도에 속한다.
108 신도는 한양을 말한다.

제107장

만조滿朝가 두소서 하거늘 정신正臣을 옳다 하시니 십만승도十
萬僧徒를 일거一擧에 파롱罷寵하시니

만국滿國이 즐기거늘 성성聖性에 외다 하시니 백천불찰百千佛刹
을 일조一朝에 혁혁革革하시니

滿朝請置　　正臣是許　　十萬僧徒　　一擧去之

滿國酷好　　聖性獨闢　　百千佛刹　　一朝革之

당唐나라 태사령太史令 부혁傳奕이 불법佛法을 없애기를 청하는 상
소를 올려 말하기를,[109]

"불佛이란 서역에 있는데, 말은 요사스럽고 길은 멉니다. 호서胡
書를 중국말로 번역할 때 멋대로 가탁하였습니다.[110] 불충불효하게
하여 머리를 깎고 임금과 부모에게도 읍揖만 하며, 밭을 갈지 않고
먹으며 검은 옷을 바꿔 입고 세금과 부역을 면하고 있습니다. 거짓
으로 삼도三途를 말하고, 거짓으로 육도六道를 떠벌리며,[111] 어리석

---

109 서역西域 천축국天竺國에 불도佛道가 있다. 불佛이란 중국말로 깨달음이란 뜻인
데, 장차 깨달음으로 중생을 깨우치는 것이다.

110 서역의 말은 깨치기 어려우므로 중국말로 번역하였다. 후진後晉의 요흥姚興이 구
마라즙鳩摩羅什을 시켜 서역의 경론經論을 번역하게 했다.

111 불교에서는 지옥地獄, 아귀餓鬼, 축생畜生을 삼도라고 하여 사람이 나쁜 짓을 하

은 사람을 두렵게하고, 평범한 사람을 속입니다. 그리고 기왕의 죄를 거슬러 올라가 뉘우쳐 장래의 복을 헛되이 바라며, 1만 전萬錢을 보시하여 만 배의 보답을 바라고, 하룻동안 재齋를 올리고는 백일 동안의 양식을 바랍니다. 드디어 어리석은 사람을 어지럽혀 망령되이 공덕을 구하게 하고, 규율이나 금하는 것을 꺼리지 않아 가볍게 법을 어기게 합니다. 나쁜 짓과 반역을 꾀하여 몸이 죄에 빠져도 바야흐로 옥중에서 부처에게 예불하여 그 죄를 면할 궁리를 합니다. 또 낳고 죽는 것과 오래 살고 그렇지 못한 것은 자연에 인한 것이고, 형벌과 복은 임금으로부터 나오는 것이며, 빈부와 귀천은 이룬 공과 일에 따른 것인데도 어리석은 중의 교묘한 거짓으로 모두가 부처로부터 온다고 합니다. 임금의 권위를 훔치고 조화造化의 힘을 제멋대로 하니, 그 정치에 해가 됨은 진실로 슬픈 일입니다. 복희伏羲와 신농神農으로부터 한漢나라에 이르기까지 모두 불법이 없었으나 임금은 밝고 신하는 충성스러워 나라가 오랫동안 이어졌습니다. 한나라 명제明帝가 처음으로 호신胡神을 세우니,[112] 서역의

면 반드시 여기에 떨어진다고 한다. 또 아수라阿修羅, 천신天神, 지기地祇를 더해 육도라고 한다.

112 명제의 이름은 장莊인데 광무제光武帝의 아들이다. 호신은 불교를 말한다. 처음 명제 영평永平 사이에, 꿈에 1장 6척이 되는 우뚝한 금인金人이 궁전 뜰에 날아왔는데 광채가 빛났다. 여러 신하들에게 물어보니, 통사사인通事舍人 부의傅毅가 대답하기를, "신이 듣기에, 서역에 득도한 자가 있어 그 이름이 불佛이라고 한다니 폐하께서 보신 것은 이것이 아니겠습니까?"라고 했다. 명제가 사신을 서역에 보내 불법을 받아들이게 하니, 불교가 처음으로 중국에 들어왔다.

상문桑門이 스스로 그 법을 전했습니다.[113] 서진西晉 이전의 국가들은 나라마다 엄격한 법령이 있어 중국 사람들이 함부로 머리를 깎는 것을 허락하지 않았습니다.[114] 그러다가 부견苻堅과 석륵石勒에 이르러 오랑캐가 중화를 어지럽히니, 임금은 용렬하고 신하는 간사하며, 정치는 포학하고 왕조는 짧았습니다.[115] 양梁나라 무제武帝와 제齊나라 문양文陽이 족히 그 본보기가 됩니다.[116] 이제 천하의 비구와 비구니의 숫자는 10만이 넘는데, 비단을 잘라 흙으로 만든 사람에게 입히고, 다투어 사악한 귀신을 섬겨 만백성을 미혹시키고 있습니다. 청하옵건대 이들을 혼인하게 하면 바로 10만 호를 이룰 수 있을 것입니다. 남자 여자를 낳아 10년을 키우고 12년을 가르치면 족히 병사로 쓸 수 있어 사해를 잠식蠶食[117]당하는 재앙을

---

113 상문은 바로 사문沙門이니 중국말로는 쉰다[息]는 뜻이다. 뜻을 쉬고 욕망을 버려 무위無爲로 돌아가는 것이다. 범어梵語로 사가만낭沙迦懣曩 또는 사문나沙門那라고 하는데, 당唐나라에서는 근식勤息이라고 했고, 진秦나라에서는 근행勤行 또는 선각先覺이라고 했다.

114 사마씨司馬氏가 낙양에 도읍한 것을 서진이라 하고, 원제元帝에 이르러 강을 건넌 후를 동진東晉이라고 한다.

115 석륵은 갈인羯人이다. 진晉나라 원제元帝 태흥太興 2년 양국襄國에 있었다. 진씨晉氏가 나라를 잘 다스리지 못하여 오호五胡가 어지러워졌다. 한漢나라 유원해劉元海는 흉노족匈奴族이고, 후조後趙의 석륵石勒은 갈족이고, 전연前燕의 모용비慕容庳는 선비족이며, 전진前秦의 부홍苻洪은 저족氐族이며, 후진後秦의 요익중姚弋仲은 강족羌族이다.

116 북제北齊 문양의 이름은 징澄이다. 무제와 문양은 모두 불법을 숭상하여 믿었으나, 무제는 굶어 죽고 문양은 요리사에게 죽임을 당했다.

117 잠식은 점점 파먹어 없어지는 것이 마치 누에가 뽕잎을 먹는 것과 같다는 말이다.

면할 수 있으며, 백성들이 임금의 권위가 있는 줄을 알 것입니다. 이렇게 되면 요망스러운 기풍이 저절로 개혁될 것입니다. 제齊나라의 장구자타章仇子他가 표를 올려 말하기를, '중의 숫자가 많아서 나라가 부패하고, 절과 탑을 사치스럽게 꾸며 재물을 허비합니다.[118] 중들은 재상에게 붙어 아부하며 조정을 헐뜯고, 여승들은 왕비와 공주에게 붙어 몰래 비방을 합니다'라고 했는데, 장구자타는 잡혀들어가 거리에서 형을 받았습니다. 주周나라 무제武帝는 제齊나라를 평정함에 이르러 그 묘를 다시 쌓았습니다. 신이 비록 불민하나 그의 자취를 흠모합니다."[119]

라고 했다.

고조는 백관에게 명하여 이 일을 의논하도록 했는데, 오직 태복경太僕卿 장도원張道源만이 부혁의 말을 이치에 맞는다고 했다.[120] 우복야右僕射 소우蕭瑀가 말하기를,

"부처는 성인인데 부혁이 이를 비난하고 있습니다. 성인을 비방하는 것은 법에 어긋나는 것이니 마땅히 그 죄를 다스려야 합니다."[121]

---

118 불제자들이 사리를 수습하여 봉안한다고 지은 것을 탑塔이라고 한다. 역시 오랑캐 말로 종묘宗廟라는 뜻이므로 탑묘塔廟라고도 한다.

119 주나라 무제의 이름은 옹邕이고 우문태宇文泰의 아들인데 제나라를 멸했다. 천자의 말은, 첫째는 제서制書이고 둘째는 조서詔書이다.

120 옛날에 태복정太僕正이 있었다. 한漢나라 9경에 태복이 있었고, 양梁나라 12경에 태복경이 있었다. 당나라 태복경은 나라 안의 말 먹이는 일과 마차와 수레의 일을 맡아보았다.

121 『효경孝經』「오형五刑」에, "성인을 비방하는 것은 법을 어기는 것이다"라고 했는

라고 하니, 부혁이 말하기를,

"사람의 큰 윤리로 임금과 아버지 같은 것은 없습니다. 부처는 대를 이을 자식으로서 아버지를 배반했고, 필부로서 천자에 대항했습니다.[122] 소우는 공상空桑에서 낳지 않았음에도 아비 없는 교를 따르고 있습니다.[123] 불효자에게는 부모가 없다는 말은 소우를 가리키는 말입니다."[124]

라고 하니, 소우는 대답을 하지 못하고 다만 합수合手하고 말하기를,

"지옥을 만든 것은 바로 저런 사람을 위해서이다."[125]

데, 그 주에, "성인이란 도道의 극極이고, 법의 원천이므로 그것을 비난하는 것은 법을 어기는 것이다"라고 했다.

122 불경을 보면 부처는 왕세자로서 출가했으므로, 대를 이을 자식으로 아버지를 배반했다고 한 것이다. 불교의 법에는, 임금과 어버이에게도 절을 하지 않으므로, 필부가 천자를 대항했다고 한 것이다.

123 옛날 유신씨有莘氏의 딸이 이천伊川에서 뽕을 따다가 공상空桑 가운데서 갓난아이를 얻었다. 그 어머니에게는 이수伊水의 물가에서 잉태했다고 말했다. 꿈에 신이 고하여 말하기를, "구수臼水가 넘치니 동쪽으로 달아나라"고 했다. 어머니가 아침에 보니 구수가 넘치고 있었다. 그 이웃에 알리고 달아나다가 그 마을을 돌아보니 물이 가득 찼다. 그 어머니는 공상空桑이 되고 아기는 그 안에 있었다. 유신씨 딸이 가져다 바쳤는데, 자라면서 현명함과 덕이 있고 가르치니 신의가 있었다. 이 사람이 이윤伊尹이다. 일설에는 공상은 산 이름이라고 한다. 이윤이 태어난 곳은 기산冀山 북쪽에 있다.

124 부혁 역시 『효경』의 말로 소우를 비난했다. 부모 없는 사람은 없는데 감히 효도를 하지 않는 것은 부모가 없는 것이다.

125 합수한다는 것은 손바닥 한 가운데를 서로 합하여 공경하는 마음을 나타내는 것이다. 불교에서는 착한 일을 하는 사람은 천당으로 올라가고 악한 일을 하는 사람은 지옥으로 떨어진다고 말한다.

라고 했다.

고조 역시 중과 도사들을 싫어했는데, 굳이 군대와 세금을 피하고 계율을 지키지 않는 것은 부혁의 말과 같다고 생각했다. 또 절과 도관道觀이 시장이나 집과 붙어 있고, 도살장이나 시장과 섞여 있었다. 조서를 유사에게 내려 천하의 승니僧尼, 도사道士, 여관女冠을 가려 뽑아 열심히 수행하는 자는 큰 절이나 도관으로 옮겨 의식을 공급하여 그들로 하여금 모자람이 없게 하고, 용렬하고 야비하며 거칠고 사악한 자는 모두 그 도 닦는 것을 파하고 고향으로 돌려보내도록 했다. 서울에는 절 세 곳과 도관 두 곳을 남겨 두었고, 모든 주에는 각기 한 곳을 남겨 두고 그 나머지는 모두 없앴다.

고려 때, 왕과 그 아랫사람들이 모두 불교를 숭상해서, 재물을 보시하고 사탑을 짓는 일이 남에게 뒤질까 걱정했다. 태종은 천부의 자질이 밝고 뛰어난 데다가 시속時俗에 구애되지 않았다. 태조가 개국하여 법을 새로 정할 때, 태종은 정도를 붙잡고 이단異端을 배척하여 그 도움이 매우 컸다.[126] 태종이 즉위하자 서운관書雲觀이 아뢰기를,

"신 등이 듣건대, 불교는 청정하여 욕심이 없는 것과 세속을 떠나는 것을 으뜸으로 삼습니다. 여기에 나라를 다스리는 도가 있다는 말은 듣지 못했습니다. 전조前朝의 왕태조가 삼국을 통일하던

---

126 이단은 성인의 도가 아닌 것으로 별도로 하나의 계열을 갖고 있는 것이다.

초기에, 어떤 사람이 진언하기를, '산을 등지고 물을 거스르는 땅이니, 절을 두고 부처를 안치하고 도량道場을 설치하면 나라를 평안하게 하는데 도움이 될 것입니다' 라고 하므로, 이에 유사를 명하여 곳에 따라 절을 두고 밭과 노비를 주었습니다. 후에 임금과 신하들이 더욱 믿어 큰 가람을 창건하고 각기 원당願堂이라고 칭하니 토지와 사람의 시납施納이 대대로 증가하였습니다.[127] 이로부터 5백년 동안 서울과 시골에 절이 셀 수 없이 많아졌습니다. 이에 선종禪宗과 교종教宗 각 종파가 토박이를 위한 절을 갖게 되고, 살찐 말과 가벼운 옷을 입으며 심지어 주색에 빠지는 자도 있었습니다.[128] 그러므로 비록 절이 수천이고, 중이 비록 수만이라도 그 소행이 이와 같으니, 불교가 혹 나라를 편안케 하는 이치가 있다 하더라도 어찌 조금이라도 도움이 되겠습니까. 옛사람이 말하기를, '나라에 3년의 비축이 없으면 나라가 그 나라가 아니라' 고 했고,[129] 또 말하기를, '군대가 오랫동안 밖에 있으면 나라의 씀씀이가 모자란다' 고 했습니다. 이제 우리의 비축을 보건대, 수만의 병사가 1년 먹을 양

---

127 범어梵語에 승가람마僧伽藍摩 혹은 승가라마僧伽羅摩라고 하는 것은 중국말로는 중원衆園이다. 원園은 키우는 곳인데, 불제자들이 이곳에 거주하면서 도의 근본과 열반의 뜻을 키우는 곳이다. 혹은 비아라毗阿羅라고 하는데 이것은 떠돌기를 멈추는 곳이다. 대저 사찰을 개인이 발원하여 짓는 것을 원당이라고 한다.

128 불교에는 선종禪宗과 교종教宗의 두 법이 있다. 조계曹溪, 천태天台, 총남摠南은 선종이고, 화엄華嚴, 자은慈恩, 중신中神, 시흥始興은 교종이다.

129 『예기』 「왕제王制」에, "나라에 9년의 비축이 없으면 부족하고, 6년의 비축이 없으면 급하고, 3년의 비축이 없으면 나라가 그 나라가 아니다" 라고 했다.

식도 부족합니다. 만일 군대를 일으켜 많은 무리를 동원하려고 하면 장차 어떻게 대응하겠습니까. 신 등이 간절히 바라옵건대 병사의 양식을 마련하는 것이 바야흐로 지금의 급한 일입니다. 엎드려 전하께 바라옵건대, 밀기密記가 있는 서울과 지방의 70개 사찰을 제외한 나머지 비보소裨補所에 들어 있는 서울과 지방의 사찰의 토지와 조세는 영구히 군자軍資로 돌려 3년의 비축에 대비하십시오.[130] 그 노비는 각 사司와 주군州郡에 속하게 하면 군대의 식량이 족할 것입니다. 삼가 헤아려 처리하시기 바랍니다."

라고 했다. 이에 서울과 지방의 밀기가 있는 곳을 제외한 모든 사찰을 혁파했다.

제108장

숨어서 들으시고 민망民望을 이루오리라 융의戎衣를 입히시니이다

---

130 고려는 도선道詵의 설을 받아들여, 산과 내의 순順과 역逆을 점쳐 사찰을 개창하고, 사사로이 절을 지어 지덕地德을 훼손하는 것을 금했는데, 이것을 비보소라고 했다. 본조 태조 원년에 관제를 정할 때, 군자감軍資監에는 판사判事가 정3품, 감무監務가 종3품, 소감少監 종4품, 승丞 종5품, 주부注簿 종6품, 직장直長 종7품, 녹사錄事 정8품이었다. 태종 14년에 감을 정正이라고 하고, 소감은 부정副正이라고 하고, 승은 판관判官이라고 했다. 여기서는 군대의 양식을 맡았다.

병病으로 청請하시고 천심天心을 이루오리라 병장兵仗으로 도
우시니이다

潛身以聽　欲邃民望　載提戎衣　于以尙之
托疾以請　欲邃天意　載備兵仗　于以遲之

태봉왕泰封王 궁예弓裔가 잔학하여 백성들이 명령을 견딜 수가 없
었다.[131] 장군 홍유洪儒, 배현경裵玄慶, 신숭겸申崇謙, 복지겸卜知謙 등
이 몰래 모의하여 밤에 고려 태조의 사저에 가서 추대의 뜻을 말하
려고 했다. 그리고 부인 유씨로 하여금 알지 못하게 하려고 유씨에

---

131 궁예의 성은 김씨金氏이다. 신라 헌안왕憲安王의 서자이다. 태어날 때 지붕 위에
무지개 같은 흰 기운이 있어 위로 하늘에 닿았다. 일관日官이 아뢰기를, "이 아이
는 단오날에 태어난 데다가 이빨이 있고 또 광채가 이상하니 장차 나라에 불리할
까 합니다"라고 하니, 왕이 사자를 보내 죽이라고 했다. 사자가 포대기에서 꺼내
누각 밑으로 던졌다. 젖먹이는 노비가 몰래 이를 받았는데 잘못 손으로 건드려
그 한 쪽 눈을 멀게 했다. 노비가 싸 안고 도망하여 몰래 길렀는데 자라서 중이
되어 호를 선종善宗이라 하였다. 중의 계율에 얽매이지 않고 모든 일에 대담했
다. 일찍이 바리때를 들고 식사하러 가는데, 까마귀가 상아 젓가락을 물고 있다
가 바리때 안에 떨어뜨려 이를 보니 왕王자가 있었다. 비밀로 하여 남에게 말하
지 않았으나 스스로도 자못 이상하게 생각했다. 신라가 쇠하는 것을 보고 어지러
움을 틈타 무리를 모으려고 했다. 처음에는 죽주竹州의 도적 기훤箕萱에게 갔는
데, 기훤이 오만하고 예의가 없어 북원北原의 도적 양길梁吉에게 갔다. 양길이 그
를 잘 대접하여 드디어 군사를 나누어 동쪽을 치도록 하니 항복하는 무리가 많았
다. 선종이 스스로 개국하여 임금이 될 수 있다고 하여, 드디어 철원鐵原에 도읍
하고 국호를 태봉泰封이라 했다. 이것이 후고려後高麗가 되었다.

게 말하기를,

"뜰 안에 새 오이가 있거든 따 오십시오."

라고 하니, 유씨는 그 뜻을 알고 뒷문으로 나가 몰래 장막 안으로 들어왔다. 이에 여러 장수들이 말하기를,

"지금 주상께서는 삼한三韓이 분열하여 뭇 도적이 다투어 일어날 때부터, 용기를 내어 크게 소리쳐 자질구레한 도적을 없애고 요동을 삼분하여 그 태반을 차지하며, 나라를 세우고 도읍한 지 20여 년이 되었습니다. 이제 그 끝을 마치지도 못하여 방종과 탐학이 심하고 부당한 형벌이 심하여, 처자를 죽이고 신하를 죽이고 있습니다. 백성들은 도탄에 빠져 원수같이 그를 미워하고 있습니다. 걸桀·주紂의 악행이라도 이보다 더하지는 않을 것입니다.[132] 예로부터 어두운 임금을 없애고 밝은 임금을 세우는 것은 천하의 대의입니다. 청컨대 공께서 탕湯임금과 무왕武王의 일을 행하시기를 바랍니다."

라고 하자, 태조는 얼굴색을 변하면서 거절하여 말하기를,

"나는 충성심과 순수함을 자부하는데, 이제 비록 임금이 포악하

---

132 궁예의 부인 강씨康氏가 정색을 하고 궁예의 불법不法을 간했다. 궁예는 이것을 싫어하여 말하기를, "네가 다른 사람과 간통한 것은 어찌된 일인가"라고 했다. 강씨가, "어찌 이런 일이 있으리오"라고 하니, 궁예가 말하기를, "내가 신통력으로 그것을 보았다"고 하고, 화로에 쇠젓가락을 달궈 그녀의 음부를 찔러 죽이고, 그 두 아이도 죽였다. 그 후에는 의심이 많아지고 조급하여져서, 여러 신하와 장군, 아전, 밑으로는 평민에 이르기까지 무고하게 그에게 죽은 사람이 많았다.

다고 하나 어찌 감히 두 마음을 가지리오. 대저 신하로서 임금을
바꾸는 것을 혁명革命이라고 하는데, 내가 실제로 덕이 없으면서
감히 은殷과 주周의 일을 본받을 수 있으리오. 옛사람이 말하기를,
'하루를 임금이라 하더라도 평생 임금이다' 라고 했고, 또 연릉延陵
의 계자季子는 말하기를, '나라를 차지하는 것은 나의 예절이 아니
다' 라고 하고 물러나 농사를 지었으니, 내가 어찌 계자의 절개를
넘어설 수 있으리오."[133]

라고 하니, 여러 장수들이 말하기를,

"때는 다시 오지 않는 것이므로 만나기는 어렵고 잃기는 쉽습니
다. 하늘이 주는 것을 받지 않으면 오히려 재앙을 받습니다. 나라
안의 백성으로 모진 고통을 받은 자들은 밤낮으로 복수하고 싶다

---

133 나라를 차지하는 것은 나의 예절의 아니다라는 말은, 갑자기 오吳나라를 차지하
는 것은 나의 당연한 도리가 아니라는 말이다. 『사기』에, "오나라왕 수몽壽夢에
게는 아들이 넷 있었다. 큰아들은 제번諸樊이고, 다음은 여제餘祭, 다음은 여매餘
昧, 다음은 계찰季札이었다. 계찰이 어질어서 수몽은 그를 세우려고 하였으나 계
찰이 사양하여 안 되었다. 이에 제번을 세웠으나 제번이 상을 마치고 계찰에게
양위하니 계찰이 사양하여 말하기를, '조선공曹宣公이 죽었을 때 제후들과 조나
라 사람들이 조군曹君에게는 뜻이 없어 장차 자장子臧을 세우려고 했습니다. 자
장이 달아나자 조군을 세웠습니다. 군자는 예절을 지킬 수 있어야 합니다. 조군
이 도리에 맞게 자리를 이은 것인데 누가 감히 조군을 막을 수 있겠습니까? 나라
를 차지하는 것은 나의 예절이 아닙니다. 내가 비록 재주는 없으나 자장의 의리
를 따르고자 합니다' 라고 했다. 오나라 사람들이 굳이 세우려 하자 계찰은 그 집
을 버리고 농사를 지어 끝내 그 백성의 뜻을 버렸다"는 대목이 있다. 계찰을 연
릉에 봉했으므로 연릉 계자라고 한다.

고 생각하고 또 권세와 지위가 있는 자들은 모두 학살을 당해 거의
남아 있지 않습니다. 이제 덕망이 공에 버금가는 사람이 없고 많은
사람들의 바라는 마음이 공에게 있는데, 어찌 가만히 엎드려 있다
가 독부獨夫의 손에 죽음을 당하려고 합니까?"[134]
라고 했다.

　유씨가 이를 듣고 나와 태조에게 말하기를,

　"인仁으로써 불인不仁을 치는 것은 예로부터 자연스러운 것입니
다.[135] 이제 여러 장군의 논의를 들으니 첩이 오히려 분개함을 느끼
는데 하물며 대장부에게 있어서야 어떠하겠습니까?"
라고 하고, 손수 갑옷을 꺼내 입혔다. 여러 장수들이 부축하여 둘
러싸고 나갔다. 날이 밝자 노적가리 위에 앉아 군신의 예를 행하고
앞에 있는 사람을 시켜,

　"왕공王公이 이미 의로운 깃발을 들었다."
라고 외치도록 했다. 이에 앞뒤에서 달려나와 따르는 자가 셀 수
없었다. 또 궁성 문에 먼저 가서 북을 울리며 환호하는 자가 1만여
명이었다. 궁예가 이것을 듣고는,

　"왕공이 이미 나라를 차지했다고 하니 나의 일은 끝났다."
라고 하고는, 어찌할 줄 몰라 미복微服으로 나가 북문으로 해서 도

134　후한後漢 조온趙溫이 경조군승京兆郡丞이 되었는데 탄식하여 말하기를, "대장부
　　가 마땅히 기운차게 날아올라야지 어찌 가만히 엎드려 있겠는가"라고 했다.
135　『맹자』에, "어진 사람은 천하에 대적할 자가 없다. 지극한 인으로 지극한 불인을
　　치는 것이다"라고 했다.

망쳤다. 궁인들이 궁궐을 청소하고 맞이했다.

이날 태조는 포정전布政殿에서 즉위하고 국호를 고려라고 했다.

궁예는 바위 골짜기로 도망하여 이틀 밤을 지내고 나니 매우 배가
고파 보리 이삭을 잘라먹었는데 부양斧壤 사람에게 들켜 죽었다.[136]

병을 평계로 청한 일은 제98장에 있다.

제109장

말이 병病이 깊어 산척山脊에 못 오르거늘 군자君子를 그리샤
금뢰金罍를 부으려 하시니

말이 살을 맞아 마구馬廐에 들어오거늘 성종聖宗을 뫼셔 구천
九泉에 가려 하시니[137]

我馬孔瘏　于岡靡陟　言念君子　金罍欲酌

我馬帶矢　于廐猝來　願陪聖宗　九泉同歸

---

136 부양은 고구려 부양현斧壤縣이다. 신라는 부평군富平郡에 속하는 현으로 삼았다.
　　고려 현종 때 평강平康으로 고쳐 동주東州의 관내에 두었다. 후에 나누어 감무監
　　務를 두었다. 본조에서는 그대로 썼다. 태종 13년 고쳐서 현감縣監으로 했다. 지
　　금은 강원도에 속한다.
137 땅속의 샘을 구천이라고 하는데, 그 깊은 것을 말하는 것이다.

주周나라 후비后妃가 문왕文王이 없으니 생각하다가 시를 지었는
데,[138] 그 시에,

  저 산꼭대기 오르려 하나, 내 말이 병들고 지쳤네
  내 또 금 술잔에 술이나 따라 긴 회포 잊으리[139]

라고 하였고, 또 이르기를,

  저 높은 언덕 오르려니 내 말이 병들었네
  내 또 저 술잔에 술을 부어 긴 시름 잊으리

라고 하였다.

  정도전의 난에,[140] 원경황후元敬王后는 스스로 태종이 있는 곳으로
나아가 그 화禍를 같이하려고 걸어서 나갔다. 태종의 휘하 군사 최
광대崔廣大 등이 힘껏 간하고 막는 사이에 종 김부개金夫介가 정도

---

138 이 시가 어찌 문왕이 조회받고 정벌할 때 지은 것이겠는가. 유리옥羑里獄에 갇혔
  을 때 지은 것이다.
139 이 시는, 높은 산에 올라 가슴에 품고 있는 사람이 간 곳을 바라보며, 따르고 싶
  지만 말이 병들어서 가지 못하므로, 이에 또 금 술잔에 부은 술을 마시면서 오래
  가지 않았으면 하고 생각한 것이다.
140 이 일은 제98장에 있다.

전의 갓과 칼을 가지고 왔다. 왕후가 이에 돌아갔다.

　방간의 난에,[141] 군사 목인해睦仁海가 탔던 태종 사저의 말이 화살을 맞고 도망하여 스스로 마구간으로 돌아왔다. 왕후는 필히 싸움에서 패했다고 생각하여, 스스로 싸움터로 나아가 태종과 함께 죽으려고 걸어서 나아갔다. 시녀 김씨金氏 등 다섯 명이 간했으나 어쩔 수 없었다.[142] 종 한기韓奇 등이 길을 막고 말렸는데, 얼마 되지 않아서 정사波淨祀婆라는 이웃 노파가 이겼다는 소리를 듣고 와서 알렸다. 왕후가 이에 돌아갔다.

제110장

이 장 이하는 모두 반복해서 노래하여 바르게 경계하는 뜻을 전하는 것이다.

　사조四祖가 편안便安히 못 계셔 몇 곳을 옮겼으며 몇 간間 집에 사셨습니까[143]

　구중九重에 들으샤 태평太平을 누리실 제 이 뜻을 잊지 말으소서[144]

141　이 일은 제99장에 있다.
142　김씨는 바로 경녕군敬寧君의 어머니이다.
143　사조는 목조穆祖, 익조翼祖, 도조度祖, 환조桓祖의 사성四聖을 가리킨다.
144　『초사楚辭』에, "임금의 문은 겹겹이 닫혀 있네"라고 했는데, 그 깊은 것을 말한 것이다.

四祖莫寧息　幾處徙厥宅　幾間以爲屋
入此九重闕　享此太平日　此意願毋忘

네 분 조상이 편안히 쉬지 못한 일은 제3장과 제4장에 있다.

제111장

시랑豺狼이 구화構禍이어늘 일간모옥一間茅屋도 없어 움 묻어
살으시니이다[145]
광하廣廈에 세전細氈 펴고 보좌黼座에 앉으샤 이 뜻을 잊지 말
으소서[146]

豺狼構禍患　茅屋無一間　陶穴經艱難
細氈鋪廣廈　黼座迺登坐　此意願毋忘

---

145 시豺는 이리의 종류인데 개 소리를 낸다. 시랑은 모두 짐승을 잡아 먹을 수 있다.
　　쳐들어와서 도둑질하고 포학하게 하여 사람에게 해를 끼치므로 시랑에게 비유한
　　것이다.
146 하廈는 큰 집이다. 전氈은 털로 짠 자리이다. 도끼를 보黼라고 하는데, 글자 모양
　　이 도끼같이 생긴 것은 그 위엄과 결단의 뜻을 취한 것이다. 『한서漢書』에, "호유
　　戶牖의 법좌法座를 맡는다"는 대목의 주석에, "지게문과 창문 사이를 의扆라고 하
　　는데, 칸막이를 등에 지고 있다는 뜻으로 조정의 얘기를 듣는 곳이다"라고 했다.

이리 떼가 환난을 일으킨 일은 제4장에 있다.

제112장

왕사王事를 위爲하시거늘 행진行陣을 좇으샤 불해갑不解甲이 몇
날인 줄을 알리

망룡의莽龍衣 곤룡포袞龍袍에 보옥대寶玉帶 띠샤 이 뜻을 잊지
말으소서

祇爲王事棘　行陣日隨逐　幾日不解甲

龍衣與袞袍　寶玉且橫腰　此意願毋忘

나랏일을 위하여 급하게 일을 한 것은 위에 있다.[147]

선종황제宣宗皇帝가 우리 전하에게 몸에 두르는 망룡의와 보석으
로 장식한 조환대條環帶를 하사했다.[148] 지금의 상황제上皇帝가 우리

---

147 이는 태조가 동서로 정벌할 때를 가리킨다.
148 망룡의에는 크기가 3촌쯤 되는 금으로 된 용을 짜넣었다. 머리와 오른쪽 앞다리
　　는 가슴쪽에 있고, 왼쪽 앞다리는 왼쪽 어깨에 있으며, 오른쪽 뒷다리는 등쪽에
　　있고, 꼬리와 왼쪽 뒷다리는 오른쪽 어깨에 있다. 무릎에는 달리는 용의 무늬를
　　금으로 짜넣었는데, 앞에 여덟, 뒤에 여덟이었다. 조환대는 붉은 실로 끈을 만들

전하에게 곤룡포와 옥대玉帶를 내렸다.

제113장

증민拯民을 위爲하시니 공전攻戰에 다니샤 부진선不進饍이 몇
번이신 줄 알리
남북진수南北珍羞와 유하옥식流霞玉食 받으샤 이 뜻을 잊지 말
으소서[149]

祇爲拯群黎　攻戰日奔馳　絶饍知幾時
南北珍羞列　流霞對玉食　此意願毋忘

다만 많은 백성을 구하려고 한 일은 위에 있다.[150]

　고, 황금으로 고리를 만들어 붉고 푸른 보석과 명주로 장식한 것이다.
149 진珍은 귀한 것이고, 수羞는 음식이다. 맛이 아주 좋은 것을 수羞라고 한다. 우리
　　나라에서는 북쪽의 두만豆漫과 남쪽의 제주에서 바치는 진미가 가장 풍성하고
　　다른 도의 것은 모두 이에 못 미친다. 유하는 신선의 술 이름이고, 옥식은 진기한
　　맛을 말한다. 『상서』에, "오직 임금만이 진기한 음식을 받을 수 있다"고 했다.
150 이는 태조가 동서로 정벌할 때의 일을 가리킨다.

제114장

대업大業을 나리오리라 근골筋骨을 먼저 괴롭혀 옥체창반玉體
創瘢이 한두 곳 아니시니
병위엄연兵衛儼然커든 수공임조垂拱臨朝하샤 이 뜻을 잊지 말으
소서

天欲降大業　迺先勞筋骨　玉體創不一
儼然兵衛陳　垂拱臨朝臣　此意願毋忘

하늘이 대업을 내리려고 한 일은 제33장과 제50장에 있다.

제115장

나를 거스르는 도적을 호생지덕好生之德이실쌔 부러 위협하여
사로잡으시니
이지여의頤指如意하샤 벌인형인罰人刑人하실 제 이 뜻을 잊지
말으소서[151]

---

151 전한前漢 가의賈誼의 책책策策에, "폐하가 힘으로 천하를 다스리니 턱으로 가리켜도
뜻대로 될 것입니다"라고 했는데, 그 주에, "다만 턱을 움직여서 지휘하더라도
바라는 바가 모두 뜻대로 될 것이라는 말이다"라고 했다.

拒我慓悍賊　我自好生德　故脅以生執
頤指卽如意　罰人刑人際　此意願毋忘

나를 거스르는 사나운 도적의 일은 제42장과 제54장에 있다.

제116장

도상道上에 강시僵尸를 보샤 침식寢食을 그쳤으니 민천지심旻天
之心에 그 아니 돌아보리
　민막民瘼을 모르시면 하늘이 버리시나니 이 뜻을 잊지 말으소서

僵尸道上見　爲之廢寢饍　旻天寧不眷
民瘼苟不識　天心便棄絶　此意願毋忘

길 위에 엎어진 시체 일은 제55장에 있다.

제117장

적왕소개敵王所愾하샤 공개일세功盖一世하시나 노겸지덕勞謙之
德이 공功을 모르시니[152]

영신佞臣이 선유善諛하야 교심驕心이 나거시든 이 뜻을 잊지 말
으소서

　　旣敵王所愾　　神功盖一世　　勞謙不自大
　　佞臣善諛說　　驕心不可遏　　此意願毋忘

노하여 적을 친 일은 제50장에 있다.

제118장

다조지지多助之至실쌔 야인野人도 일성一誠이어니 국인國人 뜻
을 어찌 다 아뢰리[153]
　임금 덕德 잃으시면 친척親戚도 반叛하나니 이 뜻을 잊지 말으
소서

---

152 『역경』에, "노겸勞謙은, 군자는 끝마침이 있으니 길吉하다"라고 했다. 노겸이란
　　공로가 있으면서 겸손한 덕을 갖춘 것이다. 높은 것을 즐기고 이기는 것을 좋아
　　하는 것은 인지상정人之常情이나, 평시에 겸손한 것은 진실로 드문 일이다. 하물
　　며 공로가 높음에 있어서랴.
153 『맹자』에, "바른 길을 얻으면 도움이 많고, 도를 잃으면 도움이 적다. 도움이 적
　　은 것이 끝까지 가면 친척도 배반하고, 도움이 많은 것이 끝까지 가면 천하가 그
　　를 따른다"라고 했다.

維其多助至　野人亦入侍　何論國人意
君德如或失　親戚亦離絶　此意願毋忘

도움이 지극한 일은 제53장에 있다.

제119장

형제변兄弟變이 있으나 인심즉우因心則友이실쌔 허물을 모르시
더니
이극지정易隙之情으로부터 간인姦人이 이간離間커든 이 뜻을 잊
지 말으소서[154]

兄弟縱相瘉　因心則友于　竟莫知其辜
易隙情是乘　姦人讒間興　此意願毋忘

형제 사이에 변이 있은 일은 제76장과 제99장에 있다.

---

154 사람의 정에 잘못 되기 쉬운 것이 형제 사이이다. 그러므로 틈이 벌어지기 쉽다
　　고 한 것이다.

제120장

백성百姓이 하늘이어늘 시정時政이 불휼不恤할쎄 역배군의力排
群議하샤 사전私田을 고치시니

정렴征斂이 무예無藝하면 방본邦本이 곧 열리나니 이 뜻을 잊지
말으소서[155]

民者王所天　時政不曾憐　排議革私田

征斂若無節　邦本卽杌隉　此意願毋忘

백성이 왕의 하늘인 일은 제73장에 있다.

제121장

나에게 모질건마는 제 임금 위爲한다 하실쎄 죄罪를 잊어 다시
부리시니

하물며 곤직袞職 도우려고 면절정쟁面折廷爭커든 이 뜻을 잊지
말으소서[156]

---

155 『서경』에, "백성은 나라의 근본이니, 근본이 굳으면 나라가 평안하다"고 하였다.
156 곤직은 왕직王職이다. 감히 손가락으로 가리켜 말하지 못하기 때문에 곤직이라
　　고 한다. 정쟁廷爭은 조정에서 간하려고 다투는 것이다.

於我雖不軌　謂爲其主耳　忘咎復任使
況思補袞職　廷爭或面折　此意願毋忘

내게 비록 순종하지 않은 일은 제106장에 있다.

제122장

성여천합性與天合하시어 사불여학思不如學이라 하샤 유생儒生을
친근親近하시니이다[157]
소인小人이 고총固寵하리라 불가영한不可令閑이라커든 이 뜻을
잊지 말으소서[158]

性雖與天合　謂思不如學　儒生更親昵

---

157 『좌전』에 성여천합性與天合이라고 한 것은, 그 덕성을 닦지 않아도 올바르며, 생
   각하지 않아도 얻을 수 있고, 조용히 도에 맞는다는 말이다. 공자는 말하기를,
   "나는 일찍이 하루종일 먹지도 않고 밤새도록 자지도 않으면서 생각한 일이 있으
   나 얻은 것이 없었다. 그러니 공부하는 것만 같지 못하다"라고 했다.
158 당唐나라 내시감內侍監 구사량仇士良이 그 무리들에게 권세와 총애를 굳게 하는
   방법을 가르치며 말하기를, "천자를 한가하게 해서는 안 된다. 마땅히 항상 사치
   스러운 치장으로 귀와 눈을 즐겁게 하고, 날로 새롭고 달로 풍성하게 하여 다시
   다른 일을 할 여가가 없게 한 연후에 우리들이 뜻을 얻을 수 있을 것이다. 삼가
   그로 하여금 독서를 하거나 유생과 친근하게 하지 못하게 하라. 그가 전대의 흥
   망을 보고 두려움와 근심을 알게 되면 우리들을 멀리 배척할 것이다"라고 했다.

小人固寵權　曰不可令閑　此意願毋忘

성품이 하늘과 같은 일은 제80장에 보인다.

제123장

참구讒口가 많아 죄罪 하마 이루어지려더니 공신功臣을 살려 구救하시니

공교工巧한 참소 심甚하여 패금貝錦을 이루려커든 이 뜻을 잊지 말으소서[159]

讒口旣嗸沓　垂將及罪戮　功臣迺救活
簧巧讒譖甚　謀欲成貝錦　此意願毋忘

참소의 말이 너무 많은 일은 제104장에 있다.

___

159 『시경』에, "굽이굽이 넘실거리며 아롱지는 무늬가 패금을 이루었도다"라는 대목의 주에, "패貝는 물 속에 사는 껍질이 있는 벌레로 비단과 같은 문채가 있다. 그 모양에 따라 문채의 극치를 이루어 패금이 된다. 패금을 참소하는 자에 비유하는 이유는, 사람의 작은 허물을 꾸며서 큰 죄를 만들기 때문이다"라고 했다.

제124장

수사정학洙泗正學이 성성聖性에 밝으실쎄 이단異端을 배척排斥
하시니[160]

예융사설裔戎邪說이 죄복罪福으로 위협하거든 이 뜻을 잊지 말
으소서[161]

洙泗之正學　聖性自昭晰　異端獨能斥

裔戎之邪說　怵誘以罪福　此意願毋忘

유교의 올바른 도리에 관한 일은 제107장에 있다.

제125장

천세千世 위에 미리 정定하신 한수북漢水北에, 누인개국累仁開國
하샤 복년卜年이 가없으시니, 성신聖神이 이으셔도 경천근민敬天
勤民하셔야 더욱 굳으리이다. 임금아 알으소서 낙수洛水에 산행

---

160 수洙와 사泗는 모두 물 이름이다. 수수洙水는 태산泰山에서 나와 사수泗水로 들어
　　가는데 공자가 설교하던 곳이다.

161 중국에는 사이四夷가 있는 것이 마치 옷의 끝자락 같다. 불교는 서역에서 나왔으
　　므로 오랑캐의 사악한 소리라고 한 것이다.

山行가 있어 할아비를 믿으니이까[162]

千世默定漢水陽　累仁開國　卜年無疆

子子孫孫　聖神雖繼　敬天勤民　洒益永世

嗚呼　嗣王監此　洛表遊畋　皇祖其恃

하夏나라 태강太康이 시위尸位하여 일예逸豫함으로써 그 덕을 없애
니 백성들이 두 마음을 갖게 되었다. 그리고 놀러다니는 것에 절도
가 없어 낙수의 밖으로까지 사냥을 가서 1백 일이 되어도 돌아오지
않았다.[163] 궁窮나라 임금 예羿가 백성들 때문에 황하에서 막았다.[164]

---

162 『좌전』에, "성왕成王이 겹욕郟鄏에서 나라를 정하니 복세卜世 30대에 복년卜年이
　 7백 년이다"라는 대목의 주에, "나라를 정할 때 점을 치니 마땅히 30명의 왕이 7
　 백 년을 갈 것이다"라고 했다. 우리 나라에서는 사냥을 산행이라고 한다.

163 태강은 계啟의 아들이고 대우大禹의 손자이다. 시尸는 제사지낼 때의 시동尸童처
　 럼 그 자리에 있으면서 일은 하지 않는 것이니, 옛사람들이 말하는 시록尸祿, 시
　 관尸官과 같은 것이다. 하언夏言에, "우리 왕이 놀지 않는데 내가 어찌 쉬며, 우
　 리 왕이 좋아하지 않는 일을 내가 어찌 하랴"라고 했다. 제후가 놀고 즐거워함에
　 는 절도가 있다. 하나라 선대 임금이 놀거나 즐거워함이 없었던 것은 아니나 모
　 두 절도가 있었던 것이지, 태강같이 놀고 즐기며 그 덕을 없앤 것은 아니었다. 백
　 성들이 모두 두 마음을 갖고 있었으나 태강은 오히려 후회할 줄 모르고 절제 없
　 는 사냥 놀음에만 빠졌다. 멀리 가면 낙수의 남쪽까지 가고, 오래되면 1백 일이
　 되어도 돌아올 줄 몰랐다. 이것이 태강이 스스로 나라를 버렸다는 것이다.

164 예는 활을 잘 쏘는 사람의 이름이라고도 한다. 가규賈逵의 설문說文에, "예는 제
　 곡帝嚳의 활을 담당한 관리이므로 그 후에 활을 잘 쏘는 사람은 모두 예라고 한
　 다. 유궁有窮의 임금도 역시 활을 잘 쏘므로 예를 눈여겨 보았다"고 했다.

용비어천가 발

『시경』에 송頌이 있음은, 모두 선왕의 성덕盛德과 성공成功을 칭술稱述하여 염모念慕의 마음을 부침으로써 자손들이 지켜야 할 도리를 삼으려고 함입니다. 두루 살펴보니 예로부터 나라를 세운 임금이 하나가 아니언마는, 그러나 그 거룩하고 신묘함이며 하늘과 백성으로부터 받은 두터운 덕과 융성한 공의 아름다움과 특별히 다름이 우리 조종처럼 성대한 적이 없었으니, 노래를 짓는 일을 그만둘 수는 없습니다.

을축년에 의정부 우찬성議政府右贊成 신臣 권제權踶, 우참찬右參贊 신 정인지鄭麟趾, 공조참판工曹參判 신 안지安止 등은 가시歌詩 1백25장을 지어 바쳤으니, 모두 사실에 의거하여 사詞를 지었고, 옛 것에서 주워모아 지금을 헤아리도록 되풀이하여 설명하였으며, 경계하는 뜻으로 끝을 맺었습니다.

우리 전하께서 보시고 아름답게 여겨 '용비어천가'라는 이름을 내리셨습니다. 다만 서술된 사적이 비록 역사 책에 실려 있으나 사람들이 두루 보기가 어려우므로, 신臣과 수집현전교리守集賢殿校理 신 박팽년朴彭年, 수돈녕부판관守敦寧府判官 신 강희안姜希顔, 집현전

부교리副校理 신 신숙주申叔舟, 수부교리守副校理 신 이현로李賢老, 수찬修撰 신 성삼문成三問, 신 이개李塏, 이조좌랑吏曹佐郎 신 신영손辛永孫 등에게 명하여 주해註解를 덧붙이도록 했습니다. 이에 그 인용한 옛일의 본말을 간략히 밝히고, 다시 글자의 음과 뜻을 달아 보기 쉽게 하니 모두 10권입니다.

아, 옛 성인은 시로써 가르치고, 그것을 성률聲律에 화합하게 하여 나라 안에서 사용하게 함으로써 천하의 교화를 이루셨습니다. 지금 천 년의 뒤에도 사람으로 하여금 능히 감동하여 떨치고 일어나게 하는데, 하물며 당대의 일에 있어서야 어떻겠습니까?

뒤에 오시는 임금께서 이것을 보시면, 오늘날 흥한 바의 근본을 미루어 보시고, 계속 뒤를 이어가면서도 잊어서는 안 되겠다는 생각이 더욱 일어나, 나라를 지키는 법을 스스로 감히 바꾸지 못할 것입니다. 나라 사람들이 이것을 보면, 오늘날 평안한 바의 근원을 미루어 보고, 죽을 때까지 잊어서는 안 된다는 마음이 더욱 일어나, 애모의 정성을 스스로 그만두지 못할 것입니다. 그러므로 이 노래를 지은 것은 진실로 하늘이 현조玄鳥의 노래를 지은 것과 같으니, 함께 전하여 없어지지 않을 것입니다. 아, 훌륭합니다.

정통正統 12년 2월 일, 조봉대부 집현전응교 예문응교지제교 세자우필선 겸 좌중호朝奉大夫集賢殿應敎藝文應敎知製敎世子右弼善兼左中護 신 최항崔恒은 머리숙여 절하며 삼가 발跋을 씁니다.

426

부록

색인

가시성加尸城 32

가아답가(可兒答哥, 컬더거) 138

가어家語 325

각단角端 57

갈복순葛福順 107

갈언장葛諺璋 169

갑주(甲州, 갸쥬) 136

강군립康君立 95

강왕康王 313

강우康祐 253

강유신康有信 396

강인부姜仁富 371

강하江夏 26

강행본姜行本 19

강화彊華 219

강희안姜希顔 426

개모성盖牟城 26

개언로開言路 297

거란契丹 12

걸桀 129

격구擊毬 67, 289

격국擊鞠 66

결골結骨 146

경감耿弇 216

경대인慶大人 330

경보慶補 246

경복흥慶復興 99

경시更始 216

*편집자 주/표제어는 인명을 중심으로 선정하였고, 페이지는 각 해당 용어가 나오는
모두를 밝히기에는 빈도가 높아서 각 장을 기준으로 그 장에서 최초로 나오는 페이
지를 선택, 표시하였다.

경중敬仲 250
경포黥布 201, 275
계자季子 408
계필하력契苾何力 30
고구려高句麗 8
고달로화적高達魯花赤 61
고돌발高突勃 32
고려사高麗史 368
고론두란첩목아(古論豆蘭帖木兒, 고론두란터물) 135
고론발리(古論孛里, 고론보리) 137
고론아합출(古論阿哈出, 고론어허추) 135
고무高武 17
고변高騈 80
고복아알(高卜兒閼, 갋불어) 135
고사렴高士廉 39
고숭高崇 104
고심高潯 94
고연수高延壽 33
고정郜鼎 17
고정의高正義 34
고조高祖(唐) 165, 189, 209, 255, 322, 383
고조高祖(晉) 235
고조高祖(漢) 71, 142, 145, 198, 249, 285, 339, 386, 390
고조高祖(後漢) 235
고종高宗(唐) 149
고주(古州, 구쥬) 138
고죽리高竹離 41
고증생高甑生 180
고창高昌 51
고혜진高惠眞 33
공민왕恭愍王 58, 68, 72, 229
공신전功臣田 240
공양왕恭讓王 239, 245, 248, 311, 316, 318
공정대왕恭靖大王 366, 369, 386, 392, 77
공해전公廨田 240
과전科田 241, 291
곽사안郭士安 172
곽사형郭士衡 172
곽언룡郭彦龍 98
곽효각郭孝恪 173
관고貫高 212
관선생關先生 122
관영灌嬰 258, 285
괄아아걸목나(括兒阿乞木那, 골야키

무나) 138

괄아아독성개(括兒牙禿成改, 골야투
칭개) 138

괄아아올란(括兒牙兀難, 골야오난)
136

괄아아팔아속(括兒牙八兒速, 골야발
소) 138

괄아아화실첩목아(括兒牙火失帖木
兒, 골야쾻터물) 136

광무光武 287

광무제光武帝 216, 394

괴철劌徹 265

교종敎宗 404

교지交趾 310

구당서舊唐書 48, 95

구려九黎 129

구마라즙鳩摩羅什 398

구명결鉤命決 227

구순寇恂 218, 288

구진瞿禛 91

구행공丘行恭 170

구행엄丘行淹 19

구효충丘孝忠 27

국어國語 153

국용전國用田 243

군자전軍資田 243

군전軍田 236

굴돌통屈突通 167

궁사전宮司田 240

궁예弓裔 406

권근權近 120, 246, 387, 394, 397

권도權道 206

권모과拳毛騧 220

권익權翼 345

권제權踶 426

권중화權仲和 246

권진權軫 386

귀주(歸州, 후쥐) 140

균전均田 236

균전도均田圖 234

극렬부克烈部 125

극양전克讓傳 94

금金 193

금성(金星, 쇠잣) 113

기리필가한俟利苾可汗 21

기새인첩목아奇賽因帖木兒 58

기자箕子 332

기철奇轍 58

길재吉再 391

김계란金桂蘭 396

김구용金九容 120

김백안金伯顏 58

김백영金伯英 299

김부개金夫介 411

김부식金富軾 48

김분金汾 299

김사형金士衡 290

김소근(金小斤, 겨근) 365, 376

김승주金承霔 387

김시우金時遇 332

김인귀金仁貴 100

김인찬金仁贊 164

김종연金宗衍 246

김중성金仲誠 302

김지서金之瑞 98

김천金天 185

나사신羅士信 165

나하추納合出 60, 122, 230

난독고노(暖禿古魯, 넌투구루) 137

난포欒布 274

남돌(南突, 남돌) 138

남돌아라합백안(南突阿剌哈伯顏, 남
   돌아라카바얀) 138

남은南誾 290, 332, 364, 396

남재南在 291, 328

내만부乃蠻部 123

내제來濟 154

노관盧綰 270

노왕潞王(後唐) 235

노자老子 351

녹양현(綠楊縣, 로양재) 137

논어論語 152, 309, 345, 67

늠급전廩給田 239

능경凌敬 177

능연각凌煙閣 110

능침전陵寢田 240

단봉루丹鳳樓 86

달단達靼 90

답비나(答比那, 다비나) 138

당검唐儉 195

당괄(唐括, 탕고) 138

당륭唐隆 105

당서唐書 157

당홍부唐弘夫 88

대도총관大都總管 61

대법大法 227

덕암(德巖, 덕바회) 73

덕적(德積, 덕믈) 96

덕좌불화德左不花 58

도길부都吉敷 112

도덕경道德經 335

도안道安 352

도현道玄 181

독로반禿魯班 125

독로올(禿魯兀, 톨우) 136

돌궐突厥 131, 159, 189, 248

돌리가한突利可汗 131, 189

동공董公 198

동녕부東寧府 58, 327

동이東夷 18

두건덕竇建德 168

두궤竇軌 169

두로전豆盧瑑 81

두예杜預 350

두의竇毅 74

두항竇抗 181

두형竇衡 357

등공滕公 277

등소鄧素 9

등우鄧禹 288

마무馬武 218

마문거馬文擧 27

마사종麻嗣宗 107

마읍馬邑 259

마진객馬秦客 103

막리지莫離支 17, 33

만구신曼丘臣 261

말갈靺鞨 12

매도(煤島, 그슴셤) 223

맹명孟明 47

맹사성孟思誠 299

맹안(猛安, 밍간) 135

맹자孟子 134, 225, 309, 311, 329, 378, 409, 418

멸리걸부蔑里乞部 125

명(明)나라 천자 327

명제明帝(漢) 399

명종明宗(後唐) 235

명황明皇 251

모용소慕容紹 358

모용수慕容垂 251, 350

모용현측慕容玄崱 160

목라(阿木剌, 아모라) 138

목인길睦仁吉 98

목인해睦仁海 412

몽고蒙古 125
무연수武延秀 105, 159
무왕武王 129, 345, 394, 407
무제武帝(梁) 400
무제武帝(魏) 386
무제武帝(周) 74, 401
무제武帝(晉) 251, 350
무제武帝(漢) 47, 148
무후武后의 고사故事 105
묵철默啜 159
묵특冒頓 259
문기文起 383
문덕곡文德曲 297
문덕황후文德皇后 221
문성윤文成允 323
문양文陽 400
문왕文王 411
문제文帝(漢) 333
미고내회리弭姑乃懷里 380
민무구閔無咎 366
민무질閔無疾 365
민심언閔審言 299
민제閔霽 342
민지閔漬 309

박경朴經 294
박석명朴錫命 387
박수경朴修敬 113
박실朴實 336
박은朴訔 387
박임종朴林宗 112
박자안朴子安 336
박팽년朴彭年 426
박포朴苞 370
반양산半陽山 230
발전자發電秭 222
발착수渤錯水 49
발해渤海 230
방간芳幹 367, 370, 396
방간의 난 412
방미(防尾, 치니마기) 68
방석芳碩 331, 367, 396
방의 芳毅 367
방종龐從 95
배극렴裵克廉 113, 290
배사장裵思莊 9
배심裵諗 87
배언裵言 113
배적裵寂 383
배주拜住 305

배지(排至, 비지) 68
배현경裵玄慶 406
백기白起 350
백달달부白達達部 123
백사양白士讓 182
백안伯顏 214
백암성白巖城 29
백이伯夷 394, 397
백제百濟 11
백제오白蹄烏 220
백지천白志遷 95
번쾌樊噲 258, 285
범조우范祖禹 35, 39, 51
범증范增 287
변안열邊安烈 99, 111, 213, 239, 246
변중량卞仲良 293, 367
별리고태別里古台 124
별사전別賜田 241
보공신保功臣 297
보역막올아주(甫亦莫兀兒住, 푀모월쥬) 135
복지겸卜知謙 406
복희伏羲 399
봉덕이封德彝 128, 172

부견苻堅 251, 344, 400
부복애傅伏愛 46
부유예傅遊藝 158
부차夫差 346
부혁傅奕 398
북맥北貊 145
불교佛敎 403
불佛 398
비보소裨補所 405
비사성卑沙城 27
비이(比耳, 귀견줌) 68
비혁賁赫 276

사기史記 118, 200, 281, 346, 408
사대내史大柰 181
사동(蛇洞, 비얌골) 73
사림광기事林廣記 75
사마광司馬光 265, 390
사마상여司馬相如 119
사마창명司馬昌明 356
사만보史萬寶 166
사물기원事物紀原 67
사병私兵 혁파 386
사사전寺社田 241

사석謝石 359

사성沙城 45

사순師舜 394

사안謝安 345

사염謝琰 359

사원沙苑 88

사자황獅子黃 222

사전私田 236, 238

사전賜田 291

사현(沙峴, 몰애오개) 332

사현謝玄 359

사호四皓 210

산릉山陵 140

산지올散只兀 125

산해경山海經 223

살갈薩葛 91

삼국三國 133, 325

삼략三略 257

삼왕三王 129

삽로자颯露紫 220

상가하(常家下, 샹갸하) 138

상리현장相里玄裝 13

상문桑門 400

상서尙書 415

상왕相王(唐睿宗) 107

상제殤帝(唐) 105

서견徐甄 397

서경書經 62, 63, 74, 121, 127, 223, 229, 307, 352, 391, 420

서금광徐金光 115

서언徐彥 115

석륵石勒 400

석월石越 345

석찬石贊 177

선웅신單雄信 165

선제宣帝(漢) 313

선종禪宗 404

선종宣宗(唐) 66

선종황제宣宗皇帝(明) 414

선춘(先春, 샨츈)령嶺 138

설공薛公 277

설만비薛萬備 30

설수薛收 173

설숭간薛崇陳 107

설연타薛延陀 14

설인귀薛仁貴 38

설장수偰長壽 232

설지근薛志勤 95

섬라국暹羅國 141

성기成器 226

436

성삼문成三問 427

성석린成石璘 329

성여완成汝完 294

성왕成王(周) 313

성왕成王(楚) 250

성제成帝(漢) 154

세민世民 323, 386

세조世祖(元) 244, 309

세종世宗(周) 234, 306, 314, 375

소마동(所磨洞, 설멧골) 302

소설小說 48

소蘇 379

소숙비蕭淑妃 149

소식蘇軾 250

소예蕭銳 17

소우蕭瑀 23, 383, 401

소제昭帝(漢) 312

소평召平 272

소하蕭何 218, 264, 272, 285

소홀도(召忽島, 죠콜셤) 96

속부대速不觧 56

속평(速平, 수핑) 137

손광유孫光裕 98

손대음孫代音 30

손자병법孫子兵法 42

손호孫皓 346

송헌거사松軒居士 302

수격首擊 68

수서隋書 224

수隋나라 13

수양垂楊 68

수하隨何 200

숙제叔齊 394, 397

순舜 16, 353

순우의淳于意 333

순자荀子 7, 346

순제順帝(元) 73

술률후述律后 380

시경詩經 61, 119, 120, 121, 134,
    152, 153, 154, 325, 333, 347,
    350, 350, 378, 392, 422, 426

시존柴存 85

신극공辛克恭 300

신농神農 399

신당서新唐書 8, 48

신덕왕후神德王后 307

신라新羅 10

신릉군信陵君 261

신성新城 45

신속고神速姑 380

신숙주申叔舟 427

신숭겸申崇謙 406

신영손辛永孫 427

신우辛禑 111, 162, 183, 196, 319

신의왕후神懿王后 323

신창辛昌 121, 305

실린(實隣, 시린) 138

실발굴아잔失鉢屈阿棧 146

실안춘(實眼春, 샨춘) 136

심귀수沈龜壽 338

심덕부沈德符 183

십벌적什伐赤 220

아기발도(阿其拔都, 아기바톨) 116

아도가(阿都哥, 어두워) 136

아라손(阿剌孫, 어러순) 138

아라홀사阿剌忽思 123

아란답아阿蘭答兒 244

아련태석阿憐太石 125

아발阿鉢 381

아사(阿沙, 아샤) 137

아사나두이阿史那杜爾 35

아사나사마阿史那思摩 191

아사덕시건阿史德時健 148

아적랑귀(阿赤郞貴, 아치랑귀) 138

안견安堅 225

안경安慶 91

안녹산安祿山 251

안단安端 379

안락공주安樂公主 103

안성安省 299

안승준安升俊 115

안시성安市城 33

안익安翊 247

안전安㙉 365

안종검安宗儉 185

안주安柱 183

안지安止 426

안춘(眼春, 얀춘) 137

알적근斡赤斤 124

알타리斡朶里 248

알합(斡合, 워허) 136

압록강鴨綠江 45, 327

애영艾穎 234

야선불화也先不花 60

야율마철耶律麻哲 193

야율초재耶律楚材 57

야인野人 133

양건방梁建方 180

양균楊均 103
양무위楊武威 182
양백연楊伯淵 58
양복광楊復光 93
양사도楊師道 25
양사립楊師立 86
양성梁成 360
양양장공주襄陽長公主 445
양자楊子 223
양제煬帝(隋) 20, 179
양제장楊齊莊 159
양현감楊玄感 22
엄자릉嚴子陵 394
여도余覩 193
여망呂望 313
여석지呂釋之 209
여조겸呂祖謙 263
여진女眞 135, 162, 327
여후呂后 209, 264
역경易經 121, 130, 193, 223, 226, 418
역분전役分田 236
역이기酈食其(역생酈生) 200, 206, 339
연기燕琪 166

열녀전列女傳 67
열리곤涅里袞 381
염입덕閻立德 16
염지미閻知微 159
예기禮記 40, 139, 142, 192, 226, 394, 404
예羿 424
예종(고려) 133
예종睿宗(唐) 105, 158, 226
오골성五骨城 29
오둔완자(奧屯完者, 알툰완져) 136
오십吳十 193
오왕吳王 153
오일吳一 115
오제五帝 129
옥새玉璽 71
올라兀剌 305
올량합兀良哈 138, 248
올아홀리(兀兒忽里, 울후리) 137
올적합兀狄合 138
완산군完山君 372
왕건王建 332
왕경략王景略 348
왕관감국王官監國 229
왕군확王君廓 166

왕대도王大度 27
왕랑王郎 216
왕망王莽 155, 288
왕방王昉 245
왕복명王福命 111, 321
왕세변王世辯 172
왕세충王世充 165
왕숭엽王崇曄 107
왕안덕王安德 99
왕언승王彦昇 395
왕위위王衛尉 283
왕처존王處存 88
왕탁王鐸 93
왕현王顯 361
왕황王黃 261
왕황후王皇后 149
왕회王恢 47
왜구倭寇 96, 133, 223
왜적倭賊 111, 191
외라부猥剌部 125
요동遼東 18, 327
요동지遼東誌 60
요사遼史 379
요堯 16, 353
요遼 314

요장姚萇 357
용등자龍騰紫 222
용저龍且 205
우리 전하(조선世宗) 374, 393
우문사급宇文士伋 167
우문흠宇文歆 181
우신충禹臣忠 115
우왕禹王 76, 96, 353
우욱牛勗 86
우인열禹仁烈 76, 246, 111, 213, 320
우종于琮 87
우지령于志寧 151
우진달牛進達 37
우현보禹玄寶 239, 246
운강괄(雲剛括, 운강고) 136
운봉雲峯 114
울지경덕蔚遲敬德 24, 167
원경왕후元敬王后 365, 411
원사元史 244
원영수元英守 115
원진元稹 234
위관韋灌 104
위선韋璿 104
위왕魏王 표표豹 211

440

위원韋元 105

위의韋錡 104

위정韋挺 16

위징魏徵 14, 128

위첩韋捷 104

위파韋播 104

위후韋后 103

유가랑합劉訶郎哈 184

유경劉敬 307

유계劉洎 54

유공권柳公權 48

유구국琉球國 141

유뇌지劉牢之 361

유덕위柳德威 166

유린청游麟青 221

유문정劉文靜 383

유방劉邦 285

유비劉濞 251

유빈劉彬 168

유선劉禪 352

유업劉鄴 87

유연劉淵 251

유유구劉幽求 107

유윤장劉允章 82

유홍기劉弘基 171

육가陸賈 143

육려陸麗 163

윤관尹瓘 248

윤상준尹尙俊 115

윤유린尹有麟 246

윤이尹彝 246

윤저尹抵 387

융融 347

은성銀城 39

은殷 408

은추殷秋 177

응상백凝霜白 222

의안군義安君 372

의제義帝 199, 267

이강李綱 384

이강李康 87

이개李塏 427

이거이李居易 386

이군실李君實 396

이귀생李貴生 246

이극수李克脩 94

이극양李克讓 94

이대사李大師 169

이대중李大中 115

이덕유李德裕 313

이도경李都景 185

이두란李豆蘭 116, 163, 185, 316

이득환李得桓 115

이란두만(移蘭豆漫, 이란투먼) 135

이래李來 371

이림李琳 239, 246

이무李茂 365, 370

이밀전李密傳 171

이백경李伯卿 367

이부李溥 87

이사마李思摩 29

이사징李士澄 299

이색李穡 119, 162, 229, 246, 311

이서李舒 387

이선부李仙鳧 107

이성계李成桂 72, 121, 184, 191, 230, 246, 342

이세적李世勣 14

이숭인李崇仁 246

이양수李養修 303

이우금李友金 91

이원경李原景 59

이원계李元桂 112, 252

이유李柔 185

이윤伊尹 313

이인민李仁敏 246

이인임李仁任 99

이적李勣 151

이정李靖 53, 285

이종학李種學 246

이직李稷 294, 387

이천계李天桂 253

이천기李天奇 115

이초李初 246

이탕李湯 87

이현경李玄景 185

이현로李賢老 427

이황李滉 299

이회李薈 293

이희필李希泌 98

인도국印度國 56

인물지人物志 193

인월역引月驛 113

인저석寅底石 379

인출활실(絪出闊失, 닌줘시) 137

인해印海 99

임견미林堅味 98

임성미林成味 112

임효任嚚 142

442

자갈刺葛 379

자서子胥 153

자영子嬰 71

자치통감資治通鑑 266

자허부子虛賦 119

장검張儉 8

장구자타章仇子他 401

장군예張君乂 28

장금수張金樹 41

장도원張道源 401

장량張亮 19, 201, 209, 285

장부인張夫人 354

장사길張思吉 134, 373

장사미張思美 396

장손무기長孫無忌 10, 130, 150, 325

장승범張承範 81

장엄蔣儼 15

장영덕張永德 314

장오張敖 212

장종莊宗(後唐) 235

장직방張直方 85

장창張蒼 334

장치張蚝 357

장하張夏 246

장화張華 350

저수량楮遂良 14, 151

적알발(的遏發, 더벙) 136

적지(赤池, 블근못) 140

전가식田可植 392

전광田廣 207

전단田單 44

전등여화剪燈餘話 376

전령자田令孜 81

전세全世 185

전욱顓頊 129

전제田制 236, 239

전해田解 209

점목고粘睦姑 379

정가신鄭可臣 309

정강성鄭康成 304

정경계正經界 297

정공丁公 390

정도전鄭道傳 247, 290, 295, 328, 364, 369, 396

정도전의 난 374, 411

정명진程名振 19

정몽주의 난 374

정사파淨祀婆 412

정산(鼎山, 솥뫼)봉 114

정세운鄭世雲 122
정승가鄭承可 183
정승길鄭升吉 396
정안군靖安君 367, 329, 369
정안옹주定安翁主 252, 316
정예악定禮樂 297
정원숙鄭元璹 18
정의正義 266
정인지鄭麟趾 426
정전鄭畋 85
정종당鄭從讜 92
정종초程宗楚 89
정지절程知節 169
정지鄭地 246
정희계鄭熙啓 298
제갈무후諸葛武侯 348
제극양齊克讓 82
제영緹縈 333
조광윤趙匡胤 306
조명早明 315
조몽趙濛 87
조무趙武 144
조민수曹敏修 246
조박趙璞 386
조반趙胖 245, 328
조비연趙飛燕 154
조사수趙士秀 299
조삼량曹三良 26
조선朝鮮 232, 247, 315
조성지趙盛之 356
조순曹恂 337
조영규趙英珪 185
조오趙午 212
조준趙浚 236, 290
조참曹參 285
조타趙佗 142
조포(照浦, 졸애)산 65
종리말鍾離昧 257
종소경鍾紹京 107
종초객宗楚客 105
좌전左傳 17, 62, 63, 67, 114, 121, 153, 173, 329, 421, 424
주례周禮 118, 139, 153
주몽朱夢의 사당 28
주문왕周文王 154
주발周勃 258
주서朱序 360
주역周易 354
주원의周元義 115
주유朱鮪 218

주紂 129, 345

주周 408

주창周昌 261

주필산駐蹕山 39

주필산의 싸움 48

주호귀동(朱胡貴洞, 쥬후귀툰) 136

주호완자(朱胡完者, 쥬후원져) 137

주호인답홀(朱胡引答忽, 쥬후인다
　호) 137

중산공中山公 356

중옹仲雍 371

중종中宗(唐) 158, 227

즉묵卽墨 44

지리산地異山 77, 317

지용수池龍壽 58, 213

지피(持彼, 디피) 68

직전職田 239

진경사陳景思 91

진경선陳敬瑄 86

진단陳摶 375

진목공秦穆公 47

진서晉書 157, 359

진숙보秦叔寶 169

진양전陳陽傳 174

진원방陳元方 304

진을서陳乙瑞 246

진주가한眞珠可汗 42

진중기陳中奇 115

진지략陳智略 168

진평陳平 256, 285

진현례陳玄禮 107

진희陳稀 260

질자가迭剌哥 379

착량(窄梁, 손돌) 98

창고전倉庫田 240

책장손翟長孫 169

처명處明 59, 197

척발사공拓拔思恭 88

천개소문泉盖蘇文 8

천관서天官書 227

천마가天馬歌 224

천축국天竺國 398

철륵鐵勒 146

철문관鐵門關 56

청추靑騅 220

초사楚辭 412

초한(草閑, 새한) 140

촉고로蜀古魯 380

촉선주蜀先主 304

최경崔景 185

최공철崔公哲 59

최광대崔廣大 411

최긍崔兢 301

최영崔瑩 97, 118, 196

최인사崔仁師 16

최일용崔日用 106

최항崔恒 427

최항崔沆 81

추동(楸洞, ᄀ래올) 376

추풍오追風烏 221-222

충렬왕忠烈王 309

치우蚩尤 129

칙천則川 106

칙천황후則天皇后 149

탁라鐸剌 193

탁온(托溫, 타온) 135

탈탈脫脫 125

탈환불화脫歡不花 328

탑탑아塔塔兒 125

탕湯 129, 407

태강太康 424

태백泰伯 371

태사공太史公 271

태사太姒 154

태신(泰神, 탸신) 136

태양한太陽罕 123

태조太祖(조선) 65, 68, 72, 77,
   111, 144, 162, 184, 192, 194,
   196, 221, 229, 235, 248, 252,
   288, 305, 307, 316, 318, 319,
   324, 325, 327, 336, 342, 365,
   369, 403,

태조太祖(고려) 312, 406

태조太祖(金) 78, 161, 194

태조太祖(宋) 306, 314, 375, 395

태조太祖(遼) 379

태조太祖(元) 56, 123

태조太祖(後梁) 235

태조太祖(後周) 235

태조황제太祖皇帝(明) 331

태종太宗(조선) 229, 307, 323,
   324, 326, 328, 331, 332, 365,
   369, 376, 388, 392, 403, 411

태종太宗(唐) 9, 127, 147, 189,
   165, 195, 220, 285, 322, 325,
   384

446

태종황제(明) 329, 332

태평공주太平公主 105, 226

토문(土門, 투문) 137

토아동(兎兒洞, 투짓골) 184

토욕혼吐谷渾 90

통감通鑑 48

통전通典 148

특륵표特勒驃 220

파양番陽 281

팔준도지八駿圖誌 223

패공沛公 70

패도覇道 128

팽월彭越 273, 285

평양平壤 36, 133

포숙鮑叔 296

풍경馮敬 334

풍부馮婦 40

풍이馮異 218

필사탁畢師鐸 79

하륜河崙 342, 374

하석주河石柱 185

한고韓皐 299

한기韓奇 412

한나해韓那海 185

한비전韓非傳 386

한사우韓思友 185

한상경韓尙敬 292

한서漢書 259, 281, 293, 341, 413

한신韓信 255, 285, 350

한원韓瑗 152

한충韓忠 164

한통韓通 395

함원전含元殿 86

합답근哈答斤 125

합라파두哈剌波豆 58

합란북(哈蘭北, 하란뒤) 140

항성項聲 205

항우項羽 70, 142, 198, 280, 390

해서(海西, 히스) 135

해양(海洋, 해연) 136

해탄고옥노(奚灘古玉奴, 히탄구유
   누) 138

해탄발아(奚灘孛牙, 히탄보야) 137

해탄설렬(奚灘薛列, 히탄서러) 136

해탄탑사(奚灘塔斯, 히탄타스) 136

해탄하랑합(奚灘訶郞哈, 히탄하랑
   캐) 135

해통(海通, 해툰) 136

해변 16

허경종許敬宗 151

헌조獻祖(後唐) 90

헌종憲宗(元) 244

혁련탁赫連鐸 90

현귀명玄貴命 197

현덕문玄德門 109

현종玄宗(唐) 65, 106, 226

현표玄豹 222

혐진(嫌眞, 혐진) 138

협온맹가첩목아(夾溫猛哥帖木兒, 갸
온멍거터물) 135

협온불화(夾溫不花, 갸온부허) 136

협온적올리(夾溫赤兀里, 갸온치우
리) 137

형가전荊軻傳 386

형법지刑法志 153

호발도胡拔都 162

호빈胡彬 359

호시弧矢 66

호신胡神 399

호인胡寅 43, 54, 199, 229, 271,
385

호첩扈輒 273

홀도화별길忽都花別吉 125

홍건적紅巾賊 122

홍범洪範 227

홍영통洪永通 239, 294

홍유洪儒 406

홍인계洪仁桂 59, 99, 112, 246

홍징洪徵 183

화력속팔적火力速八赤 125

화아아(火兒阿, 홀아) 135

화和 252

환공桓公(齊) 250, 296

환이桓伊 359

환조桓祖 253

환충桓沖 345

활아간(闊兒看, 콸칸) 138

황군한黃軍漢 166

황규黃揆 94

황보전皇甫琠 302

황산(荒山, 거츨뫼) 114

황상黃裳 73, 99

황소黃巢 79

황엄黃儼 330, 332

황제黃帝 129, 354

황희석黃希碩 163, 183

회왕懷王(楚) 69, 142

회원진懷遠鎭 9

회회국回回國 56

횡방(橫防, 엇마기) 69

횡운골橫雲鶻 221

효경孝經 226, 309, 401

효무제孝武帝(晉) 359

후비后妃 411

후직后稷 354

후질지(厚叱只, 훗기) 140

후황성後黃城 39

휴홍眭弘 313

흉노匈奴 259

희종僖宗(唐) 79

힐리頡利 51, 130, 189

옮긴이 이윤석李胤錫은 서울에서 출생,
연세대학교 국어국문학과를 졸업하고
동 대학원에서 문학 박사 학위를 받았다.
효성여자대학교 국어국문학과 교수를 역임했고
현재 연세대학교 국어국문학과에 재직하고 있다.

나랏말쏨 22
용비어천가 2

1판 1쇄 1997년 10월 9일 발행
1판 2쇄 2002년 10월 31일 발행

지은이 정인지 외
옮긴이 이윤석
펴낸이 임양묵
펴낸곳 솔출판사

편집인 임우기
편집 이숙영

서울시 마포구 서교동 342-8
전화 332-1526~8 팩시밀리 332-1529
출판등록 1990년 9월 15일 제10-420호

© 이윤석, 1997

ISBN 89-8133-242-8   04810
ISBN 89-8133-124-3   (세트)